Jessica Rivas

BELLEZA OSCURA

PODER Y OSCURIDAD
LIBRO 1

Penguin
Random House
Grupo Editorial

Belleza oscura
Poder y oscuridad

Primera edición en España: julio de 2023
Primera edición en México: julio de 2023

D. R. © 2023, Jessica Rivas
D. R. © 2023, Penguin Random House Grupo Editorial, S. A. U.
Travessera de Gràcia, 47-49, 08021, Barcelona

D. R. © 2023, derechos de edición mundiales en lengua castellana:
Penguin Random House Grupo Editorial, S. A. de C. V.
Blvd. Miguel de Cervantes Saavedra núm. 301, 1er piso,
colonia Granada, alcaldía Miguel Hidalgo, C. P. 11520,
Ciudad de México

penguinlibros.com

ISBN: 978-607-383-340-0

Impreso en México – *Printed in Mexico*

*Para todas las pequeñas orugas del mundo,
llegará el día que te convertirás en una mariposa imparable
y volarás muy alto*

*Y para Angie Ocampo por creer en mí y darme fuerzas
en los momentos más duros. Te amo*

Prólogo

«Cuando la oruga muere, nace una mariposa imparable».

ALAYNA

La última vez que vi a mi madre estaba muriéndose.

Ella era una luz cegadora en la decadencia de mi vida y ese día se apagó completamente. La recordaba en una cama: pálida, triste y acabada. Sus ojos, llenos de lágrimas mientras sostenía mi mano. Yo lloraba, rogándole a ese supuesto Dios que la salvara, que fuera eterna.

No fue así.

Murió un 24 de abril en una sucia habitación y rodeada de botellas de alcohol. Yo tenía diez años en ese entonces. Era una niña que vio marchitarse a su heroína y no pude hacer nada más que mirar y prometerle que sería la guerrera de los cuentos que solía leerme.

Le juré que no volvería a estar indefensa.

Le prometí que sería una mariposa.

—No llores, mi pequeña oruga —suplicó y sonrió a pesar del dolor—. Volveremos a encontrarnos en el jardín.

Mi visión estaba borrosa por las lágrimas que no dejaban de fluir y caían por mis mejillas. Caleb se mantuvo en un rincón de la habitación, insensible y silencioso. No había palabras de consuelo. Nada podría parar a la muerte, menos cuando se trataba del cáncer.

Tratamos de ayudarla a tiempo y encontrar la forma de pagar sus tratamientos, pero el dinero que mi hermano y yo robábamos mi padre se lo gastaba en alcohol. Nunca le importó la enfermedad de mi madre. Solo quería saciar su adicción e ignorar las responsabilidades familiares. Nos odiaba. Según él, arruinamos su vida y ahora estaba haciendo lo mismo con nosotros.

—Mamá…

Dejé escapar una exhalación temblorosa y lloré. El dolor era insoportable. Un millón de torturas no se comparaba al sufrimiento que sentía por perder a la persona que más amaba. Aquella que me enseñó el significado de la amabilidad a pesar de que el mundo siempre fue injusto con ella.

—Sal de tu capullo y vuela. —Su pálida mano alcanzó mi mejilla y limpió una lágrima. Me quebré con fuertes sollozos, rogándole que no me abandonara—. Serás una quelonia, ¿recuerdas? Letal y hermosa.

Con esas últimas palabras cerró los ojos y mi mundo entero se convirtió en gris. Nada de amor o felicidad. Mi poca amabilidad murió ese día y me perdí a mí misma.

Nació una nueva Alayna.

La mariposa negra que mataba por supervivencia y no perdonaba a nadie.

Ya no estaba débil ni indefensa.

Era la reencarnación de la muerte y todos los bastardos repulsivos como mi padre arderían conmigo en el infierno.

1

PALERMO, ITALIA
LUCA

Mi cuerpo estaba sobrecargado de nervios e incertidumbre. Había pasado más de un mes desde mi última visita y Berenice sonaba impaciente. El miedo amenazaba con derrumbarme, pero no permití que ganara. Doce vidas dependían de mí y, si cometía un solo error, estaríamos muertos.

—Preguntaron por ti —insistió Berenice—. Intenté calmarlas, pero no funcionó. Están más violentas y pesimistas. Destruyeron la habitación y no comieron nada. ¿Qué puedo hacer? Necesito tu ayuda, Luca.

Miré disimuladamente el restaurante para asegurarme de que no me oyeran. No podía confiar en nadie. Había ojos vigilándome en cualquier rincón y siempre era el centro de atención.

—Soluciónalo.

—Hago lo que puedo.

—Soluciónalo —apreté los dientes—. No pude ir porque es demasiado peligroso. Prometo que lo haré cuando lo considere oportuno. ¿Alguna vez te he mentido?

—No.

—Iré pronto, necesito ser discreto. —Traté de no sonar tan duro con ella porque entendía su desesperación. Lo que hacía no era fácil ni seguro. Su vida estaba en juego—. Por favor…

Oí su fuerte suspiro de resignación. Era una gran mujer y agradecía su paciencia. Nadie más se arriesgaría a ayudarme. Si llegaban a descubrirnos… Mierda, no. Me negaba a pensar en esa posibilidad. Trabajamos muy duro para encontrarnos donde estábamos y no permitiría que le hicieran daño. Era todo o nada. No podíamos fallar.

—Está bien —contestó—. Pero encuentra la forma de resolverlo. Es muy difícil sin ti.

Mi cabeza dolía. Mi corazón dolía. Tener a doce niñas encerradas era deprimente e injusto, pero era mejor que estar en manos de pedófilos y violadores. Mi padre secuestraba mujeres y las vendía por millones de euros mientras yo quería protegerlas con mi vida. Era mi manera de reparar todo el daño que había causado mi familia. Era mi retribución. Algún día… Ellas algún día volverían a casa, y yo no descansaría hasta lograrlo.

—Esta es la última vez que me llamas. Es arriesgado —advertí—. No me olvido del deber, Berenice. Nunca lo haré.

Colgué sin esperar respuesta y regresé a la mesa donde mi prometida esperaba con una sonrisa. Leyó el menú con interés y me miró brevemente. Había preguntas en sus ojos y me arrepentí por responder la llamada. Fue un error que no pensaba volver a cometer.

—¿Con quién hablabas?

—Mi padre —respondí sin un rastro de emoción—. Negocios.

Marilla asintió y tocó mi mano por encima de la mesa. Como era costumbre, no sentí nada aparte del rechazo. Estaba con ella porque era mi deber. Nuestras familias decidieron comprometernos desde que éramos niños. Como heredero de un imperio criminal, tenía que cumplir con varios «requisitos» para ser un hombre de la mafia. Entre ellos, casarme con la hija del *consigliere*.

—Pensé que podríamos ir al hotel más cercano, mi padre no está aquí para vigilarnos. —Su mano bajó a mi entrepierna y me tensé—. No soy una mojigata que esperará hasta el matrimonio. Es ridículo.

Tomé un sorbo de vino, apartando su mano, y ella hizo un mohín a cambio. Cuando estábamos juntos actuaba diferente. No era la niña modesta que sus padres conocían. Marilla fingía ser una chica decente, pero yo podía verla como era realmente: una persona cruel, malvada, pretenciosa y clasista. Muy poco empática con la vida ajena. Mientras ella tuviera sus privilegios no le importaba nadie más.

Sabía a qué se dedicaba su padre, pero jamás la oí quejarse o sentirse mal por utilizar dinero manchado de sangre. ¿Por qué lo haría? Sus zapatos Louis Vuitton y joyas Cartier costaban una fortuna. Estaba muy cómoda en su burbuja mientras personas inocentes morían por culpa de nuestra familia. Marilla era indiferente a la mafia y a mí me asqueaba.

—Le di mi palabra de cuidar tu virtud.

—Yo no quiero que cuides mi estúpida virtud —gimió en tono de frustración—. Quiero estar contigo, Luca. ¿No me deseas?

Marilla Rizzo era hermosa, con su cabello castaño, grandes ojos marrones y labios carnosos. Cualquier hombre se sentiría afortunado de convertirla en su esposa, pero yo la odiaba. Apenas soportaba respirar el mismo aire que ella. No me interesaba nada de lo que contaba sobre las fiestas a las cuales asistía o lo mucho que le ilusionaba nuestra boda. Me caía mejor cuando no invadía mi privacidad.

—Siempre he sido sincero contigo, no te veo de ese modo. Tienes diecisiete años.

Soltó un jadeo horrorizado que atrajo la atención de varios clientes. Probablemente el chisme llegaría a oídos de mi madre y me vería expuesto a sus sermones. Ella me obligaba a pasar tiempo con Marilla. Pensaba que de esta manera nos enamoraríamos y adelantaríamos la boda. Ni en un millón de años. No sabía cómo, pero no iba a contraer matrimonio con una chica que estaba más preocupada por sus uñas.

—Siempre usas mi edad como una excusa —se quejó—. Te amo, Luca. Sé que no sientes lo mismo, pero puedo cambiarlo si me das una oportunidad.

¿Excusa? Cristo, era menor de edad y no era correcto tener relaciones con ella. Yo no iba a resignarme a aceptar lo que mis padres esperaban de mí. Estaba destinado a hacer algo diferente. Quería más. Mucho más que una vida delictiva.

—Tu edad influye mucho —dije—. Lo nuestro no funcionará y ya es hora de que lo entiendas.

El dolor cruzó sus finos rasgos, pero se recompuso y sonrió forzosamente.

—Tu padre es capaz de matarte si te escucha hablar de esa manera.

—Me hará un favor que agradeceré.

Cuando habló de nuevo, escuché un sollozo en su voz.

—¿Te resulta muy desagradable pasar el resto de tu vida a mi lado? Pon un poco de esfuerzo, por favor. ¿Crees que tengo elección? No. Si no me caso contigo, será con otro. Estamos destinados a estar juntos. Acéptalo y será mejor.

Odiaba que sonara como mi madre. La escuchaba decir lo mismo cada día con la excusa de que mi padre no me sometería a sus golpes mientras siguiera sus instrucciones. A nadie le importaban mis sueños o deseos. Estaba condenado a ser un títere, pero me prometí a mí mismo que construiría mi propio puente y avanzaría sin las personas que me arruinaron la vida. Yo sería un hombre libre con mis propias reglas y un legado de honor del cual sí me sentiría orgulloso.

—El tiempo ha terminado. —Miré la hora en el reloj que adornaba mi muñeca y le sonreí—. El deber llama.

—Ni siquiera pedimos la comida.

—Será en otra ocasión, porque mi padre quiere verme para hablar de negocios.

Las lágrimas llenaron sus ojos y me costó mucho no perder mi poca paciencia. La próxima vez encontraría la forma de evitar sus invitaciones sin mostrarme tan cansado de sus avances. Reconsideraría la oferta de mi padre. Quizá si me involucraba en sus negocios no me vería obligado a cumplir los caprichos de una chica malcriada.

—¿Podemos vernos el viernes? —preguntó.

Emití un suspiro de agotamiento.

—No puedo —dije y señalé al hombre que custodiaba la puerta—. Desde el atentado mis salidas son muy limitadas.

En este caso no mentía. La semana pasada asistimos a la boda de la tía Carlota y terminó en un tiroteo a causa de la guerra que teníamos con Ignazio Moretti. Enemigo principal de la Cosa Nostra y el bastardo más poderoso de Italia. Su propósito era robar el territorio de mi familia y, si por mí fuera, se lo cedería con mucho gusto. Mi padre, por el contrario, no estaría feliz con la idea.

—No es mi intención presionarte. —Marilla agachó la cabeza—. Lo único que quiero es que ambos seamos felices.

No me sentí mal por sus falsas disculpas. Era joven y con un gran futuro, pero no a mi lado. Postergaría la boda el tiempo necesario.

Mis manipulaciones funcionaron y mis padres no insistieron. Prefería bañarme en ácido antes que condenarme a su lado.

—Prometo que nos veremos lo antes posible. —Besé el dorso de su mano y ella se derritió—. Voy a compensarte.

Batió sus largas pestañas. El cabello castaño estaba suelto y llevaba un brillante vestido amarillo que la convertía en el centro de atención. Marilla era preciosa por fuera y horrible por dentro.

—Estoy deseándolo.

La guerra con Ignazio Moretti había comenzado.

Mi padre se encargaba de recordármelo en cada encuentro, y estaba harto. Él intentaba aparentar que no le temía, pero podía leer su lenguaje corporal. Un talento que muy pocos poseían. Nunca sería capaz de mentirme. A mí no. Mi abuelo se creía el cuento de que Leonardo Vitale era el capo perfecto que le traería gloria a nuestra familia mientras yo lo veía como un cobarde poco hombre.

Pensamiento que nunca pronunciaría en voz alta. Odiaba a mi padre. No tenía ningún buen recuerdo de él. Arruinó mi infancia y mi adolescencia. Me quitó la oportunidad de cumplir mis sueños y me golpeaba hasta que se aburría de hacerme sangrar.

Lo odiaba tanto.

Más de una vez quise tener el valor de dispararle y acabar con su existencia, pero las consecuencias serían catastróficas. Me perseguirían el resto de mi vida y mi hermana pequeña quedaría indefensa, igual que mi madre. No podía abandonarlas.

«Paciencia…».

Un día lo terminaría y nos liberaríamos del monstruo. Mi abuelo tenía un pie en la tumba. ¿Pero mi padre? Yo mismo me haría cargo de él.

Un día.

«Algún día, Luca».

Controlé la irritación que sentía mientras el tic-tac del reloj tensaba mi mandíbula. Malditas reuniones. Mi presencia era obligatoria y tenía que soportar escuchar sus futuros proyectos sobre tratos con delincuentes o los crímenes que llevarían a cabo. Repudiaba oír las burlas o lo fácil que les resultaba arruinarles la vida a miles de personas con tal de llenarse los bolsillos.

Lo positivo de las reuniones era que me servían para mis propios fines, me permitía estar atento a sus movimientos para poder actuar en los momentos oportunos. Ellos no imaginaban que el heredero Vitale ansiaba destruirlos. Lo único que me mantenía vivo eran mis objetivos y el crudo anhelo de verlos muertos.

Me subestimaban, y era un error.

Me concentré en el valioso cuadro mientras mi abuelo se sentaba con dificultad en el sillón con ayuda de su bastón y mi padre le servía un vaso de whisky. ¿Cuál era el drama esta vez? Me hice una idea exacta por la expresión en sus caras. Solo una persona tenía la habilidad de amargarles el día. Casi sonreí, pero me contuve. Lo tomarían como una falta de respeto.

—Un pacto de paz nunca formó parte del plan, no insultaremos nuestro orgullo. —Mi padre soltó un resoplido—. Moretti quiere vernos muertos, pero también disfruta torturándonos.

Crucé un tobillo sobre mi rodilla y pasé un dedo por mi labio inferior. No hablé. Solo intervenía cuando era necesario o con la intención de fingir que me interesaba la conversación.

—¿Qué ha hecho esta vez? —preguntó mi abuelo y tosió con brusquedad. No me sorprendería si escupiera uno de sus pulmones en la fina alfombra de felpa. Su enfermedad era muy notable, aunque él fingía que estaba bien.

Años de adicciones y malos tratos a su cuerpo trajo consecuencias. Él era lo suficientemente estúpido y orgulloso como para no seguir ningún tratamiento. Lo veía como un signo de debilidad. Patético.

—Destruyó una mercancía en el puerto —contestó mi padre con la rabia latente en su voz—. Alertó a la policía e incautaron millones de euros en cocaína. No podemos permitir que se salga con la suya.

Quería bostezar porque nuevamente la conversación me parecía muy aburrida. Moretti era el gato, y mi familia, el ratón. Le encantaba demostrar que tenía el control y no había forma de detenerlo. Siempre estaba un paso por delante de nosotros a pesar de que muchos no querían negociar con él.

—Entonces danos una solución. —Mi abuelo se enderezó en el sillón y sus labios arrugados se apretaron con desdén—. Lo único que has hecho desde que llegamos es repetir la misma información que ya sabíamos, Leonardo. ¿Has contratado a la persona indicada como sugerí?

Con sus setenta y cinco años, era el hombre más intimidante que había conocido. El don que puso a la familia Vitale en la cima. Muchos deseaban que él se retirara, pero se mantuvo firme. Nadie era tan eficiente como el abuelo Stefano. Compró a la justicia de Palermo, llevó a cabo los negocios más sucios de la humanidad y su historial criminal era admirado por muchos.

Yo lo repudiaba con cada parte de mí. Deseaba despertar un día con la noticia de que finalmente estaba muerto y pudriéndose bajo tierra.

—Moretti actúa desde las sombras, muchos han dicho que no tiene debilidades y eso lo hace indestructible. —Padre se sirvió un vaso de whisky—. Pero hace tres años lo relacionaron con una mujer.

Enarqué una ceja sin hacer comentarios.

—Ah, su puta —dijo el abuelo sin delicadeza y sonrió—. Una puta que nos servirá.

Era un misógino que nunca se dirigía con respeto a las mujeres. Según él, solo servían para follar y traer herederos al mundo. Me compadecía de mi abuela. Sufrió décadas a su lado, pero me consolaba creer que estaba teniendo un descanso en un lugar donde nada ni nadie podía lastimarla nunca más.

—Fue su amante —corrigió mi padre—. Estuvieron juntos, pero por alguna razón terminaron y ella quiso matarlo más de una vez.

La conversación captó mi interés por primera vez en la noche.

—¿De quién hablamos? —inquirí.

Los labios de mi padre se curvaron en una sonrisa desdeñosa.

—Alayna Novak, la mariposa negra. Hace años trabajó con una organización, pero se hizo independiente y ofrece sus servicios al mejor postor. No, no es una prostituta —se apresuró a decir—. Es unas de las asesinas más cotizadas y peligrosas del mundo. Nunca la han atrapado, mucho menos ha fallado en un objetivo. Tiene una reputación que aterroriza incluso al mafioso más poderoso.

Me burlé internamente. ¿Mi padre quería contratar los servicios de una asesina? ¿Una mujer? Era ridículo, porque él veía al sexo opuesto como débil.

—¿Qué papel tomará?

—Tu guardaespaldas —contestó—. Lo mejor de todo es que me puse en contacto con ella la semana pasada y aceptó. Me costó convencerla, por supuesto, pero no existe nada en este mundo que el dinero no pueda comprar.

—Brindemos por eso —se rio el abuelo—. Sabía que no me decepcionarías en esto, Leonardo.

Mi cuerpo se tensó sin que pudiera evitarlo, no me gustaba cómo sonaba eso. Tenía mi propio escolta que podía controlar a mi antojo y esquivarlo cuando lo considerara necesario. Alguien nuevo en el puesto arruinaría mis rutinas y planes.

—Tengo un guardaespaldas —dije, tratando de controlar el pánico que sentía por dentro—. No necesito otro.

Mi padre resopló como si mi opinión no importara en absoluto.

—Hace una semana te rozó una bala y es imperdonable. Necesitamos a alguien eficiente y atento para el puesto. Alayna Novak no solo cumple con todos los requisitos, además odia a Moretti y eso es una ventaja que vamos a aprovechar.

Cerré la boca y evité que mi rostro reflejara cualquier disgusto. Discutir no tenía sentido. La conversación estaba terminada y Alayna Novak era mi nueva escolta.

—¿Cuándo voy a conocerla?

—Mañana.

«Maravilloso...».

Solo esperaba que no fuera una molestia, porque no dudaría en quitarla de mi camino.

2

DIECIOCHO AÑOS ATRÁS... SAMARA, RUSIA
ALAYNA

Miré a los nueve niños acomodados en una fila. Todos de diferente estatura, género, etnia y edad. Teníamos mucho en común: fuimos apartados de nuestra familia y estábamos aterrados del destino que nos esperaba.

Pasó casi una semana desde que me separaron de mi hermano, y no importó cuántas veces supliqué que me llevaran con él. Nadie me escuchó. Mi alma rota sangraba y agonizaba. Sabía que a partir de entonces estaba sola.

Sin mamá ni Caleb.

Sola.

Las luces fluorescentes se encendieron e iluminaron cada centímetro de las víctimas. Niños sucios, andrajosos, escuálidos y débiles. Probablemente indigentes que venían de la calle como yo y despreciados por la sociedad. Marginados sin ningún objetivo en la vida aparte de sobrevivir.

El nudo en mi garganta aumentó cuando la puerta chirrió y dio paso a un hombre elegante. El miedo se apoderó de mí y oculté mi rostro detrás del largo cabello negro que me servía como protección. Sus ojos pálidos se fijaron en todos los cuerpos y después sonrió con frialdad. Me asustó al instante y quise correr porque sabía que nada bueno me esperaba. Mi casa no era la mejor y pasaba días con hambre, pero tenía a mi hermano. Con él me sentía a salvo.

—¿Qué tenemos aquí?

Los niños temblaron y lloraron, pero yo fui la única que se mantuvo en silencio. Mis uñas se clavaron en las palmas y disfruté el escozor que me provocó. El dolor me recordaba que seguía viva. Cuando el hombre se aburrió de aterrorizar a los débiles se fijó en mí y una sonrisa se dibujó en sus labios. Continué sin moverme ni apartar la mirada. Mi mente estaba en blanco.

«No reacciones, no respires… Todo será peor si hablas».

—Tu nombre.

Nada.

Una fuerte bofetada sacudió mi rostro y un hilo de sangre corrió por mis labios. No lloré ni me estremecí. Fui sometida a golpes más duros cuando mi padre estaba vivo.

—Tu nombre —insistió.

Nada.

Su carcajada resonó y elevó una sola ceja. Algunas canas se adherían a su cabello rubio y el traje caro se ajustó a su cuerpo. Era mayor. La edad de mi padre.

—Eres una luchadora, ¿no es así? —se burló—. Muy valiente, por supuesto. ¿Sabes por qué estás aquí?

Sin respuestas. Me golpeó de nuevo y no emití ni un suspiro. Los niños a mi lado estaban en shock, alarmados por la presencia del hombre. Yo no reaccioné porque había vivido los mismos episodios y conocía el resultado si respondía. Vi muchas cosas malas en el mundo. Ser criada bajo la violencia te volvía insensible.

—Impresionante —murmuró en tono serio, y me contempló—. Me gustan las mujeres fuertes y resistentes como tú. Eres una guerrera.

Algo en sus palabras me animó a abrir la boca. Mamá también decía que era fuerte y valiente.

—Me llamo Alayna. —Lamí la sangre de mis labios.

Su sonrisa se amplió y frotó una mano en su áspera barbilla.

—Entonces ella habla —dijo con humor y satisfacción—. Muy bien, Alayna. Veo que ya nos estamos entendiendo. No solo te convertiré en una guerrera, también en la asesina más peligrosa que el mundo alguna vez podrá conocer. Bienvenida a mi organización.

ACTUALMENTE...

Los recuerdos se desvanecieron y me hundí más profundamente en la bañera. «The Kill», de Thirty Seconds To Mars sonaba de fondo mientras contenía la respiración alrededor de dos minutos. Mis pulmones ardían y mi corazón latía frenéticamente. Tentar a la muerte era uno de mis pasatiempos favoritos.

Cuando mataba perdía un trozo de mi alma, pero me sentía más viva que nunca. Había una recompensa a cambio de tanta matanza. Purificaba el mundo. Lo liberaba de escorias que robaban oxígeno. Tenía una trayectoria muy larga y estaba orgullosa de ello. Hice trabajos sucios para el gobierno y pisé territorios que muchos temían.

Mis entrenamientos me convirtieron en una asesina de tiempo completo y ganaba millones por mis servicios. ¿Lo mejor? Nunca fui atrapada desde que me dedicaba a esto. Era limpia y eficiente. Una profesional que no dejaba huellas. Era buena en lo que hacía. La mejor.

Mi regla era simple y jamás cruzaba las líneas:

No mataba a personas inocentes. Seguía firme a pesar de un error que cometí.

Investigaba muy bien a mis objetivos antes de aceptar. Trabajaba de manera independiente desde hacía cinco años. Gracias a mis contactos obtenía nuevas misiones todos los meses. Algunas más difíciles que otras, pero no menos emocionantes. Mi buena vida empezó cuando cedí por completo a la oscuridad. Suprimí todo rastro de inocencia y me dije a mí misma que era hora de forjar mi propio camino. Uno donde yo sería mi única prioridad y nadie volvería a hacerme sentir indefensa ni insuficiente.

Regresé a la superficie con un jadeo tembloroso y aparté el cabello mojado de mi rostro. Hacía una semana había aceptado un nuevo objetivo. No era parte del plan, pero lo vi como un desafío. Alguien que odiaba estaba involucrado y no podía esperar para vencerlo. Fue una oferta muy tentadora. Además, tendría una cantidad excesiva de dinero en mi cuenta bancaria.

Mañana iba a tomar un vuelo que me llevaría directamente a Palermo, la capital de Sicilia. No me quedaba mucho tiempo en un mismo lugar, pero esta vez mi estancia era indefinida. Mi cliente quería muerto a uno de los mafiosos más poderosos de Italia y no sabía con exactitud cuánto me costaría. Ignazio Moretti no era una presa fácil y yo lo conocía mejor que nadie.

Me levanté de la bañera; chorros de agua corrían por mi cuerpo cuando me contemplé frente al espejo mientras secaba mi cabello con una toalla. Mi figura sería perfecta si no fuera por las cicatrices, pero no me avergonzaba de ellas. Eran un reconocimiento de todas las batallas que había ganado. Un trofeo de mis victorias.

En algunas ocasiones pensaba cómo sería mi vida si él no me hubiese encontrado en ese sucio callejón. Sus métodos fueron cuestionables, pero me convirtió en lo que soy actualmente, una mujer poderosa y temida que no le rinde cuentas a nadie. Me hizo más fuerte.

Reseguí las mariposas tatuadas en mis hombros y suspiré. Trece mariposas negras en mi piel. Mi número de la suerte y mi marca más personal. Un recordatorio de que nadie podía detenerme.

Ni siquiera el diablo.

Mi vuelo privado aterrizó más rápido de lo que esperaba, pero no me quejé. La puntualidad era lo mío. Dentro de cuatro horas iba a tener una conversación con Vitale y mañana empezaba mi trabajo. Mientras tanto me hospedaba en uno de los hoteles más lujosos de Palermo.

Un nuevo aire me vendría bien. Los constantes viajes a veces me abrumaban y quería experimentar algo diferente. ¿Por qué no como escolta de un *bambino* mimado? Crucé las piernas y bebí un sorbo de café mientras leía con calma algunos informes sobre las rutinas del príncipe mafioso. La idea de estar pegada a él como un chicle me desagradaba. ¿No podía defenderse por sí mismo? Yo a su edad mataba escorias o despellejaba objetivos.

Los viejos tiempos eran más divertidos.

Un golpe sonó en la puerta y dejé mi teléfono sobre la mesita para abrirla. Encontré una sorpresa muy bonita que alegró mi mañana. Se trataba de una mujer con cabello rojo y cara ovalada. El flequillo se asentaba perfectamente sobre sus grandes ojos castaños. Era delicada como una muñeca de porcelana que quería romper.

—Traje su pedido —balbuceó, nerviosa por mi evaluación—. ¿Más café con croissants?

Mis ojos se posaron en su modesto escote. Nada mal.

—Es justo lo que pedí —respondí en italiano, mi voz suave, pero el acento ruso muy marcado—. Gracias.

Me hice a un lado para dejarla pasar. No podía dejar de mirar cada detalle de su aspecto. El vestido rosa era elegante, pero los zapatos no. Eran los más feos que había visto nunca. ¿Quién demonios se atrevía a combinar naranja con rosa?

—No es nada, señorita. ¿Puedo ayudarla en otra cosa?

La pregunta me encantó. De hecho, ella me gustaba mucho para obtener un poco de diversión antes de perderme en mi aburrido trabajo. Sexo. Quería sexo.

—Claro, tengo otros planes —sonreí—. No te irás tan rápido.

Se sonrojó.

—Oh.

La vi mirarme descaradamente cuando llegué al hotel y susurrar con su amiga rubia. Su interés me llamó la atención, así que le pedí a la recepcionista que cierta pelirroja se encargara de traerme el desayuno. Las personas que me conocían sabían que no excluía a nadie cuando se trataba de disfrutar de mi vida sexual.

Los hombres me atraían, pero también las mujeres. A estas últimas normalmente les encantaba ser dominadas. Me refería a quienes había acudido por satisfacción. Yo disfrutaba de tener el control la mayor parte del tiempo y mirando a esta dulce chica sabía que me permitiría hacer con ella lo que quisiera.

—¿Cómo te llamas? —inquirí dando un paso hacia ella—. Quiero conocerte un poco más antes de irme.

Lamió sus labios húmedos y vi la forma en que sus tetas subieron y bajaron en el escote. Maravilloso.

—Eloise Pradelli.

Bonito nombre.

—Bien, Eloise. —Mis labios se curvaron en otra sonrisa que debilitaba a mis víctimas. Muy pocos se resistían a ella—. ¿Por qué me observaste la primera vez que vine aquí? Muchas personas me observan, no me malinterpretes, pero tú lo hacías con una clara intención.

Su cara adquirió un tono rojo y me pregunté qué otras partes de su cuerpo reaccionarían así a mis palabras.

—Me resulta una mujer muy atractiva.

—Te gustan las mujeres.

Asintió.

—Sí.

Le guiñé un ojo.

—A mí también. —Agarré un croissant de la bandeja y le di un bocado. Su atención siempre estuvo en mis labios—. Entonces no te importará desnudarte y mostrarme lo que puedes hacer.

La bandeja tembló en sus manos. Bueno, mis palabras la pillaron desprevenida. Era muy directa, no andaba con rodeos. Siempre dejaba claro cómo y cuándo lo quería.

—No —tartamudeó.

Señalé la puerta de la habitación.

—Quítate la ropa y sígueme.

Eloise ni siquiera dudó en obedecer.

El taxista me esperaba fuera del hotel y permití que me ayudara con las dos maletas que traía. Después compraría lo que necesitara a medida que me adaptaba. Incliné la cabeza para que no tocara el techo y entré. Una vez cómoda, el hombre cerró la puerta y condujo. Pasé las manos por el borde de mi vestido negro, asegurándome de que no tuviera ninguna arruga.

Investigué a Leonardo Vitale y su historial no me agradó en absoluto porque era todo lo que odiaba en este mundo: mafioso repulsivo que se dedicaba a la trata de blancas y drogas. ¿Lo bueno? Si me mantenía cerca de él, tendría los medios suficientes para matar a Moretti y después iría a por su cabeza. Dos pájaros de un tiro. Iba a ser fácil adaptarme. Era una mujer sociable, experta en la actuación y manipulación. Lo tendría comiendo de la palma de mi mano. A él y a su hijo.

Eché un vistazo al reloj en mi muñeca y después puse mi atención a la ciudad que pasaba ante mis ojos. Llegaría dentro de pocos minutos y haría oficial mi nuevo empleo. Prefería otro tipo de pasatiempo, esos donde era contratada por clientes que me ordenaban eliminar a escorias de la sociedad. Matar a violadores, pedófilos y proxenetas era más entretenido. Era alucinante hacerlos sufrir y ver cómo sus miradas vacías se perdían cuando no soportaban tanta tortura. Me hacían sentir poderosa, una diosa de la muerte.

Lloraban, rezaban, suplicaban y prometían que serían mejores personas, pero nunca les concedía el perdón.

No creía en las segundas oportunidades.

No creía en la redención.

No tenía alma ni corazón.

Ya no sentía nada.

Mi iPhone vibró y aproveché para analizar los antecedentes del príncipe mafioso.

«Luca Vitale…».

Estaba a principios de sus veinte años. Tenía el cabello castaño y los ojos de un pálido tono gris. Su sonrisa genuina era como el reflejo de las cosas más puras. Atractivo y carismático, pero había algo en su expresión. Dolor y tristeza. A diferencia de su padre no sabía mucho de él. Mantenía un perfil bastante bajo. ¿Qué ocultaba? Su cara de niño bueno no me convencía. Todos teníamos secretos.

Guardé el teléfono en el bolso y miré las calles con aire pensativo. Estuve en muchos rincones del mundo, pero Italia siempre me resultó fascinante. Amaba su gastronomía, sus tradiciones y dominaba el idioma a la perfección. Sobreviviría sin problemas.

Veinte minutos después, el taxi se detuvo y el hombre me miró nervioso.

—Hemos llegado, señorita.

Sabía exactamente dónde nos encontrábamos y agradecí su valor por traerme a una zona peligrosa. Observé la enorme mansión blanca de cuatro plantas frente a mí equipada con una gran fuerza de seguridad. La mayoría de las personas eran ajenas, pero mis ojos expertos no pasaron por alto los francotiradores en el tejado, mucho menos los soldados escondidos estratégicamente entre los arbustos. La familia Vitale estaba lista para la tercera guerra mundial.

—*Grazie.* —Pagué al taxista con una generosa propina y sus ojos se iluminaron.

—Que Dios la ampare, bella dama —masculló. Me dio las gracias y se retiró después de entregarme las maletas.

Los portones se abrieron y sonreí. Un guardia de seguridad me dejó pasar cuando le dije mi nombre y caminé con calma y confianza. Oficialmente empezaba mi nueva aventura y estaba ansiosa por llegar a mi parte favorita:

Masacrar a los monstruos.

Me pidieron que entregara las dos maletas y lo hice de mala gana. Ahí guardaba mis objetos más preciados. Después me guiaron al interior de la mansión. Muy lujosa por dentro y por fuera. Elegante, pero también deprimente. Las baldosas blancas estaban tan pulidas que podía ver mi reflejo en ellas. Techos altos con candelabros en forma de araña. Había un solo cuadro familiar en la sala principal. Vitale, su esposa y sus dos hijos. Algunas paredes eran de cristales oscuros y pude ver otras áreas de la casa.

—Señorita Novak, acompáñeme. —La voz del guardia detuvo mi evaluación y me condujo hacia las escaleras que dirigían al segundo piso.

Los pasillos olían a lavanda, y mis tacones altos producían ecos en las paredes. No escuché risas ni sentí calidez. Toda la casa tenía toques masculinos, lo cual confirmó mi teoría de que Vitale era dueño del control y su familia, simples peones.

—Por aquí —instruyó el guardia.

Se retiró cuando entré en la oficina y cerró la puerta detrás de él. Mi nuevo jefe me miró con una fría sonrisa que no correspondí. Me evaluó de pies a cabeza y bebió un trago de whisky. Sabía lo que veía: un cuerpo y una cara bonita. No era la primera vez que me consideraban un par de tetas, pero pronto conocería lo peor de mí. Había metido al diablo en su propia casa.

—Alayna Novak. —Se sentó en el sillón que era parecido a un trono—. Espero que tu viaje haya sido satisfactorio.

26

Me mantuve de pie a pesar de que ordenó que me sentara.

—Lo fue —dije—. Italia es un país hermoso.

Se inclinó sobre la mesa y sus grandes manos formaron una torre cuando unió los dedos. Era la personificación de un bastardo desalmado. Durante años conocí a las peores escorias y Vitale entró en la lista. Su cabello castaño tenía unas pocas canas y sus fríos ojos grises eran duros como el acero. Nada de humanidad.

—Me alegra escuchar eso. —Enarcó una ceja—. Me sentí honrado cuando aceptaste el trabajo. Sé que eres muy selectiva con tus clientes.

—Conoce perfectamente bien mis razones.

Me dirigió otra sonrisa y le agregó más hielo a su bebida. Lo único que teníamos en común era que odiábamos a Moretti. El resto, nada. Jamás me sentiría identificada con una basura como él.

—No necesitas que te diga cómo hacer tu trabajo. Sé que no vas a decepcionarme —masculló y se puso más cómodo en el sillón—. Mis contactos aseguran que eres brillante y no me sorprende que Moretti haya caído por ti.

La mención de Moretti no provocó ninguna reacción de mi parte. Estaba tratando de provocarme, pero no iba a funcionar. Era inmune a cualquier tipo de emoción.

—Estoy al tanto de todas las rutinas de su hijo —expresé, cambiando de tema—. La próxima semana anunciará su compromiso públicamente. Estos eventos son el blanco perfecto para que el enemigo ataque.

Asintió.

—Contigo en mi equipo la caída de Moretti es inminente. —Se lamió los labios—. Serás la escolta de mi hijo, pero también mi espía. Me dirás absolutamente todo lo que ocurre en su vida.

La última advertencia me llamó la atención y deduje que no confiaba ni en su propio hijo. ¿Por qué querría saber los detalles mínimos? ¿Temía que hiciera algo imprudente que lo perjudicara? Mmm… interesante.

—Mi lealtad está con quien me pague la suma más grande.

Bebió de nuevo y odié el brillo lujurioso en sus ojos. Si pensaba que podía tener una oportunidad conmigo en otros ámbitos, estaba equivocado. Primero le cortaría el brazo antes de que sucediera. Una cosa era el dinero y otra follarme a un mafioso despreciable que vendía mujeres. Nunca sería mi tipo.

—Me alegra que lo tengas presente —farfulló y miró hacia la puerta—. Luca, ven aquí. Te presentaré a tu nueva escolta.

Me giré y aprecié a la figura masculina que entró en la habitación. Parecía que el tiempo se hubiera detenido en ese instante porque el impacto fue inesperado. Sus fotografías no le hacían justicia. Su sola presencia detonaba poder y su mirada pálida era tan fría que me hizo estremecer.

No estaba mirando al niño mimado de mis informes.

Era un hombre en todos los aspectos.

El mundo dejó de girar mientras me evaluaba y se acercó hasta que estuvimos cara a cara. Era más alto que yo por unos cuantos centímetros. Cuando sus labios se curvaron en una lenta sonrisa, la chispa del deseo me sacudió. El aroma de su loción invadió mis fosas nasales: fresco, masculino, adictivo.

—Es un placer conocerte —agarró mi mano y besó el dorso. El acento italiano era grueso en su voz—. Soy Luca Vitale.

3

LUCA

La luz del sol se asomó por mi ventana cuando Amadea apartó las cortinas. Intenté cubrirme con las mantas, pero ella impidió que lo hiciera. Su sonrisa amable me recibió a cambio y suspiré. No podía enojarme con esta mujer. No me trajo al mundo, pero la veía como una madre. Se encargó de darme amor y cariño. Preparaba mis platos favoritos, celebraba mis cumpleaños y nunca permitió que me sintiera solo. Era afortunado de tenerla en mi vida.

—Levántate, se hace tarde —dijo con su característica voz alegre—. Ella estará aquí pronto y debes estar presentable.

Resoplé.

—Ni que fuera tan importante.

—Tu padre y tu abuelo no piensan lo mismo.

Me cubrí la cara con el antebrazo y bostecé. No sabía casi nada sobre la mariposa negra excepto que era una asesina a sueldo y una amenaza para mis planes. No estaba feliz con su llegada. Antes mis pasos eran discretos, pero ahora caminaría en un campo de minas. Un solo error y todo explotaría. Maldita sea. ¿Por qué mi padre se empeñaba en complicarme la vida? ¿No me torturaba lo suficiente día y noche?

—Te preparé un café —musitó Amadea—. Arriba ese ánimo, Luca.

Ella sabía lo mucho que me costaba aceptar mi vida. Era infeliz la mayor parte del tiempo y buscaba refugio en las cuatro paredes de mi habitación. Quería huir de mi realidad. Esa donde mi padre me odiaba y era obligado a hacer cosas terribles.

—¿Cuándo terminará? —pregunté en voz baja.

Amadea se sentó a mi lado en la cama.

—Pronto, querido. No te des por vencido —me consoló con un apretón en mi brazo—. Has llegado demasiado lejos.

Sí… Cada vez que cerraba los ojos pensaba en las niñas que mantenía ocultas de mi padre. Era peligroso, pero no me arrepentía por cuidarlas. Tarde o temprano llegaría la recompensa.

—¿Café con crema?

Me guiñó un ojo.

—Tu favorito.

Salí de la cama a pesar de mi mal humor y tomé una ducha rápida. Me puse mi mejor ropa para verme presentable. Su llegada a la mansión era importante y debía dar una buena impresión. No quería que me viera como un hombre débil. No tenía tanta autoridad como mi abuelo y mi padre, pero era peligroso si me lo proponía.

Mi traje negro resaltaba la palidez de mis ojos grises y el reloj de valor incalculable brillaba en mi muñeca. Vestido de esta forma era lo más parecido a mi progenitor, pero seguía habiendo muchas diferencias. Yo no necesitaba lastimar a los débiles para obtener poder.

Cuando estuve conforme con mi aspecto, salí de la habitación para reunirme con mi padre. Los pasillos apestaban a soledad y tristeza. Sin risas, sin música, nada. Leonardo Vitale era el rey de esta casa y nadie podía quebrar sus leyes. Él nos quería así, apagados, miserables. Llegué a la puerta y me detuve ante el sonido de una voz suave con acento extranjero.

«Era ella».

—Contigo en mi equipo la caída de Moretti es inminente —dijo mi padre—. Serás la escolta de mi hijo, pero también mi espía. Me dirás absolutamente todo lo que ocurre en su vida.

Cada músculo de mi cuerpo se tensó con rabia. Lo sabía. Ella era otra piedra en mi camino y tenía que hacerme cargo de la situación pronto. No me importaba usar recursos extremos.

—Mi lealtad está con quien me pague la suma más grande.

Sonaba engreída y segura de sí misma. ¿Qué acento era ese? ¿Ruso?

El sonido de su voz me atrajo como un imán. Abrí la puerta y la observé en su máximo esplendor. La mujer se encontraba de espaldas, ofreciéndome una vista de su cuerpo. Una pequeña cintura que caía en sus caderas redondas y un culo con forma de corazón. El vestido negro era ajustado y sus tacones altos destacaban sus largas piernas. Era delgada, pero de una forma ejercitada. «Respira, Luca».

Mi padre se percató de mi presencia y me indicó que pasara.

—Luca, ven aquí. Te presentaré a tu nueva escolta.

La mujer se dio la vuelta ante la mención de mi nombre y me examinó con el ceño fruncido. Era increíblemente hermosa. Ojos azules, labios carnosos pintados de rojo, cabello sedoso de color negro hasta la cintura. Esos grandes pechos eran imposibles de pasar por alto. ¿De dónde demonios había salido? ¿Y por qué nunca la había visto?

Esa no fue la mejor parte. Ella me miró con una especie de fascinación y confusión. No imaginé que mi escolta luciría así. Era una visión embriagadora y tentadora. Casi me alegré de tenerla en mi casa y a mi merced. Quizá no todo sería tan malo.

Di un paso cerca y agarré el dorso de su mano. Era delicada a pesar de las pequeñas cicatrices visibles en su piel. Olía bien. Nada de perfumes extravagantes. Solo champú.

—Es un placer conocerte. —Besé su mano—. Soy Luca Vitale.

—Alayna Novak —respondió y apartó la mano.

Con una cara de piedra, me volví hacia mi padre. Estaba fumando un habano, aburrido por el intercambio de palabras.

—Alayna vivirá con nosotros y pasarán mucho tiempo juntos —comentó a la ligera—. Sería conveniente que le enseñes su habitación y la pongas al tanto de su nuevo trabajo.

Esto era ridículo, sonaba como si Alayna fuera mi niñera. Forcé una sonrisa a pesar de mi rabia y miré a la mujer frente a mí. Si empezaba a quejarme, levantaría sospechas sobre mi negativa. Era mejor fingir que su presencia no me importaba.

—Por supuesto, será un placer —dije y señalé la puerta—. Primero las damas.

Ella caminó fuera de la habitación sin pronunciar otra palabra y la seguí.

—Tu habitación está cerca de la mía —le informé y me detuve en la puerta contigua al final del pasillo—. Si necesitas algo, ya sabes dónde buscarme. ¿Trajiste alguna maleta?

Abrió la puerta sin permiso y entró. Dos maletas estaban tiradas en la alfombra.

—Un guardia se hizo cargo de ellas —contestó—. ¿Qué podría necesitar de ti?

El italiano sonaba seductor en sus labios y me hice una teoría exacta de dónde venía. Definitivamente era rusa. Por su categoría, fue entrenada en las mejores organizaciones y yo había oído la reputación que mantenía dicho país en el mundo criminal. No encontraba otra explicación de por qué mi padre la había contratado. Tenía que ser muy buena.

—¿Tal vez un café? —bromeé y me recosté contra el marco de la puerta—. Lo siento, olvidé que los papeles se invirtieron. Soy yo quien necesitará los servicios de una asesina a sueldo.

Me observó con la misma expresión feroz sin inmutarse por el intento de coqueteo. Sus dientes blancos mordieron su labio inferior y tragué saliva. ¿Qué hacía una mujer como ella dedicándose a una profesión tan turbia?

—Me gusta el café expreso sin azúcar en exceso acompañado de croissants franceses. Me ayuda a despejar mi cabeza durante las mañanas.

Mis labios se inclinaron en una media sonrisa. Teníamos algo en común: también me gustaba el café.

—De acuerdo, café y croissant —sonreí—. Haré que el servicio lo prepare para ti por las mañanas.

—Te lo agradecería.

Me rasqué la nuca sin saber qué otra cosa decir.

—Ya sabes, estoy cerca.

—Bien —espetó—. Si me disculpas, debo darme una ducha. El viaje ha sido agotador.

Retrocedí.

—Entiendo. Qué tengas una bonita tarde y noche…

La puerta se cerró en mi cara y me eché a reír. Qué amable. Apenas había llegado, pero sabía que las cosas entre nosotros iban a ser emocionantes. Sacudí la cabeza sin dejar de sonreír y me dirigí a mi habitación. Quería creer que no todo sería tan terrible. Rogaba que no.

ALAYNA

La habitación que me asignaron era ostentosa como el resto de la mansión: cama de tamaño King con sábanas de seda, un armario que ocupaba la pared entera, baño privado y un televisor de pantalla plana. Lo que más me gustaba era el balcón con vistas al jardín. Podía ver todo desde allí.

Exhalé el humo por la boca mientras miraba por la ventana. El resto del día pasó volando y la noche llegó rápido. Sabía que las primeras semanas iban a ser aburridas si Moretti no atacaba pronto. En cuanto al príncipe, me dio una sensación contradictoria. Cuando estábamos en el estudio con su padre solo vi frialdad en sus ojos, pero después fue diferente. ¿Qué esperaba de mí? ¿Amistad? ¿Sexo?

Jamás me involucraba con mis objetivos. Lo hice una vez y resultó muy mal. Salí con el corazón destrozado y no quería experimentar la misma miseria. Yo era mi único amor. Otra calada al cigarrillo y la sensación de tranquilidad me hizo suspirar. No me uní a la cena como esperaban y solicité que trajeran la comida a mi habitación.

Mañana examinaría el territorio con detenimiento. Aún no había conocido al resto de la familia. Quizá porque no tenían un papel tan importante como el capo, aunque escuché hablar sobre el don, Stefano Vitale. Un maldito anciano a punto de mudarse al cementerio. ¿Quién ocuparía su cargo cuando muriera? Dilemas que no me interesaba descubrir. Miré más allá del jardín donde una figura caminaba acompañado de un dóberman. Reconocí su altura y la forma elegante en que sus piernas se movían con cada paso.

Era el príncipe mafioso.

Solté el humo por la boca, ganándome su atención. Me miró de frente con las manos en los bolsillos de su traje. ¿Qué lo tenía despierto tan tarde? Era atractivo, mejor que los modelos que aparecían en las revistas. Sofisticado, rico, un niño bonito. No parecía una amenaza, pero no confiaría en su apariencia. Había un depredador detrás de su máscara.

Eventualmente, fui la primera en apartar la mirada y cubrí la ventana con las cortinas. Era curioso cómo podía leer a las personas en la primera impresión, pero Luca seguía siendo un enigma. No sabía qué esperar de él.

No existían almas puras en este mundo, solo hombres dispuestos a las cosas más ruines para obtener poder. No me dejaría conmover por su cara bonita y su amabilidad. Era un camuflaje, y él, mi enemigo.

Al día siguiente no pude negarme cuando me convocaron en el comedor. Vitale requería mi presencia y yo debía obedecer porque pagó por mis servicios. No me gustaba recibir órdenes, pero me aseguraría de que pronto terminara. No acabé con mi antigua organización para ser lacayo de otro hombre abusivo. Era mi propia jefa.

—Me alegra que te unas a nosotros, Alayna —saludó Vitale, sentado en el centro de la mesa con una servilleta en su regazo y el cuchillo cortando la jugosa carne.

Mis ojos evaluaron con atención a los demás presentes. Me detuve en la adolescente sentada cerca de Luca y una mujer mayor ubicada al lado de Vitale. La esposa y la hija que me faltaban por conocer.

—Buenos días.

—Siéntate —ordenó Vitale y señaló el lugar vacío a la derecha de Luca.

Lo hice con el mentón en alto y sin resistencia a pesar de que me irritaba su tono. Era muy capaz de sentarme donde quería, pero no iba a armar una escena. El olor a carne fresca me asqueó por lo cruda que se veía. No podría comer esa cosa tan temprano. Afortunadamente la colonia del príncipe opacó cualquier aroma desagradable y me relajé.

—Ella es mi esposa Emilia y mi hija Kiara —presentó Vitale a las dos damas sentadas en la mesa.

Mientras la dulce Kiara me sonrió ampliamente, Emilia se mostró indiferente y molesta con mi presencia. Supe de inmediato que a ella no le agradaba.

—Un placer conocerlas —dije con sinceridad.

—Me encanta tu ropa —murmuró Kiara—. ¿Es Prada?

—Sí.

—¿Qué dije sobre la postura, Kiara? —La regañó su madre—. Siéntate derecha.

Ella resopló, pero enderezó la espalda y volvió a sonreírme. Le guiñé un ojo a cambio.

—¿Café? —preguntó el príncipe—. Tenemos croissants.

Casi sonreí porque tuvo en cuenta mi petición.

—Por favor, gracias.

Se mordió el labio.

—De nada.

Vitale volvió a ladrar alguna orden y entraron varios empleados al comedor con bandejas y cubiertos. Me sirvieron un café expreso acompañado del croissant y elevé una ceja. Todo estaba hecho justo como quería.

—Mis asociados están al tanto de tu presencia en la Cosa Nostra —masculló Vitale, masticando su filete crudo—. El resto de la organización va a conocerte en la fiesta de compromiso de Luca y su futura esposa.

Observé un momento al príncipe para notar la forma en que apretó el vaso de zumo y estuvo a punto de romperlo. Interesante. Alguien no estaba feliz con su compromiso.

—A muchos no les gustas por la relación que tuviste con Ignazio Moretti alguna vez, pero me encargaré de que sepan que eres nuestra aliada. En la fiesta de compromiso lo más seguro es que sean hostiles contigo.

Probé un sorbo de café. Nada mal.

—Estoy lista para cualquier situación.

—Sé que sí. Jamás acudiría a tus servicios si no fuera el caso, mi padre tampoco te aprobaría. Y tú, Luca… —se dirigió a su hijo—. No vuelvas a hacer ninguna estupidez ni rebajar nuestro apellido. Estoy harto de recordarte cómo debes comportarte, no eres un niño.

El príncipe se tensó, pero asintió. ¿Qué tipo de estupidez podría haber hecho? Lo veía tan calmado y pacífico, como si fuera el dueño del control. Todo él era un teatro, pero yo terminaría con su show.

—Coman. —Vitale sonrió y extendió los brazos—. Se acercan tiempos de celebraciones en honor a nuestra nueva aliada.

4

LUCA

Escuché los murmullos desde el otro lado del pasillo a medida que me acercaba. Mi presencia fue notada al instante cuando pasé por la puerta. El abuelo estaba sentado en uno de los cómodos sofás; mi padre, de pie junto a las ventanas, admirando la oscuridad que ofrecía la noche.

Todos en mi familia eran criminales a excepción de mi hermana Kiara y mi madre. Mi alma tampoco estaba libre de pecados. En más de una ocasión me vi obligado a matar. Todavía recordaba ese día. El día que cometí mi primer asesinato.

La seguridad de la mansión fue violada por mafiosos albaneses. Por más que intenté esconderme de ellos, no pude. Me encontraron y me vi en la obligación de matarlos. Papá nunca había estado tan orgulloso. Fue la primera y la última vez en mi vida que tuve una aprobación de su parte. Actualmente me consideraba una completa decepción por no cumplir con sus expectativas.

—¿Cómo está mi chico favorito? —preguntó el abuelo con una sonrisa—. Vas a anunciar tu compromiso públicamente y no avanzaste mucho con Marilla. Tampoco le compraste el anillo.

Siempre pendiente de mi vida, sabía que la conversación se trataba de esto. El *consigliere* llamó temprano y les comentó mi indiferencia hacia su única hija. Querían atarme a Marilla lo antes posible para mantener las apariencias.

—Soy un caballero, abuelo. —Me senté a su lado y fingí una sonrisa—. Quiero llevarla al matrimonio antes de tomar lo que me pertenece. No quiero faltarles al respeto a las tradiciones.

«Pura mierda...». No me imaginaba una vida con ella. No cuando apenas soportaba mirarla y escucharla.

—¿De verdad, Luca? —Mi padre resopló, bebiendo su whisky. Tomarse su tiempo antes de ir al grano era unos de sus juegos mentales favoritos. Le gustaba ver a la gente nerviosa y delatarlos sin darles una oportunidad de defenderse, pero también aprendí a ser paciente y no caer en su trampa—. Sé que eres indiferente a ella, ni siquiera la miras con deseo.

Los ojos oscuros del abuelo se fijaron en los míos y evaluó mi rostro.

—Tienes la edad perfecta para casarte —dijo—. Los subjefes son hombres honorables, Luca. Necesitas a una mujer como Marilla a tu lado.

Mis venas palpitaron por la cólera y casi reventaron. No se conformaban sometiéndome desde hacía veintitrés años. También querían entregarme a una familia repugnante como los Rizzo. Conocía a Carlo Rizzo. No por nada se había ganado el título de *consigliere*. Era escoria igual que mi padre y un psicópata desalmado.

—Marilla aún no está lista —expuse—. Prefiero esperar hasta que cumpla los dieciocho. Será posible en unos meses. No quiero darles razones a los medios de comunicación para hablar de nosotros.

Estaba cansado de esta conversación. Deseaba retirarme, pero no tenía la valentía de hacerlo.

—Carlo se siente ofendido porque aún no le has puesto una fecha a tu casamiento con su hija —prosiguió—. No quieres seguir ofendiendo al *consigliere*, ¿o sí?

Era una advertencia. Si continuaba postergando lo inevitable, Carlo podría declararnos la guerra por insultar el honor de su hija. Mi padre le prometió que me casaría con Marilla cuando yo todavía era un niño. No podía faltar a ese juramento.

—No quise insultar a nadie, señor. Solo hago lo que creo conveniente —expresé en voz baja—. A la gente le encanta armar un escándalo y si me caso con una menor de edad será peor.

El abuelo sonrió feliz por mi respuesta.

—Puede que ella ahora no te atraiga, pero será más fácil cuando la tengas en tu cama. Es una mujer muy bella.

Mi mandíbula se tensó y las ganas de vomitar me abrumaron. ¿Marilla una mujer? Solo tenía diecisiete años, maldita sea. Debería invertir su tiempo en los estudios y no planeando una boda con alguien que jamás la amaría como ella esperaba.

—Tu madre ya compró el anillo, algo que tú no te has molestado en hacer —comentó mi padre—. Más te vale que pienses en una fecha pronto, Luca.

Asentí como el perro obediente que era.

—De acuerdo. ¿Qué hay de la mariposa negra?

Me miró, estudiando mis rasgos un segundo.

—¿Qué pasa con ella?

Me encogí de hombros, pretendiendo desinterés, aunque me inundó una especie de emoción. Ella era aterradoramente hermosa y su presencia me resultaba fascinante. Quería conocerla.

—No parece ser su tipo de trabajo.

—No, pero le he pagado y ella debe cumplir —respondió mi padre—. Quiere ver muerto a Moretti tanto como nosotros.

El abuelo asintió.

—Una mujer resentida es mucho más peligrosa.

—¿Resentida? —inquirí.

—Era la puta de Moretti y él le rompió el corazón —dijo con simpleza—. ¿Qué otras razones habría?

Muchas, en realidad. No veía a Alayna como una mujer que se dejara pisotear. Estaba seguro de que había otras razones que también quería conocer. Me intrigaba todo de ella. Su vida, su pasado...

—Tener a Alayna Novak de nuestro lado ha sido una buena elección. —El abuelo tosió a causa del tabaco que consumía desde hacía años—. No posee un pene, pero su trabajo es muy superior al de otros inútiles que contraté alguna vez. Será una gran maestra para ti.

¿Había admiración en su voz? Un evento extraño viniendo de un misógino como él.

—Ella es una mujer. —Hablé como ellos para no llamar la atención.

—Se ha ganado una reputación en Las Vegas, incluso trabajó con Aleksi Kozlov —espetó—. Deberías saberlo.

¿Qué pensaría si supiera que me pasaba horas leyendo libros de medicina? Honestamente, no me interesaban los informes sobre crímenes organizados. Tampoco sabía de la existencia de Alayna hasta que la conocí.

—Prefiero ponerme al día sobre los negocios familiares.

Mi padre no estaba convencido, pero lo dejó pasar. Si encontraba mis libros de medicina, era capaz de quemarlos.

—Es respetada a pesar de poseer una vagina. Espero que aproveches esta oportunidad, *figlio*.

Estaba seguro como el infierno que aprovecharía. Pensar en ella me distraía de la imagen de Marilla como mi esposa. Quizá pasar tiempo con la hermosa mariposa haría que mi patética vida fuera más emocionante. Mis ansias aumentaron al igual que el deseo.

—También ponte al día con Marilla —añadió, regresándome a la realidad—. Quiero que tu matrimonio se arregle de inmediato. ¿He sido claro?

Mi expresión seguía inalterable a pesar de que por dentro estaba muriéndome.

—Sí, señor.

Señaló la salida con su barbilla.

—Retírate.

No dudé en obedecer y cerré la puerta detrás de mí cuidadosamente. Una vez que estuve fuera de su vista, dejé salir una respiración temblorosa y puse la mano en la pared para contener las emociones que me consumían a flor de piel. Si tan solo pudiera huir a un lugar donde nadie me conociera…

Mi puesto como subjefe no tenía el mismo valor cuando el capo y el don decidían por mí. Estaba tan cansado de todo. Sacudí la cabeza y regresé a mi habitación. No me importó nada, así que encendí los estéreos a un volumen elevado mientras «Song for Someone», de U2, me relajaba.

Solo quería un poco de paz. ¿Era tan difícil? Me eché en la cama y tomé mi teléfono para enviarle un mensaje de texto a Marilla. Mi molestia se incrementó cuando vi el evento que había organizado en Facebook sobre nuestro compromiso. Realmente estaba sucediendo y la odiaba por ello.

Bajé el volumen de la música y llamé a mi primo Luciano en su lugar. Necesitaba saber cómo iba mi fuente de información. Había una sola forma de frenar esta locura y no dudaría en usar el recurso más bajo. No quería, pero me obligaron. Era ella o yo.

—¿Cómo va todo?

Escuché la risa de Luciano.

—Marilla ha venido a ver a Liana antes y han visto juntas vestidos en internet. Ella está muy ilusionada.

Me concentré en observar el techo. Liana había cumplido su parte de convertirse en una amiga de mi prometida para luego darme información. Era bueno tener ojos y oídos en todas partes.

—Marilla es una niña ingenua, ni siquiera sabe lo que quiere.

La risa de Luciano sonó más fuerte.

—¿Una niña ingenua? Solo tú eres capaz de creer eso. —La ironía en su voz me hizo sonreír—. Puede que tenga diecisiete años, pero no es una inocente paloma. Los adolescentes de su edad están fuera de control.

—¿Qué estás tratando de decirme?

—Los domingos no va a misa como muchos creen.

Oculté la carcajada detrás de una tos.

—Eres un genio.

—¿Realmente creíste que mantendría su pureza para ti?

Levanté mi puño en el aire con un poco de felicidad en mi corazón. «Lo sabía…».

—¿Su nombre?

—Pronto lo tendrás. Te dije que nunca te dejaré solo.

Me enderecé en la cama y pensé en las ventajas que obtendría de esta situación. Mientras los hombres tenían permitido follar con cualquier prostituta de la ciudad, las mujeres debían fidelidad. Era la triste realidad. Me prometieron a una virgen pura y honrada, pero si Marilla no lo era estaría condenada.

—Si pudiera abrazarte juro que lo haría.

—Nos veremos en tu fiesta de compromiso —se rio—. Me debes un abrazo, Luca.

—Gracias, Luciano.

—Estoy a tu servicio.

La llamada finalizó y lancé el móvil a un lado de la cama. Ser un subjefe de la mafia también tenía beneficios, como el poder absoluto sobre mi futura esposa. La vida de Marilla me perteneció desde que nuestros padres nos prometieron. Incluso podría matarla si probaba su infidelidad. Ante los ojos de la familia ella estaba deshonrada, manchada, arruinada, sucia.

¿Y lo peor? No me importaba. No cuando significaba mi pase a la hermosa libertad. Si los papeles estuvieran invertidos, ella no dudaría en atacarme con todas sus fuerzas. Estábamos en una guerra y me negaba a tener compasión.

Lancé la pequeña pelota y mi hermosa dóberman corrió tras ella. Laika era intimidante, adorable, obediente y muy leal. Fue un regalo de mi tío Eric cuando cumplí los dieciocho. Padre no estuvo de acuerdo en tenerla aquí, pero accedió porque lo convencí de que sería una buena guardiana. No me equivoqué.

Laika era capaz de dar la vida por mí. Si alguien se atrevía a levantarme la mano o la voz, ella atacaba. Era protectora e incluso posesiva. Era mejor que muchas personas que conocía.

—Buena chica —murmuré. Me puse de cuclillas cuando volvió con la pelota en la boca y sacudió su corta cola—. Te has ganado otro paseo en la plaza.

Con una sonrisa, lancé la pelota de nuevo. Laika no dudó en ir en su búsqueda. Sentado en el patio trasero del jardín, bebí un trago de café, disfrutando de la calurosa mañana. Pensé en una fecha para la boda, aunque sabía que no iba a ocurrir. Serviría para calmar a mis padres.

—El café en exceso no es bueno, Luca. Hace mucho calor. ¿Qué te pasa?

Me giré en mi asiento para ver a la mujer que me dio la vida. Se veía deslumbrante en ese vestido turquesa y con las perlas adornando su delicado cuello. Era lo opuesto a mi padre. Mientras Leonardo Vitale era furia, Emilia Vitale era paciencia.

—No consumo en exceso, madre.

Sus ojos castaños se entrecerraron con sospecha.

—No me mientas.

Aparté la taza de mis labios y le sonreí.

—¿Prefieres que beba whisky como mi padre?

Su rostro se volvió amargo.

—Quédate con el café —cedió, sentándose a mi lado—. Supongo que ya tienes una fecha, ¿no?

Mis hombros se tensaron. ¿De qué otra cosa hablaría conmigo si no se trataba de la absurda boda?

—Sí, dentro de casi cuatro meses. Marilla cumplirá dieciocho en octubre —expuse—. Por nada del mundo me casaré con una menor de edad. ¿Te imaginas el escándalo, mamá?

Laika volvió y dejó la pelota cerca de mis pies. Me acarició las piernas, como si supiera que necesitaba de su apoyo y afecto.

—Tienes razón —consideró mamá—. Servirá para organizar algo inolvidable.

Aparté la mirada.

—No quiero nada inolvidable. Será el peor día de mi vida.

—No tienes que verlo así, Luca.

—Lo siento, madre, pero no me pidas que sea feliz con esta absurda idea.

—No tienes elección y lo sabes. Es mejor no luchar.

—Jamás me atrevería a luchar, perderé si desafío al monstruo.

Traté de mantener mis emociones a raya, pero fallé. Mi padre siempre me reprochó que fuera emocional. Más de una vez culpó a mi madre, porque, según él, ella me convirtió en un marica llorón.

—No hables así. —Miró insegura a nuestras espaldas.

Al diablo. Ese bastardo no merecía mi respeto.

—Seré un buen marido para Marilla —dije—. Jamás voy a usar la violencia con ella como hacen muchos hombres de la mafia, pero no me pidas que la ame porque no sucederá. Nunca la elegí.

—La amarás con el tiempo. Sé que sí. —Mamá suspiró—. Son la pareja perfecta.

Iba a vomitar.

Por dentro rogaba que Luciano me entregara las pruebas de la posible infidelidad. La información serviría para mover una pieza del ajedrez. No me interesaba con quién o cómo disfrutaba su vida sexual, pero quería un as bajo mi manga. Lo que fuera para someterla a mi antojo y acorralarla si me traicionaba.

Era el menos indicado para enfadarme, cuando había estado con muchas mujeres desde mi corta edad. Mi primera experiencia sexual fue a los trece años. Mi padre me llevó a un prostíbulo y contrató a una amable prostituta que se encargó de enseñarme. Quiso convertirme en «hombre». No lo disfruté, lloré todo el tiempo.

Me estremecí ante el pensamiento y bebí otro sorbo de café, que ya estaba frío. No iba a tolerar las manipulaciones de Marilla cuando siempre fui sincero con ella. Me dejaba mal con nuestros padres porque no cumplía con mis deberes de novio. Demostró ser egoísta y ya no tendría ninguna consideración.

—Eres un gran hombre, Luca —dijo mamá con una sonrisa—. Marilla es muy afortunada y tú también por tenerla. Estoy emocionada por la boda.

«Yo no…».

Mi atención se dirigió a Laika, que corrió hacia una hermosa mujer curvilínea vestida de negro, y me enderecé. Tan impresionante. Alayna estaba sonriendo con mi hermana Kiara y me resultó extraño verla relajada. Siempre mantenía la guardia en alto y no parecía a gusto con mis atenciones.

—No puedo creer que tu padre haya contratado a esa mujer. —Madre arrugó la nariz—. Estuvo involucrada con Ignazio Moretti. ¿Qué clase de insulto es este?

Entendía su disgusto. Ignazio convirtió a Roma en un escenario sangriento y perdió el respeto de muchos. Era un sádico a quien ni siquiera le importaba su familia. Incluso había rumores de que mató a sus propios hermanastros por ambición. Aliarte con él significaba hacer un pacto con el mismísimo diablo.

—Su vida personal no importa cuando es buena en su trabajo —masculló y me puse de pie.

—¿A dónde vas?

—A hablar con ella. ¿Qué más podría hacer?

Frunció el ceño.

—Sé que ahora es tu escolta, pero recuerda mantener una relación profesional. Estás comprometido, Luca.

Puse los ojos en blanco y le entregué la taza. Ella la aceptó de mala gana.

—Ella está fuera de mis límites.

—Me alegra que lo tengas en cuenta. Es una mujer absolutamente hermosa, pero no es de nuestra misma clase. Marilla sí.

Las tradiciones no permitían que nos involucráramos sentimentalmente con forasteras, pero sí con mujeres de apellidos importantes y nacidas en Sicilia. Si ponía mis manos sobre Alayna, solo sería algo físico. Aunque sucedería en mis retorcidas fantasías donde la imaginaba desnuda en más de una ocasión. Ella era inalcanzable.

—No seas dramática, madre.

—Luca…

No me quedé a escuchar sus sermones y me acerqué a Alayna. Ella me incitaba a pecar y romper todas las barreras que me mantenían cautivo en esta jaula. Se veía tan libre, como si nada en este mundo la perturbara. Era perfecta y envidiaba su confianza.

—Buenos días. —Me aclaré la garganta.

Esos ojos azules conectaron con los míos y exhalé. Su aspecto de hoy era diferente: escote que destacaba sus pechos, pantalón de cuero y botas con tacones. ¿Cómo demonios sería capaz de sobrevivir con tantos pensamientos sucios en mi mente?

—Le estaba comentando a Alayna sobre mi futuro proyecto escolar —dijo Kiara.

—¿Sí?

—Piensa que estudiar diseño gráfico es interesante.

—Lo es —concordó Alayna—. Muy pocos tienen verdadero talento como tú.

Mi pequeña hermana sonrió y le devolví el gesto. Se sentía a gusto con una asesina, y era triste porque no tenía amigos. Estudiaba en casa y sus salidas eran limitadas. Me sentí protector con ella desde que abandonó el vientre de mi madre. Su personalidad animaba a cualquiera y no sabía qué demonios haría el día que mi padre la comprometiera con un mafioso. Esperaba que fuera un caballero y la tratara como a una reina. Kiara merecía el cielo.

—Gracias, Alayna. —Se sonrojó—. ¿Tú estudiaste o matar es todo lo que haces?

—Kiara…

—No, está bien. —Alayna se lo tomó con humor—. Estudié idiomas y administración de empresas.

Los ojos de mi hermana se iluminaron.

—¿Idiomas? ¿Cuántos sabes hablar?

—Los necesarios —respondió simplemente y enarqué una ceja.

Supuse que su trabajo la obligaba a viajar a varias partes del mundo y debía estar preparada. Apostaba que la lista de muertes en su currículum era muy larga. ¿Tuvo una vida normal antes de convertirse en lo que era actualmente? ¿Qué había en el fondo de esos fríos ojos azules?

—Iré a estudiar. —Kiara carraspeó y sonrió—. Los veo después.

Se unió a nuestra madre, que nos miraba con desaprobación, pero la ignoré y me centré en Alayna.

—¿Qué tal tu estancia aquí? ¿Bien?

—Normal.

Me reí.

—¿Qué esperabas exactamente? Lamento que mi vida sea aburrida.

Alzó ambas cejas y no habló durante varios segundos. Trataba de leerme porque era una mujer inteligente, y me asustaba que pudiera ver a través de mí con tanta facilidad.

—Puedo reconocer a una persona que oculta muchos secretos y tú eres una —afirmó—. ¿Tu vida es aburrida? Estoy segura de que pronto sucederá algo muy entretenido.

No me inmuté.

—Vas a decepcionarte.

—Lo dudo —respondió con una brillante sonrisa—. Te quitaré la máscara tarde o temprano, príncipe.

ALAYNA

La gran noche llegó rápido y escogí uno de mis vestidos favoritos para la ocasión. Tenía mi arma enfundada en el muslo izquierdo. ¿Cuándo vendría la parte emocionante? Deseaba ensuciarme las manos muy pronto.

Examiné el material del vestido negro Versace y solté un suspiro. Era impresionante, extravagante y perfecto. Mi espalda estaba al descubierto y contemplé las mariposas en mi hombro. Sabía que robaría la atención de muchos. Quería escandalizar a los idiotas de mentes cerradas cuando me vieran involucrada en el negocio. Amaba ser la dueña del espectáculo.

El golpe en la puerta me sacó de mis pensamientos y la abrí para encontrarme con Kiara.

—Hola, Alayna —dijo nerviosa. Sus ojos grises estaban un poco ansiosos—. Mi padre me pidió que te acompañara a la fiesta. Él… quiere que permanezcas en tu lugar.

Mi deber era quedarme entre las sombras y estar atenta si un rufián atacaba. Era lo que cualquier escolta haría, pero siempre me gustó brillar. No haría excepciones esa noche.

—Lo haré —mentí—. Dile a tu padre que no se preocupe y que sé cómo llegar a la fiesta.

Kiara observó mi vestido descarado y tragó saliva. A diferencia del mío su atuendo era inocente, puro y juvenil. El rosa pálido le quedaba perfecto.

—Yo… creo que no deberías usar eso —balbuceó.

—Es solo ropa.

Me acerqué al espejo y terminé de retocarme el maquillaje. Sería escandaloso que alguien de baja categoría asistiera vestida de esta forma al evento. Compartía el mismo rango con los soldados después de todo. Pero me recordé que era Alayna Novak. Hacía lo que me daba la gana. No iba a permitir que me dijeran qué tipo de ropa debía ponerme. Al diablo.

—Lo adecuado es que te cambies —insistió Kiara—. Lo digo por tu bien, Alayna. Mi gente es muy… anticuada.

—He recibido tu mensaje —murmuré, pasando el pintalabios rojo por mis labios—. Puedes retirarte.

Kiara no discutió y asintió. Le intimidaba. Tenía ese poder especial sobre las personas.

—Te veré en la fiesta.

No contesté y ella se fue. Recogí mi largo cabello oscuro en un moño, pero cambié de opinión y decidí dejarlo suelto. Tiré de las horquillas, liberando las ondas para que cayeran hasta mi cintura. Las puntas rozaban mi trasero.

Era una reina.

No me arrodillaba ante nadie.

Una vez terminé de arreglarme, deslicé los guantes de seda por mis brazos. Con un suspiro, salí de la habitación. Caminé a través de los pasillos hasta llegar al salón principal. Cuando bajé las escaleras cada ojo curioso se posó en mí.

El salón de abajo estaba lleno de invitados y camareros. Era un ambiente relajante con música italiana de fondo. Parecía que contenían la respiración a medida que descendía por las escaleras. Emilia soltó un jadeo horrorizado al ver mi aspecto y la miré con una sonrisa. Vitale apretó la mandíbula. ¿Cuál era su problema? Mi vestido no definía nada. Podía hacer muy bien mi trabajo sin importar el tipo de ropa que usara. Nada limitaba mis habilidades.

Mis ojos recorrieron la multitud y traté de no mirarlo, pero fallé miserablemente. El príncipe mafioso estaba al pie de las escaleras con una máscara de indiferencia y una copa de champán en la mano. La chiquilla aferrada a sus brazos me miró con profundo odio. El mismo odio de Emilia Vitale.

No era bienvenida.

Qué lástima.

Me concentré en bajar las escaleras y me paré al lado de Leonardo Vitale. Me miró con desdén y molestia. ¿Qué haría? ¿Despedirme porque usaba un estúpido vestido? Su mirada gritó violencia y le dio una sonrisa de disculpa a sus invitados, como si yo los hubiera insultado.

—Señor —lo contemplé con una sonrisa—, ¿qué tal su noche? La fiesta es hermosa.

Sin pronunciar lo que pensaba, me ofreció su brazo y acepté mientras nos uníamos a los invitados. Su esposa se puso pálida por el desplante y varios caballeros lo saludaron en el camino, mirándome con curiosidad y una especie de incredulidad. No estaban acostumbrados a que una mujer se tomara tantas libertades.

—¿Mi hija no te dio mi mensaje?

—Lo hizo, señor.

Se sintió ofendido por mi desobediencia, pero conocía mi reputación y no debía sorprenderse. Hacía todo a mi manera y no me sometería a sus anticuadas reglas. Yo era una tormenta imparable.

—Te pagué una inmensa cantidad por tus servicios —me recordó—. Compórtate y no olvides con quién estás tratando.

Le pedí a un camarero que me entregara una copa de champán y bebí ignorando el modo en que sus ojos se encendieron con ira. Iba a tener que hacer mucha rabieta esta noche porque no me importaba.

—Puedo devolverle su dinero sin inconvenientes, no lo necesito —sonreí—. Este trabajo es un simple pasatiempo y tengo otros clientes que solicitan mis servicios. Incluso pueden darme una suma más exquisita. ¿Puedo decir lo mismo de usted? Jamás encontrará a una asesina de mi nivel, menos a alguien que atrape a Moretti.

Apretó los dientes.

—No me insultes en mi propia casa.

Enderecé mi espina dorsal y levanté la barbilla. ¿Insultar? Solo le dije la verdad. Qué masculinidad tan frágil.

—Nunca lo hice —enfaticé—. El hecho de que use un vestido elegante no dificulta mi tarea. Sigo siendo letal, señor. Disfrute de la fiesta.

Y luego me alejé para mezclarme entre la multitud. Idiota machista. Si me aburría, le cortaría la cabeza antes que a Moretti. No iba a permitir que un imbécil me rebajara. Ya no.

Un hombre viejo me interceptó en el pasillo. Su cabello estaba cubierto de canas y tenía los mismos ojos grises que vi en Luca y su padre. Tatuajes cubrían sus manos y usaba anillos de plata. No entendía cómo podía ponerse de pie. Su edad rondaba los ochenta años.

—Disculpe a mi hijo —expresó, sosteniéndose en su bastón—. Es un completo cretino que no sabe tratar a las mujeres.

Cuánta ironía, por favor.

—¿Usted sí?

Su cuerpo era casi gigante en comparación al mío. Se inclinó un poco y yo me mantuve quieta. Sus labios agrietados formaron una sonrisa y esperó que retrocediera. No lo hice. No iba a encogerme de nuevo ante un hombre.

—Un hombre viejo como yo sabe que no debe subestimarte. —Me ofreció su mano y acepté—. Soy Stefano Vitale, don de la Cosa Nostra.

—Alayna Novak.

—Le comenté a mi nieto que debe aprovechar tus servicios y aprender de ti —dijo con diversión—. Un hombre como él necesita a una mujer de tu clase.

—¿Como yo?

—Cruel y despiadada —respondió—. Aspira a otra cosa en esta vida, pero yo veo su potencial. Es un Vitale y pronto se dará cuenta de qué está hecho. Lo lleva en sus venas.

Me molestó la forma en que habló de Luca. Tipos como él nacieron para este estilo de vida, pero a otros les costaba y no teníamos muchas elecciones. Entendí la mirada perdida que me dirigió el príncipe. Su vida era un cautiverio donde debía seguir las reglas que le imponían. Su futuro matrimonio era una farsa.

—¿A qué aspira?

—Universidad, una novia que ame por elección —contestó Stefano en tono burlón—. Incluso quiere donar dinero a refugios de animales. Él no está listo, pero confío en que tú muy pronto ayudarás a que lo esté. No hay lugar para los frágiles en mi familia.

Bebí un sorbo de champán y sonreí. ¿El príncipe era un alma pura que repudiaba la mafia? Esto se había puesto más que interesante.

LUCA

Marilla estaba más que furiosa. Ella era la futura novia, pero cada invitado observaba a la mujer de elegante vestido negro.

«Alayna Novak…».

El pintalabios rojo sangre acentuaba su boca llena. Sus ojos azules eran amplios e intensos. El vestido destacaba cada curva de su cuerpo y cuando me dio la espalda contemplé los tatuajes en su hombro. Llevaba unos guantes negros que le llegaban hasta los codos. Su cabello azabache acariciaba su trasero. Era una mujer hermosa en todos los sentidos. El tipo de belleza que me atraía y demandaba mi atención.

—No puedo creer que haya insultado nuestra casa de esa forma —siseó mamá—. Tu padre debería matarla, no estamos en una alfombra roja.

—Se ve como una puta barata —escupió Marilla—. Le pediré a seguridad que la saquen.

¿Puta barata? No cualquiera podía permitirse un vestido como ese.

—Tú no harás nada —espeté—. Vas a relajarte y disfrutar de la fiesta. No armarás un escándalo.

Kiara soltó un suspiro soñador.

—Luce tan confiada y segura de sí misma. Se ve libre.

Marilla la miró molesta.

—¿De qué lado estás? Una mujer como ella no es bienvenida aquí. Representa el deshonor y el libertinaje.

Era repugnante oírla hablar de esa manera cuando era la menos indicada. ¿Deshonor y libertinaje? Marilla cada día me decepcionaba más. Antes la toleraba, pero desde que me obligaron a ponerle una fecha a nuestro compromiso demostró su verdadera personalidad. Nunca le importé realmente, solo lo que representaba mi apellido.

—¿A dónde crees que vas? —preguntó mi madre cuando me aparté de ella.

Estaba harto de escucharlas.

—Necesito hablar con Gian y Luciano.

No esperé su aprobación y me retiré. Mis primos estaban sonriendo mientras me acercaba. Eran como uña y carne. Contaba con sus lealtades y apoyo incondicional. Gracias a ellos no me sentía tan solo.

—Entonces es tu escolta —comentó Gian con una sonrisa y se pasó una mano por el cabello rubio. Sus ojos grises resplandecieron con júbilo—. Estoy bastante intrigado por todo lo que han dicho de ella. Tiene escandalizado a cada hombre de la Cosa Nostra.

Mi interés volvió a Alayna. Estaba atenta en una conversación con mi abuelo y era la primera vez que veía al viejo entretenido con alguien.

—Para mí también fue una sorpresa.

—Nada agradable, por supuesto.

—Aún lo estoy debatiendo.

Luciano casi escupió su whisky en mi cara. Su cabello era oscuro y sus ojos, azules. No tenía los genes Vitale, pero era uno de nosotros. Mi tío Eric lo había adoptado hacía quince años. Había logrado apuñalarlo en un robo y desde ese momento vio potencial en él. Hoy formaba parte de nuestra familia.

—¿Tienes a una mujer como escolta? —Se rio—. Guau, nadie lo creería. Hombre, tu padre es un machista.

El peor. Ni siquiera le permitía trabajar a mi madre y pensaba que Kiara debía calentar la cama de su futuro marido.

—Alayna es una asesina profesional. —Moví el vaso con hielo entre mis dedos—. Estuvo involucrada con Ignazio Moretti.

Apretaron las mandíbulas por la mención de Moretti. Sí, a nadie le agradaba.

—No es fiable si estuvo involucrada con él —dijo Gian—. Y ella no luce como una escolta. Cualquiera creería que es modelo con ese cuerpo y esas tetas.

Me tensé.

—Ahórrate el comentario fuera de lugar. —Hice una pausa —. El capo y el don están impresionados con ella. ¿Alguna vez conocieron a alguien que provoque el mismo efecto?

Luciano no quitó sus ojos de Alayna.

—No.

—Si fuera tú, sacaría provecho —añadió Gian—. No todos los días te encuentras a una mujer como ella.

Me reí y negué con la cabeza. Alayna era una serpiente que no dudaría en atacar si te acercabas demasiado.

—Me matará antes de que intente tocarla.

Me congelé cuando sus ojos encontraron los míos por un segundo y se mordió el labio. La vi mezclarse y reír con los invitados. Se movía bastante bien en este ambiente. Todos estaban hipnotizados por ella.

Finalmente, se unió a nosotros con una sonrisa y una copa de champán. Mis primos la miraron encantados, como si nunca hubieran visto a una mujer.

—Linda fiesta —comentó Alayna—. Tu prometida es una niña muy bonita.

Había burla en su tono, pero tenía razón. Marilla era una niña de diecisiete años y muy inmadura. Ni siquiera sabía comportarse en un evento tan importante. Incluso ahora estaba haciendo berrinches mientras nos miraba.

—Gracias —sonreí—. Marilla es una buena chica.

Mis primos se aclararon las gargantas, recordándonos que existían.

—¿No vas a presentarnos? —preguntó Gian.

Puse los ojos en blanco.

—Ellos son mis primos: Gian y Luciano.

—Encantada de conocerlos. —Alayna les extendió la mano y ellos besaron el dorso.

Luciano le dio una mirada evaluadora que me hizo sentir incómodo. Si decía algo estúpido, le dispararía.

—Le comentaba a mi primo que debería sacarle provecho al tiempo que pasarán juntos —dijo a la ligera con una sonrisa socarrona—. La diversión nunca está de más.

Qué idiota. Alayna estaba aquí para trabajar.

—Luciano…

—¿Qué? Vamos a demostrarle que no somos anticuados como tu padre y tu abuelo. —Gian le guiñó un ojo—. Conocerá la parte más buena de los Vitale.

Una sonrisa se formó en los labios carnosos y húmedos de Alayna.

—Agradezco la oferta, pero prefiero centrarme en mi trabajo.

Distinguí a Marilla cruzada de brazos en una esquina mientras su madre trataba de tranquilizarla.

—Le hacía un favor a Luca —masculló Luciano—. El pobre hombre es un prisionero en esta casa. Ambos pueden divertirse juntos, ¿no?

Trágame, tierra. No había necesidad de hacerme pasar vergüenza.

—Ignóralo. —Miré a Alayna—. Dicen estupideces cuando están drogados y creen que son graciosos.

—Claro que no —se defendió Gian—. Solo consumimos una bolsita.

Iba a matarlos. Estaba muy avergonzado por su actitud, pero a

Alayna no le importó. De hecho, sonrió más ampliamente y me robó el aliento. Era hermosa cuando sonreía.

—¿Qué opinas de Luca? —inquirió Luciano.

—Me reservo el comentario.

¿Se suponía que eso era bueno o malo? Me intrigaba saber qué pensaba de mí.

—¿Por qué? —solté sin pensar—. ¿Te desagrado?

—No eres mi tipo —respondió, bebiendo.

Mi ego se sintió herido por sus palabras, pero mantuve la compostura y forcé una sonrisa.

—¿Entonces quién es tu tipo?

—No es de tu incumbencia. —Dio un paso atrás—. Disfrutad de la fiesta.

Se despidió de mis primos antes de dirigirse hacia los pasillos con su habitual caminata sensual. La forma en que sus caderas se contoneaban era alucinante y nuevamente tuve pensamientos sucios al respecto. ¿Cuándo iba a terminar la tortura?

—Estás jodido —se rio Gian.

Sí, definitivamente lo estaba.

5

ALAYNA

Él intentó actuar indiferente, pero su cara me dijo lo contrario. Herí su ego cuando afirmé que no era mi tipo. ¿Pensaba que caería en su juego? No vine aquí para entretenerlo. El plan era acabar con todos aquellos que trataban de dañarlo. ¿Por qué esperaba otra cosa? El príncipe debería ordenar sus prioridades. Su lenguaje corporal lo delató, también la forma en que sus ojos devoraron cada parte de mí. Le gustaba y mucho.

«No me mires así, Luca. Nunca lo hagas».

Si no fuera un cliente, quizá le daría una oportunidad. Era atractivo y en la cama pasaríamos un buen rato. Una lástima que solo obtendría de mí una relación estricta y profesional. No arruinaría esta misión, no cuando había mucho en juego. Si empezábamos a involucrarnos, todo se complicaría.

Conocía a hombres de su tipo. No iba a conformarse con algo de una vez. Querría más y se volvería adicto. Tuve el mismo efecto en muchos. Utilicé mi cuerpo como arma en varias ocasiones.

El sexo les daba poder a las personas.

Más a una mujer como yo.

Exploré el área sin perderme ningún detalle. Los invitados estaban entretenidos, la música aligeraba el ambiente y una chica en especial nunca dejó de mirarme. Era la prometida de Luca que se sintió amenazada por mi presencia cuando entré. Perdía su tiempo porque no peleaba por hombres y no era ninguna competencia. Finalmente, alguien la agarró de los brazos y la apartó de mi escrutinio. En otro rincón, Leonardo estaba en una acalorada conversación con su padre y el *consigliere*. Yo observaba, analizaba y escuchaba. No bajaba la guardia.

—Las mujeres de bajo rango no usan un vestido Versace. —Emilia se posicionó a mi lado—. Menos uno que muestra demasiada piel. Recuerda tu lugar.

Sonreí con la postura relajada y la miré con interés. Ella ni siquiera alteró un nervio en mí. Sus palabras me tenían sin cuidado.

—¿Cuál es mi lugar, señora?

—Escolta de mi hijo. Compartes categoría con los soldados —alegó como si fuera algo desagradable—. Eres una mujer vulgar.

¿Mujer vulgar? Mirándola fijamente supe al instante qué tipo de persona era. Resentida, amargada y depresiva. Nunca fue feliz en su matrimonio. Su marido la sometía, su voz era silenciada y no tenía autoridad en esta casa. Vivía un infierno. Resistía porque amaba demasiado a sus hijos.

—¿Y eso me hace menos? —inquirí—. Tenga presente que esta mujer vulgar protegerá el suelo que pisa su heredero. Debería darme las gracias.

Sus labios pintados se encogieron con odio.

—No entiendo por qué mi marido escogió a una mujer como tú para el trabajo. Hay soldados que pueden hacerlo mucho mejor.

Mucha elegancia en la ropa, pero su educación dejaba bastante que desear.

—Su marido sabe que soy buena en lo que hago —dije con una sonrisa—. He matado a más hombres de los que cree. La mayoría de ellos me veían como un ser inferior por ser mujer, pero terminaron mal. No me subestime, señora.

Frunció el ceño, sus cejas se arrugaron mientras me miraba.

—¿Es una amenaza?

Estaba harta de su existencia mundana. Las personas superficiales como ella me provocaban sueño y dolor de cabeza.

—Tómelo como quiera.

Volvió a lanzarme esa mirada sucia que vi en ella desde que llegué a la mansión.

—Una peste como tú no contaminará a mi familia. Me encargaré de que mi marido te eche a la calle pronto.

Dudaba que sucediera con todos los millones que me había pagado. Además, Vitale no seguiría las órdenes de su esposa. Era demasiado orgulloso y machista. Antes era capaz de matarla.

—Su familia ya está contaminada.

Se giró sobre sus talones y desapareció en la multitud. No podía creer esa ridícula conversación. Lo que menos deseaba era meterme en dramas innecesarios. ¿Pero dónde quedaría la diversión si las cosas fueran tan fáciles?

—Veo que mi madre ya hizo su parte. —Se rio Kiara, acercándose—. Ignórala. Ella es desagradable con todos, menos con Luca. Es su consentido.

—Si fuera su consentido, no permitiría que se case con una ardilla molesta.

La sonrisa de Kiara se ensanchó y soltó una risita.

—Lamentablemente ella no puede impedir el desafortunado evento. Mi padre ya lo decidió con el *consigliere*.

Una tradición típica en las familias mafiosas italianas. Luca era una marioneta más que nació para cumplir con los caprichos de su padre y el don. No podía ser él mismo y me parecía triste.

—Supongo que tu destino no es diferente.

Su sonrisa decayó.

—Mi obligación es casarme con un mafioso millonario para aumentar las conexiones de mi familia. —Se encogió de hombros—. Ser una buena esposa y complacerlo en todo. Fui criada con ese único propósito. Mi padre me advirtió que me olvide de la universidad, nunca iré.

Escucharla deprimida me hizo hervir la sangre. Muchas chicas de su edad soñaban con cumplir los dieciocho años, pero Kiara no. Su peor pesadilla se haría realidad.

—Ahora eres una oruga, Kiara —solté sin pensarlo—. Un blanco indefenso para los depredadores, pero cuando tengas la edad suficiente serás una mariposa formidable y podrás decidir dónde quieres volar.

Agachó la cabeza.

—¿Cómo será posible si vivo en una jaula?

Puse un dedo en su mentón y la forcé a mirarme.

—Las barreras se romperán algún día, cariño. El universo tiene una extraña manera de sorprendernos. —Le guiñé un ojo—. Todo puede suceder.

Como yo matando a su padre…

—Me gustas —sonrió relajada—. Espero tenerte con nosotros mucho tiempo, sienta bien no ser la única chica en la casa.

—No eres cercana a tu madre —asumí.

Se encogió un poco.

—La relación que mantenemos con ella es… limitada —explicó en voz baja como si temiera que la oyeran—. Mi padre no le permite acercarse mucho porque cree que nos malcría y nos hace débiles.

Cada vez odiaba más a Leonardo Vitale.

—Los padres son tan decepcionantes —suspiré con nostalgia.

Me miró con curiosidad.

—¿Tienes familia?

Ignoré la forma en que mi piel se llenó de escalofríos. La última imagen que tenía de mi padre era de él muerto con una bala en la frente y lleno de sangre. Mamá en una cama cutre y su cuerpo inerte.

—No —contesté con voz plana—. Están muertos.

La expresión de Kiara era de pura empatía.

—Lamento escuchar eso.

—Yo no —dije—. Cuando ellos desaparecieron de mi vida dejé atrás a la oruga y me convertí en una mariposa.

LUCA

El anillo de compromiso lo sentía como una piedra pesada en mi bolsillo y solo quería lanzarlo al océano para que nadie lo encontrara. Dentro de pocos minutos debía pedir la mano de Marilla. Necesitaba desesperadamente que alguien me hiciera despertar de esta pesadilla.

Agarré una copa de champán, me aflojé la corbata y exhalé mientras me repetía que esto era una actuación. Nada se haría realidad y pronto terminaría.

—Estás a punto de desmayarte —comentó Luciano y me palmeó la espalda—. Relájate. Tú y yo sabemos que todo es parte del espectáculo.

Tomé una respiración profunda que poco a poco ralentizó mis latidos. La confianza en mí mismo me ayudó a sobrevivir durante veintitrés años. Podía con esto y lo que vendría. Tenía que gestionarlo mejor.

—Dime algo que me anime.

Luciano se rio.

—Marilla tiene aprecio por su guardaespaldas —expuso, lamiéndose los labios—. Son cercanos.

Lo vi en más de una ocasión. Se llamaba Iker Longo y era un soldado que se ganó la confianza de Carlo.

—¿Muy cercanos?

Mi primo me dirigió una mirada pícara.

—Aún no tengo pruebas, pero pronto las tendré.

Choqué mi copa de champán con la suya y sonreímos.

—Lo usaré a mi conveniencia si lo considero oportuno.

—Tú sabrás qué hacer.

Mis ojos indagaron en la multitud de personas en busca de alguien, y, una vez que se fijaron en ella, no pude apartarlos. Sonreía complacida con Kiara sin la hostilidad que le mostraba a los demás y me sentí privilegiado. Era una diosa y los demás, simples mortales.

—No juegues con fuego —dijo Luciano al notar dónde estaba mi atención—. Vas a quemarte.

—A mí me encantaría arder en las llamas de ese infierno. —Me lamí los labios.

El resto de la noche bebí más de la cuenta. Necesitaba un poco de coraje para enfrentar lo que venía. Me enfermaba pedir la mano de Marilla como si ella fuera el amor de mi vida. No lo era y nunca lo sería. Cuando llegó el momento de entregarle el anillo ofreció un espectáculo increíble, interpretando el papel de prometida feliz. Era una gran actriz. Lloró, sonrió y les dio las gracias a todos los presentes. Yo, por mi parte, fingí mi mejor sonrisa y me limité a asentir.

Todos se veían felices por nuestro compromiso excepto Kiara. Me felicitaron y me dieron sus mejores deseos. ¿Cuándo terminaría esta estúpida fiesta?

—¡Pronto seremos marido y mujer! —Marilla besó mis labios y correspondí a pesar de que no quería—. ¡Soy tan feliz!

Aparté su cuerpo cuidadosamente y forcé otra sonrisa. Ya me dolían los labios por tanta falsedad y pronto perdería la cordura. Tenía un límite que estaba a punto de pasar.

—Salud, Marilla. Nos casaremos en la iglesia a la que amas frecuentar los domingos. —Le concedí una sonrisa—. Espero que tu amor por Dios nunca cambie y le sigas ofreciendo la misma devoción durante nuestro matrimonio.

—Mi devoción por Dios nunca cambiará. —Me miró confundida y dejó salir una risa nerviosa. Jugueteó con su collar, tragando saliva. Era el inicio de mi jugada.

—Supongo que la de tu guardaespaldas tampoco. Él te acompañará a cualquier lugar que vayas.

Se puso pálida y parpadeó rápidamente. El terror era evidente en su mirada y sus ojos fueron a Iker de forma inconsciente.

—Es parte de su trabajo.

Sonreí porque me encantaba saber que no estaba equivocado en esto. ¿Una menor de edad, hija de un *consigliere*, teniendo sexo con su guardaespaldas? Qué escandaloso. Iker no valoraba su patética vida.

—Por supuesto que sí.

Carlo interrumpió el tenso momento cuando me tendió la mano y la estreché. Marilla ofreció unas disculpas para retirarse con las piernas temblorosas. Mis labios contuvieron la carcajada que quería salir. «Caíste en la trampa».

—Felicidades, siéntete afortunado —dijo Carlo—. Te llevarás a una joya única y espero que la aprecies.

Era un hombre de aspecto elegante pero aterrador. Nunca me generó un sentimiento de comodidad por los malos tratos que recibía de su parte desde que tenía uso de razón. No desperdiciaba la oportunidad de herirme verbalmente. Carlo era el protagonista de mis pesadillas y mi padre lo permitía.

—Lo hago, señor.

Sus ojos oscuros escrudiñaron los míos y se mofó. No había nada honorable en él. No respetaba a su esposa, intimidaba a niños y violaba a mujeres. Asumió el rol de *consigliere* porque era el mejor amigo de mi padre. Se criaron juntos y eran leales el uno al otro. Me odiaba. Pero no me importaba. El sentimiento era mutuo.

—Marilla es mi tesoro más preciado —dijo y sonaba sincero—. Si la lastimas, me encargaré de que lo lamentes cada maldito segundo de tu miserable vida, Luca. Estás advertido.

Mis labios se estiraron en una fría sonrisa y él apretó la mandíbula. Marilla no era santa de mi devoción, pero jamás la golpearía ni la torturaría. Quizá la delataría si no me dejaba otras opciones

—No te reflejes en mí, Carlo. No es mi estilo someter a los más débiles, no me cobraré todas las que me debes con tu hija. Es ofensivo que me consideres capaz de hacer algo tan ruin.

Su rostro se contrajo por el enojo.

—Si fueras la mitad de hombre que es tu padre, tal vez daría credibilidad a tus palabras —masculló con aire de superioridad, pero no me inmuté—. Acepto que serías incapaz. ¿Sabes por qué? Nunca encajaste en la Cosa Nostra, Luca. Eres débil.

Me palmeó la espalda y se retiró con una sonrisa que algún día quitaría a puñetazos. Me encantaba que me subestimaran. Todo el mundo lo hacía, pero con gusto les cerraría la boca.

La única que tuvo la amabilidad de reconfortarme fue Lucrezia, la madre de Marilla. Era una mujer gentil y atenta. Con el cabello castaño suelto y el vestido azul lucía fenomenal. Me besó en ambas mejillas antes de darme un abrazo que correspondí. A veces no entendía cómo soportaba a los demonios que vivían en su casa. Ella era un ángel.

—Bienvenido a la familia, Luca —sonrió, apartándose—. Estoy muy feliz y agradecida de que seas el prometido de mi hija. Sé que la tratarás con respeto y cariño.

—Gracias por la confianza, Lucrezia. —Besé el dorso de su mano.

—Serán muy felices, querido.

No escuché nada más. Mi cabeza buscó su escudo de defensa y me perdí en otra realidad alterna. Nada era fácil en esta vida. Todo tenía un precio, incluso la felicidad. Para alcanzarla estaba obligado a hacer muchos sacrificios.

—He hablado con Carlo. —Mi padre se acercó—. Marilla vivirá aquí cuando se casen. Es lo mejor.

Un gusto ácido inundó mi garganta.

—Bien.

Me dirigió una mirada tosca.

—Nuestro imperio crecerá gracias a este acuerdo, no te atrevas a arruinarlo o te mato.

Me consideraba una simple pieza en este juego, pero era un excelente jugador silencioso. Era rey del tablero y pronto tendría mi revancha. «Pronto» era la palabra clave que no me permitía derrumbarme.

—Compórtate —sentenció antes de retirarse.

Quise responder y decirle cómo me sentía realmente, pero me reservé cualquier comentario. Le daría excusas y usaría su poder sobre mí. Era mejor ser cauteloso. No me gustaba ofrecerle nada. Ni siquiera mis emociones.

Gian regresó después de haber succionado el rostro de una camarera. Lo vi manosearla en una esquina. Su novia estaba ausente, pero eso no importaba. Tenían una relación abierta. Él siempre aprovechaba cualquier ocasión para coquetear con otras mujeres. Luciano, por su parte, hablaba con Kiara.

—Puedo ofrecerte algo para que te relajes.

—Ya no consumo drogas, Gian.

—Probar un poco no le hace daño a nadie. —Me ofreció una bolsita—. Hará que todo sea más fácil.

Sabía que mañana me arrepentiría, pero asumiría las consecuencias. Al diablo. Ya no quería ser el Luca que trataba de hacer lo correcto. Quizá solo buscaba alguna excusa para que me mataran de una vez. Con un suspiro de resignación, acepté la bolsita y mi primo sonrió.

—Disfrútalo.

Me aseguré de que nadie me observara y llevé la pastilla a mi boca acompañada con champán. Pasaron unos minutos hasta que finalmente hizo efecto y me relajé. Era embriagante. Los músculos de mi cuerpo ya no dolían como antes y consumí todas las copas que vinieron a continuación. Alayna se acercó con el ceño fruncido al notar mi estado. Sus ojos azules brillaron con decepción y suspiró.

—Eres tan estúpido.

Me encogí de hombros.

—Estoy bien.

—Si tu padre te ve…

Lo dudaba. Se había largado hacía unos minutos con Carlo al prostíbulo más cercano para no lidiar con la fiesta ni sus invitados. Ni siquiera sabía dónde estaba Marilla, quizá follando con su amado guardaespaldas. ¡Qué bien! Iker me haría el favor de mantenerla distraída para que no me molestara.

—Mi padre puede morirse. —Me tambaleé—. No hay nada que desee más en este mundo.

—Shh... —Presionó un dedo en mis labios—. Alguien puede oírte.

—¡Que se jodan todos! —exclamé y levanté los brazos—. ¡La maldita fiesta ha terminado! ¡Fuera de mi casa!

Los invitados empezaron a susurrar por mis gritos. Me reí cuando me encontré con la mirada escandalizada y reprobatoria de mi madre. ¿Y? Me daba igual. Ya no quería fingir que todo era perfecto en mi vida.

—Alayna —bramó mi madre—. Acompaña al subjefe a su habitación.

—¿Qué pasa, madre? —reí—. ¿No quieres que la gente me vea como soy realmente? ¡Una completa decepción que odia su vida!

Escuché las risas de Luciano y Gian detrás de mi espalda.

—Ha sido una noche larga y estás agotado…

La señalé con un dedo y ella se encogió. Su risa nerviosa la delató. Sí, mañana estaría muerto.

—Estoy harto de esta farsa, harto de ti y toda esta mierda…

Alayna atrapó mi brazo y empezó a arrastrarme lejos de la multitud confundida. Mi entorno parecía llenarse y drenarse al mismo tiempo. Los colores desaparecieron y luego regresaron. Lo que sea que Gian me dio trastornó mis sentidos. Estaba riéndome como un idiota, soltando comentarios que me ponían en ridículo. Me sentía tan mal.

—No tan rápido, mariposa —protesté—. No puedo seguirte el ritmo, me duelen los pies y quiero vomitar.

De algún modo llegamos a los pasillos cerca de mi habitación y ella me acorraló contra la pared. Sentir las suaves curvas de su cuerpo era un sueño. Por primera vez desde que había llegado olí un delicioso perfume en su piel. Una extraña mezcla de gardenia y dulzura.

—No me equivoqué sobre ti. Eres un idiota imprudente.

Mis ojos cayeron en sus labios rojos. Tan húmedos y apetecibles.

—Y tú eres hermosa.

Me apartó y abrió la puerta de mi habitación. Me tumbó en la cama y empezó a quitarme los zapatos. A través de mis párpados pesados la vi desnudarme con calma. ¿Era un sueño? Agradecía el cuidado porque estaba muriéndome de calor y quería vomitar. Me sentía fatal.

—Olvida cualquier pensamiento sobre tenerme. —La escuché decir—. Nunca pasará, príncipe.

Me cubrí los ojos con el antebrazo y bostecé.

—Eso ya lo veremos, mariposa.

El sonido de su risa me persiguió mientras se sentaba en el sofá que se encontraba en una esquina de la habitación.

—Duerme —ordenó—. Me aseguraré de que no te atragantes con tu vómito.

6

ALAYNA

Las siguientes horas permanecí en la habitación del príncipe. Era más ordenado de lo que imaginaba. Tenía las paredes blancas adornadas con algunos retratos familiares y obras de arte. Lo que me impresionó fue su armario. Era enorme.

Sabía que invadía su privacidad hurgando en sus cosas, pero era mi objetivo. Debía estar al tanto del más mínimo detalle y conocerlo con profundidad. Me aseguré de que estuviera dormido y lentamente abrí el armario.

Había abrigos, trajes, pantalones y camisas de diversos colores. También zapatos de vestir y botas de cuero pulidas a la perfección. Recorrí los materiales con mis dedos y suspiré. ¿Realmente había usado cada pieza? No se limitaba a una sola marca. Vi Prada, Versace, Dolce & Gabbana, Louis Vuitton, Tommy Hilfiger, Valentino… Sus gustos por la moda me parecían sexis. Tenía debilidad por los hombres que sabían cómo vestirse.

«No vayas ahí, Alayna».

Un pequeño movimiento en la cama llamó mi atención. Miré de reojo y lo vi dormido con el ceño fruncido. ¿Qué pasaba por su mente? Cerré el armario y me acerqué sin hacer ruido. Sus cejas formaron una línea y una capa de sudor empezó a cubrir su frente.

Tenía una pesadilla…

Me senté en el borde de la cama sin saber si debía despertarlo o dejarlo así. Se lamió los labios y soltó un jadeo tembloroso.

—No —susurró—. Por favor, no.

Fue transportado a una zona oscura donde sus peores temores lo perseguían. ¿Quiénes eran los fantasmas? Acepté que tenía un concepto equivocado sobre él. Luca era diferente a los hombres de esta familia. No había crueldad en sus ojos cuando me miraba. Había luz. ¿Era posible en la mafia?

Soltó otro suspiro y pasé una mano por su sedoso cabello castaño. El toque lo relajó de inmediato. Su respiración se volvió estable y el ceño fruncido desapareció. Se veía tan joven.

—Cálmate —musité—. Shh... estoy aquí.

Observé con atención los tatuajes que cubrían su piel. Cuando lo desnudé hacía dos horas no les di importancia, pero ahora cobraron vida. Leí la frase «El miedo es poder» en su brazo derecho. La palabra «Honor» estaba en el izquierdo.

Me parecía cómico que un chico como él tuviera un cargo tan importante sobre sus hombros. Sentí lástima. Luca era imprudente, inmaduro e incluso estúpido. Su actitud en la fiesta de compromiso lo delató. Un subjefe respetado no se drogaría con tanto público cerca. Si los enemigos no acababan con él antes, estaba segura de que lo haría su padre. Los tontos emocionales no sobrevivían en la mafia.

Aparté la mano de él cuando se tranquilizó, me puse de pie, salí de la habitación y cerré la puerta. En un par de horas se arrepentiría por lo que había hecho. Luca no solo era lastimado psicológicamente por su padre, también físicamente. El pensamiento me llenó de ira porque estuve en el mismo lugar antes, pero yo tenía a alguien que me cuidaba.

Luca, a nadie…

Los murmullos en los pasillos detuvieron mis pasos y alcé una ceja. Me aseguré de que nadie pudiera verme y me dirigí a la zona de donde provenían las voces. Me hice una idea exacta de lo que sucedía cuando escuché lloriqueos de una mujer. Era Emilia.

—Vuelve a cuestionarme y te juro que no vivirás para contarlo —gruñó una voz furiosa—. ¿He sido claro, Emilia?

Hubo un débil jadeo seguido de sollozos. Encorvé la espalda contra la pared, manteniéndome fuera de su vista. La puerta estaba medio abierta y vi a Vitale ahorcando a su esposa. Hijo de puta… La mujer no me agradaba, pero no toleraba la violencia doméstica.

Esta escena en particular me trajo malos recuerdos. Mi mente se trasladó al pasado. Recordé a la pequeña Alayna acurrucada en el suelo. Mamá se cubría el rostro con las manos mientras mi padre la lastimaba sin descanso. Caleb y yo lo único que podíamos hacer era quedarnos quietos. Nos iba mucho peor si interferíamos.

—Quiero lo mejor para nuestra familia —lloriqueó Emilia—. Esa mujer nos llevará a la ruina, Leonardo. Luca no está a salvo con ella. ¿No te diste cuenta en la fiesta? No le importó ninguna regla.

Vitale la empujó bruscamente y arregló las mangas de su chaqueta como si estuviera muy aburrido. Me repugnaba, era un psicópata retorcido. Hombres como él debían estar tres metros bajo tierra. Esperaba darme el gusto de matarlo algún día.

—Le pagué millones de euros a la zorra —espetó él—. ¿Crees que me importa tu sugerencia? Recuerda tu lugar, mujer. Luca es un hombre, sabe cómo cuidarse. Ya no usa pañales.

¿Zorra? Oficialmente estaba en mi lista negra.

—Leonardo…

—Cierra la boca —la interrumpió.

Alcanzó el vaso de whisky colocado en su escritorio y bebió un largo trago. Noté el temblor en sus manos, las venas sobresalían de su frente. Emilia fue lo suficientemente estúpida para pedirle que me echara. ¿Creyó que su marido tendría en cuenta su sugerencia? Le advertí que no pasaría y no me escuchó. Ingenua.

—Por favor, escúchame… —insistió ella—. Es una gran amenaza. Despídela antes de que sea tarde.

—Deja de hacer el ridículo, Emilia. Hemos tenido la misma conversación antes y ya sabes cómo terminó. Largo de aquí. He terminado contigo. Vete si no quieres que rompa tu mandíbula como sucedió la última vez.

Bastardo poco hombre. Yo creía fielmente en mi amigo el karma y esta escoria pronto lo recibiría de visita.

—Solo quiero lo mejor para nuestra familia —susurró ella con derrota.

Leonardo asintió bruscamente hacia la puerta.

—Fuera de mi vista, mujer. ¿Eres sorda? ¡Largo!

Emilia obedeció y salió de la oficina con los ojos llenos de lágrimas. Se tocó el pecho como si le doliera y calló los sollozos con su palma. Aparecí frente a ella en una zona donde su esposo no podía oírnos y la conmoción destelló en su cara. Trató de ocultar su vulnerabilidad, pero ya era tarde. La vi.

—Tú de nuevo. —Encorvó la postura y sus arrugas se hicieron más pronunciadas. Veneno salió de sus poros—. El comportamiento de Luca no quedará impune, Leonardo lo sabe.

Fingí mirar mis uñas con interés. Eran muy bonitas: largas, peligrosas y pintadas de negro. Arranqué muchos ojos gracias a ellas.

—Su marido tiene razón. Luca no es un niño, él sabía lo que hacía.

—Error de mi parte. —Sacudió la cabeza—. ¿Por qué te importaría lo que suceda con Luca? Eres un monstruo como los hombres que te contratan.

Ella se escabulló por los pasillos y suspiré. Qué decepción. En la fiesta quiso demostrar que era superior a mí, pero quedó confirmado lo contrario. Su marido gobernaba su vida. Era una mujer sumisa, la esposa que complacía por miedo a las represalias. No estaba juzgándola, pero me enfermaba de todos modos. Jamás permitiría que un hombre tuviera el poder de controlarme y manipularme. Primero muerta.

Yo mandaba.

Nadie lo hacía por mí. Menos los hombres que solo tomaban y eran incapaces de dar algo valioso a cambio. Una mujer no debía depender de nadie, menos en la mafia. Éramos nuestras mejores aliadas.

LUCA

El dolor de cabeza era insoportable cuando desperté al día siguiente. La droga mezclada con champán me hizo pedazos. Destellos de recuerdos perforaron mi mente y gemí. Nunca en mi vida volvería a intoxicarme. Bebí mucho y me comporté como un niño inmaduro en presencia de Alayna. Ni siquiera deseaba saber qué pensaba de mí en estos momentos.

Era un idiota.

Cubrí mi rostro avergonzado con la almohada, negándome a salir de la habitación. Hoy iba a evitarla como si fuera el anticristo, no me gustaba que tuviera una mala impresión de mí. ¿Por qué me importaba de todos modos? Ella era mi escolta, nada más.

El móvil sonó en la mesita de noche y miré el remitente. Era Berenice. Mierda, no respondería ahora. Le pedí que me diera unos días más y no lo entendió. Prefería estar con los cinco sentidos cuando habláramos. Estaba agobiado, cansado y estresado.

Alguien llamó a mi puerta y volví a quejarme. Mal día.

—¿Puedo pasar? —preguntó Amadea.

—Claro, Dea —contesté. Entró con una bandeja de desayuno. El olor a café encogió mi estómago y casi me doblé. Nunca más escucharía a Gian—. Hoy quiero dormir hasta tarde.

Soltó una risa cargada de humor y me encontré sonriendo con ella.

—No puedes darte esos lujos, querido. Tu padre quiere verte en el comedor.

—Dile que se vaya al carajo.

—Lo haría con mucho gusto, pero vendrá aquí y te arrancará la lengua por hablar así. —Me incorporé en la cama y acepté la taza de café—. Date una ducha, estás horrible.

Hice una mueca de disgusto y bebí el café negro de un solo trago.

—¿Alguna otra sugerencia?

—Disimula tu mal humor, estás a punto de escupir fuego.

Le entregué la taza.

—Lo único que me haría feliz es una cosa —dije y enfaticé—: morirme.

La cara de Amadea se contorsionó de dolor.

—Odio que hables así, Luca. Tienes tanto para vivir.

—La fiesta de compromiso me quitó la motivación.

—¿Y ella no te la devolvió?

Arqueé una ceja.

—¿Ella?

—Tu escolta. —Me dirigió una sonrisa de complicidad—. Los he visto congeniar muy bien, hacen una buena pareja. Los dos son elegantes y perfectos.

Puse los ojos en blanco, pero sonreía como un tonto.

—Es inalcanzable, solo trabajamos juntos.

—Pueden ser amigos.

—Quizá, Alayna es muy reservada. La considero atractiva e interesante, pero no la haré sentir incómoda ni fuera de lugar.

—Tú jamás harías eso. Estoy segura de que ella también te considera atractivo e interesante.

—Lees muchas novelas románticas, Dea.

—Dicen que las almas han sido creadas para ser amadas. —Sus ojos amables se volvieron suaves—. Mereces ser feliz, Luca.

Me levanté de la cama y la besé en la frente. Apenas conocía a Alayna y esta mujer se montó toda una novela en su cabeza.

—Nunca me faltes.

—Siempre estaré aquí. —Apretó mi mano—. Encontré algunos libros en la biblioteca pública de la ciudad que pueden interesarte. Medicina moderna.

Mi corazón dio un salto contra mis costillas.

—Me encantaría leerlos.

—Los traeré sin que nadie lo note.

Ella conocía mi amor por la medicina, aunque yo sabía que era imposible que me dedicara a lo que realmente quería. Descubrí mi vocación cuando tenía diez años. Kiara se cayó de un árbol y sufrió varias fracturas en el cuerpo. No fue trasladada a ningún hospital porque mi padre era un hombre desconfiado y no le agradaba responder a las preguntas. El médico de la familia se hizo cargo de ella.

Mi padre regañó a Kiara, mamá lloró y yo examiné fascinado el trabajo del doctor Mancini. Mi curiosidad despertó y desde entonces veía documentales relacionados con la medicina. Me intrigaba conocer ese campo, siempre me gustó ayudar a los demás. Irónico, porque mi familia acababa con vidas todos los días.

—Eres increíble.

Amadea me tendió una tierna sonrisa.

—Nada es imposible si lo deseas con todas tus fuerzas.

Me dirigí al baño para darme una ducha caliente cuando Amadea se retiró, había mucho por hacer las próximas horas. Desde que fui iniciado en los negocios no tenía descanso. Me quedé bajo el agua durante varios minutos. Estaba haciendo esperar a mi padre, pero necesitaba este momento de paz. En otra vida me hubiera gustado nacer en una familia normal, de esas que aceptaban tus decisiones y apoyaban tu felicidad.

Un sueño tan lejano…

Amadea estaba equivocada.

Todo era imposible cuando se trataba de mí.

Terminé de ducharme, sequé mi cuerpo y mi cabello para después ponerme ropa cómoda. En el pasillo me encontré con Laika, que estaba ansiosa por un poco de cariño.

—Hola, amiga. —Le rasqué la cabeza y ella movió la cola—. Prometo que pronto te llevaré a dar un paseo.

Dejé a Laika y me uní con mi familia en el comedor. La mesa para doce personas estaba preparada con excesivos aperitivos. Mi padre no limitaba gastos y le gustaba comer como si fuera un rey. Se sentó a la cabecera de la mesa con mi madre a la izquierda, pero la presencia de alguien me robó el aliento.

«Alayna…».

Estaba ubicada cerca de Kiara. A diferencia de mí, lucía fresca y saludable. Yo no podía disimular la resaca ni mi mal humor.

—Padre —saludé. Intenté no hacer contacto visual con la mujer que había logrado colarse en mis pensamientos.

La ausencia del abuelo era notable, el médico le recomendó que descansara. Supuse que la muerte pronto tocaría a su puerta y prometí que ese día lo celebraría como nunca. En cuanto me senté los camareros entraron y nos sirvieron. Era mediodía. Me había perdido el desayuno. Mierda…

—Esta noche debes ir sin falta a Las Fronteras —expuso padre mientras masticaba su pasta con salsa—. Gian comentó que las apuestas han aumentado.

Estábamos metidos en todos los negocios ilícitos: carreras ilegales, bienes raíces, lavado de dinero, peleas clandestinas, contrabando, tráfico de drogas, armas e incluso mujeres…

El tráfico de armas y el contrabando generaban mucho dinero, pero nada se comparaba a la venta de mujeres. A algunos hombres repugnantes no les importaba gastar miles de euros por una noche de placer. Pedófilos, pederastas y violadores se deleitaban con la prostitución. Me estremecí ante el pensamiento.

—Iré esta noche —afirmé y me serví un vaso de zumo.

Mamá y Kiara mantuvieron la cabeza gacha mientras almorzaban. Alayna estaba callada, pero escuchaba. Era un rasgo que noté en ella desde que vino aquí el primer día.

—Llegaron más mulas la semana pasada. Quiero que las registres y me digas si son buenas mercancías. Asegúrate de que no tengan ningún defecto, a nadie le gustan las cosas rotas.

«Mulas...».

Se refería a las pobres mujeres secuestradas. Esta era la parte que más odiaba del negocio. Quería ayudarlas a cada una, pero no podía hacerlo. Lo único que me quedaba era conseguir compradores y también asegurarme de que nuestros hombres no abusaran de ellas en mi ausencia.

—Está bien —dije con la voz ronca.

—Somos traficantes, pero no consumimos la mercancía —prosiguió padre—. Alguien de tu cargo no puede permitirse tener una debilidad como la adicción. Espero que haya quedado claro, Luca.

Alayna permaneció imperturbable. Ella se había asegurado de que mi padre no me viera en ese estado, pero yo fui un tonto al pensar que podría ocultarle algo.

—Fue un momento de debilidad —me justifiqué—. No volverá a pasar.

Se limpió los labios con una servilleta y me miró con enojo.

—No quiero ninguna razón para que duden de nuestra posición. Eres mi heredero —masculló—. ¿Cuándo te tomarás en serio el papel? Tu abuelo está muriéndose y tú te comportas como un chiquillo malcriado. Estoy cansado de tus impertinencias.

Mi mano se tensó alrededor del vaso.

—No volverá a pasar.

—La dama de aquí te acompañará hoy —informó—. Cuidará tus espaldas y está autorizada a matar a cualquiera que se pase de listo.

Compartí una breve mirada con Alayna y la aparté rápidamente.

—Lo sé.

—Estoy dejándote a cargo de mucho porque la salud del don no es buena —masculló. No dio más detalles—. Lo acompañaré a sus citas con el médico. —Padre ojeó a los presentes de la mesa—. Espero que esta información no salga de aquí.

—Cuenta conmigo.

El almuerzo terminó y me dirigí al jardín con Alayna. La escena de la noche anterior parpadeó como una vieja película en mi memoria. Recordé su boca muy cerca de la mía cuando susurró que no podría tenerla. «¿Segura, mariposa?».

—Tu cara me dice que no estás de buen humor.

Hice caso omiso de su tono irónico y me senté en la banca del jardín. Laika vino corriendo a mí. No era cariñosa con Alayna, pero no le gruñía. Un gran avance porque ella odiaba a todos excepto a Kiara y mis primos.

—Viene la peor parte —susurré.

Se ubicó a mi lado, cruzando sus largas piernas.

—No hay nada en este mundo que me asuste.

—Realmente no tienes idea de lo que esto significa —murmuré—. Yo nací en este mundo, pero aún me cuesta procesar tanta oscuridad. Tengo miedo de ser consumido.

—No puedes decirle eso a una asesina que fue corrompida desde que era una niña —dijo—. Mi alma es mucho más negra que la de tu padre o el anciano de tu abuelo. ¿Crees que le tengo miedo a tu mundo cuando el mío es peor?

—Veremos si eres capaz de manejarlo.

El sonido de su risa era como música para mis oídos. Era elegante y suave. Me recordaba a una clásica estrella de cine. Alayna debería ser retratada por los mejores artistas del mundo y expuesta en los museos como un cuadro inolvidable. Su belleza era perpetua.

—¿Sabes por qué tu padre me contrató?

—Eres mi escolta.

—No solo eso. —Ella acercó su boca a mi oreja y susurró—: Él y tu abuelo quieren que corrompa tu alma y te prometo que voy a lograrlo.

—¿Qué…?

Se puso de pie, poniendo una distancia entre ambos. La sonrisa astuta perduró en su cara.

—Me oíste muy bien, príncipe. ¿Vienes? Tenemos mucho trabajo que hacer. Dime por dónde deseas empezar.

Caminé rápido hacia ella.

—¿Qué tal si me cuentas un poco de ti?

Se le escapó otra risa ligera.

—Lo único que debes saber es que nunca hablo sobre mí. No intentes indagar en mi vida, no obtendrás absolutamente nada. Soy inaccesible.

7

LUCA

Saqué un pequeño control de mi bolsillo para abrir la puerta del garaje donde estaba estacionado mi Lamborghini negro favorito. Mis primos y yo pasábamos muchas noches en las pistas. Había una gran cantidad de apostadores en Las Fronteras. La mayoría de ellos eran niños ricos de Palermo que buscaban un poco de entretenimiento. Como subjefe, me aseguraba de que todo estuviera en orden y que el asesor hiciera bien su trabajo. También pagaba a los policías corruptos que nos daban una coartada para mantenernos al margen de la justicia.

—Es el modelo más reciente —comentó Alayna, pasando sus dedos por el capó—. Tienes buen gusto.

La examiné con detenimiento y me lamí los labios.

—Soy fanático de las cosas hermosas.

Ella ignoró el flirteo y se metió en el coche. Admiró cada detalle y la satisfacción llenó mi pecho porque la había impresionado. ¿En serio quería su aprobación? Era ridículo. Seguí su ejemplo antes de colocarme el cinturón de seguridad y el motor retumbó cuando giré la llave.

—No me has dicho por dónde quieres empezar.

Maniobré el volante y salimos de la mansión para entrar en la autopista. El aroma de Alayna inundó el coche y tuve que esforzarme para no mirarla como un idiota. Necesitaba estar centrado mientras conducía.

—Primero iremos a Emilia, el restaurante de mi familia.

—¿Como el nombre de tu madre? Qué cliché. No veía a tu padre como un hombre detallista.

—No fue mi padre quien escogió el nombre, fue mi difunto abuelo materno. Madre viene de una familia italiana muy prestigiosa —masculló—. Ellos poseen las mejores cadenas de restaurantes en Palermo.

—Lavado de dinero —asumió.

Me encogí de hombros.

—Sí.

A través de mi visión periférica, la vi sacar un cigarrillo de su escote y prenderlo con un encendedor. Atraía mi depravación de una manera que nunca había experimentado antes. Me confundía. Cuando estaba cerca no podía pensar con claridad. Alayna Novak era una terrible debilidad.

—Cuéntame todo sobre ti —dijo y exhaló el humo.

Activé el modo descapotable y el viento alborotó su largo cabello oscuro. A ella no le importaba que el humo me desagradara.

—¿No me investigaste antes?

—Quiero escucharlo de tus labios.

—¿Por qué debería contarte cosas sobre mí cuando no estás dispuesta a decirme nada de ti? —cuestioné—. Yo también soy inaccesible cuando quiero, mariposa.

El sonido de su risa llenó el vehículo.

—Eres demasiado transparente. Puedo leerte como a la palma de mi mano.

—Entonces ¿por qué haces preguntas?

—Porque eres divertido.

—Dime algo sobre ti y haré lo mismo.

—No vas a detenerte, ¿eh?

—No.

Apagó lo que quedaba del cigarrillo y lo guardó en una pequeña caja de su bolsillo. Al menos tenía consideración por el medio ambiente.

—Tenía diez años cuando fui reclutada y entrenada en una organización de asesinos —dijo con voz distante—. He matado a más hombres y mujeres de los que te puedes imaginar. Lo hago por dinero y lo disfruto.

No moví ni un solo músculo. Cuando eras criado en la mafia historias como la suya no impactaban. Todos teníamos un pasado terrible. La vida en nuestro mundo era negra, nada de colores cálidos que la hicieran parecer mejor.

—¿Solo por dinero?

Se giró para mirarme y alzó una delgada ceja.

—¿Por qué otra razón sería?

—No creo que el dinero sea todo lo que te importe. También eres un alma altruista a pesar de que intentas aparentar lo contrario.

Una sonrisa estiró sus labios.

—Guau, príncipe. Hablas como si me conocieras de toda la vida.

—¿Estoy equivocado?

Soltó un audible suspiro y negó con la cabeza.

—Lo hago por placer, satisfacción e incluso felicidad —admitió, sorprendiéndome—. Mato a hombres que destruyen la vida de mujeres y niños.

Abrió una parte de ella que no me esperaba y una emoción invadió mi corazón porque nuevamente volvíamos a coincidir. Yo también salvaba a niñas de los monstruos y las mantenía seguras sin importar las consecuencias que ocasionaría si mi padre se enteraba. ¿Podríamos trabajar en equipo? «No».

Nadie me garantizaba que ella poseía un corazón detrás de su armadura. Admitió que fue entrenada como una máquina de matar, pero la creí cuando dijo que odiaba a los hombres que destruían la vida de mujeres y niños. La lastimaron y se convirtió en lo que es hoy.

—Altruismo —repetí.

Alayna chasqueó la lengua.

—Llámalo como quieras.

—¿Tienes familia?

Su respuesta fue contundente.

—No.

—Pero los conociste —afirmé—. Tu odio hacia los monstruos tiene una gran explicación y fuiste criada en el infierno. Padre abusivo, madre ausente… ¿Hermanos?

Silencio.

Era predecible sin darse cuenta, el tipo de persona que prefería no otorgar ninguna información por miedo a que fuera usada en su contra. La entendía y no la presioné. En el futuro iba a darme más.

—Odio mi vida —admití de pronto—. Odio a mi padre, odio a mi familia, odio la sangre.

—Menos a tu hermana y tu mascota.

Sonreí.

—Son las únicas leales a mí. Mamá me ama, pero ella le teme a mi padre. Su lealtad siempre será para él.

—El miedo nos limita.

—Nunca podría pedirle que luche por nosotros —musité—. Ella perdería contra el monstruo.

—Lo sé.

Las veces que mi madre quiso defenderme se ganó la paliza de su vida y me odié por involucrarla. Hubo un tiempo en el que no salía de la casa porque los moretones cubrían la mayor parte de su rostro. Me escabullía en su habitación para consolarla cuando mi padre no estaba y la sostenía por horas mientras lloraba en mis brazos. Por eso trataba de seguir las reglas al pie de la letra. Quería ser un buen hijo por ella, quería más para ella y para Kiara.

El resto del viaje transcurrió en un profundo silencio. Al final, el vehículo se detuvo frente al restaurante y salimos. Una vez dentro, la joven anfitriona nos guio hasta la sección privada que quedaba en el segundo piso con vistas a la ciudad. Todo seguía igual desde mi última visita: muchos clientes, interior impecable y elegante con empleados atentos.

—Por favor, siéntense —pidió la anfitriona.

Alayna y yo nos sentamos mientras la joven sonrió tensa. Se llamaba Clarice y sabía por qué razón estaba allí. La visitaba una vez todos los meses.

—¿Cómo va todo? —pregunté.

—Bien —respondió—. Pronto se inaugurará otra sede en la ciudad.

—Espero estar presente —dije—. Tráeme el balance de las cuentas, por favor.

—Por supuesto, señor Vitale. ¿Qué desean pedir?

Miré a Alayna.

—¿Quieres tomar algo?

—Agua de una botella sin abrir.

—Yo quiero una botella de Romanée-Conti, por favor.

Clarice asintió.

—Estaré aquí en breve.

—Gracias.

Clarice se retiró y encorvé la espalda en la silla mientras ponía bien el reloj en mi muñeca. Tenía una hora para resolver mis asuntos y luego tomar las riendas de Las Fronteras. Esperaba encontrar a mis primos ahí.

—Controlas muy bien el miedo —comentó Alayna.

—El miedo es poder —respondí—. Cuando logras infundirlo no hay nada que te detenga.

Me sonrió y mi estómago se apretó ligeramente en respuesta.

—¿Tú lograste vencer tus miedos? —inquirió—. Porque tus ojos me dicen lo contrario. Ocultas muchos secretos que aún te asustan.

Odiaba lo buena que era leyéndome.

—Nunca se lo diría a alguien que es leal a mi padre.

—No te preocupes, lo sabré cuando tú mismo me lo cuentes con lujo de detalles.

—¿Lo usarás en mi contra?

Había una fría indiferencia en su expresión.

—Mato a los monstruos, Luca. Tú estás lejos de ser uno.

Y ahí estaban de nuevo mis sentimientos contradictorios. ¿Qué demonios me esperaba con esta mujer? Era leal a mi padre, pero la voz en mi cabeza me susurraba que no lo admiraba. El desprecio era claro en sus ojos cada vez que lo miraba. ¿Por qué aceptó el trabajo? Moretti era la razón principal, aunque quería creer que había algo más.

—Me dijiste que uso una máscara —le recordé—. Quizá te encuentres a un monstruo cuando me la quites.

Su boca se inclinó en una media sonrisa de suficiencia.

—No necesito quitártela porque puedo ver a través de ella —respondió—. Anoche le demostraste al mundo tu lado vulnerable cuando gritaste a los cuatro vientos que estabas cansado de la hipocresía.

Maldita sea mi imprudencia.

—Estaba drogado.

—No quita que dijeras la verdad.

Una camarera de cabello rojo trajo nuestra orden y palideció cuando miró a Alayna. Me aclaré la garganta.

—Gracias, puedes retirarte.

Alayna tenía el rostro impasible, libre de cualquier emoción. ¿Por qué la chica estaba tan nerviosa? ¿La conocía?

—Señor —dijo.

Casi se tropezó mientras se retiraba con los nervios azotando su cuerpo. Incluso me fijé cómo tomó una respiración profunda. Sí, me había perdido algo, pero no era mi problema.

—¿Qué tiene que ver en esto? —Me enfoqué en Alayna.

—Que no puedes esconderte de mí, príncipe.

Nunca había conocido a una mujer tan despiadadamente hermosa. Me sentía más fascinado con cada segundo que pasaba. Sabía que éramos compatibles. Solo alguien como Alayna podría manejar la oscuridad que rodeaba mi vida.

La anfitriona regresó y dejó el balance de cuentas en mis manos justo como le pedí.

—¿Desea algo más? —preguntó.

—No, gracias. Quédate atenta a mi próxima visita o llamada.

—Como ordene, señor Vitale. —Se retiró.

Me serví un trago de vino mientras Alayna tomó su agua.

—¿Cuántos negocios más utilizan como fachada? —preguntó ella.

Alcé una ceja.

—Te sorprenderías.

Saqué el móvil del bolsillo y puse al tanto a mi padre sobre el restaurante. El Cassetto se encargaría de echarle un vistazo y nos informaría de qué pensaba. Esto podía solucionarse con un par de correos, pero mi presencia servía como intimidación a los empleados, así recordaban quién era el jefe.

Al dirigirnos a la salida, a la camarera pelirroja se le cayó una bandeja de comida a unos centímetros cerca de mí. Sus ojos se ensancharon con horror y balbuceó una disculpa.

—Lo siento, señor. —Observó a Alayna y rápidamente apartó la mirada.

—No te preocupes —mascullé, y ella se agachó para recoger los vidrios rotos—. Ten más cuidado la próxima vez.

Asintió mientras su compañera se acercaba a ayudarla para limpiar el desastre y volvió a disculparse.

—¿La conoces? —Le pregunté a Alayna.

—¿Debería?

—No. Salgamos de aquí.

Como dije antes, no era mi problema.

ALAYNA

Verlo interpretar su papel me hizo saber que estaba consumido. Odiaba la oscuridad, aunque a su parte masoquista le encantaba. Tenía a un monstruo dentro de él que saldría a la superficie si lo tentaba. Me intrigaba conocer ese lado, más de lo que me gustaría aceptar.

El sol se ponía en el horizonte mientras el automóvil serpenteaba por las concurridas calles de Palermo. «Heart-Shaped Box» de Nirvana sonaba en los estéreos y Luca tamborileaba sus dedos en el volante. Me preguntaba si serían interesantes los asuntos pendientes allí. ¿Valdrían la pena? Los últimos días habían sido muy aburridos.

—Vendremos aquí a menudo —comentó, deteniendo el coche—. Disfruto de los espectáculos que ofrecen las pistas.

—Curioso.

—Sí, curioso —dijo—. Es el único negocio que no deja tanta sangre.

Estábamos en un enorme callejón abandonado y flanqueado de cobertizos oxidados. Luca bajó primero y me abrió la puerta. Fui recibida por el bullicio de la multitud, gomas quemadas y mucho humo. Había mujeres y hombres alentando una carrera. La mayoría eran adolescentes que bebían, reían y fumaban.

Caminamos juntos mientras ignorábamos las miradas curiosas. Luca les devolvió el saludo a algunas personas que le dieron la bienvenida con sacudidas de manos y palmadas en la espalda. Se veía cómodo, a diferencia del evento de anoche. Cerca de la pista capté a Gian manoseando a una chica que estaba besándolo con pasión sentada sobre el capó del coche. Era una hermosa rubia de largas piernas bronceadas con un vestido rojo brillante. Su rostro sonrojado nos miró con una pizca de vergüenza cuando Luca se aclaró la garganta.

—¿Dónde está?

Gian se lamió los labios y nos sonrió ampliamente. Mientras tanto, la chica trataba de arreglar su vestido y su cabello despeinado.

—Se encuentra en el cobertizo, no ha dejado de gritar —informó—. Hola, Alayna.

—Gian.

La chica con quien estaba besándose bajó del capó y me tendió la mano. Acepté porque a diferencia de Marilla no era grosera, tampoco me miraba mal. Sus ojos verdes brillaron con genuina alegría.

—Soy Liana, es un placer conocerte.

—Mi novia —agregó Gian.

—Alayna Novak.

Hizo una evaluación completa de mi cuerpo y soltó una pequeña risita.

—Ahora entiendo por qué Marilla estaba tan furiosa sobre ti —se burló—. Eres hermosa.

—Gracias, pienso lo mismo de ti.

—Ella es guapa. —Le guiñó un ojo a Luca.

Se rascó la nuca, ignorando el comentario.

—Manos a la obra, Gian. ¿Crees que deberíamos darle una oportunidad?

Gian era todo sonrisas con hoyuelos y dientes blancos. Estaba disfrutando de la situación. Reconocía a un sádico cuando lo miraba y él era uno.

—Ese hijo de puta debe morir —espetó con indignación—. Quiso forzar a una chica, tengo evidencias que te darán ganas de matarlo tú mismo.

—Muéstramelo —exigió Luca.

El rubio sacó su móvil del bolsillo trasero de su pantalón y exploró la galería. Seleccionó un vídeo que duraba casi un minuto. La escena mostraba a un hombre acorralando a una chica y tapándole la boca. Ella gritó desesperadamente y gracias al infierno fue escuchada.

Luca fijó sus ojos en los míos.

—Alayna se hará cargo.

Al fin… Lo haría con mucho gusto, ese bastardo hijo de puta sangraría hasta orinarse en sus pantalones y lamentaría haber puesto sus sucias manos sobre una mujer.

—Quiero ver eso —se rio Gian, guardando el móvil.

—No —dijo Luca—. Mantente al margen.

Hizo un mohín decepcionado.

—Como prefieras, alteza. —El sarcasmo goteaba en su tono.

Luca me indicó que lo siguiera y avanzamos hacia un cobertizo lejos de los automóviles que derrapaban en la pista. La gente nos seguía con la mirada mientras pasamos cerca de ellos, nada nuevo. Me encantaba la atención.

—Ven —ordenó Luca cuando el viejo portón oxidado se abrió y puso una mano en mi espalda.

Todo era oscuro a excepción de la pequeña bombilla de baja tensión en el techo. Las paredes estaban cubiertas de telarañas y el olor a polvo con humedad hizo que me picara la nariz. Un débil jadeo me llamó la atención y sonreí. Había un hombre amarrado a una silla. Sus gritos eran amortiguados por la cinta y su mirada se desplazó ansiosamente a mí. El miedo fluía en él a oleadas. Era joven. Su cara estaba cubierta de hematomas y la sangre manchaba su camiseta. La verdadera tortura acababa de empezar.

—Un acosador a mi merced. —Me acerqué a él con la adrenalina invadiendo mi torrente sanguíneo—. Qué gran placer.

El hombre gimoteó en respuesta y sus ojos me suplicaban que lo dejara ir. Lástima. Era el alimento de mi demonio interior que estaba ansioso de sangre.

—Apostó en algunas carreras y no pagó ninguna —informó Luca—. También acosó a varias mujeres en nuestro territorio semanas atrás. Al parecer nuestras advertencias le importaron muy poco porque siguió cometiendo los mismos errores.

No necesitaba oír nada más. Eran suficientes motivos para acabar con su patética vida.

—¿Tienes algún fetiche especial? ¿Cómo quieres que lo haga?

Luca pasó una mano por su cabello castaño.

—No me importa cómo lo hagas, no tengo fetiches. Solo mátalo, él no tiene salvación.

Las respiraciones rápidas y los sollozos del hombre regresaron con fuerza y desesperación. Saqué la navaja enfundada en mi bota y me aproximé a mi nueva víctima. Empezó a sacudirse como si tuviera la oportunidad de huir. Idiota ridículo. Lo atraparía si corriera hasta el mismísimo infierno. Yo era el diablo.

—Apuesto a que nadie lamentará tu muerte —inquirí, quitándole la cinta de manera brusca.

Hizo una mueca de dolor y sollozó. Las lágrimas caían de sus ojos y ni siquiera había comenzado.

—Púdrete —escupió.

Puse los ojos en blanco.

—Tus instintos de supervivencia apestan.

Quitarles la vida a escorias era una adicción que nunca podía ser saciada completamente. Después de semanas, al fin tendría un poco de adrenalina.

—¿Quién demonios eres tú? —gritó de nuevo—. Suéltame ahora o lo lamentarás.

Solté una risita. Era gracioso que me insultara en sus condiciones.

—Estás atado a una silla y aun así crees que puedes vencerme —suspiré—. Los hombres son tan egocéntricos.

—Deja de jugar —pidió Luca—. Acaba con él de una vez.

—Tus deseos son órdenes, príncipe. —Hice una reverencia y apunté mi cuchillo al ojo derecho del abusador.

El terror resplandeció en sus ojos inyectados en sangre. Ahora sí me creía capaz. Se puso mejor cuando gotas de orina salpicaron el suelo. Qué asco. Debería darme las gracias por no cortarle las pelotas.

—¡Lo siento! —exclamó entre sollozos. Las palabras salieron mal articuladas y frenéticas—. No me hagas daño, te prometo que no volveré a acercarme a ninguna mujer ni a este lugar. Déjame ir, por favor.

Típico… ¿Cuántas veces había escuchado lo mismo? Él no lamentaba sus malas acciones. Estaba asustado porque la muerte lo llamaba y no me creía sus excusas. Los violadores no tenían redención. No merecían el perdón.

—Si gritas otra vez, será peor.

Lloró más fuerte y algunos mocos volaron cerca de mis botas. Su llanto me estaba molestando.

—Por favor, ten piedad.

Acaricié su mejilla con la punta del cuchillo y presioné. La sangre se deslizó por su piel y manchó su ropa. Lloriqueó de nuevo, apartando su rostro con sollozos. Su cuerpo temblaba con fuertes espasmos.

—Lo haré más doloroso si luchas. —Pasé el cuchillo por el costado de su cuello mientras sus gritos se volvieron caóticos—. Quédate quieto.

Deslicé la cuchilla a través de su garganta en un juego lento y se ahogó. Gritó, se estremeció y lloró mientras el torrente de sangre ensuciaba el suelo. La escena envió una descarga de adrenalina por mi espina dorsal. Era una enferma por disfrutar esto y no me arrepentía.

—Mierda —maldijo Luca, y sonreí al recordar su confesión sobre la sangre—. Alayna…

Jugué con mi víctima hasta que el último sollozo escapó de sus labios. Le rebané la garganta, gozando al ver cómo la vida se escurría de él. Gloria. Esto era gloria.

—Nos veremos en el infierno.

Me aparté del muerto con un suspiro y me enfrenté a Luca. Hizo una mueca al percibir la sangre goteando de mis dedos. Qué sensible. Los príncipes como él deberían estar a salvo en su castillo. Había muchos monstruos sueltos en el mundo. Yo era uno de ellos.

—¿Cómo me matarías a mí, mariposa?

Un aliento inestable salió de mis labios.

—De una manera en que lo disfrutarías.

8

LUCA

Llamé a mis hombres para que se encargaran del cadáver en la silla. Alayna se limpió las manos con un pañuelo como si nada hubiera pasado. Algunas personas se estremecerían, pero ella ni siquiera pestañeó cuando mató a ese infeliz. ¿Y sus palabras? Había promesas de violencia y lujuria en cada una de ellas. Era la tormenta que necesitaba el desierto de mi vida. Era desquiciada e incontrolable. Sería mi perdición, no tenía ninguna duda.

—Es paradójico —comenté—. Odio la sangre, pero siempre quise ser médico.

Se mofó.

—Es lo más ridículo que he oído en mucho tiempo.

—Prefiero ver la sangre en otras circunstancias.

Sus caderas se balanceaban con cada paso mientras se acercaba. Mi pecho se encogió con anticipación cuando se detuvo frente a mí.

—¿Ejemplo?

—En un quirófano.

Una sonrisa burlona crispó sus labios.

—No puedes ser médico cuando ya te ensuciaste las manos. Es estúpido y poco ético.

—No tuve elección.

—Pudiste luchar.

Agarré su muñeca, apretándola contra mí.

—¿Tuviste la opción de luchar cuando fuiste capturada por esa organización?

—Sí, muchas —dijo, sorprendiéndome—. Pude huir, pero no quise afrontar las consecuencias. Siempre hay opciones, príncipe.

Se apartó de mi cuerpo y tiró el pañuelo al suelo. Ella era un enigma. Su alma oscura era contradictoria con su hermoso exterior.

—¿Crees que la opción de huir no pasó por mi mente? Estaría muerto antes de intentarlo.

—La opción sigue ahí.

—No soy idiota.

—Es tu elección.

Ella estaba presionándome, pero no caería en su sucio juego. Prefería concederle la última palabra con tal de salir de ese lugar. Odiaba el olor de la muerte. Quería darme un baño y olvidar ese día.

—Disculpen si interrumpo algo. —Gian entró en el cobertizo—. Los soldados se harán cargo de la basura.

Liberé un suspiro fatigoso.

—Perfecto, ya no soporto verlo.

Siempre había sido del tipo que solo se ensuciaba las manos cuando era necesario. La mayor parte del tiempo permitía que mis hombres o Gian se hicieran cargo. No quería que matar se convirtiera en un hábito vicioso. Estaría más que perdido.

—La diversión está a punto de comenzar —informó Gian mientras los soldados entraron con una gran bolsa para llevarse el cadáver y limpiar cualquier evidencia—. Aposté por nuestro chico, Ryland.

—Él siempre gana.

—Y tendremos miles de euros en nuestros bolsillos.

Alayna encendió un cigarrillo y le dio una calada. Los hombres envolvieron el cuerpo con rapidez y después se retiraron. Probablemente lo quemarían con ácido para que no quedara nada. De cualquier manera, no quería conocer los detalles explícitos ni pensar en que tenía una familia esperándolo.

—Hoy tengo un poco de éxtasis y ácido —dijo Gian—. De la mejor calidad.

La noche anterior me había sentido relajado, sin preocupaciones. «Quizá…».

—Ni se te ocurra. —Alayna interrumpió mis pensamientos—. Él no puede consumir esa mierda de nuevo.

Elevé una ceja.

—¿Y quién lo dice?

—Tu padre —contestó, exhalando el humo cerca de mi cara—. Recuerda que yo sigo sus órdenes.

Gian se rio.

—¿Y se supone que debe obedecerte? —bufó, ofreciéndome la pequeña bolsita—. Luca es un subjefe y tú, su escolta. No tienes autoridad aquí.

Todo sucedió en un parpadeo. Alayna dejó caer su cigarrillo, empujó a Gian contra la pared y presionó un codo en su garganta. Mi primo palideció por el arrebato inesperado. Mierda. Eso fue rápido.

—El capo ordenó que matara a cualquier idiota que se pase de listo —siseó Alayna en su oído—. ¿Crees que jugaría con algo así?

Gian tragó saliva.

—No.

—Podría romper tu cuello en este instante. —Agarró su cabello y lo obligó a mirarla—. Las drogas están fuera de sus límites. ¿Entiendes? ¿O debería arrancarte un brazo para que te quede claro?

Mi pulso se aceleró y mi piel ardió con rabia. No me gustaba que decidiera por mí. Seguí ordenes de terceros y obedecí durante toda mi vida. ¿Por qué con ella sería la misma historia? No.

—Suéltalo ahora —ordené.

Alayna captó la orden y sonrió mientras Gian tosía con brusquedad. Su rostro estaba rojo por la furia, nunca lo había visto así de indefenso con nadie. Aprendería una lección después de este altercado: nunca subestimar al sexo opuesto.

—Esto no quedará así —tosió Gian.

—¿Qué harás? —lo desafió Alayna—. Al capo no le gustará saber que robas parte de su mercancía y le ofreces drogas a su heredero. ¿Cuántos euros le has hecho perder porque también eres un consumidor?

Gian me miró en busca de ayuda. Si mi padre se enteraba iba a haber represalias. Ambos perderíamos, pero yo sería el más afectado. No nos convenía que nuestro desliz quedara en evidencia.

—Vuelve con Liana, yo me haré cargo.

Asintió con la mandíbula tensa y salió del cobertizo sin echarle otro vistazo a Alayna. Me agradaba mi primo, pero había veces que sobrepasaba los límites. Era caprichoso y siempre obtenía lo que se proponía. Trataría de vengarse, aunque dudaba que pudiera con la mariposa negra. No había rival para esta mujer.

—Nunca vuelvas a decidir por mí, no me importa que trabajes con mi padre. Yo no soy tu peón.

—No eres capaz de negarte a los vicios y anoche lo demostraste.

«Maldita sea…». ¿Cuántas veces iba a arrepentirme por cometer ese error?

—No me conoces, Alayna. No sabes de lo que soy capaz.

Su sonrisa fue instantánea y sus manos aterrizaron en mis hombros antes de que mi espalda golpeara la sucia pared. Sus ojos azules nadaron con promesas crueles. Estaba atrapado bajo su hechizo, no quería escapar.

—Soy otra adicción. —Su lengua me rozó los labios—. Si te pidiera un poco de sexo, no me negarías nada.

Me burlé.

—Estás muy llena de ti misma, ¿no?

Presionó un poco más y perdí la capacidad de respirar. Sí, tenía razón. Deseaba desnudarla y hacerla mía hasta que no pudiera soportarlo. Oírla gritar mi nombre se había convertido en mi nueva fantasía favorita.

—Tus pasiones te controlan —prosiguió—. Eso te convierte en una presa fácil.

Mis manos cayeron en su culo y apreté su cuerpo contra el mío. La única reacción que mostró fue la débil agitación de sus pechos. Estaba afectada, aunque se negaba a demostrarlo.

—No me importaría caer en tus redes.

Tocó mi nariz con la punta de su dedo.

—El control es poder, Luca —susurró—. Tú no lo tienes.

Se apartó de mi cuerpo y a mí me costaba recuperar el aliento. ¿Cómo podía actuar tan natural mientras yo ardía por dentro? Necesitaba una ducha desesperadamente y orientarme. Esta mujer nublaba cualquier sentido común.

—¿Hay otros asuntos que debemos resolver? —preguntó.

Aclaré mi garganta y lamí mis labios secos. Disciplina, necesitaba gobernar el arte de la disciplina porque tenía razón. El control escapaba de mis manos cuando ella estaba cerca.

—Veremos la última carrera de la noche, aposté dinero.

—Supongo que después volveremos a tu aburrido castillo.

—Sí. —Carraspeé.

¿No podía formular una oración más larga? ¿En qué ser patético me había convertido? Todavía seguía aturdido cuando nos encontramos con Gian, Liana y Luciano. Los apostadores estaban eufóricos por el espectáculo que tenía lugar en la pista.

—El escándalo que hiciste ayer es tema de conversación en todo Palermo —masculló Luciano a mi lado—. Tienes suerte de que se presentó algo importante y tu padre se fue temprano con Carlo.

Mientras Gian se retiraba a buscar una bebida, Alayna hablaba cómodamente con Liana. Me gustaba que se llevara bien con mi familia. Logró ganarse las sonrisas de Kiara y ahora congeniaba con Liana. Algo que Marilla nunca podría. ¿Por qué demonios las comparaba?

—A Marilla no le importó mucho, no recibí mensajes de ella.

Luciano se rio.

—Tú nunca le importaste, Luca. Ella estaba teniendo una despedida de soltera en privado con su guardaespaldas.

Mis cejas se levantaron y mis labios se curvaron en una sonrisa.

—Eso suena maravilloso. ¿La viste personalmente?

Su carcajada resonó en la pista y bebió un trago de cerveza.

—La seguí mientras estabas divirtiéndote con un par de pastillas. —Su tono bajó y me miró con seriedad—. Discutían y él la tocó de una forma que un guardaespaldas no debería hacerlo.

Apreté la mandíbula.

—Por supuesto que no. Ella es menor de edad aún.

—Sucedió en cuestión de segundos —prosiguió Luciano—. Y tengo la prueba justo aquí.

Sacó el móvil de su chaqueta y me enseñó a qué se refería. Exploró sus archivos multimedia y después hizo clic en la galería. La sonrisa regresó a mis labios mientras miraba atentamente la imagen. Veía a

Marilla presionada contra la pared en una escena sugerente con su guardaespaldas sobre ella. Conocía esa expresión. Él estaba celoso.

—Esto fue después de que pidieras su mano.

—Interesante —murmuré—. Ella fue infiel en mi propia casa.

—Y sin miedo.

No me sorprendía por parte de Marilla, pero su guardaespaldas era una historia diferente. Carlo lo mataría si supiera que puso una mano sobre su hija consentida.

—No es suficiente, necesito más. Es mejor tener todos los recursos posibles. Ella es muy capaz de negarlo y acusar a su guardaespaldas de acoso.

—No se veía como acoso.

—Lo sé, pero Carlo adora a su hija —dije—. Si ella sostiene que Iker es un abusador, lo matará y será perdonada. Es una excelente manipuladora.

Asintió comprendiendo mi punto. Yo la conocía mejor que nadie, a mí no podía engañarme como a sus padres. La edad siempre era un factor favorable. Nadie creía que una chica de diecisiete años fuera capaz de hacer tanto daño. Marilla era mala y tarde o temprano lo demostraría.

—Seguiré investigando.

Le palmeé la espalda.

—Gracias por no dejarme solo.

—Estoy a la orden.

Acepté dos latas de cervezas y me acerqué a Alayna. Estaba entretenida mirando la carrera que transcurría en la pista. Gian y Liana se besaban explícitamente. Siempre fueron muy demostrativos y no les importaba tener público.

—¿Cerveza? —Le ofrecí una lata a Alayna.

Giró la cabeza, mirándome con esos helados ojos azules.

—No, gracias. No bebo mientras trabajo.

—Eso suena muy aburrido. ¿Qué edad tienes?

—Veintiocho.

Bueno, era cinco años mayor que yo.

—¿Cuál es tu fuente de diversión?

—La muerte y el sexo.

Lo supuse.

—Queda bien con tu personalidad. —La miré de arriba abajo.

Quería conocer sus secretos, sus sueños, sus miedos. Cosas simples como su comida favorita, su tipo de música y los lugares que amaba frecuentar. Lo necesario para ver quién era realmente por dentro. Sabía que había mucho más detrás de la mujer ruda y fría.

—¿Qué hay de los tuyos?

Abrí la lata sin quitar mis ojos de ella. Me complacía que estuviera interesada en mis pasatiempos. A la mayoría de las personas no les importaba nada de mí excepto lo que significa ser un Vitale en Italia.

—Escuchar música, leer, ir al gimnasio —masculló—. Cosas banales que disfruto cuando tengo tiempo. Veo series y películas. El terror es mi género favorito junto al misterio.

Una sonrisa se apoderó de sus labios y acorté la distancia que nos separaba. Había perdido la cuenta de la cantidad de veces que había sonreído conmigo ese día. Me hacía sentir afortunado porque podía jurar que muy pocos tenían el mismo privilegio.

—Sí, definitivamente suena banal.

—¿Has hecho lo que mencioné?

Alzó los hombros en un gesto de indiferencia.

—Antes de la organización me distraía con esas cosas insignificantes.

—¿Como cuáles?

Su risa era suave.

—Otra vez la mierda de querer conocerme, ¿eh?

—Tenía que intentarlo.

—Ríndete —dijo—. Nunca te daré lo que quieres.

—Eso ya lo veremos.

Los siguientes minutos observamos transcurrir la carrera. Ella no volvió a hablar, pero su presencia opacaba cualquier espectáculo que se desarrollara. Alayna Novak era más que interesante.

ALAYNA

Me encantaba jugar con él.

Divertirme con el príncipe mafioso haría que mi estancia con los Vitale fuera menos insípida. Me pidió que matara a ese infeliz y lo hice. Quería descubrir sus debilidades, pero también abrazar su perversión. Su gentileza me atraía, lo cual era curioso. Su aura era diferente a la de otros hombres que había conocido. Con Luca no sentía la constante necesidad de estar a la defensiva. Me transmitía un tipo de sentimiento que no lograba entender. Sonaba a cliché, lo sabía, pero cuando hablábamos no me juzgaba.

—Mañana viene la parte más difícil —comentó mientras conducía.

Observé su perfil. Lucía inquieto y nervioso. Me tensé cuando deduje qué lo tenía tan atormentado.

—Las mulas que mencionó tu padre. ¿Te refieres a eso?

Odiaba el maldito término porque consideraba a las mujeres como animales. Leonardo Vitale era un monstruo que no amaba ni a su propia esposa. No esperaba nada bueno ni decente de él.

—Sí, es el negocio que genera más dinero. —Me observó por un breve segundo, la rabia transformó sus rasgos en un rostro que no había visto antes—. Una vez al mes visito al proveedor de mi padre. Yo me encargo de escoger a las mujeres que venderán.

El dolor obstruyó mi garganta y me ahogué en la amargura.

—¿Cómo puedes?

Luca sacudió la cabeza.

—No lo sé, Alayna. A veces tengo pesadillas. —Sus ojos brillaron mientras mantenía su atención en el camino frente a nosotros—. En mis sueños veo a miles de chicas pidiéndome ayuda y yo no puedo hacer nada.

La angustia en su voz me quebró y entendí por qué estaba tan alterado cuando lo vi dormido. Su conciencia lo torturaba día y noche.

—Lo siento.

—Nunca tuve una infancia como el resto de los niños —continuó—. Mi padre y mi abuelo se encargaron de destruirla para convertirme en un peón.

El corazón empezó a latirme con fuerza a pesar de que traté de controlarlo.

—¿Por qué me dices esto?

—Porque necesito una aliada en este infierno. —Sus palabras eran roncas, su sonrisa era dolorosa—. Sueño con matarlos a cada uno de ellos.

—¿Tú harías eso?

Finalmente, detuvo el coche frente a la mansión.

—Estoy cansado de ser un títere. Solo quiero vivir y romper las reglas que me mantienen atado desde que nací. No deseo casarme con Marilla, odio vender mujeres, odio mi vida, Alayna.

Me concentré en observar la enorme mansión. No soportaba ver la vulnerabilidad en sus ojos.

—No puedo ayudarte.

Agarró mi barbilla, llevando de regreso mis ojos a los suyos.

—Sí, sí puedes —señaló—. Cuando veas a las chicas me darás la razón —se estremeció un segundo—. Es desgarrador verlas en esa situación y no poder hacer nada. ¿No me dijiste que matabas a hombres que las lastimaban?

—Hay asuntos que no me incumben.

Escuché su risa cuando bajé del coche mientras cerraba la puerta.

—Eres una asesina, pero eso no te hace indiferente. Altruista, ¿recuerdas? —Se precipitó a mi lado—. Sé que no estás aquí solo por Ignazio. Matar a mi padre también es tu objetivo.

Mi temperamento se encendió y apenas pude controlar la ira.

—Tu padre no es mi problema —mentí—. Si piensas que vas a convencerme, estás tomando un rumbo equivocado. No me gusta que me manipulen.

Tenía una enorme sonrisa en el rostro.

—Estoy pidiendo tu ayuda —corrigió él y miró detrás de mi espalda—. Odias a tipos como mi padre y es una razón suficiente. —Hizo una pausa y emitió un suspiro—. Mañana me darás la razón, Alayna. Confía en mí.

Se adentró en la mansión, dejándome sin palabras. Ahora me daba cuenta de que me había equivocado sobre él. Luca Vitale no era un idiota inmaduro como yo creía. Maldita sea, odiaba que me gustara demasiado.

9

LUCA

Veintitrés años siendo sometido a la mafia. Me enseñaron a ganar todo bajo coerción: dinero, poder y mujeres. Los Vitale éramos reyes, pero mi padre y mi abuelo me consideraban un esclavo. Quería dejar de serlo. Más de una vez había pasado por mi mente la idea de acabar con este imperio. Destruirlos era un sueño lejano hasta que apareció ella.

«Alayna…».

Compartía la misma sangre con estos hombres, pero eso no significaba nada. Perdieron el poco respeto que les tenía. Nunca los consideré una familia de verdad. Terminaría con la peste de raíz y ganaría con el mismo método que ellos usaban. El poder no estaba en manos de hombres buenos ni honorables. Eso lo tenía más que claro.

Con ese pensamiento, entré en mi habitación. Cerré la puerta, tiré el móvil sobre la cama y me froté los hombros. Había sido un día agitado, pero también productivo. El olor de su perfume aún persistía en mi chaqueta.

Mi pulso latió salvajemente cuando recordé su cuerpo presionado contra el mío, sus labios rojos y su sonrisa seductora. Alayna Novak era el pecado más tentador que quería cometer. Nuestro momento en el coche fue mi parte favorita. La había conmovido cuando le dije cómo me sentía. Ella iba a aceptar y era hora de mover las piezas a mi favor.

Mientras tuviera a la reina de mi lado, ganaría este cruel y retorcido juego de supervivencia.

Al día siguiente me vi en la obligación de visitar al abuelo antes de iniciar la rutina. Su sufrimiento era parte de mi felicidad y pronto sucedería lo que tanto quería. Solo necesitaba un pequeño empujón para enviarlo directo a la tumba. Ya no aportaba nada bueno. Sus ideales jerárquicos perjudicaban a mi familia desde hacía décadas y con su muerte empezaría una nueva era.

Luego tenía que deshacerme del principal causante de nuestras desdichas, eliminar al león que lastimaba a sus propias crías. Si ellos estaban muertos, las cosas serían diferentes. Kiara no sería obligada a casarse con un degenerado y mi madre viviría en paz. Tantos planes que cumplir… ¿Era muy ingenuo? Quizá sí, pero mi vida no tendría sentido si no aspiraba a algo más que la miseria. Soñar era gratis.

—Abuelo. —Incliné la cabeza y lo miré con una sonrisa forzada.

Estaba en la cama con respiradores y cada vez más pálido. Un contraste gris que lo volvía irreconocible. Me pregunté si recibiría su castigo cuando ya no estuviera con nosotros. No me producía el más mínimo sentimiento de empatía o lástima. Esta basura no merecía nada de mí.

—Luca —dijo con un débil jadeo—. Pasa, pasa.

Cerré la puerta lentamente y apoyé la espalda contra ella. No me acerqué ni mostré intenciones de hacerlo. No toleraba su presencia porque me traía recuerdos espantosos que dolían: era un niño arrodillado cuando él le ordenaba a mi padre que azotara mi espalda para que aprendiera a respetar. Mi piel se estremeció y me encogí.

—Me odias, ¿no es así? Lo veo en tus ojos —susurró, mirando mi rostro—. Nunca vas a perdonarme.

No respondí porque cualquier palabra podría usarse en mi contra y lo que menos quería era tener a mi padre como enemigo. No iba a complicar mi vida más de lo que ya estaba.

—¿Por qué me has llamado? —pregunté a cambio, mi voz plana y carente de emociones.

Sus ojos nublados parpadearon y sus labios arrugados se curvaron en una sonrisa torcida. Mi estómago se hundió por la rabia que me estaba costando contener. Ni siquiera la muerte lo volvería sensible ni lo animaría a pedirme disculpas. Esta escoria no lamentaba absolutamente nada.

—Deberías darme las gracias porque te hice más fuerte. —Tosió—. Todos creen que tu padre es el indicado para ocupar mi cargo cuando ya no esté, pero nunca lo vi a él como mi sucesor. Siempre fuiste tú.

Mis manos se cerraron en puños y el shock me ahogó. No podía estar hablando en serio…

—¿Yo? —me mofé y di un paso hacia él—. ¿El niño a quien en más de una ocasión le gritaste que era débil y cobarde?

—Eran lecciones que necesitabas aprender. Te abrí los ojos para que te dieras cuenta de que no hay escapatoria cuando naces en la mafia. Eres uno de nosotros, Luca. Lo llevas en tu sangre. —Le costó pronunciar las siguientes palabras—: No hay otro destino para ti y es hora de que lo asumas. Leonardo nunca te dejará ir.

Sacudí la cabeza.

—No quiero nada de ti.

—Voy a protegerte. —Sus manos empezaron a temblar—. Muchos aprenderán a respetarte y verte como eres realmente.

Solté una carcajada irónica.

—Tú y mi padre me han humillado toda la vida. ¿Piensas que será diferente con tu muerte? Me han tratado como basura y le dieron permiso a los demás para hacer lo mismo.

—Escúchame…

—No. —Lo señalé con un dedo—. No me importan tus excusas de mierda o lo que consideres mejor para mí. No te atrevas a poner una carga más sobre mis hombros o nunca te lo perdonaré. Ya me has quitado suficiente.

Salí de la habitación dando un portazo. Me convertí en un revoltijo de emociones descontroladas: confusión, dolor, rabia, ansiedad y conmoción. Durante años sobreviví siendo la sombra y el peón de mi padre. Si heredaba el título del don, le entregaría mi cabeza en una bandeja y me masacraría. Porque había algo que Leonardo Vitale anhelaba más que cualquier cosa en el mundo, y era el puesto de mi abuelo. Era capaz de matarme para sacarme de su camino.

El aroma a croissant con café inundó el interior del coche mientras Alayna desayunaba. No la dejé comer en la cocina porque se hacía tarde y quería terminar esto de una vez. Me molestaría si lo hiciera otra persona, pero, curiosamente, con ella lo disfrutaba. Era entretenido verla tan entusiasmada. Si algún día me lo permitía, la llevaría a una de las mejores cafeterías de Palermo.

—No he dejado de pensar en lo que me dijiste anoche —comentó cuando terminó y guardó la taza en una pequeña bolsa de papel. Limpió algunas migajas con la servilleta—. ¿De verdad las llama mulas?

—Él cree que están en el mismo rango que los animales.

Sus labios se torcieron con disgusto.

—Tu padre es un misógino asqueroso.

—Lo sé —asentí—. Se vuelve más ruin con el transcurso del tiempo. Aún no has visto nada.

—¿Cómo te guías? ¿Qué requisitos deben cumplir para que puedas elegirlas?

Apreté la mandíbula y la acidez trajo un gusto desagradable a mi boca.

—No quiero hablar de eso.

—Debes hacerlo si quieres mi ayuda —expuso—. A partir de ahora me dirás todo sobre tu mundo.

Sabía que ella jugaría en mi equipo, pero no deduje que aceptaría tan rápido. ¿Qué le hizo cambiar de opinión? Detuve el coche frente a la vieja fábrica abandonada y pude ver la familiar furgoneta negra estacionada. Era una zona desierta que pasaba desapercibida, ubicada cerca de unas vías de tren. Debía echarle un vistazo a las nuevas mujeres que fueron secuestradas y elegir quiénes trabajarían en el prostíbulo de mi padre.

—Escojo a las que tienen experiencia.

—Experiencia sexual.

—Sí —respondí—. Evito a las niñas.

—¿Y qué pasa después?

—Oculto a las niñas en un lugar donde nadie puede lastimarlas ni venderlas —dije en voz baja—. Convencí a mi padre de que las experimentadas son mejores.

—¿Y tu padre creyó eso? Las vírgenes son joyas en este mundo de perversión.

—El negocio genera millones de euros al año. Él no tiene motivos para cuestionar mis métodos.

Alayna soltó un pesado suspiro.

—Esto es… demasiado. ¿Dónde están las niñas?

—Pronto lo sabrás —respondí—. Ahora conoceremos a las nuevas víctimas que capturaron. Algunas serán subastadas y otras llevadas al prostíbulo de mi padre.

La expresión de Alayna era mortal y llena de indignación. El desprecio brilló en sus intensos ojos azules. Si ahora estaba enojada, en unos cuantos minutos estaría furiosa. Yo tenía el mismo sentimiento de impotencia cada vez que venía a este infierno.

—¿A cuántas mujeres secuestraron?

Tragué saliva.

—Diez —contesté—. Mi padre está más que satisfecho por las ganancias cuando se venden y se ocupa de otros asuntos. No quiere ser muy obvio.

—¿Quién es la persona que te ayuda?

No dudé en responder. Sabía que podía confiar en ella. No tenía idea de cómo, pero lo sabía.

—Madame Marino —expuse—. Ella las conserva en su prostíbulo como favor y le hicimos creer a mi padre que vendimos a las niñas.

Ensanchó los ojos.

—¿Y tu padre realmente lo creyó? ¿Cómo?

—Vendimos a algunas mujeres por un precio doble —admití avergonzado.

Me aseguraba de encontrar clientes con excelentes posiciones económicas. No estaba orgulloso de ello, pero era un buen vendedor. Necesitaba ser inteligente, frío y egoísta si quería proteger a las niñas. Sacrificaba a otras a cambio de salvar a las más pequeñas. Era injusto, lo sabía. Lamentablemente no podía salvar a todas. Debía escoger.

—Joder…

—Genero millones de euros todos los años con este negocio. Él no tiene motivos para desconfiar —espeté—. En cuanto a las niñas, les prometí que pronto regresarán con sus familias.

—Eso va más allá de lo estúpido. Nunca hagas promesas si no puedes cumplirlas.

Mis puños se tensaron.

—Voy a cumplirlas.

Sacudió la cabeza y salió del vehículo.

—Suerte con eso, príncipe.

Minutos después, entramos en la vieja fábrica custodiada por cinco hombres en total. La policía había estado rondando y mi padre necesitaba mantener seguro su negocio más exitoso. Aquí había todo lo que necesitaban las mujeres secuestradas: cama, comida, ropa, baño, etcétera. Mi atención cayó sobre Alayna: la repugnancia en su rostro era imposible de pasar por alto. Le advertí que no sería fácil.

—Gregg —saludé al guardia.

Inclinó la cabeza y me dirigió su típica sonrisa arrogante. Cada vez que lo veía tenía ganas de matarlo. Los otros hombres se limitaban a hacer su trabajo, pero él era repulsivo. Maltrataba a las mujeres por diversión.

—Señor Vitale.

—¿Cómo van las cosas por aquí?

Reventó la pompa de chicle en su boca y apuntó con su arma a las mujeres arrodilladas. Diez en total. Sollozaban, suplicaban y lloraban a pesar de que era inútil. No podrían salir de aquí a menos que fueran vendidas. Quería rescatar a todas, ser el héroe que necesitaban, pero no podía. No por ahora. Miré con detenimiento sus rasgos y casi suspiré de alivio al ver que no había niñas esta vez. La mayoría rondaba los veinte años.

¿Quiénes eran? Muy pocas veces investigaba porque no quería sentirme peor, pero sabía cómo funcionaba este negocio. Eran mujeres engañadas con falsas promesas para ser atraídas a la trampa; otras, arrebatadas de sus familias. Historias desgarradoras que me partían el alma. ¿Lo peor? Muchas de ellas morían por años de abuso, suicidio o intentos de fuga. Pensar en la salvación era un sueño lejano.

No podía salvarlas a todas. Era un constante recordatorio que repetía en mi cabeza.

—Las bañé con agua fría —informó Gregg con falta de humanidad en su tono burlón—. Una recibió su merecido por insolente.

La aversión hizo que mis puños temblaran con la necesidad de estamparlos en su cara presumida. Odiaba a este hijo de puta. Tuve problemas con él antes porque violó a varias víctimas, pero no podía matarlo ni despedirlo. Mi padre confiaba en él.

—¿Qué pasó con ella? —preguntó Alayna, mirando a la menuda rubia de ojos azules.

La chica se encogió aterrada en el suelo y abrazó sus piernas. Su rostro estaba cubierto de hematomas y la sangre manchaba sus muslos. Joder… Lo había hecho nuevamente. La furia estalló en mis venas y lo enfrenté.

—Hablemos de esto, Gregg —siseé—. ¿Qué carajos hiciste?

Él gruñó.

—Le di una lección. La zorra intentó escapar.

La chica lloró más fuerte y las demás la acompañaron en su miseria. Imaginar lo que había pasado me destrozaba. Pensar en la desolación que ella sentía rompía mi corazón. Kiara podía ser una de ellas…

—¡¿Tú quién eres para decidir qué castigo deben recibir?! ¡Respóndeme, sucio violador!

—Señor…

Alayna lo miró con odio feroz. Sabía que esperaba mi orden, así que asentí y ella se lanzó hacia Gregg, hundiendo un cuchillo en su muslo izquierdo. El bastardo gritó y trató de defenderse, pero era tarde. El arma rozó su entrepierna.

—El subjefe ordenó tratar sin violencia a estas mujeres y tú desobedeciste. —Señaló a la pobre víctima—. Nadie la comprará, los clientes odian a las chicas dañadas. No les resultan atractivas. La mayoría desea un buen cuerpo y un rostro bonito. Ella no provoca ni un espasmo.

Gregg me miró, pero no intercedí. Deseaba que Alayna arrancara sus patéticas bolas.

—¿Quién eres tú? —escupió—. No me toques.

Alayna le dio un puñetazo en la nariz. La sangre fluyó y Gregg chilló como un perro herido.

—Soy Alayna Novak. Juro que cortaré tu pene la próxima vez que vuelva y encuentre a otra mujer golpeada y violada antes de que llegue el comprador. ¿He sido clara?

La garganta de Gregg se movió mientras tragaba bruscamente.

—Sí, sí.

Alayna retiró el cuchillo y Gregg presionó su mano en la herida para detener el flujo de sangre. Era fascinante verla tan salvaje. Ella era incontrolable e indomable.

—¿Cómo te llamas? —le preguntó a la chica que lloraba en el suelo. Tenía unos veinte años, tal vez. Me quité la chaqueta y me agaché para cubrir su cuerpo tembloroso. Ella no me apartó ni reaccionó. Estaba tan rota—. Ponte de pie, por favor. No te lastimaré, lo prometo.

Se puso de pie con dificultad y la miró con agradecimiento. Las demás temblaban con ojos aterrados y llenos de lágrimas. Una pequeña pelirroja se orinó encima y había restos de vómitos en el suelo. Maldita sea, quería que esta tortura terminara.

—Sienna —contestó en voz baja y ronca. No era la primera vez que veía este tipo de situaciones y mi corazón sangrante estaba acostumbrado. Necesitaba mantener la compostura para imponer mi autoridad o Gregg haría lo que quisiera con ellas.

Alayna le ofreció su mano. Ella dudó, pero aceptó. Estaba mirándola como si fuera su héroe, el héroe que yo nunca podría ser.

—Ven conmigo, Sienna —dijo Alayna con suavidad—. Déjame ayudarte.

Mi padre no estaría feliz cuando supiera, pero me alegré de involucrar a Alayna. Sabía que ver a las mujeres en estas condiciones despertaría su lado más humano. No me equivoqué. Ahora oficialmente formaba parte de mi equipo.

—¿Desde cuándo una mujer se ocupa de los negocios? —espetó Gregg sin soltar su muslo—. No debería tocar a las putas.

Mi aliento se ensanchó y crují mi cuello antes de darle una fuerte patada en la cara. Él aulló y un diente escapó de su boca por el golpe inesperado. Mis hombros estaban tensos y las venas contraídas. Violó a una chica cuando ordené que no les pusiera una mano encima de manera inapropiada. No respetó mi autoridad.

—Estás muerto —enfaticé.

Se atragantó con la sangre y el resto de los hombres se mantuvieron en silencio sin cuestionarme. ¿Por qué Gregg no podía ser como ellos? Se sentía poderoso porque le agradaba a mi padre. Le bajaría los humos para que recordara su lugar. Ya no toleraría otro error de su parte.

—¿Dónde está el baño? —inquirió Alayna.

Rechiné los dientes, tratando de calmar la tormenta que se desataba en mi cabeza.

—Sígueme.

Tuve que cargar a Sienna en mis brazos porque no podía mantenerse de pie y la llevamos al baño. La dejé sobre el retrete mientras Alayna buscaba una toalla en el botiquín. Durante unos dolorosos momentos, me costó respirar. Mis pulmones estaban demasiado secos, demasiado tensos.

Gregg no escucharía mis órdenes, mucho menos mantendría sus manos fuera de las mujeres. Al contrario, haría cosas peores y mi padre lo respaldaría. Mierda. Tenía que matarlo pronto o no dejaría de ser un problema.

—¿Luca? —dijo Alayna—. Necesito ayuda aquí.

Me entregó la toalla y la humedecí con un poco de agua. Sienna lloraba mientras Alayna trataba de tranquilizarla. Sus manos magulladas se aferraban a ella como si no quisiera soltarla nunca. Mi corazón estaba hecho trizas.

—Shh... tranquila —susurró Alayna—. Prometo que no voy a lastimarte, estarás bien.

Sienna asintió y abrazó mi chaqueta contra su débil cuerpo. Me hacía pedazos pensar en las horas de tortura que sufrió desde que la secuestraron. Le entregué la toalla húmeda a Alayna y ella limpió los muslos de la víctima. Apreté la mandíbula porque verlo era demasiado. Si mi padre no quería despedir a Gregg, me haría cargo de él. Había muchas maneras de hacerlo parecer un accidente y nadie sospecharía que fui yo.

—Lo que hiciste ahí no tiene precio —dije en voz baja—. Gracias.

Cuando me miró de nuevo, había rastros de lágrimas en sus ojos azules.

—Lo haría de nuevo sin importar quién sea —respondió Alayna. Me sorprendió que su voz se quebrara completamente—. Ella lo vale.

10

ALAYNA

Él me advirtió que no sería fácil, pero no estaba lista para recibir un impacto tan duro. Me llenó de horror, rabia, impotencia y desolación. No podía soltar a Sienna, ni siquiera cuando Luca me suplicó que la dejara ir. Perdí el control de mis emociones y no sabía cómo recomponerme. Me recordó a mi versión rota, la niña que fue apartada de la única persona que tenía en el mundo y obligada a hacer cosas terribles.

Había muchas chicas como Sienna y yo quería salvarlas a todas.

A veces pensaba en mi madre. Ella fue víctima de mi padre abusivo y no pude ayudarla. Su muerte hizo que mi repulsión hacia los hombres fuera cada vez mayor. Los odiaba y me juré a mí misma que no volverían a lastimarme nunca más.

—Te advertí que no ibas a soportarlo —comentó una voz apenas contenida—. Fue hermoso ver cómo te rompiste.

Luca estaba de pie frente a mí. Su semblante me estudió, sus ojos buscaron respuestas a las preguntas que tenía en mente y lo vi luchar contra una sonrisa. ¿Qué era tan gracioso? No había nada de que reírse aquí.

—Todos tenemos nuestros momentos.

Permanecí sentada sobre el capó de su coche y fumé. Los latidos de mi corazón disminuyeron y mi cabeza se aclaró. No debí mostrarle mi lado más vulnerable, pero no podía fingir que ellas no me importaban. Deseaba entrar de nuevo y rescatarlas. Matar a todos esos bastardos que les pusieron una mano encima. ¿Cómo dormiría ahora después de lo que había visto?

—Lo tuyo no fue un momento —dijo Luca—. Lo tomaste como un asunto personal.

¿Y qué esperaba? Me mataba saber que esas pobres mujeres serían vendidas como si fueran ganado. Odiaba a todos, pero más a Leonardo Vitale. Quería su cabeza rodando.

—Se volvió personal cuando tú me involucraste. —Bajé del capó, parándome frente a él—. ¿Quieres mi ayuda para acabar con tu padre? Bien, la tienes.

Expulsé el humo del cigarrillo justo en su rostro. Él no se inmutó y la sonrisa satisfactoria permaneció en sus labios húmedos.

—Ya lo sabía. —Me arrancó el cigarrillo de los dedos y lo tiró al suelo para apagarlo con la punta de su fino zapato italiano—. Tú también eres predecible, Alayna.

Un tenso silencio se instaló entre nosotros y mi mirada cayó a sus labios. De repente me pregunté qué sentiría si lo besaba. «¿Qué demonios, Alayna?».

—¿Qué pasará con Gregg? —pregunté a cambio—. Violará a más chicas si no lo matamos.

—Voy a deshacerme de él pronto, convenceré a mi padre de que no nos conviene que dañe la mercancía. Suena horrible, pero es la única forma. —Soltó un suspiro cansado—. O haré que su muerte parezca un trágico accidente.

Lo hubiese matado yo misma, pero podría meterlo en problemas con su padre. Cualquier movimiento debía ser calculado. Un error y él estaría muerto.

—¿Y Sienna?

—Un médico vendrá esta misma noche a visitarla. Debemos asegurarnos de que tome las pastillas…

Pobre chica. Si tan solo pudiera mantenerla a salvo… No me arrepentí de haber venido. Conocer la existencia de este cautiverio me dio más motivación para cumplir con el siguiente objetivo.

—¿Estás seguro? —pregunté.

Luca me miró confundido.

—¿Seguro de qué?

—De acabar con tu padre.

Levantó un dedo antes de girarse y mirar el lugar que nos rodeaba. Cuando se aseguró de que nadie nos observaba ni escuchaba, habló:

—Nunca estuve más seguro sobre algo.

—Es tu familia.

Sonrió de lado.

—Que lleve su sangre en mis venas no lo hace mi familia —farfulló—. Él ni siquiera conoce ese significado. Soy su títere, al igual que mi madre y Kiara. Siempre está pensando qué beneficio podrá sacar de nosotros. Cuando esté muerto, madre y yo seremos libres. Mi hermana no será obligada a casarse con ningún imbécil mafioso. Y todas estas chicas… —señaló el cautiverio— recuperarán la vida que perdieron.

Sus palabras escarbaron bajo mi piel y penetraron mi mente. Él siempre me sorprendía cuando menos lo esperaba. Era uno de sus mejores talentos, sin duda.

—No será una tarea fácil.

—Soy consciente de eso.

—¿Y qué gano a cambio?

—Más dinero de lo que alguna vez has visto, paz mental —manifestó, encogiéndose de hombros—. Puedo darte lo que desees.

—No hay nada que puedas ofrecerme.

Su risa se elevó.

—Puedo darte más de lo que crees. —Me pasó un dedo por el labio—. Deja de subestimarme, mariposa.

Se apartó y entró en el coche. Solté el débil aliento que estaba conteniendo y negué con la cabeza.

—Hora de irnos —informó desde la ventanilla del vehículo—. ¿Vienes?

Sacudí las pelusas imaginarias de mi pantalón y me uní a él. Luca arrancó una vez que me puse el cinturón de seguridad y nos alejamos. La tensión en mi cuerpo desapareció poco a poco. A través del espejo retrovisor vi la vieja fábrica perderse. Pensé en las chicas nuevamente: sus miedos, sus familias, los traumas que desarrollarían y el futuro destino que les esperaba si no ayudábamos…

—¿Dónde está ese prostíbulo que mencionaste antes?

—A media hora de aquí —indicó—. Están a salvo si es lo que te interesa. Pude ocultarlas muy bien de mi padre.

—No eres tan tonto como creía.

—Gracias por el cumplido —dijo con sarcasmo.

—¿Cuándo podremos verlas?

—Pronto, hoy no. Hay otros asuntos que debo resolver.

—¿Como cuáles?

—Tengo una cena con mis futuros suegros.

Una cena familiar con la ardilla. Qué aburrido.

—Ah.

—Debes acompañarme.

—¿No puedo negarme?

Un atisbo de diversión asomó a su rostro.

—Lastimosamente tus deberes como escolta no te lo permiten.

—¿A tu novia le gustará verme ahí?

Giró los ojos con fastidio.

—¿En serio debes preguntarlo? Ya sabes la respuesta, aunque su opinión no tiene importancia. Marilla es… solo una niña que sigue órdenes. —Luca resopló—. Ella cree que debemos seguir las tradiciones que demandan nuestras familias.

—Entonces no tienes intenciones de casarte con ella.

—Si todo sale como lo planeo, malditamente no. Sé que Marilla es otra víctima, pero no ataré mi vida a ella. Nunca será lo que busco.

—¿Y qué buscas?

Mi mirada quedó bloqueada con la suya. Condujo sin mirar la carretera a pesar del accidente que podría ocasionar.

—Ya sabes la respuesta —respondió, esquivando a una camioneta que casi se estrelló contra nosotros. Un claxon sonó con violencia, pero Luca lo ignoró. Estaba loco—. Lo supiste desde el primer momento que pusiste un pie en mi casa.

No podía negar la atracción y la fascinación que lo rodeaba. No podía evitar anhelar a un hombre que demandaba tener mi atención como una adicción. Me sedujo.

—No pasará.

Se humedeció los labios con la lengua y apreté las piernas en respuesta. Un gesto tan inofensivo y sugerente.

—Ya lo veremos.

Su risa me persiguió el resto del viaje. «Imbécil».

LUCA

Odiaba las estúpidas reuniones con la familia Rizzo, pero negarme no era una opción cuando ya lo había hecho en tres ocasiones. No quería darle motivos a Carlo para dudar de mi cuestionable lealtad. Era mejor seguir manteniendo las apariencias y soportar a su hija.

Pensé en la cara de Alayna cuando vio a Sienna y las chicas. Nuestro pacto fue cerrado y ya no había vuelta atrás. Tenía de mi lado a la asesina más peligrosa, la mujer que acabaría con la familia Vitale.

«El juego solo acaba de empezar…».

Mi madre entró en mi habitación sin llamar cuando acababa de ducharme y arreglarme. Había moretones en su cuello que trató de cubrir con maquillaje, pero no funcionó. Eran de color púrpura y verde con marcas de dedos en la piel. Él desquitaba su ira con ella cuando tenía un mal día. ¿Lo peor? Mi madre lo justificaba. Su mente estaba dañada por años de abuso y pensaba que se lo merecía.

—¿Cuándo aprenderás a anudarla de la forma correcta? —rio y arregló mi corbata—. Estás muy guapo.

Me costó apartar los ojos de sus horribles contusiones.

—¿Por qué ha sido esta vez?

Su expresión alegre cambió por completo.

—No es nada, cariño. No tiene importancia.

—Parece que el color púrpura adorna tu cuerpo. ¡Por supuesto que tiene importancia!

Parpadeó para reprimir las lágrimas.

—Conoces a tu padre.

—Sí, lo conozco demasiado bien —gruñí—. Es un monstruo desalmado y cruel.

—Shh… no digas eso —suplicó, angustiada—. Las paredes son muy delgadas aquí. Te oirá y sabes cómo terminará.

Aparté su mano.

—Que se vaya a la mierda. ¿Por qué lo permites? Eres su esposa y prometió cuidarte cuando dijo que sí en el altar.

Se le escapó un sollozo.

—Yo… a veces olvido cuál es mi lugar.

La rabia me sacudió como una marea sin control. Ella era la señora de esta casa y debía ser tratada como tal.

—Nada justifica sus tratos hacia ti, madre.

Agachó la cabeza.

—Es mi marido.

—No, es un desgraciado. No tiene derecho a tratarte mal, nadie lo tiene.

—¿Y qué quieres que haga? Si respondo, siempre me va peor.

Tomé su mano en la mía y deposité un beso en el dorso. Ojalá se diera cuenta de su valor, ella merecía ser feliz con sus hijos y empezar una nueva vida sin abusos.

—No tengo idea de cuánto tiempo me tomará, pero lo sacaré de nuestras vidas.

Sus ojos se abrieron con puro terror. Mierda, fue estúpido decir eso. La próxima vez debía pensar muy bien antes de abrir la boca.

—¿Qué estás diciendo, Luca?

—Nada —Miré mi reflejo en el espejo—. Nada, madre.

—¿Por qué de repente tienes tales pensamientos? —cuestionó—. ¿Se debe a ella?

Ya sabía qué rumbo tomaría la conversación. Madre siempre encontraba un culpable y no se daba cuenta de quién era el verdadero responsable.

—¿Ella?

—Alayna Novak —arrojó su nombre como si fuera un veneno—. Sabía que era mala idea tener a esa mujer aquí. Es inmoral y sin principios. ¿En qué mundo es correcto contratar a una asesina para que esté cerca de mi hijo?

Una risa irónica abandonó mis labios.

—¿Nuestra familia tiene principios?

Se mantuvo firme y no titubeó.

—Tenemos tradiciones y valores.

Ya no soportaba escuchar estupideces, su hipocresía me irritaba y me ponía de mal humor. Era mejor terminarlo antes de que se pusiera peor.

—Tradiciones como matar, traficar con personas y drogas. Supongo que estás muy orgullosa de tus valores.

—Los negocios jamás nos definieron como personas.

—Quizá a ti no, pero yo nunca estaré orgulloso de esta familia —refuté—. En cuanto a Alayna, será mi escolta por tiempo indefinido. Acostúmbrate a ella. No tienes que hablarle, pero ahórrate tus prejuicios. Compórtate como la dama que presumes ser.

Su cara se enrojeció por la ira.

—Dime que no lo harás.

—¿Hacer qué?

—Enamorarte de ella —jadeó, horrorizada—. Marilla es tu futura esposa.

—Porque me obligaron —le recordé resentido—. Si me enamoro de Alayna, será por elección propia.

—Lo dices como si estuvieras muy satisfecho. Esto es serio, Luca.

Agarré la chaqueta de mi traje y me dirigí a la puerta.

—Siempre estoy orgulloso de las decisiones que tomo por mí mismo. ¿Sabes la razón? En su mayoría me hacen feliz.

La dejé sola con las palabras en la boca. Quería gritar, pero me contuve. Pronto llegaría el día de decirle adiós a todo lo tóxico que rodeaba mi vida.

«Pronto…».

Llegué a la sala de estar y encontré a Kiara con un elegante vestido azul. Se reía con Alayna de una broma desconocida que levantó mis labios en una sonrisa. Quería saber el motivo de su risa. Me detuve un segundo y contemplé a la impresionante mujer.

Llevaba pantalones de cuero ajustados con tacones que la hacían parecer más alta de lo normal. La apretada camisa que usaba tenía un escote en V profundo que resaltaba sus pechos voluptuosos. Su maquillaje era perfecto y oscuro. Los escoltas no deberían lucir como ella, pero no me quejaba. Alayna era preciosa y bendecía mis ojos.

—Luca es un idiota egoísta —murmuró Kiara—. Asusta a la mayoría de mis pretendientes. Dice que soy muy joven para tener novio.

Sonreí a medida que me acercaba a ambas.

—No soy el único que piensa lo mismo. Nuestro padre quiso enviarte a un convento.

Alayna encontró divertido el comentario.

—Mi hermano es igual a ti —expuso—. Siempre ha sido un imbécil sobreprotector.

Se dio cuenta de lo que había dicho porque su sonrisa desapareció y se aclaró la garganta. Ahora yo sabía que ella tenía un hermano, pero no comenté nada al respecto y lo dejé pasar. No quería que se sintiera presionada ni insegura.

—Los hermanos mayores son unos cavernícolas. —Kiara hizo una mueca y agradecí que tampoco preguntara. Era lista—. Luca ni siquiera me deja hablar con nuestros primos, menos con Luciano.

Había nostalgia en su voz y encendió las alarmas en mi cabeza. ¿Qué mierda? Esperaba que no estuviera enamorada de nuestro primo adoptivo. Luciano era siete años mayor que ella y un promiscuo que amaba la mala vida. No podía ofrecerle nada.

—¿Puedo saber por qué haces énfasis en Luciano?

Kiara se sonrojó.

—Luciano me agrada.

—No me vengas con esa tontería, Kiara. Él es mayor para ti.

—¡Por favor! Pronto cumpliré dieciséis —bufó—. Además, Luciano no es viejo como el abuelo.

Mierda. Definitivamente mi inocente hermanita estaba interesada en ese patán.

—Está fuera de tus límites, recuerda eso —advertí—. Podría irte muy mal si padre se entera de que te gusta.

Un destello de miedo cruzó sus rasgos.

—Él no me gusta, no exageres.

Resoplé y avancé hasta la puerta principal. La cena en casa de los Rizzo pronto comenzaría y Carlo odiaba la impuntualidad. Era el único que había recibido una invitación formal, pero que Alayna y Kiara estuvieran presentes impediría que Marilla tratara de tenerme a solas.

—De mi parte ya estás advertida —murmuré. Cuando estuvimos cerca del coche, abrí la puerta del pasajero para Alayna y se sentó. La cerré detrás de ella y me enfoqué en Kiara—: ignora las insolencias de Marilla.

Se rio.

—Ella es mayor que yo, pero se comporta como una malcriada berrinchuda.

Puse el vehículo en marcha y salimos de la mansión. Alayna hizo una mueca.

—Agradezco no ser parte de la cena.

—¿Quién dijo que no? Debes permanecer cerca de mí por si ocurre algún atentado.

—Ya lo sé. —Reventó la pompa de chicle en su boca—. Tu rutina nunca dejará de aburrirme.

Kiara nos observó entre risas desde el asiento trasero.

—¿Marilla estará de acuerdo con que ella nos acompañe? —cuestionó—. Es capaz de arrancarle los pelos. La estúpida no entiende que los hombres y las mujeres pueden ser amigos.

—No somos amigos —dije.

—Lo que sea, pero hacen buena pareja.

Me sonrojé y miré nervioso a Alayna. Ella se mordió el labio con una sonrisa sin negar ni afirmar nada.

—Cállate, Kiara, o dejaré tu culo en la carretera.

—Ups, no te enojes —protestó y miró a Alayna—. ¿Qué tipo de música escuchas?

—Rock alternativo o clásicos. Cualquiera me vendría bien.

—Entonces The Neighbourhood o U2. Luca me ha hecho fan de ambas bandas.

Alayna volvió a reírse y mi corazón saltó. Nunca había escuchado un sonido tan hermoso y libre. Era una mujer ruda, pero había dejado caer su escudo. Kiara provocaba ese efecto en las personas.

—Luca tiene buen gusto con la música.

La miré con una sonrisa.

—También con las mujeres.

Hizo una expresión de incredulidad y Kiara se echó a reír.

—Puedo sentir la química y la tensión —dijo mi hermana—. Son la pareja perfecta.

Alayna y yo nos reservamos cualquier comentario al respecto, pero de mi parte no me desagradó la idea. La quería como aliada y también en mi cama. Mataría por probar sus labios y su cuerpo. La deseaba y sabía que el sentimiento era mutuo.

Dirigí mis ojos a la mansión Rizzo. Era perfecta, como algo sacado de una película de romance. Tres pisos de ladrillo, colores cálidos y muchas plantas rodeándolo. Había una piscina en el patio con agua cristalina brillando bajo las luces. Tenía aspecto de ser un lugar decente, puro y muy familiar. Cualidades de las que Carlo y su hija carecían completamente.

—Hemos llegado —informé.

Alayna hizo un globo con el chicle en su boca y Kiara no quitó sus ojos del móvil. Tampoco estaba interesada en la cena.

—Llámame si necesitas algo —dijo Alayna—. Estaré pendiente.

La miré.

—¿Qué pasará si alguien intenta matarme dentro de la casa? Tú vienes conmigo.

Gimió en protesta.

—Maldita sea.

—¿Es cierto lo que dicen sobre ti? —preguntó Kiara.

Alayna alzó una ceja.

—Dicen muchas cosas sobre mí.

—Me refería a los rumores de que estuviste involucrada con Ignazio Moretti.

No respiró por unos cortos segundos.

—Sí, es cierto.

Kiara la miró con los ojos bien abiertos y me quedé atento a la próxima respuesta. Quería saber lo importante que había sido él en su vida.

—Ignazio Moretti es odiado en toda Italia —comenté—. Perdió el respeto desde que mató a sus hermanastros.

Se encogió de hombros.

—Matheo era un imbécil.

—Muchos no piensan lo mismo —aclaré—. Te aconsejo que te reserves cualquier comentario sobre él.

—Nunca lo haría —dijo con fastidio—. No hablo de mis viejos clientes.

Entonces, era cercana a él. ¿Lo amaba? Kiara suspiró para cortar la tensión que saturaba el aire.

—Entremos de una vez, se hará tarde.

La cena duraría una sola hora, pero se haría eterna. Marilla tenía el talento de hacer que todo pareciera una tortura.

Bajamos del coche y caminamos a la mansión altamente custodiada. Cuando se abrió la puerta, Marilla miró a Alayna con odio. La noche acababa de empezar y ella ya quería cometer un homicidio.

—Luca. —Me rodeó el cuello con los brazos y besó mis labios—. Te extrañé.

La aparté de mi cuerpo torpemente.

—Hola, Marilla.

—Adelante, por favor —dijo con desdén y nos permitió pasar.

Sus padres nos recibieron en la gran sala. A diferencia de las de mi casa, las paredes eran coloridas con toques femeninos y elegantes. Lo único bueno que tenía Carlo era el afecto que sentía por su esposa y su hija. Nunca lo vi maltratarlas físicamente. Él daría la vida por ellas, aunque eso no borraba que era una basura de persona.

—Bienvenidos. —Lucrezia me abrazó y después a Kiara—. Me alegro de tenerlos en casa.

—Gracias —musité.

Su sonrisa fue cálida cuando miró a Alayna.

—Me imagino que tú eres la nueva escolta.

—La misma —dijo Alayna—. Soy…

—Alayna Novak —la interrumpió el *consigliere*—. En la fiesta no pudimos conocernos a gusto.

Marilla se cruzó de brazos al no ser el centro de atención.

—Esta noche también estoy trabajando —aclaró Alayna.

—Oh, pero eso no impedirá que cenes con nosotros. —Lucrezia estaba encantada con su presencia—. Hay muchos lugares en la mesa.

—Mamá… —se quejó Marilla.

Carlo le lanzó una mirada de advertencia que la hizo callar.

—Ve a la cocina y dile a la sirvienta que puede ordenar la mesa.

Obedeció dando fuertes pisotones sobre la alfombra y apretando los puños. ¿Podía alguien ser más desagradable que ella?

—Por favor, síganme —pidió Lucrezia mientras Carlo se comía a Alayna con la mirada.

Que me jodan.

Necesitaba un fuerte trago.

11

ALAYNA

El *consigliere* presumía de sus repugnantes negocios como si pudiera deslumbrarme. Deseaba que se atragantara con el hueso de un pollo, así dejaría de hacer el ridículo. Kiara escuchaba con atención a la señora Rizzo mientras Luca parecía a punto de arrancarse las orejas. La ardilla parloteaba más de lo normal.

—Todos en Italia hablan de ti —comentó Carlo—. Están impresionados de que una mujer trabaje con Leonardo.

Sí, lo mismo había escuchado desde que llegué. ¿No podía ser más original?

—Supongo que eso es bueno, ¿no?

Su mirada cayó a mis pechos antes de regresar a mi rostro. Imbécil.

—Estuviste involucrada con el hombre que él odia.

Bebí un sorbo de vino.

—Ignazio Moretti.

Lucrezia casi escupió su comida y Marilla me dirigió una mirada de muerte. No debí mencionarlo.

—Exactamente, pero no hablaremos de él. No arruinaré esta hermosa noche.

El maldito de Ignazio me perseguía a cualquier lugar que fuera. ¿Cuándo podría sacarme de encima a ese estorbo? Qué fastidio. La empleada entró en el comedor con otra botella de vino y llenó las copas nuevamente. La ardilla gritó que ella había pedido un refresco de frutas, y Luca suspiró. Sentí pena por él.

—Mi vestido de novia está listo —comentó Marilla—. Es un sueño hecho realidad, ojalá pudieras verlo.

Kiara se limpió los labios con una servilleta.

—Da mala suerte que el novio vea el vestido antes de la boda.

—Ya lo sabía —respondió—. Mi madre se encargó de recordármelo miles de veces cuando fuimos a recogerlo. En ocasiones las tradiciones son aburridas.

—Ella está muy ilusionada de que lo veas. —Sonrió Lucrezia.

—Prefiero sorprenderme el día de la boda. —Luca fingió entusiasmo.

Marilla tocó su hombro y lo miró con un gesto soñador. Qué empalagosa.

—Es un vestido hecho por los mejores diseñadores del país. Te encantará, tiene unos detalles preciosos que lo hacen único.

La sonrisa de Luca se tensó mientras sus ojos grises parpadearon hacia mí. El pobre hombre estaba sufriendo y pedía auxilio desesperadamente.

—Qué bien.

—Entonces, Alayna... —interrogó Lucrezia—. ¿Eres de Rusia? Tu acento te delata.

Todos en la mesa centraron sus ojos en mí y odié la atención. Anhelaba que la noche terminara lo antes posible. La empleada dejó un plato humeante frente a Carlo, luego nos sirvió al resto. El aroma a salmón recién horneado invadió mi nariz. La comida se veía exquisita, pero no tenía apetito.

—Sí, soy de Rusia.

Era todo lo que iba a ofrecer. No mencionaría mi origen de nacimiento, mucho menos a mi familia.

—¿De qué parte exactamente?

—La capital —mentí.

—Siempre quise conocer Rusia —dijo Lucrezia—. Eres una mujer muy interesante.

Sonreí. Me gustaba.

—Gracias.

La expresión de Luca cambió, ahora estaba más que interesado. «Siempre quieres saber más sobre mí, príncipe...».

—¿Qué hay de tu familia? —prosiguió Lucrezia.

—Muertos —dije con frialdad.

Carlo me miró como si ya anticipara mi respuesta.

—Supongo que Luca te ha dado mucho trabajo —rio—. ¿Acostumbras a ser escolta de mafiosos?

Deslicé un dedo sobre el borde de la copa, tratando de relajar mi garganta seca. No me sentía cómoda con las preguntas entrometidas.

—Para nada, Luca es responsable —afirmé—. Esta es la primera vez que trabajo como escolta, no es tan malo.

Marilla carraspeó para que la atención regresara a ella.

—Esto es tan poco común. —Miró alrededor de la mesa y parpadeó hacia Luca—. Las mujeres no deberían hacer trabajos desagradables. ¿Asesina? No podría vivir con eso.

Me limité a sonreír porque no valía la pena responderle. Era una maleducada sin clase.

—¿Solo los hombres pueden dedicarse a esto? —escudriñó Kiara—. Es muy sexista de tu parte, Marilla.

La respuesta la irritó más y me reí sin vergüenza. Un simple pellizco hacía que estallara y perdiera los estribos. Su boca sin filtros la metería en problemas algún día. Le costaría la vida, podía jurarlo.

—Soy una dama —dijo entre dientes—. Las damas no se ensucian las manos.

Lucrezia me ofreció una sonrisa de disculpa, estaba avergonzada por la actitud de su hija. Luca se veía ansioso de recibir un tiro que acabara con su miseria.

—Eres una malcriada —respondió Carlo—. ¿Puedes callarte y terminar tu cena? Compórtate y respeta a nuestra invitada.

Marilla se encogió en la silla y llevé la copa de vino a mis labios. Ya era hora de que alguien la pusiera en su lugar. La camarera colocó postres en la mesa y los demás terminaron de cenar en silencio. Nadie cuestionó que no tocara mi comida.

—Acompáñame a mi oficina. —Carlo le ordenó a Luca—. Debemos hablar.

Sin esperar respuesta, el anfitrión se levantó de la mesa y se alejó. Luca hizo lo mismo, no sin antes decirme que estaría de regreso pronto.

—Luca es un hombre comprometido —espetó Marilla, mirándome con dagas en los ojos—. Espero que lo tengas en cuenta.

—¡Marilla! —la reprendió Lucrezia, y Kiara hizo una mueca.

Luché contra las ganas de saltar y enterrar mi cuchillo en su lindo cuello. Merecía un premio por tener tanta paciencia. Admiraba a sus padres por soportarla. Yo la ahogaría a la primera oportunidad.

—Es la verdad, madre —continuó la ardilla—. Sé que, ante la menor oportunidad, ella embaucará a Luca. ¿Qué podría esperar de ambos pasando mucho tiempo juntos?

—Marilla, basta —pidió Kiara—. Alayna es la escolta de Luca. Supéralo.

—Soy profesional —remarqué sin tocar la comida.

—Espero que lo tengas presente antes de abrirle tus piernas a Luca —escupió—. Las zorras como tú nunca pierden el tiempo.

—¡Suficiente, Marilla! —espetó Lucrezia, indignada y con el rostro rojo.

Nos lanzamos miradas desafiantes. ¿En serio estaba haciendo esto? Aunque la idea de follar a Luca ahora ya no me parecía tan mala. Lo haría para fastidiarle la vida a la pequeña ardillita. Quería verla retorcerse como la niña malcriada que era.

—Muchas gracias por la cena, señora Rizzo. —Me puse de pie con una falsa sonrisa—. Iré a tomar un poco de aire fresco. Que tenga una buena noche.

Asintió y me dirigió una mirada apenada. No me afectaban las palabras de una mocosa, pero no me quedaría aquí a escucharla ni un minuto más.

—Lo siento —se disculpó Lucrezia—. Me ha encantado conocerte, Alayna.

—Lo mismo digo, señora —admití, retirándome.

—Hasta nunca. —Oí decir a la ardilla.

Mis pisadas fueron silenciadas por la gruesa alfombra mientras salía del comedor. Necesitaba un cigarrillo pronto. Había soportado demasiado.

—Marilla es una maleducada —comentó Kiara, siguiéndome—. No le hagas caso.

Una vez fuera, saqué el cigarrillo de la cajetilla y lo encendí. Me relajé al instante con la primera calada.

—No le doy importancia a muchas cosas.

Kiara se rio.

—Ella está celosa de ti y la entiendo. Atraes a cada órgano masculino, incluso el de su padre.

Me tragué el gusto agrio. Qué asco.

—¿Gracias? —Resoplé.

Tocó mi hombro en un gesto dulce. Cada vez que la veía era más parecida a esa persona especial.

—Le gustas a Luca —dijo—. Le gustas demasiado. Él no puede quitar los ojos de ti.

Estúpido príncipe. Su suegro también lo notó.

—Lo sé.

—¿Lo sabes?

Fijé mis ojos en el cielo oscuro.

—Es muy transparente.

—Me agradas y por mucho que me guste la pareja que podrían hacer…

Expulsé el humo por la boca, exasperada por la conversación.

—No vayas por ahí.

—Sé que le romperás el corazón —musitó—. Mi madre a veces es un poco loca, pero tiene razón sobre ti. Eres muy peligrosa para Luca.

Me limité a sonreír. Kiara era joven, pero madura a diferencia de Marilla.

—Si tu hermano fuera listo, se alejaría de mí, pero sabemos que no lo es. —Me lamí los labios—. Yo no puedo hacer nada contra eso.

Soltó un quejido de resignación.

—Confío en que tú serás la inteligente.

Mi risa hizo eco en la tensa noche.

—A veces no quiero serlo. —Le guiñé un ojo—. Lo siento, princesa.

Sus delgados hombros cayeron en derrota.

—Rogaré al cielo para que ambos salgan vivos de esto.

LUCA

Sabía que traer a Alayna a esta cena era una pésima idea, pero utilicé la excusa de que era mi escolta. No quería desaprovechar ningún segundo con ella. Me gustaba tenerla cerca y disfrutaba de su compañía a pesar de que se burlaba de mí o me miraba con el ceño fruncido. Esa mujer estaba destinada a trastornarme. Me volvía loco.

—Soy un excelente observador —comentó Carlo una vez en su oficina—. Follas con la mirada a tu escolta. Te gusta, ¿no?

No dejé que ni un ápice de emoción se reflejara en mi rostro, a pesar de que sus palabras me encontraron desprevenido.

—¿Disculpa?

—No actúes como un tonto, Luca. Sabes perfectamente de qué hablo.

Forcé una sonrisa.

—No, no lo sé —remarqué—. No insulte mi honor, soy un hombre comprometido y respeto a su hija.

Se sentó en su escritorio y me dirigió una mirada que acobardaría a cualquiera, pero no me inmuté. Lo adecuado era aparentar que no tenía idea de qué hablaba. Miré el cuadro de Marilla colgado en la pared. La niña con aparato dental y cabello ondulado que amaba los chocolates. Tan diferente de lo que era hoy.

—Conozco a los hombres de tu tipo y, honestamente, no me incumbe que te folles a mil putas. —Sus ojos se estrecharon y sus labios se torcieron en las esquinas—. Mi mayor interés es que cumplas con mi hija y te cases con ella.

Mi piel estaba caliente y un leve dolor palpitó en mis sienes. Había acabado con este día de mierda.

—Cumpliré con mi palabra, señor —manifesté—. No debería preocuparse.

—Leonardo y yo somos grandes amigos —prosiguió—. No me gustaría armar una guerra en su contra porque no cumpliste tus promesas. Piensa bien lo que harás.

¿Por qué de repente todos veían a Alayna como si fuera un obstáculo? Quizá lo era, pero no importaba cuánto la deseara, ella estaba lejos de mi alcance. Respecto a Marilla, no me casaría con ella. Mientras tanto calmaría las aguas y fingiría que era un hombre ilusionado con nuestro compromiso.

—Soy el subjefe —recalqué—. Es mi deber mantener el honor de la familia Vitale. Somos conocidos por cumplir nuestras promesas.

Sonrió fríamente.

—Tu padre y tu abuelo sí, pero no puedo decir lo mismo de ti. Eres un novato sin ninguna experiencia —bufó—. No importa cuántos tatuajes adornen tu cuerpo. No significa que seas digno de ellos.

La ira se extendió a través del aire, tan palpable que erizó los vellos en mi brazo.

—Sí, tiene razón —mascullé—. Mi padre y yo somos muy diferentes, pero tenga en cuenta que cumplo mi palabra. Marilla será mi esposa.

—Te mataré si no cumples y haré lo mismo con tu escolta —gruñó—. No permitiré ningún desaire.

Alayna lo mataría antes de que la tocara, aunque me resultaba chistoso que Carlo se preocupara por el honor de su hija. Si supiera que la víbora se revolcaba con un soldado de baja categoría…

—Es bueno que hayamos tenido esta conversación. —Marché hasta la puerta—. Pero recuerde que fui criado en la Cosa Nostra como usted.

Escuché su risa detrás de mi espalda.

—Tú no eres como nosotros y nunca lo serás, Luca.

«Tampoco quiero, imbécil».

Cerré la puerta cuando salí de su despacho y suspiré. Mi respiración era jadeante mientras trataba de controlar la ira. Cada vez me resultaba más difícil fingir. Mi mentira sería descubierta si no mejoraba mis tácticas. Mierda… Para empeorar la situación me encontré con Marilla en los pasillos. ¿Qué había hecho para merecer este cruel castigo?

—¿Qué haces aquí?

Tocó mi pecho como si tratara de provocarme algo, pero mi cuerpo no reaccionó. Solo una mujer tenía el talento de afectarme.

—Escuché la conversación que tuviste con mi padre —sonrió—. Me pone feliz saber que no me fallarás.

Una sonrisa levantó mis labios.

—Siempre supe que eras estúpida, pero no imaginé que tanto.

Se puso rígida y retrocedió.

—¿Por qué me tratas así?

—¿Tratarte cómo?

—Estás siendo cruel desde que ella llegó a tu casa.

Otra vez Alayna. Primero mi madre, luego Carlo y ahora ella. ¿Por qué la involucraban en cualquier drama?

—Ya no tengo puesta la venda —murmuré—. No permitiré que me arrastres a tu infierno personal. Me cansé de tus juegos, Marılla.

Su labio inferior tembló.

—No planeas casarte conmigo.

—Diablos, no —reconocí de inmediato—. Espero que encuentres la manera de sacarme de esta mierda o juro que no tendré piedad de ti.

—Yo nunca pedí nada de esto.

—Pero estás muy feliz con la idea de casarnos. Quieres ser la señora Vitale y no te importa que seamos infelices. Anhelas tener poder como tu padre.

Un hipo sacudió sus hombros.

—Al igual que tú, no tengo opción —sollozó—. Estoy condenada, Luca. Ambos lo estamos.

—Entonces ayúdame a que no sea tan difícil. ¿De acuerdo? Sigue en lo tuyo y yo en lo mío. No te metas en mis asuntos ni trates de complicarme la vida.

—¿Acaso te he molestado? —reprochó—. Oh, claro. Ya entiendo lo que intentas decirme. Quieres que te deje tranquilo con la zorra de tu escolta. ¿Te la estás follando?

Los celos hicieron que su rostro se contorsionara y no pude contenerme más. Mi mano se aferró a su brazo y la apreté. Marilla me miró con una mueca de dolor. Si había algo que odiaba de ella era su hipocresía. ¿Cómo se atrevía a insinuar que era infiel?

—¿Cómo van las cosas con Iker? —pregunté con una sonrisa oscura—. Supongo que él tampoco está feliz con nuestro compromiso. ¿Qué hiciste para calmarlo?

Sus ojos brillaron con lágrimas retenidas y puro terror. Los escalofríos recorrieron su piel y empezó a temblar. Cualquier otro día me habría sentido culpable por hacer que se le quebrara la voz, pero su comentario hacia Alayna fue la gota que colmó el vaso.

—No sé de qué estás hablando.

—Oh, lo sabes muy bien, Marilla. ¿Admites en el confesionario que te follas a tu escolta? —Bajé la voz y susurré en su oído—. ¿Qué pensaría tu padre si lo supiera? Él estará muerto y tú serás desterrada.

Las lágrimas cayeron por su cara y se tapó la boca. Ella sabía que la tenía en mis manos y estaba acabada.

—Yo…

—Shh… tranquila —la consolé—. No diré nada, ¿de acuerdo? Mi única condición es que te mantengas fuera de mi camino hasta el día de la boda. ¿Puedes hacer eso?

Asintió con el rostro pálido y tragó saliva.

—Entiendo.

—No te estoy juzgando, hice lo mismo. —Volví a sonreír—. La diferencia es que yo soy hombre y tú una niña. Sabes lo que eso significa, ¿verdad?

—Sí.

—Buena niña. —Me aparté—. Ahora ve a tu habitación y no olvides nuestra conversación. Tengo el poder de destruirte, Marilla. Recuérdalo.

Tomó mi consejo y corrió por los pasillos. No me gustaba la idea de cargar con su muerte, pero si no me dejaba otra opción usaría todas mis cartas. Necesitaba recordar de una vez quién tenía el control. Yo mandaba. Ella no.

Me despedí de Lucrezia y me reuní con Alayna y Kiara. Mi pequeña hermana estaba acurrucada y dormida en el asiento trasero. La cena había sido demasiado para todos y esperaba que no se repitiera en un largo periodo por el bien de mi ansiedad. Qué estresante. Carlo y su hija agotaban mi poca paciencia.

—Ha sido una noche caótica —comentó Alayna—. ¿Qué te tomó tanto tiempo?

—Estaba resolviendo algunos asuntos con Marilla —respondí—. Le recordé quién tiene el control aquí.

Su hermoso rostro estaba iluminado por la luna y me quitó el aliento como era costumbre.

—Brillante. —Se mordió el labio—. ¿Realmente crees que podrás calmar su rabia? Reconozco a una psicópata cuando la veo y ella es una.

—Lo tengo bajo control.

Sus tacones chasquearon cuando abrió la puerta del coche.

—Eso espero. Nunca te fíes de una serpiente, incluso las que no tienen veneno no dudan en atacar cuando se sienten amenazadas.

12

ALAYNA

DIECIOCHO AÑOS ATRÁS...

Era mi décima semana en cautiverio y nadie se atrevía a hablarme. Las niñas estábamos separadas de los niños, pero durante el entrenamiento peleábamos juntos. La tortura se convirtió en una rutina diaria. Fui electrocutada, ahogada, golpeada, azotada, insultada. Inducida a pruebas que me acercaban a la muerte, pero superé todas y lo hice sentir orgulloso.

Estaba herida la mayor parte del tiempo, solitaria, cansada y apagada. Los pocos recuerdos que tenía de mi hermano se desvanecieron y el odio reemplazó su lugar. Una parte de mí le guardaba rencor porque no había luchado por nosotros, permitió que nos separaran y no volvió a buscarme. ¿Era la única que lo llamaba en sueños? Lo echaba de menos y rogaba que algún día volviéramos a vernos.

En algún momento ese sentimiento de añoranza se volvió menos doloroso y aprendí a sobrellevarlo. Entrenar me daba un propósito, me ayudaba a olvidar y me hacía sentir poderosa, como si pudiera derrotar a cualquier monstruo que tratara de atraparme.

Me senté en la mesa más alejada del comedor y tomé un croissant de la bandeja. Yo podía comer lo que quisiera a diferencia de los demás. Decían que era la favorita de nuestro maestro. Nadie sabía cuál era su nombre. Solo teníamos permitido llamarlo señor.

—La privilegiada de Rusia —murmuró una voz burlona, y levanté los ojos hacia una chica. Era la que más destacaba de mi grupo porque era muy buena en los combates—. ¿Puedo sentarme?

No hablé y ella se sentó a pesar de que no le di ninguna autorización. Era bonita con su largo cabello rojo y ojos oscuros. Todos querían tener su atención excepto yo. Mi única preocupación era ser la mejor y mantener contento al maestro. Quizá me ganaría una recompensa con más valor que un croissant.

—Asustas como la mierda, ¿sabes? ¿Te has preguntado por qué nadie quiere dirigirte la palabra?

La miré con atención y mastiqué sin responderle. El maestro me había dejado claro que no estaba ahí para entablar una amistad con nadie. Éramos soldados entrenados con el propósito de matar a los malos.

—Te tienen miedo —prosiguió ella a pesar de mi silencio—. Aprendiste más rápido que cualquiera y te has ganado los elogios del maestro. Te llaman la perra «privilegiada».

Mis dedos se hundieron en la masa dulce y tragué. Mi tono era seco cuando finalmente hablé:

—No me importa.

No les agradaba porque tenía privilegios y ellos no: cama cómoda, ducha caliente y comida decente. Pero me había ganado cada uno con sudor y duro trabajo. Si querían demostrar algo, que lo hicieran dentro del ring. Estaría encantada de romperles la cara para que dejaran de murmurar a mis espaldas.

—Por supuesto que no debería importarte. Son insignificantes y desechables. —La chica tendió su mano y sonrió—. Son unos envidiosos porque nunca estarán al mismo nivel que nosotras. Me llamo Talya y quiero ser tu amiga.

Me senté en el taburete de la cocina y bebí la mayor parte del café. Leí las noticias en internet mientras le daba otro mordisco al croissant. Me pregunté cuál sería mi aventura de hoy con Luca. Quería preguntarle sobre las chicas que mantenía ocultas en el prostíbulo que mencionó. Era bonito de su parte que confiara en mí, pero también muy estúpido e ingenuo. No todos tenían intenciones altruistas como él lo llamaba.

¿Hacía cuánto tiempo estaba metido en esto? Tantas preguntas que hacer. En cierto punto lo admiraba por su gran valor. Arriesgaba su vida por otras personas y no había nada interesado en sus acciones. Solo el bien común. «¿Qué haría contigo, príncipe?». Me gustaban los hombres que iban detrás de lo que querían. Luca era valiente, noble y gentil. Hermoso por dentro y fuera. Odiaba que su luz me atrajera tanto.

«No puedes caer, Alayna. Las debilidades te matan…».

—Marilla me puso al tanto de lo que sucedió en la cena. —Emilia entró en la cocina vestida como si fuera un evento muy importante—. No le gustas.

—Qué pena. —Recogí una manzana del frutero y ella me miró disgustada. ¿No se cansaba de fruncir el ceño?—. No es mi jefa y su opinión no es relevante.

Me evaluó de pies a cabeza como si fuera un bicho raro.

—Reflexioné sobre ti —prosiguió—. Es inútil que intente sacarte de esta casa cuando mi marido y mi hijo están empeñados en conservarte. Es una lucha sin sentido.

¿Conservarme? Qué anticuada.

—¿Y en qué punto está? —Di un gran mordisco a la manzana.

—Mi hijo es una de las personas más importantes que tengo en la vida. Casarse con Marilla es su mejor elección. —Miró sobre su hombro antes de hablar—. Contigo cerca eso no será posible y lo llevarás directo a la muerte.

—¿De qué manera podría llevarlo a la muerte? Estoy aquí por las razones opuestas. Lo protejo.

El olor de su perfume caro inundó la cocina, muy empalagoso para mi gusto.

—Un hombre es capaz de cometer atrocidades por una mujer. —Sonó venenosa y rencorosa—. Él está fascinado por ti, Alayna. Lo he visto ansioso desde que llegaste y más reacio a casarse con Marilla. No cumplirá con su deber, estoy segura.

Mastiqué la manzana. Era crujiente y dulce.

—¿Piensa que es mi culpa?

—Por supuesto que eres la responsable. Si rompe su compromiso con Marilla, estará en graves problemas y Leonardo querrá matarlo. No conoces a mi marido, no lo expongas a su ira.

Luca estaba expuesto a la muerte de muchas maneras. No era la primera persona ni la última que lo subestimaba. El príncipe se las había arreglado solo bastante tiempo para mantener a salvo a las chicas sin que su padre lo supiera.

—Luca sabe lo que hace.

—¿Tienes familia?

Me encogí de hombros y le ofrecí mi sonrisa más falsa.

—No.

—Lo supuse —farfulló—. No tienes nada que perder, pero Luca sí. Su vida estará acabada si destruyes los planes de Leonardo. No solo estará muerto, también será conocido como el fracaso de la familia. No quiero eso para él. Mi hijo tiene un futuro por delante y no permitiré que lo eche a perder.

—En todo caso, es su elección.

—Piensa muy bien lo que harás antes de involucrarte sentimentalmente con Luca. No tienes idea del coste que implicará para él. —Tensó los labios—. Buenos días, Alayna.

La vi irse y mastiqué el último trozo de manzana. Emilia no me gustaba, pero entendía su preocupación. Amaba a Luca y quería lo mejor para él. Yo nunca fui la mejor elección de nadie. Sin embargo, no cambiaría de opinión.

Prometí ayudarlo.

Y deseaba tenerlo a mi completa disposición.

LUCA

Vi a mi padre de pie frente a la ventana con una capa de humo rodeándolo. La botella vacía de whisky sobre la mesa me indicó que no había dormido en toda la noche y algo lo estaba molestando. Me preparé para recibir cualquier ataque de su parte. Era su saco de boxeo.

—Padre.

Ni siquiera se giró cuando anuncié mi presencia y apretó el vaso con whisky entre sus dedos. Las últimas semanas no habían sido fáciles. La salud del abuelo empeoraba y se presentaron más inconvenientes en los negocios. Moretti seguía silencioso y me pregunté por qué no había vuelto a atacar. ¿Se debía a la presencia de Alayna en nuestra familia? Era un hombre con muchos contactos y no dudaba que ya sabía que la mariposa negra trabajaba con nosotros.

—Me dediqué a esto cuarenta años e invertí cada minuto de mi vida para llevar nuestro apellido a la cúspide más alta de Italia. Me gané el título de capo con esfuerzo y sangré por ello. —Finalmente se dio la vuelta y me miró con una frialdad que erizó mi piel—. El siguiente paso era ocupar el cargo de don y tú lo arruinaste.

Mi corazón se encogió de miedo y traté de apartar la sensación, pero no pude. El motivo de su ira se debía a una sola cosa.

—Yo nunca lo pedí…

El vaso impactó contra la pared y un trozo de cristal rebotó en mi cara. Lentamente llevé los dedos a mi mejilla para tocar la sangre que empezó a gotear en la alfombra. Me cortó. Miré sus ojos para encontrar una cruda indiferencia. Se quedó quieto donde estaba con la mandíbula tensa y los hombros rígidos. Sabía que su reacción sería esta. Mi abuelo acababa de condenarme.

—¿Qué mierda has hecho tú? ¿Crees que puedes quitarme algo por lo que he trabajado jodidamente duro? Nos llevarás a la ruina si asumes el puesto. Eres débil, patético y cobarde…

Mi pecho se calentó con ira y mi sangre hirvió. Ansiaba que el dolor desapareciera y él sintiera el mismo terror. Estaba cansado de sus insultos y menosprecios. No podía permitir que me siguiera tratando así.

—Entonces tómalo —masculle, mi voz fría—. Si no me crees digno, toma lo que consideras tuyo.

Dio pasos en grandes zancadas y en un instante lo tuve sobre mí. Aferró mi camisa blanca, acercando mi rostro al suyo. El olor a alcohol golpeó mi nariz y me revolví internamente. No iba a darle la satisfacción de verme asustado.

—¿Eres estúpido? —escupió—. La voluntad del don debe cumplirse, sobre todo cuando él ya lo hizo oficial frente a los miembros más importantes. Quiere que la ceremonia se lleve a cabo lo antes posible para darte su título.

Las emociones que me sacudieron eran implacables, como cuando las olas impactaban contra las rocas. Bastardo desconsiderado. Le advertí que no quería nada y nuevamente volvió a ignorar mi voluntad. Con su muerte el cargo iba a quedar en manos de mi padre y mi tío Eric sería el capo. ¿Ahora? Todo había cambiado para mal.

—Deja de tratarme como si fuera tu enemigo. Nunca quise nada de esto y lo sabes.

Me solto y me tambaleé bruscamente. Sentí que mi corazón se aceleraba mientras intentaba descifrar qué sucedería. No dudaba ni por un segundo que mi padre trataría de matarme. Lo creía capaz de cualquier cosa.

—Tendría respeto hacia ti si te comportaras como lo que eres. —Me observó como si fuera algo sucio y repugnante—. Un verdadero Vitale.

En otro tiempo sus palabras me habrían afectado, pero ya nada dolía. Nunca se comportó como un padre para mí. Llamarlo Leonardo sonaba más apropiado en este punto.

—¿Acaso no lo soy?

Me dio la espalda y se posicionó nuevamente cerca de la ventana.

—Eres mi hijo, pero una completa decepción.

Salí de su despacho y cerré de golpe la puerta. No importaba nada de lo que hiciera, mi padre siempre me odiaría y solo me quedaba seguir sobreviviendo.

Me paré frente al espejo del baño y examiné el pequeño corte en mi mejilla. No era profundo, pero sí dejaría una cicatriz en mi alma. Si mi padre hubiera tenido un arma a su alcance, no habría dudado en dispararme. La voluntad del don no importaba. Él buscaría una forma de hacerme caer y tomaría lo que siempre quiso. Si mañana sufría otro atentado, no me sorprendería. Estaba solo en esto y tan jodidamente cansado.

—¿Luca?

Mis ojos se encontraron con los de Alayna a través del espejo y tensé la mandíbula. No quería que me viera en este estado. Una parte de mí aún deseaba tener el cariño de mi padre y me sentía como un imbécil. Él no amaba a nadie más que a sí mismo y el dinero.

—Mal día.

Avanzó hacia donde me encontraba y le echó un vistazo a mi herida. Sus ojos azules se tornaron oscuros y vi algo ahí que provocó un vuelco en mi corazón. Estaba enojada con mi padre por tocarme.

—¿Por qué permites que te golpee?

Me encogí de hombros.

—No soy nadie a comparación de él.

Sus labios se fruncieron y hurgó en el botiquín detrás de mi espalda. Encontró lo que buscaba y examinó mi mejilla.

—No, eres mucho más. —Empezó a limpiar la herida con algodón y agua oxigenada—. Tu padre estará acabado el día que te des cuenta de lo valioso que eres.

Mi mano fue a su pequeña cintura y ella contuvo el aliento. Todo lo que podía pensar era en besarla y saborearla. Agradecí a mi padre por contratarla. Fue lo único bueno que hizo por mí alguna vez.

—¿Sabes cómo sobreviví todos estos años? Nunca me enfrenté al monstruo —susurré—. Obedecí todas sus órdenes sin ninguna resistencia.

—Lo hiciste muy bien, pero no puedes esconderte para siempre. Tienes que pelear por lo que quieres o nadie lo hará por ti. —Sus suaves dedos tocaron mi mejilla y cerré los ojos brevemente para saborear la sensación—. Piensa en las ventajas a tu favor si aceptas el rango más alto.

—¿Más enemigos de los que puedo imaginar?

—Más poder. —Lanzó el algodón en el cesto de basura—. Será tu momento de demostrar que todos están equivocados y moverás cada pieza de ajedrez a tu conveniencia. ¿Quién decidirá como se llevarán a cabo los negocios? Tu padre será un peón y tú el líder, Luca.

Negué con la cabeza.

—Todos apoyan a mi padre, no me respetan.

—Aprenderán a hacerlo. Ha llegado la hora de que les des una verdadera razón para odiarte.

Mi pulso palpitó, zumbando en mis oídos.

—¿Tú estarás a mi lado? Solo ganaré si tengo a la reina conmigo.

Se volvió hacia mí con una sonrisa confiada y lentamente pasé un dedo por su cadera. Me encantaba cómo su piel se llenaba de escalofríos. La afectaba y no podía disimularlo.

—Mi lealtad estará con quien demuestre respeto por la vida de personas inocentes.

Rodeé su nuca con mi mano y atraje su cuerpo hacia el mío.

—Quiero de ti algo más que una alianza, Alayna.

—Es todo lo que puedo darte.

—Por ahora. —Hablé cerca de sus labios—. En el fondo sabes muy bien lo que ocurrirá.

—¿Qué?

—Tú, desnuda, en mi cama. —Deslicé mis labios por el hueco de su garganta y lamí la suave piel—. Búscame cuando por fin desees ser consumida.

Puso las manos en mi pecho y me empujó. Me embriagué con la imagen de ella enojada pero tan sexy. Sus ojos azules se encendieron con ira porque odiaba la reacción de su cuerpo ante mis palabras. Me deseaba con la misma intensidad. ¿Cuánto más soportaría?

—No pasará, príncipe.

—Tú misma me has dicho que debo pelear por lo que quiero.

—No me refería a eso —exhaló.

—Tarde, mariposa. —Sonreí—. Ganaré el juego de ajedrez y tomaré a la reina en mi cama como premio.

No respondió. Todo lo que hizo fue salir del baño sin pronunciar otra palabra. Me agarré a los bordes del lavabo y miré mi reflejo. El destino tenía una extraña manera de demostrarme que se acercaban cosas buenas. La muerte de mi abuelo no sería tan perjudicial como pensaba. No cuando Alayna Novak peleaba de mi lado y me deseaba de la misma forma que yo a ella.

La única incógnita que me quedaba por resolver era tratar de adivinar qué resultados traería nuestra alianza. ¿Saldríamos vivos? No lo sabía, pero valía la pena intentarlo.

13

ALAYNA

Me costó mantener la delgada línea que me separaba de Luca. Me conmovía su historia y que conservara su sensibilidad a pesar de la forma que fue criado. No era un monstruo ambicioso y sediento de poder. Él buscaba salvar vidas sin importar el precio. No me gustaba cómo mi corazón latía cuando estaba cerca o lo débil que era ante sus sonrisas.

La tensión sexual entre ambos era tan abrumadora que era difícil respirar. Tuve que recordarme otra de mis reglas principales, esa que rompí una vez y hubo consecuencias. ¿En qué diablos pensaba?

«No aprendí la lección, nunca aprendí».

Años de entrenamiento y permitía que alguien llegara a mí. Pensé que esa parte había muerto, la que no confiaba en nadie y no se dejaba impresionar. Esto era absurdo. ¿Por qué le daba tantas vueltas al asunto? Él no me importaba y era mi cliente. Nada más.

—¿Estás lista?

—Un minuto.

Miré por encima de mi hombro a Luca mientras me aseguraba de que mi arma estuviera cargada y después la enfundé en mi muslo. Él apenas me quitaba los ojos de encima. El vestido negro ceñido tenía un escote pronunciado y una larga abertura que mostraba mi pierna derecha.

—Espero que no sea necesario usarla —dijo. Su mirada me lamió la piel, encendiendo un fuego en mi estómago.

Me encogí de hombros.

—Nunca se sabe.

Esta noche en particular se veía más que atractivo. Su camisa color ciruela con botones estaba abierta en la parte superior con las mangas enrolladas hasta los codos, revelando los tatuajes de sus antebrazos. No llevaba corbata. Un chaleco negro se ajustaba a su torso esbelto pero musculoso. Los pantalones de vestir abrazaban sus muslos tonificados.

—¿Cuál es la finalidad de asistir a la inauguración de un restaurante? —pregunté mientras salíamos de la habitación—. ¿Tu prometida estará ahí?

Luca caminó a mi lado con las manos en los bolsillos.

—No te preocupes por ella, no molestará.

Enarqué una ceja.

—¿Cómo lograste calmarla?

Sus labios se inclinaron en una media sonrisa.

—Tengo mis medios, mariposa.

Me reservé cualquier pregunta porque seguíamos en la mansión y las paredes escuchaban. Cuando llegamos al coche volvió a abrirme la puerta como un caballero y subí. En cuestión de segundos estábamos en la autopista y encendió la radio. Reventé el chicle en mi boca mientras conducía.

—¿Ya tienes definido qué día podré conocerlas?

Su mirada permaneció fija en la carretera, pero su postura se puso tensa.

—Espero que sea la próxima semana. Mis visitas son mínimas para no levantar sospechas.

—¿Alguien más lo sabe además de madame Marino?

—No —respondió—. Ni siquiera mis primos, no quería arriesgarlos.

Si un día lo descubrían, cualquier persona involucrada moriría, pero afortunadamente yo no le temía a la muerte.

—Es demasiado surrealista.

—¿Por qué?

—No eres lo que esperaba —acepté sin rodeos.

Su pecho se sacudió con una risa.

—¿Debería sentirme halagado?

—Sí. —Posé mis ojos en él—. Quizá tu humanidad es lo que más me atrae de ti, príncipe.

El vehículo frenó bajo un farol, empujándome contra el cinturón de seguridad. Nos quedamos en silencio unos segundos, mirándonos. Me hizo sentir extrañamente vulnerable y atrapada. Mi estómago se tensó, revoloteando con una emoción que desconocía. No sabía cómo explicar lo que él me provocaba.

—Desde niño los he visto someter a los más débiles sin recibir ningún castigo. Ellos roban, secuestran, torturan y matan. Mi padre ni siquiera tiene respeto por su familia. —Sus ojos recorrieron mi cara—. Escuché a mi madre suplicar que parara cuando él la golpeaba hasta hacerla sangrar y vi a mi hermana aterrorizada el día que le presentaron a su primer pretendiente. Ella tenía doce años —exhaló—. Mi padre la dejó sola con un hombre adulto de treinta años en una habitación.

Su voz estaba desprovista de cualquier emoción y provocó un escalofrío en mi espalda.

—Me llevaron a la fuerza a prostíbulos donde miles de mujeres eran violadas en mi presencia y yo no pude hacer nada. Nunca disfruté nada de eso —continuó, no me creí capaz de hablar—. Me horrorizaba y me generaba asco cada maldito acto, así que me dije a mí mismo que yo sería diferente y no me convertiría en un monstruo. No importa cuántas veces ellos intentaron romperme, nunca robaron mi espíritu. Es lo único que me mantiene cuerdo.

—No puedes conservarlo siempre. Si quieres matar al monstruo, debes convertirte en uno.

Distinguí sus pálidos ojos grises en la tenue luz.

—Entonces que así sea.

Nos dejaron pasar sin registrar absolutamente nada y cada ojo se fijó en nosotros cuando entramos en el elegante salón donde se llevaba a cabo la inauguración. El detector de metales pitó por mi arma, pero Luca les aseguró que no era nada peligroso y no objetaron.

El príncipe me ofreció su brazo y acepté mientras avanzamos entre la multitud de personas reunidas. El ligero olor a flores frescas flotaba en el aire y las notas del piano acompañaban a las voces que conversaban entre risas. Había una larga mesa montada que presumía la gastronomía más exquisita.

La anfitriona se pavoneó frente a nosotros con una deslumbrante sonrisa. Su vestido azul combinaba con sus ojos y llevaba el cabello castaño recogido. Miré disimuladamente entre la multitud, esperando encontrar a cierta camarera pelirroja que trabajaba en Emilia.

—Señor Vitale, estoy tan feliz de que haya podido asistir.

—Hola, Clarice.

Me miró.

—Señorita…

—Alayna.

—Bienvenidos. —Se inclinó—. Esta noche tenemos reservado nuestro mejor menú para celebrar la inauguración de Dolcezza. También contamos con la presencia del gobernador Fernando Rossi.

La influencia de la familia Vitale implicaba tener favores hasta del político más importante de Palermo. Juraría que el gobernador estaba involucrado en negocios sucios. Nada nuevo ni revelador. Nadie obtenía poder de manera limpia.

—Fantástico —la halagó Luca—. Has hecho un excelente trabajo, Clarice.

La joven se sonrojó.

—Gracias, señor.

Poco a poco algunos hombres empezaron a acercarse y saludaron al príncipe. La mayoría de mediana edad, con trajes y panzas de cerveceros. Sin duda la buena vida los volvía perezosos. De mi parte nadie me dirigió la palabra y tampoco mostraron intenciones de querer conocerme. Lucía como una hermosa dama inofensiva, pero las personas normalmente desconfiaban de mí y hacían bien en escuchar a sus instintos.

Atrapé una copa de champán con una aceituna de la bandeja y le sonreí a la dulce camarera. Era ella. Su uniforme destacaba su cintura y llevaba atado el largo cabello rojo. Sus ojos castaños se ensancharon y soltó un jadeo. Su estatura me recordaba a un duende por lo pequeña que era.

—Hola, Eloise. —Le sonreí.

Ella miró nerviosamente a nuestro entorno.

—Pensé que no volvería a verte —dijo—. La última vez fingiste que no me conocías.

Qué rencorosa.

—No me gusta distraerme cuando estoy en horario laboral. —Me lamí los labios—. Y tú eres una linda distracción.

Su rostro adquirió un bonito tono rojo.

—Pensé mucho en ti —admitió.

—Qué bien. —Sonreí, y le di otro sorbo a mi bebida—. Quizá muy pronto vuelva a buscarte. ¿Te importaría?

Asintió con entusiasmo.

—Me encantaría.

Enredé un mechón suelto de su coleta y su cuerpo se tensó en anticipación. La última vez que estuvimos juntas fue muy bien y la idea de repetirlo era tentadora.

—Que tengas una buena noche, Eloise. —Le guiñé un ojo y avancé hacia Luca, que buscaba mi atención.

Si notó mi breve momento con Eloise, no lo mencionó.

—Muchos están al tanto sobre la delicada salud de mi abuelo.

Mastiqué la aceituna.

—Qué pena.

—Y saben cuál es su voluntad.

Alcé una ceja.

—Pensé que hablamos de esto. Más poder, ¿recuerdas?

—No estoy preparado para asumir lo que vendrá después. —Se mordió el labio con nerviosismo—. Me sentía mejor con el perfil bajo.

Levanté mi copa en un brindis y choqué con la de él.

—Próximamente serás un rey. Tienes que asumirlo de una vez.

Un tic pulsó en su mandíbula.

—¿Y tú asumiste rápido tu nueva vida cuando fuiste reclutada?

—Cada persona es un mundo diferente, Luca. La mente se adapta a todo. Llevará su tiempo, sí, pero vas a superarlo. —Mi mano trazó su mandíbula—. Eres más fuerte de lo que crees.

—Eres la primera persona que me dice eso. —Su voz era ronca.

Aparté la mano.

—Estarías muerto si fueras débil.

Muy pocos tenían el coraje de enfrentar los horrores que él había vivido desde que era un niño. Admiraba su espíritu que, a pesar de todo, no había sido corrompido. Aún había bondad en sus ojos cada vez que lo miraba. Esperaba que su luz no se apagara nunca.

—Buenas noches.

Puse una distancia considerable entre ambos y observé al hombre que interrumpió la conversación. Su cabello rubio no tenía canas a pesar de la edad que aparentaba. Traía puesto un esmoquin ajustado y sostenía una copa de vino. No me pasó desapercibida la forma en que admiró mi cuerpo.

—Señor, un placer tenerlo aquí. —Luca le tendió la mano—. No podía faltar cuando me dijeron que confirmaba su presencia.

Era el famoso gobernador.

—El placer es mío. —Siguió mirándome, y el príncipe apretó la mandíbula. Esto era tan divertido—. Pensé que vendrías con tu prometida.

—Marilla no ha podido venir porque está ocupada con asuntos de la universidad.

Dudaba que la ardilla estudiara. Era tan superficial y mimada. No se esforzaba por nada, estaba acostumbrada a recibir todos los lujos en bandeja. Nunca sabría lo que significaba luchar para ganarse la vida.

—Nadie ha notado su ausencia. —Alcanzó mi mano y la besó—. La dama de aquí llama la atención de cualquiera.

Mis labios dibujaron una pequeña sonrisa seductora.

—Alayna Novak.

—Sé quién eres —dijo—. He oído hablar sobre ti, pero nunca pensé que serías una mujer tan hermosa. Entiendo por qué Leonardo no dudó en contratarte.

Luca se aclaró la garganta para recordarle que seguía ahí.

—Alayna es muy buena en su trabajo. —Destacó la última palabra y casi lo agradecí. Odiaba que me vieran como una simple cara bonita.

—Por supuesto, los hombres de negocios hemos oído su reputación —murmuró—. La mariposa negra que nunca escogió un bando hasta ahora. Me causa mucha satisfacción saber que Moretti debe estar retorciéndose por esto…

Siempre peleé por mis propios intereses. Creí que esta misión sería una más del montón, pero el destino tenía otros planes. Ahora había vidas en juego que quería proteger y elegí pelear al lado de Luca. No lo dejaría solo en esta guerra cuando le di mi palabra. Yo cumplía mis promesas.

—Muy pocas cosas afectan a Moretti —dije sonriendo contra el borde de la copa.

Luca carraspeó por segunda vez y puso una mano en mi espalda.

—Si nos disculpas, Fernando, debo saludar a unos viejos amigos y presentar a Alayna.

El gobernador asintió.

—No hay problema.

Sacudió la mano y nos despedimos de él para alejarnos. Tomé un pedazo de fresa por el camino y lo chupé. Luca estaba tenso e impaciente. Los invitados reían y bebían. Algunas parejas habían tomado la pista de baile para balancearse al ritmo de la suave canción italiana. Lo único que me llamaba la atención de la inauguración era la comida. El resto era muy aburrido.

—Quedamos en que no hablarías de él.

—Yo no lo mencioné —acoté—. ¿Tu familia tiene un trato con el gobernador?

—Shh… baja la voz —me pidió—. Fernando es quien controla los puertos más importantes del país y aprueba qué cargamentos entran y salen.

—Otra escoria en la lista.

Su expresión se ensombreció.

—Todos aquí son escoria, Alayna. Nadie se salva excepto unos pocos empleados.

—Ya veo.

Miró la hora en su reloj.

—La fiesta ha terminado.

LUCA

No me reconocía. Me estaba convirtiendo en alguien totalmente diferente y sentía que gran parte de mis decisiones eran incitadas por ella. Siempre fui paciente, eficiente y precavido. En cambio, ahora era todo lo contrario: impulsivo, impaciente y descuidado. Le confié mis secretos sin pensar en las consecuencias. Dudaba que Alayna fuera una traidora, pero no me gustaba la influencia que había ganado sobre mí a pesar del poco tiempo que llevábamos conociéndonos. ¿A qué se debía? Podía verme a través de la máscara y me demostró parte de su humanidad cuando curó las heridas de Sienna. Era mucho más que una asesina.

—Mañana mismo quiero que las conozcas.

Las cejas de Alayna se unieron mientras me miraba fijamente y apagaba los faros del coche cuando aparqué frente a la mansión. Era casi medianoche.

—Pensé que era muy pronto.

—Lo es, pero ya no quiero perder el tiempo —expliqué—. Quiero tranquilizar a la persona que me ayuda porque no he ido a verla en casi dos meses y está desesperada.

Sienna se sintió segura con ella desde el primer día y esperaba que las demás también. La presencia de Alayna les daría seguridad. Yo provocaba el efecto contrario a pesar de que mis intenciones eran buenas, pero no las culpaba. Fueron lastimadas por mi familia.

—De acuerdo.

—Gracias —dije—. Sienta bien compartirlo con alguien después de tanto tiempo. Es una carga pesada que me cuesta llevarla solo.

Evitó mis ojos.

—Chico valiente y estúpido.

—He hecho muchas cosas estúpidas, pero no me arrepiento de esto.

Alayna bajó del coche y la seguí. Los hombres que custodiaban la mansión nos vieron pasar y noté que las luces de la sala estaban encendidas. Era extraño porque se apagaban antes de medianoche.

—Mi padre está esperándonos —susurré.

Alayna resopló.

—Buena suerte con él.

Pasamos por la puerta y lo primero que vi fue a Leonardo sentado en el sofá con un vaso de coñac en la mano. Si seguía bebiendo sin límites, pronto terminaría como el abuelo, pero me importaba muy poco. Ojalá el mundo se apiadara de mí.

—Espero que hayan tenido una noche agradable. —Examinó con desaprobación el vestido de Alayna y me tensé.

—La inauguración estuvo bien y fue entretenida —repliqué—. ¿Necesitas algo?

—Quiero hablar a solas contigo.

Alayna avanzó hacia las escaleras.

—Buenas noches, caballeros.

No hablamos hasta que ella subió el último escalón y desapareció. Enderecé la espalda y me enfoqué en Leonardo. Esta noche no estaba dispuesto a soportar sus ataques. Si se atrevía a golpearme, respondería.

—Permites que use un vestido como ese y cuelgue de tu brazo como si fuera tu mujer.

Mi mandíbula se apretó.

—Su ropa no significa absolutamente nada —expliqué—. Es muy capaz de usar un arma con o sin vestido.

—Le das más poder del que debería tener. Gregg me contó lo sucedido. —Frunció el ceño—. Permitiste que lo golpeara y lo humillara.

Mi rostro era una máscara de aburrimiento.

—¿Gregg no te ha contado que viola a las mujeres y las deja en un estado tan lamentable que ningún comprador las quiere? —inquirí, y su mandíbula se contrajo—. El último problema que tuvimos con él fue que dejó embarazada a una chica que costaba una fortuna. Su comprador la devolvió cuando notó el problema.

Me asqueaba la forma en que hablaba, pero era el único modo de convencerlo de que Gregg nos perjudicaba y debíamos deshacernos de él.

—El bastardo pervertido no te dijo nada. —Sonreí—. ¿Lo dejarás en su puesto mientras sigue dañando la mercancía?

Su cara se puso roja y una vena latió en el pulso de su cuello.

—Me haré cargo de él.

—Y yo me ocuparé de Alayna. Sé muy bien cómo manejarla.

Frunció el ceño.

—¿La follaste? —preguntó a cambio.

Me congelé.

—¿Disculpa?

—Te he preguntado si la follaste.

La irritación me hizo rechinar los dientes.

—No.

Su sonrisa se amplió y bebió de nuevo.

—No me importa si la llevas a tu cama, pero no olvides quién es realmente. Solo la puta de Moretti, y Marilla, tu prometida. Espero que no seas lo suficientemente estúpido como para enamorarte de ella.

Mantuve una cara de póquer, aunque por dentro era un caos.

—Soy un hombre comprometido.

—Eso no es un impedimento. Tienes a la tentación en tu cara día y noche. —Se puso de pie y se plantó frente a mí—. Fóllala las veces que quieras mientras ella recuerde su verdadero objetivo en esta casa. Ayudará a la caída de nuestro enemigo más grande.

Sus palabras me impactaron y me ofendieron. Quería tener a Alayna, pero jamás lo haría por esa razón. Ella logró cautivarme en poco tiempo como ninguna mujer.

—Alayna hará lo que esperamos de ella. —Me limité a decir.

—Bien. —Me palmeó la espalda—. Es nuestra mejor arma y debemos conservarla. No lo arruines.

14

ALAYNA

Me desperté temprano sin necesidad de ninguna alarma. Salí de la cama con un bostezo mientras la luz de la mañana iluminaba la habitación. Mi ansiedad no me había permitido dormir mucho porque ese día conocería a las chicas del prostíbulo. Estaba molesta, pero también intrigada.

Sentía mucha empatía por las chicas indefensas y abusadas. No podía mantenerme al margen de esto. Ayudaría a Luca sin importar a dónde nos llevaran las siguientes decisiones. Éramos nosotros dos contra el mundo. ¿Me sentía atraída hacia él? Los hombres nunca fueron de mi agrado, pero el príncipe amenazaba con ser una gran excepción a mis reglas. ¿Cuántas más rompería por él?

Me di un baño y después me vestí. ¿Por qué Luca aún no me había buscado? Faltaban cinco minutos para las diez y quería terminar con esto pronto. No me agradaba la gente impuntual, me ponían nerviosa. Su habitación estaba justo frente a la mía. Tenía la puerta entreabierta. Toqué una vez, pero no respondió y decidí entrar. Escuché el agua de la ducha correr y una canción reproduciéndose. Lana del Rey. Interesante elección.

—¿Luca? Es la hora.

No hubo respuesta.

—¿Luca? —Lo intenté de nuevo.

Debería irme y no invadir su privacidad, pero avancé unos cuantos pasos hacia otra puerta abierta y lo vi. En mi línea de visión directa estaba una enorme pared de cristal empañada y él se encontraba más allá. Mi corazón latió con tanta fuerza que podía sentirlo golpear mi pecho.

El vapor se cernía en el aire, pero no era suficiente para ocultar su cuerpo. El aroma a jabón y loción de hombre golpeó mis sentidos. Ahí estaba, de espaldas, desnudo bajo el agua con la cabeza inclinada y una mano colocada contra la pared. Sus piernas eran musculosas al igual que su trasero. ¿Por qué seguía mirándolo?

Me mordí el labio con una excesiva violencia que dolía. Nunca en mi vida había deseado tanto a un hombre como lo hacía ahora. ¿Qué me pasaba? Reprendiéndome a mí misma, negué con la cabeza y retrocedí. No quería que me sorprendiera espiándolo. Estaba vulnerable, sonrojada y un poco avergonzada.

Al salir del baño, encontré a una mujer acomodando la ropa de Luca en el armario. Su rostro arrugado estalló en una enorme sonrisa cuando me vio.

—¿Tú eres Alayna? —preguntó.

Asentí observándola. Había estado en la mansión más de dos semanas, pero no conocía a la mayoría del personal. Eran muchos. Imposible de recordar todos sus nombres.

—La misma.

—Soy Amadea, es un placer conocerte. —Extendió la mano y la estreché.

—Hola. —Forcé una sonrisa y disimulé la agitación dentro de mí—. ¿Puede decirle a Luca que he venido a buscarlo?

Me miró con una sonrisita de complicidad. Sabía que había espiado al príncipe.

—¿No lo has encontrado?

—Está dándose una ducha y no quiero molestarlo. —Me encogí de hombros.

—Yo se lo digo, ten un buen día.

Todavía pensaba en Luca cuando salí de la habitación y solté un suspiro. Me costaría alejar de mi mente la imagen de él desnudo. ¿Por qué tuve que verlo? Debía buscar pronto a alguien o quizá recurrir a él para sacármelo de la cabeza. Era ridículo. Siempre iba detrás de lo que quería y no descansaba hasta obtenerlo. ¿Por qué no acababa con el juego de una vez? Ambos deseábamos rendirnos a la atracción, pero me asustaba.

Una vez que estuviera en su cama no querría salir de ahí.

LUCA

Había pasado un tiempo desde la última vez que fui al prostíbulo y me preocupaban las condiciones en que se encontraban las chicas. Conocía el nombre de cada una, pero ellas me odiaban. Solo era cercano a Yvette, una niña de ocho años que siempre me recibía con alegría y me contaba qué dibujos veía en la televisión. Fue secuestrada en Milán y era tan inocente que me rompía el corazón. Pensé qué mentira le diría esta vez para calmarla y no asustarla. Ella echaba de menos a su madre.

El prostíbulo no era el lugar más seguro, pero no me quedaba otra. Además, contaba con la ayuda de Berenice. Ella protegía con su vida a las niñas y se aseguraba de que no les faltara nada. Las manteníamos ocultas en un sótano del prostíbulo con todas las comodidades. Mi padre era tan perezoso que nunca había venido a registrar cómo iba el negocio. Pensaba que estaba bajo control. Esperaba que siguiera así.

Miré un segundo a Alayna. No era alguien que se quedara callada por mucho tiempo. No hizo ningún comentario sarcástico y su humor negro había desaparecido.

—Vale la pena todo lo que estamos arriesgando —afirmé, rompiendo el silencio—. La mayoría son niñas que merecen recuperar la vida que perdieron.

—Por supuesto que lo vale —respondió—. ¿Investigaste de dónde vienen?

Mantuve los ojos en la carretera frente a nosotros, nervioso por lo que venía.

—Leí los documentos de cada una. Mi padre conserva datos de sus familias para amenazarlas o usarlos en su contra —exhalé—. Si alguna de ellas escapa, él no dudará en matarlos.

Mis nudillos se blanquearon alrededor del volante mientras conducía.

—Hijo de puta repulsivo. —Miró por la ventana.

—Pensé en la posibilidad de enviarlas a sus casas, pero mi padre tiene comprada la justicia de Palermo. —Rechiné los dientes—. También controla el aeropuerto y otros medios que impiden cualquier intento de escape.

—Entiendo. ¿Entablaste algún tipo de amistad con ellas?

Me tensé y pensé en la niña rubia inocente de ojos azules. Yvette era como mi hermana. Ella dormía con su oso de felpa rosa y soñaba con ver de nuevo a sus padres y hermanos. Me contó que vivía en una casa grande y tenía un jardín. Estaba preocupada de que los girasoles se marchitaran en su ausencia.

—Lo supuse —dijo Alayna cuando no respondí—. Si nada sale como lo planeaste, tendrás el corazón hecho trizas. Es lo que sucede cuando te permites tener debilidades y tú posees muchas. ¿Quieres que las enumere?

—Estoy metido en esto hasta el cuello, no hay vuelta atrás.

—No puedo asegurarte que todo saldrá bien, pero si mueres sabrás que lo intentaste.

Me dolía el pecho.

—Gracias por el consuelo.

—Siento sonar muy dura, pero es la realidad. Tenemos que pensar en todas las posibilidades. Buenas y malas.

Por supuesto que pensaba en cada maldita posibilidad. La mayoría de mis pesadillas me mostraban a mi padre descubriendo y matando a las chicas frente a mis ojos. Me estremecí ante el pensamiento y aceleré. No quería considerar la parte mala. Esto tenía que salir bien sí o sí. Me negaba a aceptar otra cosa.

—Muchas de ellas me consideran su enemigo, pero no lo tomo como algo personal. Me sentiría igual si estuviera en la misma situación.

—Eres demasiado noble.

Le dirigí una sonrisa suave y estacioné.

—Alguien tiene que serlo, el mundo está muy jodido.

Registró su arma antes de abrir la puerta del coche. Frente a nosotros había un club de estriptis con paredes rosas y letreros de neón.

Estaba abierto las veinticuatro horas del día todas las semanas. Ninguna de las mujeres que trabajaban aquí tenía un descanso de los abusos.

Rafael, el hombre de seguridad, me recibió con una leve inclinación de la cabeza. Sus ojos curiosos evaluaron a Alayna antes de centrarse en mí. No lo conocía en profundidad, pero era amable conmigo y un respetuoso hombre de cuarenta años. Berenice confiaba en él.

—Señor.

—Rafael.

No recibió a Alayna con el mismo gesto y la miró con seriedad. La mariposa era una depredadora peligrosa con aspecto de ángel. Una entidad sanguinaria que no pasaba desapercibida. Permaneció detrás de mí cuando entramos en el prostíbulo. Más luces rosas de neón decoraban las paredes y los sofás acomodados tenían el mismo color. Había un escenario donde se desarrollaba un espectáculo a pesar del horario. La bailarina inclinaba su cuerpo contra el delgado tubo.

Quería saber qué pensaba Alayna. Su mirada distante no reflejaba nada. Cerca de la barra me encontré a Berenice, conocida como madame Marino. Sus ojos se abrieron ampliamente y sus labios temblaron por la emoción. Sí, había pasado un tiempo y la pobre mujer se estaba volviendo loca.

—Luca…

Ella tenía más de cuarenta años, pero no los aparentaba gracias a las cirugías estéticas. Era una mujer atractiva de cabello castaño y cuerpo delgado. Se había ganado mi respeto y mi cariño. Más de una vez le ofrecí mi ayuda para salir de allí y rechazó todas las propuestas. Pensaba que no merecía nada bueno.

—¿Cómo estás?

Besó mis mejillas con delicadeza y controló el temblor que la azotaba.

—Sobreviviendo como puedo. —Se rio y sus ojos verdes se llenaron de lágrimas—. No esperaba verte hoy.

Apreté su huesudo hombro.

—Lamento no haber venido antes, Berenice.

—No te preocupes. —Dio una calada al cigarrillo y miró a Alayna—. ¿Quién es tu amiga?

Mi acompañante respondió antes de que lo hiciera por ella.

—Soy Alayna Novak, su escolta.

Berenice subió una ceja interrogante.

—Ella lo sabe —asumió.

No estaba molesta, solo intrigada.

—Sí.

No me cuestionó. Su confianza en mí era inquebrantable.

—Síganme —pidió—. Por aquí.

Avanzamos a las escaleras del sótano. Nadie nos miraba ni susurraba. Algunas personas que trabajaban allí sabían que manteníamos ocultas a las niñas, pero nunca intercedieron ni nos delataron. Las mujeres no querían que ellas tuvieran el mismo destino. La buena acción me hacía conservar la poca fe que tenía en la humanidad. No todo estaba perdido.

Entramos en una oficina cubierta de polvo y después Berenice empujó con cautela la estantería que daba paso a otra habitación. Las niñas dormían en un sótano, lejos de la atención de los pervertidos. Escuché una vieja televisión y vi cajas de pizza tiradas en el suelo. Había camas, sábanas y cuerpos aferrados unos a otros. Solté el aliento que estaba conteniendo y sonreí. Era un alivio saber que todas seguían en buenas condiciones. No tenían libertad, pero sí bienestar. No lidiaban con pedófilos ni violadores. Estarían bien. Alayna palideció cuando vio que eran más de cinco.

Unos pasos se arrastraron por el suelo y después una pequeña figura apareció en mi campo de visión. Vi a una niña de cabello rubio y grandes ojos azules mirándome con esperanza. «Yvette…».

—¿Luca?

Me puse de cuclillas y tragué el nudo que se formó en mi garganta. Su cabello estaba más largo de lo normal y el vestido rosa rozaba sus tobillos.

—Hola, pequeña.

En un segundo ella corrió a mis brazos y la sostuve con los ojos cerrados. Su cuerpo temblaba y lloraba con la cara en mi cuello. Joder… No me gustaba visitarlas porque odiaba la impotencia que me generaba verlas encerradas y no poder hacer nada por el momento.

—Te echaba mucho de menos —sollozó Yvette—. Pensé que te habías olvidado de mí.

Acaricié su cabello trenzado.

—Nunca me olvidaría de ti. —Mi voz sonó ronca por la emoción.

Las demás me miraron recelosas y mantuvieron la distancia. Me aparté torpemente de Yvette con una sonrisa.

—¿Todavía conservas a Ula? —Miré a su peluche.

Soltó una risita.

—La amo.

La última vez le pregunté qué quería y ella me rogó que le trajera un peluche rosa. No la había soltado desde entonces.

—¿Qué te tomó tanto tiempo? —preguntó una voz enojada desde el fondo.

La poca iluminación no me permitió ver por completo su rostro, pero sabía quién hablaba. Era Anna. La mayor de todas, con catorce años. Cada vez que la miraba me recordaba a Kiara.

—Estuve ocupado —respondí—. ¿Cómo están?

—¿Y tú qué crees? ¿Cuándo nos iremos de aquí?

Alayna continuó sin pronunciar ni una palabra.

—Niña. —Berenice habló en mi defensa—. Luca trabaja en eso. Les dije que no será fácil.

Yvette notó la presencia de Alayna y sonrió. Su boca sin algunos dientes se curvó.

—¿Quién es la mujer bonita?

—Alayna. —Se presentó ella para mi alivio—. Me alegro de conocerte, Yvette.

—¿Eres la novia de Luca?

Me sonrojé.

—Maldita sea, no —se burló Alayna—. Mis gustos son mejores.

Las chicas se rieron ante la broma de mal gusto. Muy chistosa.

—¿Tú sabes por qué estamos aquí? —le preguntó Olivia. Me resultó extraño porque ella casi nunca hablaba. Era una pequeña morena de ojos castaños.

—Luca me ha dicho que las está ayudando —contestó Alayna.

—Luca es un mentiroso —dijo Anna de nuevo.

—¡Anna, por favor! —la reprendió Berenice.

—No, está bien. Aún no he cumplido mi promesa y eso me convierte en un mentiroso —dictaminé—. Sé que es doloroso porque todas extrañan a sus familias y es difícil creer que volverán a verlos.

Anna se paró bajo el foco y pude ver mejor su rostro. Sus ojos brillaron con rencor y resentimiento. Me veía como su secuestrador.

—Tú no sabes lo que se siente —escupió—. Tus hombres me alejaron de mi familia y ahora estoy en un maldito prostíbulo rogando verlos de nuevo algún día. Dudo que nos entiendas cuando eres el principal responsable de nuestras desgracias.

Mi corazón se encogió. Quería reparar el daño que ocasionó mi familia a miles de mujeres, pero jamás sería suficiente. Arruinaron sus vidas. Les robaron la inocencia, los sueños, las ganas de vivir.

—Él no es responsable de nada —intervino Alayna—. Sé que apesta estar encerrada aquí, pero es la mejor opción que podrán encontrar. ¿O prefieren lidiar con los monstruos sin ninguna protección? Están desesperadas, frustradas, tristes y dolidas, pero Luca juró que regresarán con sus familias. Es un hombre de palabra y cumplirá su promesa.

No podía respirar. Parecía que alguien hubiera absorbido el aire de la habitación y mis pulmones estuvieran a punto de colapsar. Era reconfortante escucharla defender mi honor. Me recordó que ya no estaba solo.

—O como última opción tienen la salida muy cerca.

Un dolor me subió por el pecho.

—Alayna, no —le advertí.

—Pueden escapar cuando quieran, nadie las detendrá. —Hizo una pausa y evaluó a cada chica—. Pero tengan en cuenta que no llegarán muy lejos. Las atraparán de nuevo y les irá mucho peor.

Nadie fue capaz de responder.

—La única esperanza que tienen es él. —Me señaló con una sonrisa—. Es un idiota, pero daría todo para que sean libres. Soy testigo de eso, me suplicó mi ayuda.

Berenice sonrió.

—Es un gran chico.

Alayna y yo nos miramos fijamente. Yvette me abrazó de nuevo y lloró en mi hombro mientras la consolaba. Quería sacarla de allí, protegerla de los males que abundaban en esta mierda de lugar. Quería que fuera feliz y regresara a su casa para que se ocupara de las flores de su jardín.

—Luca es el mejor —dijo Yvette.

Salimos por la parte trasera del prostíbulo. Las chicas parecían más tranquilas después del discurso que dio Alayna. Me quitó un gran peso de encima. Esa noche dormiría mucho más relajado sin pensar demasiado en lo que harían si Berenice no podía controlarlas. Sentía que a partir de ahora todo sería mejor.

—Gracias por eso.

—No lo hice por ellas.

Mi mirada se trasladó a sus labios húmedos. Eran carnosos y perfectos. Besables. Me imaginé su boca sobre la mía. ¿A qué sabía? El pensamiento envió una oleada de excitación a mis venas. La sujeté entre la pared y mi cuerpo. Olía tan bien.

—¿Entonces por quién? —pregunté. Rocé mis labios sobre su mejilla, agarré sus caderas y la presioné más fuerte contra la pared.

Se le puso la piel de gallina.

—Tú sabes la respuesta. —Aspiró un poco de aire. El fuego bailó en sus ojos azules. No sabía si era una advertencia o una invitación.

—Quiero que me lo digas —supliqué—. Por favor…

Soltó otro suspiro.

—Por ti.

Empuñé su cabello y aplasté mi boca sobre la suya. Era deliciosa, justo como la había imaginado en mis fantasías retorcidas. Un gemido de placer se abrió camino por mi garganta cuando nuestras lenguas se tocaron y luego se entrelazaron. Siempre me consideré un buen besador, pero, mierda, Alayna era una experta.

Tomamos y dimos sin ninguna delicadeza. Fuimos salvajes y codiciosos. Mis manos se movieron hacia sus muslos y continué mi exploración hasta sus nalgas. Había deseado tocarla de esta manera. Cristo, la quería tanto.

El mundo se detuvo cuando tomamos lo que necesitábamos, aquello por lo que estuve hambriento desde que la conocí. Estaba duro, así que la acerqué para que pudiera sentir mi excitación. Eventualmente, tuvimos que parar a tomar aire. Me alejé y miré su rostro sonrojado.

—Eres tan hermosa cuando bajas la guardia.

Su labio inferior estaba hinchado por nuestro beso. Antes de que pudiera detenerme, le robé un mordisco rápido que la hizo gemir en mi boca.

—Aprovecha y toma lo que puedas —dijo sin aliento—. La próxima vez tendrás que suplicar.

Y entonces unió de nuevo sus labios contra los míos.

15

ALAYNA

Ya no podía quedarme con las ganas de besarlo, no después de verlo en su momento compasivo con las chicas del prostíbulo. Sus cualidades me atraían como la luz a una polilla. Era bueno, valiente y dulce. Luchaba por lo que quería y no se daba por vencido. ¿A quién engañaba? Luca Vitale me gustaba. La atracción entre nosotros era tan abrumadora que no podía respirar. Necesitaba sentirlo. Piel contra piel.

—Alayna… —jadeó contra mis labios. Su voz era ronca y embriagadora. Mi estómago se contrajo y el punto entre mis piernas se apretó con deseo.

Atacó de nuevo mis labios, aplastándolos contra los suyos. Sentí que mi boca se irritaba al instante, pero estaba demasiado excitada como para protestar. Me aferré a su camisa mientras le devolvía el beso con la misma desesperación e intensidad. Con una mano agarró mi garganta y con la otra mi cadera.

Sus labios, su sabor, todo de él… Lo quería tanto que no podía parar. No pensé en mi pasado o en el propósito por el cual fui entrenada. Me dejé llevar y una nueva emoción invadió mi pecho. En algún momento le rodeé la cintura con mis piernas y nos frotamos para demostrar cuán excitados estábamos. Mis gemidos fueron callados en su hombro y mordí su cuello. Había un calor en mi vientre que no podía apagar. Lo necesitaba dentro de mí. Rudo, duro, crudo.

—Luca…

El sonido de un móvil provocó que nos apartáramos y presionó su frente en la mía. Nuestras respiraciones agitadas se entrelazaron y me negué a soltarlo. Necesitaba más de él. Sentirlo desnudo y escuchar sus gruñidos de placer mientras me tomaba una y otra vez. Un beso no era suficiente.

—Shh… —Pasó un dedo por mi labio y lo introduje en mi boca. Lo succioné y lo lamí. Me miró a los ojos. Los suyos eran oscuros, posesivos, calientes—. Cuando te haga mía será en mi cama, no en un sucio callejón.

—Deberías responder. —Señalé su móvil.

Su sonrisa era grande y mis piernas se debilitaron.

—¿Qué podría ser tan importante como este momento? ¿Tienes idea de cuántas veces soñé con tenerte así?

Se me escapó un suspiro.

—Luca…

Me besó de nuevo y no me resistí. Fue suave, cálido y acogedor. Nada de rudeza como la primera vez. Me perdí hundiendo los dedos en las hebras de su cabello castaño. ¿Cómo pude soportar tanto tiempo sin esto? Estaba acostumbrada a la brutalidad, pero Luca me trató con delicadeza.

El móvil sonó de nuevo y él gimió frustrado.

—Sí, debería responder —protestó apartándose y lamiéndose los labios. Con una mano en mi cintura, llevó el móvil a su oreja. Escuché murmullos y reconocí la voz furiosa de Leonardo—. De acuerdo, estaremos ahí en breve. —Colgó.

Me costó mucho recobrar la compostura, así que me alejé como pude y se quejó con un leve gruñido.

—¿Qué sucede?

Puso los ojos en blanco.

—Es mi abuelo. Acaban de internarlo y solicitó verme en el hospital.

LUCA

Después de ese beso quería todo con ella, pero dudaba que Alayna lo permitiera. Al menos no por ahora. La anhelaba en mi cama destruida después de haberla follado por horas. Quería enredar mis puños en su cabello mientras la hacía gritar de placer. Quería tantas cosas y me sentía impaciente. ¿Por qué seguía torturándonos?

La reacción de su cuerpo me hizo saber que deseaba lo mismo, debía encontrar la forma de convencerla lo antes posible. Éramos un buen equipo, pero también seríamos amantes. No me conformaría con menos.

Nos detuvimos en el hospital donde estaba internado el abuelo. Si por mí fuera, lo dejaría abandonado, pero mi padre ordenó que viniera a verlo. Era una señal de respeto y empatía que él no merecía. Debería morirse solo en su miseria.

A veces me preguntaba si se arrepentía por todo el daño que había causado. ¿Cómo podía dormir después de haber destruido tantas vidas?

—¿Crees que morirá pronto? —preguntó Alayna mientras caminábamos por los pasillos de la clínica.

—Espero que sí.

Se rio.

—Vaya, el amor que le tienes a tu pobre abuelo me conmueve.

Solté un resoplido irritado.

—Ese tipo no tiene nada de pobre. —Hice una mueca de disgusto—. Cuando era pequeño me aterraba más que mi padre.

—¿Tan duro fue contigo?

Torcí los labios.

—No quieras saberlo.

Recordé los días que utilizaba sus puños para «educarme». Le daba consejos a mi padre sobre cómo criarme. No podía llorar en su presencia. Según él, valía menos como hombre si derramaba lágrimas.

—¿Hay algún hombre que valga la pena en tu familia? —inquirió Alayna—. De verdad, no entiendo el afán que tienen los mafiosos. Conocí a más de un cobarde que arruinó vidas por miedo a la debilidad.

Mi estómago se enredó con nudos.

—En nuestro mundo está prohibida la debilidad.

—Algunos pueden manejarlo, otros no —contestó —. Hay ocasiones donde las debilidades pueden hacernos fuertes. Mi hermano es un ejemplo. Es poderoso gracias al amor que siente por su familia.

Mi expresión de asombro cambió a una de incredulidad. Volvió a mencionarlo sin miedo.

—Aprecias mucho a tu hermano.

Miró su mano y la cerró en un puño.

—Es el único que pudo ser capaz de usar los sentimientos a su favor a pesar de ser un asesino como yo.

La sonrisa que se formó en mis labios vino rápido. Me encantaba que confiara en mí lo suficiente para hablar de su familia.

—Debe de ser un hombre admirable.

—Lo es —estuvo de acuerdo, y había ternura en su voz—. El mejor hombre que he conocido.

—Ningún asesino lo es.

—Caleb es la excepción a todo.

Joder, mencionó su nombre. La miré con incredulidad, pero hice como que no era importante para que no se arrepintiera de haberse abierto en mi presencia.

—Espero conocerlo algún día.

No respondió esta vez. Me enseñaría partes de ella sin miedo a ser atacada o traicionada. Haría lo imposible para ganarme completamente su confianza. Se sentiría a gusto conmigo.

Nos acercamos a la recepción de enfermería y pregunté por el abuelo. Me dijeron en qué habitación estaba y después caminamos a la sala de espera.

—Prefiero quedarme aquí. —Alayna se sentó en un sillón—. No quiero ver al anciano.

—Como desees. No tardaré.

Alcanzó una revista de la mesita y yo entré en la habitación del abuelo. Estaba apoyado en una cama con ruedas que parecía exprimir su cuerpo. El pitido de los equipos médicos añadió más depresión a la patética escena. Tenía una mascarilla de oxígeno sobre la boca y la nariz. Dudaba que sobreviviera durante más tiempo. Él moriría, pero no abandonaría la tierra como un simple hombre común. Había hecho mucho en las últimas décadas y sería recordado por siempre en la Cosa Nostra. Un maldito líder poderoso y respetado.

Empezó a construir su imperio cuando tenía apenas dieciséis años. Todo lo que sabía lo aprendió de mi bisabuelo. Sus metas y sueños fueron grandes. Un hombre inteligente que movió muy bien las drogas en toda Italia, evadiendo a la justicia. Intentaron atraparlo, pero nunca lo lograron. Demostró ser muy bueno en este negocio, aunque yo me encargaría de terminar con su legado. No quedaría absolutamente nada.

—Abuelo.

—Luca —dijo y luego se dobló en un ataque de tos. La enfermera corrió a su lado y le ayudó a beber un vaso de agua—. Agradezco que hayas accedido a verme, no lo esperaba.

Oculté el desprecio que realmente sentía por él.

—Tienes un concepto muy feo de mí. —Fingí estar dolido y ofendido.

Tosió de nuevo.

—Por favor, acércate —pidió. ¿El abuelo dijo por favor? Esto era muy raro. Sin duda, su enfermedad lo había cambiado—. Debemos hablar seriamente.

—Estoy aquí.

Nuestra última conversación no terminó bien y lo detestaba más que antes, pero era inútil luchar. Tomó su decisión y tendría que asumir el cargo. Lo conocía. A estas alturas ya se había asegurado de ponerme como principal benefactor en su testamento.

—Mi final es inevitable —murmuró. Su voz era ronca y su respiración entrecortada—. Moriré el próximo mes o tal vez antes.

Me aclaré la garganta sin ninguna emoción.

—Lo sé.

La enfermera reajustó la mascarilla en su rostro antes de abandonar la habitación con una inclinación de cabeza.

—Nuestro futuro está en tus manos —balbuceó—. Eres el nuevo don, Luca.

Observé su rostro demacrado y pálido. Ya no me provocaba ningún tipo de intimidación. Asco y lástima sí.

—Aún no.

—Sí, ya lo eres —prosiguió—. Sé que luchas contra ti mismo, pero eres el indicado para el cargo. Podría jurar que incluso el mejor.

Mientras más lo miraba, más oscura se volvía mi rabia. ¿En serio me había pedido venir aquí para decirme estupideces? Seguía siendo el mismo viejo egoísta. Tenía un pie en la tumba, pero solo le importaba la mafia.

—Mi padre es el indicado —insistí—. Es competente y letal.

Él tosió más fuerte esta vez, casi haciendo sangrar su garganta. Recobró la compostura antes de que pudiera ayudarlo. Su rostro estaba rojo por el esfuerzo. «Muérete ya».

—A tu padre le falta algo que a ti te sobra y es la lealtad —jadeó—. Eres joven y un soldado competente. Lograrás sacarnos adelante. Confío en ti, Luca.

Una sensación extraña surgió de un lugar profundo dentro de mí. Era como si me gustara su maldita aprobación. ¿Qué me sucedía?

—Te dije que no quiero nada de esto. ¿Por qué demonios no lo entiendes?

Sus nublados ojos grises miraron los míos con atención.

—No hay escapatoria —masculló con dificultad—. De ti depende la vida de tu familia. Están en tus manos, Luca. ¿No piensas en el futuro de tu madre y tu hermana? Sé el hombre que corresponde y protégelas. No las dejes expuestas a los lobos que quieren atacarlas con mi partida.

Mi rabia subió con fuerza y rapidez.

—Nunca estuvieron a salvo.

Se rio con otra fuerte tos.

—Tu padre nunca midió su violencia. La dejó salir sin límites y en más de una ocasión casi mató a tu madre. ¿Quién lo detuvo? Yo —Se tocó el pecho—. Soy fiel creyente de que nuestro linaje debe conservarse, pero él acabará con todo. Mi muerte le dará poder y no puedes permitirlo. Protege a la familia, Luca.

ALAYNA

Luca se tomó treinta minutos con el viejo moribundo y me preguntó de qué hablaron. Noté la rabia emanar de él cuando salió de la habitación. También el deseo de sangre y muerte. Nada bueno, supuse. Algo cambió en el príncipe.

—Ven —dijo con voz fría—. Salgamos de aquí.

Acepté su mano y entrelazó nuestros dedos mientras me arrastraba por los pasillos del hospital. Sus pasos eran apresurados, impacientes, furiosos. Era como si quisiera abandonar ese lugar lo más rápido posible.

—¿Qué sucede? —pregunté—. Estás enojado.

La oscuridad era profunda en sus ojos grises. Esa oscuridad que luchaba a diario para ocultar, pero ahora podía verlo con detenimiento. Se estaba perdiendo.

—Debo aceptar el puesto o mi familia estará muerta. —Su voz sonó tensa—. Mi madre y mi hermana están condenadas.

La comprensión me golpeó y sonreí.

—Te lavaron el cerebro —asumí—. ¿Tu abuelito perturbó tu conciencia?

Su pulso palpitó en una vena que sobresalió en su cuello.

—No, mi abuelo dijo la verdad. No tengo escapatoria.

—Si permites que los monstruos lleguen a ti, no podrás abandonar esta vida. Sé tu propia mente, sé tu propia voz y ganarás. Confía en mí.

Agarró la parte delantera de mi chaqueta y golpeó sus labios contra los míos. Fui tomada con la guardia baja por unos segundos, pero luego le devolví el beso. Enganchó un brazo alrededor de mi cintura, atrayéndome más cerca. Su lengua de inmediato se sumergió en mi boca, probándome, devorándome.

—Sé mi voz cuando la oscuridad me ataque —suplicó entre besos—. Di que sí, Alayna.

Mi respiración salió en forma de jadeos superficiales.

—Sí.

Sus labios exploraron mi boca en un beso apasionado y me rendí. Disfruté su sabor y sus gemidos mientras me besaba como si estuviera moribundo.

No quería que parara.

No quería.

En el fondo de mi mente sabía que estaba muy perdida.

LUCA

Estaba lloviendo cuando partimos. El limpiaparabrisas despejó el camino ante nosotros. Aumenté la velocidad y le subí el volumen a «Lithium», de Nirvana. Alayna a mi lado tarareaba la canción sin inmutarse por mi cambio de humor y abrió la ventana para disfrutar las gotas de lluvia.

—La falta de disciplina es tan poco atractiva —comentó Alayna—. Permitiste que tus emociones tomaran el control y él no dudó en aprovecharlo. Es lo que quería, ¿sabes? Manipularte.

No quité mis ojos de la carretera.

—No todos somos fríos como tú.

Resopló.

—¿Qué te dijo?

—Lo obvio. Con su muerte mi padre tendrá más poder y hará lo que quiere —respondí—. Piensa que llevará a la destrucción a nuestra familia y me considera un mejor líder.

—Interesante… —Sentí la intensidad de su mirada como una daga afilada—. Siempre quisiste tener su apoyo y aprobación. ¿No deberías estar feliz? Te considera digno de su puesto.

La vergüenza se apoderó de mí. El niño herido quería su apoyo, pero el hombre fuerte deseaba verlo muerto. Acabar con su legado me daría la felicidad que me negó durante años.

—Haré que pague su deuda, le daré uso a su influencia.

—Es lo mínimo que debe hacer por ti. Su título te dará protección.

—Se movió en su asiento—. Puede que no te ganes el apoyo de todos fácilmente, pero no estarás solo. La reina protege al rey.

Mis labios formaron una sonrisa. ¿Qué diablos haría sin ella? Probablemente estaría perdido.

—La vida es un tablero de ajedrez.

—Todos son nuestros peones.

La miré detenidamente. Su cabello oscuro se sacudía con la fuerza del viento y sus ojos azules brillaron. Me fijé en sus pechos, que estaban agitados por la excitación. La tensión era tan espesa que mi voz no funcionaba bien. Tragué duro. Un trueno impactó a poca distancia.

—No quiero ir a casa —admití—. Me gustaría escapar del infierno al menos una noche y fingir que todo estará bien.

Se mordió el labio.

—¿A dónde quieres ir exactamente?

—A cualquier parte menos a mi casa. —Me concentré de nuevo en la carretera desierta—. Tal vez a un hotel.

Su suave risa inundó el coche.

—¿Estás tratando de llevarme a la cama, Vitale?

Puse una mano en su muslo.

—¿Te molestaría si fuera el caso, Novak?

—No.

Era todo lo que necesitaba oír.

Aumenté la velocidad hasta superar los ciento ochenta kilómetros por hora y violé varias leyes de tránsito para llegar al hotel de cinco estrellas más cercano. El coche patinó cuando estacioné. La lluvia caía a torrentes mientras bajábamos. Alayna se rio de mi ansiedad. Por primera vez en mucho tiempo me sentía tan vivo. Con ella no necesitaba reprimirme ni fingir que estaba bien. Tampoco me avergonzaba de mostrarme tal y como era.

Me sentía… libre.

Había una joven atenta a la pantalla del ordenador cuando llegamos a la recepción. Los mosaicos azules y blancos brillaban en las paredes de cristal. Alayna tocó el enorme jarrón con flores blancas y examinó el lugar.

—¿Qué puedo hacer por usted, señor?

—Buenas noches —dije, pasando una mano por mi cabello—. Nos ha pillado la lluvia y pasaremos aquí la noche.

Sus ojos se entrecerraron y levantó una ceja curiosa. Algunas gotas de mi ropa salpicaron el suelo. Sin duda detenernos ahí era la mejor opción. La tormenta afuera era tan violenta que un rayo podría partirnos por la mitad.

«Deja de buscar excusas, Luca».

—No hay problema. —Sonrió cuando vio mi tarjeta Amex negra—. ¿Habitaciones separadas?

Carraspeé.

—Usaremos la misma.

Su sonrisa se transformó de pequeña a gigante. Alayna puso los ojos en blanco.

—¿Suite presidencial?

—Sí.

Anotó mis datos, después me dijo el número de la habitación y nos entregó una tarjeta electrónica. También explicó que había una lavandería en el hotel que podía hacerse cargo de la ropa mojada. Le di las gracias y avancé al ascensor con Alayna. Toqué el botón que nos llevó al último piso.

Al salir, cruzamos el pasillo hasta la única puerta. La suite en la que íbamos a pasar la noche ocupaba toda la planta. Pasé la tarjeta de acceso y se encendieron unas luces para que pudiéramos entrar. Alayna hizo una pausa.

—No podemos escapar toda la noche —dijo.

Aparté un mechón de su cara y miré sus labios. Me moría por besarlos durante horas. Nunca me cansaría de probarla. Esta mujer era mi nueva adicción y tomaría todo lo que me ofreciera.

—Regresaremos cuando pare la lluvia.

—Qué buena excusa.

Sí, la mejor.

Empujé la puerta y entramos en el salón. Las gotas de lluvia golpeaban los ventanales de cristales con vistas a la playa. La habitación estaba decorada con lirios que desprendían un aroma celestial. Alayna empezó a quitarse la chaqueta mientras yo iba al minibar.

—¿Trajiste a todas tus conquistas aquí? —preguntó de repente.

Quité el corcho de la botella y llené dos copas con vino tinto.

—No tengo conquistas, tú eres la primera. —Me acerqué a ella.

Alzó una ceja.

—¿Realmente pretendes que me crea eso?

Mi sonrisa se extendió aún más hasta convertirse en una risa vibrante.

—¿Celosa, mariposa?

—De ninguna manera, pero eres atractivo y agradable. El dinero es un plus muy grande —sonrió—. ¿Qué chica no querría eso?

Le ofrecí la copa y ella aceptó.

—Una chica quiere citas y un romance sano. Algo que yo no puedo ofrecerle a ninguna.

—Nadie mencionó el romance aquí —dijo en tono burlón—. ¿Alguna vez escuchaste hablar sobre el sexo casual, Luca? Dos personas aceptan follar sin ningún compromiso. Deberías intentarlo más a menudo.

Supuse que una mujer como ella había tenido muchas aventuras. Era preciosa, segura y con una actitud que atraía a cualquiera.

—¿Y tú quieres tener sexo casual conmigo? —le pregunté—. La diferencia es que no serás una más, Alayna.

Se humedeció los labios y sus párpados se entornaron un poco.

—No es algo que debamos manejar a la ligera. Habrá consecuencias después de esto.

Me bebí todo el contenido de la copa mientras Alayna tomaba un pequeño sorbo.

—¿Tienes miedo?

—No. —Me devolvió la copa.

—Entonces desnúdate.

Hubo un momento de duda en su expresión, pero después empezó a desnudarse lentamente. Contuve el aliento porque sabía que no habría vuelta atrás. Esta mujer se convertiría en mi obsesión. Se quitó los zapatos y luego los ajustados pantalones de cuero. Cuando se deshizo de su pequeño top el aire abandonó mis pulmones. «Carajo…». Su sostén y su diminuta tanga eran azules. Un color que resaltaba sus ojos y que se convertiría en mi favorito.

—Hermosa —susurré.

Su cuerpo era exactamente como había imaginado en mis fantasías eróticas. La línea de sus caderas redondeadas continuaba en una pequeña cintura hasta llegar a sus grandes tetas. Se veían llenas y pesadas. Todo era casi perfecto a excepción de la larga cicatriz en su estómago plano.

—Entrenamiento —respondió cuando notó mi curiosidad—. Sucedió hace años.

Sus caderas se balancearon seductoramente mientras me acechaba. La mirada en sus ojos me volvía loco. Era una mezcla entre lujuria y violencia. Estaba tan jodido.

—Se ve doloroso.

Dejé las copas de vino en la mesa y me deshice de la chaqueta. Estuve con muchas chicas, pero en su mayoría eran tímidas. Alayna, por el contrario, rezumaba confianza. Aferró un puño en mi camisa y la desgarró. Los botones se esparcieron por todas partes, pero no me importó. Sus largas uñas rastrillaron mi piel como si quisiera dejarme marcas y lo permití. Esta noche era mía y yo era suyo.

Me quité los zapatos, me desabroché el cinturón y después los pantalones. En cuestión de segundos estaba desnudo y siseé de placer cuando rodeó mi pene con su mano. Se mordió los labios mientras su palma me acariciaba en un agarre firme. Sus ojos azules se dilataron y soltó un suave quejido. Respiraba en jadeos cortos, pesados, ansiosos. Estaba duro al ver su expresión. Me encantaba saber que me deseaba al punto de la locura. Levanté su cuerpo en mis brazos y ella me rodeó con las piernas mientras empujaba su espalda contra la pared. Otro día sería suave, ahora la follaría duro. Quería todo de ella. Su placer, sus gemidos, sus gritos. Todo…

—Seré un adicto después de esto —le advertí—. Serás mi droga.

Observé su precioso rostro, memorizando su reacción. Su cabello estaba húmedo y sus labios entreabiertos. Imaginé otro escenario con ella de rodillas y dándome placer con su boca. Me daría el gusto la próxima vez.

—No lo querría de otra forma —gimió y acercó su boca a mi oreja—. Fóllame, príncipe.

Todavía en mis brazos, caminé precipitadamente hasta la cama y tumbé su cuerpo debajo del mío. Inclinándome sobre ella, la besé sin piedad y entrelacé su lengua con la mía. Deslicé una mano por detrás de su espalda y desabroché el sujetador. Después me hice cargo de su diminuta tanga. Mierda, no estaba listo para tal perfección. Alayna tenía un montón de matices en su atractivo sexual, pero verla desnuda era insuperable.

Sus mejillas estaban sonrojadas y su cabello se extendía en las almohadas. Mis ojos siguieron la línea de su cuerpo lentamente, desde su barbilla, bajando por su cuello y sus suaves tetas. Traté de memorizar cada perfecto detalle, incluso la cruda cicatriz.

Tenía algo con sus labios: gruesos, llenos, sensuales, rojos. Quería chuparlos y morderlos. La belleza de Alayna era difícil de superar, reclamaba ser notada por la galaxia entera.

Y era mía.

Esta noche sería mía.

—Tienes la capacidad de volverme loco. —Pasé mi mano por el interior de sus muslos. Su piel era suave y sedosa. Anhelaba ser tocada, acariciada y sentida—. Voy a darnos a ambos lo que queremos. Te deseo tanto.

Su espalda se arqueó en la cama mientras besaba su cadera y presioné mi boca al lado de su ombligo. Iba a devorar cada centímetro de ella. Después agarré sus tetas con las manos, las uní y me encargué de chuparlas. Soltó suaves quejidos que pusieron más duro a mi pene y gotas de presemen escaparon de la punta. El placer nubló sus ojos azules, sus pupilas se dilataron y su boca sexy formó una pequeña «o».

Lucía como una diosa.

Mi diosa.

Deslicé un dedo dentro de su sexo y sonreí al encontrarla lista.

—Deja de jugar —exigió sin aliento—. Te necesito dentro de mí.

¿Había dicho cuánto amaba su excesiva sinceridad? Me encantaba que supiera exactamente lo que quería y no le avergonzara decirlo. Sus cualidades me enloquecían.

—Quiero tomarme mi tiempo.

Me observó con el ceño fruncido. Sus ojos eran frenéticos y ansiosos.

—No quiero juegos previos, te necesito ahora.

—Eres tan… tú.

Dejé caer mi boca sobre la suya de nuevo y metí mi lengua más allá de sus labios. Estábamos hambrientos el uno del otro, devorándonos como si el mundo se acabara en minutos. Alayna cambió las posiciones, quedando a horcajadas sobre mí. No esperaba menos de esta mujer. Desde un principio demostró que amaba tener el control.

—Mierda, falta el condón —me quejé. ¿Cómo pude olvidar algo tan importante?

Acunó mi rostro y volvió a besarme. Me devoró la boca, me besó con determinación y ambición. Puse una mano en su garganta y apreté ligeramente. Ella tampoco quería escapar.

—Estoy limpia, jamás quedaré embarazada. —Se apartó y rodeó mi cuello con sus brazos—. Hice un chequeo el mes pasado. ¿Qué hay de ti?

Me quedé boquiabierto por su confesión. Lo dijo como si fuera la cosa más normal del mundo y no le afectara. ¿Cuántos secretos ocultaba esta mujer? Quería preguntar y conocer los detalles, pero me reprimí. No era el momento de responder las dudas.

—Nunca tuve sexo sin condón y también estoy limpio —jadeé—. No terminaré dentro de ti.

Gimió y bajó la mano, apretando mi erección. Se me escapó otro gruñido.

—Hazlo, no me importa.

«¿Qué…?». Me permitiría hacer con ella lo que quisiera en esta cama y me sentí complacido por tener su confianza. Yo le demostraría que tampoco era uno más en su lista. Cualquier otro hombre que la hubiera tenido antes sería insignificante.

—¿Confías en mí? —pregunté.

—Suena estúpido, pero sí.

Mi pecho ardió con orgullo y emoción.

—Haré que valga la pena.

Me recosté sobre mis codos, viéndola tomar el control. Con sus tetas al mismo nivel que mis ojos luché para recordar mi propio nombre. Era una tentación irresistible así que no dudé en capturar una en la boca y chupé. Cuando sostuve su otro pecho en mi mano y froté mi pulgar sobre su pezón, ella gimió en éxtasis.

—Luca…

Apoyó las manos en mis hombros y se sentó sobre mi pene. Mierda, no era normal lo bien que me sentí. Saboreé la sensación reconfortante de estar dentro de ella. El movimiento nos robó la respiración y cerré los ojos. Se instaló un profundo silencio. Solo escuchaba el sonido de sus gemidos y la forma que susurró mi nombre.

—Mírame —mandó.

Abrí los ojos y la contemplé como un hombre destruido. Mis manos agarraron sus caderas y permití que tomara el ritmo. Se movió sin esfuerzo y echó la cabeza hacia atrás mientras soltaba otro gemido. Sus pechos rebotaban y supe con certeza que no aguantaría mucho más. La posesión me llenó y mi cuerpo tembló. Su cabello oscuro cubrió su rostro y lo aparté con una mano. Necesitaba ver sus ojos azules, necesitaba verla romperse.

—Tenerte desnuda en mis brazos es un sueño hecho realidad —dije con dificultad.

Sus pestañas revolotearon y se chupó los labios.

—Espero haber superado tus expectativas.

—Mierda, sí.

Para el resto del mundo ella era una asesina, un arma letal, pero ahora se derretía en mis brazos. Ningún hombre podría ante tal perfección. Nuestras caderas se balancearon en sincronía, nuestros gemidos se mezclaron y perdí el poco control que tenía. Sostuve su trasero y la moví bruscamente encima de mí. Jadeó más fuerte y mi seguí follando con ganas.

Nunca había experimentado algo así. Tuve sexo antes, pero esto no tenía comparación. Me impulsé duro, golpeando implacablemente. Gritó mi nombre de nuevo y hundió las uñas en mi piel como si no pudiera tolerar tanto placer.

—Te advertí que serías mi droga —jadeé—. A partir de hoy me dejarás consumirte siempre que desee. Soy un hombre adicto, mariposa.

Sus muslos temblaron.

—Hazme terminar —exigió—. Luego veremos si te ganas ese beneficio.

Bajé la mano entre sus piernas y le acaricié el clítoris en círculos, más y más rápido hasta que respiró pesadamente y tembló. Podía sentir las olas de placer que empezaban a chocar dentro de ella. Su orgasmo se acercaba.

Me moví duro, pero no rápido. Era intenso y febril. Ella clavó las uñas en mi cuello y dejó un delicioso escozor con los rasguños. El toque de dolor aumentó la excitación. Ansiaba la liberación desesperadamente.

—Luca…

La coloqué de espaldas, yo encima de ella. Siguió gimiendo mientras me hundía más profundo. Me encontré con su mirada aturdida a la vez que la embestía. Fui tan duro que la sentí estremecerse con cada empujón.

—¿Me sientes? —pregunté. Mi voz áspera y grave—. Porque me encargaré de que me recuerdes siempre, Alayna.

Me dolían los músculos y el sudor recorría mi cara, pero no planeaba detenerme. Quería follarla hasta que ambos nos rompiéramos en pedazos. No era amable y a ella no le importaba.

La cabecera hizo un fuerte ruido contra la pared, cada embestida era más ruda que la anterior. Con sus piernas dobladas a cada lado de mis caderas, el ángulo de la penetración era intenso y solo tomó unos segundos para que el orgasmo llegara a su límite.

—Luca…

Apreté la mandíbula.

—Córrete, Alayna.

Verla desmoronarse era la cosa más hermosa del mundo. Una ola de temblores nos sacudió a ambos mientras ella se apretaba alrededor de mi pene. Debería salirme como le prometí; sin embargo, me corrí con fuerza en su interior.

—Carajo —siseé, envolviéndola en mis brazos.

Enterré la cara en su cuello y la sostuve mientras sentía el orgasmo más feroz que alguna vez había tenido. Fue tan fuerte que temblaba y mi visión se volvió un poco borrosa. Mierda… Vi estrellas.

Agotado, traté de controlar mi respiración y salí de su interior. Alayna tembló y ahogó sus quejidos en mi hombro. Se recostó en mi pecho, nuestros cuerpos sudados se fundían entre sí. Respiré el aroma de su cabello. Olía a lluvia y a sudor. Olía a mí.

Nos quedamos en silencio, aferrados el uno al otro. Afuera seguía lloviendo.

—¿Qué estamos haciendo? —preguntó después de unos segundos.

—No lo sé, pero vamos a repetirlo un montón de veces a partir de ahora.

Rodó los ojos y se movió de la cama para buscar algo. Puse ambos brazos detrás de mi cabeza mientras la observaba regresar con un cigarrillo encendido en medio de sus labios. Sus piernas seguían temblorosas y caminaba con dificultad. La imagen era un poco cómica.

—¿Qué es tan gracioso? —reprochó con una ceja elevada.

Me tragué la risa.

—Nada, eres hermosa.

Se acostó a mi lado sin dejar de fumar. Expulsó una gran cantidad de humo por su boca y colocó un mechón de cabello detrás de la oreja.

—¿Entonces…? —insistí.

Alayna parpadeó.

—¿Disculpa?

—Me preguntaba si vas a contarme la historia.

—¿Cuál?

—La razón por la que no puedes tener hijos.

La visión de su rostro cansado y el cabello alborotado provocó una sonrisa en mis labios. Yo le había hecho eso. Había marcas de mis dientes en sus pechos.

—Es una larga historia.

—Tenemos toda la noche.

Capté un breve destello de tristeza en su expresión y me arrepentí por presionarla. Que le hubiera dicho todos mis secretos no significaba que Alayna hiciera lo mismo.

—Es la época más oscura de mi vida y no me gusta recordar.

—Lo siento —me disculpé—. No estás obligada a decirme nada, ¿de acuerdo?

Asintió y fumó en silencio. Ella cuidaba mi vida, pero esta noche era mi turno de mantenerla a salvo de sus pesadillas.

ALAYNA

DIECIOCHO AÑOS ATRÁS. SAMARA, RUSIA

La nieve me congeló los huesos y mis dientes castañearon cuando me arrastraron fuera de la habitación. Las plantas de mis pies dolían, pero no me quejé. Las consecuencias serían peores si emitía una sola queja. Estaba acostumbrada a las torturas. Eran parte del entrenamiento y me ayudaban a recordar que seguía viva. La mayor parte del tiempo me sentía tan ajena de la realidad.

Antes tenía la esperanza de ver a mi hermano, pero él también había muerto y no quedaba nada de mí. Solo un frío corazón que latía por obligación. Había pensado en acabar con mi lamentable vida. Me sentía abandonada y deprimida. No podía salir del pozo de la depresión, me hundí profundamente. Él dijo que había muerto. Mi hermano había muerto.

—¿Sabes por qué estás aquí, Alayna?

Me puse de rodillas y agaché la cabeza. Solo pude ver sus zapatos caros relucientes hundidos en la nieve y la mitad de sus piernas. Él no interfería en los entrenamientos de los otros reclutas, pero conmigo siempre hacía una excepción. Era una privilegiada después de todo.

—Lo decepcioné, señor. —Mi voz sonó baja y motas de vapor rodearon mi boca.

Estaba a punto de congelarme, pero nuevamente no volví a quejarme. Eso haría que el castigo se prolongara más tiempo.

—Me han dicho que robaste somníferos de la enfermería. ¿Pensaste que podías huir?

Sacudí la cabeza. «Estúpida, estúpida. Era tan estúpida…».

—No, señor.

Su presencia solía tranquilizarme, pero ahora me provocaba miedo. Miré un segundo el lugar desierto y vi grandes murallas con alambres de púas, cámaras de seguridad y francotiradores en los tejados. No había escapatoria.

—Te di techo, comida y un hogar. —Se alteró y enrolló mi cabello en su puño para que lo mirara fijamente. La frialdad en sus ojos verdes me provocó un escalofrío y traté de huir. Fue un error porque su agarre se hizo más fuerte—. ¿Y te atreves a pagarme de esa forma? ¿Crees que puedes decidir cuándo morir?

Mi labio inferior tembló.

—Señor…

Me dio una fuerte bofetada y me derrumbé en la nieve. Un sollozo sacudió mi pecho mientras lo veía desabrocharse el cinturón. Sucedería de nuevo y nada ni nadie iba a evitarlo.

—Quítate la ropa y muéstrame tu espalda —ordenó—. Te recordaré quién es el único dueño de tu vida.

Desperté jadeando y arrastré desesperadamente el aire a mis pulmones. Las lágrimas recorrieron mis mejillas y el sudor cubrió mis sienes. Apenas noté el ardor en mi garganta por tratar de reprimir los gritos. Maldita sea. ¿Cuándo se acabarían las pesadillas? Pensé que las había superado, pero volvían a acecharme. Culpé a Luca y su estúpida pregunta acerca de mi esterilidad. No debí mencionarlo nunca.

La organización me quitó muchas cosas, entre ellas la capacidad de ser madre. Después de ese día en que entré en el laboratorio no volví a ser la misma. De todas formas, nunca lo consideré algo malo. No nací con el instinto maternal. Era incapaz de ofrecer estabilidad o amor. Mi estilo de vida no lo permitía. Estaba demasiado rota y jodida.

Solté un suspiro tembloroso y miré a Luca dormido a mi lado. Su brazo se aferraba a mi cintura como si no quisiera soltarme y me odié en ese instante. Me dije a mí misma que no volvería a suceder, pero era una clara mentira. Al igual que él, querría mucho más.

¿En qué lío me había metido?

Aparté su brazo sin despertarlo y salí de la cama. Tomé su camisa del suelo para ponérmela mientras iba al comedor a servirme un poco de whisky. No debería de ser tan importante el hecho de que hubiéramos tenido sexo, pero con Luca todo fue diferente. Él era una anomalía. Mi aliado en esta guerra. Me asustaba y me gustaba al mismo tiempo.

Escuché pisadas a mi espalda, pero no me di la vuelta. Me quedé sentada en el sofá, mirando fijamente la lluvia. Eran casi las cinco de la mañana. Pronto tendríamos que regresar a la realidad donde yo era su guardaespaldas y él mi protegido. Un hombre comprometido.

—Estás tensa. —Se sentó a mi lado—. ¿Qué pasó?

Llevé la copa a mis labios.

—Te dije que no hablo de mi pasado ni de cualquier otra cosa relacionada con mi vida personal.

—Si algún día necesitas hablar con alguien, estoy aquí.

Lo contemplé y me embriagué con su aroma. Su cabello caía sobre su frente y los rasguños relucieron en su piel. Mi aliento se volvió superficial mientras las imágenes se reproducían en mi mente. Lo recordé entre mis piernas, su cuerpo sudado contra el mío y su voz ronca…

—Si quisiera hablar con alguien, buscaría a un psicólogo.

Su sonrisa se amplió.

—Qué obstinada.

—Tenemos que irnos pronto.

—Solo unos minutos más… —Enredó un mechón de mi cabello entre sus dedos—. Aún no hemos hablado sobre lo sucedido.

—No hay nada de que hablar, Luca.

—¿No? —Se lamió los labios—. ¿Ni siquiera de cómo será nuestra relación a partir de ahora?

—La de siempre. ¿Acaso algo debería cambiar?

Sus ojos se oscurecieron.

—No comparto lo que es mío, Alayna. Estás en mi cama a partir de ahora.

—Qué lástima, eres un hombre comprometido. —Le palmeé el pecho—. Así que no entiendo tu actitud tan territorial.

—Te dije que Marilla no significa nada.

—Sigue siendo tu prometida.

Me llevó a su regazo y no me resistí cuando apartó su camisa de mi cuerpo desnudo. La lujuria ardió en sus ojos grises. Me sentía mejor sabiendo que no estaba sola en esta locura. Si caíamos, lo haríamos juntos. Pronto su lengua entró en mi boca y sus manos recorrieron cada centímetro de mi cuerpo. Me ahogué y me perdí en él.

—Tú eres la única mujer a quien deseo ahora y estoy seguro de que en el futuro no querré a nadie más —dijo entre besos—. Vamos a destruirnos juntos, Alayna.

Salimos del hotel antes de que amaneciera. Luca pagó un servicio extra para que quemaran las sábanas con la evidencia de lo que habíamos hecho. ¿Cómo serían las cosas entre nosotros? Lo de anoche fue apenas el comienzo y estaba lista para más. No podía negar mis deseos por mucho que lo intentara.

—Espero no ponerme enfermo. —Tosió Luca mientras salíamos a la lluvia para entrar al coche—. Tengo las defensas muy débiles.

—Fue tu decisión, ahora no te quejes o te dispararé.

Me dirigió una sonrisa genuina y sus ojos recorrieron mi cuerpo de un modo que me erizó la piel.

—El sacrificio ha valido la pena.

—Idiota.

La lluvia se intensificó y parpadeé porque tuve el presentimiento de que nos estaban observando. ¿Cómo pudimos ser tan descuidados? Olvidé por un segundo que su vida corría peligro. Algo andaba mal.

—Luca, entra en el coche.

Entrecerró los ojos y abrió la puerta con duda en su expresión. El sonido de la lluvia fue opacado por un enorme y estruendoso estallido que activó las alarmas en mi cabeza.

—¿Qué?

—¡Entra en el coche!

Me lancé hacia su cuerpo y nos tiramos al suelo cuando una bala impactó a centímetros de su cara. Oí un gemido adolorido, pero me mantuve sobre él mientras buscaba el arma en la cintura de mis pantalones. La puerta del coche nos cubría, así que sirvió como escudo y me enfoqué en la amenaza. Estaba oculto detrás de un árbol y fue lo suficientemente estúpido para asomarse unos centímetros. Yo era rápida y con una excelente puntería de francotiradora.

—Vamos, imbécil. —Esperé.

Mi arma apuntó a su cabeza y después de tres segundos le disparé justo en la frente. Su cuerpo sin vida se desplomó en un charco de agua. Afortunadamente gracias a la lluvia no había testigos cerca, pero las cámaras lo captaron todo. Mierda, más tarde me ocuparía de eso.

—Vamos, vamos. —Me puse de pie y le tendí una mano a Luca.

Se levantó con dificultad y me miró con el ceño fruncido. Nada de calidez. Sus ojos se agrandaron cuando notó el cuerpo inerte a pocos centímetros de nosotros.

—Joder…

—No lo diré de nuevo —bramé—. ¡Entra en el coche!

Obedeció mientras yo hacía un chequeo de la zona para asegurarme de que no hubiera más amenazas. Me acerqué al hombre muerto sin soltar mi arma y examiné con detenimiento sus rasgos. Era joven, cercano a mi edad. Rubio y alto. La bala en su frente sobresalió y la sangre empezó a rodearlo como un río. ¿De dónde salió este pobre diablo? ¿Realmente creyó que podría derribarnos? Su incompetencia me hizo saber que era un tonto inexperto. Su disparo ni siquiera rozó el coche.

—Qué lástima —dije sin un ápice de compasión y retrocedí. Pobre idiota. Nunca tuvo oportunidad.

Cuando estuve segura entré en el coche y le ordené a Luca que condujera. Su cuerpo estaba tiritando mientras sus dedos sostenían el volante.

—Tenemos que hacernos cargo de la cámara de seguridad —siseé y chequeé mi arma. Aún tenía cinco balas—. No fue buena idea quedarnos.

—Mi móvil está en el compartimiento. Sácalo y llama a Gian. Es un hacker experto.

Capté su orden y marqué el número una vez que desbloqueé el aparato con el patrón que me indicó Luca.

—Ponlo en altavoz.

Lo hice. Gian respondió en el segundo tono.

—¿Sabes qué hora es? —gimió en protesta.

—Necesito que hackees la seguridad del hotel Asturias. He sufrido otro atentado y Alayna ha matado al responsable. Borra cualquier evidencia que nos implique.

Se oyó una maldición desde el otro lado de la línea.

—¿Qué hacían en un hotel?

—Eso no es importante, Gian. ¿Puedes hacer lo que te pido?

—De acuerdo, de acuerdo. ¿Están bien?

—Sí, no te preocupes.

Colgó y me dirigió una mirada extraña antes de dirigirse a la carretera. Las venas sobresalían en su cuello y sus nudillos se pusieron blancos. Yo debía estar molesta, no él. Me descuidé un segundo.

—Me están observando —concluyó.

—No me digas. ¿Sospechas de alguien en especial?

—Moretti, por supuesto.

Me atraganté con una risita y negué con la cabeza. El sicario cometió un error de novato o quizá yo era demasiado buena y ni siquiera tuvo oportunidad. Ignazio jamás contrataría a un idiota ineficiente. Si quería matar a alguien, lo hacía él mismo. No participaba en juegos ridículos.

—Conozco a Ignazio y esto… no es su estilo. Él contrataría a un verdadero profesional que no fallaría en el primer tiro.

Luca se rio.

—¿Quién más podría ser?

Dudé antes de soltar una respuesta hiriente. Su padre me había contratado por petición del don. Stefano era el verdadero interesado en que Luca tuviera un guardaespaldas. Quería proteger a su nieto.

—Tu padre —contesté—. Es la persona que más te odia en estos momentos porque tendrás algo que anhelaba desde que era un subjefe inexperto —sonreí—. No confía en ti y tampoco siente el mínimo afecto. Contigo muerto podrá acceder al ansiado título.

No movió ni un solo músculo y tampoco respiró. Él sabía que tenía razón, no estaba sorprendido con mi conclusión.

—No hay pruebas de que él sea el responsable.

—Nadie te creerá si lo acusas públicamente —remarqué—. Lo único que nos queda es cuidarte las espaldas más que nunca. Estás viviendo con tu mayor enemigo, Luca.

17

LUCA

Las suposiciones de Alayna no me sorprendieron y tampoco me asustaron. No esperaba nada bueno de mi padre. Recibí desprecios de su parte desde que tenía uso de razón. Fui humillado y abusado en su presencia, pero nunca hizo nada al respecto. Hubiese jurado que los atentados anteriores también habían sido obra suya. Me quería muerto y usaba su rivalidad con Moretti para culparlo.

—Mantente en tu papel —masculló Alayna—. Finge que no sospechas en absoluto de él.

—Lo hago.

Entramos en la sala principal y me tomó desprevenido ver a mamá sentada en el sofá con una taza de café en la mano. Con expresión furiosa miró mi aspecto y después a Alayna. Ella lo sabía. Mierda.

—Déjanos a solas —le ordenó a Alayna.

Ella me observó con una ceja arqueada y asentí dándole permiso de retirarse. Cuando estuvo fuera de mi vista, mamá se puso de pie con la rabia latente en su rostro.

—Dime que no lo hiciste —suplicó—. Luca Vitale, dime que no lo hiciste.

Gemí de frustración. Por esta razón no quería volver a casa. De nuevo a la realidad donde todos intentaban controlar mi vida.

—Ahora no, mamá.

Su mandíbula estaba apretada, su nariz, roja y ensanchada. La ira irradiaba de ella en oleadas.

—¡Marilla no merece esto! —gritó en mi cara—. ¡Tú eres su futuro esposo!

—¡No por elección! —exclamé con el mismo tono—. ¿Crees que a ella le importa lo que haga? ¡Despierta, mamá! Solo le importa el dinero y nuestro apellido.

La bofetada que recibí me hizo girar el rostro. El golpe fue duro y la mejilla me ardía intensamente. Esta era la primera vez que mi madre me golpeaba. Cuando la miré el arrepentimiento era notable en sus ojos, pero no se disculpó.

—Te crie mucho mejor que esto —sollozó—. Pensé que serías diferente a tu padre, pensé que tendrías honor. Sé que no amas a Marilla, pero esto es ruin. No eres así, Luca.

Habían estado a punto de matarme y no quería escuchar ningún sermón de su parte como si tuviera cinco años. No iba a permitir que me comparara con ese monstruo.

—Discúlpame por estar con la persona que me gusta —escupí—. Discúlpame por hacer lo que realmente quiero sin sentirme miserable, discúlpame por intentar ser yo mismo.

Mis palabras la devastaron, pero no iba a sentirme culpable. Estaba cansado de complacer a mis padres.

—Tienes que ser sensato, por favor. Alayna no te conviene, Marilla sí.

—Tú no sabes lo que me conviene o no —la interrumpí—. Hace mucho tiempo dejé de ser ese niño al que pueden manipular. Hoy soy un hombre y puedo tomar mis propias decisiones. Deja de meterte en mi vida, por favor.

—Cariño…

Subí las escaleras que me conducían a mi habitación sin escuchar otra palabra de su parte. Estar con Alayna era lo mejor que me había pasado en mucho tiempo y no iba a permitir que nadie lo arruinara.

Me di una ducha caliente para prepararme mentalmente. Mi padre pronto vendría con sus ataques por mi imprudencia y me echaría la culpa cuando él era el responsable. Las probabilidades eran muy altas y tenía sentido. Había tantas cosas que lo motivaban a desear verme muerto.

Le pedí a Amadea un té de limón caliente y un ibuprofeno. Estar bajo la lluvia había afectado mi salud. Me dolían el pecho y la garganta. Sin embargo, no había ningún remordimiento. Si pudiera, lo haría de nuevo.

Pasó la mañana completa, el mediodía e incluso la tarde, pero nadie vino. Me dormí cubierto por las mantas porque tenía demasiado frío. Mi cuerpo se llenó de escalofríos y tenía la garganta áspera. En algún momento alguien me tocó la frente y un suave aroma a flores inundó mis fosas nasales. Abrí los ojos como pude para encontrarme con una intensa mirada azul.

—Tiene fiebre —protestó Alayna.

—Luca siempre tuvo mala suerte con la lluvia. —Era Kiara.

Tosí y me retorcí en la cama con el cuerpo sudado. No quería ver a un médico. No quería nada. Mi mano se aferró a la de Alayna y me negué a soltarla.

—Quédate —murmuré. Mi voz sonó ronca y cansada.

—Vas a contagiarme con tus gérmenes.

Me reí.

—¿Vas a negarle un deseo a un hombre moribundo?

—Idiota exagerado.

Escuché la risa de Kiara.

—Llamaré a un médico. —Salió de la habitación y me dejó a solas con Alayna.

Se desprendió de mi agarre y me ayudó a ponerme cómodo en la cama. Puso las almohadas detrás de mi espalda y me sirvió el té, que ya estaba frío.

—Le pediré más a Amadea.

—No, está bien. No me gusta de todos modos. Sabe horrible.

—Traeré un paño mojado.

Volví a sonreír y la vi hurgar en mi armario sin permiso. Encontró lo que buscaba, después fue al baño mientras yo miraba su trasero en ese ajustado pantalón de cuero. Solo pude pensar en la maravillosa noche que habíamos compartido juntos. La quería de nuevo en mis brazos. Si era desnuda mucho mejor.

—Te he salvado la vida dos veces hoy. —Alayna regresó y puso el paño húmedo en mi frente—. Primero fuera del hotel y ahora en tu habitación.

Cerré los ojos brevemente.

—Eres como mi ángel guardián.

—Soy tu mercenaria personal.

La miré y me perdí en sus ojos.

—Para mí eres más que eso, Alayna.

Se sentó en el borde de la cama.

—Somos aliados en esta guerra.

—También amantes —añadí.

Soltó un resoplido, pero no me corrigió. Me pregunté por qué estaba a la defensiva cuando se trataba de los hombres. ¿Infancia difícil y padre ausente? Por supuesto. ¿Uno le rompió el corazón? Sospeché que Moretti había sido el idiota que no supo valorarla. Su historial en la organización no era nada bueno y la pesadilla que tuvo me confirmó que era una mujer atormentada.

—Te estás montando un cuento de hadas en tu cabeza, ¿eh? —Se rio—. Todo un príncipe.

—Quiero más de ti. ¿Eso en qué me convierte?

—En un tonto iluso. Solo habrá sexo, Luca.

Ni ella misma se creía esa absurda mentira. Mis dedos rozaron el interior de sus muslos y no me detuve hasta que se estremeció.

—Aprende esto de mí, Alayna. Soy bastante terco y no descanso hasta obtener lo que quiero. Eso te incluye.

Se inclinó y susurró contra mis labios.

—Y tú deberías saber algo sobre mí. No le pertenezco a nadie, príncipe. Grábalo en tu linda cabecita.

ALAYNA

El médico llegó a la mansión treinta minutos después y visitó a Luca. Tenía cuarenta grados de fiebre, tos y la garganta irritada. Sus defensas sin duda eran muy débiles.

Le recetaron un jarabe y que hiciera reposo al menos dos días. Con eso debería mejorar. Me senté en el sofá, y leí uno de sus libros. Había varios sobre medicina en el estante y sonreí cuando recordé la conversación que habíamos tenido. Si no estuviera atado a la mafia, sería un gran médico. Tantos sueños rotos porque lo obligaron a vivir una vida que nunca quiso.

«Algo más que teníamos en común...».

Empezaba a sentirlo como una debilidad y no me gustaba. Quería sacarlo de mi cabeza y no pensar tanto en él. Me preocupaba su bienestar más que cualquiera.

Lo sentía como mío.

Cerré de golpe la tapa del libro y me aseguré de que estuviera dormido antes de abandonar su habitación. Amadea estaba en la puerta nerviosa y un poco pálida. Sostenía otra taza del té que Luca odiaba. Se aclaró dos veces la garganta.

—El señor Leonardo Vitale solicita verla en su oficina.

Había estado desaparecido todo el día y me pregunté qué asuntos lo mantenían tan ocupado. Probablemente seguía planeando la muerte de Luca.

—Iré en unos minutos.

Me dirigió una amable sonrisa.

—Le haces muy bien —dijo y entró en la habitación de su consentido.

Y él a mí, aunque nunca lo admitiría. Sacudí la cabeza y me reuní con Vitale en su oficina. Estaba de espaldas cerca de la ventana fumando un pesado tabaco. Lo reconocí por el olor. Nada más fuerte que un habano cubano.

—Señor.

—Sé que mi hijo sufrió un atentado esta mañana temprano. Mataste al responsable de un solo tiro —murmuró sin mirarme—. Hiciste un buen trabajo.

—Gracias.

Se giró para mirarme con una sonrisa falsa en los labios.

—También sé que pasaste la noche con mi hijo en un hotel. —Miró mi cuerpo con detenimiento—. Rompiste una de tus reglas por Luca.

Clavé las uñas en mis palmas, negándome a darle una sola reacción. Mostrar un signo de emoción sería una derrota y yo era una ganadora. Mi reputación siempre había sido un gran punto a mi favor. Me conocían por ser una asesina letal, pero también una profesional. No me involucraba con los clientes… hasta Luca. Ahora Vitale cuestionaba mi trabajo.

—Salvé su vida, es todo lo que debería importar.

—Eres una mujer peligrosa —masculló—. Contratarte fue la peor idea, o tal vez la mejor.

Sonreí con suficiencia. Desde el primer día había dicho que estaba metiendo al mismísimo diablo en su casa y ahora iba a sufrir las consecuencias.

—Siempre soy la mejor opción.

—Sé que eres una mujer inteligente y por esa misma razón espero que juegues muy bien tus cartas con él. Haz lo que quieras con Luca, pero mantente fiel a mí —dijo en tono de advertencia—. Soy tu capo, Alayna. Pagué por tus servicios.

Sonaba como si me hubiera comprado cuando no era así. Yo podía encontrar otro empleo, pero él jamás a una asesina de mi nivel. Al parecer necesitaba otro recordatorio.

—¿Hay un motivo en especial por el que duda de mi lealtad?

Apretó la mandíbula.

—Que te hayas involucrado sexualmente con Luca puede ser un problema. No eres estúpida, ¿verdad?

Ni siquiera parpadeé.

—Mi objetivo lo tengo muy presente, señor. Es muy difícil que yo me apegue emocionalmente a alguien.

Su boca se curvó.

—Dicen que fuiste entrenada por el asesino más peligroso de Rusia y te convirtió en su arma perfecta.

La rabia inundó mi torrente sanguíneo. Él no sabía nada de mí, no llegaría a mi punto sensible y no me afectaría.

—¿Necesita otra cosa de mí?

—Piensa muy bien lo que he dicho, seremos grandes aliados. Te daré cualquier cosa que desees en el mundo. —Me sonrió—. Eres una mujer lista, Alayna. Sabes lo que te conviene.

—No hay nada en este mundo que yo desee, señor.

Carraspeó.

—Todos deseamos algo. —Señaló la puerta—. Puedes irte.

Abandoné el despacho mientras sentía su mirada en mi espalda como una daga dispuesta a apuñalarme. La amenaza fue muy clara. Si lo traicionaba, él me mataría, pero yo sería mucho más rápida. Su cabeza estaría servida en una bandeja.

«Has cavado tu propia tumba, Vitale. Nadie molesta a una serpiente sin esperar ser atacado».

Visité a Luca al día siguiente. La temperatura había bajado y su salud mejoró. Ya no tosía como un perro moribundo y su cara recuperó un poco de color. Masticó las tostadas de Amadea mientras yo me sentaba en el sofá de la esquina con un periódico. Su perra guardiana lo acompañaba hoy, atenta a mis movimientos. Era intimidante pero hermosa.

—Tuve una charla con tu padre anoche —comenté y cerré el periódico en mi regazo. No había noticias sobre el hombre que había asesinado en el hotel. Era como si nunca hubiera ocurrido.

Su ceño se frunció mientras tragaba.

—¿Qué te dijo?

—Sabe que follamos en el hotel y me advirtió de qué pasaría si lo traicionaba.

—Hijo de puta… —Hizo una pausa—. Se siente amenazado porque sabe que tú y yo juntos seremos un gran equipo.

—No le daremos motivos para sospechar. —Crucé las piernas—. Vamos a fingir que nada ha ocurrido mientras buscamos otras opciones.

—Anoche pensé en otras opciones.

Mis cejas se juntaron.

—¿Cómo cuáles?

Se recostó contra la cama.

—Es peligroso, pero lo pondremos en práctica cuando mejore.

Me burlé.

—¿Acaso sigues al borde de la muerte?

—No lo sé —sonrió—. Quizá si me das un beso regresaré a la vida.

Puse los ojos en blanco.

—Idiota.

—Te gusta este idiota.

Volví a abrir el periódico y cubrí mi cara, evitando sus ojos. No quería que mi sonrisa me delatara.

LUCA

Decidí abandonar la cama. Necesitaba encontrar fuerzas para seguir luchando. Si asumía el cargo que pretendía mi abuelo, habría muchísimos cambios en los negocios que alarmarían a los antiguos asociados. Mi padre y Carlo serían los primeros en oponerse. Estaban muy cómodos en su reinado de abusos.

No esperaban que el príncipe muriera y un nuevo rey naciera en su lugar. Había pensado en las nuevas estrategias que podrían ayudarme a salir del túnel. Varias vidas dependían de mí y si perdía esta guerra los llevaría a la tumba conmigo.

Perder no era una opción.

Resistir sí.

—Necesito que me digas cómo era tu relación con Moretti —le pedí a Alayna—. ¿Qué importancia tenía en tu vida?

Si mi pregunta la incomodó, no lo demostró. Cruzó las piernas y le dio un bocado al croissant. Las sábanas apestaban a sudor. Si me quedaba otro día en la cama, me volvería loco. Avancé hacia el armario y busqué ropa limpia.

—Dime la razón de por qué debería hablarte de mi vida personal.

Exhaló y miró a cualquier parte menos a mi pecho desnudo. Me encantaba su resistencia porque yo era el único que podía romperla. Sabía con certeza que había sido muchas excepciones en su vida.

—Porque tengo un plan y es arriesgado. Quiero saber hasta qué punto eran cercanos. De eso dependerá que Moretti acceda a verme.

Me observó con ojos amplios y sorprendidos. Ahora sí tuve una reacción y no era buena.

—Tiene que ser una broma de mal gusto.

—No, no lo es —masculló—. Moretti quiere muerto a mi padre y yo también. ¿Por qué no podemos ser aliados? El enemigo de mi enemigo es mi amigo.

Se rio amargamente.

—Ignazio no tiene escrúpulos ni honor. Mucho menos humanidad. —Su voz carecía de emoción—. ¿Qué crees que hará cuando te vea?

Me puse la camiseta limpia y después unos pantalones holgados. Hoy pasaría mucho tiempo en el gimnasio.

—Dispararme o aceptar la oferta que voy a proponerle. Somos hombres de negocios. Ambos sacaremos ventajas de esto.

Sacudió la cabeza.

—Tu imprudencia va a matarte.

—Mi abuelo solía decirme que la clave del éxito es arriesgarlo todo.

—Tu abuelo no es el mejor de los ejemplos.

En eso estaba de acuerdo.

—Mira, sé que es peligroso y quizá un error, pero debo intentarlo, Alayna.

Soltó un suspiro de derrota.

—No vas a darte por vencido, ¿verdad?

—Nunca.

—Bien —se rindió—. Cuenta conmigo.

Le sonreí complacido.

—El principal objetivo es encontrar el modo de verlo a solas para una conversación.

Enarcó una ceja poco convencida.

—Ignazio triunfó en sus negocios porque tiene ojos en cualquier parte. Apuesto a que incluso ahora nos está observando. —Se mordió el labio—. Es muy intuitivo. Sabe cuándo y cómo actuar.

—¿Entonces él va a buscarnos?

—Por supuesto —afirmó—. Solo elige un lugar discreto y adecuado.

18

ALAYNA

Luca recuperó la fuerza de manera sorprendente. La tos era mínima y su estado de ánimo mejoró. Su abuelo solicitó verlo en el hospital, pero usó la excusa de que la gripe podría afectarlo. Era un excelente mentiroso, me fascinaba ver su lado manipulador.

No estaba de acuerdo con su decisión de ver a Ignazio. Apreciaba su valentía por más estúpido que fuera. No podía predecir cuál sería la reacción de Ignazio porque nunca lo conocí realmente. Era muy bueno con las apariencias y yo me dejé llevar por todas.

Lo había visto por primera vez cinco años atrás, cuando fui asignada a una misión. Mi principal objetivo era su hermano Matteo, pero Ignazio se cruzó en mi camino. Oscuro, seductor, imponiendo autoridad. Anticipó mis movimientos desde el primer momento. Creí que iba a delatarme, pero me ayudó. No solo en los negocios, también en problemas familiares. Estuvo ahí para mí, aunque por sus propios intereses. Él no hacía las cosas por la bondad de su corazón.

Yo era su mano derecha, la mujer que lo acompañaba en cada paso. Quería que fuera su mercenaria personal. Nunca fui el tipo de persona que se apegaba mucho a alguien, pero Ignazio me hizo desearlo. Quería ser algo más que su máquina de matar.

—¿Vienes a recordarme que tomé una mala decisión o a patear mi trasero? —preguntó Luca.

—Quizá ambas.

Apagó la máquina de correr y se giró para mirarme, con el cabello húmedo por el sudor. Las gotas se deslizaron por su pecho y lo limpió con la toalla que tenía alrededor del cuello. Caminó hasta donde me encontraba parada cerca de la pared.

Era obvio que cuidaba su cuerpo. Sus abdominales destacaban un paquete de seis y la V remarcaba su estrecha cintura. Brazos fuertes y piernas musculosas. Atribuciones que me encantaban en un hombre. Pero sus ojos eran mi debilidad. Grises, pálidos, una tormenta a punto de colapsar. Esa mirada expresaba mucho sin necesidad de pronunciar palabras.

—Encontré el sitio perfecto que podría funcionar como coartada —dijo y destapó la botella de agua que sostenía en la mano—. Ponte tu mejor vestido esta noche.

—¿Qué lugar?

—El club de mi tío Eric —sonrió—. Si Moretti no va, encontraremos otro modo de llamar su atención. Ese trabajo te lo dejaré a ti.

—Claro.

Se acercó demasiado hasta que invadió mi espacio personal y su aroma me rodeó como una nube. Olía a jabón de ducha con una mezcla de sudor. Mi boca se secó cuando miré sus labios húmedos.

—Quiero tenerte de nuevo pronto, Alayna.

Puse una mano en su duro estómago y los músculos se tensaron ante mi contacto. Su piel era cálida, firme, suave.

—No volverá a pasar.

Soltó una risa áspera y envolvió una mano en mi garganta. Aplicó una mínima presión que me robó el aliento.

—Tu cuerpo dice lo contrario. —Me robó un descuidado beso con mordiscos en mis labios antes de apartarse—. Sigue mintiéndote a ti misma si eso te permite dormir.

Me soltó y avanzó hacia la puerta sin echarme otro vistazo. No solo me ponía incómoda, también me confundía y no entendía por qué. Nada me afectaba, pero el príncipe mafioso perturbaba mi mente y empecé a disfrutarlo. ¿Por qué? Eso aún debía descubrirlo.

Luca descansó su mano en la parte baja de mi espalda mientras pasábamos la fila de gente que esperaba para entrar en el ruidoso y elegante club. Mi corazón se estrelló contra mis costillas y una sensación de ansiedad me cubrió. Si mi plan era exitoso, hoy vería nuevamente a Ignazio. Habían pasado tres años desde la última vez que habíamos cruzado miradas y no tenía buenos recuerdos de él.

—No tenemos que pensar en él toda la noche —masculló Luca—. Si no aparece, encontraremos el modo de sacarlo de su escondite.

Me burlé.

—Ignazio no se esconde —dije, y observé nuestras manos entrelazadas. Era un gesto personal, casi romántico. ¿Por qué permitía que me sostuviera? Cualquiera podía vernos y se metería en problemas con su prometida. ¿Pero desde cuándo me importaba lo que pensaban los demás?

El guardia nos dejó pasar sin hacer preguntas y los hombres de seguridad se abanicaron a nuestro alrededor en una formación bien ensayada. Cada uno tenso y rígido como si estuvieran dispuestos a recibir una bala por Luca. El arma seguía enfundada en mi muslo derecho, pero un poco de ayuda no iba a venir mal. Ignazio no era fiable.

El príncipe me condujo por una habitación con arañas de cristal negras en el techo y sillones de terciopelo rojo. La música electrónica golpeaba el edificio, haciendo que la pista pulsara bajo mis pies. A pesar de que el sonido era fuerte y escandaloso, tenía un toque sexy. La gente se balanceaba moviéndose unos contra otros. Luca apretó mi mano y empujamos más allá de algunas personas sudadas para abrirnos paso hacia la sección vip que quedaba en el segundo piso.

Reconocí a sus primos y Liana bebiendo sentados en el inmenso sofá de cuero. La noche se puso más que interesante.

—Eh, Luca. —Gian corrió hacia nosotros y le dio un abrazo de oso a su primo—. Me alegra verte aquí. Echaba de menos nuestras fiestas.

Liana nos sonrió.

—Se los ve muy bien juntos.

Me aparté de Luca y acepté el vaso de champán que ella me ofrecía. Liana era guapa y encantadora.

—¿La ardilla no anda por aquí?

Soltó una sonora carcajada cuando comprendió a quién me refería.

—¿Marilla? ¡No! Sus padres aún no le dan permiso.

—Es una lástima.

Los ojos del príncipe nunca abandonaron los míos, estaba hipnotizado. ¿Y por qué no? Me encargué de lucir mi atuendo más sensual. El diminuto vestido apenas cubría mi trasero y los tacones altos hacían de mis piernas un gran espectáculo. Me encantaba lucir bien.

—Siempre es agradable verte, Alayna. —Luciano besó el dorso de mi mano—. ¿A qué se debe el honor de vuestra presencia?

—Negocios —alegó Luca por mí—. Y un poco de diversión.

Luciano sonrió con las cejas elevadas, juzgando el tipo de relación que tenía con Luca. Él sabía que no había nada estrictamente profesional entre nosotros.

—Ya veo.

Liana le entregó el vaso a Gian.

—¡Bailemos! —gritó Liana.

Agarró mi mano y me llevó a la pequeña pista de baile que ofrecía la zona vip.

—Estoy trabajando.

—¿De verdad? No vas a estropear tu vestido. —Hizo un mohín—. Oh, vamos.

Cedí con los hombros hundidos y ella se rio fuerte mientras bailaba. Le seguí la corriente. Luca se sentó sin despegar los ojos de mí.

—¿Qué sucede entre tú y Luca? —preguntó Liana—. Te mira como si estuviera a punto de comerte.

—Tuvimos sexo —solté sin pensarlo.

La boca de Liana se abrió ampliamente.

—¡Oh, Dios mío! —exclamó—. ¡Eres tan directa que me encantas!

Bailamos unos minutos más y admití que ella era muy divertida. Me comentó que conocía a Gian desde la infancia y era hija de un soldado. La familia de su novio no le daba importancia a los rangos sociales, así que la aceptaron sin problemas.

—Alguien quiere su turno. —Liana se rio y miró sobre mi hombro. Sabía de quién hablaba sin darme la vuelta—. Nos vemos después, Alayna. —Me guiñó un ojo y se unió a Gian.

Pronto un gran cuerpo se presionó contra mi espalda y suspiré. El olor de su colonia era inconfundible. Apartó el cabello suelto de mis hombros y me acarició el cuello con la nariz. El hormigueo entre mis piernas aumentó. Él sabía lo que hacía.

Mi sonrisa se expandió cuando froté mi trasero contra su entrepierna y se puso duro en cuestión de segundos. No era un gesto que fuera con mi personalidad, pero al diablo. Era una mujer soltera.

—Mariposas —murmuró, apreciando los tatuajes en mi hombro. La primera vez que estuvimos juntos no le di tiempo de ver mucho.

—Tienen un gran significado para mí.

—Quiero descubrir cada significado de tu vida, Alayna.

La palma de su mano se deslizó sobre mi estómago y luego bajó por mi vestido.

—¿Qué haces? —inquirí un poco agitada.

—Olvida todo por esta noche. Mañana puedes volver a ser la misma, pero ahora déjame tocarte. Me muero por tocarte.

—Luca…

—¿Tienes idea de lo que me haces?

Su mano encontró mi tanga y sus dedos rozaron mi clítoris. La lujuria que giraba en la atmósfera era tóxica y deseaba más. Quería que me llevara a su cama y me hiciera suya sin contemplaciones. Nuestros cuerpos siguieron moviéndose al ritmo de la música mientras él me daba placer.

—Dime que te gusta —susurró Luca y aplicó presión en mi clítoris.

Abrí las piernas un poco más.

—Sí. —Me mordí el labio mientras un dulce orgasmo amenazaba con derrumbarme. Él sostuvo mi cintura para evitar una caída.

—Ven conmigo.

Permití que me guiara lejos de sus primos que ahora mismo compartían un baile erótico con Liana. Entramos en el baño, donde me apoyó contra el lavabo y levantó mi vestido para dejar al descubierto mi trasero. El espejo mostró mi rostro sonrojado y mis labios hinchados. No me reconocía en absoluto.

—Eres tan hermosa —gimió—. Ni siquiera puedo respirar cuando te veo.

Arrastré la tanga por mis piernas y bajó la cremallera de su pantalón.
No podía soportarlo más, estaba demasiado excitada como para pensar.

—Te necesito —musité.

Se rio y besó mi hombro antes de enredar mi cabello con su puño.

—Pensé que no volvería a suceder.

—Solo hazlo —ordené al borde de la locura—. Ahora.

Empujé mis caderas hacia atrás para darle acceso y me separó las
piernas con sus rodillas. Entonces se deslizó dentro de mí de un solo
golpe. Ambos nos quedamos sin aliento, inmóviles por la sensación
de él en mi interior. Estaba ardiendo, temblando de placer.

—Luca… —jadeé. La lujuria se apoderó de mi razón y me estremecí de necesidad. Sentía que iba a morir—. Por favor…

Mi súplica lo dejó de piedra e incluso a mí me sorprendió.

—¿Qué has dicho?

—Por favor…

La ancha cabeza de su pene volvió a empujar con brusquedad y
me mordí el brazo para callar los gritos. Luca era tan grande que dolía,
pero yo estaba muy lubricada.

—Sostente fuerte —mandó.

Mis uñas rechinaron en los bordes del lavabo mientras empujaba
una y otra vez. Bombeó duro, rápido, furioso. Quería gritar, pero me
mordí los labios para callarme. Manos fuertes agarraban mis caderas,
usándome como le placía.

—No te reprimas conmigo —gruñó y se salió un segundo—. Dé-
jalo salir.

—No… —La frase quedó suspendida cuando me penetró con
violencia y esta vez sí grité.

El sonido de su risa acompañó a mis quejidos. Idiota. Le pedí duro,
pero era casi demasiado. Puse mis ojos en blanco. Había pasado mucho tiempo desde que me habían tomado así.

—¿Qué pasa? —preguntó—. ¿Ya terminaste con tus burlas?

—Yo…

Enrolló más mechones de mi cabello en su puño y tiró mi cabeza
hacia atrás. La música alta se mezcló con el sonido de respiraciones
agitadas y la húmeda bofetada de nuestras pieles al chocar. No había
nada suave o cariñoso en los movimientos de Luca. Él estaba comple-

tamente perdido. Empezó a frotar mi clítoris. Para alguien que no me conocía en absoluto sabía cómo tocar mi cuerpo a la perfección.

—Dámelo, mariposa.

Mi frente golpeó el espejo cuando él terminó y apreté los puños a medida que los espasmos me zarandeaban. Tenía la boca abierta y el cabello desordenado mientras Luca hundía la cabeza en el hueco de mi cuello. Se vació dentro de mí y su aliento se mezcló con el mío. Busqué sus labios. Me besó despacio, suave, dulce.

—Me tienes de rodillas —susurró.

LUCA

Mierda, eso fue… no tenía una definición adecuada. Sabía que volvería a repetirse, pero no me esperaba algo tan intenso. Las réplicas de placer me aturdieron mientras sostenía a Alayna. No quería salir de su interior.

—Dios, Alayna…

Nuestros cuerpos se amoldaron y me incliné en su espalda para inhalarla. Olía a cálidas especies perfumadas combinadas con sudor. La levanté en mis brazos y la acomodé sobre el lavabo. Sus pechos seguían agitados por la falta de aire. Inhaló varias veces para recomponerse y sonreí. Se veía dolorosamente hermosa y destruida.

—Debemos establecer algunos límites sobre esto —dijo.

—¿Esto?

Agarré un papel y lo mojé antes de acercarme entre sus piernas. Alayna me miró con el ceño fruncido. Limpié mis restos de ella, aunque el trabajo no fue tan brillante. A mi lado posesivo le gustaba saber que olería a mí.

—Es sexo. —Se aclaró la garganta—. No pasará más de eso.

—¿Por qué te preocupa si lo tienes muy claro?

Bajó del lavabo con las piernas temblorosas y recogió su ropa interior del suelo. Se tambaleó un poco cuando se la puso.

—Porque conozco a los de tu tipo, no te conformarás con algo casual.

Esta mujer era tan segura de sí misma que no se equivocaba. No me conformaría con menos, pero no le daría motivos para huir. Si ella quería creer que lo nuestro era solo algo casual, perfecto.

—Solo quiero dos cosas de ti, Alayna. —Me arreglé el cabello, mirando mi reflejo en el espejo—. Tu cuerpo y tu ayuda. Eso es todo.

Sus hombros se relajaron y me sonrió con satisfacción. También conocía a mujeres de su tipo. Le aterraba cualquier compromiso emocional. Prefería mostrarme indiferente ante ella sin dejar en evidencia que tenía un gran poder sobre mí. No esperaba que jugara su juego y era otro punto a mi favor. Se entregaría de buena gana.

—Entonces no hay nada que perder aquí. —Verificó su maquillaje, peinó su cabello con los dedos y quitó las arrugas de su vestido. Hermosa y devastadora—. Mientras cualquier sentimiento esté fuera nada podrá salir mal.

—Lo tengo presente.

Me dio un rápido mordisco en el lóbulo antes de salir del baño. Se me escapó una risa y sacudí la cabeza. Ella ya era mía, aunque todavía no lo supiera.

Regresé con los demás a la zona vip mientras la camarera servía algunas copas de champán y vasos de vodka. Alayna se reía de un chiste que había hecho Liana. Eché un vistazo a mi entorno y no encontré nada fuera de lugar. Me equivoqué al asumir que Moretti vendría. ¿Por qué lo haría? Tal vez la mariposa no significaba nada en su vida. Los monstruos como él no tenían debilidades. Necesitaba investigar más a fondo cómo era la relación de ambos, pero ella no se abriría a mí. Alayna era una caja fuerte inquebrantable.

—¿Entonces es tuya? —preguntó Luciano, sentándose a mi lado—. Te aseguraste de que cada bastardo vea que la follaste.

Bebí un trago.

—Cállate, no hables así de ella.

—Oh, vamos. Cuéntame algo.

La sonrisa vino a pesar de que intenté suprimirla.

—Te dije que ardería en las llamas de ese infierno.

—Hijo de puta… —Me palmeó el hombro y soltó una carcajada—. Cuando Marilla se entere de esto…

—¿Qué? —Lo miré—. Ella perdería todo si se atreve a tomar represalias —suspiré—. ¿Alguna novedad sobre su relación con el guardaespaldas?

Luciano estiró las piernas.

—La he visto distante con él. Tu advertencia la hace ser más cuidadosa, pero tengo un plan. La próxima semana mi padre irá a casa de Carlo por negocios y aprovecharé la oportunidad para entrar en la habitación de Marilla. Instalaré una pequeña cámara y un micrófono que nos dará pruebas. Sé que follaba con Iker en su propia casa. ¿Planeas delatarla antes de la boda?

—No quiero arruinar su vida —admití—. Su padre es capaz de matarla si se entera.

—No hagas que toda mi investigación se vaya a la basura.

—Lo usaremos si es extremadamente necesario —masculló—. No cargaré su muerte en mi conciencia.

—Siempre tan correcto.

¿Correcto? Estaba lejos de serlo. Marilla no era mi persona favorita, pero no me agradaba la idea de romperla. Ella era una chica manipulada por su padre y una víctima de las circunstancias. Los únicos que merecían mi ira eran los hombres que me habían arruinado.

—Como prefieras —dijo Luciano—. Recuerda que estoy de tu lado.

—Lo sé, gracias.

Miré de nuevo hacia donde se encontraba Liana besando a Gian, pero no vi a Alayna. Me alarmé de inmediato.

—¿Has visto a Alayna?

Luciano negó.

—Quizá fue al baño. Relájate, hombre.

¿Relajarme? Ella no me perdería de vista, no cuando su deber era cuidarme. Eso significaba una sola cosa: Ignazio Moretti estaba aquí.

19

ALAYNA

Volvió a repetirse.

Traté de mantener las cosas profesionales entre ambos, pero mi cuerpo no cooperaba. Era incorrecto porque aferrarme a alguien nunca salía bien. Tarde o temprano me decepcionaban o morían en el peor de los casos.

Mi pasado era un violento caos e hice muchas cosas malas de las cuales me arrepentía. A veces me repetía que era una luchadora y me había visto obligada a elegir con tal de sobrevivir. ¿Cuál era mi problema? No quería arrastrar a Luca a mi infierno personal.

Si nuestro acuerdo salía como esperábamos, tomaría un nuevo rumbo y lo olvidaría al día siguiente. Me reí porque sonaba muy estúpido en mis pensamientos. El príncipe no era un simple desconocido.

—¿Se están divirtiendo? —preguntó Gian, abrazando a Liana desde atrás.

Amenacé su vida en nuestro último encuentro, pero él lo había olvidado y fue agradable desde que llegué al club.

—Muchísimo —respondió Liana—. Le estaba diciendo a Alayna que podía unirse a nosotros cuando quiera.

—No, gracias. —Me apresuré a decir.

—Me recuerdas a Luca —dijo Gian—. Nunca quiso divertirse con nosotros.

Arrugué la nariz.

—¿No se supone que son primos? Mira, tengo muchos fetiches cuestionables, pero el incesto definitivamente no es uno de ellos.

Gian le guiñó un ojo a Liana.

—No me importa que mi chica encuentre placeres con otros.

Los celos nunca tuvieron cabida en mi oscuro corazón, pero la idea de Liana con Luca me desagradaba demasiado.

—Ya veo —dije en tono seco.

Gian y Liana se echaron a reír.

—Si hubieras visto tu cara… —se burló ella al ver mi expresión—. Pensé que me matarías.

—De ninguna manera. Luca no significa nada.

—Repítelo hasta que te lo creas.

Sí, debería hacerlo.

—Iré a buscar una bebida más fuerte. —Me alejé de ellos y caminé hacia las escaleras. Ya no necesitaba escuchar más tonterías. ¿Qué diablos me importaba a mí? Él podía estar con quien quisiera.

Probablemente el sexo nubló mis sentidos porque no me percaté de un movimiento rápido en mi visión periférica. Una mano cubrió mi boca y me arrastró a la habitación que se encontraba cerca del baño. No luché, ni hice el intento de atacar. Sabía de quién se trataba, recordaba el olor de su colonia.

Era él.

La mano desapareció de mi boca y me permitió respirar. Mis ojos aturdidos miraron el rostro familiar que había despreciado desde que lo conocí.

—Ignazio.

Sus labios se levantaron en una sonrisa y mi corazón empezó a tronar. Sentí la necesidad de dispararle diez veces en la cabeza. Esta era mi oportunidad de matarlo.

—Hola, pequeña malvada.

A pesar de la rabia que sentía rugiendo en mi sangre, me relajé y no permití que ninguna emoción se reflejara en mis facciones. Lucía elegante tal y como lo recordaba. Su traje de tres piezas le quedaba a la perfección. Se veía peligroso y aterrador, pero ya no me intimidaba como antes.

Pensé en la mujer rota que había buscado refugio en sus brazos. Él prometió protegerme, pero demostró ser peor que aquel monstruo que me lastimó. Jugó con mi corazón y lo retorció entre sus dedos.

—Captaste el mensaje sin que lo enviara —musité—. Siempre un paso adelante, Moretti.

—No olvidaste que tengo contactos en todas partes.

Si existía un diablo en la tierra, ese era Ignazio. Cada vez que arrebaté un alma se la entregué. Aprovechó el afecto que sentía por él. Nunca fue capaz de decirme que no era correspondido.

—¿Cuánto sabes?

Se frotó el labio.

—Bastante, pero esperemos a tu novio para iniciar la conversación. Él querrá escuchar esto.

Como si supiera que fue invocado, Luca irrumpió en la habitación y apuntó a Ignazio con un arma. Su cabello estaba despeinado y los botones de su camisa desabotonados. Era un recordatorio de nuestro encuentro en el baño. Pero por más sexy que me pareciera verlo preocupado por mi bienestar, a ninguno le convenía que matara a Ignazio tan pronto.

—Baja el arma —murmuré.

Luca apartó el arma y se posicionó a mi lado tan cerca que hizo que Ignazio elevara las cejas y dedujera lo que pasaba entre nosotros. El silencio fue denso hasta que fue interrumpido por esa maldita voz sarcástica.

—De acuerdo. Voy a empezar —sonrió Ignazio—. Han solicitado mi presencia y aquí estoy.

—Intentaste matarme —dijo Luca—. Dos veces.

Ignazio soltó una carcajada y nos miró con desconcierto. El idiota sabía cómo presionar mis nervios. Se tomaba muy pocas cosas en serio.

—¿Estás seguro de que fui yo? —inquirió divertido—. ¿O tal vez fue tu padre tratando de darme créditos por su fracaso?

Silencio.

La expresión de Luca seguía siendo imperturbable. Habíamos llegado a la misma conclusión antes, así que las palabras de Ignazio no fueron ninguna sorpresa.

—El don está delicado de salud y pronto se irá al infierno —continuó Ignazio—. Su puesto es codiciado por muchos, pero solo uno será el gran afortunado. Claramente Leonardo Vitale no encaja en la lista.

La mandíbula de Luca se apretó.

—Yo soy el elegido.

—¿Se impuso la juventud antes que la experiencia? —Evaluó a Luca—. No ha existido un don de menos de cuarenta años. ¿Qué te hace especial? ¿Cuáles son tus logros en la Cosa Nostra?

Los ojos de Luca eran dos témpanos de hielo. La pasión que me había mostrado en el baño desapareció por completo. El mafioso tomó su lugar.

—Eso no es importante aquí. Cuando asuma el puesto de don puedo darte lo que quieras.

Ignazio se rio fuerte y profundo.

—¿Piensas que tu padre lo permitirá? Estarás muerto antes de que eso suceda.

—Mi padre cuenta con el apoyo de los hombres más influyentes —dijo Luca—. Pero no tiene en su equipo al más poderoso de Italia.

La risa de Ignazio sonó más fuerte esta vez.

—¿Sabes el precio?

—¿Por su cabeza? Sí. —Luca mantuvo la frente en alto—. Él no significa nada para mí, es un pedazo de basura que no descansará hasta verme muerto. Atentó contra mi vida dos veces y no parará hasta lograr su cometido.

Ignazio me echó un breve vistazo.

—¿Qué piensas de esto?

Odiaba escuchar su voz.

—Él ya sabe mi opinión.

—Mi padre ha impedido que tu cargamento sea transportado fuera de Roma —continuó Luca—. Te cerró las puertas con el gobernador y ha ensuciado tu nombre durante años. Conmigo al mando eso puede cambiar. Armaremos una tregua que nos beneficiará a ambos.

—No solo necesitamos matar a tu padre, también a todos aquellos que lo apoyan.

Luca no parpadeó.

—Adelante, entonces. Cuando ascienda habrá cambios que la vieja sangre no aprobará, pero sí las nuevas generaciones. Contigo de mi lado podemos ser poderosos y buenos socios.

No podía leer las emociones de Ignazio, no mostraba absolutamente nada excepto un tono frío, seco.

—Necesito más que palabras para lograr convencerme.

Liberé un suspiro.

—¿Ni siquiera si yo lo apoyo?

Su rostro mostró un atisbo de emoción.

—¿Podemos hablar a solas?

En vez de responder miré a Luca y noté su mandíbula contraída y sus ojos oscuros. Si supiera cuánto despreciaba a este hombre, no estaría celoso.

—¿Por qué no podemos hacerlo en su presencia?

Ignazio sonrió.

—Porque no confío en él, no me importa cuantos discursos haya dicho.

Ahí estaba el Ignazio que conocía. Lograr que hablara con nosotros ya era un gran avance, pero Luca tenía que darle mucho más de lo que ofrecía. Su palabra no era suficiente y era mi turno de intervenir. Yo podía convencer al monstruo de la posible alianza.

—De acuerdo.

En cuanto pronuncié las palabras, Luca se fue sin echarme otro vistazo. Me tragué el gusto amargo en la boca y mordí el interior de mi mejilla. ¿Por qué de repente quería explicarle desesperadamente que Ignazio ya no significaba nada?

Ignazio me acercó a él, su nariz tocó la mía mientras me observaba con intensos ojos oscuros. Puse las manos en su pecho, tratando de alejarlo, pero él no me lo permitió.

—¿Con que frecuencia follan los dos?

Una risa irónica torció mis labios. ¿Hablaba en serio?

—¿A qué viene esa pregunta? ¿Estás celoso?

Me dio espacio y casi suspiré de alivio. Apenas toleraba su presencia.

—En absoluto, en realidad. Sabes que nunca fui así —dijo—. Aunque debo admitir que me puso duro verte entregada a él. Todavía recuerdo cada uno de nuestros encuentros, Alayna. ¿Él sabe que te gusta follar por las mañanas?

—No te importa —mascullé. Mis ojos se estrecharon de rabia, mis entrañas se retorcieron—. Lo que pasa conmigo no te importa.

Agitó su muñeca izquierda, ajustando la posición de su pesado reloj.

—Me reemplazaste rápido, ¿no crees? Estoy dolido, pequeña malvada.

Ataqué sin pensarlo dos veces. Mi puño conectó con su nariz en un chasquido, casi haciéndolo caer al suelo. Ignazio no respondió porque lo esperaba con gusto.

—Aaah, me lo merecía —se burló y sacó un pañuelo de su bolsillo para limpiar la sangre de su nariz.

Una cegadora rabia me recorrió mientras acortaba la distancia para golpearlo de nuevo. Ignazio sostuvo mi mano a tiempo.

—¿Crees que puedes irrumpir en mi vida después de lo que hiciste? —espeté furiosa—. Me usaste a tu antojo mientras te divertías con otras mujeres. Solo fui tu estúpida mercenaria personal.

Me acorraló contra la pared.

—No estuve con nadie más, Alayna. Tú lo asumiste —afirmó con seguridad en mi cara—. Sí, cometí un error, pero nunca debiste abandonarme. Éramos perfectos juntos.

La furia ardiente dentro de mí se enfrió hasta convertirse en un hielo. En otras circunstancias me hubiera encantado escucharlo, pero solo me provocaba rechazo y una insaciable venganza.

—¿Un error? —Mi voz temblaba al igual que mi cuerpo—. ¡Tú me quitaste lo único bueno que tenía! ¡Algo de lo que me sentía orgullosa!

Su rostro palideció.

—Fue un error —insistió—. Yo tampoco lo sabía.

Las lágrimas picaron los bordes de mis ojos.

—No te molestaste en investigar antes porque nunca te importé. —Di un paso atrás—. Lo único que querías de mí era usarme.

—Joder, no fue así.

—Acepta el trato con Luca si alguna vez sentiste algo por mí como afirmas —susurré—. Y voy a reconsiderar perdonarte la vida.

Su sonrisa arrogante regresó.

—Tú nunca me matarías.

—No me pruebes, aliarte con Luca es tu mayor oportunidad de supervivencia.

Caminé hacia la puerta, pero fue mucho más rápido. Agarró mi garganta y me acercó de nuevo a él.

—No me gusta que me amenaces, menos por él —dijo en mi oreja—. Te busqué por meses y después me enteré de que trabajas con mis enemigos. La mayoría de tus acciones se deben a mí.

Me reí.

—El mundo no gira a tu alrededor. Tienes una deuda pendiente y no pararé hasta cobrarla.

—¿Esa es tu última palabra? —Presionó los labios en mi garganta—. Porque puedo arrastrarte conmigo si me lo propongo. No necesito la ayuda de tu nuevo novio, siempre consigo lo que quiero.

Le di un fuerte golpe con el codo que lo obligó a soltarme.

—Yo también, Ignazio —le advertí—. Te daré tiempo para pensarlo o de lo contrario será una guerra declarada. No me provoques. Puedo encontrar la manera de doblegarte. Todos tenemos puntos débiles y tú no eres la excepción. —Sonreí cuando no respondió—. La próxima vez que hablemos espero una respuesta.

Y esta vez no me detuvo cuando me alejé.

LUCA

Verlos juntos me hizo perder la cabeza y confirmé mi teoría de que él había tenido un papel importante en su vida. Le rompió el corazón y aún le afectaba. Alayna se mantuvo distante, pero su lenguaje corporal la delataba.

Los celos eran asfixiantes y una extraña sensación de traición me apuñaló. ¿Ella aún lo quería? Casi regresé a la habitación para matar a ese imbécil. No confiaba en mí mismo. Alayna me había dejado claro que no me pertenecía y no había nada entre nosotros excepto sexo y un trabajo de por medio. Fui advertido.

—¿Qué pasa, Luca? —preguntó Luciano al verme alterado—. ¿Te encuentras bien?

Me senté en uno de los sofás mientras intentaba no derrumbarme. Alayna y yo no éramos nada. No estábamos en ninguna relación. Mi corazón, por el contrario, no quería entenderlo.

—¿Qué tienes hoy? —inquirí a cambio. Necesitaba algo que me ayudara a calmar los estúpidos celos—. Quiero olvidarme de todo un rato.

—¿Dónde está Alayna?

La mención de su nombre volvió a alterarme. Pasaron más de quince minutos y ella aún no salía de esa habitación.

—No tengo ni idea.

—¿No? —Se rio—. Es tu guardaespaldas, debería estar aquí.

Miré a Gian.

—Dame algo —ordené—. Hazlo rápido o le pediré a alguien más. Hay muchos traficantes en el club.

Ladeó una ceja rubia y Liana se sentó en el regazo de Luciano. Nunca entendí el afán de Gian por compartirla. ¿Relación abierta? No soportaría ver a la mujer que amaba con otro hombre. La monogamia era lo mío.

—Cálmate, tigre —dijo Gian mientras me enseñaba un frasco de pastillas blancas—. Esta cosa es una mierda muy rápida. Te ayudará a relajarte.

Puso dos pastillas en mi mano y las consumí con un trago. El subidón que vino a mi torrente sanguíneo fue un alivio. Esperé hasta que hiciera el efecto completo y Alayna aún no regresaba.

—Alguien está muy molesto —concluyó Gian—. ¿Qué te ha hecho?

Me encogí de hombros y cerré los ojos mientras disfrutaba de «I'm Still Standing» de Elton John. No iba a amargar mi noche por nadie. Pensaría en lo positivo. Moretti no me había dado una respuesta, pero confiaba en que lo haría pronto.

—¿Podemos no hablar de ella?

—Lo tienes difícil —comentó—. Alayna no es para ti.

—Lo sé.

—Mira, las mujeres como ella son muy complicadas. Les aterra el compromiso por el estilo de vida que llevan. —Me señaló con el dedo—. Con Marilla no tendrías problemas.

Hice una mueca de disgusto.

—¿Es una broma?

Se rio.

—Lo siento, pienso que deberías buscar a alguien que no te complique la vida.

—Desde luego Marilla no es la indicada —insistí—. Vete y únete a los demás. Ya no quiero hablar de Alayna o cualquier otra mujer para el caso. Seré soltero el resto de mi vida.

La sustancia empezó a marearme y vi colores dispersarse. Qué bien.

—Alayna está justo aquí. —Oí una voz suave y molesta—. ¿Por qué no me lo dices tú mismo?

Solté un gruñido al verla con los brazos cruzados frente a mí. Estaba vestida como si fuera una diosa romana a punto de apuñalarme. Sí, era un idiota.

—Bueno… —Gian sonrió tenso—. Solucionen sus dramas y dejen de ser estúpidos.

Alayna tocó mi mejilla e hice una mueca. Aquí vamos…

—No puedo creer que te hayas drogado de nuevo. ¿Eres idiota?

—Te quedaste veinte minutos con él.

Gimió con indignación.

—Los celos no te van, Luca. Creí que eras más inteligente que esto.

—¿De qué han hablado?

—De ti —sostuvo—. Mientras tú te drogabas intenté convencerlo de que trabajara con nosotros.

Una sonrisa amarga se dibujó en mis labios.

—¿Lograste convencerlo?

—No, pero dirá que sí.

—Tu palabra tiene más peso que la mía. Fueron amantes después de todo.

Se sentó en mi regazo antes de que hiciera un movimiento y clavó los dedos en mi mandíbula para que la mirara fijamente. Mi aroma persistía en ella, no fue opacado y de alguna manera me hizo sentir mejor.

—Tú lo has dicho —pasó los dedos por mi mejilla—: fuimos. No follé con él y tampoco quiero. ¿Eso te consuela?

Mi corazón dio un salto contra mis costillas.

—No te pedí explicaciones.

—Pero te las doy, príncipe estúpido.

Fue ella quien me besó de nuevo y no me opuse cuando su lengua entró en mi boca. Su contacto relajó mi sangre y la sostuve como si ella pudiera mantenerme arraigado.

—¿Todavía lo amas?

Hizo una pausa, sus cejas se juntaron en un ceño fruncido.

—Yo no amo a nadie más que a mí misma.

Agarré su cálida mano y la presioné sobre mi pecho, justo donde latía mi corazón.

—Yo seré la excepción —afirmé—. Lo juro, Alayna.

20

ALAYNA

Sostuve la chaqueta de Luca mientras él vomitaba hasta su alma en el baño. El sonido de las arcadas me hizo arrugar la nariz con repulsión. Su padre me advirtió que quería verlo alejado de las drogas, pero no pude evitarlo. Me descuidé un segundo y fue un terrible error.

Le afectó verme con Ignazio. Estaba muriéndose de celos y su mejor forma de lidiar con el problema era recurrir a las drogas. Debía ser consciente de las cosas que había en juego. Era muy emocional. Me preocupaba que nuestra relación interfiriera en el trabajo.

Tarde para lamentos. Fue mi culpa desde el primer momento que acepté su beso y deseé más. Estábamos jodidos y teníamos que arreglarlo. Nunca estaría dispuesta a cederle el control a alguien, menos de mis emociones. Era un muro que no planeaba derribar, pero le di explicaciones. Lo besé y traté de convencerlo de que no sucedió nada con Ignazio. ¿Eso qué significaba? No iba a contestar la pregunta porque la respuesta no me gustaría.

Luca vomitó otra vez y le di palmaditas en el hombro. Sus primos continuaban con la fiesta, mientras que Ignazio desapareció. A mí me tocaba llevar al príncipe de regreso a su castillo. Agradecí que su padre estuviera ocupado con el anciano en el hospital. Si veía a su hijo en estas condiciones, lo usaría como excusa para maltratarlo nuevamente.

—Iré a buscar agua, necesitas hidratarte —murmuré, devolviéndole la chaqueta—. ¿Estarás bien en unos minutos?

—Sí. —Luca me echó un breve vistazo—. Gracias.

Salí del baño para dirigirme al minibar de la zona vip y no vi a los demás. Mañana tendría una seria conversación con Luca. Debíamos restablecer los límites o esto se saldría de control. Yo era la profesional y no medí mis acciones. Maldita sea.

Le pedí una botella de agua fría a la chica del bar y me entregó una casi congelada. Ayudaría a despejar la mente frustrada de Luca. Si se corría la voz de que estaba siendo descuidado e imprudente, habría consecuencias. Iban a dudar de su posición como subjefe y futuro don.

Alguien tropezó cerca de mí cuando regresaba al baño. Un hombre de constitución gruesa me acorraló contra la pared. Lo observé indignada mientras me dirigía una sonrisa maliciosa.

—¿A dónde vas con tanta prisa, preciosa? —preguntó. Su aliento agrio me golpeó en la cara—. ¿No quieres bailar?

No entendí cómo había podido entrar allí, se suponía que era zona vip.

—Quítate de encima.

Sus manos me subieron el vestido y un torrente de furia me sacudió. Levanté la rodilla y lo golpeé. El desconocido cayó al suelo mientras tocaba su entrepierna en un gesto de puro malestar. Debía darme las gracias por no arrancarle las pelotas.

—Perra loca —escupió—. Solo quería bailar.

Le di una fuerte patada en las costillas que lo hizo encogerse de dolor. Enseguida los hombres de seguridad se acercaron al notar el escándalo. Estaba furiosa, no soportaba que me tocaran sin mi consentimiento. Jamás.

—Saquen a este fenómeno de mi vista o mancharé la linda alfombra con sangre —advertí colérica—. ¿Saben quién soy? ¿Cómo han permitido que entre aquí?

El hombre de seguridad asintió y me miró con vergüenza. Idiota incompetente.

—Lo lamento, señorita. No volverá a ocurrir.

—Por supuesto que no. —Una voz demandante sonó a mi espalda—. Deshazte de él ya, Florenzio.

Quedé atrapada en los ojos grises de Luca cuando se fijó en mí. La atmósfera cambió a una tensa y aterradora. Había logrado recuperar la compostura y ahora estaba a punto de matar a alguien. No había señales de que hubiera estado drogado, mucho menos casi haber vomitado sus órganos. Se veía impecable con el cabello húmedo, el traje prolijo y la mandíbula apretada.

El imbécil abusador gimió en el suelo, aterrado al oírlo. Trató de huir, pero presioné uno de mis tacones en su garganta. Otro movimiento de mi parte y estaría muerto.

—Señor, es mi cuñado… —balbuceó el guardia Florenzio.

Luca se llevó las manos a los bolsillos de su chaqueta en un gesto campante.

—Con más razón deberías matarlo si no es capaz de respetar a tu familia —resaltó Luca—. Acaba con él o tu cabeza estará en su lugar. ¿He sido claro?

Los hombres mantuvieron indefenso al abusador cuando empezó a llorar y suplicar.

—Por supuesto, señor Vitale —dijo Florenzio con la cabeza gacha y voz temblorosa—. Su voluntad se cumple aquí.

—Más vale que así sea o te haré pagar.

Las personas de seguridad acataron la orden sin vacilación, pero noté el miedo en ellos. El abusador suplicaba que no le hicieran daño, aunque era inútil. Mañana sería otro cadáver desechable.

Acepté la mano de Luca y caminé a su lado usando el cuerpo del abusador como si fuera una alfombra. El hombre gritó cuando mis tacones altos hicieron contacto con sus bolas adoloridas y sonreí. Sentí la rabia irradiar de Luca, su desprecio. Él también odiaba a los violadores.

—¿Estás bien? —preguntó.

—Sí, no te preocupes.

—Buscaré a Gian para que me dé las llaves —dijo—. Debe de estar en la habitación vip con Liana. ¿No matarás a nadie en mi ausencia?

Negué con una sonrisa.

—Lo tengo bajo control.

—Bien. —Caminó hasta una puerta.

La gente bailaba a mi alrededor, riéndose, besándose, tocándose. La noche no había sido tan mala hasta que llegó Ignazio.

—Te importa más de lo que aparentas —murmuró Luciano en mi oído—. Él está loco por ti.

Puse una distancia considerable y me giré para enfrentarlo. Tenía la camisa desabrochada, el cabello despeinado y restos de pintalabios en el cuello. Era raro que no estuviera con la pareja de promiscuos.

—Un gran error de su parte.

Me tendió una sonrisa sin enseñar sus dientes.

—Las personas como tú están obsesionadas con tener el control y por esa razón nunca serán libres. Eres presa de lo que sientes por mi primo. Tal vez tus sentimientos no están definidos, pero he visto cosas esta noche —manifestó—. Cosas que me dan la razón.

—¿Como cuáles?

—Anhelo —respondió—. Quieres estar con él, pero tus miedos no te lo permiten.

Solté una risa de incredulidad.

—Tonterías.

—Espero que ordenes tu cabeza rápido —masculló—. Luca no siempre será paciente.

El cuello empezó a picarme cuando se alejó. ¿Era muy obvia? Ignazio también notó que Luca era importante para mí. Mierda…

—¿Vamos? —Luca regresó a mi lado.

Entrelazó su mano con la mía y me sacó del club. Las personas se dispersaron a nuestro alrededor como si formáramos parte de la realeza. Ahora más que nunca entendía su frase: «El miedo es poder». Normalmente era calmado y no demostraba mucho su rechazo a este mundo, pero sabía cómo formar parte de él.

—¿Estás bien? —me preguntó por segunda vez en la noche.

La brisa nocturna me erizó la piel. Escuché la música sacudir el club, las calles estaban iluminadas y alborotadas. Parecía indecente con el cabello desordenado y el maquillaje corrido. Luca era lo opuesto.

—Yo debería hacerte esa pregunta —contesté y le tendí la botella de agua.

Observé su garganta moverse mientras bebía. ¿Cómo un gesto tan simple me resultaba increíblemente sexy? Me había convertido en una ridícula.

—Los efectos de la droga desaparecen una hora después —explicó, limpiándose los labios con el dorso de su traje—. Gian no suele darme nada fuerte. Él me cuida a pesar de todo.

Resoplé.

—Te droga y te cuida. Muy lindo de su parte.

Una sonrisa ladina curvó sus labios.

—Te preocupas por mí —murmuró—. Muy bonito de tu parte.

—Estoy protegiéndote —señalé la botella de agua—. Tómatelo todo.

—Como ordenes.

—Llaves —dije—. Voy a conducir.

—En mi bolsillo izquierdo.

Rebusqué en su chaqueta y lo encontré. Luca terminó de beber el agua cuando subimos al coche y le pedí que se colocara el cinturón de seguridad. Lo hizo en silencio con la mirada vacía mientras yo conducía.

—Eres vulnerable cuando estás cerca de él —susurró—. Lo noto en tu postura defensiva, la violencia que evocas. ¿Te hizo daño?

Las luces de la ciudad parpadearon ante nosotros e iluminaron la oscura carretera.

—Te dije que no quiero hablar de nada relacionado con mi pasado.

—Tomaré eso como un sí.

Las llantas del vehículo chirriaron cuando frené bruscamente. Estuve de acuerdo con su plan porque pensé que podría manejarlo, pero sus celos tiraron por la borda cualquier avance. Necesitaba recordarle que no era suya y nunca lo sería.

—Necesitas recordar varios puntos, príncipe. —Mi voz sonó impaciente—. El hecho de que hayas tomado mi cuerpo no te da derecho a absolutamente nada. No indagues en mi vida, no pretendas conocerme porque jamás lo harás. Formas parte de mi trabajo y ahí te quedarás. ¿Entiendes? Nunca serás mi dueño.

Su mandíbula se apretó bajo la sombra de su barba incipiente.

—Llévame a casa —dijo.

Puse el coche en marcha y no volvimos a hablar. Fueron muchas emociones en pocas horas y me estaba costando controlarlas. Iba a estallar en cualquier momento. Por esta razón no me gustaba mantener una relación con nadie. Eran complicadas y desgastantes. Si le sumaba mi trabajo, se convertía en un infierno.

La soledad era lo mío y no la cambiaría por nadie.

Ni siquiera por el príncipe de ojos grises.

LUCA

Me desperté aturdido en mi cama y con la espalda húmeda. Ni siquiera recordaba cómo había llegado allí. Miré la ventana para ver que el sol se asomaba y me cubrí el rostro con el antebrazo. Malditas resacas.

Poco a poco registré los recuerdos y me odié cada segundo. Me dejé llevar por los celos. ¿Lo peor? El golpe de realidad cuando las palabras de Alayna vinieron a mi mente. Estaba enfadado y herido, pero no me habrían afectado tanto si no fueran ciertas.

¿Por qué me empeñaba en tratar de entenderla cuando claramente no quería abrirse conmigo? Me levanté con dificultad y fui al baño. Ya había hecho mi parte al hablar con Moretti. ¿Lo bueno? No me mató. ¿Lo malo? No me dio una respuesta, pero Alayna habló a mi favor y quería creer que ella sí lograría convencerlo.

Una vez desnudo, me metí bajo la ducha de agua caliente. El baño me ayudó a aclarar la mente. Había un objetivo más importante que mi fascinación hacia una mujer. Debía tener presentes a las chicas del prostíbulo y a mi familia. Sabía con certeza que mi abuelo moriría pronto y sería mi turno de buscar la supervivencia. Los buitres no dudarían en atacarme cuando él ya no estuviera. Fue contradictorio desear que no se fuera tan pronto. No estaba listo para enfrentar la guerra inevitable que se avecinaba.

Cuando terminé de ducharme y regresé a mi habitación con una toalla envuelta alrededor de mi cintura, encontré a Alayna sentada en mi cama con las piernas cruzadas masticando un croissant. Sus ojos apreciaron mi cuerpo casi desnudo y tragó.

—¿Qué haces aquí? —pregunté más brusco de lo que pretendía. Sonrió.

—Estás fresco como una lechuga después de tus berrinches.

Mis mejillas ardieron.

—Lo siento, a veces pierdo el control cuando bebo o consumo algunas pastillas.

—Ya veo. —Tragó—. Anoche no me diste mucho tiempo de explicarte cuál fue mi conversación con Ignazio, estabas cegado por tus celos.

La vergüenza me hizo querer cubrirme la cara.

—Lo siento —repetí.

Puso los ojos en blanco y terminó de comer el croissant.

—Me estresa tener que repetirte los límites porque no eres un niño.

Otra vez el mismo discurso… Dejé caer la toalla para ponerme el bóxer. Sus ojos azules miraron mi cuerpo desnudo sin pudor. Ella había visto cada parte de mí, incluso el lado débil que no me molesté en ocultarle desde que la conocí.

—Te daré el gusto de mantener lo nuestro sumamente profesional, no volveré a cometer otro error —dije y soltó una exhalación—. Si me disculpas, necesito descansar.

—Estoy de tu lado —susurró—. Recuérdalo.

Respiré con normalidad cuando se retiró y me eché en la cama. Debía superar mi obsesión hacia ella pronto o saldría perjudicado. Ya tenía demasiados problemas, no necesitaba otro. La deseaba, pero me había repetido en más de una ocasión que no esperara nada serio. No quería presionarla, mucho menos insistir. La ponía nerviosa y la alteraba con mis actitudes.

No quería desencadenar más dificultades en esta misión suicida.

Pasé el resto del día encerrado en mi habitación leyendo un libro. Amadea me trajo una bandeja con el almuerzo y otra botella de agua. Amaba a esa buena mujer. Se había hecho cargo de Laika y me prometió que estaba bien.

Mamá tocó la puerta de mi habitación, pero no respondí. Incluso ignoré a Kiara y las llamadas de mis primos. Quería dedicarme a mí mismo, fingir que no tenía ninguna responsabilidad. Con mi última visita había logrado que Berenice y las chicas estuvieran más calmadas.

Pensé en los cambios que haría como don. Daría nuevas propuestas y mejores ventajas de las que ofrecía mi padre. A mi lado serían hombres libres, no esclavos. En un intento de luchar contra los pensamientos, salí de la cama y estiré las piernas. Me sentía ligeramente mejor que la noche anterior. No me dolía la cabeza, aunque la irritante tos regresó.

Terminé de lavarme la cara justo cuando mi padre irrumpió en mi habitación hecho una furia. Su rostro estaba rojo y sus manos, cerradas en puños. No tuve tiempo de reaccionar cuando me dio un golpe en la nariz que me derribó al suelo. ¿Qué carajos?

—¿Sabes lo que pasó mientras tú te tomabas una siesta como una puta? —escupió—. Tu abuelo fue asesinado en el hospital.

Sus palabras fueron un impacto inesperado. Mi mano tembló mientras trataba de contener el torrente de sangre que expulsaba mi nariz.

—¿Qué…? —balbuceé—. ¿Cómo pasó?

Sus ojos estaban más abiertos de lo normal.

—Un francotirador le disparó en la frente. Fue obra de Moretti. Nos ha declarado la guerra.

Me tomó unos segundos procesar lo que estaba diciendo. No me esperaba ese movimiento de Moretti. No tan pronto. Pero conmigo en la posición del don todo se movería a su favor. Supuse que era una buena manera de enviarme un mensaje.

La alianza había comenzado.

Fingí pesar. No sería tan estúpido de expresar cuán satisfecho me sentía. Eso provocaría que recibiera un disparo en la cabeza, pero encontraría otra manera de celebrar.

El karma siempre actuaba cuando menos lo esperaba.

—Mis condolencias, padre —dije, limpiando la sangre de mi nariz.

Agarró mi cabello en un puño y me arrastró hasta lanzarme en la cama. Sentí el escozor en mi cuero cabelludo junto a la furia por permitir que siguiera lastimándome. De nuevo era el niño pequeño que recibía cada golpe porque creía que lo merecía.

—¿Tú lo lamentas? —refunfuñó mi padre—. Debiste estar pendiente de él.

Se suponía que él lo cuidaba en el hospital.

—No era mi deber, el tuyo sí —destaqué—. ¿Quién fue su compañía las últimas horas?

La furia lo dominó y levantó su puño, aunque no llegó muy lejos. Percibí su presencia como un tornado a punto de destruir todo a su paso cuando sonó el clic de un arma. Alayna apuntaba la cabeza de mi padre. Apretaba los labios. Su rostro que normalmente estaba libre de cualquier emoción se retorcía de ira. Nunca había estado tan hermosa.

—Volaré sus sesos si vuelve a ponerle una mano encima.

No se oía nada más que mi pesada respiración y los gruñidos indignados de mi padre. Se recuperó para darse cuenta de la gravedad de la situación. La mujer que había contratado amenazaba con matarlo. La saliva voló de su boca cuando volvió a hablar.

—¿Cómo demonios te atreves? ¿Olvidas quién pagó por ti?

Alayna presionó más fuerte el arma contra su sien.

—Lo hizo Stefano Vitale, pero él está muerto. ¿Adivine quién es el nuevo don?

La cara de mi padre se volvió rojo escarlata y balbuceó una palabra. Sabía que no había forma de refutar a Alayna.

—Moví los hilos para que estuvieras aquí, te di un trabajo a pesar de que eres mujer.

¿Se suponía que era un favor? Alayna era más capaz que muchos hombres que había conocido.

—Retírese o no habrá una advertencia la próxima vez.

Mi padre nos echó un vistazo como si supiera exactamente a qué se debía la actitud de Alayna y después se fue sin responder. Alayna cerró la puerta de un portazo antes de acercarse a mí. Limpié la sangre con mi antebrazo y traté de calmar mi pulso acelerado.

—Si no te respetas a ti mismo, nadie lo hará —masculló Alayna—. ¿Permitirás que te use como saco de boxeo toda tu vida?

Mi cabeza se movió bruscamente hacia ella.

—Responder al capo significa la muerte.

Extendió la mano y sus largas uñas se clavaron en mi barbilla. Me forzó a mirarla y vi el fuego en sus ojos. Pocas veces la había visto tan molesta.

—Eres el don a partir de hoy —dijo—. Todos van a tratarte con respeto o los mataré uno por uno.

21

LUCA

El funeral del abuelo fue esa misma tarde nublada. Había muchas personas presentes: tíos, primos, soldados y sirvientes leales a él. Qué decepción. Merecía estar solo en ese nefasto día. ¿Lo peor? El hipócrita predicador afirmaba que Stefano Vitale era un gran hombre honorable y bondadoso.

Sí, claro.

¿Por qué no decía la verdad? ¿Por qué no exponía que era un repugnante mafioso? ¿Que mató a miles de personas por dinero? ¿O cómo traficó con pobres mujeres para incrementar su asquerosa fortuna?

Stefano Vitale era una basura y el mundo debía saberlo. ¿Por qué todos éramos santos en el momento de morir? Escuché recitar palabras como: «Fue un hombre admirable, amaba a sus hijos y sus nietos. Trabajó muy duro para darles una vida digna…».

Obviamente no mencionaron que me obligó a perder mi virginidad en un prostíbulo cuando tenía trece años. También olvidaron que violó a pobres mujeres frente a mis ojos y que golpeaba a su difunta esposa. Estaba harto de escuchar tanta mierda junta. Mi familia daba asco.

El muerto en el ataúd ni siquiera era un hombre católico, nunca había ido a la iglesia ni tenía valores. El predicador hablaba muy bien de mi abuelo porque le habían pagado. Leyó notas que los seres queridos escribieron en una pequeña tarjeta para que las compartiera ese día.

Para agravar la situación, escuché a mi madre y Marilla llorar desconsoladamente. Kiara estaba en silencio al igual que yo. Papá mantuvo sus ojos en el ataúd mientras Alayna bostezaba sin disimulo a mi lado. Nunca leí la Biblia, pero Amadea era muy religiosa y me dijo una vez que Dios perdonaba los pecados más viles si uno estaba arrepentido. ¿El abuelo tendría salvación al igual que todos los hombres que llevaban este estilo de vida? Lo dudaba. No había agua bendita ni rezos suficientes para limpiar su alma podrida. Él ardería en las malditas llamas del infierno y sufriría el resto de la eternidad. Se lo ganó a pulso.

Me alejé cuando el último grano de arena cayó sobre el ataúd. Ya no soportaba escuchar tanta hipocresía o me ahogaría. Los tacones altos de Alayna resonaron mientras me seguía. No había vuelto a hablar con ella desde el altercado con mi padre y me avergonzaba hacerlo. Defendió mi honor porque yo no fui capaz. Tenía sentido que no quisiera nada serio conmigo. Era un cobarde incapaz de asumir ciertas responsabilidades. Con la muerte de mi abuelo anhelaba huir y olvidarme de todo.

—Ignazio se pondrá en contacto con nosotros pronto —informó—. La guerra para defender tu título ha comenzado.

Mantuve mis ojos en una triste tumba al azar cubierta de polvo, flores secas y hojas. La última vez que había estado en un cementerio había sido para enterrar a mi tío Pablo. Murió por los mismos motivos: el estilo de vida que los Vitale llevábamos. La mafia era la causante principal de nuestras desgracias y una parte de mí deseaba tener otro destino. Morir de viejo en una pequeña cabaña siempre me pareció la mejor opción, o sosteniendo la mano de la mujer que amaba. Era una maravillosa manera de entregarme a la muerte.

—¿Cómo estás tan segura? —pregunté en voz baja.

Las comisuras de su boca se elevaron en una sonrisa.

—Antes he recibido un mensaje de él.

El resentimiento ardió en mis entrañas. Era tonto porque no sabía con certeza qué tipo de relación tenían, pero no pude evitar los celos injustificados. La forma en que ella lo había mirado la noche anterior despertó mis inseguridades. ¿Lo seguía amando? ¿Moretti sería una brecha entre nosotros? Era absurdo pensar de este modo, por supuesto. Solo era sexo.

—¿Cuándo será nuestro próximo encuentro?

—Él lo decidirá.

—Supongo que le debo una.

Sus ojos azules destacaban. Ella era realmente hermosa y lo sabía. Su confianza absoluta cada vez que hablaba era una prueba. Se amaba demasiado a sí misma.

—No sabes en lo que te has metido, príncipe.

—Tomaré cualquier riesgo.

Nuestra conversación fue interrumpida por un chillido molesto. Pensé que podía evadirla por más tiempo.

—¡Luca!

—Hola, Marilla.

Me abrazó antes de que pudiera protestar e hizo un espectáculo absurdo de sollozos. Ni siquiera era cercana a mi abuelo.

—Lamento muchísimo la muerte de tu abuelo —dijo—. Él era un gran hombre.

Tenía un concepto bastante equivocado sobre lo que significaba buen hombre, pero no la corregí. No invertiría mis pocas energías en ella. Sentí la mirada azul de Alayna quemando mi espalda cuando empezamos a alejarnos.

—Nuestra última conversación fue horrible. —Me miró con los ojos llenos de lágrimas—. Pensé que te perdía para siempre.

—Eso tendría sentido si fuera tuyo, pero tú y yo sabemos que nunca fue así.

Su labio tembló.

—¿De verdad te importo tan poco, Luca? Nada de lo que piensas es verdad…

Me dolía la cabeza y si volvía a abrir la boca no sabía cuál sería mi siguiente reacción, pero definitivamente nada bueno.

—No es el momento.

—Por favor…

Me aseguré de que nadie nos viera y bajé la voz:

—Puedes seguir follando con Iker, no podría importarme menos. ¿Sabes qué me molesta? Tu insistencia sobre la boda —mascullé—. No diré nada por ahora, quédate tranquila. Solo mantente fuera de mi camino.

Se retorció, sus ojos se abrieron por el miedo y se tragó el sollozo. Sería muy fácil romper mi compromiso con ella. Mi puesto de don me hacía intocable excepto que ese movimiento traería consecuencias. Carlo me declararía la jodida guerra sin importar mi posición. Necesitaba tener un plan mejor.

—Lo siento.

—Yo también, Marilla. —La solté y froté mi sien—. Solo vete.

Se tropezó con una lápida cuando se retiró corriendo y emití un fuerte suspiro mirando el cielo. Si apenas podía lidiar con una chica de diecisiete años, no quería imaginarme lo estresante que sería el resto.

Miré a Alayna, que fumaba un cigarrillo, como si tratara de exhalar su frustración. La noche anterior me había dicho que yo solo era parte de su trabajo y le tomé la palabra. No la tocaría ni la besaría a menos que ella me lo pidiera.

—Tienes muchas expectativas que superar. —Oí la voz de mi tío Eric—. Él te eligió por alguna razón. Debes estar listo.

Tensé la mandíbula.

—No lo quiero, no pedí nada de esto.

Palmeó mi espalda y me dirigió una mirada compasiva. Él siempre era amable conmigo, me trataba con respeto y no permitía que otros me humillaran en su presencia. Muchas veces me pregunté por qué no tuve la dicha de que fuera mi padre. Envidiaba a Gian y Luciano en ese aspecto.

—Sé que no, pero no puedes huir, Luca. Sabes las consecuencias.

—La muerte es una mejor opción que atar mi vida a un infierno.

—Hey. —Puso las manos en mis hombros—. No estarás solo en esto, ¿entiendes? Cuentas con mi apoyo incondicional y el de tus primos. Sabes que te veo como un hijo más.

El nudo en mi garganta se volvió más pesado.

—Gracias.

—La próxima semana se llevará a cabo la lectura del testamento —continuó—. Necesitas estar presente y luego será la ceremonia de iniciación. Eres el nuevo líder, Luca.

ALAYNA

DIECIOCHO AÑOS ATRÁS...

La fría habitación congeló hasta mis huesos, no podía parar de temblar. Mi cuerpo tiritaba, las heridas en mi espalda ardían y las lágrimas rodaban por mis mejillas. Me tragué los sollozos porque si alguien me oía sería peor. Él vendría y comenzaría otra tortura. Esta vez más cruel que la anterior.

Sabía que había sido un movimiento estúpido intentar acabar con mi vida consumiendo las pastillas. Tenía la esperanza de que el dolor desaparecería, pero fue multiplicado por mil. La oscuridad me envolvió y se tragó cualquier sentimiento. Nadie acudió en mi ayuda ni me prometió que todo estaría bien. Darme cuenta de eso me golpeó muy duro.

Me limpié las lágrimas bruscamente. Estaba cansada de llorar. Necesitaba hacerle entender que había sido una recaída y no volvería a suceder. Era la privilegiada del jefe, su favorita. ¿Por qué lo iba a echar a perder? Ya no quería ser la niña asustada, la oruga que se aferraba a su capullo. Era hora de desplegar mis alas.

Sentí una suave caricia en la piel y me sobresalté. Estaba lista para atacar, pero me taparon la boca. Solo pude distinguir los ojos de Talya.

—Voy a apartar mi mano, no hagas ruido. ¿De acuerdo?

Asentí.

—Bien, te traje bálsamo y una manta —explicó—. Dormirás mejor el resto de la noche.

La miré confundida por su acto de bondad. Nadie era bueno allí, dudaba que no pidiera nada a cambio.

—¿Por qué haces esto? —pregunté.

Una triste sonrisa asomó a sus labios.

—Todos necesitamos ayuda alguna vez —dijo—. Y somos amigas, ¿recuerdas? No tienes que sentirte sola, Alayna.

—Si esperas algo a cambio…

—Tu amistad —me interrumpió—. Es lo único que pido a cambio. Ahora permíteme ponerte el bálsamo antes de que alguien nos descubra.

Cualquier tipo de emoción estaba prohibida en la organización, pero Talya y yo mantuvimos nuestra amistad en secreto. Un error imperdonable que nunca olvidaría. Nos mantenían apartadas para que no congeniáramos. Éramos tratados como animales, robots sin sentimientos, con el único objetivo de matar. Buscaban soldados, máquinas sin conciencia que pudieran manipular.

Aprendí a estar sola. Siempre a la expectativa de que alguien me apuñalara. En mi mundo la corrupción y la muerte eran primordiales. Estaba bien de esa forma. Mi única preocupación era yo misma. Entonces llegó él y me hizo ignorar muchas de mis creencias. Se metió bajo mi piel.

Luca me evitaba desde el funeral, no habíamos vuelto a intercambiar ni una sola palabra. Él fingía que yo no existía. La mayor parte del tiempo entrenaba en el gimnasio o se mantenía encerrado en su habitación.

La noche anterior lo vi irse con sus primos. Gian dijo que mis servicios no eran necesarios y que él cuidaría a Luca. Su actitud me llenó de ira, pero no me importaron sus órdenes. Lo seguí sin que el príncipe se diera cuenta. Nos convertimos en dos extraños que odiaban mirarse, olvidamos la conexión que compartimos la noche en el hotel.

Teníamos algo y ahora no quedaba nada.

Toda la familia estaba de luto por la muerte del anciano. Vitale dormía en su oficina, ahogado en el alcohol mientras Emilia se encargaba de que la casa estuviera en orden. La noticia sobre la muerte del don recorrió todo Palermo y por supuesto que Luca se convirtió en el centro de atención. Heredó cada euro y su padre lo repudiaba más que antes.

—Me alegro de verte aquí.

—Hola, Kiara.

Pasé los dedos por los extensos estantes llenos de libros de la biblioteca. No había nada productivo para hacer. Me sentía muy aburrida y fuera de lugar. Kiara era la única en esa casa que toleraba mi compañía.

—Me da miedo, ¿sabes? —admitió de repente—. Luca será el nuevo don y seguirá los mismos pasos que el abuelo.

Examiné el libro de tapa dura. *El príncipe,* de Maquiavelo, era una auténtica obra maestra. Me recordaba a Luca.

—Él no es como tu padre y lo ha demostrado en más de una ocasión.

Kiara escribió en un cuaderno y suspiró. Se acomodó en el sofá con una expresión de tristeza que estrujó mi corazón. Vivía ahogada en una burbuja por culpa de su maniático padre. Esperaba que algún día pudiera ser libre.

—Mi madre me contó una vez que mi padre nunca fue malo como ahora —explicó—. Era amable, atento y buen esposo con ella. Puso mucho empeño para conquistarla, pero cambió drásticamente cuando fue nombrado el nuevo capo de la Cosa Nostra. Nadie nace siendo un monstruo, Alayna.

Tenía razón. Las circunstancias nos convertían en lo que éramos. Yo conocí el amor al lado de mi madre. Ella me cuidó, me protegió y me enseñó que aún existían buenas personas. Vi el lado feo de las cosas gracias a mi progenitor. Todo empeoró cuando me separaron de mi hermano y mataron cualquier esperanza.

No conocía la vida feliz.

—Eso es elección de cada uno, Kiara. —Me senté a su lado—. Tú eliges cómo tomar las pruebas que te lanza la vida. Eres débil o fuerte. En el hipotético caso de que Luca cambie será por beneficio propio, pero jamás se convertirá en un monstruo. Él seguirá siendo tu hermano.

—Hablas como si lo conocieras de toda la vida.

Sonreí.

—Luca es transparente.

—¿Qué pasa entre ustedes dos? He notado cómo se evitaban en el comedor. —Se cruzó de brazos—. Mi madre me dijo que han peleado.

Por supuesto que lo notaron. Ambos éramos tan obvios.

—Tuvimos algunas diferencias que pronto resolveremos.

Una leve sonrisa subió a sus labios.

—Le gustas, ¿sabes?

—Ya lo has dicho.

—Realmente le gustas —insistió—. Cuando estás cerca no puede quitarte los ojos de encima y creo que si está molesto es porque tú no buscas lo mismo.

Fruncí el ceño.

—No hablas como una niña.

—Porque no soy una niña, Alayna. —Lanzó un suspiro—. Espero que ambos sepan lo que están haciendo y no salgan lastimados.

Me quedé pensando en sus palabras porque honestamente dudaba que saliéramos ilesos de esto. Cruzamos la línea y no había vuelta atrás. Nos destruiríamos juntos.

—Eres demasiado lista —dije—. La conversación es interesante, pero debo salir.

Alzó una ceja.

—¿Sin Luca?

—Anoche no tuvo problemas en irse sin mí a esa fiesta —mascullé—. Supongo que estará bien por una hora.

Sacudió la cabeza con una sonrisa.

—Te encanta romper las reglas.

—Lo correcto me aburre, princesa. Te veo luego.

Regresé a mi habitación para cambiarme de ropa. Sabía muy bien a dónde iría para matar el aburrimiento. Me puse un ajustado pantalón de cuero, top blanco y una chaqueta. Terminé de aplicarme el pintalabios rojo para después salir de la asfixiante habitación. Me negaba a tomar un taxi, así que Luca tendría que prestarme su coche. Nadie notaría mi ausencia.

La música rock sonaba fuerte cuando me acerqué a la puerta de Luca y la abrí sin pedir permiso. Se encontraba sentado en la cama, recién bañado, vestido con pantalones deportivos y sin camisa. Su espalda se apoyaba contra la cabecera. Tenía los tobillos cruzados y los pies descalzos se extendían hacia el final del colchón. Cada característica que poseía era sensual y caliente como el infierno. Un libro descansaba en su regazo mientras sus ojos estaban atentos a una página.

—¿Necesitas algo? —preguntó sin mirarme.

Ignoré su tono.

—Voy a salir, dudo que te maten en una hora.

221

Lentamente enfocó sus ojos en los míos. Eran penetrantes, fríos. Su cabello estaba húmedo y su mandíbula se veía suave por el afeitado.

—¿Dónde irás?

—Por ahí. Préstame las llaves de tu coche.

Soltó una breve carcajada.

—Tienes que estar bromeando.

—No, no es una broma. ¿Qué importa si salgo? Me estoy asfixiando aquí y necesito respirar un rato. Anoté mi número en tu móvil para cualquier situación.

—No te prestaré mi coche para que te encuentres con alguien mientras tus servicios aquí son indispensables.

—¿Quién dijo que me veré con alguien? Una chica puede divertirse sola.

—No.

—Bien, tomaré un taxi. —Me dirigí a la puerta—. Tuve la cortesía de informarte para que no enloquezcas.

Escuché sus pasos pesados mientras me seguía. Antes de que pudiera abrir la puerta, me agarró por la muñeca y me dio la vuelta. Miré sus ojos y vi su deseo de llevarme a su cama y nunca dejarme ir. Sin embargo, no lo haría. Su orgullo era más grande.

—Serás despedida —amenazó.

Una sonrisa se abrió paso por mi rostro. Ni siquiera él se creía esa estupidez. Era su mejor aliada, de las pocas que estaba dispuesta a ayudarlo. Nadie lo protegería como yo. Perderme sería el peor error de su vida.

—Buscaré otro trabajo.

Me acorraló contra la puerta. El calor de su cuerpo me provocó un escalofrío en la columna vertebral. El rico y cálido aroma de su colonia me invadió. Tomé una bocanada de aire, esperando que el oxígeno llegara a mis pulmones, pero todo lo que pude oler era a él.

—¿A qué estás jugando, Alayna?

—¿A qué estás jugando tú? —pregunté a cambio—. No me has dirigido la palabra durante una semana.

Su labio superior se movió a un lado.

—¿Entonces se trata de una venganza?

—No eres el centro del mundo. —Puse un dedo en su duro pecho, pero el bastardo no se movió—. No soy un pájaro enjaulado.

—Sabías las condiciones cuando aceptaste el trabajo.

—Muévete, Luca.

Le metí una rodilla entre las piernas con la intención de lastimarlo, pero fue rápido y me detuvo a tiempo. Me miró con diversión y casi saqué mi arma para dispararle. Un minuto más en esa casa y me volvería loca.

—Tú pusiste los términos, Alayna. ¿Acaso olvidaste quién construyó el muro?

—Te dije que no pasaremos más allá del sexo.

Sus ojos pálidos se clavaron en los míos con una intensidad que me ponía nerviosa.

—Exactamente. También me recordaste que no significo nada.

Maldita sea, me arrepentía de mis propias palabras. Algo que nunca me había sucedido.

—Estoy salvándote la vida. Si cruzas la línea…

—¿Qué línea?

No sabía cómo expresarlo porque él me hacía sentir tan idiota. Quizá lo subestimaba porque después de todo yo no merecía ser amada.

—No puedes enamorarte de mí —susurré.

Esperaba que se burlara o soltara la típica frase de que era una egocéntrica, pero lo que obtuve a cambio fue un profundo silencio. Soltó una fuerte exhalación antes de darme mi espacio y sonrió suavemente.

—¿Ese es tu miedo? ¿Que me enamore de ti?

—Sucederá y te darás cuenta de que estoy podrida por dentro. Soy egoísta, cruel, asesina y solo me preocupo por mis propios intereses. Tengo un pasado duro que no podrás manejar, un temperamento apenas tolerable y una larga lista de muerte en mi currículum. Enamorarte de mí será tu error más grande.

No se inmutó.

—¿Y quién dijo que estaré solo en esto?

Tragué duramente.

—Nunca me enamoraría de ti.

Negó con la cabeza.

—¿Crees que no noto la forma en que me miras? Y cuando te follo estás tan perdida que no recuerdas ni tu nombre.

—El sexo es bueno.

—Lo es con la persona correcta y yo lo soy, Alayna. —Pasó un dedo por mi labio entreabierto y sonrió—. Seguiré aquí cuando estés dispuesta a lanzarte al vacío conmigo.

No respiré durante varios segundos, estaba anonadada porque su confianza me hipnotizaba. Quizá no sería tan malo si nos hundíamos juntos, pero nadie podía garantizarnos que volveríamos intactos a la superficie.

—Toma. —Me lanzó la llave y la atrapé en el aire—. No tardes mucho.

22

ALAYNA

Busqué a Eloise en el restaurante Emilia.

Me senté en la última mesa con dos sillas y esperé a ser atendida. Tardó un par de minutos en aparecer. Su atuendo consistía en una minifalda negra con delantal y una blusa escotada. Su largo cabello rojo estaba atado en una coleta alta. Gracias al infierno no traía puesto sus horribles zapatos. Los tacones le quedaban muy bien.

Terminó de servir una mesa y su rostro se ruborizó cuando se percató de mi presencia. Disimulé mi expresión detrás de las gafas negras y sonreí. Se acercó lentamente con un bloc de notas en la mano.

—¿Qué haces aquí?

—¿Esa es la forma de atender a tus clientes, duende?

Arrugó la nariz.

—Me llamo Eloise.

Miré su cuerpo de pies a cabeza. Era linda, sin duda. El tipo de chica por la que cualquiera enloquecería, pero no había ido allí en busca de sexo. Más bien quería una conversación entretenida que despejara mi cabeza. Las próximas horas serían estresantes porque debía acompañar a Luca. Finalmente lo reconocerían como el don.

—El bar es público —dije—. Pediré algo para comer.

Me dirigió una mirada desconfiada antes de sacar la pluma de su escote y abrir el bloc de notas.

—¿Qué vas a ordenar?

—Croissant con café americano y un zumo de naranja.

Anotó rápidamente.

—¿Eso es todo?

—También tu compañía.

Soltó un suspiro.

—Estoy trabajando.

—Solo serán unos pocos minutos. —Me incliné un poco hacia ella sin borrar la sonrisa de mi cara—. ¿O me tienes miedo?

Sus hombros se hundieron y accedió con un asentimiento.

—De acuerdo, volveré en breve.

Pensé en Talya mientras la veía irse. Quizá me llamaba la atención porque mi mente retorcida recordaba a la amiga que perdí en el pasado y trataba de llenar el vacío con Eloise. Pasaron años y aún no podía superarlo. Ella me había rescatado cuando estaba perdida y fue mi luz en la oscuridad. Sin embargo, la apagaron y mi castigo era tenerla muy presente en mis pensamientos.

—Te gusta el croissant. —Eloise regresó y dejó mi pedido en la mesa—. Ordenaste lo mismo cuando nos vimos por primera vez.

—Hay una historia detrás que algún día te contaré. —Señalé la silla frente a mí—. Siéntate.

Bajó un poco su minifalda antes de obedecer la orden mientras yo le añadía un terrón de azúcar al café. Le di un mordisco al croissant, satisfecha de que fuera crujiente como me gustaba. Tenía muchas calorías, pero era mi gusto culposo al igual que el cigarrillo.

—¿Hoy es tu día libre? ¿De qué trabajas exactamente?

No era fan de las preguntas, pero a ella le respondería cualquier cosa omitiendo ciertas verdades.

—Soy escolta de tu jefe, Luca Vitale.

Sus ojos se ensancharon.

—Eso no me lo esperaba.

Mi labio se curvó.

—¿Porque soy mujer?

Se mostró avergonzada inmediatamente.

—Claro que no, pero admite que no es muy común ver a una mujer en esa profesión. Menos a alguien como tú.

—¿Como yo?

—Atractiva, cualquiera podría confundirte con una modelo de la revista *Vogue*.

Me reí por lo absurdo que sonaba. Le horrorizaría saber que mataba a personas por dinero, así que recurrí a la respuesta más decente.

—Fui entrenada en una compañía de seguridad hace diez años.

—Oh, guau…

—¿Qué hay de ti? —Cambié de tema—. Fui al hotel a buscarte, pero me dijeron que renunciaste a tu trabajo.

Jugó con un mechón de su cabello suelto y suspiró.

—Mi cargo en el hotel era muy agotador y decidí renunciar porque aquí decidieron aumentarme el sueldo. Las propinas son buenas también.

Ladeé las cejas.

—Ahora entiendo tu aspecto.

Se sonrojó.

—No me juzgues.

—No lo hago, soy la menos indicada. ¿Tienes familia?

Apartó la mirada.

—Sí, pero perdí cualquier comunicación con mis padres y mi hermano, es un caso perdido que prefiero ignorar. ¿Qué hay de ti?

Había una historia cruda detrás y quería conocerla.

—Todos muertos.

Me dio la misma expresión de lástima que todos cada vez que los mencionaba.

—Oh, lo siento.

—Descuida. —Mordí el panecillo dulce y sonreí—. Estoy mejor sin ellos. De hecho, me encanta no tener que relacionarme con nadie. Hago muy pocas excepciones.

—¿Debería sentirme afortunada?

—Muy afortunada, duende. —Bebí el café y ante su cara de disgusto añadí—: Quise decir Eloise.

Puso los ojos en blanco.

—Necesito trabajar. —Se puso de pie—. Espero verte pronto, Alayna.

—¿Y si me das tu dirección? En tu casa podemos hablar sin interrupciones la próxima vez.

Elevó una ceja.

—Eso sería genial, pero también muy extraño. No nos conocemos mucho.

—Bueno, podríamos empezar. Solo si quieres, no te sientas obligada.

Negó.

—Me gustaría, por supuesto. —Escribió en su bloc rápidamente y arrancó una pequeña parte de la hoja para dármela—. Esperaré con gusto tu visita, mujer misteriosa.

Cuando regresé a la mansión me encontré con una desagradable sorpresa. Marilla recorría los rincones en compañía de la señora Vitale. Pensé que Luca podría mantenerla fuera de su espacio personal, pero subestimaba a la ardillita. Tenía potencial como enemiga y si la descuidaba no dudaría en apuñalarlo por la espalda.

—Estaré muy feliz de vivir aquí, señora Vitale. Es un honor formar parte de su familia.

Los ojos oscuros de Marilla demostraron disgusto cuando chocaron con los míos. Eran duros como el acero y maliciosos como cuchillas. El blanco destacaba su figura mientras yo la opacaba con el negro. Su existencia me daba pereza y su aspecto de puritana me provocaba náuseas.

—Alayna —murmuró Emilia. Había un destello de satisfacción en su mirada—, le comenté a Marilla que puede decorar a su manera la habitación que compartirá con mi hijo cuando se case con él. Quiero que esté a su gusto y se sienta cómoda. ¿Qué opinas?

Evidentemente tenía intenciones de molestarme, pero yo no era fácil de intimidar. ¿Desde cuándo le importaba mi opinión?

—Opino que no será necesario, señora —respondí en tono burlón—. Esta casa es muy acogedora. Sobre todo la cama de Luca.

Los ojos de Emilia se estrecharon y sus labios se torcieron en las esquinas. Marilla soltó un chillido horrorizado.

—Insolente —espetó Emilia mientras luchaba contra la furia que se apoderaba de su cuerpo—. No veo la hora de que te largues de mi casa. Eres una mosca molesta.

Mantuve la sonrisa arrogante que tanto le desagradaba.

—Ya hemos tenido esta conversación más de una vez, señora. Sabe que eso no es posible.

Debía darme las gracias porque era la única interesada en cuidar a Luca, aunque ella me despreciara. Era todo lo que odiaba en la vida: liberal y no me callaba lo que pensaba. En simples palabras, no era una aduladora que suplicaba su aprobación como la ardilla.

—Murieron más de cincuenta mujeres policías en lo que va del año. —Marilla hizo una mueca de disgusto. Me observó como si no fuera nada, un pedazo de chicle en la suela del zapato—. A nadie le importó que fueran buenas en su trabajo. ¿Por qué tú serías la excepción? Yo solo veo a una simple mujer con tetas y lindos ojos. ¿Qué te hace especial?

Cada vez que abría la boca me daban ganas de degollarla. No permitiría que me rebajara jamás, soporté mucha de esa mierda en el pasado.

—Puedo demostrar lo especial que soy —sonreí. A continuación, saqué un cuchillo del interior de mi bolsillo y me lancé hacia ella. Marilla gritó cuando presioné el arma en su garganta sin cortar. Sus ojos estaban bien abiertos, temerosos—. Voy a decirlo una sola vez, así que escucha con atención. La próxima vez que me insultes te destriparé como a un pez. ¿De acuerdo?

—Suelta a mi nuera —exigió la madre de Luca—. Hazlo ahora o me encargaré de que te despidan.

Como si eso fuera posible. ¿Esta mujer no aprendió la lección? Empujé a Marilla y ella se tropezó mientras me miraba con una expresión de puro miedo. Una gota de sangre goteó en su espectacular vestido. Se tocó el cuello.

—E-eres un m-monstruo —dijo, y sus dientes castañetearon.

Me acerqué a ella y pasé un dedo por la piel cremosa que había cortado sutilmente. Una cosa tan bonita para matar, lástima que debía contenerme.

—Recuérdalo siempre que mires mi cara, pequeña ardilla.

Su rostro palideció, sus labios temblaron. Me dio la sensación de que se desmayaría pronto.

—Zorra asquerosa.

Puse una mano en su delicada garganta y apreté lo suficientemente fuerte para mantenerla quieta en su lugar. Ella gorgoteó y suplicó que la soltara mientras le dejaba un lindo recordatorio morado de quién estaba a cargo aquí. Emilia no hizo el intento de acercarse ni defenderla. Estaba conmocionada.

—Vuelve a faltarme el respeto y te arrancaré la lengua.

—Suéltame —sollozó Marilla—. Suéltame.

—¿Cuál es la palabra mágica?

—Oh, Dios, por favor, por favor…

Comenzó a luchar contra mí y le permití alejarse. Sus piernas flácidas la hicieron desplomarse en el suelo con los ojos llenos de lágrimas. Pobre ardilla indefensa. Sabía que su boca la metería en problemas si no aprendía a cerrarla.

—Escuché tu conversación con Luca en el cementerio. Dejó claro que te desprecia. ¿Sabes por qué? Me quiere a mí.

Se encogió por mis palabras y vomitó mientras lloraba ruidosamente. Puse los ojos en blanco y me alejé antes de que tuviera un infarto. Emilia acudió en su ayuda.

—¡¿Que está mal contigo?! —gritó furiosa—. ¡No puedes amenazar de esa forma a la futura esposa de mi hijo! Recuerda cuál es tu lugar.

Me mordí el labio para contener la sonrisa.

—Buenas noches, damas.

Les guiñé un ojo antes de girar sobre mis talones para regresar a mi habitación. Debía arreglarme en dos horas y me estaba quedando sin tiempo. Escuché llorar a Marilla mientras me alejaba. ¿Ella esposa de Luca? Ni en un millón de años.

LUCA

Marilla tuvo que irse. Quería estar presente en el evento, pero su padre no lo permitió. Yo tampoco la quería ahí. Dudaba que una chica de su edad y su mentalidad pudiera manejarlo. Fue criada en la mafia, pero su familia la mantuvo protegida en un castillo como una princesa inocente. Nunca se ensució las manos, no sabía cómo funcionaba ese mundo.

Alayna, por el contrario, me hacía sentir seguro con su presencia. Ella me devolvió la confianza que muchos me arrebataron. A su lado me sentía como un hombre poderoso.

—Sabes cómo funciona esto —dijo mi padre con la barbilla tensa desde la puerta de mi habitación—. Más te vale que no lo arruines.

Alejé mi cara del espejo para observarlo. Siempre me intimidó su altura cuando era un niño. Parecía una montaña inalcanzable ante mis ojos y me encogía cada vez que estaba cerca. Ahora los papeles se invertían. Yo era más alto y poderoso, pero no más inteligente. Me faltaba tanto que aprender.

—No lo haré —aseguré.

—El puesto te quedará grande —enfatizó, tosco—. Espero estar equivocado.

¿Esperaba estar equivocado? No pensaba lo mismo cuando me golpeó días atrás y me llamó inútil. Él deseaba verme caer esa noche. Quería que fracasara para regocijarse y demostrarles a los demás que no era el indicado. No podía ocultar su resentimiento. Era tan evidente como un veneno tóxico que impregnaba la habitación.

—Aún puedo renunciar. —Sostuve su mirada, tentándolo—. Les diré a todos que no quiero nada. ¿Es lo que esperas de mí?

Sus ojos eran firmes e inquietantes.

—Te matarán cuando renuncies. ¿Es lo que quieres?

Silencio.

—No te quedes aquí a llorar como una putita sin valor —escupió—. Ponte los malditos pantalones y demuestra que eres un hombre. Haz que la voluntad de tu abuelo valga la pena.

—Me importa una mierda su voluntad.

Dio un paso, pero Laika le gruñó desde el sofá y lo pensó dos veces.

—Si fracasas en esto, Luca, te mataré —retrocedió—. Y será jodidamente doloroso.

Cerró la puerta y acomodé mi corbata como si nada hubiera pasado. Estábamos igualados, supuse. Yo también había pensado en las mil maneras en que podría matarlo. Él me llevó a traicionarlo. Sus menosprecios, falta de afecto y maltrato físico me obligaron. Pudimos ser un gran equipo, yo habría sido capaz de dar la vida por él. Ahora era un sueño lejano. Nuestra relación de padre e hijo nunca tendría arreglo.

Laika me siguió cuando me encontré con Alayna en el garaje. El corsé rojo bajo su chaqueta era tan delgado que mostraba el contorno de sus pezones. Todo de ella era demasiado. La rodeé y seguí adelante, aparentando que su belleza no me deslumbraba.

—¿No iremos en coche hoy? —cuestionó.

Laika olisqueó a Alayna y después regresó a mí.

—No, usaremos las Ducati —mascullé, tendiéndole un casco—. ¿Sabes conducir una moto?

Alayna aceptó el casco.

—Por supuesto que sí.

Sonreí.

—Perdón, sabelotodo.

—Sé conducir hasta un avión.

Resoplé.

—No te creo.

—Me da igual.

¿Había algo que esta mujer no supiera hacer? Tenía tantas cosas que aprender de ella, esperaba que algún día me enseñara todos los conocimientos de que presumía.

—Ponte esto. —Le entregué el pequeño dispositivo de comunicación—. Seré tu guía mientras conduzco.

Insertó el dispositivo en su oreja. Hice lo mismo mientras la veía elegir una Ducati de color negra. La mía era roja. Se puso el casco y luego pasó su pierna por encima de la moto para ponerse cómoda.

—¿Alguna sugerencia para esta noche? —inquirió con las manos en el manillar.

—Haz tu trabajo como mejor te parezca.

Acaricié la cabeza de Laika antes de subir a la moto, ponerme el casco y arrancar. El gran portón se abrió y Alayna y yo aceleramos en la calurosa noche de Palermo, abandonando la mansión. Ella conducía como una profesional, e igualaba mi velocidad.

—¿Qué se siente al ocupar el cargo más importante de la mafia? —bromeó por medio del intercomunicador—. ¿Está feliz, señor Vitale?

«Señor Vitale...».

Mis pensamientos se desviaron a ella desnuda en mi cama gimiendo mi nombre. Me obligué a pensar en otra cosa cuando se volvieron muy explícitos. Corría el riesgo de tener un maldito accidente en medio de la carretera.

—Tú ya sabes cómo me siento al respecto.

—Lo sé, pero puedes sacarle provecho a la situación —dijo—. Es la oportunidad perfecta para hundir a tu padre.

—Mi padre es demasiado inteligente para permitir que eso suceda, mi mejor salida es aliarme con Moretti.

El semáforo se puso en rojo y ambos detuvimos las motocicletas. Podía verla mirarme a pesar de que llevara puesto el casco que me privaba de sus ojos azules.

—No necesitas a nadie cuando me tienes a mí. —Su voz sonó suave a través del intercomunicador.

Una ligera brisa se movió a través de mi cuello, dándome un respiro del casco y la chaqueta. Era reconfortante oírla hablar.

—Alayna...

El semáforo cambió a verde y ella volvió a acelerar, dejándome con las palabras en la boca.

Entramos en el enorme salón que estaba repleto de hombres con traje. Padre se encontraba en la esquina, bebiendo whisky con el *consigliere*. Hubo un profundo silencio cuando notaron mi presencia. Mis primos y mi tío Eric me sonrieron.

La mayoría de los hombres pondrían en duda su masculinidad si estaban protegidos por una mujer, pero yo me sentía afortunado. Apreciaba la compañía de Alayna en los momentos más importantes.

Había una enorme mesa en la sala, una que podía acomodar fácilmente a cincuenta personas con bebidas al alcance de la mano. Padre se posicionó en la cabecera con la espalda recta y listo para cualquier cosa. Él trataba de mostrarme que seguía a cargo a pesar de mi posición.

—Bienvenido, señor Vitale —musitó la chica antes de guiarme con los hombres. Alayna permaneció a mi lado y examinó el área con el ceño fruncido.

—Gracias.

—Sígame, por favor.

Me senté cerca de mi padre para ser el foco de atención, Alayna tomó asiento a mi derecha sin ninguna invitación. Todos en la sala eran miembros ricos de la aristocracia italiana, dueños de compañías, políticos, empresarios, banqueros exitosos. Mantenían el negocio legal, pero también formaban parte del ilegal. Cualquier medio que pudiera aumentar sus riquezas. No me sorprendió ver al gobernador Fernando Rossi entre ellos. Levantó su copa de vino en mi dirección y asentí.

—La muerte del don fue hace pocos días. —Padre habló fríamente a cada persona de la habitación—. Hoy estamos aquí para reconocer a su sucesor en memoria de Stefano Vitale. Él lo quiso así y vamos a respetar su voluntad.

Los hombres me saludaron con una inclinación de cabeza e hice el mismo gesto.

—El deber de un don es velar por los intereses de la familia, cuidar nuestro patrimonio de todos los cuervos que están dispuestos a arrancarnos los ojos —prosiguió padre—. Sangrar hasta el último minuto por honor y lealtad.

¿Honor? El abuelo nunca tuvo ni una pizca de honor.

—Stefano Vitale dedicó toda su vida al trabajo con perseverancia, ambición e inteligencia. Fueron más de sesenta años llenos de logros. —Miró a los presentes en la sala—. Consiguió los mejores tratos y gracias a él ganamos respeto. Esperaba a alguien que llenara la talla de lo que dejó con su muerte.

Noté atisbos de sonrisas burlonas y bebí un sorbo de vino para calmar la molestia que me producía la situación. Me encantaba cuando me subestimaban. Tenía un increíble talento para cerrar bocas. El discurso siguió, pero no escuché.

Alayna se sirvió un vaso de coñac y recibió miradas reprobatorias que ignoró. Era divertido que los machistas estuvieran tan escandalizados con su presencia. Deseé tener su confianza, ella no estaba afectada por ser despreciada en un territorio en el que la veían como inferior por ser mujer. Quería que los imbéciles se dieran cuenta de lo que era capaz. Ella mataba con una increíble pasión que nadie poseía.

—Presta atención —susurró Alayna en mi oído.

Parpadeé para salir de mi aturdimiento.

—¿Disculpa?

Un estruendo sacudió el salón. Alayna me tiró bajo la mesa y sacó su arma inmediatamente. La conmoción estalló y escuché una ola de disparos. ¿Qué carajos? Había un hombre en la puerta dispuesto a matarme. Mierda, no lo había visto cuando entramos.

—Quédate quieto, príncipe.

Los demás no movieron ni un dedo porque Alayna se hizo cargo, tomando el control de la situación. Sacó un cuchillo de su bota y lo lanzó contra el muslo de mi atacante. La expresión en su cara era de pura rabia y prometía violencia.

El hombre siguió disparando a pesar de estar herido y Alayna esquivó cada bala. Mi corazón se apretó en mi pecho cuando se acercó a él. Ella se agachó y pateó las piernas del bastardo para quitarle el equilibrio. Lo desarmó en cuestión de segundos.

Le dio una oportunidad de levantarse y él la aprovechó. ¿Qué carajos hacía? Se quedó sin balas, así que le arrojó cuchillos, cualquier cosa que estuviera en la mesa. Alayna volvió a agacharse con una sonrisa que dejó incrédulos a todos en la habitación. Estaba divirtiéndose con su víctima.

—Maten a ese hijo de puta —bramó Gian, sacando su arma. Luciano hizo lo mismo.

Alayna levantó un dedo.

—No se atrevan, es mío.

El hombre corrió hacia la puerta, pero Alayna lo atrapó. Todo sucedió en un parpadeo. Ella recuperó su cuchillo y, con suficiente impulso, lo metió en la entrepierna del sicario. Me quedé pasmado, paralizado. Los gritos de su víctima hicieron eco en la sala y lloriqueó de dolor. Alayna puso los ojos en blanco antes de golpearle la garganta con su codo. Los hombres en la sala la observaban fascinados mientras yo me ponía de pie con ayuda de Luciano.

—¿Cómo entró aquí? —gritó mi padre con el rostro rojo y furioso—. ¡Sáquenlo ahora mismo!

Alayna continuó con el espectáculo, arrastrando el cuchillo por el estómago de mi atacante en un juego lento y sádico. Era tan violenta que daba miedo. Los silbidos hicieron eco a mi alrededor cuando las tripas del tipo cayeron en la alfombra y salpicaron la ropa de mi mariposa. Ella era una diosa de la muerte.

—Hija de puta —maldijo Gian—. Recuérdame no molestarla nuevamente, Luca.

Cuando Alayna se aburrió, dejó caer el cuerpo en la alfombra como si no valiera y se limpió la sangre de sus labios con los dedos. La imagen me dejó sin aire. El evento de esa noche había tenido un giro oscuro. ¿Qué pasó con la seguridad? Podía jurar que lo habían dejado entrar a propósito. Miré a mi padre y encontré la respuesta.

—Fue Moretti —acusó. El odio primordial en su voz—. Él quiere acabar con todos nosotros.

ALAYNA

Ignazio tenía cientos de defectos, pero la estupidez no era uno de ellos. Si quería matar a Luca, lo habría hecho cuando se vieron en el club nocturno. Mis sospechas apuntaron inmediatamente hacia Leonardo Vitale. ¿Quién más sería? Ni siquiera se molestaba en disimular. La rabia me llenó mientras lo miré con odio e indignación. Él me sostuvo la mirada y bebió un trago de whisky. Había tenido fantasías de arrancarle la cabeza cuando se presentara la oportunidad. Pronto me daría el gusto y sería muy satisfactorio.

Fue el primero en apartar los ojos cuando fue demasiado. Cobarde. Limpié mi cuchillo con la ropa del muerto antes de acercarme a Luca.

—Excelente trabajo. —Un hombre me detuvo con sus halagos—. Tu reputación te hace justicia.

—¿Usted es…?

—Eric Vitale. —Me dio la mano, sin importarle que estaba manchada por salpicaduras de sangre—. Padrino de Luca y capitán de la organización. No había tenido oportunidad de presentarme antes.

—Alayna Novak.

Leonardo se acercó, mirando con disgusto el desastre que yo había creado. Los chismosos a mi alrededor murmuraron. Estaban retractándose por juzgarme antes de tiempo, todos ellos me habían visto como un pedazo de culo. Ahora estaban cambiando de opinión.

—No era necesario armar una carnicería —escupió Vitale—. Menos el día que mi hijo tiene el honor de portar un título tan importante.

Quise incrustar mi cuchillo en su ojo, convertirlo en mi siguiente objetivo, pero desgraciadamente debía mantener mi furia bajo control. Todo a su tiempo…

—Salvé la vida de su hijo, señor. De nada.

Soltó un resoplido mientras Eric Vitale escuchaba con atención el intercambio de palabras.

—No, tú querías armar un espectáculo —espetó—. Demostrar un punto, ¿no? Atrévete a negarlo.

Batí las pestañas y amplié mi sonrisa.

—No, no lo negaré —admití orgullosa—. Quiero que todos aquí se lo piensen dos veces antes de atacar a Luca. Eso lo incluye, señor.

Lo dejé atónito para acercarme a un confundido Luca. Gian balbuceó una disculpa antes de alejarse con Luciano.

—¿Te he asustado? —bromeé.

—Estoy consternado —dijo—. ¿Cómo pudo entrar aquí?

—Tenemos tiempo de averiguarlo. Era un novato —sonreí—. Relájate, estás a salvo.

—¿Era necesario este show? Dijiste que no significo nada en tu vida, pero acabas de destripar a un hombre por mí.

—Es mi trabajo.

Quería darles una advertencia a los imbéciles de esa sala. Sin embargo, la voz maliciosa en mi mente sabía que era algo más. La idea de alguien lastimando a Luca me convertía en un monstruo sin control. Era capaz de todo con tal de protegerlo.

Agarró un pañuelo de la mesa y limpió la gota de sangre en mi mejilla. Sus ojos grises permanecieron en los míos.

—Una bala en su cabeza era suficiente, mariposa.

Quité su cálida mano de mi rostro.

—No cuando se trata de ti.

23

LUCA

Elegí un proverbio italiano para mi próximo tatuaje: «*La calma è la virtù dei forti*», que contrastara con el malestar que me había provocado el atentado. Mi paciencia siempre me hizo fuerte y lo mismo la calma. Sabía que la recompensa pronto vendría sin importar cuánto tiempo pasara. Cumpliría mis objetivos mientras todos aquellos que me despreciaron se arrepentirían. La paciencia era una virtud y yo la tenía de sobra.

Quisieron tatuarme otra palabra absurda como «*vendetta*», que era un recordatorio para vengar la muerte de mi abuelo, pero me negué. De hecho, estaba más que agradecido con Moretti por asesinarlo.

La fiesta continuó en el salón, los hombres se divertían con mujeres de escasa ropa e ignoraron la sangre que manchaba la alfombra. El tatuador quitó la aguja y pasó un poco de vaselina por su trabajo. Mi piel ardía, pero no era doloroso.

—Señor Vitale. —El tatuador asintió hacia mí—. Felicidades por su nueva posición.

—Gracias. —Mi respuesta fue seca.

Se retiró y miré a mi padre, que conversaba con mi tío Eric. Extraño porque nunca le había agradado a pesar de que eran hermanos. Los únicos asuntos que trataban eran sobre la mafia y el control de la ciudad. Mi tío contaba con el apoyo de miles de hombres a su disposición. Ganó todo lo que tenía gracias al respeto. Era un buen padre.

¿Qué podía decir del mío? Ni siquiera preguntó cómo me sentía y trató de convencer a los demás de que Moretti era el responsable. Solo un idiota creería sus mentiras.

—¿A qué hora terminará esta tontería? —preguntó Alayna—. Me aburre ver tantos ancianos reunidos.

—Pronto.

Acercó el vaso de whisky a sus labios y bebió un largo trago amargo. Con una postura perfecta y sus largas piernas cruzadas, se sentó como si formara parte de la realeza. Era difícil creer que esta elegante mujer había destripado a un hombre en cuestión de segundos. No tendría que haberme asombrado cuando ella dejó claro que era uno de sus pasatiempos favoritos.

—Supongo que ya no eres un príncipe mafioso.

Pasé la mano por mi nuca e ignoré el hormigueo en mi piel.

—Ahora soy un rey.

Rebuscó en su bolsillo y, cuando encontró lo que buscaba, colocó un cigarrillo en su boca. Sus labios llenos se apretaron alrededor de la boquilla.

—¿Cuánto tiempo llevas fumando? —inquirí.

—Seis años —reconoció a la ligera.

—Eso es mucho tiempo, deberías dejarlo. No es bueno para tu salud.

Sus ojos se estrecharon antes de que una risa sarcástica abandonara su boca.

—Lo dice el chico que se droga. —Chupó el cigarrillo, haciendo que la ceniza se convirtiera en brasas de color naranja—. ¿De verdad crees que podría afectarme?

—Tus pulmones no piensan lo mismo.

—Mis pulmones soportaron cosas peores.

Se sacó el cigarrillo de la boca con dos dedos y dejó que una capa de humo subiera hasta el techo. Nunca vi a una mujer fumar de esta manera. Con su bebida en una mano y el cigarrillo en la otra, se recostó en el sofá y se puso cómoda. Era tan sexy sin pretenderlo.

—Eres todo lo opuesto a este mundo —dijo sacudiendo la cabeza—. No encajas aquí.

—Lo sé.

—He conocido a mafiosos capaces de cualquier cosa por ambición. Desataron las guerras más crueles para defender a sus ciudades. En cambio, tú…

—Intento arreglar el daño que causó mi familia durante décadas —la interrumpí—. No me importa el dinero, no quiero prestigio ni posiciones importantes en la Cosa Nostra. Nada podré llevarme a mi tumba, ¿sabes? Honestamente, prefiero tener una vida tranquila lejos de tantas muertes.

Alayna me escuchó con atención.

—No quiero mirar constantemente sobre mi hombro —proseguí—. No quiero armas apuntando mi cabeza en cualquier lugar que vaya. Solo deseo disfrutar mi vida como los hombres de mi edad. Fraternidades en la universidad, desvelarme a causa de mis estudios, ir a citas con chicas, pasear a Laika en una plaza…

Se quedó en silencio.

—Eres tan sentimental, príncipe. —Sonrió con una mueca burlona—. El mundo no merece tu amabilidad.

Me encogí de hombros.

—Soy un ser humano y no me avergüenza demostrar mis sentimientos —murmuré—. Mi padre quiere verme muerto por un cargo mafioso. No me quedaré conforme con esa idea. Yo seré mucho más, te lo aseguro.

Observé fijamente sus ojos azules, tal y como lo hice la primera vez que nos vimos. Algo sobre su color me atraía. Todo sobre sus rasgos captaba mi fascinación. Era la mujer más hermosa que había conocido en mi vida.

—Me recuerdas a Caleb —dijo—. Ambos sueñan con la vida perfecta. Él dejó atrás todo lo que aprendimos a causa de una mujer.

Volvió a mencionar por segunda vez a su hermano y la curiosidad de conocerlo empezó a carcomerme. ¿Qué sucedió con él? ¿Dónde estaba actualmente?

—¿Valió la pena para él?

—Supongo que sí —contestó—. Es feliz.

Lamí mis labios y las siguientes palabras abandonaron mi boca antes de que pudiera detenerlas.

—Espero conseguirlo todo como él. —Luego añadí—: Incluyendo a la chica.

Alayna se quedó sin palabras.

Los siguientes treinta minutos mis primos la distrajeron. Luciano le hizo preguntas sobre sus técnicas de asesinato; Gian, en cambio, mantuvo las distancias. Se sentía intimidado después de verla en acción.

—Te dije que sería aún más difícil a partir de hoy —comentó mi tío Eric.

—¿Realmente crees que fue Moretti?

—Ya sabes la respuesta, Luca. Mi consejo es que mantengas a la mariposa negra de tu lado. La necesitas más que nunca.

Me toqué el labio y miré la alfombra manchada con sangre.

—Averigua quién era el pobre diablo que quiso matarme —ordené—. Llegaremos como sea a la persona que lo contrató.

—Por supuesto. Disfruta de la noche.

—Lo haré.

Se alejó y apreté el vaso en mi mano. Mi padre me había declarado la guerra y lucharía con todas mis fuerzas. El rey del tablero pronto devolvería el ataque, pero mil veces peor.

—Luca Vitale.

El gobernador Fernando Rossi me tendió la mano y acepté. Su apariencia era elegante como el resto y su postura no demostraba hostilidad, pero no me dejaría engañar. Todos aquí se ocultaban muy bien detrás de sus máscaras.

—Es un honor tenerlo presente en un evento tan importante.

—No hay de qué —sonrió—. Estoy ansioso de escuchar qué propuestas vas a hacernos. Siempre es interesante escuchar a la sangre nueva.

—No le importa mi edad como a los demás.

—Para nada. —Sacudió su mano—. La inteligencia no se mide por los años. Confío en que tu adaptación sorprenderá a más de uno. Siempre pensé que tu abuelo y tu padre eran un poco anticuados en ciertos aspectos.

Arqueé una ceja.

—Estaré encantado de contarle mis futuros proyectos y espero contar con su apoyo.

Levantó su vaso en señal de brindis.

—Cuenta con ello.

Charlé con él cómodamente mientras me explicaba algunos de sus proyectos para el futuro. ¿Tráfico de drogas y armas? Lo toleraba, pero la trata de personas era una historia diferente. Me desligaría de ese turbio negocio a cualquier precio.

Decidimos abandonar la fiesta sin dar explicaciones. Anhelaba comer algo y después darme una ducha para dormir. Mañana debía hacerle sin falta una visita a Berenice y ver cómo seguían las chicas.

—Estoy hambrienta —comentó Alayna.

Sostuve la caja de pizza en mi mano.

—Tanta muerte te ha agotado, ¿eh?

Bostezó.

—Ha sido mi dosis de adrenalina, pero la reunión me ha dado sueño.

—Déjame alimentarte y después regresarás a tu habitación.

—No podría negarme a una porción de pizza italiana con un exquisito vino. —Levantó la botella y las dos copas que sacamos de la cocina.

—Con peperoni y queso.

—Bendito infierno —gimió con una sonrisa y le devolví el gesto.

Escuché sus pasos detrás de mí mientras nos acercábamos a mi habitación. Era casi medianoche. Mi padre no había regresado, probablemente se habría ido a algún prostíbulo con Carlo. No era secreto para nadie que tenían muchas amantes.

Una vez en mi habitación, dejé la caja de pizza en la cómoda cerca del sofá y procedí a quitarme la chaqueta y luego mi camisa blanca. Los ojos de Alayna fueron a mi pecho desnudo sin disimular el deseo. La quería de nuevo, pero no la tocaría a menos que me lo pidiera.

—Come bien si quieres seguir con energía para el resto de la noche —murmuré.

Me hundí en el sofá y ella se sentó a mi lado.

—¿Por qué necesitaría más energía?

Miré sus pechos.

—Porque me estás mirando como si quisieras más que una porción de pizza.

Soltó un bufido.

—Te has vuelto tan arrogante.

Sus ojos se oscurecieron mientras le arrebataba la botella de vino y servía en las dos copas. Alayna se quitó los zapatos con otro bostezo.

—Definitivamente pronto estarás fuera del juego.

—Oh, cállate. —Abrió la caja de pizza para tomar una porción con queso. El olor hizo gruñir a mi estómago y Alayna se rio—. ¿Has visto a esos viejos? Son tan aburridos. Solo comían caviar o cualquier mierda marina.

—¿No te gusta el caviar?

Extendió las piernas y las colocó sobre mi regazo.

—Nada puede competir con una pizza italiana —murmuró, tragando—. La gastronomía de este país es incomparable.

Bebí un sorbo de vino.

—Eso que aún no has probado la pasta con salsa de Amadea.

Me miró con diversión.

—¿Cuándo tendré el honor?

—Cuando quieras.

Quiso agarrar una porción, pero detuve su mano. Llevé la pizza a su boca y Alayna mordió un pedazo sin quitar sus ojos de los míos. Había algo íntimo en la acción. Solo quería que terminara de comer para llevarla a mi cama.

—¿Cuál será tu primer acto como don? —preguntó.

Fue mi turno de comer.

—Quitar del medio a cualquiera que se oponga a mi liderazgo y conservar a los fieles.

—¿Cómo sabrás quiénes son tus aliados? La mayoría de los hombres responden a tu padre.

—Un rey sabe cuándo usar su poder.

—Si rompes el orden, te ganarás a nuevos enemigos —dijo—. Sería imprudente que lo hicieras de golpe porque puede jugarte en contra. Todo debe ser perfectamente calculado y sin prisas.

—Sabes cuál es mi mayor interés.

Suspiró.

—Lo sé, pero debemos seguir como estamos con el perfil bajo ni darles razones a tus enemigos para actuar. Probablemente ahora están ideando algún plan en tu contra. —Tragó bruscamente—. El secreto está en la prudencia.

—Debería nombrarte mi *consigliere*.

Se rio.

—Me halagas, pero no estoy interesada, príncipe. Aspiro a algo más.

—¿Como qué?

Se encogió de hombros.

—Me gusta ser libre —respondió simplemente.

Di otro mordisco a la pizza.

—¿Incluso lejos de mí? Dijiste que estar aquí te hace sentir enjaulada.

Sus pestañas revolotearon.

—Siempre puedo cambiar de opinión.

La sonrisa de satisfacción se dibujó en mis labios.

—Déjame convencerte entonces.

Nuestras narices se tocaron, las respiraciones se alteraron. El más leve olor a sangre golpeó mis fosas nasales. Un recordatorio de lo que esa noche había hecho por mí. La traje a mi regazo y jadeó suavemente.

—Luca…

—Dime lo que quieres —insistí—. No es tan complicado.

Apreté mi mano en su garganta y volvió a gemir.

—A ti.

—Repítelo.

Su cuerpo se inclinó, enviando una cascada de largo cabello negro hacia su espalda.

—Te quiero a ti, Luca.

Nunca fui paciente cuando se trataba de ella. La levanté en mis brazos y la tiré sin delicadeza en la cama. Alayna empezó a quitarse la ropa mientras yo hacía lo mismo. Estaba obsesionado con su cuerpo. De hecho, pasaría horas adorándola porque era mi templo favorito.

Se humedeció los labios cuando me vio desnudo y me subí sobre ella. Me agarró de la garganta, apretándome la nuez de Adán. Empecé a toser, pero en vez de soltarme se rio y me las arreglé para apartarme. Ahora era yo quien tenía su cuello en mi mano.

—Te encanta que sea rudo contigo, ¿verdad? —pregunté.

Su pequeña sonrisa me arruinó.

—No tienes idea, príncipe.

Bajé el pulgar hasta su sexo para comprobar lo mojada que estaba. Mi dedo se llenó de humedad. Siempre lista. Le abrí las piernas y la penetré. Su interior me recibió con una gran bienvenida. Cristo... esta mujer. Se adaptaba a mí a la perfección y me aturdió un momento. Era lo más cercano a estar en el cielo.

—Te sientes tan bien.

—Luca... —pronunció mi nombre como si fuera a morirse si me detenía.

Me salí un segundo y volví a embestirla profundo. Se aferró a mí con un lloriqueo y un jadeo adolorido. Tan mía, aunque no quería admitirlo.

—¿Te gusta lo mucho que duele? —Las gotas de sudor chorrearon por mis sienes.

—Me gusta tenerte dentro de mí —respondió, su acento ruso más marcado que nunca.

Le pasé el pulgar por el labio inferior. Alayna abrió la boca y chupó mi dedo. Mi pene se volvió más grueso dentro de ella. Esta mujer me hacía pedazos.

—¿Lo quieres duro?

—Sí.

Mi lado más oscuro rugió en aprobación.

Coloqué una mano alrededor de su esbelto cuello y ejercí presión mientras la follaba. El grito de placer que emitió era tan satisfactorio que me impulsó a moverme sin control. Le pasé la lengua por la piel expuesta y chupé con la intención de dejar una marca en ella. Su labio tembló y sus ojos azules se nublaron. Conocía esa expresión. Ella estaba cerca.

—Maldición... —gruñí, apartando la mano.

Golpeé mis caderas contra ella varias veces. Sus gritos de placer resonaron en la habitación y trató de callarlos en mi boca con un beso. No funcionó. La follé tan fuerte que me imploró la liberación y se lo di con muchísimo gusto. El clímax era suficiente para hacer que mis músculos se encogieran de tensión. Y, cuando terminó, me quedé en su interior, mi cara metida entre sus preciosas tetas.

—Quédate conmigo esta noche —supliqué. Mi voz salió ahogada y sin aliento.

Sorpresivamente asintió y volvió a besarme despacio. Nos estábamos arruinando el uno al otro, pero qué bien sentaba. No quería que terminara nunca.

ALAYNA

DIECIOCHO AÑOS ATRÁS...

Talya se deslizaba en mi cama algunas noches para que pudiéramos soportar el frío. Nos convertimos en expertas robando comida y mantas. Me aseguró que nadie sabía lo que hacíamos, pero me sentía insegura al respecto. Si él nos descubría, todo terminaría muy mal.

Hizo que la ausencia de Caleb no fuera notoria. Empecé a verla como algo más y ese fue mi mayor error. Mi estado de ánimo dependía de cuántas veces al día la veía. Durante los entrenamientos la buscaba con mis ojos y sonreía cada vez que me miraba. Me había vuelto nuevamente dependiente. Si ella me faltaba, no sabía lo que haría.

—¿Tú de nuevo? —pregunté con un bostezo.

Me abrazó, inhalando mi cabello. El resto de las niñas no hicieron ni el mínimo ruido porque tomaban las pastillas que nos daban durante la cena. Talya y yo fingíamos que lo hacíamos, pero en realidad no. Las escupíamos cuando nadie se daba cuenta.

—Todo está más frío sin ti —susurró en la oscuridad.

—Talya...

Me alarmó la forma en que su cuerpo se encogió de dolor. Le di palmaditas en la espalda y se puso peor. Su boca se abrió en un gemido ahogado y traté de buscar ayuda, pero su mano en mi codo me lo impidió.

—No lo hagas —suplicó con dificultad—. Nos matarán si se enteran de que estamos despiertas.

Las lágrimas llenaron mis ojos.

—¿Estás bien?

—Sí.

Llevó las mantas hasta su barbilla y forzó una sonrisa. La vi pálida, escuálida y una larga mancha morada decoraba su cuello. Él la había tocado.

—Fuiste castigada —musité—. ¿Por qué?

Tragó saliva.

—Él lo sabe.

El miedo a lo que eso significaba heló mi sangre. Necesitaba aire o esto me consumiría. Me mataría. No podía perderla a ella también.

—¿Entonces qué demonios haces aquí? —Agarré su brazo y la eché fuera de mi cama—. Fue una maldita advertencia, Talya. Nos matará a ambas si esto continúa. Debemos detenernos.

Era rey de esta organización. Tenía ojos y oídos en cualquier rincón. ¿Cómo pudimos creer que no lo notaría? Rompimos la regla más grande. Él no lo perdonaría.

—Seremos cuidadosas…

—No seas estúpida —escupí—. No puedes engañar nunca al creador del juego. Es dueño de nuestras vidas, recuérdalo. Esta será la última vez que hablaremos a solas. ¿Entiendes? Tomaremos las pastillas y fingiremos que nunca sucedió.

Su rostro se contorsionó con el dolor.

—No estás hablando en serio.

Era la más sensata de las dos, sin duda. Talya también desarrolló los sentimientos que estaban prohibidos y se condenó a sí misma.

—Nunca he hablado más en serio. —Me acosté en la cama y me cubrí con las mantas—. Vete, Talya. Ya no quiero ser tu amiga.

Las lágrimas brotaron de las esquinas de sus ojos. Debió de ver la determinación en mi expresión porque asintió y regresó a su cama sin pronunciar otra palabra. Lloré en silencio, reprimiendo los sollozos a pesar de que mi alma estaba hecha pedazos. Si no me alejaba de ella, ambas terminaríamos muertas, pero me di cuenta demasiado tarde.

Al día siguiente Talya estaba desaparecida.

Mis gritos me despertaron mientras trataba desesperadamente de regresar a la realidad. Mi cuerpo temblaba y mi corazón martilleaba con el pánico que abrumaba mi pecho. Dos manos se posaron en mi mejilla, pero sacudí la cabeza de un lado a otro.

No supe cómo sucedió, pero estaba sobre Luca con mi codo en su garganta. No apreciaba ser tocada cuando no tenía consciencia ni lucidez. Me sentí congelada y aterrada. Era la niña de diez años que había perdido a su mejor amiga y su primer amor.

—Soy yo, tranquila —me consoló.

Lo solté y me desprendí de su cuerpo con una respiración profunda. Toda mi infancia fue una pesadilla. Talya se presentaba nuevamente en mis sueños después de mucho tiempo. Había logrado suprimirla de mis recuerdos, pero regresaba con el único propósito de atormentarme. Odiaba tener una recaída en presencia de Luca. No quería hablarle sobre mis debilidades porque me rompería.

—¿Estás bien? —preguntó Luca, alarmado.

Aclaré mi garganta.

—Sí.

—Iré a por un poco de agua.

Agradecí que no hiciera más preguntas porque ahora mismo no podía manejarlo. Talya fue mi escape del mundo cruel al que era sometida, pero también me la arrebataron. ¿Y lo peor? Fui la causante de su muerte y nunca me lo perdonaría.

Por la misma razón intentaba que Luca no se convirtiera en otra debilidad, aunque ya era tarde. Desafiaba mi paciencia y mi cordura. No podía permitir que nublara mi juicio. Los sentimientos hacían que las personas más fuertes cayeran y yo estaba hundida hasta el fondo.

—Aquí tienes. —Luca regresó con un vaso de agua y acepté.

—Gracias. —Bebí un sorbo, sintiéndome mejor cuando el líquido frío alivió mi garganta. Le devolví el vaso antes de acurrucarme de nuevo en sus brazos.

—¿Quieres hablar?

Negué.

—Prefiero olvidarlo —susurré.

Liberó una larga exhalación y acarició mi espalda desnuda. Lo odiaba porque amaba el calor que proporcionaba su piel y me sentía segura. Lo odiaba tanto.

—Seguiré aquí si algún día necesitas soltarlo. No es bueno que te lo guardes todo para ti misma.

Tracé círculos con mi dedo en su pecho desnudo.

—Me tratas como si fuera de cristal.

Se rio suavemente.

—Hasta la persona más fuerte a veces necesita derrumbarse, Alayna.

Me quedé en silencio y entendí por qué razones me gustaba tanto estar con él. Luca no me veía como un monstruo.

24

LUCA

Me di una ducha que duró casi dos horas, pero no pude quitarme de encima el aroma de Alayna. Persistía en mi piel como una entidad imborrable. La noche fue intensa y satisfactoria. Me permitió conocer más de ella a pesar de que no quiso decirme de qué trataba su pesadilla.

Tuvo una vida dura y llena de violencia que la rompió de mil maneras. Sin embargo, ella seguía de pie a pesar de todo. La admiraba tanto. Ojalá pudiera verse a través de mis ojos. Se daría cuenta de que era una mujer maravillosa y única. Valiente, resiliente…

—¿Otra vez bebiendo café en exceso? —preguntó mi madre, sentándose a mi lado en uno de los taburetes de la cocina.

Nuestra relación había cambiado desde que Alayna llegó a la casa, pero ella no era responsable. Mi madre estaba empeñada en seguir controlando mi vida, imponiéndome cosas que yo no quería.

—Buenos días. —Mi voz sonó seca y bebí otro sorbo de café.

Frunció el ceño al percibir los mordiscos y arañazos en mi cuello. Quiso hacer preguntas sobre qué había sucedido la noche anterior, pero no iba a responderlas y lo sabía. No le rendía cuentas a nadie. Ya no. Esos tiempos terminaron.

—Tu padre me contó que quisieron matarte —musitó—. Ella impidió que suceda.

Sorpresivamente, no había veneno ni malicia en su voz. Mi madre era antipática cuando se trataba de Alayna, pero sé que estaba agradecida con ella.

—Alayna es buena en su trabajo.

Les echó otro vistazo a los mordiscos en mi cuello con reproche en sus ojos.

—Al parecer no solo en eso.

Dejé la taza de café sobre la mesa y me puse de pie. No estaba de humor para lidiar con sus comentarios. Hoy sería un día duro porque visitaría el prostíbulo. Nunca regresaba con las emociones intactas cuando iba a ese lugar. Berenice había llamado más temprano para informarme de que las chicas no comían. Ella ya no podía sola y yo debía intervenir antes de que la situación empeorara.

—Te veo más tarde, mamá. —Agarré una manzana del frutero y me alejé. No la veía, pero escuché el ruido que hicieron sus tacones mientras me seguía. ¿Ahora qué?

—La próxima semana es el cumpleaños de Marilla —comentó—. El 30 de octubre.

—¿Qué tiene de especial?

Caminé por los pasillos, dirigiéndome al jardín. Quería ver a Laika primero antes de encontrarme con Alayna. La tenía olvidada.

—Organizará una fiesta y quiere que estés presente.

Le di un gran mordisco a mi manzana crujiente. Quedó claro que de ninguna manera iba a librarme de ella. Nunca se daría por vencida.

—Mala suerte la mía.

—No seas desconsiderado, Luca.

Laika vino corriendo cuando notó mi presencia y me agaché para recibirla. Orejas acostadas, cola moviéndose, lengua afuera, saltó una y otra vez sobre mí.

—Hey, amiga. —Rasqué sus orejas—. Eres una buena chica, ¿eh?

—Como te decía… —madre se aclaró la garganta para que le prestara atención—, Marilla quiere que asistas, pero sin tu escolta. Y, siendo sincera, la comprendo. No sería correcto que vayas a su cumpleaños con tu amante. Es una completa falta de respeto.

—Es una broma, ¿no? —Me levanté con Laika pegada a mis piernas—. Anoche quisieron matarme y Alayna me salvó la vida. ¿Crees que puedo salir sin ella? No digas tonterías.

Apretó los labios.

—No me hables así, jovencito. Soy tu madre.

—Entonces deja de meterte en asuntos que no te conciernen —respondí con enojo—. Nada de lo que intentes hará que sienta algo por Marilla. Además, me da igual si Alayna le gusta o no.

Arrugó la nariz con disgusto.

—Sé que no sientes nada por ella, pero deberías hacer un esfuerzo. Será tu esposa.

Me burlé y le di lo que quedaba de mi manzana a Laika. Ella la aceptó con gusto.

—¿Cuántas veces me dijiste lo mismo?

Madre exhaló, tratando de mantener su poca paciencia.

—Más de la cuenta.

—¿Ha cambiado algo?

—No.

—Entonces deja de intentarlo.

Le di la espalda para entrar nuevamente a la mansión. La mañana había empezado mal y madre acababa de empeorarlo. ¿Por qué no podía dejarme tranquilo? Antes no me daba este tipo de atenciones, pero con Alayna cerca estaba empeñada en fastidiarme la vida.

—No importa con quién vayas, pero lo correcto es asistir al cumpleaños de tu prometida —gritó detrás de mí—. Será de disfraces.

—Bien —espeté—. Confírmale mi presencia a Marilla.

El silencio era asfixiante mientras conducía. Alayna masticaba chicle sin intenciones de entablar una conversación. ¿Pensaba en lo buenos que éramos juntos? ¿O tal vez se arrepentía por haberse mostrado vulnerable ante mí? Apostaba que era la segunda opción.

—¿Qué te dijo Berenice por teléfono? —inquirió después de minutos, rompiendo el tenso silencio.

—Nada está bien con las chicas, no me dio muchos detalles.

—El encierro las volverá locas si no termina pronto.

La tristeza en su voz me provocó un nudo en el estómago.

—Lo sé, pero hago lo que está a mi alcance.

—No podemos juzgarlas —susurró. No estaba mirándola, pero sentí sus ojos perforándome—. ¿Tienes idea de lo que significa estar lejos de tu familia y ser privada de tu libertad? Día tras día despiertas con la ilusión de que pronto volverás a verlos, aunque sabes que no es así. La falsa esperanza es una agonía que te come viva.

Hablaba por experiencia propia. Me dolió pensar en las circunstancias que había pasado. Tal vez eran iguales o peores. Fue entrenada en una organización de asesinos, no la trataron con guantes de seda ni delicadeza. La rompieron en millones de fragmentos y la obligaron a ser esta persona fría y cruel.

—¿Entonces qué sugieres? —pregunté—. La realidad duele, Alayna.

—Tienes que hablar con ellas y dejar de hacer promesas. No regresarán pronto con sus familias.

—No quiero romper sus corazones.

—Es preferible vivir de hechos, no de ilusiones.

Tensé la mandíbula y me mordí la lengua porque no había nada que refutar. Ella tenía razón, pero no quería destrozarlas más de lo que estaban. Las niñas soportaban el encierro gracias a la esperanza.

Rafael inclinó la cabeza y evitó mis ojos cuando entramos. Nada de sonrisas cálidas ni saludos como la última vez. Mi nueva reputación asustaba a algunas personas. Había leído a Maquiavelo más de diez veces. Él decía que era mejor ser temido antes que amado porque el afecto terminaba fácilmente. Se aplicaba muy bien a mi situación.

Era temprano, la música no estaba tan alta. Las mujeres miraron a Alayna y luego a mí. Berenice se acercó sin su habitual sonrisa de bienvenida. La tensión y el estrés eran notables en sus ojos. Me saludó con tristeza y el corazón roto. Su vestido era feo y arrugado. Algo inusual para ella.

—Me preguntaba cuándo te dignarías a venir —musitó al borde del llanto—. Ya no sé qué hacer con ellas, Luca.

Eché un vistazo al salón. Las mujeres seguían trabajando, pero no me gustaba que Berenice hablara con tanta libertad.

—Llévame con ellas —pedí.

Asintió y nos condujo a la habitación de las chicas. Cuando la puerta se abrió, me recibieron ojos tristes, agotados y asustados. El olor a humedad subió a mi nariz y me tomó desprevenido verlas en ese estado lamentable. Sucias, despeinadas y heridas. Una de ellas tenía el brazo vendado. Alayna maldijo a mi lado.

—¿Puedes decirme qué carajos sucedió aquí? —exigí enojado. Había dado claras órdenes de que cada una estuviera en las mejores condiciones. ¿Por qué este lugar parecía el maldito holocausto?

Berenice palideció por mi rabia. Sus palabras chocaron cuando habló.

—Martha quiso suicidarse —explicó, su voz se ahogaba por los sollozos—. Anoche iba a saltar por la ventana, pero la detuvimos a tiempo. Se rompió el brazo en el intento.

Podría haber tomado un cuchillo y clavármelo en el pecho en ese mismo instante. No me agobiaría, no me dolería tanto como sus palabras. Sabía que estaban desesperadas, pero no imaginé que llegarían a este extremo. Intenté ayudarlas, no permití que ningún hombre las tocara, tenían techo, comida y buen trato. Las otras mujeres no contaban con la misma suerte. Vivían en condiciones precarias donde eran tratadas como objetos. Ya no sabía qué hacer. Ni siquiera Yvette tenía el valor de hablarme.

—Todas se pusieron de acuerdo para no comer —continuó Berenice—. Tampoco se bañan o me hablan. Quieren morir, Luca.

Sentí como si una montaña de arena hubiera caído sobre mí. Las lágrimas ardieron en los bordes de mis ojos, pero me contuve. No era momento de romperme, debía encontrar una solución. Mis palabras no ayudarían. Estaban cansadas de esperar y lo entendía. Me sentiría igual. Era imposible enojarme con ellas. Necesitaban hechos, no palabras. Alayna tenía razón.

—Un mes —susurré, segundos después.

—Luca, no. —Alayna apretó mi brazo.

—Necesito un mes para arreglar este desastre. —Miré a cada chica—. ¿Creen que soy feliz viéndolas sufrir? Tengo una hermana pequeña a quien amo con mi vida entera y si le pasara lo mismo no lo soportaría.

Un silencio de muerte se hizo presente. Fue un error dar a conocer más de mí, pero necesitaba que me vieran como era realmente: un ser humano con sentimientos y no un monstruo sin corazón.

—No he vuelto a dormir en paz desde que las traje a este lugar. Cada vez que cierro los ojos las veo pidiéndome ayuda. Es una tortura que no me permite vivir. —Mi voz salió jadeante—. Están en mi cabeza y duele como no tienen idea. Duele porque aún no he tenido la oportunidad de cumplir mi promesa, pero lo haré. Maldita sea, lo haré.

Escuché un leve sollozo en el fondo de la habitación, pero nadie se acercó. Mantuvieron sus distancias como si yo fuera el verdadero villano de la historia.

—Hago lo posible para que regresen con sus familias, pero no es fácil —expliqué—. Quiero que me ayuden. Nadie saldrá beneficiado si intentan matarse o no comen. ¿Anhelan salir de aquí? Resistan conmigo.

Sin palabras.

Alayna unió sus dedos con los míos y Berenice soltó un sollozo ruidoso. Ella me compadecía porque llevábamos más de un año intentando no hundirnos en el océano.

—Las necesito, por favor. —Mi voz se quebró con la última palabra.

ALAYNA

Su mirada reflejó tantas emociones que fue inevitable no sentir empatía. Alguien se había expresado igual conmigo hacía años y desde entonces no había podido olvidarlo.

Terminar con el negocio de Leonardo Vitale sería un enorme triunfo, una liberación masiva de mujeres inocentes. Luca y yo lograríamos salvarlas. No podía dejarlo solo. Eso iba en contra de todo lo que era. Desde que me convertí en la mejor asesina de la organización me prometí a mí misma que usaría mis conocimientos en contra de aquellos que dañaban a los más inofensivos. Yo fui una de ellos alguna vez y no quería que nadie sufriera lo mismo.

Intenté no involucrarme con Luca sentimentalmente, pero fracasé. Siempre había tenido un límite respecto a mis emociones y él había derribado todas mis barreras.

—Eso ha sido una mierda —susurré.

Luca sonrió tristemente.

—Lo sé.

El humo nos rodeaba y di otra calada al cigarrillo para alejar el estrés. Permanecimos sentados sobre el capó de su coche, el cielo era nubloso y deprimente. Cada vez que salíamos de ese prostíbulo una parte de nosotros moría con ellas. Necesitaba que este proceso terminara pronto. Ya no quería volver ahí. No podía.

—¿Qué te llevó a tomar esta decisión? —inquirí—. No cualquiera se atrevería. Arriesgaste tu pellejo y traicionaste a tu propio padre.

Arrebató el cigarrillo de mis labios y fumó lo poco que quedaba.

—Mis traumas —respondió Luca—. Desde que era un niño he presenciado cómo muchas mujeres eran violadas y torturadas. No puedo olvidar a una en especial. Se llamaba Antonieta y era sirvienta de mi abuelo.

—Ya me imagino lo peor.

Me dirigió otra sonrisa triste.

—Tuvo un final muy trágico. —Su voz era un susurro roto—. Mi abuelo se la cedió a varios de sus soldados para que se divirtieran con ella. La violaron diez hombres. Antonieta sobrevivió, pero no volvió a ser la misma. Perdió la razón y se quitó la vida.

Mi rostro se desencajó por la rabia e indignación. Si el viejo de mierda estuviera vivo, me ocuparía de matarlo yo misma.

—Lo presencié todo, ¿sabes? Me invitaron a unirme, pero me negué. Ese día lloré como nunca antes —murmuró—. Pataleé, grité y golpeé. No quería que lastimaran a la mujer y como consecuencia me obligaron a ver.

Mi corazón se aceleró, mi pecho empezó a doler. Me imaginé a un niño presenciando un acto tan asqueroso y atroz.

—Lo siento.

Lanzó la colilla al suelo y la apagó con la punta de su zapato.

—Cuando mi padre me involucró en la trata de blancas me propuse a ayudarlas como fuera. Si me quedaba cruzado de brazos, me convertiría en un maldito monstruo. —Hizo una pausa, su mirada perdida en el vacío—. Me negué a ser como ellos y rescato a las que puedo. Sé que no es lo más inteligente, pero pongo mi mayor esfuerzo y no me arrepiento. Quiero ayudarlas, Alayna.

Lo miré con nuevos ojos, embobada por sus palabras.

—Pienso que es muy noble y valiente de tu parte.

—Es lo más amable que me has dicho hoy.

Me bajé del capó y me posicioné frente a él.

—Tengo muchos defectos, pero acepto cuando alguien es lo suficientemente valiente para arriesgar su vida sin importar cuán duras podrían ser las consecuencias. Sigues adelante con tu plan a pesar del miedo.

Sus ojos grises eran una bruma tormentosa.

—No me detendré —dijo—. Acabaré con mi padre y salvaré a las chicas.

—Yo te ayudaré. Somos un equipo, príncipe. Recuérdalo.

LUCA

La siguiente semana pasó volando. Tomé mi rol más pronto de lo que creía, asistiendo a reuniones y eventos. Mi padre no se molestó en hablarme y tampoco me dio indicaciones sobre qué nuevos retos me esperaban.

Probablemente estaba planeando mi caída como dijo Alayna y me lanzaría una bomba cuando menos lo esperara. El hijo de puta se moría de envidia en estos momentos. A una parte de mí le encantaba verlo tan derrotado. La persona que había despreciado toda su vida se quedaba con lo que él más codiciaba.

Puse al tanto a Alayna sobre el cumpleaños de Marilla, que se llevaría a cabo esa misma noche. Compré mi disfraz y después llamé a Luciano. Recibí un regalo de su parte: las pruebas que necesitaba en contra de mi prometida. Todo marchaba según lo planeado. Nada podría salir mal.

Me dirigí a la oficina de mi padre aprovechando su ausencia. Cualquiera tenía prohibido invadir su privacidad, pero quería saber qué lo mantenía tan ocupado. Quizá su santuario me daría alguna información útil. Había aprendido a abrir la puerta sin necesidad de una llave. Manipulé la cerradura con una navaja y sonreí cuando se abrió fácilmente.

Eché un breve vistazo a mi entorno para asegurarme de que nadie me viera y después entré. Todo estaba limpio excepto la botella vacía sobre el escritorio caoba. También había papeles y el ordenador encendido que no tocaría.

Miré el estante de libros, cuadros familiares y otras botellas, pero lo que llamó mi atención fue el cajón entreabierto de su escritorio. ¿Qué carajos, padre? Volví a mirar la puerta antes de acercarme y hurgar. Mi mano hizo contacto con un pequeño dispositivo y sonreí. ¡Bingo! Era un *pen drive*.

Antes de poder evocar un pensamiento, unos chillidos hicieron eco por los pasillos y reconocí la voz de mi madre. Maldita sea. Dejé el cajón como estaba, pero robé el *pen drive* y abandoné la oficina a toda prisa. El tono de mi padre bramó con ira y me estremecí. Estaban discutiendo.

Me encorvé cerca de una pared, tratando de pasar desapercibido. Si él descubría que había estado en su oficina, me cortaría las bolas. Los sollozos de mi madre rebotaron a través del espacio abierto mientras miraba con atención la escena. ¿Qué le había hecho?

—Deberías ser más discreto con tus aventuras, Leonardo —lloró ella—. Todos los días llegas a casa oliendo a prostitutas. Báñate antes de meterte en la cama. Me das asco.

—Cuidado, mujer —siseó Padre—. No me digas qué mierda hacer, recuerda tu lugar en esta casa. Eres una puta más.

Mis manos en puños temblaron de impotencia. Presencié los mismos episodios desde que era un niño. Escuchar sus gritos y peleas era normal, pero lo que más odiaba de esto era cuando llegaban los golpes.

—¿Estás borracho? —cuestionó ella—. ¿Qué harías si mañana busco a alguien más?

«No, mamá. Decir eso fue un error».

—Maldita zorra —gruñó él. Su rugido resonó en las paredes y el chasquido de su mano conectando con su mejilla fue fuerte—. Vuelves a decir una tontería como esa y te corto la lengua. ¿Entiendes?

No podía quedarme quieto mientras golpeaba a mi madre. Guardé el *pen drive* en mi bolsillo y decidí intervenir sin importar las malditas consecuencias. No le pondría la mano encima nunca más, no en mi presencia.

—Luca… —sollozó madre. Las lágrimas cayeron de sus ojos mientras sostenía su mejilla roja.

Mi padre se tambaleó y soltó una carcajada desagradable. Era un ebrio lamentable. Desde la muerte de mi abuelo no había vuelto a ser el mismo, su autocontrol se derrumbaba.

—No vuelvas a golpearla —amenacé—. Nunca más vuelvas a ponerle una mano encima.

Apoyó sus palmas contra la pared más cercana. Su cabello se veía grasiento y su traje tenía arrugas con restos de comida. Pude oler el perfume barato en él. Disfrutaba al mostrarle a mi madre que había pasado la noche con otra mujer.

—¿Qué harás, pequeño imbécil? —expresó entre risas—. ¿Defenderla? Nunca tuviste el valor de hacerlo. Solo lloras y ruegas.

Me enderecé y me acerqué a mi madre. Me sostuvo la mano en un gesto tan desesperado que dolía. Nadie volvería a tratarla así en mi presencia.

—Pruébame —lo tenté—. Soy muy capaz de hacerte pedazos. ¿Qué me dices de ti? Eres un ebrio lamentable.

—Ya no eres el niño débil de antes, ¿eh? —se burló—. Tu posición te da el valor que siempre te faltó.

—No soy yo quien golpea a una mujer indefensa para demostrar poder.

Se movió hacia mí rápidamente y su aliento a vodka golpeó mi cara.

—Eres débil —repitió—. La decepción más grande de toda mi vida. Cuando naciste creí que serías mi mayor orgullo y un hombre de verdad. Obtuve un maldito marica que llora por putas inservibles.

Qué argumento tan mediocre. Si pensaba que me humillaba, estaba equivocado. Yo era el dueño del control y la serenidad. Él un pobre diablo desesperado.

—Como digas, padre.

Me ignoró como si no valiera la pena perder el tiempo conmigo y miró con repulsión a mi madre.

—Tú y yo hablaremos después —advirtió y se retiró.

Madre sollozó ruidosamente mientras me abrazaba y la apreté contra mi pecho. Quería llevarla a un lugar donde nadie la lastimara. Ella había sido infeliz la mayor parte de su vida. ¿Cuándo recibiría la ansiada recompensa?

—Lo siento —se disculpó.

—No es tu culpa —le recordé—. Nada de esto es tu culpa.

—Sí, lo es. —Tembló en mis brazos—. Nunca debí aceptar sus abusos.

—Eres una víctima más —insistí—. No eres culpable de sus abusos. Entiende eso, madre. Él es un monstruo despreciable y no te merece. ¿Me oyes?

—Oh, Luca, eres un gran hijo —dijo con los ojos llenos de lágrimas—. Él está equivocado sobre ti, cariño. Llegarás muy lejos y espero estar a tu lado para verlo.

La estreché de nuevo y besé su frente.

—Te juro por mi vida que vas a verlo, madre. Haré que te sientas orgullosa de mí.

ALAYNA

Abrí la enorme caja dorada con una sonrisa satisfecha. Había comprado en línea el disfraz perfecto para la noche. Era digno de una reina. El vestido rojo brillante tenía la espalda descubierta y un escote en forma de corazón. Mi peluca también era roja combinada con guantes de seda violeta.

Renuncié a llevar sostén. El vestido era demasiado atrevido con el escote que llegaba a la mitad de mi torso, más allá de la parte inferior de mis pechos. Se veía el sujetador y no funcionaría. No insultaría a la moda.

Un golpe sonó en la puerta.

—Adelante.

Kiara entró con una tímida sonrisa. Examinó mi vestido, la peluca y los guantes con la boca muy abierta.

—¡Oh, Dios! —chilló, admirando las prendas—. ¿Jessica Rabbit? ¡Estás increíble! ¡Es tan tú!

Sonreí.

—Gracias.

—Tus ojos son increíbles, al igual que cada parte de tu cuerpo. Nadie puede culpar a mi hermano por quererte solo para él.

Mi estómago se contrajo por sus palabras. Me incomodaba que Luca fuera tan obvio, incluso su inocente hermana notaba que me deseaba más que a su prometida.

—Tú también eres hermosa, Kiara.

Se sonrojó.

—Me encanta escucharlo de ti —dijo—. ¿Puedes ayudarme con mi maquillaje? No soy buena en eso.

—Por supuesto. ¿Quieres algo liviano o un poco cargado?

—Cualquiera funcionará bien —musitó—. Mi disfraz es de Minnie.

—Estupendo. —Caminé a la cómoda y recogí lo necesario—. ¿Tu madre está de acuerdo en que vayas a la fiesta?

Se sentó en la cama con las manos en su regazo.

—Sí, pero me hizo prometer que regresaré temprano.

—¿Qué hay de tu padre?

Tragó saliva.

—Ya casi no está en la casa y dudo que note mi ausencia —respondió—. Mi disfraz es modesto a comparación del de Marilla. Irá vestida de diabla.

Resoplé. Una ardilla le quedaría mejor.

—Qué cliché.

—Es su cumpleaños y más le vale que no haga un escándalo. —Puso los ojos en blanco.—. Ya me imagino su reacción cuando te vea. Ella no quería que fueras.

—Soy escolta de Luca, eso es imposible.

—Lo sé, pero es Marilla —suspiró—. Tendrá más de doscientos invitados y no te reconocerá. Menos con la peluca.

—Ya lo veremos.

—¿Crees que Luciano estará ahí? —preguntó ilusionada.

Fruncí el ceño mientras le aplicaba un poco de base.

—Apuesto a que sí. Siempre está presente en cualquier fiesta que va Luca.

Se mordió el labio con otro suspiro soñador. No cabía dudas de que le gustaba ese patán.

—Es tan guapo —aceptó con descaro.

—Es mayor para ti y es tu primo.

Una sonrisa despreocupada asomó a sus labios.

—No es mi primo de sangre —corrigió—. Podemos estar juntos cuando cumpla dieciocho años.

No repliqué y me enfoqué en terminar su maquillaje. El amor adolescente era tan estúpido.

LUCA

Le di la dirección a Alayna para que viniera con Kiara a la fiesta. Mi disfraz no era muy creativo, pero me sentí cómodo vestido como de fantasma de la ópera.

Los coches rodearon la mansión de ladrillos cuando estacioné, la mayoría eran sedanes negros con cristales oscuros. Entré en la fiesta después de anunciar mi nombre y me uní a cientos de cuerpos moviéndose al ritmo de la música. Post Malone sonaba en los altavoces. Las bolas de espejos producían un efecto lumínico que me mareaba. Había una gran variedad de personas con disfraces. Algunos sobrepasaban lo ridículo.

No tardé mucho en reconocer a Gian, Liana y Luciano. Los tres ofrecían un gran espectáculo en la multitud. Sus disfraces eran geniales. Mientras Liana era Cleopatra, Gian y Luciano eran dos dioses egipcios. El trío perfecto. Me pregunté cómo estaría vestida Alayna. Ya quería verla.

—¡Luca! —Liana se apartó de los chicos para venir hacia mí—. ¡Te ves increíble!

Le di un breve abrazo.

—Gracias.

Me guiñó un ojo.

—Eres tan sexy.

—Tú no te quedas atrás.

Gian ya estaba consumiendo una pequeña cantidad de éxtasis cuando lo saludé. Luciano me ofreció, pero lo rechacé. No tenía intenciones de drogarme. Además, había una sola droga que deseaba consumir en mi cama esa noche.

—¿Dónde está tu escolta? —preguntó Luciano, mientras Liana empezaba a moverse alrededor de mi cuerpo.

—Vendrá con Kiara dentro de poco.

Gian se rio.

—Apuesto a que pondrá duro a más de uno.

Una ola de celos me sacudió.

—No hables así de ella. Es capaz de cortarte las bolas.

Disimuló su tos con una risa nerviosa, probablemente recordaba el día que destripó al hombre.

—No lo dudo.

—¡Luuuca! —La voz chillona de Marilla casi me dejó sordo a pesar de la música alta.

Se acercó a mí precipitadamente mientras empujaba a varias personas lejos de su camino. Tenía puesto un corto vestido rojo acompañado de una cola de diabla y el tridente. Mierda, quería ver a Alayna con este disfraz. Mi fantasía se arruinó.

—Feliz cumpleaños, Marilla —le dije, sin una pizca de entusiasmo—. No tuve tiempo de comprar un regalo.

Rodeó mi cuello con sus brazos y estampó su boca contra la mía. Era un beso urgente, desesperado. ¿Cómo se atrevía a besarme cuando se acostaba con su guardaespaldas? Su lengua me pidió entrar, pero me negué.

—Cálmate —murmuré, limpiando mis labios.

No le dio importancia a mi rechazo y sonrió.

—Estoy muy feliz de verte. —Depositó otro beso en mi mejilla—. Tú eres mi regalo de cumpleaños.

—¿Dónde está tu guardaespaldas?

Mis primos se rieron por la pregunta.

—Haciendo su trabajo —respondió Marilla que ya no sonreía.

—Felicidades, Marilla —dijo Liana, pero fue ignorada.

—Ustedes dos… —Marilla fijó sus ojos venenosos en mis primos—. No se droguen en mi fiesta.

Me reí. Demasiado tarde.

La canción cambió a «Monster», de Lady Gaga, y la risa murió en mi garganta. Todo el aire fue aspirado de la habitación. Allí, acompañada de Kiara, estaba Alayna Novak. ¿Cómo podría resistirme a ella? Su peluca era roja, pero reconocí su cuerpo a la perfección. El vestido rojo brillante se ajustaba a su figura, los guantes de seda violeta cubrían sus antebrazos. Era la perfecta nueva versión de Jessica Rabbit. Su disfraz captó la atención de todos en la fiesta y no controlé el gemido bajo. Estaba hermosa, perfecta, impresionante.

—¿Qué hace esa zorra aquí? —gritó Marilla.

25

LUCA

Marilla era un torbellino violento con las mejillas rojas y las fosas nasales dilatadas. Tuve que sostenerla antes de que cometiera una locura. ¿En serio pensaba que podría con Alayna? Algunos invitados miraron con disimulo el escándalo desde las esquinas y se rieron. Mierda, saldría con dolor de cabeza de allí. Era evidente.

—Buena suerte, hermanito. —Kiara me guiñó un ojo y se alejó con mis primos.

Apreté la mandíbula. No me gustaba su disfraz porque era muy revelador para una chica de su edad, pero esta noche le permitiría divertirse un poco. No quería ser un imbécil como mi padre, que la privaba de muchas cosas. Ella merecía pasarlo bien al menos un par de horas.

—Quiero a esta mujer fuera de mi fiesta —exigió Marilla—. Ahora, Luca. Sácala de aquí o llamaré a seguridad.

El semblante de Alayna reflejaba puro aburrimiento.

—Ese disfraz… —comentó, mirándola de pies a cabeza—. Es tan cliché. Debiste ser más original, cariño. Una ardilla era la mejor elección.

Me mordí el labio, tratando de contener la carcajada. Solo ella diría algo así.

—¿Y tú quién eres de todos modos? —preguntó Marilla—. Solo te has puesto una peluca y vestido de zorra.

Alayna puso los ojos en blanco, decepcionada por la respuesta. Yo también lo estaba.

—Es Jessica Rabbit —respondió—. Te falta cultura, niña.

Sus caderas se contonearon sensualmente cuando nos dio la espalda y se mezcló entre la multitud. Todo el mundo la observó. Era la mujer más hermosa de la fiesta. Rogaba tener la suerte de arrancarle el vestido esa noche.

—No tienes vergüenza —reclamó Marilla al borde de las lágrimas—. ¿Quieres que vaya por un cubo? Estás babeando por ella.

Solté un suspiro frustrado y aparté mis ojos del asombroso culo de Alayna.

—Marilla —murmuré, con la voz suave—. Hoy es tu fiesta, ¿bien? Disfruta de la noche y deja de hacer berrinches por cosas sin importancia.

Su mirada era vengativa y me dio la sensación de que quería arrancarme la cabeza.

—¿Cómo demonios pretendes que disfrute con ella aquí? —exclamó con rabia—. ¿Sabías que amenazó con matarme?

Alayna jamás actuaría sin justificación, estaba seguro de que Marilla la había provocado.

—No grites.

Dio un fuerte pisotón al suelo como si fuera una niña pequeña. ¿Por qué seguía escuchándola? Me dolían la cabeza y los oídos. Era exasperante.

—¡La quiero lejos de ti y de mí!

Puse mi mano en su espalda y la guie hacia el bar. No quería soportarla toda la noche. Tenía planes y ella no los arruinaría.

—Quisieron matarme en dos ocasiones y Alayna me salvó —masculé—. Está aquí para cumplir con su deber.

—¿Vestida así? —Su labio se torció en un gruñido—. Además, su disfraz es genial. Yo debería ser la más hermosa de esta fiesta, no ella. La odio tanto, Luca.

Que el bendito infierno me diera paciencia. No era culpa de Alayna que ella fuera tan poco original para elegir un disfraz.

—Haz como si no existiera. —Intenté tranquilizarla—. Tú y yo nos divertiremos juntos esta noche. Anímate, es tu cumpleaños.

Sus ojos se iluminaron. El secreto era hacerle creer que estaba de su lado y no discutir con ella.

—¿En serio? —dijo con alegría—. Te echo de menos.

Le di un beso en la mejilla y ella se derritió. Después le ordené al barman que me diera el trago más fuerte.

—Vamos —insistí—. Bebe.

Dudó, pero lo hizo al ver mi sonrisa. Su boca se transformó en una mueca desagradable cuando la bebida pasó a su garganta.

—Eww…

—Vodka —sonreí—. Es ley que lo bebas cuando cumples dieciocho años.

—No está mal.

—Te acostumbras.

Bebió dos tragos más sin hacer ninguna pausa. Podía advertirle que lo tomara con calma, pero me convenía que perdiera el control. Con ella distraída y borracha sería fácil estar con Alayna. Su guardaespaldas lidiaría con el problema.

—¡Esto es genial! —exclamó Marilla—. ¿Por qué no lo probé antes?

Busqué a Alayna con los ojos y la encontré en una esquina bebiendo. Tenía una sonrisa en el rostro. Mi corazón latió más rápido y la sangre corrió como el delicioso vino en una copa. Mirarla era como admirar las siete maravillas del mundo a la vez.

—Tus padres no te dejaban, pero ahora eres mayor de edad —le dije a Marilla—. Puedes beber lo que quieras.

—Sabes que no es posible. Mis padres controlan mi vida, no importa la edad que tenga.

Algunos días apenas recordaba quién era. Cuando yo tenía quince y ella diez años éramos inseparables, amábamos ir en bicicleta y jugar a juegos de mesa. Siempre se quejaba de la obsesión que tenía su familia por el estatus social, pero luego cambió muy drásticamente y empezó a convertirse en lo que despreciaba. Y yo odiaba esta nueva versión.

Durante años soporté a Marilla degradando a las personas por su condición social. Creía que nadie era lo suficientemente bueno para ella. El odio y el desprecio era todo lo que conocía, pero tuvo muchas oportunidades de cambiar y no quería.

—Tú también puedes salir de esta vida si te lo propones —musité—. Es cuestión de fe.

—Hace tiempo que perdí la fe, Luca.

Mi corazón dolió porque conocía ese sentimiento. Deseaba que con el tiempo madurara y fuera más razonable.

Marilla continuó bebiendo como si no existiera un mañana y aproveché la oportunidad para alejarme de ella. Su guardaespaldas susurraba algo a través de sus auriculares y me acerqué con una sonrisa. Se puso tenso y enderezó la postura.

—Hola, Iker.

Tragó saliva.

—Señor Vitale.

Era un hombre joven, un año mayor que yo. Atractivo, con el cabello rubio y ojos verdes. Me pregunté cómo había podido cometer un error tan grave involucrándose con Marilla. ¿No tenía en cuenta todo lo que había en riesgo? Su trabajo y en el peor de los casos su vida. El amor era una trampa mortal y nos convertía en estúpidos.

—Asegúrate de que la señorita Rizzo no pierda el control y llévala a salvo a su casa.

Asintió.

—Por supuesto, señor.

—Última cosa, Iker… —Hice una pausa—. Si eres inteligente, no volverás a tocarla nunca más y te mantendrás apartado de ella si sabes lo que te conviene.

Ensanchó los ojos ante mis palabras y me alejé sin esperar ninguna explicación de su parte. Tuve la sensación de que ignoraría mis advertencias. Ya era hombre muerto.

—¿Te unes a nosotros hoy? —preguntó Gian, interponiéndose en mi camino—. Luciano tiene otros planes.

Fruncí el ceño.

—¿Qué tipo de planes?

Sonrió.

—Está muy ocupado con tu hermanita.

Mi atención se movió hacia la pareja que bailaba cómodamente entre los invitados. Vi a Kiara aferrada a Luciano mientras se movían juntos. Una ira furiosa y explosiva burbujeó en mi pecho. Mi hermana siempre había tenido un enamoramiento con él, aunque esperaba que no fuera correspondido. No me importaría ensuciarme las manos para defender su honor.

—¿Cuántas veces dije que Kiara está fuera de cualquier límite? Lo mataré.

—Luciano no hará nada fuera de lugar. —Me palmeó la espalda—. ¿Por qué no te diviertes con Alayna? Marilla hizo lo mismo con su escolta.

Aparté la vista de Kiara y me enfoqué en Marilla. Su escolta trataba de sostenerla, pero ella no controlaba el impulso de besarle el cuello. Estaba más que ebria. Mierda...

—Mañana Carlo sabrá de este desliz y correrá sangre —comenté.

Gian se rio.

—Exactamente. No te preocupes por Kiara y Luciano. Ellos estarán bien.

Quería apartar a mi hermana de los brazos de Luciano, pero de repente la escuché reír. Se veía tan feliz. No amargaría su noche. Tenía suficiente con mi padre tratándola como alguien indeseable.

—Cuídala o te mato.

Gian levantó las manos en alto.

—La virtud de tu hermanita está a salvo.

Palmeé su hombro y finalmente me uní a Alayna. Cuando me vio llegar se mordió el labio. Yo estaba desesperado por morderlo también. Me hacía sentir tantas cosas que era difícil de explicar. Agarré una copa de champán de la bandeja y bebí sin quitar mis ojos de ella. Sonó «Party Monster», de The Weeknd, y su sonrisa se ensanchó como si supiera un secreto.

Me dio la espalda y empezó a moverse. Bebí un último trago de champán y devolví la copa a la bandeja. Después me acerqué a ella desde atrás con mis brazos aferrados alrededor de su cintura.

—¿Qué le hiciste a tu prometida?

Aparté la peluca roja de su cuello y besé su piel suave. Olía increíble.

—Nada, le enseñé lo divertido que puede ser beber.

—Pobre ardilla —dijo, lamiendo sus labios rojos. Los quería envueltos alrededor de mi pene.

—Pobre de mí. Estoy jodido por desearte tanto.

—¿Del uno al diez cuánto me necesitas?

—Un millón, hermosa.

Se rio y empezó a alejarse. No necesitaba ninguna invitación porque la seguí sin cuestionar. Encontramos una habitación vacía repleta de bebidas y productos de limpieza. La música continuaba sonando, las personas bailaban y saltaban, pero mi atención se mantuvo en la mujer que opacaba a cualquiera en la fiesta.

—¿Qué quieres? —preguntó.

Tragué duro y me quité la máscara blanca que cubría la mitad de mi rostro.

—A ti.

Su pecho subió y bajó rápidamente. Era imposible no notar lo grandes que se veían sus tetas en ese vestido brillante. La tela era casi transparente y revelaba sus pezones. No pude apartar la mirada. Cada fibra de mi ser estaba atada a la suya. No tenía escapatoria.

—Entonces tómame —exigió.

Arrastró el dobladillo de su vestido hasta sus muslos y me mostró lo que había debajo. Nada, sin ropa interior. Sus ojos se dilataron con caliente deseo. Me puse de rodillas, separándole más las piernas. Ella soltó un gemido de excitación.

—Mírame, Alayna —susurré, besando el interior de su cremoso muslo. Observó hacia abajo, sus ojos azules anhelantes—. Voy a comerte justo aquí.

Posicionó una de sus piernas sobre mi hombro, acercándome a ella. Mi lengua hizo contacto con su sexo y chupé. Arqueó la espalda contra la pared, sus dedos se enredaron en mi cabello. Había soñado con este momento. Sabía tan bien.

—Luca…

Recorrí su sexo con mi lengua y mordisqueé su clítoris. Se estremeció, gimiendo mientras me miraba. Sus ojos eran frenéticos y necesitados. Me encantaba verla tan perdida.

—Dime que te gusta.

Soltó mi cabello y acarició sus tetas con ambas manos. Cristo… esto era el paraíso. Nunca había visto algo tan hermoso. Si mañana moría, sería un hombre muy afortunado porque me llevaría este último recuerdo.

—Sabes muy bien que sí.

La devoré con avidez, como si nunca en mi vida hubiera probado algo tan delicioso. Me encantaba oírla gemir y rogar por más. Me sentía satisfecho y hasta arrogante porque sabía que ella era bastante exigente cuando se trataba de su placer.

—Voy a comerte durante horas. —La lamí—. Horas, mariposa.

Se estremeció.

—Luca.

—Alayna.

Cuando empezó a soltar maldiciones y decir incoherencias, supe con certeza que estaba a punto de correrse. Me preparé, abriendo mis labios y lamí su clítoris. Ella gritó, su pierna apretó mi cuello y su tacón de aguja se clavó en mi espalda.

—Me vuelves loco —gruñí. Ella jadeó, mis palabras la enviaron al límite y su cuerpo se rompió en éxtasis. Sus ojos estaban cerrados, sus labios abiertos y su pecho trabajaba duro para recuperar el aliento—. Tan loco que no puedo soportar estar sin ti.

Quité su pierna de mi hombro y me puse de pie para besarla. Se probó a sí misma, gimiendo en mi boca. Sus manos bajaron mi cinturón, desesperada por sentirme dentro de ella. El corazón me retumbaba en el pecho y el calor me quitaba el aire. La deseaba como un adicto.

—Joder, Alayna…

Dejó escapar otro pequeño y suave gemido. Ella me rogaba con sus ojos que la tomara en todas las posiciones posibles. Era tan codiciosa como yo. Nunca tendríamos suficiente del otro.

—Luca…

Escuchamos un chirrido que nos paralizó. La puerta se abrió y se cerró alertándonos de la presencia de alguien. «Era él».

—Veo que ya tuvieron diversión sin mí —comentó una voz familiar—. Es una lástima porque me hubiera encantado unirme.

Alayna se tensó en mis brazos y me apartó para arreglar su vestido. Mantuve la calma a pesar de que sentía el impulso de sacar mi arma y disparar. Me lamí los labios donde mi nuevo sabor favorito persistía y abroché mis pantalones. Luego me enfrenté a Ignazio.

—Moretti —mascullé.

—Vitale.

—¿Qué haces vestido así? —preguntó Alayna en tono frío—. Cualquiera puede reconocerte.

El rostro de Ignazio era indiferente, aunque una sonrisa curvó sus labios. Su traje era simple e iba acompañado de un antifaz dorado. Analizó a Alayna con una ceja ladeada. Desde su peluca despeinada hasta su vestido desacomodado. Era consciente de lo que había pasado allí, pero no hizo ningún comentario.

—Quedamos en que volveríamos a vernos pronto —aseguró sin dejar de reír.

—No es el lugar más adecuado para hablar, pero no se presentará otra oportunidad —musité, yendo directo al grano—. Sé que tienes palabra y que puedo confiar en ti.

—¿Qué te hace asumir cosas sobre mí?

Era mi turno de sonreír. Si supiera lo que encontré en ese *pen drive...*

—Porque conozco tu historia, Moretti.

Sus ojos ardieron con rabia desmedida.

—Tú no conoces mi historia.

—La conozco mejor que nadie —dije con seriedad—. Sé que mataste a tus hermanastros por motivos muy fuertes. Sé que luchas desesperadamente para mantener a salvo a alguien muy especial en tu vida.

Alayna se posicionó a mi lado.

—¿De qué hablas, Luca?

—Este hombre de aquí nos ayudará a salvar a todas las chicas del prostíbulo.

Ignazio se echó a reír. Él sabía mi secreto, pero no lo compartió con nadie. Algo que reforzaba mi opinión sobre el plan. No me delataría.

—¿Por qué haría eso?

—Mi padre te investigó durante dos años. Contrató al mejor detective y encontró tu punto más débil —sonreí—. Sé dónde tienes escondida a tu hija de diez años. La pequeña Madeline Moretti.

ALAYNA

La furia hervía dentro de mí. Me sentía decepcionada, herida y triste. Eran muchas emociones abrumándome. Nunca imaginé que me ocultaría esa información, nunca creí que me trataría como si fuera su enemiga.

Le conté mis oscuros secretos, él sabía exactamente quién era. Me conocía más que nadie. Le ofrecí todo cuando no estaba dispuesto a darme nada a cambio. Recordé las noches que nos poníamos cómodos en su apartamento. Ignazio siempre me servía una copa de vino y preguntaba cosas sobre mi día. Yo fui una ingenua al contarle cada detalle y planes de mi futuro. Un futuro donde pensé que él estaría presente. Le di armas que podría usar en mi contra.

Le di mi alma.

Los ojos grises de Luca observaban los míos, tratando de descifrar qué pasaba por mi mente. Era un completo caos por dentro. Me estaba rompiendo.

—Eso fue el mejor jaque mate de la historia —sonreí fríamente. Me acerqué a Luca y pasé una mano por su duro pecho—. Buena jugada, príncipe.

El triunfo y el orgullo resplandecían en sus ojos. No podía quedarme quieta sin darle las gracias. Finalmente, la venda que tenía puesta había caído. Ya no estaba ciega en lo que respectaba a Ignazio.

—Vas a quedarte callado si sabes lo que te conviene —dijo Ignazio, y por primera vez oí el toque de miedo en su voz.

Luca dio un paso para estar peligrosamente cerca de él. Nunca había visto a Ignazio perder la compostura de ese modo. Estaba aterrado.

—No quiero perjudicarte ni entregar a tu hija. Ella está a salvo —afirmó Luca—. Solo tienes que darme lo que pido a cambio y estaremos en paz.

Ignazio agarró a Luca por la chaqueta y lo empujó bruscamente contra la pared. No esperaba que un misil fuera lanzado sobre él. Yo tampoco. ¿Cómo iba a saber que tenía una hija? ¿Qué más ocultaba? Fui una tonta y me odiaba por permitir que siguiera afectándome.

—Tú no vas a amenazarme ni a burlarte en mi cara.

La sonrisa de Luca se ensanchó y me miró con diversión. Le devolví el gesto porque me encantaba ver sufrir a Ignazio.

—Relájate —murmuró Luca—. No soy tu enemigo aquí; mi padre sí. Fue él quien obtuvo la información y yo la robé. Estoy moviendo a los peones en mi propio tablero de ajedrez. ¿No estás haciendo lo mismo?

Ignazio dio un vacilante paso atrás. Noté la tensión en sus hombros, la rabia contenida en su expresión. Quería matar a Luca por dejarlo en evidencia. Era un secreto con mucho peso y había sido revelado. Su hija nunca estaría a salvo por su estilo de vida, menos ahora. Si Leonardo la encontraba, estaría muerta.

—¿Quién más lo sabe? —preguntó Ignazio.

—Probablemente el *consigliere* —contesté—. Es el aliado más fiel de Vitale.

La mandíbula de Ignazio crujió y sus dientes rechinaron.

—Los mataré a todos y asunto arreglado.

—¿Qué tal si me cuentas más sobre tu pequeño y sucio secreto? No sabía que eras padre.

Una gota de sudor surcó su frente.

—¿A dónde quieres ir con esto?

—¿A dónde quiero ir? —repetí con una sonrisa—. Solo deseo conocer tu pasado. ¿O no estás dispuesto a compartirlo?

Su cara perdió color mientras consideraba sus opciones, tratando de adivinar qué hacer o decir para convencerme de retroceder. ¿Pensaba que lo olvidaría?

—Alayna…

—Cierra la boca. Conoces cada detalle de mi vida, pero nunca creíste que era tan buena como para saber de la existencia de tu hija. ¿O me equivoco? Jamás confiaste en mí.

Nuestros ojos se conectaron en una mirada desafiante hasta que él rompió la conexión. Cobarde.

—No lo entenderías.

Una risa maniaca emergió de mi pecho. Yo entendía lo que significaba proteger a la familia a cualquier precio. Él había sido testigo de lo mucho que yo amaba a mi hermano y no me dio la misma confianza. Nunca lo hizo porque no le importaba.

—¿Qué es lo que no entenderé? —Mis venas latieron de rabia ardiente—. No querías que supiera sobre tu hija porque no confías en mí. Es así de simple, Ignazio. Ten el valor y dímelo a la cara.

No dejaría pasar la situación. No después de todo lo que había pasado por su culpa. No lo perdonaría por tratarme como poca cosa. Yo era una reina y no aceptaba otros títulos.

—Cálmate un segundo —pidió Ignazio—. Tuve motivos, ¿de acuerdo? Motivos fuertes.

—Fuiste un hijo de puta que me utilizó para su propio beneficio. Pretendías que fuera tu máquina de matar mientras mantenías una vida secreta. Apuesto a que tienes a una mujer esperándote en una cálida mansión con tu hija. ¿Es así, Ignazio?

No lo negó. Luca tampoco. ¡Mierda! Era peor de lo que imaginaba. Necesitaba salir de allí o le dispararía. No podía creer que todo ese tiempo me hubiera visto como una idiota. Él creía que era una idiota. Me follaba mientras tenía a una mujer esperándolo con una niña.

—Siempre supe que eras una basura, pero sobrepasaste todos los límites.

Restregó las manos por su rostro.

—Déjame explicártelo, Alayna. Hablemos solos tú y yo.

—No tenemos nada de que hablar, Ignazio. Acabas de destruir lo poco que sentía por ti.

—¿Qué?

—Confianza.

Soltó una ráfaga de aire y luego recobró la intimidante postura de hombre intachable. No parecía arrepentido por ocultarme una información tan importante. Me usó hasta que se aburrió y en el camino me arruinó.

—Podemos hablar cuando te tranquilices.

Toda la rabia y el dolor que sentía burbujeó en la superficie.

—Tú y yo no tenemos nada de que hablar —repetí.

Ya no soportaba mirarlo, ya no quería oírlo pronunciar ninguna palabra. Si me quedaba otro segundo, haría un papel lamentable. Mis ojos se posaron en Luca.

—Cuéntame los detalles después.

Mantuve la barbilla en alto y los dejé solos. Me advirtieron que Ignazio no era fiable y no quise escuchar. Estaba muy cegada, pero el efecto había terminado. Volví a la realidad. No merecía que le dedicara un pensamiento.

Fui al baño para arreglar mi aspecto. La amargura llenó mi boca y miré mi reflejo con una risa irónica. ¿Por qué me sorprendía tanto este secreto? Era Ignazio. El bastardo más egoísta y manipulador que había conocido.

Me lavé las manos, abandoné el baño y me uní a la fiesta. La música casi me dejó sorda. Vi a Kiara reírse con Luciano. Liana y Gian se comían las bocas. Marilla estaba sola en una esquina, desorientada. ¿Por qué no se divertía? Era su cumpleaños. Mi parte humana reaccionó cuando vi las lágrimas con rímel manchando sus mejillas. Odiaba ver llorar a una mujer.

Me acerqué.

—¿Qué anda mal? —inquirí.

Me dirigió una mirada de muerte y limpió bruscamente sus lágrimas. Debí mantenerme alejada, no era mi problema lo que sucedía con ella.

—Tú sabes muy bien qué sucede —reprochó—. Arruinaste mi fiesta. Luca me emborrachó para deshacerse de mí, ¿sabes? Se supone que es mi prometido y debe cuidarme.

Otra vez con la misma tontería sin sentido.

—Yo no arruiné ninguna fiesta, niña. Tú solita te empeñas en amargarte la existencia y sufrir por alguien que no te quiere.

Sollozó.

—Luca me quiere.

—No de la forma que esperas —respondí—. Termina con esta tontería y deja de arrastrarte por un hombre. No me gustas, más de una vez quise dispararte, pero eso no te hace menos mujer. Todas nosotras somos valiosas y merecemos el mundo a nuestros pies. Recuerda eso y estarás mejor.

Me miró con la boca muy abierta.

—¿Por qué me dices esto? Tú tampoco me gustas.

Me encogí de hombros.

—Siento pena por ti. Eso es todo.

Entonces me aparté de ella.

LUCA

Mis intenciones nunca fueron lastimar a Alayna cuando revelé el secreto de Ignazio. No esperaba esa reacción. Una vez más comprobé que este tipo era importante en su vida. Me molestaba, sí, pero no era momento para los celos. Usé mis cartas porque mi familia estaba en peligro. Conocía a mafiosos como Moretti, y, si no me adelantaba, él lo haría. Mamá o Kiara serían sus objetivos. Era despiadado.

Pero tenía una debilidad: Madeline Moretti. Su hija de diez años, que vivía en Alemania con su madre. Mi padre tardó dos años en encontrarla con ayuda de un detective. Ya conocía la ubicación de la niña y pronto iría a por ella.

—Felicidades, Vitale. Aprendiste a jugar.

Limpié las pelusas imaginarias de mi disfraz.

—Uno sabe cuándo atacar.

—¿Pretendes amarrarme con esto? No funcionará.

Entrecerré los ojos.

—Entonces me encargaré de que cada soldado en la Cosa Nostra sepa sobre la existencia de tu amada hija.

Se rio fuerte y claro.

—No lo harás —dijo sin un gramo de humor—. Estás protegiendo a doce chicas en un prostíbulo para que no sean violadas o vendidas por tu padre. Arriesgarás todo por ellas porque eres un buen hombre. No me creo ni por un segundo que me delatarás a tu familia.

No me gustaba que pensara que me conocía.

—Pruébame.

El sudor perló su frente, pero no dejó que su estrés se manifestara de otra manera.

—Vamos, tú dijiste que podemos ser amigos. Tenemos a un enemigo en común y ese es tu padre —espetó—. A estas alturas ya divulgó la jodida información con sus cómplices.

—Tenlo por seguro.

—Eso nos deja juntos, debemos trabajar en equipo. —Ignazio se puso serio—. Sé lo que buscas de mí y puedo dártelo.

—El gobernador está de mi lado. Es un hombre poderoso que puede habilitarte todos los puertos de Italia que necesitas para tus mercancías y más contactos. Yo lo convenceré de que serás un gran socio, pero tengo mi precio.

Sus cejas oscuras se elevaron.

—Las chicas —asumió Ignazio.

Mi pecho se sintió pesado.

—Niñas —corregí—. Mercancías que mi padre considera vender al mejor postor, pero yo voy a impedirlo con tu ayuda. Tiene que ser antes de que termine el mes.

—Es una puta locura —exhaló—. Detrás de la venta de mujeres hay una red de prostitución muy jodida. No pararán de perseguirte. Si ellos se enteran de tu plan, matarán a todos los que amas.

El miedo me abordó, pero no permití que tomara el control.

—Alayna y yo idearemos un plan los próximos días. Te pondremos al tanto —manifesté—. Tú nos ayudas y a cambio ganarás más poder. Es lo que quieres, ¿no? Mataste a tus hermanastros por la misma razón.

Su rostro se endureció.

—No juegues conmigo, no me conoces y no sabes de lo que soy capaz.

Pasé por su lado hasta llegar a la puerta.

—Sé perfectamente de lo que eres capaz. Nos vemos, Moretti.

Una vez fuera, mi teléfono móvil emitió un pitido fuerte y respondí al ver el nombre de mi tío en la pantalla.

—¿Tío Eric?

—Luca, lamento molestar.

Me fui a una esquina para escuchar mejor.

—No es una molestia. ¿Qué pasa?

—Ya tengo el nombre del imbécil que quiso matarte. Se llamaba Victorino Serra.

—Dame algo más que eso.

—Según varias fuentes, fue visto con los hombres de tu padre horas antes de morir. Dicen que le debía dinero a la Cosa Nostra. Y no hablo de una suma mínima.

No respiré. Le pidió al difunto que me asesinara a cambio de saldar su deuda.

—Entonces está confirmado. Mi padre fue el responsable del atentado.

—No hace falta que lo repita.

Aspiré una bocanada de aire.

—Gracias por ayudarme con esto. Sé que estás arriesgando tu pellejo.

—Cuentas con mi apoyo. —Colgó.

La decepción creció junto al resentimiento. ¿Qué más haría con tal de verme muerto? Avancé a pasos desorientados y me senté en el sofá más cercano. Mi padre era mi enemigo y la guerra oficialmente acababa de empezar.

Vi a Alayna hablando con una mujer morena, no era la misma que se había desmoronado ante Ignazio. Se veía relajada. Captó mi atención en ella y se mordió el labio. Quería sacarla de esta fiesta y olvidarme de todo. Tantas personas empezaron a marearme y la música me abrumó. No podía lidiar con esto justo ahora, pero tampoco quería regresar a la misma casa donde vivía con mi enemigo. Necesitaba respirar.

Pasé una mano por mi cabello y miré la máscara en mi mano. No confiaba en Ignazio, pero era un hombre con mucho poder y podía ayudarme con las chicas. Tuve en cuenta sus advertencias de que sería perseguido si le arruinaba el negocio a los bastardos que se dedicaban a la red de prostitución. Sin embargo, no permitiría que las inseguridades ni el miedo fueran una piedra en mi camino.

Nada me detendría a estas alturas.

—¿Luca?

Me toqué las sienes y observé a Marilla. Mierda, ahora no. Pensaba que la había quitado de mi camino.

—¿Qué? Regresa con tus amigos y no me molestes.

Su pecho se sacudió con un sollozo.

—Solo quiero decirte que se acabó —dijo—. Terminamos.

—¿De qué estás hablando?

Me mostró el vaso con líquido que sostenía. Era agua.

—Tomé casi diez vasos de agua para quitar tanto alcohol de mi sistema. Funcionó porque mi mente está clara. Ese era tu plan, ¿eh? Emborracharme para deshacerte de mí. Muy bajo y cruel de tu parte.

Me sentí culpable cuando vi el dolor en sus ojos oscuros.

—Marilla, yo…

Lo siguiente que hizo fue tirarme el líquido en la cara, silenciando cualquier disculpa. Ya no estaba tan borracha.

—Vete a la mierda, maldito imbécil —escupió—. Juro que esto no quedará así. Te haré pagar cada desplante y rechazo. Te arrepentirás de haberme utilizado esta noche. Ya no seré tu juguete.

Solté una fuerte carcajada.

—¿Te traté como un juguete? ¿Te estás escuchando, Marilla? ¿Necesito recordarte que te follas a tu guardaespaldas cuando juras que me amas?

La determinación en sus ojos se hizo más fuerte y se cruzó de brazos. Iker estaba a poca distancia, mirándonos pálido.

—Tú haces lo mismo y a nadie le importa una mierda. Si piensas que seguirás chantajeándome, estás muy equivocado. —La sonrisa maliciosa subió a sus labios—. Todos te odian, Luca. Mi padre y el tuyo no te respetan. Jamás creerán en tu palabra.

La ola de sorpresa ante sus palabras no fue suficiente para enfriar la rabia creciente en mi pecho.

—Eso ya lo veremos.

Me guiñó un ojo.

—Hasta luego. Tu escolta no podrá salvarte la vida la próxima vez.

Se dio media vuelta y chocó su hombro con el de Alayna. El agua cayó por mi barbilla y mojó mi ropa. La amenaza era muy notable en su tono. Marilla pronto usaría sus cartas en mi contra y me recordé que debía adelantarme.

—Eso fue gracioso —se burló Alayna—. La ardilla encontró un poco de dignidad.

—¿Dónde está tu compañía? —Sacudí la capa de mi traje.

—Se fue.

Recogió unas servilletas de la mesa y se sentó en mi regazo para limpiar mi chaqueta mojada.

—Voy a quitármela —dije exasperado—. No te preocupes.

Me deshice de la capa y la chaqueta, luego arremangué la camisa hasta los codos. Alayna desabrochó los primeros tres botones, dejando al descubierto mi pecho.

—¿En qué terminó todo?

—Él aceptará negociar —aseguré—. Cederá a mis demandas.

Besé su hombro desnudo y aspiré el débil aroma a flores de su cabello. Ella podía tener a quien quisiera, pero yo siempre sería lo que necesitaba.

—Aún no puedo creerlo —susurró en tono áspero y arrastrado—. Nunca le importé como decía.

Me gustaba cuando ella se abría conmigo. Quería escucharla siempre. Quería que me confiara todos sus secretos sin miedo a ser juzgada.

—Moretti es un estúpido.

—Tú también lo eres. Te advertí que no subestimaras a la ardilla y no me hiciste caso.

Traje sus manos a mis labios y besé cada dedo. Ella sostuvo mi mirada. Sus ojos azules se oscurecieron con anhelo.

—La diferencia es que yo conozco tu valor. Eres importante, Alayna. Eres esencial en mi vida. Perderte sería como perder una parte de mí mismo. A tu lado puedo ser valiente y poderoso.

Su boca se acercó un centímetro más, olí el alcohol en su aliento. ¿Cuánto había bebido?

—Los reyes no sobreviven sin sus reinas.

—No.

Tomé su boca en un beso profundo antes de sentarla a horcajadas en mi regazo. Su lengua encontró la mía, robándome gruñidos de placer. Mis manos acunaron su perfecto culo y lo apreté.

—Llévame a tu cama —ordenó—. Ahora, Luca.

Nuestros labios chocaban con más violencia, luchando por tomar todo. Un jadeo se me escapó mientras mi pene latía por la necesidad de estar en su interior.

—Buscaré a mi hermana y nos vamos.

—Tiene que ser ahora.

—Alayna…

Se apartó y saltó de mi regazo cubriéndose la boca con las manos mientras corría al baño sin dar explicaciones. Negué con un suspiro y cerré los ojos. No imaginé que la gran Alayna Novak estaría ebria cuando presumía de su profesionalidad. Me pregunté cuántos vasos habría consumido en su intento de olvidar a Moretti.

—¿Qué sucede? Te noto preocupado —comentó Gian, sosteniendo la mano de Liana.

Mi padre quería matarme y la mujer que me gustaba aún pensaba en otro hombre. ¿Qué me sucedía? Quería acabar con mi miseria.

—Alayna bebió de más y debo cuidarla esta vez. —Me puse de pie y recogí la servilleta—. ¿Dónde está Kiara?

Gian se rascó la nuca.

—En la barra con Luciano.

—¿Pueden llevarla a casa por mí? Necesito ocuparme de Alayna.

—Vete tranquilo. —Liana me guiñó un ojo—. Tu hermanita está a salvo con nosotros. Mira, Luciano tiene muchos defectos, pero él respeta a Kiara. La cuidará.

Conocía a Luciano desde que era un niño y fue de gran apoyo. No me decepcionaría de esa forma.

—Confío en ustedes —murmuré—. Iré a por Alayna.

Gian me dio un breve abrazo.

—Nos vemos luego.

—Claro.

—Descansen —dijo Liana.

Encontré a Alayna en el baño, estaba inclinada sobre el retrete vomitando. Se quitó la peluca y trataba de no ensuciar su cabello. Lo enredé en mi puño para facilitarle el trabajo.

—Tranquila —dije en voz baja—. ¿Hay algo que pueda hacer por ti?

Se incorporó lentamente y sostuve su cintura.

—Tomar seis vasos de vodka fue una idea terrible —se quejó—. Por favor, no te atrevas a decírselo a nadie.

Le entregué la servilleta y se limpió los labios.

—Será nuestro secreto —sonreí—. Lo prometo.

Hundió la cabeza en el hueco de mi cuello y la estreché en mis brazos.

—Eres el único que se preocupa por mí.

Mi corazón se deshizo por sus palabras.

—Por supuesto que lo hago, te debo mi vida.

—Estoy tan cansada, Luca. Quiero dormir en tu cama. Me gusta dormir en tus brazos.

La Alayna borracha definitivamente era mi favorita.

—¿Qué más? —Froté su espalda.

—Me gusta tu sonrisa, tu voz, la forma en que te muerdes el labio cuando estás nervioso, pero tus ojos son mi debilidad. Te miro y me pierdo en ellos —aceptó entre risas—. ¿Sabes qué más?

—¿Sí?

—Me encanta que seas amable y atento a pesar de que la vida se haya portado mal contigo. Prométeme que nunca perderás tu lado sensible. Es lo que más me atrae de ti.

Una sonrisa llena de alegría curvó mis labios. Había sido una noche horrible, pero Alayna y sus confesiones la mejoraron. Haría que bebiera más a diario.

—Seguiré siendo el mismo Luca que conoces. Lo prometo.

Descansó la cabeza en mi pecho mientras se rendía.

—No me importaría recibir una bala por ti, Luca —confesó—. Realmente no me importaría.

27

LUCA

La fría asesina admitió que recibiría una bala por mí. ¿Quién me había demostrado alguna vez ese tipo de lealtad incondicional? Nadie. Solo Alayna Novak, la mujer que había llegado a mi casa hacía meses y hoy me volvía absolutamente loco.

Su cuerpo era suave y dócil en mis brazos. Su postura no estaba rígida, mucho menos a la defensiva. Permitió que la sostuviera como si fuera su héroe y disfrutaba la comodidad que le proporcionaba.

—Entra, Alayna. —Cerré la puerta de mi habitación y puse sus pies en el suelo con suavidad—. ¿Te encuentras bien? ¿Quieres agua? Puedes pedirme lo que sea.

Sacudió la cabeza con una sonrisa. Estaba agotada y a punto de dormirse. Tenía que llevarla a la cama lo antes posible.

—Mmm… te quiero solo a ti.

Tiré su peluca roja a un lado, luego me encargué de bajar la cremallera de su vestido. Traté de no distraerme al ver su cuerpo desnudo. Por mucho que deseaba follarla no lo haría en esas condiciones. Nunca me aprovecharía de su ebriedad.

—¿Me deseas? —preguntó, quitándose los tacones.

Lancé su vestido en el sillón.

—Mucho, pero ahora todo lo que haré es sostenerte —respondí—. Es lo que quieres, ¿no?

La levanté de nuevo en mis brazos y la acosté en mi cama. Respiró profundamente, llena de lujuria cuando fue mi turno de desvestirme.

—Quiero sentirte de nuevo.

—Esta noche no, Alayna.

Hizo un mohín.

—Eres aburrido.

—No, soy un caballero al que le gusta ver a su mujer consciente mientras la penetra.

Sus labios se entreabrieron y me miró con una sonrisa.

—¿Soy tu mujer? —Ella agarró mi cintura y tiró de mí para que cayera sobre su cuerpo. Me sostuve con los codos, mis labios rozaron los suyos—. ¿O te refieres a la ardilla?

¿Por qué mencionaba a la insoportable de Marilla? Había tenido suficiente de ella esta noche.

—Eres la única mujer a quien deseo. Nadie se compara contigo.

Con una impresionante fuerza cambió las posiciones. Quedó arriba y yo abajo. Sus palmas recorrieron mis abdominales y me mordí el labio.

—De solo pensar que te casarás con ella y será tu esposa…

—No me casaré con ella ni muerto. —La tumbé de nuevo de espaldas y puse sus brazos encima de su cabeza—. La voy a hundir antes de que eso suceda. Lo juro.

Presionó su frente contra la mía, cerrando los ojos. En otra situación me reiría de ella porque era adorable ver sus celos. No imaginé que sería posesiva y territorial. Era Alayna Novak. La mujer más segura que conocía.

—¿Qué me estás haciendo? —preguntó con un quejido.

Solté sus muñecas para que enredara los dedos en mi cabello.

—Lo mismo que tú a mí.

Nos abrazamos después, su cuerpo se rindió al mío. Su respiración era constante y tranquila. Dormir a mi lado le otorgaba paz y seguridad.

—¿Por qué las mariposas? —pregunté acariciando los tatuajes en sus hombros.

Cuando habló su voz era baja y suave.

—Mi madre solía decirme que era una pequeña oruga que pronto se convertiría en una mariposa y volaría muy alto.

Sonreí.

—Una oruga.

—Antes de ser quien soy actualmente vivía en la absoluta pobreza. —Se acurrucó contra mí—. Soporté hambre, frío, calor y me adapté a cualquier tipo de clima. Justo como una oruga. Aparentaba ser inofensiva, pero cuando crecí me convertí en una depredadora.

Besé la coronilla de su cabeza.

—Una mariposa negra.

—Sí. —Entrelazó nuestros dedos—. Llevé la muerte a los rincones más oscuros del mundo, asesiné a cientos de hombres. Perdí la cuenta. —Se encogió de hombros—. Usé como símbolo el apodo que me otorgó mi madre.

—Eres la mujer más fuerte y valiente que conozco —susurré—. Eres admirable, Alayna.

El sonido de su risa provocó un vuelco en mi corazón.

—No hay nada admirable en mí, príncipe.

—Por supuesto que sí. Nadie podría soportar todo lo que pasaste en esa organización. —Recorrí la cicatriz cerca de su estómago—. Porque nada ahí fue fácil, ¿verdad?

Se estremeció.

—No, me convirtieron en una asesina.

Algo que ella nunca pidió.

—Nada cambiará lo que pienso de ti. —La abracé fuerte—. Eres admirable, fuerte, valiente y buena.

—¿Buena? No sabes lo que dices.

—Créeme que sí —murmuré—. Aceptaste ayudarme con las chicas y eso habla muy bien de ti. No importa si fuiste entrenada por una organización de asesinos o que intentes convencerme de que no sientes nada. Eres más empática que cualquier mafioso que he conocido y yo adoro que seas humana, Alayna. Maldición, lo adoro.

—¿De verdad? ¿Incluso si te dijera que por mi culpa murió una persona inocente?

Parpadeé lentamente, tratando de procesar sus palabras.

—¿Qué?

Se incorporó en la cama, su mirada perdida en la pared. Sus hombros se tensaron mientras una ola de escalofríos recorría su piel.

—Fui la mejor asesina de mi organización —explicó—. Me enviaban a lidiar con las misiones más sucias y peligrosas. Nunca había matado a ningún inocente. Mis objetivos eran políticos corruptos y soldados que abusaban de su poder. También escorias de la sociedad como pederastas y pedófilos. A diferencia de mis compañeros, yo sí podía elegir a quién matar.

Le toqué el brazo.

—Sé que mataste a muchas personas, pero nada hará que cambie de opinión.

Cuando me miró de nuevo sus ojos se nublaron por las lágrimas.

—Conocí a Ignazio hace cinco años. Fui su mano derecha y lo ayudé a construir gran parte de su imperio. Era leal a él, maté a cualquiera que se interponía en su camino. Nunca protesté ni cuestioné sus métodos y ese fue mi error. —Se estremeció—. Mi último objetivo era matar a un empresario corrupto exitoso y fue la misión más difícil. Nunca estaba solo, era custodiado por más de veinte hombres profesionales. Me llevó tres semanas planear su muerte. —Tragó saliva—. Un día Ignazio me dijo que tenía un plan que no podía fallar. —Hizo una pausa y soltó un aliento irregular—. Su chófer personal vendió a su jefe. Me dio acceso a su limusina y activé una bomba dentro del motor. —Su ceño se frunció—. El objetivo entró como había planeado, pero no contaba con que su esposa lo acompañaría ese día.

Vi el dolor, la decepción y la derrota en sus ojos.

—Alayna…

—Cuando la puerta se abrió explotaron en millones de partículas. Sus cuerpos fueron destrozados y solo quedaron miembros esparcidos. Yo… —un sollozo se abrió paso en su garganta— dejé huérfanos a dos niños. Te juro que no lo sabía, Luca.

Mi corazón se detuvo, congelado en mi pecho. Sabía que ese hijo de puta la había lastimado, pero no imaginé que de este modo.

—Shh… está bien, Alayna.

—No, no está bien. —Se vino abajo—. Corté cualquier lazo con Ignazio y prometí que lo haría pagar por usarme. Yo nunca había matado a nadie inocente hasta ese día. La mujer fue un daño colateral.

Un silencio espeluznante llenó el espacio.

—Te creo, amor. El único monstruo aquí es Moretti.

Una lágrima rodó por su mejilla.

—Acepté este trabajo porque también quiero acabar con él, pero tampoco ha salido como esperaba. Decidiste aliarte con el enemigo.

El pozo en mi pecho se hizo más grande. No quería imaginar lo difícil que era para ella volver a verlo y ahora lo soportaba por mí.

—Alayna, yo...

—No te preocupes —susurró—. Salvar a las chicas del prostíbulo es más importante que mi resentimiento y lo necesitamos. Prometo que en algún momento tendré mi venganza y Moretti pagará por todo el daño que me hizo.

El pitido de mi móvil me despertó esa mañana. Lo ignoré en varias ocasiones porque no quería arruinar la magia. Alayna seguía dormida en mis brazos, sus piernas entrelazadas con las mías y su cabeza en mi pecho.

Toqué su suave mejilla con los nudillos y soñé despierto. Aunque me había advertido que no había ninguna posibilidad entre nosotros, quería algo más. La deseaba así todos los días, desnuda y segura en mi cama. Quería ser el único dueño de sus sonrisas y que pensara en mí cuando cerrara los ojos. Quería que fuera mía sin miedos ni excusas.

Tenía que romper sus barreras, convencerla de que éramos perfectos juntos. Al principio creí que sus muros eran impenetrables, pero empezaba a vencerlos poco a poco. Me contó sus secretos y vi sus lágrimas. El siguiente paso sería que reconociera sus sentimientos por mí.

Solo era cuestión de tiempo...

El teléfono volvió a sonar y puse los ojos en blanco con fastidio. ¿Quién demonios molestaba tan temprano? Dudaba que se tratara de Kiara porque Luciano la había traído segura de madrugada. El cuerpo a mi lado se movió y odié a la persona que llamaba.

—¿No vas a responder? —preguntó Alayna con la voz adormilada.

La atraje más cerca y acaricié su espalda desnuda. Sus largas pestañas revolotearon y me quedé sin aliento por su belleza.

—No me importa, quiero quedarme así el resto del día.

Eso le provocó una sonrisa.

—Tenemos muchas obligaciones, príncipe.

Insistí apretándome contra ella y jadeó.

—Solo un rato más.

Antes de empezar el día, nos duchamos juntos. Me dio la espalda y eché una buena cantidad de champú para lavar su cabello oscuro. Era más suave que la seda. Me encantaba que fuera tan largo porque podía enredarlo fácilmente en mi puño.

—Se siente tan bien —confesó.

Sonreí y masajeé su cuero cabelludo.

—Aún tengo muchos talentos que mostrarte, mariposa.

Alayna mantuvo los ojos cerrados mientras el agua caía sobre nosotros.

—¿Como cuáles?

—Vas a descubrirlo por ti misma pronto.

Cuando terminé de lavarla, fue su turno. Pasó el jabón por mi pecho, mis brazos y mis abdominales. Sus dedos envolvieron mi erección y suspiré. Las gotas de agua recorrieron mi piel, eliminando los restos de jabón. Nos miramos en silencio, había miles de emociones en nuestros rostros.

—Nunca me he arrodillado ante nadie —susurró—. Pero podría hacer una excepción por ti, príncipe.

Solté una inhalación brusca.

—Alayna…

Me dirigió una brillante sonrisa antes de enjuagar mi cuerpo. Me quedé con la expectativa de lo que podría pasar si ella me tomaba en su boca. Un deseo que pronto cumpliría. Cuando terminamos, le presté una de mis camisetas. Se veía devastadoramente hermosa. Era la primera vez que la veía sin sus kilos de rímel y delineador de ojos.

—Hoy iremos al prostíbulo —informé.

—¿Tan pronto?

—Sí, quiero imponer nuevas reglas hasta que lo solucione todo.

Alayna se sentó en la cama mientras yo anudaba mi corbata.

—También debemos esperar una respuesta de Moretti. —Se mordió el labio—. Nunca lo he visto tan asustado como anoche.

—¿Y eso es malo? —La miré por encima de mi hombro un segundo.

—Muy malo —concedió ella frunciendo el ceño—. Si la bestia se siente acorralada, no dudará en atacar.

Un escalofrío envolvió mi piel, pero me negué a demostrar la inseguridad.

—Ya puse de mi parte proponiéndole una alianza. No lo logrará con mi padre ni Carlo.

—Siento que está tramando algo.

—¿Como qué?

—No lo sé, tenemos que descubrirlo.

—Le daremos uno o dos días para pensarlo. —Me puse la chaqueta—. Ahora debemos enfocarnos en las chicas.

Un golpe sonó en la puerta y me acerqué a abrirla. Encontré a Amadea con una sonrisa en la cara mientras sostenía la bandeja con nuestro desayuno. Antes había oído gritar a mi padre y no quería compartir la mesa con él.

—Eh, Dea. —Le di un beso en la mejilla—. Te ves magnífica esta mañana. Gracias por el desayuno.

—No me hagas sonrojar —respondió ella.

Me guiñó un ojo cuando vio a Alayna sentada en la cama.

—Hola, Amadea —dijo Alayna con humor en su voz, y la saludó con una mano.

—Buenos días, Alayna, te he traído tus croissants franceses favoritos.

—Qué generoso de tu parte. —Alayna caminó hasta mi lado y tomó la bandeja—. Huele delicioso. Probablemente es lo que más echaré de menos cuando me vaya.

«¿Qué...?». Alcé una ceja interrogativa, pero ella me ignoró y regresó a la cama para desayunar.

—Gracias de nuevo —le dije a Amadea.

Aclaró la garganta.

—Tu padre quería que desayunen con él.

Sacudí la cabeza mientras una leve sonrisa asomaba a mis labios.

—Ya no sigo sus malditas órdenes. —Besé su mejilla—. Te veo luego.

—Que tengan un buen día. —Se retiró y cerré la puerta.

Regresé con Alayna, que se disponía a comer el desayuno con entusiasmo. La bandeja descansaba en su regazo y masticaba un croissant sin pausa. No entendía su fascinación. Repetía el mismo menú todas las mañanas y nunca se aburría.

—Me perdí algo —comenté, alcanzando una taza de café—. ¿Cuándo te irás?

Tragó antes de hablar.

—Cuando termine aquí mi trabajo, por supuesto. Pensé que era obvio.

—Para mí no.

El corazón me latía con fuerza ante esa posibilidad. ¿Se iría y me dejaría atrás? Había un vínculo entre nosotros que no podía olvidar fácilmente. Era la primera persona que venía a mi mente cada vez que despertaba. Por ella era capaz de desatar guerras. Alayna no solo me motivaba a estar vivo. Ella me hacía feliz.

—Mi principal objetivo es lograr que las chicas estén a salvo y matar a todos tus enemigos —murmuró, y bebió un pequeño sorbo de café—. Después tomaré un nuevo rumbo, no me gusta quedarme mucho tiempo en el mismo sitio.

—No puedes irte y dejarme.

Una sonrisa se dibujó en sus labios.

—Lamento decepcionarte, pero recuerda que no somos nada.

La rabia y la frustración se mezclaron, subiendo a la superficie. ¿Cómo podía decirlo con tanta tranquilidad y quitarle peso a los momentos compartidos? ¿La confianza que habíamos depositado el uno en el otro?

—¿De verdad? ¿Vas a ignorar todo lo que hemos pasado juntos?

Se estremeció. Cuando tragó la última migaja y me miró, sus ojos azules eran helados.

—Eres parte de mi trabajo.

—Esa es una excusa de mierda y lo sabes. ¿Realmente harás como si no hubiera nada entre nosotros? Me mostraste tus lágrimas y en más de una ocasión admitiste que me querías.

Lentamente tomó la servilleta de la bandeja y se limpió los labios.

—¿Haremos esto justo ahora cuando hay asuntos más importantes que atender? Te dije que no busco compromiso ni complicaciones. Y si no puedes aceptarlo…

—¿Qué, Alayna?

Su boca se abrió y la cerró un par de veces antes de soltar otro suspiro de exasperación. No era el momento, lo aceptaba, pero me estaba cansando de pretender que lo nuestro se trataba de un simple trabajo.

—Te veré más tarde —dijo y salió de la habitación.

Comí lo que quedaba del croissant y me regañé a mí mismo por soltar un comentario tan estúpido. Era un idiota. Sabía que no debía presionarla y lo hice. ¿Cómo demonios remediaría este error? Alayna construiría otro muro que me mantendría apartado. Sí, era un idiota.

El camino al prostíbulo fue silencioso e incómodo. Alayna no volvió a hablarme y yo me sentí peor. Tenía que encontrar la manera de disculparme y asegurarle que no había sido mi intención presionarla. Me dejé llevar por las emociones. Solo pensar que ella se iría cuando todo terminara hacía trizas mi corazón. ¿Cómo esperaba que la olvidara fácilmente?

—El gobernador nos invitó a una fiesta mañana —comenté—. Celebra su aniversario de bodas con su esposa.

Alayna asintió y mantuvo sus ojos en la ventanilla del coche.

—De acuerdo.

Minutos después, nos reunimos con Berenice en su oficina y escuchamos con atención sus comentarios sobre las chicas. No intentaron escapar nuevamente y comían sin protestas. Era un gran avance a pesar de que no querían verme.

Necesitaba que Moretti me diera una respuesta pronto. Solo quedaban dos semanas antes de que el mes se cumpliera y no quería decepcionarlas. Mi prioridad era llevarlas a un mejor escondite y demostrarles que iba en serio con mi promesa.

—Necesito que dupliques la seguridad del prostíbulo —ordené—. Mata a cualquier degenerado que intente forzarlas o golpearlas. No permitiré la violencia hacia ellas, ya no.

Berenice frunció el ceño. Alayna se mantuvo cerca de la ventana, fumando a gusto.

—No es así como trabajamos —balbuceó Berenice—. Los clientes que vienen aquí pagan miles de euros por una noche con nuestras mujeres y no hay ninguna regla. Algunos de ellos tienen fetiche con ejercer violencia en el sexo. Nunca me permitieron interferir, no cuando hay mucho dinero de por medio.

—No me importa cuánto dinero pagaron. Ellas no son nuestras mujeres ni son objetos para lastimar. —Le di una mirada dura que la hizo congelar en su lugar—. Las reglas han cambiado a partir de hoy. La violencia hacia ellas no está permitida bajo ningún concepto.

Tragó saliva.

—Pero tu padre…

—No creo que entiendas de lo que estoy hablando.

Berenice sacó un cigarrillo del cajón y lo encendió. Su mano temblaba mientras sostenía el encendedor. Líneas de tensión pronunciaron sus arrugas y pensé en el día que le propuse el trato. Se veía igual de nerviosa.

—Entiendo perfectamente a qué te refieres, Luca. Sé que quieres proteger a todas las mujeres de este lugar, pero no es una tarea fácil. Los hombres de tu padre lo sabrán tarde o temprano e intentarán arruinar cualquier cosa que tengas en mente.

La rabia y la aprehensión agitaron mi pulso.

—Deja que lo intenten.

—No es tan fácil cambiar las reglas como crees. Ellos me matarán. No tengo poder aquí, soy una empleada más.

Cerrando los ojos, respiré. No aceptaría un no como respuesta. No cuando la mayoría de ellas eran golpeadas hasta la muerte, violadas y ultrajadas. Acabaría con este cautiverio, era un hecho.

—También sé que no comen lo suficiente —continué, mi temperamento saliendo a flote—. Y que los hombres no usan condón con ellas. ¿Cómo puedes permitirlo?

Berenice palideció.

—Varios clientes se niegan a usar condón. ¿Qué quieres que haga? Ellos tienen el dinero y mandan.

Escuchar eso me llenó de repugnancia. A las escorias solo les importaba su placer e ignoraban cualquier consecuencia. ¿Quién se preocupaba por las mujeres? Nadie excepto yo.

—No me importan los clientes —gruñí—. Quiero que todo este infierno acabe para ellas cuanto antes. Comprarás comida decente y mandarás al demonio si un bastardo abusa de cualquier chica. ¿He sido claro?

Berenice fumó con más intensidad esta vez.

—Te ayudé con las niñas justo como lo pediste —dijo—. Las puse a salvo, pero las adultas son un caso diferente. Tu padre sabrá que no trabajan y me irá muy mal sin importar que seas el nuevo don. Me cortará la garganta.

Alayna se movió de la ventana para estar cerca de mí. Era la primera vez que pronunciaba una palabra desde que llegamos.

—Luca, sabemos que solo quieres lo correcto, pero la dama tiene razón —recalcó—. Lo adecuado será dejar las cosas como están justo ahora. Actúa en silencio y tu padre no sospechará. Los mejores planes se hacen desde las sombras.

Estaba siendo impaciente, pero me repugnaba lo que hacían con cientos de mujeres. Odiaba quedarme de brazos cruzados. Quería acabar con el negocio. Quería que mi padre se retorciera de rabia cuando supiera que yo había terminado con su mina de oro.

Hombres y mujeres morían por causas cuestionables: dinero, placer, poder e incluso amor. Tal vez yo no era diferente, pero la diferencia era que moriría bajo mis propios términos.

Si desataba una guerra en la Cosa Nostra, sería por una causa justa. El imperio de mi padre se estaba derrumbando y un nuevo rey tomaría el mando. Me sentaría en el trono mientras él se pudriría en el infierno.

—De acuerdo —cedí—. Dejaremos algunas cosas como están, pero ordeno que llames a un médico. Asegúrate de que examina a todas las mujeres del prostíbulo. No quiero que ninguna muera por alguna enfermedad, por los golpes que reciben o por un aborto provocado.

Berenice puso un mechón de cabello detrás de su oreja.

—Tenemos médicos aquí, pero no dan la atención necesaria.

—Corrige eso —masculló—. Tampoco quiero que ningún guardia toque de nuevo a las chicas. Sé que lo hacen a menudo y no quiero ignorarlo.

Gregg era un ejemplo de ello. Lamentablemente no había recibido noticias de ese asqueroso y sospechaba que mi padre le había perdonado la vida. Me haría cargo de él yo mismo.

—Me estás dando una tarea difícil —dijo Berenice—. Los hombres ya están acostumbrados a nuestras reglas. Les costará aceptar las nuevas.

—Estoy a cargo, soy el jefe de cada imbécil que trabaja en esta ratonera. Me deben lealtad a mí, no a mi padre. —Abrió la boca, pero la interrumpí antes de que volviera a hablar—. Diles a todos que el don dio las órdenes —espeté—. Y cualquiera que no lo respete es hombre muerto.

—Sí, señor.

Visité a las chicas a pesar de que no me querían allí. Una película se reproducía en la vieja televisión con antena y ellas miraban con atención. Sonreí ante la imagen porque muy pocas veces las había visto tranquilas como ahora. Martha, que había querido suicidarse, ya no tenía vendas en los brazos. Yvette se acercó tímidamente cuando notó mi presencia mientras Alayna esperaba en la puerta.

—Hola, Luca —dijo Yvette con dulzura, abrazando su oso de felpa.

Me agaché para estar al mismo nivel que sus ojos y le sonreí. Había crecido las últimas semanas. Su cumpleaños era a finales de año y esperaba que para ese momento regresara con sus padres.

—Eh, princesa. ¿Cómo estás?

—Contando los días —susurró—. Ya quiero volver con mi familia.

El nudo en mi garganta hizo que fuera difícil tragar.

—Estoy trabajando en ello.

Su inocente sonrisa se ensanchó.

—¿De verdad?

—Sí. —No hice el intento de tocarla. Sabía que seguía molesta conmigo y podría desencadenar una reacción violenta en ella—. Haré lo imposible para que regreses con tu madre.

Yvette sollozó mientras Anna le subía el volumen a la televisión. Ella me odiaba y no disimulaba su desprecio. Ya no creía en mis promesas.

—Tengo tanto miedo —musitó—. Anna dijo que es un sueño imposible.

El corazón me latió en los oídos y los ojos me picaban por la tristeza.

—Dicen que si deseas algo con todas tus fuerzas se cumple. ¿Tú lo deseas, Yvette?

—Sí.

—Entonces se cumplirá —aseguré—. Nunca pierdas la fe.

El aliento me falló cuando se abalanzó sobre mí y me abrazó. Mi corazón se hizo pedazos por su muestra de afecto y el miedo regresó por un segundo. ¿Y si fallaba? No quería pensar la gran desilusión que iba a llevarse. No quería romperles el corazón.

—Gracias, Luca —susurró Yvette—. Creo en ti.

Lo primero que hice cuando llegué a casa fue reunir al personal de servicio. Madre me observó con confusión y Kiara me guiñó un ojo. Amadea le ordenó a cada uno que escuchara atentamente. A partir de ahora cambiaría las reglas y empezaría con el lugar que mi padre consideraba su reino.

—Necesito que limpien el ático de la casa, por favor —solicité—. Será mi nueva oficina.

El ático era la habitación más grande de esta mansión y siempre me había gustado. Desde niño soñaba con remodelarlo, pintar las paredes yo mismo e instalarme ahí. Era mi refugio para huir de la ira de mi padre y mi abuelo.

—Llevará mucho trabajo limpiar esa pocilga —expuso mi madre—. La casa tiene más habitaciones que puedes usar.

—No quiero otra. Contratad más servicios si es necesario, pero la necesito limpia esta misma semana.

—Como ordene, señor —musitó Amadea.

—Perfecto. —Los despedí con la mano y le sonreí a mi madre—. ¿Qué pasa?

Me siguió hasta mi oficina mientras Alayna subía a su habitación sin dar explicaciones. La sentía distante. Tenía que hablar con ella pronto y aclarar las cosas de una vez. No podíamos fingir que no sucedía nada.

—Lucrezia me contó el desplante que sufrió Marilla por tu culpa. ¿No puedes ser más considerado con ella? La ignoraste para estar con tu amante. ¿Tienes tan poco respeto?

—No empieces.

Abrí los cajones y revisé mi viejo cuaderno. Nunca perdí la costumbre de escribir planes tontos. Mi yo de diez años también soñaba con hacer millones de cosas gracias al dinero.

—Estoy muy decepcionada de ti —reprochó ella—. No le diste la atención que merecía y todos saben que tienes algo con tu escolta. Algo inaudito cuando eres un hombre comprometido.

Aquí vamos… Los sermones estaban tardando en llegar.

—¿Inaudito? —repetí—. Mi padre trafica con mujeres y no te indignas tanto. ¿Por qué sigues metiéndote en mi vida?

Se llevó los dedos a las sienes.

—Me preocupa que te expongas —se justificó.

—Tengo veintitrés años —le recordé—. Soy jefe de una organización criminal y ya es hora de que me trates como tal. No soy un niño.

—Tampoco eres como tu padre. Por mucho que intentes aparentar no eres un monstruo insensible.

La amargura subió a mi garganta como la bilis.

—No estoy aparentando nada.

—¿No? —cuestionó, torciendo los labios—. Vienes a dar órdenes en la casa cuando nunca lo hiciste. ¿El poder que heredaste de tu abuelo te está cegando?

—No me ha cegado, pero sí me ha abierto los ojos. Si hay algo que aprendí de ti es que nunca debo doblegarme ante mi padre. Me convertiría en un peón más.

Exhaló duramente como si mis palabras la hubieran dañado de la peor manera. Fue un golpe bajo cuando fui testigo del maltrato físico y psicológico que sufrió. Yo… solo estaba harto de que todos me subestimaran. Mi propia madre no creía en mí.

—Tienes mucha razón. —Se limpió las lágrimas—. De todo corazón espero que tú sí logres derribar al monstruo. Lo intenté más de una vez, pero fracasé.

Salió de la oficina dejando sus palabras grabadas en mi mente. Entendía la magnitud del problema. Leonardo Vitale era un oponente peligroso, dispuesto a cualquier cosa para conservar el poder que había acumulado durante décadas. Tenía el respeto de cualquier hombre de la Cosa Nostra. Muchos lo veían como el líder perfecto mientras yo era considerado un niñito inexperto. Les demostraría a todos ellos que estaban equivocados.

28

ALAYNA

Me sentía extraña utilizando un color diferente al negro. El vestido blanco era de seda y casi decente combinado con el abrigo. Insistí en usar mis típicos pantalones de cuero, pero Luca dijo que era una fiesta de gala. ¿Qué importaba? Era su guardaespaldas, pero a él le encantaba presumir como si fuera su mujer.

Mi cabello estaba recogido en un moño, algunos mechones enmarcando mi rostro y una ligera capa de maquillaje suave. Me miré en el espejo retrovisor del coche e hice una mueca. No reconocía a la mujer que me devolvía la mirada. Para sentirme mejor, busqué mi pintalabios rojo en el pequeño bolso y Luca se rio.

—Relájate, no durará toda la noche. ¿Por qué tanta fascinación hacia el negro? Estás hermosa con cualquier color.

—El negro camufla muy bien la sangre.

—Nadie dijo que la fiesta terminará en una masacre.

Verifiqué la daga atada en mi muslo.

—Yo no estaría tan segura —resoplé—. Estoy aburrida de los vestidos bonitos y las fiestas. ¿Por qué no te acompaña tu prometida hoy?

Sus ojos recorrieron mi cara y se quedaron más tiempo en mis labios.

—Porque tú me das poder, Alayna. Tu presencia es mucho más fuerte que la de Marilla e incluso la de su padre. Fernando Rossi, al igual que muchos, sabe de lo que eres capaz y te respeta. Ahora entiendo por qué mi abuelo insistió tanto en contratarte. Eres la pieza más importante del tablero.

Alcé la barbilla con orgullo y le sonreí.

—Soy la reina del tablero.

—Sí y cuando te vayas no quedará nada —susurró.

Aparté la mirada y me fijé en la flamante mansión blanca rodeada de vehículos estacionados. Mi próximo objetivo seguía en pie y dudaba que cambiara de opinión. Ya había tenido suficiente de la mafia en pocos meses. Si no tomaba un descanso de esto, me agobiaría y era una mala decisión. Necesitaba controlar la oscuridad. Tenía mis límites como todos.

—No lo haré hasta que todo termine.

Luca suspiró.

—¿Ni siquiera te quedarías por mí?

Lo miré.

—¿Eso en que me convertiría? Tú mismo dijiste que te doy poder. ¿Qué más esperas de mí? ¿Qué me convierta en tu mercenaria personal?

Su postura se tensó.

—Sabes muy bien que significas mucho más para mí. ¿Quieres saberlo?

El miedo se acumuló en la boca de mi estómago. Si lo pronunciaba en voz alta, se haría realidad y no habría vuelta atrás. No quería que me afectara.

—Tenemos trabajo que hacer —me limité a contestar y bajé del coche.

Escuché una maldición mientras me acercaba a la entrada principal. Sabía que no podía escapar siempre de él. Tarde o temprano tendríamos esa conversación, pero me asustaba dejar caer mis defensas. Si Luca me decía lo que sentía me haría vulnerable nuevamente y no podría negarme nunca a ninguna petición de su parte.

Luca le entregó el vehículo al aparcacoches y nos dejaron pasar una vez que atravesamos el control de seguridad. La daga estaba bien enfundada en el interior de mi muslo y no hubo ningún inconveniente. Cuando quise atravesar la puerta, el príncipe enlazó su brazo con el mío y me sonrió. El flash de una cámara me hizo parpadear.

—Hablarán de esto mañana —musité.

La mirada de Luca era indiferente.

—¿Te importa?

—No. —Mi respuesta fue contundente.

—Entonces relájate.

Entramos en la gran sala donde había demasiada gente. Pensaba que la fiesta sería más discreta. Todo era escandaloso, extravagante y muy ruidoso. La pista de baile estaba casi llena mientras una orquesta tocaba en el escenario improvisado.

Vi a una joven que colgaba de los brazos de Fernando Rossi. Quizá tenía unos veinte años. Rubia y de grandes ojos castaños que no disimulaban su incomodidad. Sentí pena por ella. Su vestido rosa pálido era modesto y cada vez que alguien le hablaba agachaba la cabeza.

—Ella es Isadora Rossi —explicó Luca—. La única hija de Fernando.

Chasqueé la lengua.

—Es linda.

Podía leer su lenguaje corporal. Ella estaba asustada y cohibida. No tenía el respeto de su padre y podría jurar que fue criada del mismo modo que Kiara. Era un bonito adorno cuyo único propósito era casarse con un hombre poderoso y darle herederos. Estúpidas tradiciones mafiosas.

Durante años fui subestimada por el sexo opuesto, pero con el tiempo aprendí a usarlo a mi favor. Mi cara bonita ocultaba muy bien a la verdadera asesina y cuando atacaba nadie lo esperaba. Era tan satisfactorio.

Luca inmediatamente logró mezclarse con algunos hombres y entraron en una entretenida conversación en la que no fui incluida. Tenía a la mayoría comiendo de la palma de su mano. Era encantador, amable, pero también intimidante. Los viejos estaban complacidos con él y entendí lo que había querido decir el difunto Stefano Vitale. Nació para la mafia, aunque no quisiera aceptarlo.

Fui a la barra cercana y pedí una botella de agua sin abrir. Si pronto no recibía un mensaje de Ignazio, tendría que buscar la manera de encontrarlo. Tuve la leve sospecha de que tramaba algo y no era nada a nuestro favor. Ya no confiaba lo suficiente en ese alacrán, pero una parte de mí esperaba estar equivocada. Realmente lo necesitábamos para mover varios hilos. Las chicas no podían permanecer encerradas para siempre en el prostíbulo esperando algo que quizá nunca pasaría.

No quería pensar en lo peor, pero no descartaba el hecho de que fuera una posibilidad. El plan podría salir bien o mal.

—Una mujer tan hermosa como tú no debería estar sola —murmuró alguien a mi lado.

Me giré y enfrenté al gobernador. Vestido con su traje de tres piezas y peinado con el cabello hacia atrás lucía como un hombre más joven. No aparentaba estar cerca de los cincuenta años.

—¿Dónde está su esposa? —inquirí—. Lo vi con su hija hace unos minutos.

Me dedicó una sonrisa con dientes brillantes.

—Eres muy observadora. —Le hizo señas a la camarera y le sirvieron un vaso de Bourbon—. Si Luca no estuviera comprometido, pensaría que tú eres su pareja.

Planté una sonrisa falsa en mi cara.

—Me tomo muy en serio mi trabajo. Debo acompañarlo en cualquier evento.

Bebió un sorbo sin quitarme los ojos de encima.

—Con la muerte de Stefano todos sabemos que deberá pelear por su título. ¿Realmente piensas que Leonardo aceptará a Luca como nuevo líder de su familia? Lo conozco desde hace años y sé que irá a por lo que quiere. No le importará arrastrar a su hijo.

Me mordí el interior de la mejilla, encadenando mi rabia, forjando la paciencia.

—Evidentemente —sonreí—. ¿Usted ha tomado partido?

Arqueó una ceja.

—Lo haré cuando se proclame un ganador, aunque puedo hacerme una idea de quién será.

Una mujer bonita interrumpió la conversación y nos miró con una tensa sonrisa. Su rostro tenía exceso de maquillaje, pero aun así fue imposible ocultar lo enferma que parecía. Las ojeras eran pronunciadas y sus labios estaban agrietados.

—Ella es mi esposa Ludovica Rossi —nos presentó Fernando.

Extendí la mano y ella la aceptó un poco insegura.

—Un placer, señora. Alayna Novak.

Apartó la mano demasiado rápido y forzó otra sonrisa.

—Pensé que Marilla Rizzo nos deleitaría con su presencia esta noche —comentó, ignorando mi amabilidad—. Quería saludarla.

Le dediqué otra de mis mejores sonrisas, demostrando que su comentario no me afectaba. Obviamente era vista como «la otra».

—Enviamos las invitaciones, pero me informaron temprano que no podían venir —dijo el gobernador.

Eso llamó mi atención.

—Qué lástima.

—Al parecer, Carlo está muy ocupado estos días.

¿En qué? ¿Planeando la muerte de Luca con Leonardo? Muy pocas veces había visto al capo en la mansión. Su presencia apenas era notada y sabía que algo malo se acercaba.

—Feliz aniversario. —Les sonreí a ambos—. Permítanme.

—Disfruta de la fiesta —dijo Fernando.

Busqué a Luca entre la multitud y me detuve abruptamente cuando lo vi sonriendo con la mismísima Isadora Rossi. Ella ya no se veía como un pajarillo enjaulado. Al contrario, brillaba en presencia de él y la puntada de celos me estremeció. Era estúpido porque ni siquiera se conocían. ¿Qué estaba mal conmigo? Tomé una bocanada de aire y di un paso atrás. Alguien chocó con mi espalda y no me quedé a escuchar sus disculpas. Lo único que quería en ese momento era salir de ahí.

LUCA

Quería tener una conversación privada con Fernando, pero apenas habíamos tenido tiempo de saludarnos. Sus invitados lo mantenían muy ocupado. Mis ojos buscaron a Alayna y la decepción llegó cuando la perdí de vista. Hacía un minuto estaba en el bar. ¿Dónde había ido tan rápido?

La suave mano en mi brazo me hizo desviar la mirada y le sonreí a

Isadora Rossi. Era una chica encantadora y tímida. Me comentó que estaba estudiando Economía y cuáles eran sus planes para las futuras vacaciones. Algo que no me interesaba, aunque fingí que sí. Lo que me importaba era tener una charla con su padre.

Suspiré de alivio al ver que Fernando finalmente estaba libre.

—Discúlpame, Isadora —le sonreí—. Me alegro de conocerte.

Se sonrojó.

—Oh, está bien. Espero verte pronto.

Me despedí con un beso en la mejilla y me acerqué a Fernando. Su esposa se había retirado de la fiesta hacía unos minutos con ayuda de otra mujer y confirmó los rumores de que estaba delicada de salud. Los medios no especificaban mucho, pero decían que era algún tipo de cáncer.

—Fernando —dije—, es una gran fiesta. Gracias por invitarme.

Su sonrisa era afilada, como cuando los tiburones asomaban los dientes. No confiaba en él. No llegaría a ese nivel de estupidez, pero si lo tenía de mi lado las probabilidades de acabar con mi padre eran muy altas.

—Me alegra que pudieras venir. Tu padre y Carlo rechazaron la invitación sin ninguna cordialidad.

Fruncí el ceño.

—Lamento oír eso. ¿Hay alguna razón en particular?

—Hemos estado en desacuerdo sobre algunos negocios —explicó—. Se han tomado mi postura como algo personal.

—¿Qué postura?

Él desde un principio me había dicho que consideraba a mi padre muy anticuado en ciertos aspectos.

—Escucha, Luca. Tú y yo sabemos cuál es la mayor inversión de tu padre —murmuró en voz baja. La tensión pronunció las arrugas de su frente—. Los números de mujeres desaparecidas han aumentado en Palermo y mi gobierno empezó a ser cuestionado. Hubo olas de protestas la semana pasada y seguirán así. Ya nadie se siente seguro en las calles.

Me mordí el interior de la mejilla y apreté los puños. Le daba importancia al problema porque estaba afectando su nombre. De lo contrario, se mantendría al margen.

—Conmigo no vas a preocuparte de que las calles estén manchadas de sangre. Tengo propuestas decentes que limpiarán tu imagen y el dinero sería triplicado.

La boca de Fernando se curvó levemente.

—Siempre me diste la impresión de ser un hombre ambicioso. ¿Cuál es el precio?

—Que pelees de mi lado cuando llegue el momento.

Sacudió la cabeza y me palmeó la espalda como si fuéramos viejos amigos de confianza. El toque me molestó porque me dio la sensación de que al igual que muchos seguía subestimándome.

—Le dije a tu mujer que elegiré un bando cuando el ganador sea proclamado —sonrió—. No lo tomes como algo personal. Solo cuido mis intereses.

Encontré a Alayna fuera del salón, sentada en el borde de una fuente de agua. La capa de humo la rodeaba mientras le daba una calada al cigarrillo que tenía entre sus dedos. Se había quitado los tacones y el abrigo. Iluminada por la luz de la luna, era una de las cosas más hermosas que había visto.

—Cualquiera creería que no eres tan eficiente como presumes —comenté—. ¿Dejas solo a tu cliente en una fiesta donde podría ocurrir un posible atentado?

—Estás vivo —dijo sin mirarme—. Puedes quedarte el resto de la noche hablando con la dulce hija del gobernador y nada malo sucederá. Si quisieran matarte, lo habrían hecho cuando pusiste un pie en la fiesta, pero Fernando es un hombre precavido. No permitiría un escándalo en su casa. Su carrera estaría terminada.

Habló apresuradamente y apenas percibí lo que había dicho, pero no pasé por alto el reproche cuando mencionó a Isadora. ¿Estaba celosa?

—No sabía que te importara tanto con quién hablo. —Me senté a su lado.

—Por supuesto que me importa. —Me miró—. Eres mi protegido y debo estar atenta.

Me mordí el labio para contener la sonrisa de idiota.

—¿Por qué suenas tan molesta?

—No lo estoy. ¿Por qué habría de estarlo?

—Escucha tu tono.

—Eres un completo idiota —refunfuñó.

Recogió sus tacones para ponérselos con prisa. Estuvo a punto de caerse a la fuente, pero sostuve su cintura. Continué sonriendo como un tonto mientras ella apretaba los dientes en señal de molestia. Me encantaba verla celosa. Quizá lo intentaría de nuevo para convencerla de que sus palabras habían perdido cualquier credibilidad. Si no éramos nada, no le tendría que importar que otra mujer me sonriera.

—Cálmate. —Mi pecho se sacudió con otra risa—. Déjame ayudarte.

Me agaché y acaricié la suave piel de su muslo y sus piernas hasta llegar a sus pies. Le di un golpecito con el dedo en la pantorrilla y ella se colocó el tacón derecho. Hice el mismo procedimiento con el pie izquierdo. Levanté mis ojos hasta los suyos y se mordió el labio. Cada vez que cedíamos a nuestras emociones, mostrábamos lo que sentíamos el uno por el otro. Ella me entregaba su vulnerabilidad y yo mi absoluta devoción.

—Podría estar en una habitación con cientos de mujeres, pero mi atención siempre estará en ti.

—Sabes que yo nunca cumpliré el papel, ¿verdad? —inquirió.

Parpadeé confundido.

—¿Qué papel?

—De esposa perfecta —dijo con el aliento irregular—. Cuando asumas como don todos esperarán que sigas las mismas tradiciones que tu familia. Casarte en una iglesia, ser un padre ejemplar…

—No es lo que quiero de ti, Alayna.

Se desprendió de mi agarre y volvió a sentarse en la fuente.

—Ahora tienes un tonto enamoramiento, pero cuando la realidad te golpee vas a darte cuenta de que fue una simple ilusión. No puedo ofrecerte lo mismo que otras mujeres.

Sonaba tan dolida que la rabia me abordó. Lo que le hicieron en ese maldito lugar había destruido gran parte de su confianza, aunque ella fingiera que era la mujer más segura del mundo. Ahora entendía por qué quería irse cuando todo terminara. Alayna creía que no era suficiente para nadie.

—¿Un tonto enamoramiento? —pregunté indignado—. No tienes idea, ¿verdad? No sabes hasta dónde soy capaz de ir con tal de mantenerte a mi lado. Y no porque te vea como una maldita arma, Alayna. Para mí eres la mujer más increíble que he conocido. Eres hermosa, inteligente, valiente, brillante y fuerte. Tienes un sentido de la lealtad que no he visto en nadie. Luchadora y empática. Pudiste delatarme con mi padre; sin embargo, me apoyaste desde el primer día y crees en mí. Algo que nadie hizo nunca.

La forma en que me miraba hizo trizas mi corazón.

—Sientes fascinación —insistió.

—No —gruñí—. Eres la única mujer que quiero y necesito que me des una oportunidad para demostrarte lo valiosa que eres. Desde el momento en que entraste en mi vida nadie ha estado en mis pensamientos excepto tú. Cuando te miro veo un futuro a tu lado.

Su respiración se entrecortó y negó.

—Luca…

—No tienes que darme una respuesta justo ahora. —Detuve cualquier posible rechazo o excusa—. Esperaré el tiempo que sea necesario, Alayna. Hasta que estés lista.

Miró el cielo un segundo antes de que una pequeña sonrisa levantara la comisura de sus labios.

—Eres un idiota testarudo.

Me encogí de hombros.

—Tú me enseñaste que debo luchar por lo que quiero. —Estreché su cuerpo en mis brazos y ella se rindió—. Y ahora mismo te quiero solo a ti, mariposa. Déjame demostrarte cuánto.

ALAYNA

No había manera de apaciguar mi necesidad. Cada mirada, caricia, sonrisas y besos compartidos solo hacían que el anhelo aumentara y ya no quería escapar. Tal vez debería ignorar mi cabeza una vez y escuchar a mi patético corazón. No quería quedarme con la duda de qué pasaría si no le daba una oportunidad como él pedía.

—Has tenido pesadillas mientras dormías en mis brazos —murmuró Luca—. ¿De qué tratan?

Me aferré al abrigo y contemplé el cielo rodeado de estrellas. Nos retiramos de la fiesta para detenernos cerca de un acantilado. Luca me tendió la botella de bourbon y bebí un trago. Disfrutaba los momentos más simples a su lado.

—Veo a la misma persona siempre —admití—. Se llamaba Talya y murió por mi culpa.

Hubo un denso silencio y nos pusimos cómodos sobre el capó de su coche.

—¿Quién era exactamente? ¿Cómo pudo morir por tu culpa? ¿La mataste?

Aparté mi atención del cielo y lo contemplé. Se quitó la chaqueta. Los botones superiores de su camisa blanca estaban desabrochados. El cabello castaño estaba despeinado y sus intensos ojos grises, más pálidos. Había visto a muchos hombres atractivos, pero solo Luca tenía la capacidad de robarme el aliento.

—La conocí cuando fui reclutada por la organización y fue la primera persona que quiso ser mi amiga. Talya era desinteresada y noble. Nos hicimos amigas en poco tiempo y rompimos muchas reglas. —Solté una inhalación aguda, lamiendo el bourbon de mis labios y le devolví la botella—. Estaba prohibido fraternizar. Él solía decirnos que cualquier sentimiento era un signo de debilidad y podían usarlo en nuestra contra.

—¿Él?

—El maestro, el hombre que me apartó de mi familia y me convirtió en lo que soy. —Me estremecí—. Era un psicópata que reclutaba a niños huérfanos para su organización, niños abandonados y sin hogar. Cuando mi madre murió él se presentó en mi vida como la solución a todos mis problemas. No solo me entrenó a mí; también a mi hermano.

—Caleb.

—Sí —susurré—. Fuimos separados por la misma razón. Él no quería que nuestros lazos familiares nos hicieran débiles, pero esa historia te la contaré otro día. Talya apareció cuando más la necesitaba. —La recordé con una triste sonrisa—. Ella y yo éramos muy buenas en los entrenamientos. Las mejores. Todo cambió cuando nuestra amistad tomó un rumbo que ninguna esperaba.

—Se enamoraron —asumió.

—Era algo dulce, inocente e ingenuo, pero con un trágico final. —Me recosté sobre mis codos—. Nunca debí acercarme a ella ni darle esperanzas.

—¿Qué tipo de esperanzas? —Luca se movió y el capó crujió bajo nuestro peso—. ¿Pensaron que podrían salir de ahí y tener una vida juntas?

La ola de tristeza y decepción me inundó. Todavía dormía con el recuerdo de sus ojos y el sonido de su risa persistía en mis pensamientos. Si no le hubiera dado ideas equivocadas, quizá ella sería libre como yo.

—Sí y fue la fantasía más tonta que alguna vez soñamos. El jefe o maestro, como nosotras lo llamábamos, se enteró de que teníamos una relación y no dudó en terminarla. Talya desapareció durante días y cuando volví a verla… —El repugnante escalofrío recorrió mi espalda y cerré los ojos, tratando de borrar la imagen cruda—. Ella estaba destrozada. Él la mató, Luca. La desmembró para darme una lección de qué podría pasar si una persona se acercaba a mí de nuevo.

Cuando miré de nuevo a Luca, la comprensión llegó a sus ojos.

—¿Es por eso que te cuesta creer que me importas y tratas de alejarme?

—Sí.

Mi corazón se fundió en un líquido caliente, dejándome indefensa, sin aliento. Su mano encontró mi mandíbula y guio mi cara a la suya.

—Lamento muchísimo por lo que has pasado, pero yo no soy como aquellos que te lastimaron. Te he demostrado que puedes confiar en mí sin importar lo que pase.

Mis defensas cayeron.

—Nunca me he sentido suficiente para nadie, he sido usada muchas veces —respondí—. Así que prefiero desecharlos antes de que me lancen a un contenedor de basura. Es mi mejor defensa.

Sus labios tocaron mi oreja.

—Eres más que suficiente para mí, mariposa.

—No, no puede suceder. Eres mi protegido, los sentimientos no deberían estar involucrados.

—No tiene nada de malo. ¿Puedes culparme por quererte? —Tomó mis manos y las puso sobre su pecho—. Todo está bien cuando estoy contigo. Tú eres la razón por la que no me siento solo en este mundo.

La intensidad en sus ojos me oprimió el pecho.

—Eres tan tonto.

—No, no soy ningún tonto. Soy un hombre que sabe lo que quiere y yo te quiero a ti, Alayna.

Las palabras quedaron atrapadas en mi garganta. «Mentira, mentira, mentira…». Pronto se daría cuenta de que estaba muy jodida y no merecía sus atenciones. Yo era un monstruo. Algo fallaba dentro de mí y siempre lo arruinaba. Por algo seguía sola.

—Te odio tanto —susurré.

Una pequeña sonrisa levantó sus labios.

—Tomaré eso como un «también quiero más de ti».

—Luca, no…

—Alayna… —Mi nombre sonó ronco en sus labios—. Sé que estás asustada y no pretendo que correspondas a mis sentimientos pronto. Solo permíteme demostrarte lo buenos que somos juntos. ¿De acuerdo? Aceptaré cualquier cosa que me ofrezcas.

—¿Cualquier cosa?

—Cualquier cosa —repitió—. Y me refiero a tus labios, tu cuerpo, tu sonrisa, tu contacto…

Tomó mi boca en un beso lento que silenció cualquier sentido común. Mi mente gritaba que lo apartara y le recordara que lo nuestro no funcionaría. Que tarde o temprano lo lastimaría, pero esa vocecita me suplicaba que no. Al igual que él, quería mucho más.

No podía detenerme.

Porque me pertenecía.

Yo era suya.

Y él era mío.

29

LUCA

Desperté con Alayna desnuda a mi lado horas después. La habitación estaba completamente oscura y miré la hora en mi teléfono móvil.

3.00 a.m.

Gemí mientras me acurrucaba detrás de ella con mis brazos firmemente alrededor de su cálido cuerpo. No quería despertar si se trataba de un sueño. Podía afirmar con seguridad que nunca había dicho las palabras que había pronunciado antes, pero fue sincera conmigo y era un enorme avance. Era la mujer más combativa que había conocido y me encantaba su determinación. Era ruda, salvaje, un espíritu libre. Tenía la capacidad de reinar en el inframundo si así lo quería, pero cuando estaba así en mis brazos era suave. Una delicada rosa sin sus espinas.

—Estás despierto —susurró en la oscuridad.

Recorrí su vientre y lentamente acuné sus pechos con mis manos. Alayna volvió a suspirar.

—No quería perderme el hermoso espectáculo de verte dormir desnuda en mis brazos.

—Qué sentimental.

—Nunca sabemos qué nos espera mañana. —Inhalé su cuello—. Tomé una decisión y no quiero que la cuestiones.

Alayna se giró en mis brazos hasta que estuvimos cara a cara.

—¿Es buena o mala?

—Depende de cómo la tomes.

—Luca…

Toqué sus labios gruesos, húmedos y deliciosos. Quería perderme horas en esa hermosa boca.

—Haré pública mi ruptura con Marilla, no me casaré con ella.

La tensión se apoderó de sus rasgos y trató de apartarme, pero no lo permití.

—Definitivamente es muy malo. ¿Crees que Carlo lo tomará a la ligera? —dijo—. Nos atacará antes de tiempo y no estamos preparados.

Tenía razón y no había manera de negarlo.

—Fernando me aseguró que los negocios con Carlo y mi padre no están bien —masculló—. Tuvieron muchos desacuerdos.

Alayna asintió.

—Carlo es el aliado más fuerte de tu padre y si lo matamos será un golpe durísimo.

Me eché a reír por su impulsividad. Y luego decía que yo era imprudente.

—Eso traería peores consecuencias que mi ruptura con Marilla.

Soltó un suspiro.

—No importa lo que hagas o dejes de hacer. Ellos atacarán de cualquier manera. Todos sabemos que nunca te han respetado, Luca. Ahora tienes el poder de decidir quiénes están en tu equipo. Y si mañana mato a Carlo nadie debería cuestionarlo.

—A tu lado me siento valiente y poderoso.

—Puedes conquistar el mundo si te lo propones y ni siquiera te das cuenta.

—Lo único que me importa es conquistar tu corazón.

Observé sus ojos que revelaban todo. Se tornaron vidriosos, un azul tan profundo como el océano a la luz del día.

—*Vy uje sdelali eto* —susurró.

Sonreí con una expresión confundida.

—¿Qué has dicho?

—Que eres un idiota.

Agarrando un puñado de su cabello, acerqué su boca a la mía y la besé mientras subía sobre su cuerpo. Alayna me recibió entre sus piernas, soltando un jadeo entrecortado cuando me introduje de golpe en ella. Su espalda se arqueó en la cama y clavó las uñas en mi espalda.

—No tengo idea de lo que has dicho, hermosa, pero ten en cuenta algo.

Un suave gemido cayó de sus labios.

—¿Sí?

—Tú eres mía y yo soy tuyo.

Mi nueva oficina estaba impecable. El viejo ático era una habitación enorme, mucho más grande de lo que mi padre podría tener. Las ventanas me mostraban una inmensa vista de la entrada y el armario conducía a un cuarto de armas. Laika se sentó en el sofá con su muñeco favorito y levantó las orejas. También le gustaba estar allí.

Los muebles eran de madera bien pulida, una mezcla de modernidad y antigüedad. Las obras de arte destacaban en las paredes, entre ellas un reloj valorado en miles de euros. Abrí el cajón del escritorio y revisé los papeles más importantes. Tenía muchos planes que llevar a cabo. La primera misión era trasladar a las chicas del prostíbulo a un lugar más seguro, fusilar a los hombres que no cumplían mis órdenes y gestionar las nuevas reglas.

Solo quería cerca de mí a quienes fueran leales. El resto estaría muerto. Justo como Carlo Rizzo. El plan para asesinarlo había comenzado.

Gian me había enviado las coordenadas para explorar con detenimiento el área. Alayna necesitaba saber cada detalle posible. No quería cometer ni un solo error. Debía ser el asesinato perfecto.

Berenice me informó que los hombres siguieron mis órdenes y el médico examinó a cada mujer retenida del prostíbulo. Alayna dejó caer sus muros y pronto anunciaría que ya no era un hombre comprometido. Miré fijamente las crepitantes llamas de la chimenea. Todo iba según lo planeado. Con Carlo muerto mi padre sería el único problema.

Hablando del diablo…

La puerta de mi oficina chocó bruscamente contra la pared y lo vi entrar en un estado lamentable. Sus ojos rojos estaban irritados por el alcohol, su boca torcida en una mueca de repulsión. La vida daba tantas vueltas. Necesitaba beber para superar que su difunto padre lo consideraba un incompetente perdedor.

—Siempre fuiste un estúpido inservible —escupió—. No comprendo por qué tu abuelo permitió que ocuparas su lugar.

Laika le gruñó desde el sofá en una clara advertencia que él ignoró.

—Estás ebrio, padre. Regresa a tu habitación y vuelve cuando seas capaz de mantenerte de pie.

—¿Cómo te atreves a darme órdenes? —espetó—. ¿Cómo puedes echar a perder años de trabajo? Estás poniendo en ridículo nuestro apellido. Carlo me contó la mierda que hiciste anoche. Paseaste con tu amante en la fiesta del gobernador cuando estás comprometido.

Esa era la ofensa. Haber puesto en ridículo a su amigo de toda la vida. No le interesaba si me insultaban o agredían. No movería ni un dedo por mí. Nunca.

—No me casaré con Marilla —dije—. Pronto anunciaré que soy un hombre libre. Cualquier trato con la familia Rizzo ha terminado.

Sus fosas nasales se dilataron y apretó los dientes. Se tambaleó un segundo, pero recobró el equilibrio. Laika volvió a gruñirle con espuma en la boca, enseñándole los colmillos. Una palabra mía bastaría para que atacara.

—Tú no harás tal cosa.

Mis dedos se hundieron en los bordes del escritorio.

—Ya no toleraré ninguna falta de respeto, ni siquiera de ti.

—Eres un maldito marica. ¿Cómo pretendes que te respeten? —Se movió más cerca, su aliento rancio golpeó mi cara—. Todos en la Cosa Nostra saben que eres un chiste de mal gusto, un poco hombre que no tiene las bolas suficientes para asumir el cargo.

Se estaba haciendo aburrido escuchar siempre los mismos insultos. ¿Poco hombre? ¿Lo era porque no estaba de acuerdo en agredir inocentes, violar mujeres o traficar con niñas? ¿Eso me hacía menos que él?

—Te estás avergonzando a ti mismo —dije con calma—. Vete o no impediré que Laika te haga pedazos.

Se mofó, su cara llena de burla.

—Mírate, ya te han crecido los pequeños huevos. —Soltó una ruidosa carcajada—. ¿Es por ella? ¿La puta que mantienes en tu cama te ha lavado el diminuto cerebro?

Temblé de rabia, estaba al límite. No me importaba cómo se dirigía a mí, pero que insultara a mi mujer era otra historia. Este bastardo no merecía mencionarla con su asquerosa boca.

—*Attacchi*.

Mi mascota atacó. Sus grandes colmillos mordieron la pierna de mi padre y lo hicieron caer. Escuché un fuerte crujido de un hueso por el peso de su mandíbula. La perra estaba rabiosa e incontrolable. Yo no tenía intenciones de detenerla.

—¡Perra estúpida! —espetó mi padre—. ¡Largo de aquí!

Intentó defenderse, pero fue inútil. Laika logró tumbarlo y mordió sus muslos. Me quedé de pie sin un gramo de emoción en mi rostro. Quería que lo hiciera pedazos. Quería que sangrara. Ansiaba la muerte de este infeliz más que nada en este mundo.

—¡¿Qué está pasando aquí?! —gritó madre, aproximándose. Sus ojos se abrieron con horror cuando vio a Laika atacando a mi padre—. ¡Oh, Dios! ¡Detén a ese animal, Luca!

Mi padre gritó, luchó y pateó a la dóberman, pero no pudo hacer mucho porque estaba ebrio. Laika desgarró sus pantalones de vestir, su camiseta y sus zapatos. No la reconocía porque muy pocas veces había visto sus instintos asesinos. La siguiente persona que se acercó al percibir el escándalo fue Alayna. Se mantuvo cerca de la puerta con una sonrisa burlona en la cara.

—¡Luca, por favor! —insistió mi madre al borde del llanto—. ¡Haz algo! Dile que pare, por favor…

¿Cómo podía seguir teniendo empatía por él a pesar de todo lo que había hecho? Solté un suspiro y miré el desastre. Gotas de sangre manchaban la alfombra mientras mi padre se protegía con los brazos. Su pierna estaba torcida de una forma que me provocó escalofríos.

—Laika, ven aquí —ordené—. Ahora.

Agarré su correa y la aparté de la escoria. Él quedó en el suelo, sus ojos resentidos miraron los míos y luego a Laika. Había miles de promesas en su expresión. Planeaba su venganza.

—Quiero fuera de mi casa a esa sucia perra —escupió y se puso de pie con ayuda de mi madre—. Sácala o la próxima vez pondré veneno en su comida.

—Ponle una mano encima y te mato. Ella protege a su familia cuando tú atacas.

Resopló con una carcajada mientras frotaba la herida en su brazo. Alayna seguía en la misma posición, aburrida por el drama.

—¿Ella es tu familia? —inquirió entre risas—. Por favor, es un sucio animal.

La ira se extendió como un incendio en mis venas.

—Vale mucho más que tú —enfaticé—. Ella es fiel y me cuida en cualquier situación. A diferencia de ti, es capaz de dar su vida por las personas que ama. Tú no puedes alardear de lo mismo, no vales nada. Eres el peor padre de la historia.

Apretó la mandíbula, luchando para no mostrar ningún signo de dolor. Esperaba que su pierna se infectara y tuvieran que amputársela.

—Mocoso estúpido, respeta a tu padre.

—¡Tú ya no eres mi padre! —bramé.

Alayna soltó un bostezo y finalmente decidió intervenir. Sacó su arma, apuntando a mi padre justo en la pierna.

—Tiene cinco segundos para irse, señor. Hágalo ahora si no quiere perder sus patéticas bolas.

—Te pagué miles de euros. —Mi padre le lanzó una mirada asesina. Gotas de sangre cayeron de sus piernas y brazos.

—Ya no trabajo para usted —enfatizó Alayna y le quitó el seguro al arma—. Solo respondo las órdenes del don.

Mi padre caminó a la puerta con dificultad.

—Esto no quedará así —escupió.

Madre le tocó el brazo preocupada y angustiada.

—Leonardo, por favor…

—No me toques, mujer —gruñó él—. No necesito nada de ti.

Lo vi irse cojeando mientras mi madre trataba de ayudarlo, pero él la empujó. Hijo de puta desagradecido. Debería morirse solo. No merecía nada, mucho menos tener a alguien que se preocupara por su vida.

—Qué dramático. —Alayna cerró la puerta y guardó su arma en

la cintura de su pantalón—. Pensé que haría algo mucho peor que insultarte como si tuviera diez años.

Me desplomé en el sillón y pasé una mano por mi cabello. La situación me estresaba. Laika se acercó para comprobar cómo estaba. Ya no era la perra aterradora. La cariñosa tomó su lugar.

—Eres una chica increíble. —La mimé y movió su corta cola.

No podía estar muy pendiente de ella. Los próximos días serían peores porque tenía mucho qué hacer. La familia de mi tío Eric la cuidaría. No quería dejarla al alcance de mi padre.

—¿Estás bien? —preguntó Alayna, parándose entre mis piernas—. Oí la conversación, no estuvo tan mal. Me encanta que lo pongas en su lugar.

—Lo aprendí de ti. —La agarré de la cintura y la senté en mi regazo—. Estoy listo para enfrentar cualquier situación que se presente.

Acarició el cabello de mi nuca.

—Vigilaré la casa de Carlo hoy —informó—. Necesitamos entender por qué está tan silencioso.

—¿Y cuándo lanzarás el disparo?

Su máscara seria se quebró y una sonrisa retorcida apareció en sus labios.

—Lo haré hoy. Encontré el sitio perfecto. —Su lengua se asomó y miró mis labios—. ¿Ansioso, príncipe?

—Me cansé de ser un juguete. Mi padre creyó que podría usarme a su antojo una vez que asumiera como don. Querrá quitarme mi derecho al poder y no pienso quedarme quieto mientras eso sucede.

—Dijiste que el poder no es atractivo para ti.

—Eso fue antes de que mis planes se vieran amenazados.

—¿Cómo quieres que lo mate?

—Amenazaste con volarle los sesos a mi padre. Quiero que apliques la misma idea con Carlo.

Su sonrisa creció. Sabía que disfrutaba de mi lado oscuro.

—A sus órdenes, majestad.

—Hoy tenemos que separarnos, no quiero interferir en tu trabajo. Se tensó.

—No voy a separarme de ti.

—Me quedaré aquí mientras te ocupas de tu trabajo. ¿Has visto a mi padre? Estará desmayado el resto del día. —Puse los ojos en blanco—. Nos mantendremos en contacto sin que sea un estorbo. Puedo hacer esto, Alayna. Prefiero que no tengas distracciones y yo soy una.

Presionó su frente contra la mía y cerró los ojos.

—Llámame si necesitas algo. Estaré contigo en menos de un minuto.

ALAYNA

Limpié mi Glock 19 y lo recargué con nuevas balas. Dentro de pocos minutos iría al punto de ubicación y llevaría a cabo la misión. Según los informes de Gian, Carlo no tenía ningún compromiso durante el día y la noche. No debería haber ningún impedimento.

Nada ni nadie evitaría que lo enviara al infierno.

Vacié la caja de munición y después me agaché para sacar el maletín que estaba bajo la cama. Ahí guardaba a mi consentida, el rifle de francotirador que le volaría los sesos a Carlo. Sonreí orgullosa al recordar la petición de Luca. Mi príncipe se estaba convirtiendo en un rey oscuro.

—Es casi tan bonita como tú —comentó una voz ronca—. Te queda bien.

Regresé el rifle a su sitio y miré sobre mi hombro a Luca. Se inclinaba contra la puerta con una sonrisa seductora en los labios. Su traje impecable contrastaba con su cabello castaño desordenado. Era difícil no mirarlo.

—Haré realidad uno de tus sueños.

Me puse de pie y él se acercó hasta rodear mi cintura con sus brazos.

—¿Solo eso? Porque cuando se conozca la noticia de que Carlo está muerto querré compensarte. —Me besó los labios—. Serás prisionera en mi cama durante horas.

Un escalofrío recorrió mi columna vertebral.

—Qué prometedor.

Abrió la palma de mi mano y colocó una llave ahí.

—El Ferrari está a tu disposición —dijo—. No quiero que te preocupes por mí.

—Confío en ti.

—¿Alayna?

—¿Sí?

—No falles.

Sonreí.

—Nunca.

Pero un mal presentimiento hundía mi estómago y no me dejaba tranquila. Vestida de negro en un perfecto camuflaje, sostuve el maletín mientras bajaba las escaleras. Luca me prometió que estaría bien, pero no podía tranquilizarme. Mi plan era matar a Carlo esa noche y después obligar a Ignazio a darnos la ayuda que necesitábamos. Si no movíamos a las chicas pronto, todo se iría al demonio.

Leonardo tramaba algo. Y odiaba no saber qué era.

—Mi hijo y tú han llevado la relación profesional a otro nivel —se burló Vitale cuando bajé el último escalón. Quería reírme a carcajadas de él porque estaba horrible. Apenas podía mantenerse de pie—. No pensé que fueras ese tipo de mujer.

No le di ni una sola reacción.

—¿Le importa lo que haga o deje de hacer con su hijo?

—Luca puede morirse, lo único que me importa es que está poniendo en riesgo la estabilidad de mis negocios. Nunca fue mi orgullo, pero antes de que llegaras aquí podía hacer con él lo que quisiera. Me respetaba, no era rebelde, no cuestionaba mi poder.

Luca toda su vida fue humillado, pisoteado y golpeado. Estaba dormido antes de conocerme, pero ahora había despertado.

—Quería un esclavo antes que un hijo, pero no se cumplió su capricho. —Me encogí de hombros—. Luca es demasiado valioso y finalmente se está dando cuenta.

—¿Valioso? —se carcajeó—. Tú y yo sabemos que es un idiota débil y sentimental. No es el hombre adecuado para ti. Necesitas a alguien con más carácter.

—¿Un hombre con más carácter? Estoy aburrida de los narcisistas como usted que se creen los dueños del mundo. Sí, le concedo que Luca es muy sentimental, pero débil jamás. Él lucha por lo que quiere y no necesita minimizar a nadie para lograr sus objetivos. Tiene honor y lealtad.

Eso causó que su cara se calentara y sus ojos ardieran con rabia.

—Las mujeres como tú olvidan adónde pertenecen. No debiste salir de la cocina, menos del prostíbulo. Nunca entenderé qué pasó por mi mente cuando permití que entraras en mi casa, fue la decisión más errónea que he tomado nunca. No tenías intenciones de servirme. Solo te metiste en la cama de mi hijo. Justo como lo hacías con Moretti, ¿no? Eras su sucia puta.

Mis labios se curvaron en una sonrisita. ¿Pensaba que sus insultos me ofendían? Pobre viejo decrépito. Solo aquellos ignorantes que no tenían buenos argumentos utilizaban ese recurso tan mediocre. Además, me habían dicho cosas peores.

—Sin embargo, rogó por mis servicios cuando me llamó la primera vez.

Rechinó los dientes.

—Eres una vulgar que agacha la cabeza por un hombre y olvida quién es realmente por unos cuantos orgasmos. ¿Crees que no escucho cómo mi hijo se da el gusto de follarte? No puedo esperar a tener mi propio turno, te haré chillar como loca. Tendré lo mío, Alayna. Todo lo que toca Luca es mío por derecho. Eso te incluye.

La rabia corrió por mis venas, hirviendo como si estuviera en el mismísimo infierno. Agité un puñetazo y lo golpeé justo en la nariz. Escuché un crujido y una maldición. Él trató de contener el flujo de sangre cuando le di un rodillazo en la entrepierna y lo mandé a estrellarse contra el suelo. Me miró sorprendido, horrorizado.

—Estamos en el siglo XXI, señor. Las mujeres tenemos libertades, hacemos lo que queremos y somos capaces de cometer los actos más atroces. No intente minimizarme con sus insultos, nunca lo logrará. Siempre tengo puesta mi corona.

—Perra malagradecida —gruñó—. Pronto recibirás tu merecido.

Aferré el maletín.

—Lo mismo digo de usted.

Le di la espalda, pero antes lo escuché decir:

—La cabeza de mi hijo pronto rodará en una bandeja. —Hizo una pausa con un jadeo—. Si eres inteligente, lo dejarás a su suerte y olvidaré tu traición. Soy un hombre razonable, puedo perdonar si la ocasión lo merece. Aún estás a tiempo de retractarte.

—Nada que venga de usted podrá convencerme.

Soltó una carcajada.

—Te veré muy pronto en el infierno, Alayna Novak.

LUCA

Cuando Gian se presentó en la puerta de mi casa para llevarse a Laika unos días con él, mi cabeza seguía en Alayna. Resistí la tentación de llamarla porque no quería distraerla ni preocuparla.

Gian sonrió y se sacó las gafas de sol. Él conocía a mi mascota desde que era una cachorra y la adoraba. Me quedaría tranquilo mientras la cuidaba. Esperaba contar con el apoyo de muchos cuando matara a mi padre y terminara con el negocio de la prostitución y la trata de personas en Palermo. No sería el primer mafioso que se rehusaba a participar en esos ámbitos.

—Bueno, hola —saludó Gian—. Tu chica se ve muy bien.

Acaricié la cabeza de Laika y la entregué con su correa a mi primo. Ella no puso ninguna resistencia.

—Gracias por cuidarla. Vienen tiempos muy oscuros y ella no está a salvo aquí.

Laika olió la mano de Gian y le movió la cola. Sonreí ante el gesto.

—¿Qué ha hecho tu padre esta vez?

—Amenazó con envenenarla.

Su cara se contorsionó por el disgusto.

—Hijo de puta… —murmuró con una mueca—. ¿Qué está pasando, Luca? Puedes decirme lo que sea.

Él y Luciano eran mis leales aliados, pero no quería involucrarlos. Si me llegaran a atrapar, sería el único responsable y nadie más sufriría las consecuencias. Rogaba que Berenice estuviera a salvo cuando eso ocurriera.

—Mi padre estuvo detrás de todos los atentados que he sufrido y presiento que muy pronto dará otro golpe. Alayna y yo lo mataremos antes de que logre su objetivo.

Gian ni siquiera parpadeó.

—Muchos hombres aún son leales a él.

—Solo es cuestión de tiempo.

Me dio un breve abrazo y palmeé su espalda. No estaba solo en esta guerra y me sentía capaz de enfrentar cualquier obstáculo. Algo que nunca había pasado antes. El gran efecto de Alayna Novak.

—Ten mucho cuidado.

—No te preocupes por mí, cuida a Laika.

Se rascó la nuca.

—¿Alguna sugerencia?

—Nada de huesos, solo el alimento para perros adultos —expliqué—. Le gusta consumir fruta como postre, manzanas más que nada. No la mantengas encerrada. Asegúrate de que nadie la trate mal, Laika no es una perra sumisa. Responderá a cualquier agresión.

Me dedicó una sonrisa tensa.

—De acuerdo, la dama será tratada como una reina.

—Gracias, Gian. Espero tenerla conmigo nuevamente en menos de un mes.

—Cuenta conmigo siempre. —Chocó su puño con el mío—. No tengas piedad de tu padre, él no lo merece.

Miré por última vez a Laika. Tenía la lengua fuera, sus pequeños ojos me escudriñaron como si supiera lo que pasaría.

—Sangrará como lo hice yo muchas veces por su culpa.

Gian echó un vistazo a los soldados de mi padre, a poca distancia.

—Me gustaría estar presente cuando llegue el momento.

—Haré lo que esté a mi alcance para que presencies el mejor espectáculo de tu vida —dije en voz baja, y señalé a Laika—. Mientras tanto, cuídala como si fuera tu vida. Ella es muy importante para mí.

Sonrió.

—Ni siquiera deberías aclararlo, cuentas con mi apoyo. Eres mi hermano, Luca.

Me despedí de él y regresé a la mansión. Amadea y sus ayudantes llevaban una gran cantidad de comida al comedor. Fruncí el ceño.

—¿Qué ordenó mi padre esta vez? —inquirí.

Amadea puso las bandejas sobre la mesa y le pidió a la joven camarera que trajera la mejor botella de vino. Esto no pintaba bien.

—Marilla y su madre vendrán a comer —informó—. Tu padre quiere que estés presente porque harán un anuncio importante.

¿Qué diablos? Mi corazón empezó a palpitar por la desconfianza que se estaba gestando. No estaba informado de ninguna reunión. ¿Carlo no vendría? Tragué el gusto ácido de mi lengua y retrocedí.

—Avísame cuando vengan, por favor.

Amadea asintió y me apretó el brazo.

—Por supuesto, querido.

Regresé a mi habitación para calmar la ansiedad y revisé algunas de mis redes sociales. Entré en Instagram y vi las fotos que había compartido Marilla por su cumpleaños. En ninguna estaba yo, lo cual era entendible. La hice sentir miserable ese día. Y ahora tendría que almorzar con ella y con su madre. ¿Pero qué sucedía con Carlo? Si no estaba en su casa, Alayna fallaría. Mierda.

Tomé una respiración profunda y me dije a mí mismo que todo estaría bien. No había razón para alarmarse. Oí que un coche estaba estacionando y me acerqué a la ventana para echar un vistazo. Un Mercedes-Benz había entrado en la casa. Era el chófer de la familia Rizzo.

Me dirigí al comedor sin esperar a Amadea y puse la sonrisa más falsa en mi cara cuando vi a Marilla. Ella no me devolvió el gesto. Maravilloso.

—Marilla —la saludé y me acerqué a su madre para darle un beso en la mejilla—. Hola, Lucrezia.

—Luca, estás tan guapo como siempre. —La sonrisa de Lucrezia era brillante y enlazó su brazo con el mío—. Espero que hayas disfrutado la fiesta del gobernador. No pude asistir, lamentablemente. ¿Cómo está Ludovica?

Caminamos al comedor con Marilla siguiéndonos.

—Delicada de salud.

—Oh, entonces los rumores son ciertos. Es una pena —dijo Lucrezia con tristeza—. No quiero imaginar lo difícil que está siendo para Fernando y su hija.

Mis padres y Kiara ya estaban sentados a la mesa cuando nos reunimos con ellos. La cantidad de comida me pareció una completa exageración. Había platos para más de veinte personas y mucho vino. ¿Qué celebrábamos?

—Siéntate, Luca. —Mi padre señaló la cabecera, su lugar habitual, y ladeé una ceja—. Eres la máxima autoridad, ¿no?

Mi madre estaba sentada con la columna rígida y Kiara agachó la cabeza. Me preocuparon al instante.

—¿Cómo te encuentras? —le pregunté a mi padre a cambio—. ¿El médico ha revisado tus heridas?

Lucrezia y Marilla se acomodaron una cerca de la otra mientras me sentaba en el centro con una servilleta en mi regazo. Padre se ubicó a mi derecha. Gotas de sangre manchaban su camiseta blanca y la visión era desagradable. Me recordó a mi abuelo y su rechazo hacia los médicos.

—No es nada grave —insistió él—. Pero no hablemos de mí ahora, disfrutemos la comida y después le dirás tu decisión a nuestras invitadas.

Amadea dejó un humeante plato de pasta con salsa blanca frente a mí. No me inmuté mientras miraba a los presentes en la mesa. Sabía de qué se trataba esto. Otro juego retorcido de mi padre en un intento de acorralarme. Me hubiera gustado decirle a Marilla en privado mi decisión, pero no cambiaría nada.

Almorzamos en silencio. Comí unos pocos bocados porque no tenía apetito y pensé nuevamente en Alayna. Quería una señal de que todo estaba bien.

—¿A qué se debe la ausencia de Carlo? —rompí el silencio.

Fue Lucrezia quien respondió:

—Tiene asuntos muy importantes que resolver.

La boca de Marilla se curvó y cortó un pedazo de pollo con sus ojos fijos en los míos. Estaba muy silenciosa. La sensación de malestar se hundió en mi estómago. No me gustaba su indiferencia. Cuando hacía berrinches podía entenderla, pero ahora era un papel en blanco.

—Al parecer está evitando asistir a los mismos eventos que yo —mascullé.

Marilla finalmente habló.

—No veo a tu escolta. ¿Dónde está? ¿No debería cuidarte o solo lo hace cuando se abre de piernas?

Lucrezia tosió, Kiara y mi madre la miraron horrorizadas. Padre, por el contrario, encontró muy divertido el comentario.

—La vi irse temprano —dijo él—. Un error muy grande.

—¿Por qué? —Tragué antes de hablar—. ¿Acaso no estoy seguro en mi propia casa?

—Para nada —sonrió padre—. Dada las circunstancias deberías tener mucho cuidado. Traicionar a la familia significa la muerte, Luca.

Agarré el cuchillo cerca del plato y me aferré a él. Sentí que el corazón me iba a estallar.

—No quieres casarte conmigo porque estás enamorado de tu escolta —se rio Marilla—. Pero no te preocupes, no me importa. No quiero atar mi vida a un traidor al que no le importa su propia familia.

La habitación empezó a achicarse y de repente se volvió asfixiante. Madre sollozó a mi izquierda mientras Kiara me miraba con temor.

—Hablas como si fueras una santa, Marilla. —Mi voz sonó calmada a pesar del caos que se desataba en mi interior—. ¿Por qué no le cuentas a tu madre lo que haces con tu guardaespaldas? Yo me acosté con Alayna, pero hiciste lo mismo con Iker, ¿no?

Me miró con veneno y apretó los labios. Los demás se mantuvieron en silencio, incluido mi padre.

—¿Sabes cuál es la diferencia entre tú y yo, Luca? —inquirió ella—. Amo a mi familia. A ti no te importó aliarte con Ignazio Moretti y proponerle un trato.

El aire abandonó por completo mis pulmones. La ira y el miedo me atravesaron, la adrenalina inundó mis venas. «Ella dijo su nombre, ella dijo su nombre…».

—¿De qué estás hablando?

—Escuché cada intercambio de palabras que tuviste con él en mi fiesta. —Se deleitó con mi miedo; nunca la había visto tan satisfecha—.

Sé que necesitas su ayuda para rescatar a varias chicas del prostíbulo. Sé que traicionaste a tu padre, Luca. Sé que la zorra mariposa es tu cómplice.

Me recuperé rápidamente a pesar del shock instantáneo y forcé una sonrisa. No era una idiota como aparentaba, tenía que darle crédito por lanzar esa jugada. Me había descuidado.

La carcajada de mi padre retumbó en el comedor y agarré el cuchillo más fuerte. Madre estaba a punto de tener un ataque mientras Kiara la consolaba. Lucrezia empezó a rezar y Marilla compartió la risa con Leonardo.

Se había acabado…

—No tienes pruebas —susurré sin aliento.

Marilla bebió un sorbo de vino antes de volver a hablar. Por primera vez en días vi feliz a mi padre. Se regocijaba en su asiento, sonriendo tan ampliamente que sus labios se torcían en las esquinas. Estaba acabado.

—Mi palabra es más que suficiente —dijo Marilla. Se llevó las manos al pecho de forma dramática—. Obtuve el perdón a cambio de información mientras tú serás ejecutado por traición.

La desesperación me atrapó como un animal rabioso y me puse de pie con el cuchillo en la mano. Lo que vino a continuación no lo esperaba.

—Ah, Luca —mi padre hizo un espectáculo de limpiarse los labios con una servilleta y suspiró—, siempre hiciste que todo sea tan difícil para nosotros. ¿Por qué no pudiste ser el hijo perfecto?

—Leonardo, por favor… —intervino mi madre.

—Cállate —la interrumpió mi padre mientras mi visión poco a poco empezaba a desvanecerse. El cuchillo cayó de mis manos y me sostuve a la silla. ¿Por qué me sentía tan mareado? Miré el plato con pasta y ahí caí en cuenta. Le habían puesto algo a mi comida—. Este bastardo nunca fue mi hijo. Solo una puta decepción. Será ejecutado.

—No, no, no…

El tiempo se detuvo y ahogó cualquier esperanza. Si no lograba escapar… Necesitaba llegar a Berenice y las chicas. Debía llegar a ellas. Me moví, pero fue un movimiento equivocado. Mi cabeza dio vueltas y mis rodillas se rindieron.

—¡¿Luca?!

Lo último que oí fueron los gritos de mi madre cuando sentí un fuerte impacto en la cabeza y fui sumergido en la oscuridad.

ALAYNA

Había elegido un apartamento abandonado que quedaba a una distancia considerable frente a la mansión Rizzo. El clima me favorecía porque era una tarde calurosa y sin viento. Me tomó una hora explorar el área. Un plan improvisado porque nos estábamos quedando sin tiempo.

Miré el reloj en mi muñeca y esperé. Los ángulos, la vista y la ruta de escape, todo estaba bajo control. Quería que Carlo apareciera lo antes posible para volarle los sesos y regresar con Luca. No me gustaba estar alejada de él. Escudriñé el área a través de la mira telescópica con el corazón acelerado. Tomé una respiración profunda y conté mentalmente para estabilizar mis latidos. Si fallaba ahora, no me lo perdonaría.

Me puse en posición y ajusté la empuñadura del rifle. El ambiente estaba demasiado tranquilo para mi gusto. La mansión Rizzo se alzaba ante mis ojos como una maldición. Me enfoqué en la ventana de la habitación donde aparecieron dos cuerpos. «Al fin». Eran Carlo y un desconocido. Ajusté el zoom para un mejor enfoque. Los hombres se sirvieron dos copas de vino y empezaron una charla.

Me centré en la cabeza de mi objetivo porque quería terminar esto lo más rápido posible. Un solo disparo bastaría para acabar con muchos problemas, pero entonces el rostro del desconocido apareció en la mira telescópica. Fue como un ataque directo a mis pulmones porque no pude respirar. Me faltó el aire. Me iba a ahogar.

Miró fijamente en mi dirección como si supiera dónde me encontraba y levantó la copa de vino con una sonrisa. «Hijo de puta...». Sentí un fuerte azote en mi pecho, algo dentro de mí se rompió. Mi corazón. Esto era malo en todos los sentidos y tenía que decírselo a Luca. Apreté los ojos. Esto no podía estar sucediendo. No. No. No.

Él lo había hecho de nuevo. Me traicionó. Mi teléfono emitió un pitido y lo ignoré. Mi objetivo había cambiado. Pondría una bala en la cabeza del traidor. Al diablo. Lo mataría.

—Estás muerto, Ignazio —susurré.

Traté de calmarme y examiné el nuevo panorama. Ignazio nos había traicionado y eso significaba que Luca estaba en peligro justo ahora. Mierda. Mierda. Necesitaba llegar a él. Mi móvil volvió a sonar. Pensé que quizá podría ser Luca, nadie más me llamaría con tanta urgencia. Me aparté del rifle y agarré el aparato con una mano temblorosa. La decepción fue más grande cuando leí el mensaje.

«Dejaste desprotegido al príncipe. Corre, Alayna. Aún estás a tiempo de salvarlo».

LUCA

Abrí los ojos lentamente. El dolor de cabeza me partió por la mitad. Rastros de sangre resbalaban por mis sienes mientras trataba de aclarar mi visión. Poco a poco el lugar tomó forma en medio del aturdimiento. No reconocía la fría y húmeda habitación: paredes grises y sin ventanas. Me puse de pie, haciendo una mueca de desagrado cuando noté que mis muñecas estaban amarradas a una soga.

Una oleada de náuseas me abrumó y traté de controlar el pánico creciente. ¿Dónde estaba? Me temblaban las rodillas, pero aun así me levanté y caminé por la sucia habitación llena de hedor. Las náuseas regresaron con fuerza y no pude contenerme. Vomité lo poco que había comido en el día. Si lograron atraparme, entonces Berenice… ¿Y Alayna?

Dejé que el peso de la situación cayera sobre mí y me deslicé hasta el suelo. Me abracé con las rodillas pegadas contra mi pecho. Arrastré mi mirada al sucio techo cubierto con telarañas y pensé en mi padre. ¿Algún día se arrepentiría por todo el daño que me había causado? Cerré los ojos y mordí el interior de mi mejilla. Muy pocas veces le había dado importancia a su falta de afecto, pero de pronto me dolía.

Débil.

Patético.

Cobarde…

Las palabras azotaron mi mente y ahogué un grito en mi garganta. «Cállate». Yo saldría de este infierno y los haría pagar. Los ojos azules de Alayna se filtraron en mi mente. Me pregunté si me estaba buscando y lograría salvarme. Por supuesto que sí. Era mi diosa de la muerte y no se daría por vencida.

Un portazo hizo que mis ojos saltaran al otro lado de la habitación y sostuve mi estómago. Distinguí unos brillantes zapatos negros. Louis Vuitton para ser exactos. Solo alguien usaba esa marca. Carlo.

—¿Estás cómodo? —preguntó, de pie en el umbral—. Acostúmbrate porque estarás aquí varios días.

Una horrible sonrisa se dibujó en sus labios y los calambres adormecieron mi cuerpo. «Alayna falló…». ¿Cómo era posible? La mínima esperanza marchitó mi corazón y no dejó nada más que un profundo dolor. Carlo me miraba como si hubiera ganado una batalla.

—Mira en qué situación estamos. —Las palabras desencadenaron rabia en mí—. Debiste meterte en tus propios asuntos y obedecer como el maldito perro que eres.

Fue mi turno de sonreír. No le daría la satisfacción de verme destruido.

—Mi abuelo no quiso lo mismo. Fue él quien puso el poder en mis manos. Si quieres reclamarle a alguien, ve al cementerio.

Se acercó como un maldito tornado, su brazo salió disparado y sus dedos envolvieron mi garganta hasta el punto de quitarme la respiración. La ira se arremolinó en sus ojos y los músculos de su mandíbula se contrajeron con fuerza. Su saliva salpicó mi rostro mientras hablaba:

—Tu abuelo era un idiota que se creía muy listo, pero su voluntad nunca se hará realidad. No ahora que sabemos sobre tu traición. —Puso una mano sobre su boca como si acabara de pronunciar un secreto—. Las putas del prostíbulo que Berenice ocultaba acaban de ser trasladadas a otro sitio. ¿Sabes cuál es la mejor parte? Cada hombre que pague miles de euros podrá hacer con ellas lo que quiera. Eso es lo que intentabas evitar, ¿eh? Mala suerte, Luca.

Mi corazón se derrumbó. El doloroso ardor en mi garganta no hacía más que crecer. No. No. Carlo solo buscaba herirme.

—Mentira —solté horrorizado—. Son puras mentiras.

Se rio.

—¿No me crees? Tu padre puede contarte todo con lujos de detalles —masculló y me soltó—. Ellas lloraron y gritaron tu nombre. Realmente creyeron que las salvarías, pobres niñas tontas. Ahora trabajarán como las putas que son. Cada mierda volverá a su puesto.

Su risa desbordó diversión mientras el miedo hacía agujeros en cada parte de mi cuerpo. Ignoré la falta de aliento, ignoré a mi corazón adolorido. Quería matar a esa escoria, quería acabar con su vida. Un gruñido salió de mi garganta y me abalancé sobre él, aunque era inútil. No podría luchar, no con mis manos atadas.

—¡Hijo de puta! —espeté—. ¡Tócalas y te mato! ¡Te mato!

Me propinó una patada en las costillas que me hizo caer al suelo como una bola. Luego vinieron más palizas. Mi nariz estaba sangrando, mis labios se partieron por tantos golpes. Tenía ventaja porque estaba atado, de lo contrario, la situación habría sido otra.

—Grita, llora, haz lo que quieras. —Agarró un puñado de mi cabello, tirando de mi cabeza hacia atrás—. Nada impedirá que tus sueños tontos se vayan a la mierda. Tu perra escolta tampoco podrá llegar a ti. Tu padre se hará cargo de ella.

—¿De verdad piensan que pueden con Alayna? —me reí—. Eres un idiota por creer eso, incluso para mis estándares. Estás muerto como mi padre. Alayna matará a cualquiera que me haga daño, ella volverá a por mí y te cortará el pene para hacer que te lo tragues.

Las manchas negras aparecieron en mi visión cuando me dio un puñetazo en la cara y escupí sangre.

—¿Esperas que una mujer te salve? Eres una maldita vergüenza para tu apellido —se burló—. Sigue soñando, niñito. Es lo único que sabe hacer la juventud de hoy.

31

ALAYNA

Fallé.

Por primera vez en dieciocho años fallé en la misión más importante de mi vida. Creí que Ignazio podría ayudarnos y arriesgué a Luca. No debí alejarme de él, no debí perderlo de vista. Esto era culpa de mi incompetencia. El viejo Vitale hizo algo en contra de su hijo. Fue un gran movimiento mientras yo estaba lejos del juego. Y Carlo seguía vivo.

Tenía las manos casi en carne viva de lo fuerte que apretaba el volante. Él estaba solo y a disposición de los monstruos. «Lo siento tanto, príncipe… Te encontraré y mataré a todos aquellos que te hicieron daño».

Aparqué el coche sin mucha paciencia de regreso en la mansión Vitale y encendí un cigarrillo. Leonardo era el único que podría darme respuestas. No me importaba meterme en la boca del lobo. A estas alturas solo quería encontrar al príncipe.

Di una larga calada mientras observaba a los soldados que custodiaban la mansión. Ellos se rieron, confirmando lo que ya sabía. Un rifle apuntó hacia mi cara.

—Eres más estúpida de lo que pensé, rusa —se burló el guardia—. No podías ser hermosa e inteligente al mismo tiempo.

No parpadeé ni emití una reacción. No tenía tiempo para tonterías.

—Dime dónde está el don y perdonaré tu vida.

Nos miramos fijamente antes de que él estallara en carcajadas. Su compañero mantuvo una distancia adecuada sin soltar su arma. Sabía que no era prudente provocarme. Hoy no era un buen día y no me contendría. Mi poca paciencia estaba terminando.

—No estoy autorizado a responder esa pregunta, pero lo haré. —Se lamió los labios y arqueó una ceja—. Sus días como don han terminado. El capo ordenó que te lleváramos a él en caso de que vinieras. Te está esperando en su oficina. Tal vez pueda darte la ubicación que buscas.

Enfilé la puerta sin dudar ni un segundo. Escuché el fuerte silbido del soldado mientras miraba mi trasero enfundado en el pantalón de cuero.

—Dudo mucho que Vitale se deshaga de ti —comentó entre risas—. Ese culo y esas tetas no deberían desperdiciarse. Tienes un lugar reservado en el prostíbulo.

Sus palabras detonaron la dinamita que estaba tratando de contener. Exploté. Me lancé hacia él, conectando mi puño con su boca y su nariz. No lo vio venir. El sonido de mis nudillos contra sus huesos llenó el aire. Perdería un par de dientes después de ese golpe. Se estaba ajustando la nariz cuando le di una patada en el estómago y lloriqueó.

—¡Perra loca! —gimió—. ¿Qué demonios crees que haces? Te mataré, el don no está aquí para defenderte.

Resoplé.

—No necesito que nadie me defienda, imbécil.

Trató de devolverme el golpe, pero lo esquivé con una risita. Él se mantuvo de pie, balanceándose con dificultad mientras la sangre caía a raudales de su nariz. Pobre diablo perdedor.

—Denis, para con este juego —le advirtió su compañero, apuntándonos con el rifle—. El capo la quiere viva.

Mi último ataque en la entrepierna hizo que el imbécil cayera al suelo, mareado. Rodó para quedar en posición fetal mientras me ubicaba delante de él. Mi cigarrillo seguía encendido, así que di una nueva calada antes de hablarle.

—Nunca subestimes a una cara bonita, idiota.

La sangre cubría sus mejillas y empapó su camisa.

—Jódete.

Quité el pitillo de mis labios y quemé su párpado con la brasa encendida. El poco hombre gritó, agitando sus puños hacia mí. Agarré sus dedos, retorciéndolos tan fuerte que chilló de dolor y me suplicó que parara.

—La próxima vez haré algo más que quemarte. —Mis palabras eran tranquilas—. Nos vemos pronto, Denis.

Le guiñé un ojo a su compañero y me alejé de ellos para avanzar hacia el interior de la mansión. Antes de entrar, mi atención se dirigió a la ventana del segundo piso donde vi a Vitale de pie observando el espectáculo con un vaso de whisky en la mano. Estaba esperándome. Bien, le daría cualquier cosa si eso significaba que tendría la ubicación de Luca a cambio.

Cada hombre que custodiaba la mansión me dejó pasar cuando se aseguraron de que no tenía armas. En el vestíbulo encontré a Kiara llorando en los brazos de su madre y mi corazón se detuvo. La imagen hizo que todo pareciera más real.

—Alayna. —Kiara lloró cuando notó mi presencia—. Por favor, dime que lo salvarás.

Apreté la mandíbula para evitar que temblara. No era momento de ser débil, no me quebraría.

—Lo haré —afirmé—. Lo prometo.

Emilia limpió las lágrimas que rodaron por sus mejillas. La había visto llorar muchas veces, pero ahora estaba destrozada. No era la misma mujer frívola que conocí el primer día. Era una madre aterrada que amaba profundamente a su hijo.

—Por favor, date prisa —sollozó—. No quiero que mi hijo muera, tráelo con vida, Alayna. Por favor.

Las palabras me fallaron y todo lo que pude hacer fue asentir. Quería regresar a la noche anterior cuando estaba cómoda en los brazos de Luca. Necesitaba que estuviera bien porque no soportaría el peso de su pérdida. Nunca lo superaría.

—Luca estará bien —dije llena de convicción—. Lo juro.

Marché a la oficina de Vitale con una calma mortal. La desesperación era una cualidad poco atractiva de poseer. Necesitaba ser más inteligente y calculadora. Nada de impulsos ni acciones estúpidas que podrían arruinarlo todo. Leonardo resultaba ser bastante impredecible. Descubrió el secreto de Luca y probablemente también se alió con

Moretti como lo hizo Carlo. Solo me quedaba utilizar un último recurso a mi favor: no quería matarme. Su insana competencia con Luca lo motivaba a querer poseer todo lo que su hijo tenía y eso me incluía. ¿Su error? Se creía invencible e intocable. Un solo descuido y yo aprovecharía.

Estaba de pie cuando entré en su oficina sin llamar. Bajó los labios a su vaso de whisky y le dio un gran trago. El pesado olor a alcohol me trajo amargos recuerdos de mi pasado, recuerdos de papá desmayado en el sofá y mamá llorando. Esta escoria tenía mucho de mi progenitor: violento, machista, abusador y mal padre. No le importaba matar a su propio hijo por ambición. Me daba asco.

—Sabía que vendrías —dijo Vitale—. No eres ninguna cobarde.

—¿Dónde está Luca? —pregunté sin rodeos.

Me inspeccionó con la mirada como si tratara de ver más allá de mi alma. Su mandíbula se tensó, así como su puño alrededor del vaso. Quería abalanzarse sobre mí y matarme sin compasión. Perfecto, que lo intentara. Yo respondería con mucho gusto. Estaba harta de contenerme.

—Resultaste ser muy decepcionante. Una mujer de tu categoría no debería rebajarse de esta manera.

Me puse cómoda en la silla frente a su escritorio sin pedir permiso. Crucé las piernas, dándole una expresión aburrida y orgullosa.

—¿Me rebajé porque preferí proteger a su hijo y no obedecer sus abusivas órdenes?

Su mandíbula se contrajo.

—¿Eres tan poco profesional con todos tus clientes?

—¿Poco profesional? Soy muy eficiente, señor. Mi deber siempre fue respaldar al don —le recordé—. Órdenes de su difunto padre. ¿Acaso usted tiene episodios de amnesia?

El vaso de whisky que sostenía en su mano voló muy cerca de mi cara, rozando mi oreja por unos pocos centímetros. Su rostro se puso carmesí mientras rebuscaba en los cajones. Luego sacó un arma para apuntarme. No reaccioné.

—¿Eficiente? Mi hijo estuvo a punto de arruinar uno de mis mayores negocios gracias a que tú lo ayudaste. Lo encubriste muy bien y le abriste las piernas. Supongo que tu eficiencia con él era para complacerlo. ¿No, Alayna?

Le ofrecí una dulce y descarada sonrisa.

—¿Le hubiera gustado que abriera mis piernas para usted? ¿Ese es el verdadero problema aquí?

Terminó con la distancia que nos separaba a grandes zancadas y lo tuve detrás de mí. Su mano agarró mi cabello en un puño, tirando de mi cabeza hacia atrás. Ignoré el escozor, ignoré el cañón del arma presionando mi sien. Aún no era el momento de liberar mi demonio interior.

—Eres una puta que no vale nada —gruñó—. ¿Creíste que eras muy inteligente? Déjame decirte que estás equivocada. Volviste aquí por mi hijo y ese fue tu mayor error. Te lo advertí, Alayna. Te advertí que serías mi nueva adquisición favorita.

—¿Qué hará? —resoplé—. ¿Enviarme a un prostíbulo como dijeron sus hombres? ¿Realmente cree que puede romperme? Más de una vez utilicé mi cuerpo para otros fines. He sido secuestrada, golpeada y torturada. Asistí a misiones que usted nunca podría soportar. Mi fortaleza es indestructible, nada ni nadie perturba mi mente.

—Entonces ¿qué haces aquí si nada perturba tu mente? Mi hijo logró meterse ahí. —Soltó mi cabello y se alejó—. Estás enamorada de Luca. De lo contrario, nunca volverías a por él.

No lo negué.

—Me dirá dónde está Luca y le daré más tiempo de vida. —Tiré la silla cuando me levanté—. Usted decide o cumpliré mi fantasía de verlo muerto. He soñado con arrancarle la cabeza y dársela como regalo a mi príncipe.

Sus labios se inclinaron en una sonrisa, pero era diferente a la de otras veces. Algo que no podía explicar. ¿Duda? ¿Miedo?

—Mi hijo es esa debilidad que asumes no tener. En otra vida me hubiera gustado que fueras parte de mi familia, pero eres demasiado volátil y rebelde. Las mujeres como tú no son ideales en la mafia. Necesitan correas de perras.

Cada vez era más difícil contenerme. Mis uñas arañaron las palmas de mis manos, dejando un fuerte escozor.

—¿Quién dijo que quiero formar parte de su sucia familia? Las mujeres como yo nacimos para reinar y liderar.

—Puras palabras vacías. —Se movió por la habitación, manteniendo el arma en la mano como si eso pudiera intimidarme—. Será muy fácil domarte como la yegua que eres. Diez hombres conteniéndote será suficiente.

—Si va a dispararme, matarme o enviarme a sus prostíbulos, hágalo de una vez. Sus habladurías me exasperan. Estoy harta de su drama, es el típico mafioso estereotipado hambriento de poder. ¿No tiene otras ambiciones además de hacer dinero y matar a personas inocentes? Sus propósitos son ridículos y vacíos. Usted es ridículo.

Una vena se hinchó en su cuello.

—Esa boca tuya será tu muerte.

Chasqueó los dedos y, segundos después, la puerta se abrió. Un soldado vestido de negro y con una cicatriz en la cara entró, esperando órdenes. Qué aburrido. ¿Iba a torturarme? Si ese era su plan, perdía el tiempo. Era más resistente que el acero. Sobreviviría el tiempo suficiente para encontrar a Luca.

—Tú lo pediste, así que lo tendrás —dijo Vitale—. Mañana mismo te enviaré con las chicas que pretendías salvar y empezarás un nuevo trabajo. Los enemigos que tienes disfrutarán al verte en vídeos caseros llorando y gimiendo. Serás mi próxima estrella porno. Bienvenida al negocio, Alayna.

Mi pulso se mantuvo uniforme, calmado.

—Perfecto —murmuré—. Disfrute sus últimas horas de vida.

El hombre de la cicatriz me sonrió.

—Llévala a su antigua habitación y espera mis instrucciones. —Vitale se acercó nuevamente a la ventana—. No la pierdas de vista. Quédate en su puerta.

—Sí, señor.

Acto seguido, el soldado me sacó de la oficina con una brusquedad innecesaria.

—Eres una cosa tan bonita. —El hombre de la cicatriz acarició mi cintura—. Cuando empieces con tu nuevo trabajo, prometo ser uno de tus mejores clientes. No puedo esperar a probarte.

Todos los hombres de esta casa eran iguales, a excepción de Luca.

Machistas, violadores, insípidos sin carácter. Deberían extinguirse. Ponían en ridículo a la población masculina.

—¿Qué más harás? Adelante, quiero escucharte —musité con un mohín—. Sé original, por favor.

—Tus lindos y gordos labios envolverán mi pene. —Me empujó a la habitación, riéndose a carcajadas—. Serás una buena prostituta.

Me apoyé contra el marco de la puerta y reprimí todos los instintos que me pedían sangre.

—No olvidaré tu fea cara —afirmé con una sonrisa siniestra—. Esta misma noche me encargaré de que pierdas ese pene microscópico.

Entonces cerré la puerta en sus narices. Maldito imbécil.

LUCA

Las siguientes horas no pronuncié ni una sola palabra. Tampoco hice nada. Las magulladuras en mi cuerpo empezaron a doler, el sabor metálico inundó mi boca y era difícil moverme. Carlo sobrepasó todos los límites. Estaba tan lleno de odio que no podía dejar de pensar en formas de matarlo. Quería desmembrarlo y luego dejar que se desangrara mientras me imploraba por piedad. ¿Y si mataba a su patética hija frente a sus ojos? Sería maravilloso.

Me imaginé lo peor, mi sed de venganza era lo único que me mantenía cuerdo. Saldría de allí a cualquier precio y les enseñaría lo que era el sufrimiento.

—¿Qué tal tu noche? —Carlo regresó—. Tengo dos sorpresas para ti, Luca. Espero que te gusten.

Lo miré, anunciándole en silencio con mis ojos que tendría una muerte dolorosa. Abrió la puerta más ampliamente y entró un hombre que conocía muy bien. Hijo de puta… Sabía que mi padre no lo mataría.

—Gregg estaba ansioso de volver a verte —se rio Carlo, y mi rabia subió con fuerza y rapidez, pero no actué en consecuencia. «Paciencia, Luca. Todos ellos caerán»—. Se enteró de que quisiste matarlo y ahora quiere cobrarte la deuda. —Silencio de mi parte—. ¿Te han comido la lengua los ratones? Lamento mucho haber llegado a este punto, pero no me diste muchas opciones. Le rompiste el corazón a mi hija y pretendías arruinar mercancía muy valiosa. Conocías las reglas, Luca.

Obviamente cualquier prueba que tuviera en contra de Marilla era inútil en este punto. No tenía importancia. Yo era el traidor y ella era la pobre víctima. ¿Así serían las cosas? De acuerdo, haría que mi papel de villano fuera jodidamente memorable.

—¿Harás que esto sea difícil? —Carlo chasqueó la lengua—. Ya gritarás más tarde. Gregg, tráelo.

Todo esto era un juego para ellos. Querían entrar en mi cabeza para humillarme y romperme. Hacerme pagar por traicionarlos. Pero ya los conocía y tenía un escudo de supervivencia. Nunca robarían mi espíritu.

Gregg me agarró de la nuca con brusquedad.

—Muévete, imbécil. Es hora de enseñarte qué sucede con los traidores.

Carlo sonrió y aplaudió como si se tratara del mejor programa de televisión. Mis costillas y mis piernas apenas colaboraron mientras era sacado de la habitación y dirigido por unos estrechos pasillos malolientes. Algo malo estaba a punto de suceder. La mezcla de emociones extremas era desorientadora. Agité la cabeza, tratando de aclarar mi visión y detener el zumbido en mis oídos. Todo se volvió peor. Me costaba respirar. Cuando nos detuvimos en la puerta de una habitación, escuché los sollozos de una mujer. Yo reconocía esa voz. Gregg me empujó y casi caí de cara cuando entré.

No. No.

Mis ojos parpadearon con horror cuando me encontré con la mirada asustada de Berenice. Las lágrimas le corrían por la cara y tenía la boca manchada de sangre. Moretones púrpuras le coloreaban el brazo y el cuello. Sus labios se movieron, pero no logró emitir ninguna palabra. Estaba tan herida que no podía hablar. Oh, Dios, no.

—La conoces muy bien, ¿eh? —se rio Gregg.

Quería ir hasta ella, pero Gregg me dio una bofetada en la cara, llevando mi atención de vuelta a Carlo, que sonreía.

—Me enteré de que esta puta te ayudó para mantener el secreto durante un año. Madame Marino también resultó ser una traidora. Ocultó a doce vírgenes valiosas —suspiró como si estuviera decepcionado de nosotros—. ¿Cuántos traidores más encontraré? Has hecho muchos desastres, Luca.

Apreté la mandíbula para controlar las lágrimas en mis ojos. Berenice siempre tuvo miedo de que la descubrieran, pero decidió apoyarme sin importar las futuras consecuencias. Arriesgó su vida por mí y las chicas. Ahora moriría por mi culpa. Todo era mi culpa. Nunca debí involucrarla. Fue en vano.

—Déjala fuera de esto —supliqué con la voz quebrada—. Yo la convencí de trabajar conmigo, amenacé con matarla si no lo hacía. Ella solo estaba cumpliendo las órdenes de su jefe. No es ninguna traidora.

Carlo y Gregg se echaron a reír.

—¿De verdad crees que voy a tragarme esa mentira? —bufó Carlo—. Cuando fuimos por las mercancías, ella rogó que las dejara en paz. Se atrevió a implorar por ellas, ¿sabes? Las protegía como si fuera su madre. No me creo ni por un minuto que fue obligada, lo hizo con mucho gusto.

«Oh, Berenice. Lo siento tanto…».

—No la toques —gruñí—. Ni se te ocurra tocarla.

Carlo tiró del cabello de Berenice, provocando un grito siniestro en ella. Se veía tan débil y rota.

—Apenas asumiste tu cargo creíste que podrías contra mí y tu padre. Un niñito me insultó, jugó con mi hija y puso a unas putas como prioridad.

Me mordí el labio, impotente y furioso.

—¡Déjala en paz, maldita sea!

—Te dije que ibas a gritar —masculló—. Fue absurdo que te creyeras invencible y trataras de arruinar un imperio construido durante décadas. Moretti puso al tanto de todo a tu padre. Lo buscaste con intenciones de aliarte con él y entregar las cabezas de quienes te dimos de comer. Traicionaste a la Cosa Nostra e intentaste unirte al enemigo.

Mis ojos se ensancharon ante la mención de Moretti y mis latidos se detuvieron.

—¿Qué?

—Me has oído muy bien, imbécil. Moretti nos advirtió sobre ti —sonrió—. Fue una gran sorpresa, pero un factor muy importante para acabar contigo. No tienes ninguna salida.

Me empezaron a sudar las palmas, mi corazón tropezó con el próximo latido. Había cometido errores de novato al confiar en una basura. Moretti era una escoria como mi padre y Carlo. Tenía sentido que se aliara con ellos.

—Serás ejecutado este sábado. —Las burlas siguieron—. Tu padre se encargará de dictar la sentencia. Él tendrá el honor de condenarte.

—No me importa, pueden hacer lo que quieran —dije, mi tono neutro—. Me harán un gran favor si acaban conmigo. Nunca pedí vivir esta vida.

—Eres un cobarde que no tiene los pantalones bien puestos. ¿En qué pensaba tu abuelo cuando te nombró don? Stefano fue otra maldita decepción. Su nombre quedó manchado por tu culpa.

Mis fosas nasales se ensancharon.

—Vete a la jodida mierda.

—No, tú vete a la mierda.

Entonces se acercó a Berenice y le rodeó la garganta con su gruesa mano.

—¡Tú, bastardo enfermo! —Me sacudí en el agarre de Gregg—. ¡Ni se te ocurra tocarla!

—Luca… —jadeó Berenice—. Lo siento tanto… Juro que quise cuidarlas.

Sus cuencas sobresalieron, pequeños vasos sanguíneos convirtieron la parte blanca de sus ojos en rojo, pero todavía fijos en mí, todavía mirando, suplicándome que la salvara. Sus diminutas manos agarraron a Carlo y luchó a pesar de que no era rival para él. Siempre tan valiente.

—Por favor, déjala ir —imploré con un débil sollozo—. Ella no tiene la culpa de nada, ella no hizo absolutamente nada. Yo la obligué. Lo juro, Carlo. Es inocente.

Gregg soltó una carcajada.

—El marica implora.

Me concentré en Berenice. Ya no podía respirar y sus manos cayeron débilmente a sus costados mientras el último aliento abandonaba sus labios azules. «Lo siento, lo siento, lo siento…».

—Por favor —repetí—. Por favor…

Pero el cuerpo de Berenice quedó inerte en las manos de Carlo, que la dejó caer sin vida al suelo con los ojos abiertos y vacíos. Estaba muerta y era mi culpa.

—El siguiente serás tú —susurró Gregg en mi oído.

32

ALAYNA

Mi temperamento se elevaba con cada minuto que pasaba. Estaba frustrada y enfadada. Quería hacer daño, muchísimo daño. No podía dejar de mirar la ventana. Saltar y huir estaban en mis opciones, aunque analizando detenidamente el territorio sería imprudente. Vitale había equipado muy bien su casa. Había hombres armados en los rincones. Mis manos estaban vacías, no tenía un teléfono para pedir ayuda y quitaron cualquier arma de mi habitación. Sonreí ante el pensamiento y me dirigí al baño. Esos novatos no me conocían en absoluto. Yo era la reina de la improvisación.

Escaneé mi reflejo en el espejo y chupé mi labio. Había cambiado durante estos meses, pero mi espíritu sangriento seguía intacto. Ellos despertaron al monstruo y ahora morirían. Mis entrañas se retorcieron, mi mente buscaba alguna alternativa. Había un idiota custodiando mi puerta con un rifle. Podía quitárselo. Un arma en mi mano era suficiente para desatar el infierno.

—Maldita sea —susurré.

Cegada por la rabia, agité la mano y estrellé mi puño contra el espejo. Algunos trozos se clavaron en mis nudillos, pero no sentí dolor. La desesperación no me permitía pensar racionalmente. Fui guiada por el instinto de supervivencia y decidí aplicar el plan B.

Hora del espectáculo, ellos se lo buscaron.

Rebusqué en el botiquín y encontré una pequeña tijera que serviría como arma mortal. Fantástico. Después regresé a la habitación para seguir con el siguiente paso. Agarré una silla y la estrellé contra la ventana que se rompió en fragmentos. Los vidrios cayeron al otro lado de la casa. La puerta se abrió y entró el soldado, tal como esperaba.

Brillante.

Una sonrisa maliciosa levantó mis labios mientras sostenía la pequeña tijera en mi mano.

—¿Qué estás haciendo? —gruñó—. Detente ahora mismo o te disparo.

—No me vas a disparar, imbécil.

La sangre de mis nudillos goteaba, manchando mi ropa. Mi cuerpo tenía una increíble capacidad para soportar el dolor.

—No me desafíes, rusa psicótica.

Puse los ojos en blanco.

—Eres un perrito que solo sigue órdenes. Tu jefe me necesita viva —sonreí—. Me llevará al prostíbulo, ¿recuerdas? Te mataré y tú no harás nada.

Sus dedos temblaban en el gatillo.

—No te muevas —amenazó.

Di un paso cerca de él y mordió el anzuelo. Trató de dispararme, pero esquivé la bala con facilidad y clavé la tijera en su garganta. Imbécil.

—Te lo advertí —sonreí. Siseó y se tambaleó, pero no fui suave con él. Hundí la tijera más profundamente en su garganta, reventando la aorta—. ¿Ya no eres tan valiente? Aprende a respetar a las mujeres, aunque dudo que tengas otra oportunidad.

Solté la tijera y le arrebaté el rifle. Seguí el rastro de lágrimas en sus mejillas y me deleité con el sonido desgarrador de su llanto cuando le disparé en la entrepierna. Yo nunca olvidaba mis promesas. Al principio se mostró como un hombre rudo, pero ahora era tan pequeño y lamentable. Le pisé el estómago y clavé el tacón de mi bota en sus tripas. Sus ojos se volvieron blancos, su boca se abrió en otro grito espeluznante.

—Nos vemos en el infierno.

Apunté a su cabeza y apreté el gatillo. Salí de la habitación manchada de sangre y con una sonrisa engreída. Convertiría la casa en cenizas. Un soldado se atravesó en mi camino y le disparé justo en la frente. Hice lo mismo con los siguientes. ¿A Vitale le gustaría mi sorpresa? ¿Dónde estaba? Quería darme el lujo de cumplir mi caprichito. Decapitado quizá se vería más atractivo.

—¡Holaaaaaa! —grité en el pasillo, alargando la «a» y resoplando con una carcajada—. ¿Ningún rival digno?

Caminé por los pasillos, disparando a cualquiera que me cruzaba. ¡Todos ineptos! Nadie era capaz de detenerme. ¿De verdad trabajaban en la mafia? No los culpaba. Las diosas como yo éramos difíciles de matar.

—¡Maldita zorra rusa! —bramó un soldado—. ¡Baja el arma!

Sí, claro. Lo haría ya mismo. Se ganó un tiro en la cabeza y otro en el ojo por ridículo. Me estaba quedando sin munición así que me apresuré a buscar la salida.

—Mira lo que hago por ti, príncipe —suspiré y me limpié el sudor de la frente con mis nudillos ensangrentados—. Más vale que me lo recompenses muy bien después.

Bajé las escaleras. Tiré el rifle a un lado y pisé el charco de sangre para tomar la metralleta del hombre sin vida que estaba desangrado en un escalón. Tendría que limpiarme los zapatos después. Casi diez muertos en total y ni siquiera había enfrentado a los francotiradores. Qué decepción.

Rebusqué en el bolsillo del muerto y encontré un paquete de cigarrillos con un encendedor. Su metralleta tenía varias balas. Fantástico, esto serviría. ¿Por qué Vitale no venía a por mí? La respuesta era obvia y volví a reírme. Estaba asustado de la puta, como él me llamaba, que había tratado de intimidar varias veces en su oficina.

—¿Alayna? —Oí una voz suave y asustada—. ¿Qué estás haciendo?

Kiara me miró con horror y se cubrió la boca con las manos. Emilia, por su parte, parecía muy tranquila. Su rostro indiferente miró los cuerpos y asintió. Ella quería la venganza tanto como yo. Al fin nos estábamos entendiendo.

—¿No es obvio, princesa? —pregunté.

Evalué el área en caso de que hubiera más obstáculos, pero no vi a nadie. Puse la metralleta contra mi espalda y encendí un cigarrillo con las manos ensangrentadas. Necesitaba fumar tanto como respirar.

—Leonardo salió hace una hora y se llevó a sus mejores hombres —respondió Emilia a mi pregunta no formulada—. Debes irte antes de que regrese.

Sus ojos mostraban nada más que respeto y gratitud. No pensé que este momento llegaría, aunque me daba igual. Solo quería que una persona me mirara de esa forma.

—Qué lástima. —La sonrisa moldeó mis labios—. Quería matarlo sin perder otro minuto, pero supongo que será otro día.

Kiara observó con preocupación mi mano herida.

—Estoy muy agradecida, Alayna —admitió mi suegra—. Lamento mucho no haber sido amable contigo antes. Pensé que eras la mayor amenaza en la vida de Luca, pero me equivoqué. Solo tú puedes salvarlo.

Expulsé el humo por la boca.

—Sin rencores, señora.

—Mi padre organizó un almuerzo antes y vino Marilla con su madre —sollozó Kiara—. Ella lo delató, Alayna. Dijo que Luca trabajaba con Moretti.

Mi quijada palpitó, me sentí enferma y entumecida. Me odié por haber fallado ese disparo, pero habría una segunda oportunidad. No solo mataría a Carlo. También a la fastidiosa ardillita que abrió la bocaza.

—¿Saben el paradero de Luca?

Kiara negó.

—Hablé con Luciano hace una hora y me dijo que lo llamaras. Probablemente él sepa mejor qué está sucediendo.

Tiré el cigarrillo al suelo y lo apagué con la punta de mi zapato. ¿Cuál era el factor sorpresa? Cualquier plan del príncipe se había desmoronado. Las chicas fueron capturadas y apostaba que Berenice estaba muerta. Mierda… ¿Cómo repararía su corazón después de esta pérdida?

—Debes irte —insistió Emilia—. Leonardo volverá pronto y traerá refuerzos.

Ladeé una ceja.

—¿Ustedes estarán bien?

Kiara sonrió dulcemente.

—No te preocupes por nosotras. Por favor, vete y no regreses sin mi hermano.

Kiara me dio el número de Luciano y recuperé mis objetos más importantes antes de abandonar la mansión. Emilia vendó mi mano y conduje hasta el punto de encuentro. Solo los primos de Luca podían ayudarme. Mis refuerzos vivían lejos y no tenía tiempo para esperarlos. Necesitaba moverme cuanto antes. Las horas corrían y me sentía cada vez más desesperada.

«Resiste, príncipe».

Frené el Ferrari en la zona que me indicó Luciano. Era Las Fronteras que visité una vez con Luca, pero ahora no transcurría ninguna carrera. Nos escondimos detrás de la vieja fábrica abandonada. Gian también estaba presente acompañado de Laika.

—¿Por qué la trajiste? —cuestioné. La perra alzó sus orejas puntiagudas.

Gian sonrió.

—Luca me pidió que la cuidara. —Se encogió de hombros—. La traje conmigo porque no le gusta estar sola en mi casa. Es una perra consentida.

—Ya veo —miré a Luciano—. Kiara me aseguró que sabes dónde está Luca. Dímelo ahora.

—La voz se corrió muy rápido en nuestro círculo. Cualquier miembro de la Cosa Nostra conoce su ubicación —contestó—. Luca será condenado por traición este sábado. Su padre planea matarlo frente a todos sus socios y ocupar el cargo de don. Está en su derecho de hacerlo, negoció con Moretti. Eso es imperdonable.

La mención de Ignazio me llenó de cólera. ¿Cómo era posible que siguiera arruinando mi vida?

—Vi a Carlo con Moretti, ellos también tienen negocios. ¿Eso no es considerado traición?

—Claro que sí, pero muchos no lo saben. Es un jodido jugador que supo mover las cartas a su antojo, nadie creerá que está aliado con el enemigo —manifestó Gian—. Tampoco es relevante a estas alturas. Necesitamos ir por Luca.

—Dame la dirección, iré por él.

Luciano me miró atentamente. Sus ojos azules escanearon mis heridas, pero no hizo ninguna pregunta. Mejor así. No tenía ganas de responderlas.

—También queremos encontrarlo como tú, pero no somos idiotas para atacar sin ningún plan. Hay un ejército protegiendo la zona, no podremos con ellos —alegó—. Si notan nuestras intenciones, moriremos en segundos. Sería suicida actuar justo ahora.

El enojo se arremolinó rápido y profundo en mi sangre. Estaba cansada de escuchar habladurías.

—No pedí la aprobación de nadie —masculló—. Solo quiero saber dónde está Luca. Es decisión de ustedes ayudarme. No voy a dejarlo un segundo más con esos desgraciados. —Me acerqué a Luciano—. Dime la dirección. Ahora.

Liberó un suspiro de resignación. Mi determinación debió de convencerlo porque soltó sin pensarlo demasiado:

—¿Recuerdas el lugar donde asumió el puesto como don? Está justo ahí.

Estaba regresando al coche y, antes de que pudiera abrir la puerta, la voz de Gian me detuvo.

—Mira, Luca no está muerto, al menos no por ahora. Lo mantendrán vivo hasta el sábado. Sé que quieres salvarlo, pero no estás pensando con claridad. Dudo que soportes cincuenta balas en tu cabeza.

—Puedo hacer que esos imbéciles besen mi trasero mientras los mato a balazos.

Gian se burló.

—Cuidado, Alayna. Tu ego va a matarte.

—Al menos moriré intentándolo.

Luciano se pasó la mano por el pelo.

—Te ayudaremos, pero debes poner de tu parte. Conozco a los soldados que custodian la zona, son muy buenos en su trabajo —dijo con hastío—. No duermen, tienen ojos en todas partes. Supongo que serán mucho más rudos ahora que tienen a Luca. No te darán oportunidad de lanzar una bala. Estarás muerta antes de que te des cuenta, Alayna.

Quise golpearlo por tener tan poca fe en mí. Era Alayna Novak y siempre obtenía lo que quería.

—Gracias por la confianza —grazné—. Estoy bastante conmovida.

—Necesitas ayuda —sentenció Luciano—. Trabajar en equipo es lo mejor que podemos hacer por Luca.

Mis hombros se desplomaron en derrota. Tenían razón. No pensaba claramente, mi cabeza estaba nublada por la ira desenfrenada. Era una mujer inteligente, mis emociones no me dominaban. ¿Por qué estaba perdiendo la cordura en el momento menos oportuno? La única explicación se llamaba Luca Vitale. «¿En qué me has convertido, príncipe?».

—De acuerdo —cedí—. Pero, si uno de ustedes me traiciona, estará muerto.

Gian me miró molesto.

—Luca es nuestro hermano, somos incapaces de abandonarlo.

LUCA

Tenía ocho años cuando conocí a Berenice Marino. Era una mujer amable, cariñosa y valiente. Nunca entendí cómo pudo terminar en el prostíbulo. Mi padre solía llamarla su puta favorita, ya que se mantuvo en el negocio por mucho tiempo y siempre fue leal.

Al principio creí que solo le importaba el dinero, pero mi opinión cambió una noche. La escuché llorar en el baño, suplicando perdón a Dios. Ella no era una mala mujer, intentaba sobrevivir como todos en este injusto y podrido mundo. Quizá su manera de hacerlo no era la mejor, pero nunca la juzgaría. No después de todo lo que había hecho por mí y las chicas.

Berenice fue un ángel y una guerrera que jamás se dio por vencida. Su muerte no sería en vano. Iba a vengarla y recordaría su nombre hasta el final de mis días. ¿Y las chicas? No tenía la certeza de que pronto las encontraría, pero sabía con seguridad que acabaría con todas las basuras que arruinaron mis planes.

El deseo de violencia ardió en mi pecho y tensé la mandíbula. No perdía la esperanza de que Alayna viniera por mí. Confiaba en ella con mi vida entera. No me dejaría solo. Mi mente fría no me permitió lamentarme. Ansiaba la venganza y el sufrimiento de mis enemigos.

Era el don y seguiría aferrándome al título.

La cerradura de la puerta giró y entró Carlo. Su rostro era serio, sin rastros de la diversión que había demostrado cuando mató cruelmente a Berenice.

—Vengo a proponerte un trato que no puedes rechazar —murmuró—. Aceptarás si quieres salvar tu vida. No eres estúpido, Luca.

Mi cabello húmedo por el sudor cubrió mis ojos. El dolor que sentía era intrascendente. Nada se comparaba con el odio y la profunda rabia; eclipsaban cualquier malestar en mi cuerpo.

—No me interesa oírte —respondí sentado en la sucia y fría baldosa manchada de sangre, mi garganta rasposa—. Lárgate por donde viniste.

Arrugó la nariz cuando miró mi estado y su boca se curvó en una sonrisa burlona.

—Te daremos el privilegio de ser escuchado —continuó—. Si este sábado te arrastras como el perro que eres y suplicas perdón, tendrás otra oportunidad de vivir. Claro, ya no serás el don ni ocuparás un rango alto, pero…

—Prefiero morir —lo interrumpí—. No intentes convencerme de lo contrario, pierdes tu tiempo.

Una cólera silenciosa irradiaba de su cuerpo, estaba mirándome como si fuera una cucaracha. Era la única manera que tenía de sentirse poderoso. Él vestido con su costoso traje y yo sangrando en el suelo. Sucio narcisista, nunca dejaría de ser la sombra de mi padre.

—Retiro lo dicho. Eres más necio de lo que pensé. Primero tiras por la borda tu compromiso con mi hija, eliges a una mujer ordinaria y haces tratos con Moretti. —Se apoyó contra la puerta, el arma en su mano y los ojos en mí—. Ahora te doy una oportunidad de salvar tu vida, pero la rechazas. ¿De dónde heredaste esa estupidez? Dudo que haya sido de tu padre. Él es un hombre muy inteligente.

Observé un pequeño agujero de la pared. Me resultaba más interesante que mirar su cara. Yo no moriría el sábado, pero Carlo muy pronto sí. Luego iría a por su monstruosa hija. No me importaba la vida de Marilla. Estaba muy cegado, mi desprecio hacia su familia era incontenible.

—Piénsalo, Luca. Eres muy joven para morir.

—No hay nada que pensar.

Sonrió y dio un paso atrás.

—Ya lo veremos.

Entonces se retiró, dejándome solo en la oscuridad.

33

LUCA

No me ofrecieron comida, tampoco agua. Me vi obligado a hacer mis necesidades en una esquina. Se suponía que estas basuras debían ser leales a mí, pero no pretendían respetarme. Me sentía humillado.

Los sollozos de Berenice seguían en mi cabeza como una vieja película de terror. Pensé en las chicas; sobre todo, Yvette. ¿Y si algún degenerado las tocaba? Me estremecí ante el pensamiento. Nunca había deseado tanto una revancha. Se convirtió en un asunto personal.

Durante años evité ser como ellos. Intenté hacer las cosas bien y puse lo mejor de mí para ser diferente. ¿De qué sirvió? Ser bueno no me ayudó en nada. Al contrario, mi ingenuidad y la fe que tenía en algunas personas me habían traído a estas circunstancias. Alayna me advirtió. Si quería combatir a los monstruos, debía convertirme en uno.

La puerta se abrió y me preparé para las burlas de Carlo, pero era un hombre desconocido. Tenía el cabello oscuro al igual que sus ojos. Sostenía un plato con un sándwich y una botella de agua. Me estaba muriendo de hambre, pero mi orgullo se negaba a comer un bocado.

—Señor Vitale —dijo con amabilidad—. Le traigo su cena.

Las luces se encendieron y parpadeé un par de veces hasta que mis ojos se acostumbraron. No tenía la mirada hostil ni la típica sonrisa burlona que la mayoría de los hombres de ese lugar. Incluso parecía triste por mi condición. Lo último que necesitaba era su lástima.

—No tengo hambre —mascullé en tono seco y distante—. Puedes irte.

Miró por encima de su hombro y se acercó cuando se aseguró de que nadie estaba viéndonos. ¿Por qué actuaba de ese modo tan raro? ¿Por qué no se reía de mí como cualquiera de ellos?

—Entiendo que estás en la fase donde todo te importa una mierda, pero rechazar la comida no te servirá de nada —dijo, olvidando las formalidades—. Levanta la frente y sigue luchando. No desperdicies energía. Esto terminará pronto.

La repentina conmoción que provocaron sus palabras hizo que mi cabeza se moviera bruscamente hacia él.

—¿Quién eres? —inquirí—. ¿Cuál es tu problema?

Se puso de cuclillas y me tendió la botella de agua. Dudé un segundo, pero lo acepté. Me costó moverme y respirar debido a las costillas magulladas. Era como un animal herido e indefenso.

—Estoy aquí para ayudarte. —Miró de nuevo la puerta—. No hay manera de que logres salir ahora. Deberás esperar hasta el sábado.

Solté el aliento y destapé la botella de agua. Mi boca estaba seca y mi garganta áspera.

—¿Y cuál es tu interés?

—Pronto lo descubrirás. Mi nombre es Fabrizio Brambilla.

¿Brambilla? Su nombre me sonaba de algún lado y cuando lo deduje puse una distancia entre ambos.

—Eres soldado de Carlo. No confiaré en alguien que trabaja para ese bastardo.

Sonrió.

—¿Tampoco si te digo que tus primos y tu mujer vendrán a por ti? —Dejó el plato de comida en el suelo—. Te veo el sábado, Luca. Mantén la frente en alto y come.

Una pequeña chispa de esperanza se encendió en mi pecho porque él mencionó a mi mujer. Alayna. Mi mariposa negra.

ALAYNA

Gian me abrió la puerta con una sonrisa e hizo un ademán para que entrara. El apartamento que compartía con Liana y Luciano era moderno. Un *penthouse* ubicado en un alto edificio con paredes de cristales que me enseñaba la ciudad de Palermo.

Elevé las cejas al ver tanto lujo. Muebles de acero inoxidable, ambiente silencioso con todo lo necesario para tener una estancia maravillosa. Lo que más me gustaba era el minibar a mi entera disposición. La gran variedad de bebidas alcohólicas hizo que mis ojos brillaran y el italiano a mi lado se echó a reír. Esa noche me emborracharía hasta perder el conocimiento.

—Bienvenida —dijo Luciano en tono divertido—. Faltan dos días para que llegue el sábado y hemos encontrado refuerzos.

Tiré mi poco equipaje al suelo y me crucé de brazos. Laika estaba a pocos centímetros, mordiendo un extraño juguete amarillo.

—¿Quiénes son? —pregunté, sentándome en el sofá de cuero en forma de ele—. ¿Me juran que podemos confiar en ellos?

Gian asintió sin dudar.

—Los hermanos Jonathan y Fabrizio Brambilla. Sirvieron durante diez años a Carlo, pero nunca estuvieron de acuerdo con sus métodos. Ellos están dispuestos a jurarle lealtad a Luca.

—¿Así de fácil? Me hace dudar.

Luciano me miraba irritado por mi falta de confianza.

—Los soldados que trabajan en la Cosa Nostra son esclavos, no todos tienen los mismos beneficios. ¿Y sabes cuál es la peor mierda? No pueden renunciar porque estarán muertos. Ellos quieren a alguien mejor en el puesto. Quieren que Luca sea el don.

—Dime más.

—Nos facilitarán la entrada donde mantienen cautivo a Luca y ayudarán cuando ataquemos. Son de confianza, tienes mi palabra.

—¿Pretenden que confíe en ellos así sin más? —me mofé—. Por cierto, tu palabra no significa nada para mí. No te conozco lo suficiente.

Luciano tensó los labios.

—Luca y Kiara sí me conocen bastante. Son mi familia y prometí ayudar.

Gian se rio.

—Estás ofendiendo al cachorro, Alayna.

—Cierra la boca, Gian —se defendió Luciano.

—Dos no es suficiente, pero está bien. Me tienen a mí después de todo. —Me encogí de hombros—. ¿Qué opina tu padre de esto?

—Él sabe que haremos lo imposible para ayudar a Luca y prometió no interferir —expuso Gian—. Tampoco apoya a Carlo y Leonardo. Se mantendrá al margen, pero si Luca logra salir de esta tendrá todo su apoyo.

Solo elegiría un bando cuando el ganador saliera vivo de esta guerra. Inteligente y egoísta de su parte. ¿Hasta qué punto Eric Vitale era fiable? Era igual de repulsivo que Fernando Rossi.

—Qué considerado —dije con sarcasmo.

—Organicemos el plan lo antes posible —masculló Luciano—. Esa ejecución no se llevará a cabo.

—Sobre mi cadáver.

Gian extendió los brazos.

—Aquí tienes todo a tu completa disposición. Puedes comer y tomar lo que quieras. También tenemos un gimnasio.

Emití un suspiro.

—Gracias.

—De nada. —Me guiñó un ojo—. Eres una de nosotros.

Las últimas horas descargué mi frustración en el gimnasio. El agotamiento me pesaba, pero no me sentía lista para ir a dormir tan pronto. Mi cabeza una y otra vez se dirigía a esos intensos ojos grises que echaba de menos. La idea de no volver a verlo me mataba, lastimaba el corazón que consideraba muerto. El sudor se escurrió por mi frente, mis nudillos sangraron porque la herida seguía fresca. Por un instante imaginé que golpeaba la cara de Leonardo Vitale. Su nombre sería un sucio recuerdo en esta ciudad. Libraría a Luca de él y no quedaría nada.

Mi estómago dio vueltas y me detuve, envolviendo los brazos alrededor del saco con un jadeo adolorido. Necesitaba que Luca regresara, necesitaba prometerle que nunca más saldría herido. Era la única persona que veía a través de mí y no como si yo fuera un simple instrumento para matar. Me hizo sentir valiosa, hermosa e importante. Y cada vez que me miraba me demostraba que no existía nadie más en su mundo excepto yo.

De repente, mi nueva realidad cayó sobre mí como una cubeta de agua fría. Debería largarme de allí y dejarlo a su suerte, pero mi corazón se negaba a obedecer.

Apreté las manos en puños y golpeé el saco de boxeo una y otra vez, apenas sintiendo el escozor de mis nudillos partidos. Estar sin él era un tormento. Necesitaba tenerlo a mi lado para calmar la tempestad. Necesitaba tenerlo para ser feliz. Golpeé el saco de nuevo. Una, dos, tres veces seguidas…

Cuando estuve agotada, me derrumbé en el suelo con un aliento tembloroso. Malditas sean las debilidades. Nunca quise tener una y, sin embargo, ahí estaba lamentándome por un hombre que me tenía loca.

—Mira lo que me has hecho, príncipe —susurré para mí misma.

Laika se aburrió de su juguete y se acercó a echarme un vistazo. Me observó desde arriba con esos pequeños ojos castaños. Ella también sentía la ausencia de Luca.

—Pronto volverá con nosotras. —Acaricié sus orejas puntiagudas.

Lamió mi mano a cambio y sonreí.

Entonces escuché pasos aproximándose y me puse de pie rápidamente. Luciano se acercó con una botella de agua y levantó ambas cejas. Su camiseta azul resaltaba sus ojos y el cabello castaño estaba despeinado. Mirándolo con detenimiento entendí por qué Kiara tenía un enamoramiento con él. Era muy atractivo.

—¿Está todo listo? —pregunté.

—Las armas sí —informó—. Los hermanos Brambilla también. Fabrizio acaba de informarme de que convenció a varios hombres para unirse a nuestro equipo.

—Excelente noticia. ¿Algo más?

—Habló con Luca hace unas horas.

Los latidos de mi corazón aumentaron y traté de no mostrarme tan ansiosa, pero fracasé. La preocupación era notable al igual que la tensión en mi cuerpo.

—¿Cómo está?

—Un poco magullado, pero estará bien cuando lo saquemos de ahí.

¿Un poco magullado? No me creía esa vaga información.

—¿Qué más? —indagué.

—Mataron a madame Marino frente a sus ojos y las chicas del prostíbulo tienen un nuevo comprador.

El dolor se disparó por mis brazos, haciéndome estremecer. Ellos sabían que capturar a las chicas era una forma de romper a Luca. Lo destrozaron psicológicamente. Me preocupaba el rumbo que tomaría después de eso. Él querría rescatarlas y no pararía hasta lograrlo. Su sentido de la justicia me ponía nerviosa, pero no podía culparlo. Las había protegido durante mucho tiempo y se sentía en deuda. Él se culparía por esto, maldita sea.

—¿Quién lo hirió? ¿Leonardo? ¿Carlo?

—Ambos son responsables.

Froté mis hombros y salí del gimnasio con Laika y Luciano siguiéndome. Leonardo y Carlo creían que habían ganado la batalla, pero la verdadera guerra aún no había comenzado. Les haría cosas que nunca imaginaron que una mujer haría. Y, tan pronto como los tuviera arrodillados a mis pies, suplicarían por un perdón que no les daría.

—Muéstrame las armas, quiero verlas —murmuré—. ¿Hay granadas?

—Tenemos de todo —aseguró Luciano—. Puedes elegir las que quieras. Mi padre no está de acuerdo con nuestra decisión, pero se aseguró de que estemos equipados. Algunos de sus soldados se encuentran a nuestra disposición.

De regreso a la sala, vi varios maletines sobre la mesa. Gian y Liana estaban en el sofá a punto de follar. Se detuvieron inmediatamente al vernos llegar.

—Hola, Alayna —dijo Liana sonrojada—. Espero que te esté gustando el apartamento.

—Me gusta, pero no me quedaré mucho tiempo aquí —contesté—. En cuanto rescatemos a Luca y matemos a los estorbos, nos iremos del país.

Mi decisión ya estaba tomada y Luca me apoyaría. Él siempre había querido librarse de esta ciudad. ¿Qué podría detenernos? Las chicas, por supuesto.

—Oh, suerte con eso —se rio Gian, quitando a Liana de su regazo—. Luca no irá a ningún lado sin su madre ni Kiara.

Buena observación... ¿Por qué tuve que poner mis ojos en alguien con tantos problemas? Primero, Ignazio y ahora, Luca. Los italianos eran tan complicados.

—Muéstrenme qué tienen.

Luciano abrió uno por uno los diez maletines. Me sentí como una niña en la juguetería cuando vi esa cantidad de armas: puños americanos, navajas suizas, explosivos, varias Glock, metralletas y más. Esto sería lo más parecido a una tercera guerra mundial. Agarré una 9 milímetros, acariciando la culata. Preciosa.

—Entraremos por la puerta de emergencia —explicó Gian—. Atacaremos antes de que Luca sea ejecutado. Le dieron la opción de rogar, pero él se negó.

Una sonrisa se abrió paso en mis labios. «Bien hecho, príncipe». Primero muerto antes que suplicarles a esos inútiles.

—Fabrizio y su hermano protegerán a Luca —añadió Luciano, analizándome—. Sé que anhelas fusilar a mi tío y a Carlo, pero recuerda que Luca es nuestra prioridad. Debemos salvarlo como sea.

Cargué el arma con varias balas, apreciando el color negro.

—Puedo hacer eso. Es el único que me importa.

Liana suspiró.

—¿Cómo están seguros de que nada saldrá mal? Dudo que sea fácil.

Gian besó su frente.

—Estaremos bien, nena. Lo prometo.

Tenía su número desde hacía cinco años, pero nunca me había atrevido a marcarlo hasta ahora. Siempre pensé que no encajaba en su nueva vida. Él vivía en un cuento de hadas con su familia mientras yo seguía sin rumbo. Caleb había dejado atrás su pasado y yo me aferré a la vieja Alayna porque matar era todo lo que conocía. No quería arruinarlo con mi oscuridad. No quería recordarle lo que sufrimos en la organización. No quería contaminarlo.

—¿Alayna?

—Hola.

Hubo una breve pausa y sonreí al imaginar su expresión. Apostaba que estaba tan sorprendido como yo.

—¿A qué se debe el honor?

Tomé un trago de vino y estiré las piernas en el sofá mientras miraba la ciudad cubierta de luces. Laika dormía cómoda a mi lado. Gian y los demás se retiraron porque querían una noche candente antes de afrontar lo que venía.

—Estoy metida en graves problemas.

—Nada raro, por supuesto. ¿Necesitas mi ayuda?

—No es el tipo de problemas que imaginas.

En parte sí, pero él no tenía que saberlo. Tomaría el primer vuelo y vendría a ayudarme. No quería involucrarlo.

—¿Entonces…?

—Conocí a alguien —admití—. Y… me importa más de lo que crees.

¿Quién era esta mujer? Sonaba patética, pero culpé al alcohol y las circunstancias por nublar mi cabeza. No estaba en mi mejor momento.

—Estás enamorada —asumió Caleb—. ¿Estamos hablando de un hombre italiano?

Sonreí como una idiota. Conocía mis preferencias.

—Se llama Luca.

Escuchar su risa hizo que mi pecho se sintiera menos pesado.

—Luca Vitale —dijo.

Me enderecé en el sofá.

—¿Me estás vigilando?

—Claro que no. ¿Por qué haría algo así?

—Caleb…

—Seguí tu paradero hace un mes, pero alguien me regañó y decidí darte espacio. Espero que todo esté bien en tu vida.

Me mordí el labio y sacudí la cabeza. Quería contarle todo lo que había pasado los últimos meses, pero a la vez no porque me rompería.

—No tienes nada de que preocuparte.

Solo quería destruir la ciudad por el hombre que logró meterse bajo mi piel, pero no lo admitiría en voz alta.

—Escucha, Alayna. Sé que siempre fuiste muy insegura respecto a los sentimientos, pero no hay nada que temer —murmuró—. No es ninguna debilidad amar a alguien, al contrario, te convierte en una persona diferente y mucho más fuerte. Tener a Bella y Melanie en mi vida me dio motivos para sobrevivir. Gracias a ellas me siento capaz de todo. Son mi razón de existir al igual que tú.

También me sentía como una persona diferente, libre y humana. Luca despertaba mi lado sensible con sus actos gentiles. Mis días tenían la misma rutina antes de conocerlo: matar, follar y destruir. Pero a su lado todo era más emocionante. Ya no era un cascarón vacío que se ocultaba de los demás.

—Cuida a tu familia, Caleb. No olvides que significas mucho para mí.

Colgué la llamada antes de que pudiera responderme. Mañana sería otro día. Tendría un nuevo comienzo donde Luca estaría presente.

DIECIOCHO AÑOS ATRÁS...

Un olor repugnante subió a mi nariz. La putrefacción saturó el aire, la nieve estaba manchada de sangre. Me negué a mover los pies, pero el puño en mi cabello me obligó a avanzar varios pasos más. Los sollozos quebraron mi cuerpo y no pude evitar llorar ruidosamente. Sabía lo que me encontraría y me aterraba verla. No quería verla. No así.

Él me encontró divagando en los pasillos algunas noches, tratando de dar con la única persona que me importaba en este lugar. Mi amiga. Mi confidente. Mi compañera. Talya.

—Te encontré a ti y a tu hermano vagando por las calles de San Petersburgo, muertos de hambre y mugrientos. Vi tu fortaleza, Alayna. Creía que serías la más fuerte de mis soldados. —Se agachó para estar al mismo nivel que mis ojos. No había humanidad en su mirada, solo una profunda oscuridad—. Superaste la mayoría de las pruebas, pero volviste a tener otra recaída. A todos nos pasa.

Sacudí la cabeza.

—Por favor…

Limpió con un dedo la sangre que resbalaba por la comisura de mis labios y lo llevó a su boca para chuparlo. Mi visión empezó a tornarse borrosa. No quería ver.

—No voy a matarte —dijo—. De hecho, te daré otra oportunidad. Necesito quebrarte completamente para demostrarte lo fuerte
que eres. ¿Sabes por qué maté a Talya? Ella te hacía débil y vulnerable.
¿Qué pasa con las personas débiles?

Mis labios temblaron cuando respondí:

—No sobreviven.

—Exacto —sonrió orgulloso—. Y sé que tú no eres débil, Alayna. Solo necesitas aprender a controlar tus emociones. —Me tendió la
mano—. Ven conmigo.

Las lágrimas resbalaron rápidamente por mis frías mejillas cuando
avanzamos hacia el rastro de sangre. Había cuervos picoteando una
extremidad que sobresalía de la nieve y sollocé más fuerte. No podía
ver eso. No podía.

—Shh... tranquila. —Me apretó el hombro y lloriqueé—. Quiero
que sobrevivas cuando yo no esté. Solo será posible si matas todas tus
debilidades. —Hizo una pausa y miró con repugnancia el cadáver—.
Llegué a pensar que Talya sería igual de valiosa que tú, pero me equivoqué. Era una soñadora estúpida.

Por dentro me rompía, sangraba y agonizaba, pero todo lo que
hice fue mirar el cadáver con lágrimas en los ojos. Talya y yo habíamos tenido conversaciones donde nos imaginábamos juntas fuera de
ese muro. Una vida sin golpes ni dolor. Una vida sin él.

—Ella nunca sobreviviría con esos ideales —escupió—. La bondad mata, Alayna. Quiero que tú seas capaz de anular cualquier emoción y recuerdes para qué fuiste hecha. Eres una asesina. No una niña
con sueños absurdos. ¿Entiendes? Y cuando logres matar a tus sentimientos podrás enfrentar al resto del mundo.

34

LUCA

Las pesadillas no me permitían dormir. Traté de no pensar en el remordimiento que me generaba la muerte de Berenice, pero los recuerdos regresaban con fuerza a atormentar mi débil mente. Estar encerrado en estas cuatro paredes tampoco ayudaba a mi angustia y mi ansiedad.

Estaba perdiendo la razón.

Antes había oído a uno de los hombres hablar con mucha libertad detrás de la puerta. Se encargó de que escuchara cada palabra sobre el triste destino de Berenice. Su cuerpo sirvió como alimento para los perros hambrientos. Ni siquiera tuvo sepultura. Su familia no podría llorarla. Ella murió como si no valiera nada.

Dejé salir un débil sollozo para aliviar la opresión en mi pecho. El dolor y el agotamiento colapsaron mi cerebro. Intentar ser fuerte era demoledor. Era humano y tenía derecho a romperme. Al menos por hoy.

Froté mis manos atadas, tratando de aliviar el estremecimiento. Mi piel estaba púrpura por la presión de la soga. Era imposible quitármela. Solo me quedaba esperar. Faltaba poco.

Cerca del mediodía, Gregg regresó con una bandeja de comida. ¿Dónde estaba Fabrizio? Había algo diferente en el menú de hoy. No era una porquería, no estaba fría ni congelada. Tampoco se veía como si me fuera a provocar una indigestión. ¿Qué pretendían esta vez? ¿Por qué la consideración? Miré el plato con cierta desconfianza. Las tostadas y el huevo cocido provocaron un gruñido en mi estómago. Me moría de hambre.

Gregg lanzó la botella de agua cerca de mis pies.

—Come —exigió—. Y no desperdicies nada, niño. Agradece que no te dé excremento de perro.

Cada vez que hablaba mis ganas de matarlo aumentaban. Él merecía un destino peor que el de Berenice.

—Tanta amabilidad y comida no deben de ser algo bueno.

—¿Puedes dejar de cuestionar y simplemente comer? Tu padre ordenó que tengas un plato decente antes de tu ejecución —respondió—. Disfrútalo y después te darás un baño. No quiere que su hijo muera como un vagabundo.

Señalé mis muñecas atadas.

—No podré comer con esto puesto. ¿Me harías el favor?

Gregg sacó un cuchillo de su bolsillo.

—No intentes pasarte de listo, muchacho. Puede ponerse mucho peor.

Liberó mis manos y después me dio privacidad, cerrando la puerta detrás de él. No me resultó extraño que mi padre enviara comida, mucho menos que exigiera verme limpio. Estaba probándome, pretendiendo que yo cambiara de opinión y me arrastrara por su perdón para salvar mi vida, como sugirió Carlo. Quería humillarme y después matarme. Pero yo no era tan ingenuo para creer que realmente me dejaría libre. Él me odiaba, ese sentimiento no cambiaría de la noche a la mañana.

Froté mis manos libres, haciendo una mueca de dolor. No comí ni un bocado de la bandeja que trajo Gregg. Probablemente estaba envenenada, ni siquiera probé el agua.

—Llegó la hora, niño bonito. —Gregg volvió al rato y me apuntó con su arma—. Mueve tu culo.

No podía levantarme lo bastante rápido, así que en dos segundos tuve al abusador sobre mí. Puso una mano en mi nuca para sacarme de la celda. Incluso yo estaba avergonzado de mi aspecto. La ropa manchada con sangre apestaba y mi cabello era grasiento. Mi cuerpo magullado era irreconocible. ¿Qué pensaría Alayna si me viera?

—Tienes ropa limpia a tu disposición. No tardes o me encargaré de arrastrar tu culo desnudo al auditorio —advirtió Gregg—. Cinco minutos.

Caminé débilmente, girando en la dirección que él señaló con impaciencia.

—Cada presente en ese auditorio se arrepentirá de haberme traicionado.

Se burló de mí con una risa, sacó las llaves y abrió la puerta de otra habitación. La cerradura hizo clic, el cerrojo tintineó y después un olor nauseabundo azotó mi nariz. Qué asco.

—Sigue soñando, mocoso. Sueña todo lo que quieras —soltó una fuerte carcajada—. Esta es tu realidad.

Mierda…

¿De verdad esperaba que tomara una ducha allí? El baño era repulsivo. Las paredes estaban cubiertas de heces, mugre y otras cosas que no quería nombrar. Había un traje dentro de la bolsa transparente sobre el inodoro roto.

—Entra, imbécil.

Gregg me empujó y yo miré el entorno, tapándome la boca y la nariz. Apestaba. Prefería seguir mugriento antes que desnudarme allí, pero cuando pateó mi espinilla no tuve muchas opciones más que ceder.

—Cinco minutos —repitió—. Solo cinco minutos, Vitale.

Cerró la puerta con seguro, dejándome encerrado en el apestoso baño.

Proseguí a desnudarme lo más rápido posible. Necesitaba terminar pronto o moriría asfixiado. Agarré una barra de jabón, me metí bajo la ducha y solté un aliento tembloroso. Mi cuerpo tiritó por el impacto del agua helada, pero no me detuve. Froté el jabón en mi piel, tratando de borrar cualquier rastro de sangre.

Luego de secarme, me coloqué el traje. Era de una marca barata, se notaba en la etiqueta desgreñada. ¿Cuánto más me humillarían? Mi nariz picó por el olor inmundo, mi estómago se encogió de nuevo. Gregg abrió la puerta bruscamente.

—Apúrate, imbécil —gruñó—. El capo solicita tu presencia.

Mi expresión de muerte lo hizo congelar en su lugar. Por un segundo solo nos observamos, mis ojos gritaban miles de promesas que lo harían sufrir. Fue el primero en apartar la mirada.

—¡Muévete, carajo!

Me puse delante de él, su arma apuntándome mientras caminábamos. Mis pasos sonaban al mismo ritmo de mi respiración agitada. No me importaba lo que me esperaba. Solo quería que todo terminara.

—¿Estás preparado para morir? —Su tono serio cambió a uno de júbilo.

—Más que listo. Ya no tengo nada que perder.

Dejó salir una risa áspera.

—Espero que supliques como la puta que matamos. —Su boca se acercó a mi oído. Su aliento caliente y maloliente pasó por mi nariz—. Para mí será un placer oírte gritar, niñito.

—Recordaré lo mismo cuando los papeles se inviertan.

—Ja. Ni en tus putos sueños.

Puso una mano en mi hombro y me empujó para que continuara caminando. Nos detuvimos frente a la puerta custodiada por Fabrizio y un hombre con sus mismos rasgos. ¿Eran hermanos? Me dio una simple inclinación de cabeza antes de hacerse a un lado.

Escuché el bullicio, murmullos y una típica canción italiana instrumental. ¿En serio era una fiesta? Cuando puse un pie dentro del salón, se hizo un profundo silencio. Mi línea de visión se elevó hacia la zona donde mi padre se encontraba sentado. La silla parecía un trono, su traje negro era perfecto al igual que sus zapatos caros. Sus labios se fruncieron con aversión mientras me miraba con desdén. Madre estaba a su lado con lágrimas en los ojos.

Carlo bebió un trago de whisky, sonriendo con pura satisfacción. ¿Lo peor? Vi a Marilla con un espectacular vestido rojo. Su cabello atado en una coleta y el collar de diamantes rodeaba su delicado cuello. No había empatía en su expresión. Solo triunfo. Ella creía que yo moriría hoy. Los únicos que parecían preocupados por mí eran mi tío Eric y sus hijos. Gracias al cielo Kiara no estaba presente. No quería que me viera en estas condiciones ni ocasionarle más traumas.

Gregg volvió a empujarme para que estuviera a pocos centímetros de mi padre. Los soldados y capitanes murmuraron, varios impactados por ver al supuesto don en un estado lamentable. ¿La ausencia notable? El gobernador. ¿Eso significaba que seguía apoyándome?

Con hombros rectos y la frente en alto, no mostré ni un rastro de miedo. Carlo y su propuesta podían irse al carajo. Esta noche no suplicaría. No me interesaba si cortaban algún miembro de mi cuerpo, mantendría mi dignidad si eso significaba perder mi vida. No les daría nada.

—¿Sabes por qué estás aquí? —preguntó padre. Su voz era indiferente y hostil.

Cada presente en la sala esperaba mi respuesta, pero no respondí. ¿Por qué debía hacerlo? Era inocente de cualquier cosa que me acusaban, mucho mejor que los hipócritas que me miraban con ojos críticos. Madre lloró ruidosamente y Marilla se rio de su desgracia. Su maldad no tenía límites.

—Veo que no tienes intenciones de hablar, pero lo haré por ti —dijo padre—. Fuiste arrestado por traición a la Cosa Nostra. Durante más de un año ocultaste mercancía a tu capo con intenciones de regalarla. —La rabia se hizo más notable mientras pronunciaba las palabras—. Vamos a sumarle tu alianza con Moretti, además de planear la muerte del *consigliere*. ¿Niegas los cargos?

No temblé ni permití que me intimidara. Afrontaría la situación como un hombre. Jamás volvería a ser ese niño asustado que se encogía cuando le levantaban la voz. Ya no.

—No —escupí—. Soy culpable por querer salvar a niñas inocentes para que no sean vendidas ni violadas por depravados como muchos hombres de esta sala. Me alié con Moretti porque fui muy ingenuo al creer que me ayudaría a limpiar la ciudad de tu mierda, padre. Soy culpable de llevar tu asquerosa sangre en mis venas.

El silencio era denso. Al diablo él y sus reglas. Nunca más me sometería.

La cara en blanco de mi padre se convirtió en una de aprensión. Gian y Luciano sonrieron orgullosos de mi respuesta. Mi tío Eric me lanzó una mirada incrédula como si no pudiera creer cuán impulsivo era.

—El castigo a tu traición es la muerte. —Mi padre se levantó de su trono—. Serás retirado de tu cargo como don y tu vida quedará en mis manos. Ni siquiera tienes derecho al perdón a menos que implores de rodillas.

Madre me observó suplicante, pero ni siquiera sus lágrimas lograrían que me arrodillara. Prefería morir con la frente en alto antes que humillado.

—Aceptaré cualquier castigo —respondí con una sonrisa—. No te daré la satisfacción de verme suplicar. Vete a la mierda.

—¡Luca, no! —El llanto de mi madre hizo eco en las paredes—. Por favor, detén esta locura, Leonardo. ¡Es tu hijo! ¡Nuestro hijo!

Mi padre la empujó en los brazos de un soldado y ella luchó para llegar a mí. La imagen me rompió el corazón. «Lo siento, mamá. No te hice sentir orgullosa como quería».

—¿Esa es tu última palabra? —inquirió mi padre.

—Sí. —Mi respuesta no vaciló.

—Como capo y representante de la Cosa Nostra, te condeno a doscientos latigazos y que corten tus extremidades antes de lanzar los restos de tu cuerpo a los perros. —Se dirigió a Gregg—. Puede proseguir, soldado. Haga bien su trabajo.

Carlo y su hija compartieron miradas triunfales al escuchar la sentencia. Mi madre gritó mi nombre de rodillas y se apretó el pecho. Su reacción provocó el ardor de las lágrimas en mis ojos. Nuestra relación nunca fue buena, pero la amaba. Ambos soñábamos con tener una vida mejor lejos de Leonardo. Quería consolarla, pedirle que no llorara por mí.

—Espero que puedas vivir con esto, padre. Matarás a tu hijo por dinero y poder. Estás muy feliz, ¿no? Ya tienes todo lo que deseas en la vida.

Sus ojos iguales a los míos no demostraron ni un signo de compasión o culpa. ¿En verdad era su hijo? Cualquiera pensaría que mi madre me concibió con alguien más.

—Un hijo mío jamás traicionaría a su sangre —dijo, y le sonrió a Gregg—. Haga su trabajo de una vez.

Antes de que Gregg hiciera un movimiento más, se escuchó una explosión seguida de un fuerte tiroteo. Hombres vestidos de negro y armados entraron en la sala. Gian y Luciano sacaron sus pistolas y dispararon a varios soldados.

Era la señal que esperaba con muchas ansias.

Alayna estaba aquí.

35

LUCA

El atuendo de Alayna era una armadura. Cada centímetro de su cuerpo estaba cubierto de cuero. Llevaba el cabello atado, botas de combate y chaleco antibalas. No podía dejar de mirarla. ¿Era un sueño? Porque no quería despertar. Los días que había pasado encerrado en esa celda veía su rostro. Ella aparecía en mis alucinaciones como un ángel vengador. Ahora la tenía justo frente a mí.

Sostuvo una metralleta y aniquiló a los soldados que trabajaban para mi padre. Sus municiones parecían ser infinitas. Ella era una diosa de la guerra y la destrucción. Estaba matando a todos. Por mí.

Tiró de los pasadores de las granadas, lanzándolas en la habitación. Algunos hombres corrieron para salvar su vida, aunque era demasiado tarde. La explosión arrasaba con todo. La enorme pared de fuego resplandeció, cegándome y tirándome al suelo. Varios pedazos de cuerpos volaron a mi alrededor. Me cubrí con el antebrazo mientras el incesante humo entraba a mi nariz y me robaba el aire.

Era un caos.

El polvo se asentaba, los soldados de mi padre parecían muñecas rotas esparcidas en el suelo. Las llamas brotaron y se enroscaron por las paredes, arrastrándose por el salón y consumiendo todo. Varios hombres quedaron atrapados entre los escombros que cayeron. Sus gritos de dolor eran una hermosa sinfonía para mis oídos.

Cada culpable obtenía lo que merecía. Yo presentía que los traidores morirían esta noche. Hermoso. Alayna apareció entre las llamas, peleando como una guerrera. Aplastaba cabezas, apuñalaba y acribillaba. Esa mujer acababa de desatar el infierno por mí. Era mía. Toda mía.

Me puse de pie débilmente, sintiendo el dolor en mis huesos con cada movimiento. El impacto de las granadas me había lastimado bastante.

—¡¡¡Luca!!!

Vi a mi madre tendida en el suelo, pidiendo ayuda. Mis latidos se aceleraron, sacudiendo mis huesos. Algunos hombres pasaban encima de ella, desesperados por escapar del caos. Sentí que mis ojos se abrían completamente antes de que el horror absoluto me golpeara. Tenía que llegar a ella y salvarla. ¿Dónde demonios estaba mi padre? ¿La había abandonado? ¿Había huido? Carlo, en cambio, mantenía a su hija cerca de él, luchando contra Fabrizio. Su batalla era inútil, no había probabilidades de que ganara. Menos con varios soldados uniéndose a Alayna y mis primos.

Me acerqué a madre, sosteniendo mis costillas, pero, en ese instante, Gregg se abrió camino a gran velocidad y golpeó mi cabeza brutalmente contra la pared. La sangre brotaba sin control de mi nariz y me mareé al instante por el asalto inesperado. Las manchas negras aparecieron y desaparecieron. Perdería el conocimiento pronto.

—¿A dónde crees que vas, niño bonito? —se rio—. Tú y yo aún no hemos terminado. ¿Pensabas irte sin recibir tu merecido? Prometí que te haría gritar como a la puta de Berenice.

Estaba aturdido, mi cráneo palpitaba y mi cuerpo no respondía. Mientras me sujetaba contra la pared, fingía que no me resistía, pero en realidad mis manos agarraban el cuchillo que guardaba en la cintura de sus pantalones.

—¿Recuerdas a Sienna? —continuó con sus burlas—. Tu padre me la cedió para que pudiera divertirme con ella a mi antojo y después la maté.

Tenía los pulmones apretados, las mejillas mojadas y la fría tristeza me invadía. Sentí que algo dentro de mí se rompía. Pensé que Sienna podría tener un final diferente. «Siempre un soñador, Luca».

—Te mataré —balbuceé.

Cuando volvió a agarrarme del cabello, reaccioné y lo apuñalé en el estómago. Gregg se alejó, maldiciendo entre dientes, pero no lo solté. Empujé la hoja más profundamente y lo derribé a mis pies. Debió de ver la mirada enloquecida en mis ojos porque trató de huir.

Saqué el cuchillo de su estómago y apuñalé sus piernas, sus brazos y le di varios puñetazos en la cara. Oí fuertes gritos y no me di cuenta de que eran míos hasta que las lágrimas humedecieron mis sucias mejillas. Antes de que lanzara otro puñetazo, alguien me apartó de su cuerpo y luché mientras trataba de terminar mi trabajo. Iba a torturar a ese bastardo. Le haría padecer todo el dolor que habían sufrido Sienna, Berenice y las chicas del prostíbulo. Lo mataría con mis propias manos.

—Cálmate —ordenó Fabrizio mientras mi pecho subía y bajaba con respiraciones agitadas. La negrura invadió mi visión y sentí ganas de vomitar—. Él ya tuvo su merecido.

Me ayudó a alejarme mientras la sangre salía a raudales de mi nariz y mi boca. Mis ojos nublados no querían cooperar. Iba a desmayarme. Estaba agotado física y emocionalmente. Todo daba vueltas a mi alrededor.

—Mi madre…

Vomité y escupí sangre. Fabrizio cuidaba mi espalda y no permitía que nadie se acercara. Era bueno encontrar un aliado en medio de tanta catástrofe. Él tendría su recompensa.

—Tu primo Luciano se hizo cargo de ella —me tranquilizó—. Necesito que seas fuerte y te mantengas despierto.

Era una tarea difícil. Mis ojos querían cerrarse y no volverse a abrir. Todo lo que deseaba era un descanso. Estaba tan cansado.

—¿Qué hay de Alayna?

—No te preocupes por ella —aseguró—. Puede cuidarse muy bien por su cuenta.

Observé a Alayna con una débil sonrisa. Mi guerrera favorita le quebraba el cuello a un soldado antes de lanzar el cuerpo con una mueca de asco. Era grandiosa, poderosa y magnífica. Mi mariposa.

—Vamos, te sacaré de aquí —dijo Fabrizio—. No morirás hoy, jefe.

Me rodeó la cintura con un brazo y me ayudó a caminar.

—Yo no olvidaré lo que hiciste esta noche —masculló antes de que mi cuerpo se rindiera a la oscuridad.

ALAYNA

Mis ojos frenéticos se concentraron en el príncipe. La ira me llenó al notar su aspecto de cadáver andante. La sangre corría por su boca y su nariz. ¿Cómo pudieron herirlo de esa forma? Su hermoso rostro estaba cubierto de suciedad y hematomas. No lo reconocía.

Fabrizio Brambilla puso los brazos de Luca sobre sus hombros y lo llevó hacia la salida. Inmediatamente avancé hasta ellos, pero alguien me detuvo antes de que llegara más lejos.

—Mi hermano lo sacará de aquí —murmuró un desconocido a mi lado—. No tiene de qué preocuparse, somos de fiar.

Enarqué una ceja y lo evalué de pies a cabeza.

—¿Usted es…?

—Jonathan Brambilla —se presentó—. Es un placer conocerla, señorita Novak.

—Escucha, Jonathan —advertí—. Si Luca no vuelve a mí, me encargaré de matar a cada miembro de su familia. ¿Entiende? Los destruiré.

Mi amenaza no lo ofendía. Tal vez era un error darle mi voto de confianza, pero elegí creer en su palabra. Lo había visto matar a varios soldados de Leonardo.

—Puede confiar en mí.

—Termina tu trabajo —ordené, alejándome.

Mi metralleta finalmente se quedó sin munición, así que quité de mi cintura la 9 milímetros. Mi atención se fijó en la basura que prometí aniquilar y sonreí.

Carlo.

Leonardo había encontrado una manera de escapar tan pronto como llegué, pero no correría por mucho tiempo. Encontraría su cabeza. Mi pulso se aceleraba, mi piel ardía de rabia. Destellos de rojo danzaban en mi visión.

Caminé sobre la masa de cuerpos inertes, tratando de no manchar mis botas con la sangre. Un pobre idiota trató de agredirme, pero ni siquiera miré en su dirección cuando disparé una bala en su cabeza.

Al siguiente le di un rodillazo en las bolas antes de poner el cañón de mi arma en su boca y apreté el gatillo.

Adiós.

A diferencia de Leonardo, Carlo no era ningún cobarde. Se quedó a luchar y defendía a su hija con todas sus fuerzas a pesar de que varios soldados lo acorralaban. Marilla se encontraba bajo la mesa, temblando y sollozando.

—Hola, ardilla —sonreí.

Me miró con horror y conmoción. ¿Ahora sí estaba asustada? Parecía muy feliz cuando humillaban al príncipe. Mi príncipe.

—No, por favor… —lloriqueó—. No me hagas daño, Alayna. Yo no hice nada, te juro que no hice nada.

Salió de su escondite, pero no llegó muy lejos. Gian pronto la capturó sin remordimientos. La arrastró hacia mí, tironeando de su cabello. Carlo palideció y bajó su arma cuando vio que su hija no tenía escapatoria.

Hora de la venganza. Mi momento había llegado.

—Dile al resto de tus hombres que se rindan —ordené. Mi voz hizo eco en el salón rebosante de fuego—. Hazlo ahora mismo o me encargaré de poner una bala en la cabeza de tu hija. ¿Crees que le perdonaré la vida?

Mi sonrisa de complacencia se profundizaba a medida que examinaba la catástrofe que había provocado. Me imaginé los titulares que saldrían en los periódicos y la televisión. Entendía a Leonardo, yo también tendría muchísimo miedo.

—¿Qué haremos con ella? —preguntó Gian, emocionado.

Marilla se retorcía en sus brazos mientras Gian sonreía como un maniático. Ya me agradaba un poquito más. Estaba disfrutando de esto tanto como yo. Incluso Eric Vitale se veía entretenido con la situación. Ya había escogido su bando. Él sabía que el reinado de Leonardo Vitale tenía los segundos contados.

—Mi hija es inocente, suéltala —exigió Carlo—. Ella no tiene nada que ver aquí. Solo está en el lugar equivocado.

¿Pensaba que me creería esa excusa? Marilla vino vestida a este evento como si fuera una fiesta para celebrar. Quería ver muerto a Luca, pero no esperaba un giro tan drástico.

Le hice señas a Gian y él lanzó a Marilla a mis brazos. La ardilla lloró, sus mocos salieron de su nariz roja. Pobrecilla. Era una pena que muriera tan joven, pero su edad no me haría cambiar de opinión. Ella era mala. Estaba podrida por dentro.

—Te dije que no valía la pena mendigar por un hombre que no te quiere —le susurré al oído—. Te di la oportunidad de redimirte, pero ignoraste mis consejos. ¿Por qué no pudiste mantenerte al margen?

Lloró más fuerte. Qué dramática. Las emociones sin control provocaban estos desastres. Volvían débiles e inestables a quienes no sabían manejarlas. Marilla era un claro ejemplo de que perdías si actuabas por impulso y resentimiento. Hoy le diría adiós al mundo.

—Ya aprendí la lección —imploró Marilla—. Por favor, no me hagas daño, Alayna. Lo siento tanto.

Agarré un puñado de su cabello y acerqué su rostro al mío. Me complacía ver las lágrimas cayendo por su pálido rostro de porcelana. Mmm… no sentía ni un gramo de piedad. A ella no le importó que las chicas terminaran en manos de pederastas cuando las delató.

—¿Esperabas ver morir a Luca esta noche? —pregunté y ella no respondió—. Habla o cortaré tu lengua.

—Sí.

—¿Por qué?

—¡Porque más de una vez me humilló por ti! —gritó resentida—. ¡Jugó conmigo y nunca le importaron mis sentimientos! ¡Se supone que era mi prometido!

¿Otra vez con el mismo drama? Era tan necia y hueca.

—Tú nunca lo amaste, solo era un capricho para ti —aclaré—. Querías dañarlo y convertir su vida en un infierno.

Sus ojos castaños destellaron con odio y rencor.

—Se lo merecía.

¿Por qué no sabía cuándo callarse? Recorrí su sien con el cañón de mi arma y luego lo arrastré hasta su boca repulsiva. El padrino de Luca observaba la escena intrigado y emocionado. Carlo tendría un ataque si no calmaba su corazón, yo también moriría en su lugar. Luchó por nada, su capo lo abandonó. Sus hombres más fieles acababan de rendirse.

—¿Y tú que mereces, Marilla? —inquirí—. Dame una respuesta que valga la pena o acabaré con tu inmunda existencia.

Su cuerpo se sacudió cuando otro lloriqueo escapó de sus labios y una gota de moco salpicó mi ropa. No me jodas. Estaba acabando con mi poca paciencia. No me arreglé para que esta estúpida me ensuciara con sus asquerosos mocos.

—Merezco vivir —dijo simplemente.

Guardé mi arma en el bolsillo y la reemplacé por el cuchillo. Carlo hizo un movimiento, pero Eric lo detuvo esta vez con un fuerte puñetazo en la cara.

—¿Cómo puedes traicionarnos? —escupió Carlo—. ¡Le debes lealtad a tu capo!

La boca de Eric se curvó en una mueca de desprecio y decepción.

—Un capo jamás huiría del campo de batalla —gruñó—. Tengo entendido que no es la primera vez que Leonardo hace lo mismo. Está aterrado por la dama. —Me señaló con su barbilla—. Un maldito poco hombre como él no merece mi lealtad.

Silencio.

El llanto de Marilla atrajo a cada soldado rendido en la sala. Algunos me observaban como si no pudieran creer mi osadía. Sí, bola de imbéciles, una mujer acababa de arruinarlos.

—Piensa muy bien tu respuesta, pequeña ardilla. —Mi voz sonó dulce y con falsa amabilidad—. Solo te daré una oportunidad.

El pánico brillaba en las profundidades de sus ojos castaños. Podía aparentar que estaba arrepentida, pero no la creía. Era falsa, mentirosa y manipuladora. Volvería a cometer los mismos errores si le perdonaba la vida.

—Porque... soy muy joven para morir —sollozó—. A mi madre le romperías el corazón si no regreso a casa. Solo soy una chica que cometió errores. No quería delatar a Luca, pero él no me dio otra opción.

Escucharla confesar me puso más rabiosa.

—¿Sabes algo, Marilla? Esas chicas que tu padre vendió también son jóvenes y sus madres están buscándolas. Perdieron la esperanza de volver a verlas, perdieron las ganas de vivir. Tendrán traumas el resto de sus existencias que jamás podrán superar. ¿Qué piensas de eso? ¿Es justo?

Hipó.

—No es mi culpa.

Mi agarre en su cabello se volvió rudo, haciéndola chillar. ¿Cómo podía ser tan idiota y decir las palabras incorrectas? Cada vez que abría la boca me enfurecía. Necesitaba callarla para siempre.

—Sí, es tu culpa —la corregí—. Cuando delataste a Luca sabías las consecuencias de tus actos. ¡Ellas no podrán regresar a sus casas!

—Alayna, por favor…

Sus súplicas no provocaban nada en mí.

—Una mujer que no tiene empatía por su propio género no merece misericordia.

Entonces corté su garganta sin ninguna advertencia. Hermosa sangre de rubí se derramaba de la herida y los ojos de Marilla se abrieron por completo al ahogarse.

—Adiós, ardilla. No fue un placer conocerte.

Lo que más satisfacción me dio fue escuchar los gritos de Carlo cuando su hija se desplomó en el suelo, tocando su garganta. El gorgoteo de Marilla duró más de un minuto y se ahogó con su sangre. Convulsionaba mientras su mirada me suplicaba ayuda.

Nunca se la daría. Moriría sola aquí.

—Lleven a este imbécil al calabozo de la mansión Vitale —ordené, refiriéndome a Carlo—. Luca se hará cargo de él.

Entonces me alejé con una sonrisa. Misión cumplida.

Los próximos en la lista eran Leonardo Vitale e Ignazio Moretti.

UNA SEMANA DESPUÉS...
LUCA

Me desperté ante el sonido de suaves pitidos. Mis ojos se entrecerraron por el golpe de luz que lastimaba mis párpados. ¿Dónde estaba? Me removí con una mueca al notar la intravenosa conectada a mi brazo. Tenía la boca seca.

Tratando de mantener la respiración uniforme, me giré para ver a Alayna sentada en el sofá a mi lado con las piernas cruzadas y una revista en sus cuidadas manos de largas uñas. Las mismas manos que arrebató vidas para mantenerme a salvo.

Nuestras miradas se quedaron bloqueadas mientras los recuerdos venían a mí como un huracán destructivo: yo secuestrado y torturado, Berenice asesinada, las palabras de Leonardo, los gritos de mamá, las chicas del prostíbulo, la masacre que provocó Alayna...

—Hola, príncipe.

Me aclaré la garganta sin quitar mis ojos de los suyos. Se veía deslumbrante, como una diosa descendida del cielo. Su largo cabello negro estaba suelto y planchado. Su perfecto cuerpo envuelto en un atuendo que solo ella podría lucir increíblemente bien.

—Alayna.

La seriedad era palpable en su rostro.

—Has estado días inconsciente —expuso—. Tu cuerpo necesitaba recuperar la energía que perdiste.

El dolor de cabeza no había disminuido, mis costillas sufrían si me movía.

—¿Qué pasó? —Mi voz sonó rasposa y agria—. Solo recuerdo que destruiste el auditorio y fui rescatado por Fabrizio.

Se levantó y se acercó a la cama.

—Derribamos a los soldados de tu padre, pero él logró escapar —explicó.

Por supuesto que esa basura encontró la manera de huir. Era demasiado cobarde para enfrentar sus problemas.

—¿Y Carlo?

—Moribundo en uno de los calabozos de tu casa —dijo Alayna—. Es tuyo.

Mis ojos se cerraron un segundo con alivio. Lo tenía, mi venganza se llevaría a cabo y no me detendrían.

—¿Sabes algo de mi madre?

—Luciano y Kiara la trajeron al hospital, pero mejorará —afirmó—. Preocúpate por tu salud. Lo tengo bajo control, nadie volverá a hacerte daño.

Alcancé su mano y deposité un beso en la palma.

—Gracias —susurré—. Cada día estoy más convencido de que amarte es la mejor decisión que tomé en mi vida.

Se inclinó y me dio un suave beso en los labios agrietados.

—Nunca más te alejes de mí.

Acaricié su cabello oscuro con una sonrisa.

—Nunca.

Se sentó en el borde de la cama sin soltarme las manos.

—Sucedieron muchas cosas en tu ausencia. Tu tío Eric está al mando de la organización mientras te recuperas.

—¿No encontraron ninguna pista de Leonardo?

Negó.

—Es listo. Cuenta con el apoyo de muchos hombres en la ciudad —murmuró—. Pero no te preocupes. Quiere liderar como sea Palermo y dará la cara tarde o temprano.

—¿Qué me dices de Moretti?

Se encogió.

—Él obtendrá su merecido, pero nuestra prioridad es encontrar a tu padre —recalcó—. Moretti es un bastardo inteligente que sabe escurrirse muy bien.

Una ráfaga de rabia sacudió mi estómago.

—Su cometido era joderme el plan y permitir que doce chicas inocentes fueran vendidas a violadores de mierda.

—Ignazio es una basura egoísta. No esperes mucho de él —destacó—. Es un resentido que no olvida nunca cuando te metes con los suyos. Amenazaste a su familia.

—Las chicas son inocentes.

—¿Crees que eso le importa? No, Luca. Entiende de una vez que el juego en este mundo no es limpio ni conoce la moral. Si no eres un monstruo como todos, te comerán vivo. El truco está en ser igual a ellos o mucho peor.

Intenté incorporarme en la cama con una mueca. La adrenalina subió a mi garganta por el dolor, cortándome el suministro de aire por unos segundos. Alayna vino a mí inmediatamente para ayudarme a sentarme recto. Colocó algunas almohadas detrás de mi espalda y después me sirvió un vaso de agua. Le di las gracias con una sonrisa.

El tiempo que estuve encerrado me hizo entender que necesitaba ser un villano despiadado si deseaba acabar con mis enemigos. Ellos despertaron al monstruo que luché para mantener dormido durante años. No quería ser un bastardo insensible, pero no me dieron alternativa.

—Quiero la cabeza de Carlo.

—La tendrás —afirmó Alayna—. Él y Gregg son tuyos. Quémalos, tortúralos, haz lo que desees. Nadie te detendrá.

—Ellos me humillaron, Alayna. Me torturaron y mataron a Berenice frente a mis ojos. Se burlaron de mi sufrimiento y salpicaron mi cuerpo con mierda. Me degradaron. —Rechiné los dientes—. No veo la hora de verlos ahogados en sangre.

Una sonrisa cruel asomó a sus labios pintados de un tono oscuro que le quedaba increíble.

—Se cumplirá tu voluntad. Yo estaré a tu lado para que sea posible.

No podía dejar de mirarla.

—Soy el hombre más afortunado en esta tierra.

—Lo eres —concordó y regresó al sofá—. Kiara y tu madre están seguras. Luciano las cuida.

La tristeza amarga me atravesaba. La imagen de mi madre destrozada aún persistía en mis crudos pensamientos. No permitiría que volviera a pasar por lo mismo nunca más. Leonardo ya no sería un estorbo y ella podría comenzar de nuevo.

—Me salvaste la vida —susurré—. Nunca lo olvidaré. Lo juro.

Su mirada recorría mi piel, pesada e intensa.

—Lo único que me importa es tu bienestar y que sepas lo que estás haciendo.

—Nunca estuve más seguro en mi vida, Alayna. Quiero muertos a todos los que me lastimaron. Quiero que paguen con creces y me supliquen piedad.

Se mordió el labio y sonrió.

—Es lo que un verdadero rey haría.

Al día siguiente me dieron el alta. Alayna insistió en que permaneciera una semana más en el hospital, pero me negué. Necesitaba sentir este dolor, necesitaba recordar cada detalle que había pasado. Iba a gozar escuchando sus gritos de agonía. Haría que se arrepintieran por cada acto atroz que cometieron. Había estado muerto por días, pero resucité.

Me reuní en la sala con el resto de mis familiares, los únicos que no me abandonaron. Laika aulló en busca de mi atención y le sonreí débilmente. Lucía sana. Gian hizo un excelente trabajo. Liana me abrazó con cuidado mientras Alayna permanecía a mi lado, sosteniendo mi mano.

—¡Estábamos tan preocupados por ti! —sollozó Liana—. Creí que te perdíamos, tonto. ¿Cómo te encuentras?

Le di palmaditas en la espalda.

—Mucho mejor. Estoy feliz de verte, Liana.

Se apartó y besó mi mejilla.

—Yo también. Nunca vuelvas a ponerte en riesgo.

—No puedo prometer eso, pero lo intentaré.

Mi tío Eric fue el siguiente en darme un abrazo afectuoso. Mi cuerpo dolía, pero no protesté. El dolor era intrascendente en estos momentos.

—Me alegra ver que saliste vivo de esta situación —dijo—. Estoy muy orgulloso de ti, Luca.

—Gracias, tío —respondí—. Gracias por estar aquí.

Me aparté y miré a Fabrizio, que estaba sentado al lado de su hermano.

—Señor —saludó Fabrizio, asintiendo hacia mí—. Lamento no haberlo conocido en mejores circunstancias, pero quiero que sepa que cuenta con mis servicios.

Quiso hincar la rodilla, pero sacudí la cabeza. No haría eso en mi presencia. Una nueva era acababa de empezar y eliminaría a todos los traidores. Hombres leales como los hermanos Brambilla tendrían mejores posiciones. Él me tendió la mano cuando mis propios soldados no quisieron arriesgarse. A partir de hoy tendría un cargo importante a mi lado. Sería mi hombre de confianza.

—Tendrás tu recompensa; tu hermano también —aseguré.

—Jonathan Brambilla —se presentó su hermano y me estrechó la mano—. A su servicio, señor Vitale.

Asentí.

—Eres más que bienvenido.

—Tiene mi lealtad a partir de hoy, don.

—Lo aprecio mucho.

Gian carraspeó.

—¿Qué harás con las ratas? —inquirió—. Están encadenados en el sótano, esperándote.

Encorvé mis hombros.

—Necesitaré muchos elementos para hacer esto. Espero tener lo necesario a mi disposición.

—Tú solo pídelo y lo tendrás —dijo mi tío Eric.

Gian sonrió más ampliamente. Él sabía que no era la misma persona cuando la violencia me consumía. Vivía reprimido la mayor parte del tiempo y ahora me sentía libre. Quería a los culpables sufriendo, implorando y llorando, antes de morir.

Quería torturarlos, quería que sangraran hasta que no pudieran soportarlo más. Mi sed de venganza era tanta que amenazaba con romperme. La cabeza me dolía debido a la ira desenfrenada, mis venas pulsaban a causa del rencor.

—Necesito ácido, gasolina e instrumentos de tortura. —Miré a Fabrizio y a su hermano—. También un poco de ayuda. Gian, únete.

Vi el placer en los ojos azules de Alayna.

—Muéstrame lo peor que puedes hacer —pidió. Sus labios formaron una sensual sonrisa sádica—. Muéstramelo.

Me acerqué y besé sus labios. El aroma de su piel me volvía loco. Me encargaría de follarla duro cuando terminara de divertirme. Estaba ansioso de comerla y recordar lo bien que se sentía estar dentro de ella.

—Quiero que estés presente en el espectáculo.

—No me lo perderé por nada en el mundo —susurró contra mis labios.

—Luciano me llamó hace minutos para informar cómo siguen tu madre y tu hermana —avisó Liana—. Ellas están seguras, lejos del caos.

Mi mano se deslizó a la cintura de Alayna y la atraje a mi cuerpo.

—Iré a verlas cuando termine mis asuntos —respondí—. Y eso me llevará un largo tiempo.

—Ya todos en la ciudad saben lo que sucedió. La Cosa Nostra perdió a su capo y necesita uno nuevo. También otro *consigliere* —dijo mi tío Eric—. Los soldados que pertenecían a tu padre te jurarán lealtad.

Levanté mis cejas hacia él.

—Pronto organizaremos una ceremonia donde escogeré a los nuevos líderes que ocuparán el puesto. —Me dirigí a todos—. Asegúrense de correr la voz en la ciudad. Y contraten a los mejores criminales para encontrar a mi padre. Lo quiero con vida. No se irá tan fácilmente de este mundo.

Gian silbó.

—A sus órdenes, don.

Entré en el sótano acompañado de Alayna, Gian y los hermanos Brambilla. Mis pasos eran silenciosos y determinantes. Disfrutaría esto, sin duda.

Gian tocó el interruptor y las luces se encendieron. Gregg estaba sin camisa y las puñaladas que le había infligido eran visibles. Un pedazo de tela detenía el sangrado y sonreí. Lo dejaron vivo para que pudiera deleitarme con su sufrimiento. La cabeza de Carlo estaba cubierta con una bolsa. Ambos sucios, inmundos, podridos y apestosos.

—Quitadle la bolsa.

Gian se adelantó y me mostró su cara. Quería lastimarlos tanto como respirar. Había soñado con este día. Solté la mano de Alayna y lentamente avancé hacia ellos. ¿Por quién empezaría? Difícil elección. Los objetos que pedí estaban en la habitación. El fuerte olor a ácido picó en mi nariz.

Gregg escupió sangre, la herida en su estómago se veía fatal. Probablemente se infectaría. No me importaba. Morirían como ratas inmundas.

—Buenas tardes, caballeros —sonreí—. Hoy les demostraré que han desafiado a la persona equivocada.

Gregg agachó la cabeza y no respondió. Carlo fue una historia diferente.

—Mírate —espetó con los dientes apretados. A pesar de su condición trataba de aparentar que era mucho mejor que yo. Pobre diablo—. Eres un maldito inútil dominado por una puta. Permitiste que acabara con tu propia familia. ¡Dejaste que matara a tu prometida! ¡¿Cómo pudiste traicionar a tu propia sangre?! ¡No vales nada, Luca!

La temperatura en el sótano era caliente. Alayna se encogió de hombros con una sonrisa, nunca mencionó que había matado a Marilla. Maldita sea, me hubiera gustado presenciar ese precioso momento. Qué lástima. Me lo perdí.

—¿Mi familia? —bufé—. ¿El mismo padre que quiso ejecutarme y permitió que todos me humillaran? El hecho de que tenga su sangre no significa nada. Esa escoria no es mi padre. En cuanto a tu maldita hija, era una basura que escogió su destino. Me alegra saber que está muerta.

Carlo luchó contra las cadenas para llegar a mí y se lamentó con un lloriqueo. Le dolía la muerte de su hija. Ahora sabía lo que se sentía. Él había alejado a muchos padres de sus hijas.

—¡Solo tenía dieciocho años! —Se quebró—. ¡Era una niña, imbécil! ¡Una niña inocente!

Mi rostro siguió inexpresivo.

—Las niñas que secuestraste durante décadas tenían menos. Quince, doce, hasta ocho años. —Me acerqué para quedar cara a cara con él—. Fueron violadas, torturadas y vendidas como ganado. Muchos de sus padres aún esperan que ellas regresen, pero ni siquiera tienen rastros de sus hijas. ¿Qué se siente? —Su cara se contorsionó por el dolor—. Dime algo, Carlo. ¿Amabas a tu hija? —pregunté en voz baja—. ¿Alguna vez pensaste que podría ocurrirle lo mismo?

El temblor en su cuerpo se volvió más violento, el sudor empapó su frente.

—Nunca iba a permitirlo, era mi hija.

Un lado de mis labios tembló con una sonrisa irónica.

—¿No es esto interesante? Marilla fue tu creación perfecta. Ella tuvo ese destino por tu culpa, firmaste su sentencia de muerte el día que la introdujiste en tu mundo y la moldeaste para ser una escoria sin sentimientos. Era una chica, sí, ¿pero sabes qué fue también? Un demonio que solo se amaba a sí misma. Egoísta, cruel y caprichosa. —Miré a Alayna—. Gracias por matarla, amor. Me quitaste una carga de encima.

Me guiñó un ojo.

—Fue un honor, príncipe.

Solté una carcajada.

—¡Puta de mierda! —sollozó Carlo.

—¿Sabes qué pasará contigo, Carlo? Haré que corten tus miembros y después serás bañado en ácido. —Le hice señas a Fabrizio y agarró con cuidado el barril—. Pronto tendrás un emotivo encuentro con tu hija.

Me escupió en la camisa.

—¡Jódete, maldita sea!

Las sensuales caderas de Alayna se balancearon mientras acortaba la distancia entre nosotros. Mi pecho se apretó cuando se detuvo frente a mí y sacó un pañuelo de su bolsillo para limpiarme la camisa.

—Mátalo —dijo contra mis labios—. Haz que se calle de una vez. Me aburre escucharlo.

La atraje por la cintura y le di un profundo beso. Cuando me aparté, estaba sin aliento.

—No me ensucio las manos, es una regla estricta que seguí durante años —destaqué—. Ellos no serán la excepción.

Hizo un mohín.

—¿Entonces?

Le sonreí a Gian.

—Baña al insecto mudo con gasolina.

Me acomodé en unas de las sillas y senté a Alayna en mi regazo.
Gian abrió el envase de gasolina y la vertió sobre Gregg, que despertó
con un jadeo horrorizado. Me reí por su reacción. ¿Pensaba que tenía
escapatoria?

—¿Sabes por qué elegí la gasolina? —le pregunté a Alayna.

Ella me observó con diversión mientras encendía un cigarro y
daba una larga calada.

—No.

—Porque arde muy lento, así que su sufrimiento será lento también —respondí, tocando su escote. Me encantaban sus tetas—. El asqueroso de mierda me suplicará para que acabe con su miserable vida.

—Será emocionante verlo. —Alayna me siguió la corriente.

Gregg trató de romper las cadenas ante mis palabras.

—¿Cuántos días estuve cautivo? ¿Dos? ¿Tres?

—Tres —contestó mi mujer.

—Entonces lo haremos arder lentamente por tres días. Será muy
entretenido, espero que no te incomoden los gritos.

—Solo si prometes distraerme después.

Mi boca se acercó a su oreja y chupé.

—A ti te haré cosas muy sucias, mariposa.

Su mano encontró mi entrepierna y apretó.

—Dámelo —pidió—. Quiero que el bastardo sangre como lo hiciste tú.

—¿Eso es lo que quieres?

—Sí.

—Es tuyo —accedí—. Quiero que grite y llore.

Se levantó de mi regazo y se acercó a Gregg. Dio vueltas alrededor
de él, tentándolo con las cenizas del cigarro. Me reí alto. Era tan mala.

—¡Aléjate, zorra! —gruñó Gregg, alterándose—. ¡Aléjate de mí!

Ella pateó sus piernas y él se arrodilló con un gemido adolorido.

—Suplica, basura.

—Solo seguía órdenes —se justificó Gregg y lloró—. Soy un simple soldado.

Este espectáculo sería prometedor.

—¿Recuerdas a Sienna? —indagué—. ¿Te detuviste cuando ella te imploró que pararas?

Gregg no respondió.

—No lo hiciste —dije—. ¿Por qué demonios nosotros deberíamos tener consideración? Vete a la mierda.

Silencio.

Alayna tiró la cabeza de Gregg hacia atrás.

—Suplica, dame una razón para detenerme —exigió ella—. Quiero escucharte rogar como lo hicieron todas esas chicas.

Gian tocó el barril de ácido, totalmente fascinado. Los hermanos Brambilla seguían en silencio mientras Carlo lloriqueaba como un cerdo herido. Esto apenas había comenzado.

—Trabajo es trabajo —gimió Gregg—. Por favor…

—Jódete.

Alayna quemó el ojo de Gregg con el cigarro y pronto el fuego se expandió por el resto de su cuerpo. La mirada de él era de pánico cuando cayó de espaldas, agitándose salvajemente mientras las llamas devoraban su piel. El olor a carne chamuscada inundó el sótano. Era repugnante, pero no podía quitar mis ojos de él. Estaba ardiendo como una hermosa fogata.

—El ácido lo dejaremos para después —dije—. Es la guinda del pastel.

Me levanté para acercarme al extintor que colgaba en la pared. No dejaría que Gregg muriera tan rápido, no le daría ese beneficio. Gritó y gritó, sus lamentos llenaron la habitación. Era como escuchar «Smells Like Teen Spirit», de Nirvana.

Cuando sus cejas y sus orejas se chamuscaron, utilicé el extintor para apagar el fuego. Gregg lloraba hecho un ovillo en el suelo. El olor de su piel quemada me provocaba náuseas. La mitad de su rostro estaba gris, su carne visible por las quemaduras.

—Por… favor… —imploró con la voz ahogada—. No más, no más. ¡Por favor!

—¿Estás rogándome? Continúa, arrodíllate. Tal vez así pueda perdonarte —sonreí—. Vamos, ruégame, basura. No te escucho. —Le di una patada en el culo—. ¡Ruega a tu nuevo rey!

—¡¡¡Oh, Dios!!! ¡¡¡Por favor, detente!!!

Sus súplicas provocaron el efecto contrario. Recordé a Berenice llorando, recordé el día que vi por primera vez a las chicas. Yvette amaba las flores y su oso de felpa rosa. Las demás tenían una vida por delante y sueños que merecían ser cumplidos. Trabajé un año para rescatarlas y mi plan falló por culpa de estas basuras y de Moretti.

—Cambié de opinión. —Avancé hacia la mesa, donde había herramientas de tortura. Escogí un puño americano y flexioné mis dedos antes de ponérmelo—. Hoy tengo muchas ganas de ensuciarme las manos.

Carlo inhaló bruscamente. Podía sentir su miedo y sonreí. Lo saboreé, disfruté ese lado sádico que muy pocas veces dejaba salir.

—Me gustan los hombres que se ensucian las manos —se burló Alayna.

Gian se unió a su risa.

—¿Cortarás su pene? El bastardo hijo de puta se lo merece. Graba vídeos en los que golpea a las chicas para vendérselos a otros pervertidos como él en internet.

Mi garganta se cerró y froté mi cuello, tratando de mantener la compostura. Esto iba mucho más allá de la venganza. Era justicia.

—Sostengan al cerdo —les ordené a los hermanos Brambilla, y obedecieron.

Toda la rabia que acumulé durante años se juntó a la vez. Vi rojo, mi mundo fue coloreado de puro rojo. Estaba tan enojado que no medí mis próximos movimientos.

Ataqué a Gregg.

Oí el crac cuando el puño americano golpeó su nariz y le di puñetazos en la cara chamuscada. Gritó y su sangre salpicó mi ropa, pero no me contuve. Sentí sus huesos crujir bajo la fuerza de cada asalto. Era tan fuerte que vibraba a través de mis oídos. Mis dientes chocaron. Agarrando lo poco que quedaba de su cabello, golpeé su rostro una y otra vez. Solo me detuve cuando mis hombros empezaron a doler y mi cuerpo pidió un descanso. Aún no estaba del todo recuperado. Los hermanos Brambilla dejaron caer a Gregg inconsciente.

Tenía la nariz torcida y la piel se había desprendido de su mejilla derecha.

—Ups —dijo Alayna.

Mi camisa blanca estaba manchada con sangre. Pero no era suficiente. Necesitaba más. Quería más. Jadeaba por la adrenalina del momento.

—Gian —gruñí con la garganta seca.

Me giré para observar a los demás. Nadie me juzgaba. Alayna fumaba su segundo cigarrillo mientras permanecía sentada en la mesa de tortura. Su expresión no me dijo nada. No parecía feliz ni triste.

—¿Qué necesitas? —preguntó Gian.

—Bájale los pantalones al gran Carlo Rizzo —sonreí—. Ya no le servirá ese órgano que tanto presume tener.

Carlo chilló tan fuerte que solté una sonora carcajada. El supuesto *consigliere* estaba asustado. Qué encantador. Gian le bajó los pantalones como ordené y miré con repulsión. El bastardo no llevaba ropa interior.

—Por favor, detente —imploró Carlo con lágrimas en los ojos—. Haré lo que sea, por favor. Podemos ser aliados, conseguiré los mejores contactos para ti. Tendrás Palermo a tus pies. Seré leal, lo juro. Por favor, Luca.

Me quité el puño americano y después cubrí mis manos con guantes de látex.

—Perdiste cualquier respeto que tenías en la ciudad —aseguré—. ¿Crees que me importan tus contactos? Ellos pronto vendrán a mí cuando sepan que soy el nuevo rey de Palermo.

—Por favor… —insistió de nuevo—. Detente. ¿Quieres mis disculpas? Voy a arrodillarme, haré lo que sea por ti. Lo siento mucho, Luca. Nunca debí subestimarte. Lo siento mucho.

Elegí la navaja con la punta más afilada y la acerqué a su miembro. Él volvió a gritar, los sollozos sacudieron su cuerpo. Se agitó contra las cadenas y un charco de orina se acumuló a sus pies. Sus ojos desesperados me suplicaban, pero una vez más no logró conmoverme.

—Berenice también rogó —susurré—. Y te reíste en su cara.

—Luca…

Ya no podía escucharlo.

Mis manos enguantadas apretaron la navaja y corté su miembro sin vacilar. Carlo gritó, todo su cuerpo se quebró con la agonía y se derrumbó al suelo en un lamento aterrador. Tiré el órgano cerca de sus pies, disfrutando al ver cómo se desangraba. Mis sienes me dolían de tanto escuchar sus gritos.

—Ahora ya no te crees tan hombre, ¿eh? —resoplé. Él trató de contener la sangre de su entrepierna y lloró ruidosamente—. Fabrizio.

—¿Sí, señor?

—Asegúrate de que sobreviva hasta mañana.

—Como ordene, don.

Miré a Alayna con una sonrisa.

—Ven conmigo, mariposa.

37

ALAYNA

Nos mantuvimos abrazados bajo la ducha mientras el agua limpiaba la sangre que cubría su cuerpo desnudo. Ninguno dijo una palabra, pero no nos soltamos por un largo tiempo. Nuestros corazones latían al mismo ritmo. Sus músculos seguían tensos por la necesidad y la frustración.

Lo que había pasado en el sótano me mostró su parte más cruel. Me encantaba su faceta de rey despiadado, pero prefería al hombre sensible que se había adueñado de mi corazón. No quería que su luz se apagara. No quería que Luca perdiera su esencia.

—¿Mejor, cariño? —pregunté.

Besó mi sien y asintió.

—Lo que pasó ahí yo… —Hizo una pausa y se estremeció—. No pude controlarme.

Aparté la cabeza de su pecho y miré sus ojos. La consternación en ellos oprimió mi corazón. Mi príncipe seguía ahí a pesar de la oscuridad.

—Te dije que podías hacer lo que quisieras si te hace sentir mejor.

Gotas de agua cayeron de sus párpados y me apretó más fuerte contra él.

—No siento… nada —aceptó—. El vacío sigue aquí, Alayna. ¿Cómo puedo calmarlo?

—Va a detenerse —le aseguré—. Cuando encontremos a las chicas ese vacío va a detenerse.

Soltó una brusca inhalación.

—¿Y luego qué? —inquirió—. ¿Seguirás con la idea de irte una vez que todo termine?

No respiré.

—Sí.

Vi un destello de ira en sus ojos y me soltó para terminar de limpiarse. De repente me sentí muy incómoda en su presencia. Me prometí a mí misma que él formaría parte de mi vida, pero no con la mafia incluida.

—Luca…

—¿Qué, Alayna? Tengo muchísimos planes que te incluyen y no quieres ser parte —dijo con dificultad, sin mirarme—. Incluso rechazaste mi oferta de convertirte en mi *consigliere*. ¿Qué más puedo hacer para convencerte?

—No se trata de ti.

Se giró a verme y el dolor crudo en sus ojos trajo un nudo en mi garganta. No quería discutir con él, no quería ser el motivo de su sufrimiento.

—Sé que no —susurró—. Yo nunca te obligaría a hacer algo que no quieres. Te debo todo, Alayna. No estoy en condiciones de exigirte nada.

Mis brazos se enlazaron alrededor de su nuca y él no me apartó.

—No me debes nada.

—Sí, te debo todo. Destruiste a una ciudad por mí y me entregaste a mis enemigos.

Pasé los dedos por su mandíbula.

—Te lo debía por dudar de tu capacidad al principio.

Nada me pudo haber preparado para la sonrisa de felicidad en su apuesto rostro. Era un alivio verlo sonreír después de que tanta sangre hubiese corrido por sus manos.

—Eres mi mejor aliada. —Me besó despacio—. La única persona con quien quiero estar. Mi mujer.

Mi corazón estaba enloquecido por sus palabras. No me incomodaba que me llamara de ese modo. Era el primer hombre que me veía como su igual.

—Pronto serás realmente libre cuando matemos a tu padre y podrás vivir la vida que siempre quisiste.

Su mirada gris indicaba que una tormenta se aproximaba con su siguiente respuesta.

—Voy a terminar lo que mi familia empezó. Tomaré el título que me corresponde.

Me tensé.

—Pensé que no querías nada de eso.

—¿Crees que podré salir de esta vida? —Su voz era ronca—. Estoy condenado desde el momento en que nací. Si abandono el cargo, esta ciudad será un completo caos. Mi madre y mi hermana nunca estarán a salvo. Los buitres se creerán con derecho a tomarlas.

Un extraño escalofrío recorrió mi espina dorsal.

—Vamos a mantenerlas a salvo —insistí—. Podemos salir adelante juntos, somos un gran equipo. ¿No estás cansado de todo esto? Porque yo sí.

Los ojos de Luca me observaban sin parpadear. Y por primera vez desde que lo conocía pude ver algo que nunca noté en su mirada, un profundo abismo.

—No puedes pedirme eso.

—Sí, sí puedo. Mataremos a tu padre y encontraremos a las chicas. Después empezaremos de cero sin sangre de por medio. Solo tú y yo.

—Es muy fácil decirlo. —Se apartó de mi cuerpo y me sentí tan fría—. No abandonaré a mi familia. ¿Tú qué harías en mi lugar?

No sabía qué decir.

—Luca…

—Quédate conmigo y gobernemos Palermo. Tú y yo podemos comernos el mundo, Alayna. Construiremos nuestro imperio y seremos invencibles. Sé mi reina.

«Reina…».

Las palabras hicieron eco en mi mente y mi garganta se cerró quitándome la capacidad de respirar. Desde un principio, mi plan antes de rescatarlo fue convencerlo para irnos de aquí y empezar en un lugar donde nadie nos conociera, pero claramente no funcionaría. Luca estaba hambriento de poder y venganza.

—Estás herido y quieres desquitarte —musité—. Este no eres tú, Luca. Mátalos a todos y termina de una vez.

—¿No me dijiste desde un principio que los débiles no sobrevivimos en este mundo?

Me odié por haber dicho eso alguna vez. Fue la estupidez más absurda que salió de mis labios.

—¡Tú no eres débil! —exclamé—. Eres una de las personas más fuertes que he conocido y mereces vivir la vida que siempre quisiste. Universidad de Medicina y normalidad. ¿Recuerdas? Tienes una oportunidad de dejar todo atrás. Podemos hacerlo juntos. —Cerró el grifo antes de cubrirse con una toalla—. No quiero un maldito imperio. —Mi voz se quebró—. Te quiero a ti, Luca.

No me miró.

—No estás obligada a quedarte —dijo simplemente—. Eres libre de irte cuando quieras. No eres mi prisionera, Alayna.

Y me dejó sola en la ducha, con las lágrimas fluyendo por mis mejillas.

LUCA

¿Volver a ser el mismo de antes y empezar una nueva vida? Nunca.

Intenté ser una buena persona, fui amable con los demás, nunca devolví el mal a nadie porque creí que hacía lo correcto. Luché para conseguir mi libertad y la de las chicas. Me convencí de que podría ser diferente, escapar al legado de mi familia. ¿Qué obtuve a cambio? Menosprecios, puñaladas, traiciones, burlas y humillaciones. Ser bueno no servía en mi mundo y lo aprendí de la peor manera.

Alayna estaba equivocada. Nunca podría huir de la oscuridad. Tarde o temprano volvería a alcanzarme. No tenía escapatoria. Solo me quedaba luchar y enfrentar lo que era. No abandonaría a mi familia cuando más me necesitaba.

Observé la noche desde mi balcón mientras pensaba en mi conversación con Alayna. Fui honesto, no iba a retenerla. Sabía que amaba su libertad y no le pediría que la sacrificara por mí. Ella merecía el descanso que tanto anhelaba. No podía darle la paz que buscaba.

«No quiero un maldito imperio. Te quiero a ti, Luca».

Era la confesión de amor más cercana que tuve de ella, aunque me lo demostró en varias ocasiones. Alayna era una mujer de acciones. Dudaba que sus sentimientos hacia mí la frenaran. Si se quedaba a mi lado, la quería completamente. Nada de reservas o dudas. También debía aceptar que este sería mi mundo para siempre. No podía dejar de lado mis obligaciones. Mamá y Kiara me necesitaban. No encontraría a las chicas sin influencias o contactos. Tenía que tomar el control de la situación y usarlo a mi favor.

—¿Luca? —Mi tío Eric llamó a la puerta—. ¿Tienes unos momentos?

—Claro. —Me aparté de la ventana—. Pasa.

Eric entró con el rostro serio.

—Hubo un tiroteo con la policía, pero pudimos controlarlo —informó—. Ya nos aseguramos de sobornar al comisario, pero el gobernador Rossi solicitó una cita contigo.

—Ahora estoy a cargo —dije—. Habrá nuevas reglas y muchos cambios. Quiero tu apoyo, tío. A partir de hoy serás mi asesor, el *consigliere*.

Asintió sin dudar y sentí que mi corazón se marchitaba dentro de mi pecho. Me habría encantado ver a otra persona en ese puesto. Habríamos sido letales juntos.

—Siempre fuiste un hijo más y quiero lo mejor para ti, Luca. —Extendió su mano y la acepté—. Tienes mi lealtad hasta el fin de mis días y mis brazos si algún día te derrumbas.

—Gracias —respondí con un nudo en la garganta.

—Harás un excelente trabajo gobernando la parte más oscura de esta ciudad. Tu padre está muy equivocado sobre ti. Le llevas ventajas que él jamás tendrá. Posees el honor, el respeto y la lealtad.

—Pondré lo mejor de mí.

Ya no aceptaría menosprecios ni burlas. Solo tendría en cuenta los consejos de quienes valían la pena. Invertiría mi tiempo en quienes aportaran algo a mi vida.

—No tenemos pistas de las chicas, pero no dejaremos de buscar. El comprador es un completo misterio. Ningún hombre supo decirnos su identidad.

Me hizo sentir mejor que tuviera en cuenta mi más grande propósito. Él sabía que ellas eran importantes para mí.

—No me importa cuánto dinero gasten, quiero que encuentren a todas y maten a cualquiera que las haya lastimado. ¿Qué me puedes decir de Moretti?

—No encontramos nada.

Un odio vil y abrumador me alteró nuevamente. Moretti debía estar en el sótano con Gregg y Carlo.

—Haré que aparezca. Él tendrá que dar la cara como sea y asumir su culpa. No escapará.

—Estás dispuesto a todo.

—Usaré los mismos trucos que todos ellos. Aprendí que ser amable no ayudará en nada. Solo hará que me maten.

—Tu palabra es ley —expresó mi tío—. Nadie va a cuestionarlo.

—Perfecto. Quiero que dupliquen la seguridad de esta mansión. Necesito que más hombres cuiden a mi madre y mi hermana. Leonardo puede usarlas en mi contra.

—Luciano se hace cargo de ellas.

Mi parte irracional gruñiría y protestaría, pero no me quejé. Luciano apreciaba a mi madre y respetaba a Kiara. Era el más indicado para cuidarlas.

—Envía a varios hombres más para que custodien a mi familia —murmuré—. No planeo cometer los mismos errores del pasado. Quiero estar mil pasos antes que mis enemigos.

—Me pondré en marcha.

Una pizca de culpa me pinchó cuando pensé en Lucrezia. Ella amaba el dinero, pero no era una mala persona. Esperaba que pronto pudiera superar su pérdida. No había noticias de Iker. Fue listo y huyó a tiempo.

—Mándale mis condolencias a Lucrezia.

—Lucrezia sabía que ese evento no terminaría bien. Hablé con ella hace unas horas y está destrozada. Lamenta todo lo que ha ocurrido. Quiso retener a Marilla, pero no pudo.

Vi algo en el rostro de mi tío. ¿Aprecio? No me sorprendería saber que tenía algo con la esposa de Carlo.

—Estás muy pendiente de ella, supongo que vas a consolarla.

—Somos amigos.

—Eres viudo desde hace más de diez años y ella también lo será muy pronto —enfaticé—. Asumirás el cargo de su difunto esposo y puedes tener alianzas con ella. Piénsalo, ambos serán beneficiados.

—¿Desde cuándo te volviste tan calculador?

—Solo estoy abogando por mis intereses. —Sacudí mi mano hacia él—. Cómprale flores de mi parte. Dile que no tengo nada personal en su contra. Lucrezia es una mujer inteligente, espero que no intente nada por culpa de su dolor. Aprendí a no subestimar a nadie.

—Haré que entre en razón. —Se dirigió a la puerta—. Ten una buena noche, Luca.

—Tú también.

Se retiró y regresé al balcón cuando oí a Laika ladrar. Su atención estaba en la entrada de la mansión. «Alayna». ¿A dónde iba tan tarde? Probablemente trataría de ahogar sus penas. Aprendí a leerla tan bien.

—Huye todo lo que quieras —susurré para mí mismo—. No correré detrás de ti, mariposa.

Laika me acompañó al sótano. El olor a sangre era pesado cuando entré y los gritos me dieron una desagradable bienvenida. Los hermanos Brambilla jugaban al ajedrez en la mesa mientras Gian se divertía quemando el cuerpo de Gregg con cigarrillos. Mi prisionero rogaba y lloraba. Su rostro estaba desfigurado.

Carlo, en cambio, era una visión deprimente. Estaba desnudo con un pedazo de tela ensangrentada en la entrepierna. Sus ojos oscuros estaban vacíos, apagados, muertos. Qué trágico.

—Buenas noches —anuncié—. Espero que todos estén muy cómodos.

Laika le gruñó a Carlo y acaricié su cabeza para calmarla. No quería que lo despedazara. Mi chica no tocaría a la peste. Podría provocarle una indigestión. Ella merecía un filete decente.

—¿Cuándo vas a matarlos? —Gian quemó el ojo izquierdo de Gregg y este rugió—. Ya me aburren.

Crují mi cuello y me acerqué a la mesa de torturas. De reojo, percibí que Carlo empezaba a temblar.

—Vine aquí a negociar —sonreí—. Siempre he sido un hombre muy generoso.

—¿Dónde está Alayna? —preguntó Gian.

—Ocupada.

—Qué pena. Quería ver qué se le ocurría esta vez.

Me puse los guantes de látex y después escogí un alicate. Carlo inmediatamente presionó su espalda contra la pared, sollozando sin ningún tipo de vergüenza. ¿Este tipo había sido el *consigliere*? ¿Llegaron a considerarlo uno de los hombres más poderosos de Italia? Patético. Debería grabarlo y mostrarle al mundo quién fue realmente, solo un cobarde llorón que no asumía sus responsabilidades.

—Voy a cortar estos dedos que usaste para dañar a niñas y mujeres. ¿Listo?

Sus ojos se abrieron y agitó la cabeza de un lado a otro, en shock. Sus labios se estremecieron. Su cara estaba tan hinchada que era irreconocible. Su nariz rota manchada de sangre. Y solo habían pasado horas.

—Tú no eres así —dijo con la voz temblorosa—. Nunca quisiste ensuciarte las manos, nunca te importó el poder.

—Las personas cambian —respondí—. Puedo entender por qué mi padre y tú estaban tan sedientos de poder. Se siente increíble.

Escupió la sangre cerca de mis zapatos caros.

—Si no fuera por ella, estarías perdido.

Bueno, tenía que concederle la razón. Gran parte del crédito se lo debía a Alayna, pero ella no quería nada de lo que le ofrecía.

—Mide tus palabras —advertí—. No te conviene enfurecerme más de lo que estoy.

Carlo levantó la barbilla como si el simple gesto fuera una demostración de que aún conservaba su nula dignidad.

—Ya nada de lo que hagas puede herirme.

Mis labios se estiraron hasta formar una sonrisa siniestra. Él se estremeció.

—¿Estás seguro? Fabrizio…

Sus gritos empezaron de nuevo cuando Fabrizio se posicionó detrás de él y sostuvo su brazo derecho hacia mí. Qué llorón.

—Nunca quise participar en las torturas que tú y mi padre me obligaban a ver —le recordé—. Ustedes fueron la razón por la que no me gustaba ensuciarme las manos, pero también me hicieron cambiar de opinión.

—Luca…

Presioné el alicate en su dedo meñique y corté.

El primer dedo cayó en un desastre sangriento. Carlo no reaccionó al principio, pero lo hizo cuando corté todos los dedos de su mano al mismo tiempo. Se sacudió contra Fabrizio y rugió de dolor. Me sorprendía que no estuviera seco por tantas lágrimas.

—¡¿Qué demonios quieres de mí?! —Se ahogó—. ¡¡¡Mátame de una vez!!!

Quiso darme una patada, pero sostuve su pie a tiempo y estampé mi rodilla contra su nariz. Su cabeza golpeó la pared, su cuerpo se derrumbó con violencia. Laika volvió a gruñirle, pero le ordené que guardara silencio.

—Haré que tu sufrimiento termine y tú me darás algo a cambio —mascullé—. O puedo prolongar esto por más tiempo. Decide, Carlo. No tendrás otra oportunidad.

Las lágrimas fluyeron por sus mejillas manchadas de suciedad y su propia mierda. El infeliz se había cagado encima.

—Te daré lo que quieras —hipó—. Termina esto de una vez. Por favor, Luca. Por favor, no puedo más.

Puse una mano bajo mi barbilla, fingiendo pesar. Las basuras como él siempre obtenían su merecido. Nadie escapaba de la justicia.

—¿Quién compró a las chicas? Dame su nombre.

—Nunca lo vi personalmente, él mandó a uno de sus hombres para que hiciera el trabajo sucio —habló con dificultad—. Tampoco supe su nombre.

Mi tío Eric dijo lo mismo. ¿Quién demonios era el comprador?

—¿Nacionalidad?

—Italiano. Es italiano.

Miré a Gregg.

—¿Tú sabes algo?

Agitó la cabeza.

—Sabe lo mismo que Carlo —murmuró Gian.

No tenía ganas ni energía suficiente para seguir torturándolos. Ya era demasiado.

—Bien —contesté, dirigiéndome de nuevo a la puerta—. Llévenlos al patio. Es hora de terminar con la tortura.

Cerca de cincuenta hombres estaban reunidos en el patio como había ordenado. Me tomó desprevenido ver a Lucrezia Rizzo entre ellos. ¿Qué hacía una mujer como ella aquí? Su marido sería expuesto y humillado públicamente. Nadie olvidaría ese día. El día que empezaba mi reinado.

Lucrezia me observó con seriedad y percibí el resentimiento en su mirada. No maté a su hija, pero Alayna lo hizo por mí. Era justo que nos odiara a ambos. Comprendía su dolor.

Fabrizio y Jonathan arrastraron los cuerpos antes de tirarlos sobre el césped. Escuché jadeos y vi rostros conmocionados. Me encantaba. Era adicto a sus miedos.

—Mi abuelo Stefano Vitale me dio en herencia este imperio antes de morir —empecé—. Estos bastardos, junto con mi padre, intentaron arrebatarme lo que me pertenece. Según ellos, no soy el indicado.

Me acerqué a Carlo y empuñé su cabello grasiento y oloroso. Él mantuvo sus ojos cerrados mientras lloraba en silencio. No tenía el coraje de mirar a sus hombres y su esposa. Moriría humillado.

—Recuerden la cara de este hombre, recuerden que él me traicionó y terminó así —dije fuerte y claro—. No olviden qué sucede cuando te metes con la persona equivocada.

Puse el cañón de mi arma en su sien y disparé. Carlo se desplomó. Lucrezia soltó un grito espeluznante y mi tío Eric la abrazó como consuelo. La sangre salpicó mi rostro y mi ropa. No me importaba ensuciarme cuando era necesario.

—Recuerden que nunca deben subestimar. Todos tenemos límites y el mío se acabó. —Silencio—. Ya saben lo que pasará si deciden rebelarse contra mí. ¿Alguien se opone?

Gian disparó al idiota que levantó la mano. Genial. El resto no se resistió. No tenían el valor.

—Entonces bienvenidos a mi mafia. Aquel que no me reconozca como su rey puede considerarse hombre muerto al igual que toda su familia —señalé a Gregg—. Fabrizio, dispárale a ese imbécil.

Escuché un disparo rápido mientras les daba la espalda y me alejaba. A partir de ahora empezaba mi nueva vida. Solo esperaba sobrevivir sin mi reina.

38

ALAYNA

Mis pensamientos golpeaban unos contra otros. Cuando lo conocí esperaba ver esa parte de él, pero no imaginaba que se convertiría en un monstruo. Tenía miedo de perderlo.

Él me había dado la oportunidad de elegir; sin embargo, me negaba a marcharme sin luchar. No iba a renunciar. No quería, maldita sea. Odiaba lo que estaba sucediendo, pero enfrentaría la situación y esperaría el tiempo necesario. Luca tarde o temprano reflexionaría. Él necesitaba esta violencia para saciar la ira que lo carcomía. Pronto calmaría su hambre de venganza.

Valía la pena cada intento.

Él valía todo.

Después de dar vueltas por la ciudad sin rumbo fijo, finalmente detuve el coche frente a una pequeña casa. No entendía por qué acudía a ella. Quizá porque me otorgaba paz y alivio. No tenía a nadie con quien desahogarme. Era lo más parecido a una amiga.

Bajé del automóvil, activé la alarma y caminé a la puerta. Eloise me recibió con una expresión confundida.

—Hola, duende —sonreí—. Lamento la hora.

Sus ojos castaños se iluminaron con genuina emoción. Llevaba puesta una bata que apenas cubría su delgado cuerpo. Me miró de pies a cabeza y frunció el ceño. Ella tampoco entendía qué hacía yo allí.

—¿Estás bien?

—No —confesé.

—Oh, Alayna —suspiró con pesar y me hizo un ademán con la mano—. Pasa, por favor.

Entramos y cerró la puerta con seguro. El viejo televisor estaba encendido mientras se reproducía un vídeo de mala calidad. El ambiente era suave y relajante. Se sentía mucha paz a pesar de que su casa no era moderna ni la más grande. Envidiaba su vida tranquila y monótona. Ella no tenía la necesidad de huir ni de esconderse constantemente.

—¿Tienes alguna bebida fuerte? —pregunté—. Mi cabeza me está matando y necesito un trago urgente.

—¿Sabes qué hora es? —musitó—. Como sea, ¿qué te pasó?

—Estoy bien, perdona si te interrumpí. No tenía a dónde ir y pensé que no te importaría si me quedo.

Su cara se suavizó.

—No me molesta, pero pondré una sola regla para que lo tengas en cuenta la próxima vez. Avisa antes de venir, no te tomará dos segundos enviarme un mensaje. Tienes mi número.

Una leve sonrisa se propagó por mi cara. Era realmente atractiva cuando estaba molesta.

—Hecho —dije—. ¿Dónde está mi trago?

Emitió otro suspiro y sacudió la cabeza.

—Voy por él. Espera un segundo.

Fue hacia la cocina y la seguí para ver cómo rebuscaba en la nevera una botella de whisky barata. Quería protestar, pero cerré la boca. No estaba en la mejor posición. Tomaría lo que me ofreciera. Era muy amable al recibirme en su casa.

—Es todo lo que hay —se disculpó, sirviéndome en un vaso de vidrio—. Lo siento por no poder ofrecer algo mejor. Bebo muy pocas veces, el alcohol no es lo mío. Compré una botella para tener en caso de que vinieran visitas como tú.

—Descuida, es perfecto.

Acepté el vaso y consumí más de la mitad. El líquido quemó mi garganta y gemí. Quería beber hasta perder la consciencia.

—¿Tienes hambre? Hay un poco de pizza en el horno —dijo—. La cociné hace poco y sigue caliente.

—Aprecio que te preocupes, pero no tengo hambre. —Bebí de nuevo—. Es muy posible que termine vomitando.

—Tienes un aspecto terrible y pareces enferma. —Sus ojos curiosos me escanearon de nuevo—. ¿Vas a decirme en qué lío te metiste? Es como si vinieras del infierno.

—Problemas y mucho trabajo. Tengo una vida difícil.

Me escudriñó con atención y alzó una ceja. Ahí venían más preguntas. La gente indiscreta me irritaba.

—Soy camarera en el restaurante Emilia desde hace más de dos años y he visto cosas. Sé que la familia Vitale no es honesta en ciertos aspectos. El señor Leonardo estuvo involucrado en asuntos ilícitos y su nombre es temido por muchos en Palermo. —Hizo una pausa—. Puedo deducir que tú eres uno de ellos. ¿Me equivoco, Alayna? ¿Eres mafiosa?

¿Mafiosa? Ja. Qué término tan mediocre para definirme.

—Soy una asesina que puede romper ese lindo cuello tuyo y quebrar tu columna vertebral como si fueras una ramita. ¿Me temes?

Contuvo el aliento.

—Tú no me harías daño.

—Jamás te pondría una mano encima de manera inadecuada.

Se sonrojó.

—¿Qué te afecta tanto?

Mi corazón latió salvajemente dentro de mi pecho. ¿Era todo lo que diría? Le había confesado que era una asesina.

—Luca Vitale —respondí—. Cometí un error al tener sexo con él. Sabía que nada volvería a ser lo mismo. Cada vez que rompo una regla también rompo mi corazón. No es la primera vez.

Puso una mano en mi espalda mientras me guiaba a la sala.

—Respira y cuéntame con calma lo que está sucediendo. —Nos sentamos juntas en el sofá maltrecho—. ¿Entonces no eres solo su guardaespaldas?

Me eché a reír.

—Cruzamos por completo la línea de lo profesional.

—Pensé que estaba comprometido.

Mi risa se convirtió en una carcajada. La ardilla era historia. Su madre le había dado sepultura el día anterior. Lamentaba que Lucrezia tuviera que pasar por eso, pero no me arrepentía de haber matado a su monstruosa hija.

—Es… complicado —respondí y agoté el vaso de un trago.

El alcohol empezaba a marearme. Qué bien se sentía. No quería pensar en él. No quería pensar en nada.

—¿Lo quieres?

Mi pecho se encogió como una pasa de uva. Luca era lo más parecido a un caballero de brillante armadura. Él estaba dispuesto a salvarme la vida, aunque yo no necesitaba que hiciera sacrificios por mí. Me había enseñado que el afecto no era una debilidad. Hizo que me enamorara de él sin esfuerzo. Se ganó mi corazón y mi alma. No me imaginaba un futuro sin él.

—Lo amo —acepté—. Lo amo tanto que duele.

Eloise sonrió.

—¿Qué te impide estar con él?

—Tenemos objetivos diferentes —dije—. Yo… aspiro a algo más que a una vida delictiva. No me veo haciendo esto para siempre.

—Luca no puede dejarlo.

—Es el líder.

Le entregué el vaso y ella lo llenó con más whisky. Bebí grandes tragos para contarle mi dramática vida con todo lujo de detalles. Me puse ebria como una idiota. Se me escaparon algunas lágrimas.

—Maté a cientos de soldados para rescatarlo —sollocé—. Arriesgué todo por él, pero no le importó. Me dijo que puedo irme cuando quiera.

Eloise no me juzgaba mientras me miraba con una especie de lástima.

—Tú misma me has dicho que Luca fue herido, torturado y humillado. Construyó una pared a su alrededor para no ser lastimado nunca más. Sus sueños de ser alguien normal fueron destruidos, Alayna.

—Me encanta que le haya dado una lección a esos imbéciles, pero prefiero al hombre sensible que conocí. Lidié con muchos idiotas arrogantes en mi vida y no quiero que Luca se convierta en uno de ellos.

—Quiere que seas su reina. ¿No te hace feliz?

Apoyé la cabeza contra el respaldo del viejo sofá. Luca conocía mis facetas, me aceptaba con todo lo bueno y lo malo. Sabía exactamente quién era y aun así me trataba como si fuera una diosa. No me gustaba que alguien tuviera ese tipo de poder sobre mí. Si me destruía, dudaba que lograra recomponerme. Me haría pedazos y no quedaría nada.

—Ignazio hizo lo mismo y mira cómo terminó. —Mi voz sonó lenta y arrastrada—. Nunca apreció lo que soy realmente.

—Me dejaste claro que Luca es diferente.

Resoplé.

—Ahora tiene un imperio a su disposición. Miles de hombres darían su vida por él y domina una ciudad. El poder cambia a las personas, lo he visto de primera mano. Nunca se conformará con menos, querrá más y más.

—Dijiste que no renunciarías tan rápido. —Apretó mi mano—. Dale tiempo para curar sus heridas. Estoy segura de que volverá a ser el mismo Luca de siempre. Esta es una etapa que superará.

¿Y si no lo hacía? ¿Podría aceptarlo en su nueva faceta? Era hipócrita de mi parte pedirle que olvidara todo lo que conocía para irse conmigo. Egoísta incluso. Me sentiría igual si estuviera en su posición. Me dejé llevar por mis miedos e inseguridades. Luca jamás me vería como un arma.

Él me quería.

—Destrozará mi corazón.

—Es un riesgo necesario —susurró Eloise—. No te quedes con la duda de qué habría pasado si no lo hubieras intentado.

LUCA

Las horas pasaban y no había noticias de Alayna. Me removía impaciente en la oficina, apretando los bordes del escritorio mientras intentaba serenar mi respiración. El estrés me agobiaba y pensar en ella lo hacía peor. ¿Dónde estaba? Dudaba de que mi padre la hubiera atrapado.

Alayna Novak era el peligro.

No sabía qué rumbo tomaría después de nuestra conversación. No estaba listo para verla marchar. Se llevaría una parte de mi corazón con ella y nunca me lo devolvería.

—¿Señor?

Levanté la mirada bruscamente hacia la puerta y vi a Amadea. Se retorcía las manos de manera nerviosa. ¿Qué le pasaba? Jamás se había dirigido a mí de ese modo.

—¿Señor? —repetí—. ¿Desde cuándo me llamas así?

Agachó la cabeza.

—Pensé que era necesario a partir de ahora —admitió avergonzada—. Después de lo que hiciste los empleados estamos un poco asustados.

Me crucé de brazos con los hombros rígidos.

—¿Qué hice exactamente?

—Torturaste a tus enemigos —respondió—. Algo ha cambiado en ti, Luca.

Solté un suspiro pesado.

—Ya no quiero ser ese niño asustado que todos humillaban. Quiero demostrarles que hasta los más débiles se cansan de ser pisoteados por los fuertes. Necesito una armadura, Amadea. —Di un paso cerca de ella—. Nadie volverá a lastimarme nunca.

Los ojos de Amadea parpadeaban con entendimiento.

—Tu abuelo quiso que te convirtieras en esto.

—Él me advirtió que jamás podría escapar y ahora lo entiendo. El legado de mi familia me perseguirá a cualquier lugar que vaya. Es mejor afrontarlo, pero marcando la diferencia. Yo puedo limpiar nuestro apellido, darle un nuevo significado.

—Haz lo que creas necesario, pero nunca te pierdas.

Agarré su mano y deposité un beso en el dorso. Me había perdido hacía tiempo, pero me di cuenta el día que fui secuestrado y las chicas que protegía fueron vendidas como objetos. Ya no quería ser el mismo de antes, no después del asesinato de Berenice. Dejé de ser un niño que se lamentaba por todo. Era un hombre poderoso y conocía perfectamente mis metas.

—Sé lo que hago, no te preocupes. —Forcé una sonrisa—. Me

cambiaste los pañales, por el amor de Dios. Nada de señor. ¿Puedo ayudarte en algo?

Mi comentario la relajó.

—Terminé de empaquetar las cosas de tu padre como ordenaste. ¿Qué harás con los objetos valiosos?

—Donarlos —respondí de inmediato—. Envía las cosas al albergue. Si quieres algo, no dudes en conservarlo.

Amadea hizo la señal de la cruz.

—No quiero nada de ese hombre.

Mi sonrisa se ensanchó y besé su mejilla.

—Haz lo que creas conveniente. Ten una buena noche, Amadea. —La despedí y ella se retiró con un asentimiento.

Regresé al balcón y, al asomarme a la cornisa de piedra que lo rodeaba, me recibió la oscuridad. La brisa agitaba las cortinas y las alborotaba a mi alrededor. Un trueno brillaba a poca distancia y me preocupé inmediatamente.

Mientras miraba la fría noche, los pensamientos contradictorios regresaron. Trataba de convencerme de que estaría bien sin ella, pero era una vil mentira. Su ausencia me mataría. Alayna era la reina del tablero, mi complemento perfecto.

—Vuelve, mariposa —susurré.

ALAYNA

Desperté por una serie de ruidos. Qué noche tan fatídica. El sofá era incómodo y me costó cerrar los ojos. Solo podía pensar en cierto príncipe. ¿Cuánto más soportaría esa agonía?

Me levanté con un bostezo y busqué a Eloise en la cocina. Sonreí cuando vi un plato lleno de croissants acompañados de tortitas. Me gustaba estar allí con ella, aunque lo mejor era mantener las distancias. La había arriesgado al ir sin pensar en las consecuencias. Podrían usarla para llegar a mí. Eloise era otra debilidad.

—Espero que estés hambrienta —dijo—. Fui a la tienda temprano para comprar los mejores croissants que podrás probar.

Me reí.

—¿De verdad?

—Oh, sí. La señora Octavia es una excelente panadera. —Me guiñó un ojo—. Siéntate y come algo.

No quité mi atención de ella. Su amabilidad me conmovía. Nadie excepto Luca se había preocupado por mí de esa manera.

—Gracias, huele bien.

Alcanzó la cafetera y llenó otra taza para mí.

—Ponle leche y azúcar a tu gusto.

—Mmm… —Le di un mordisco al croissant y asentí con aprobación—. Debes presentarme a la famosa señora Octavia para comprarle personalmente sus croissants. Son deliciosas.

—Sabía que te gustarían.

La ventana era golpeada por gotas de lluvia. Pésimo día.

—¿Te gusta la soledad? —pregunté.

—Ya estoy acostumbrada —respondió Eloise con un encogimiento de hombros—. Mis padres viven en Florencia y prefiero mantenerme alejada. Tienen pensamientos muy anticuados, nunca aceptaron como soy. A veces mi madre me llama, pero nuestra relación es difícil.

—Entiendo el sentimiento.

—¿No vas a hablarme sobre tu familia? —Levantó las cejas—. Creo que es bastante justo.

—Tengo un hermano que no he visto en mucho tiempo —acepté—. Nuestra relación tampoco es convencional.

Abrió los ojos de par en par, sorprendida.

—Oh, wow... Pensaba que estaban todos muertos.

—Mis padres están muertos, pero mi hermano no.

—No eres muy cercana a él…

Durante años intentaron convencerme de que me había abandonado y estaba muerto. Fue un impacto demoledor cuando descubrí que me habían mentido. Caleb también pasó la mitad de su vida buscándome. El día que ambos destruimos la organización empezamos de nuevo. Cada uno tomó un rumbo diferente. Él construyó su propia familia con la mujer que amaba mientras yo era un caso perdido.

—Hora de irme. —Miré la hora en mi reloj, un poco incómoda—. Siento haber venido, fue un gran error que no pienso volver a cometer. Lo siento.

Juntó las cejas.

—Pensé que me considerabas tu amiga.

—Lo eres, pero confía en mí cuando te digo que soy peligrosa.

—¿Vas a volver?

Quería seguir viéndola y mantener el contacto, pero no era conveniente por el momento. La buscaría de nuevo cuando Leonardo estuviera muerto.

—No en un largo tiempo. Gracias por ser mi amiga.

—Alayna…

Un punto rojo parpadeó en el pecho de Eloise y reaccioné a la velocidad de un rayo. La tumbé al suelo cuando estalló el tiroteo. El pánico, el miedo y la rabia me invadieron. Sabía que vendrían a por mí y había arriesgado a una persona inocente.

—¡Quédate quieta!

Escuché los gritos de Eloise mientras la cubría con mi cuerpo y buscaba mi arma en su funda. No estaba. Había olvidado traerla. ¡Mierda!

—¡Oh, Dios mío! —exclamó Eloise con un sollozo—. ¡¿Qué está pasando?!

Sentía la furia rugiendo en oleadas, me recorrían temblores incontrolables. Eloise era un nuevo blanco por mi culpa y no me lo perdonaría.

—Quieren matarnos, eso está pasando —espeté—. Dime que tu casa tiene otra salida.

—La cocina —lloriqueó.

La miré con atención mientras permanecía debajo de mí. Sus ojos castaños estaban llenos de lágrimas y sus labios temblaban. Mi temor se hizo realidad. Ahora ella debía huir para salvar su vida.

—Correremos a la cuenta de tres. ¿De acuerdo? —indiqué—. Uno, dos, tres…

Eloise y yo nos pusimos de pie para precipitarnos hacia la cocina. Esquivamos las balas y tumbé la puerta trasera con una patada. La lluvia haría que el trabajo del francotirador fuera más difícil.

—Ese es mi coche. —Eloise señaló un pedazo de chatarra.

Me dolía dejar el Ferrari, pero era esto o morir.

—Abre la puerta, yo iré al volante.

Eloise obedeció y rogué en silencio que aquel trasto arrancara rápido. Lo peor que podría pasarnos era quedarnos paradas. No me atrevía a pensar en todas las cosas que nos harían si éramos capturadas.

—Vamos, vamos —gruñí e inserté la llave con un giro. La chatarra arrancó para mi alivio—. Muévete.

Giré y salí del lugar como alma que lleva el diablo. Pronto estuvimos en la carretera. Eloise hiperventilaba a mi lado. Revisé el espejo retrovisor para asegurarme de que nadie nos seguía y después de hacerlo varias veces mi frecuencia cardiaca empezó a disminuir. Sin señales del sicario.

—¿Qué voy a hacer? —preguntó Eloise entre sollozos—. Mi casa... Tengo mis objetos más valiosos ahí.

Me tragué las ganas de decirle que se callara porque me desesperaba. Estaba dejando atrás todo lo que tenía y yo era la responsable.

—Te pondré a salvo —contesté sin quitar mis ojos de la carretera—. No permitiré que nada malo te pase.

—Me lo advertiste.

El limpiaparabrisas despejaba el camino ante nosotras.

—Sí, pero nada de esto es tu culpa. Lo siento por involucrarte en primer lugar. No debí arriesgar tu vida de esa manera.

Restregó las manos por su rostro lleno de lágrimas.

—¿Ahora estarán detrás de mí?

—No —aseguré—. Juro que voy a solucionarlo. ¿Confías en mí?

Me rompió el corazón que dudara tres segundos en responder. Lo había arruinado. Ella ya no me vería de la misma manera después de esto.

—Sí.

Le apreté la mano brevemente.

—Saldremos juntas de esta, lo prometo.

Mi relación con Luca era como caminar en una cuerda floja, pero no sabía a quién más recurrir. La mansión Vitale era el único lugar seguro.

LUCA

Pasaron casi veinticuatro horas, Alayna no había regresado. Pensé en todos los lugares donde podría estar para empezar a buscarla. Ella no tenía amigos en Palermo excepto la pelirroja del restaurante. ¿Eloise? Las había visto hablar en más de una ocasión.

Llamé al restaurante y nadie supo darme buenas noticias. Eloise ni siquiera había ido a trabajar. La duda llegó, pensé lo peor. ¿Alayna estaba en problemas? Pasé una mano por mi cabello y recosté la espalda contra el sillón. No debí empujarla ni decirle palabras hirientes. La había tratado como si fuera desechable.

Me dolía la mandíbula por la tensión. Inhalé despacio en un intento de mantener la calma. Ahora debía estar más centrado que nunca, no perder el foco de mis objetivos. Alayna jodía mi mente de todas las formas posibles. Necesitaba bloquearla y recordarme qué me esperaba a partir de ahora.

—¿Luca?

Mi tío Eric estaba en la puerta con algunos documentos en las manos. Había decidido quedarse allí un par de días para ayudarme a poner todo en orden. No sabía qué haría sin él. Era la voz de la razón en una situación crítica.

—Buenos días —dije con la voz un poco tensa.

Alzó una ceja y se sentó en el sillón frente a mí.

—La búsqueda de tu padre no se ha detenido —informó—. Las cámaras de seguridad del aeropuerto no lo captaron y los puertos marítimos siguen controlados por los hombres de Fernando. También me aseguré de poner una recompensa generosa para que nos traigan su cabeza.

—Lo quiero vivo, su vida me pertenece.

—Pienso que a estas alturas no debería importar en qué condiciones regresa, pero es tu decisión —murmuró—. Fernando ha sido más que atento con nosotros. Deberías responder a su buena voluntad.

—¿Qué sugieres?

—Pidió verte en una reunión que está organizando esta noche. Asistirán políticos importantes y las máximas autoridades de Palermo. Es conveniente que te relaciones con la élite. Ya todos saben que has matado a Carlo y están muy intrigados.

Sonaba muy apropiado, aunque mi cabeza en esos momentos no podía lidiar con nada. Solo pensaba en mi mariposa negra.

—Confirma mi presencia —dije a pesar de tener dudas.

Necesitaba nuevos aliados. Mis hombres habían perseguido a los proxenetas de la ciudad para saber si conocían al supuesto comprador de las chicas. Carlo había mencionado que era italiano y deduje que se refería a cierto imbécil que quería joderme la vida. Era más poderoso que yo en muchos aspectos y me advirtió que lamentaría haberlo chantajeado con su familia. ¿Era posible que Ignazio estuviera detrás de esto? ¿Entonces por qué no tenía noticias de él? ¿Qué lograba con esto?

—Muchos esperan que sigas las mismas tradiciones que impuso tu abuelo. —Mi tío se aclaró la garganta—. Necesitas mantener la imagen de hombre de familia. Un nuevo matrimonio podría concretar eso...

Me puse tenso.

—Estoy enamorado de Alayna —recalqué—. El día que decida casarme será con ella.

—Entiendo cómo te sientes, pero Alayna no fue hecha para los compromisos. Conozco a las mujeres de su tipo.

La rabia se estaba gestando en mi interior. Esa mujer había desatado el infierno por mí. Me puso en la cima. Era todo lo que quería, me negaba a empezar mi vida con otra que no fuera ella.

—Mi felicidad no está en discusión, pasé lo mismo con Marilla desde que era un niño.

Levantó las manos en alto.

—De acuerdo, solo era una sugerencia.

—No pedí tu consejo —mascullé—. Ahórratelo.

Suspiró.

—Será mejor que lo tengas en cuenta.

—Te veo más tarde —dije dando por finalizada la conversación.

Asintió y me dejó solo en la oficina. La sangre me latía en los oídos y apreté los puños. Si quería triunfar en este negocio, debía hacer muchos sacrificios, pero el amor que sentía por Alayna no era una opción.

Nunca.

Caminé por los pasillos del hospital con las manos en los bolsillos de mi traje. Había sido un día caótico. Anhelaba un descanso, pero debía soportar hasta la noche. La alianza con el gobernador era indispensable. Él quería muerto a mi padre para limpiar su imagen. Ambas partes saldríamos beneficiadas. ¿Cuánto debía sacrificar? La respuesta me preocupaba. Me negaba a pensar en la conversación que había tenido con mi tío Eric.

—Permanece cerca —le ordené a Fabrizio, y me acerqué a Kiara.

Estaba tomando un café con Luciano. Se veía agotada y triste. Ella no debía estar pasando por nada de esto, pero pronto tendría un descanso y disfrutaría la vida que merecía.

—Hola, Kiara —sonreí.

Sus ojos se iluminaron y su rostro se rompió en una sonrisa.

—¡Luca! —Le entregó a Luciano el vaso y corrió a abrazarme. Necesitaba ese abrazo. Había pensado mucho en ella cuando estuve secuestrado—. Te echaba de menos, creí que te habíamos perdido.

Froté su espalda y le permití llorar en mi pecho. Luciano observó la escena en silencio.

—Estoy bien —susurré—. Estaremos bien.

Los brazos de Kiara me envolvieron con tanta fuerza que era casi imposible respirar. Ojalá pudiera mantenerla en una burbuja intocable, pero pronto crecería. Aprendería a enfrentar sus propios problemas. Sería una mujer valiente y fuerte.

—Mamá pregunta mucho por ti. —Kiara apartó su cara de mi pecho—. Está muy preocupada. Quiere verte.

Limpié una lágrima de su mejilla con mi pulgar.

—Te prometo que a partir de ahora todo será diferente —aseguré—. Serás libre de hacer muchísimas cosas y te protegeré con mi vida. Tú y mamá son mi prioridad.

Sollozó.

—¿Padre no volverá?

Apreté la mandíbula. Ese infeliz se escondía como una rata cobarde. Cuando lo encontrara me tomaría horas para torturarlo.

—Espero que no, pero no tienes que preocuparte —musité—. Padre dejará de molestarnos pronto.

—¿Vas a matarlo?

—Sí.

Kiara asintió. A ella no le importaba el destino de ese monstruo, no después de todo lo que nos había hecho. ¿Por qué deberíamos amarlo cuando lo único que nos dio fue odio y rechazo? Leonardo estaba muerto para nosotros.

—¿Qué hay de Alayna?

Mi corazón se hundió.

—Las cosas con ella… —No me atreví a decirlo—. Iré a ver a mamá.

La expresión de mi hermana se volvió triste y forzó una sonrisa incómoda.

—Oh, bien. Estaré aquí.

Miré a Luciano. Tenía ojeras pronunciadas y el cabello despeinado. Nunca olvidaría que me había tendido la mano cuando más lo necesitaba. Él y Gian eran mi familia más leal.

—Gracias —le dije—. Estoy en deuda contigo.

—Sabes lo mucho que ellas significan para mí.

Kiara se sonrojó.

—Lo sé, aprecio tu lealtad. —Le estreché la mano y me dirigí a mi hermana—. Vuelve a casa y descansa.

Le di un beso en la mejilla y entré en la habitación donde descansaba mi madre. Para mi alivio, estaba custodiada por tres soldados. Nunca más la dejaría desprotegida. Mi padre era capaz de cualquier cosa con tal de lastimarme.

—Madre. —Entré y cerré la puerta.

Ella descansaba en una cama cubierta de mantas. Tenía el brazo vendado y el rostro con algunas contusiones. Sonrió ampliamente cuando me vio. Vi un jarrón de rosas en la mesita. Era cortesía de Luciano. Mi primo la adoraba.

—Al fin estás aquí —se incorporó en la cama—. Estaba muy preocupada por ti.

—Lamento no haberlo hecho antes. Estaba ocupado.

—¿Castigando a los culpables? —preguntó sin preámbulos.

Me aclaré la garganta.

—Sí.

Evaluó mi cara, deteniéndose más tiempo en mis ojos.

—Hay algo nuevo en ti —susurró—. Se te ve… diferente.

Sonreí fríamente.

—Es lo que todos dicen.

—Siento mucho no haber estado para ti antes. —Varias lágrimas surcaron su rostro.

Odiaba que llorara en mi presencia. Muchas de sus actitudes me habían dolido, pero nunca la culparía. Ella era una mujer manipulada que vivía bajo reglas y mi padre la aterraba. Había nacido con el propósito de casarse y obedecer a su marido. La mayor víctima de mi familia.

—No hay nada de que disculparse —dije, sentándome a su lado—. Ya no tienes nada que temer, madre.

Me apretó la mano.

—La única manera que tenemos de ser libres es matando a tu padre. —Su voz tembló—. Mátalo, Luca. Dime que lo harás.

Me ofendía que dudara. Matar a mi progenitor se había convertido en uno de mis mayores objetivos. No descansaría hasta lograrlo.

—Lo juro. Él nunca más nos hará daño.

Dejó salir un suspiro aliviado.

—Estoy muy orgullosa de ti, cariño. Finalmente estás tomando el lugar que te corresponde.

39

ALAYNA

Llegamos intactas a la mansión Vitale. Eloise lloró durante todo el camino y me costó tranquilizarla. Le prometí que compensaría cada mal rato que le había hecho pasar, aunque sabía que era una mentira. Tenía que encontrar el modo de mantenerla a salvo. No sería posible hasta que Leonardo estuviera muerto.

Amadea nos recibió con mantas y chocolate caliente.

—Gracias, Amadea. —Le sonreí, acurrucándome más en el sofá. Yo tampoco podía tranquilizarme. No cuando Luca estaba fuera de la casa y no se había resuelto nada entre nosotros.

Eloise a mi lado seguía tensa y desconfiada a pesar de que intenté explicarle que Luca era un buen hombre y le permitiría quedarse aquí. Estaría mejor que en su vieja casa.

—¿Necesitan algo más? —preguntó Amadea amablemente.

Negué, y tomé un sorbo de chocolate.

—¿Sabes dónde está Luca?

—Ha ido a visitar a su madre en el hospital —respondió—. Hoy regresará tarde. Escuché que irá a una reunión organizada por el gobernador con su tío Eric.

Una extraña sensación me abordó. Desconfiaba de Eric y tenía un mal presentimiento sobre él. La forma en que me miraba no me gustaba en absoluto. Cuando Luca estuvo internado en el hospital tomó las riendas de la organización e impuso sus deseos sobre mis sugerencias. Me recordaba a Leonardo en ciertos aspectos, aunque se mostraba amable, atento y comprensivo. Era un hipócrita.

Amadea se retiró y mantuve la mirada distante. Sabía lo que vendría a continuación. Muchos esperaban que Luca siguiera ciertas tradiciones como su difunto abuelo. Eso implicaba un matrimonio, una esposa perfecta, hijos… Una imagen intachable que ayudara a mantener las apariencias.

—¿Alayna?

La suave voz de Eloise apartó mis pensamientos tóxicos y la miré con un nudo en la garganta. Su cabello rojo seguía húmedo y sus ojos estaban hinchados de tanto llorar. No tendría que haberme acercado a ella. La había condenado por culpa de mi egoísmo.

—¿Realmente estaré bien aquí? —cuestionó—. Me trajiste a la casa de mi jefe.

—Luca entenderá la situación —musité—. Él nunca te echaría a la calle, confía en mí.

—Es tan vergonzoso.

—No deberías estar avergonzada. Su padre quiso matarnos.

Mierda, no debía haber dicho eso. Sus ojos se abrieron como platos y se aferró a las mantas con más fuerza. Me maldije por milésima vez. ¿En qué pensaba cuando decidí acercarme a ella? Disfrutaba de su compañía y me hacía bien, pero no valía la pena si la asesinaban.

—Yo… no podré lidiar con esto —aceptó.

La tristeza se apoderó de mí porque no quería tener estas últimas imágenes de ella: asustada e insegura. Sabía que debía alejarme por su bien.

—No será para siempre. Confía en mí, por favor. Sé que nada borrará el miedo, pero te aseguro que no volverás a sentirte así cuando todo termine. ¿Bien?

Asintió con lágrimas en sus ojos.

—Lo lamento, yo… nunca había vivido algo así.

La tranquilicé con una mano en su hombro. El temblor que percibí en su cuerpo me confirmó que ella era pura. Nunca podría encajar en mi mundo.

—No te disculpes por decirme cómo te sientes. Estoy aquí, Eloise. Te mantendré a salvo.

LUCA

El pianista de la esquina del salón de baile tocaba una melodía suave y deprimente. Mujeres hermosas se movían por la habitación acompañadas de sus parejas. Pensé que era una reunión privada, pero me equivoqué. Esperaba retirarme pronto. Quería regresar a la mansión y asegurarme de que Alayna estaba bien.

Mi tío decía que era una oportunidad perfecta para cerrar nuevos tratos y hablar sobre mis futuros proyectos. Honestamente, nada relacionado con la política me interesaba. No cuando era utilizada para esconder los trapos sucios de muchos corruptos. En su mayoría eran hipócritas que no se preocupaban por el bien de la comunidad. Solo les importaba llenarse sus bolsillos dañando a las minorías. Nunca sería uno de ellos.

—Ahí está —murmuró mi tío Eric con una sonrisa—. Escuché rumores de que su padre quiere comprometerla pronto.

Vi al gobernador con su hija aferrada al brazo.

—Te advertí que olvides cualquier cosa que tengas en mente. No pasará.

A diferencia de la fiesta anterior, Isadora lucía como una mujer mayor. El vestido rojo era un poco más revelador y su maquillaje, recargado, pero sensual. Su cabello rubio caía hasta su cintura. Me miró con una tímida sonrisa que me costó devolver.

Eric carraspeó.

—Hay tradiciones que no puedes ignorar.

Esa rabia familiar burbujeaba en mi interior y tuve que luchar para mantenerla bajo control. No volvería a tolerar que me dijeran lo que tenía que hacer. Jamás.

—Impondré nuevas reglas.

—¿De verdad? —inquirió con el ceño fruncido—. ¿Piensas que tus hombres se adaptarán a ellas de la noche a la mañana? Vivieron bajo el mando de tu abuelo durante más de sesenta años. Esperarán a que tú cumplas muchas expectativas. En caso contrario habrá oposiciones.

Me dolía la mandíbula de tanto apretarla.

—No me importará matar hasta al último hombre que se oponga a mis métodos —afirmé—. Si tengo que bañar las calles con sangre, que así sea. No cumpliré el capricho de nadie. Ya no.

Negó con la cabeza y levantó la copa de vino en señal de brindis.

—Esta es la mafia, Luca. A veces no tenemos muchas opciones.

Sus palabras reafirmaban mis teorías. No podía darme el lujo de confiarle mi puesto a alguien más. Continuarían con la misma mierda de hacía décadas sin tener en cuenta mi voluntad. Nadie velaría por los más débiles, nadie tendría en cuenta a las mujeres que eran secuestradas en Palermo para ser vendidas.

—Se acostumbrarán tarde o temprano. —Froté mis hombros—. Si me disculpas, hablaré con el gobernador.

Ignoré la mirada reprobatoria de mi tío y me alejé. Él creía que yo era un iluso al respecto, pero pronto callaría su boca. Empezaba una nueva era con un líder revolucionario.

—Señor. —Estreché la mano del gobernador con una inclinación de la cabeza mientras evitaba mirar a su hija.

—Escuché que lograste derrumbar el imperio de tu padre.

Forcé una sonrisa.

—Aún no tengo su cabeza —dije cuidadosamente—. La cosa sobre el poder es que solo puede ser manejado por hombres competentes. Mi padre cometió muchos errores. En primer lugar, subestimarme. No puedo perdonarlo. Como no perdonaré a los traidores.

Asintió en aprobación. Isadora me observaba con interés y deseo. Conocía esa mirada. La había visto antes en Marilla y no me gustaba.

—No respetó los últimos deseos de tu abuelo —murmuró Fernando—. El poder no es bueno cuando te ciegas.

Esperaba que tuviera en cuenta sus propias palabras algún día. Lo necesitaba, pero eso no significaba que confiaba en él. Era mejor mantenerse prudente.

—Quiero reparar los errores que él cometió, darle a Palermo una nueva imagen.

Alguien exclamó su nombre y él me sonrió a modo de disculpa.

—Escucharé con gusto tu nueva propuesta en otra ocasión. —Besó a su hija en las mejillas y la empujó sutilmente hacia mí—. Ahora debo atender al resto de mis invitados.

Me tensé.

—Descuide. Que tenga una buena noche.

El gobernador me dejó con su pequeña y temblorosa hija. No me gustaba comparar, pero cualquier mujer me parecía insignificante después de haber tenido a Alayna. Ni siquiera entendía por qué seguía allí. No quería lidiar con compromisos forzados.

—Escuché cada detalle de cómo masacraste a los traidores —susurró Isadora. Sus dedos se arrastraron a lo largo de mi brazo—. Muchos te consideran el nuevo rey de Italia.

Me aclaré la garganta.

—Algunas personas exageran.

—¿Cómo estás ahora? Si quieres matar a tu padre, significa que no lo amas en absoluto —murmuró con un toque de tristeza.

Se me encogió el corazón. Sospechaba que la relación que tenía con su padre estaba lejos de ser buena.

—Aún no me he liberado de él, pero cuando lo logre me sentiré mejor. Podré hacer muchas cosas que me negó desde que era un niño.

Apartó la mirada.

—Conozco el sentimiento —musitó—. Nunca me he sentido dueña de mi propia vida. Mi padre decide hasta qué tipo de ropa debo ponerme.

Ahora entendía el cambio. Ese vestido escotado no iba con su personalidad.

—Lo siento.

—Me pidió que esta noche esté muy pendiente de ti.

Se cubrió la boca rápidamente como si hubiera dicho algo muy grave. No me sorprendía. Sabía que esa era la intención de Fernando y mi tío desde el principio.

—Eso suena trágico —sonreí—. Prefiero que me hables porque te agrado, pero no te preocupes. Entiendo tu posición.

Me miró preocupada.

—No creas que soy ese tipo de chica, por favor…

—No sabía que te clasificabas en algún tipo. En realidad, no creo nada.

Sus ojos brillaban con alivio.

—¿Entonces me darás otra oportunidad?

—¿Oportunidad?

—Quiero demostrarte que te hablo porque me agradas —dijo más relajada—. Y me gustaría ser tu amiga.

Acepté su brazo y empezamos a caminar fuera del salón.

—Por supuesto, no hay problema.

ALAYNA

Convencí a Eloise de irse a descansar y aproveché para darme una ducha. Era casi medianoche y Luca no regresaba. ¿Qué lo tenía tan ocupado? ¿Estaba siguiendo el molde perfecto de títere que Eric tenía planeado para él?

Imaginarlo con Isadora Rossi era suficiente para amargar mi noche. No podía tolerar la idea de él con alguien más. Nunca había sido una mujer insegura ni celosa. Me toqué el pecho, donde el vacío perduraba. ¿Existía una posibilidad de que pudiera olvidarlo todo? En el fondo sabía que no me arrepentía de haber vivido los momentos compartidos a su lado. Lo haría de nuevo sin dudar. ¿Era capaz de esperarlo a pesar de que me había dejado claro que no dejaría atrás sus propósitos? Tenía miedo de responder a esa pregunta.

Escuché un coche aparcar y me acerqué a la ventana. Vi la silueta de Luca en la oscuridad. Iba acompañado de Fabrizio. Mi corazón latía dentro de mi pecho y los nervios regresaron con intensidad. ¿Qué le diría? ¿Preguntaría cómo le fue la noche? Necesitaba esa conversación, necesitaba saber cuánto estaba dispuesto a arriesgar por mí. Yo le demostré de muchas maneras que me importaba, pero sentía que no era suficiente.

El aire se atascó en mi garganta, mi pulso retumbó en mis oídos. Sentía la intensidad de su mirada cuando observó directamente hacia la ventana. ¿No podía hacer retroceder el tiempo para regresar justo al momento en el que todo estaba bien entre nosotros? Ajusté la bata alrededor de mi cuerpo y cerré las cortinas. Sería fácil ceder a sus deseos, pero el conflicto interno era mayor. Había tenido suficiente de esto y me estaba haciendo daño.

Justo cuando estaba a punto de volver a la cama, la puerta de la habitación se abrió bruscamente. Contuve el aliento para hacer frente a la figura de Luca de pie. Sus ojos me paralizaron.

—Luca…

Entró en la habitación y cerró la puerta detrás de él.

—Pensé en ti durante horas. No sabía dónde encontrarte, mucho menos dónde empezar a buscarte —respondió con el pecho agitado—. Estaba preocupado.

—¿Lo suficiente para asistir a una fiesta?

Me miró por un largo segundo, debatiendo su respuesta.

—Era importante…

—Más que yo, supongo. ¿Sabías que sufrí un atentado? Trataron de matarme mientras estaba con Eloise.

La conmoción perturbó sus rasgos.

—¿Qué…?

—Has oído bien. —Le di la espalda y caminé hacia el balcón. La fría brisa estremeció mi piel—. Fui atacada. Tuve suerte de huir a tiempo. Tu padre está persiguiéndome.

—¿Realmente crees eso? —cuestionó, posicionándose a mi lado—. Mi padre está en la calle y nadie con influencia lo apoya.

—¿Quién más podría ser?

—Moretti —asumió.

Se instaló un profundo silencio y pensé en las posibilidades. Pudo ser una venganza poética. Yo traté de matarlo cuando descubrí que era aliado de Carlo.

—Puede ser. —Me limité a decir—. Traje a Eloise porque necesita protección. Su casa era todo lo que tenía y no es segura.

—No debiste ir en primer lugar. Sabías que era peligroso.

Me giré lentamente y lo examiné con reproche.

—No me detuviste —le recordé—. Dijiste que podía irme cuando quisiera.

Estaba enojado ahora. Sentí la ira fluir de él en oleadas.

—¿Y qué esperabas, Alayna? Te ofrecí que seas mi *consigliere* y no quisiste. Te pedí que seas mi reina…

—Te dije que no quiero un maldito imperio, lo dejé claro desde el principio.

Vi la agonía en sus ojos, sabía que los míos reflejaban la misma emoción. Pensé que me estrecharía en sus brazos y me diría que todo estaba bien. Sin embargo, lo que soltó fue:

—No puedo ofrecerte nada más.

Parpadeé, tratando de mantener un tenue control de mis emociones que estaban a punto de ahogarme. Con su respuesta aplastó mi corazón. Lo retorció entre sus dedos… Me destruyó por completo. ¿Dónde habían quedado sus palabras? ¿Cuando me prometió que no era igual a todos aquellos que me lastimaron? ¿Cuando me dijo que me quería? Me desechó porque ya no era útil para sus siguientes objetivos. Tenía a Palermo y ahora necesitaba a una mujer que se adaptara a su futura imagen de don. Yo no podía darle nada de eso. Probablemente Isadora sí.

—¿Entonces este es el final? —me reí—. ¿Estás diciéndome adiós cuando trataste de convencerme de mil maneras de que éramos buenos juntos?

—Alayna…

El dolor emocional era mucho más fuerte que cualquier ataque físico. No podía mirarlo. Quería herirlo como él lo estaba haciendo conmigo.

—Vete al demonio. ¿Qué hiciste durante la fiesta? ¿Hablar con la dulce Isadora Rossi?

Luca se puso pálido.

—Isadora no tiene nada que ver con esto.

Señalé su cuello y él tragó saliva. ¿Se atrevía a entrar aquí cuando apestaba a perfume de mujer que no era mío?

—Explícame por qué tu camisa está manchada con su pintalabios. —Me desmoroné con los ojos ardiendo—. ¿Planeando tu perfecto futuro con una mujer igual de perfecta?

—Basta… —Agarró mi garganta y me forzó a mirarlo—. No es lo que estás pensando, no fue así.

—¿De verdad? Niega que tu tío está buscándote una esposa modelo.

—No importa lo que él y los demás quieran. Te amo a ti, Alayna. Solo a ti. Se lo dejo claro a cualquiera que se atreva a cuestionarlo.

Acercó su rostro al mío y cerré los ojos. Debería apartarlo por lastimarme, empujarlo, pero no podía. Todo dentro de mí luchaba violentamente contra las emociones. Si me pedía que me quedara a su lado, no dudaría.

—Me dijiste que te doy poder, me hiciste sentir como un arma.

Soltó mi cuello y me rodeó con sus brazos.

—Nunca fue mi intención. ¿Sabes lo mucho que me duele herirte? Odio no poder darte el mundo que mereces. Soy un caos, Alayna.

—Podemos calmarlo juntos. —Respiré su aliento y besé la comisura de su boca—. Mataremos a tu padre y salvaremos a las chicas. Después iremos a un lugar donde nadie nos conozca. Tú y yo.

Puso las manos en mis hombros y me apartó muy suavemente. Cuando vi la devastación en sus ojos supe la respuesta. Una sola lágrima resbaló por mi mejilla.

—No puedo.

—Entonces no tenemos nada de que hablar.

Exhaló.

—Alayna…

—¡Vete! —exclamé—. ¡Solo vete!

Asintió y se alejó, cerrando de golpe la puerta. No miró atrás. En ningún momento. Me dejó rota y no le importó. Lloré durante horas hasta que sentí que era suficiente y decidí que a partir de ese momento estaba sola nuevamente como siempre debió ser.

No esperaba una llamada, pero era la motivación suficiente para irme de una vez y encontrar una nueva prioridad. Lejos de Italia. Lejos de Luca.

—¿Hola?

Escuché un pesado suspiro.

—Alayna.

—¿Caleb?

Hubo un momento de silencio y los nervios retorcieron mis entrañas. Algo andaba mal…

—Tienes que regresar a casa pronto —susurró—. Es Melanie. Ha tenido un terrible accidente.

ALAYNA

Mi padre fue el primer hombre que destrozó mi corazón. Desde ese día me convencí a mí misma de que nunca más permitiría que alguien volviera a hacerlo. Rompí mi promesa cuando conocí a Ignazio y después a Luca. La tercera era la vencida y yo no planeaba volver a tropezar con las mismas piedras. Era momento de empezar un nuevo viaje y no poner mi corazón a disposición de nadie. Y mucho menos de un hombre.

Sostuve las dos maletas mientras bajaba con cuidado las escaleras. Me iría de esa casa y no regresaría. No había nada que me retuviera allí. Eloise se levantó del sofá al verme. Quería llevarla conmigo, pero se trataba de mi familia y prefería mantenerla al margen. Era muy reservada cuando se trataba de ellos.

—¿Vas a dejarme aquí? —preguntó.

—No tienes nada que temer, Eloise. Luca va a protegerte.

—Ni siquiera lo conozco. —Sacudió la cabeza—. ¿Te vas y me dejas atrás como si fuera una carga?

Mi pecho palpitó de culpa.

—Lo siento muchísimo —me disculpé con sinceridad—. Iré a Inglaterra porque mi familia me necesita. Alguien a quien amo sufrió un accidente y necesito estar con ella.

—¿Qué…?

—No puedo contarte los detalles, pero te prometo que volveré a buscarte si las circunstancias me lo permiten. Cuídate, duende.

Le di un beso en la mejilla y me aparté con una sonrisa. Ella era otra debilidad que nunca debí permitirme. Dejarla allí me mataba.

—Hasta pronto, Alayna —susurró mientras le daba la espalda.

Salí por la puerta principal, arrastrando las dos maletas y vi al taxi estacionado. Iría al aeropuerto y nunca miraría atrás.

—Señorita —saludó el taxista.

Le entregué las maletas y él las ubicó en el maletero mientras respiraba el aire fresco, dejando que el viento amargo me preparara para cualquier cosa que estuviera por venir. Era el comienzo de la vida que merecía.

Antes de entrar en el coche cometí otro error y observé hacia las ventanas de la mansión.

Luca estaba mirándome fijamente desde su despacho.

Mi parte ingenua esperaba que volviera y me pidiera otra oportunidad. Lo quería, pero no soportaría otro golpe de su parte. Él era mi mayor enfermedad y ahora necesitaba curarme.

—Adiós, príncipe —susurré.

Me puse las gafas de sol y entré en el taxi sin dirigirle otra mirada al hombre que había cambiado mi vida.

LUCA

Mi pecho se sentía vacío.

Mi corazón había muerto esa mañana al verla abandonar la mansión. Me dolía más que nada, pero no permitiría que el sufrimiento me retuviera. Alayna era un vacío negro a partir de ese día, una quemadura en mi memoria que sanaría.

Me impulsó a ser otra persona, confió en mí cuando nadie más lo hacía y le debía gran parte de mi imperio. Estaba en la obligación de afrontar su pérdida, pero no sabía hasta cuánto soportaría. Recordarla sería una constante tortura. ¿Era posible sobrevivir sin la pieza más importante?

Llené la copa de vino y restregué las manos por mi rostro. Había hecho suficiente por mí. No quería que se quedara a mi lado por obligación. Ella necesitaba alejarse para sanar y yo debía alimentar a mis demonios con la oscuridad.

Las escorias seguían ahí afuera, esperando mi caída. Se quedarían con las ganas. Estaba dispuesto a hacer cualquier cosa para marcar un antes y un después en Palermo. Mi nombre no sería recordado como el de un mafioso sin escrúpulos. Me recordarían por haber logrado grandes cambios.

—¿Me llamó, señor?

Levanté la vista de la copa de vino y miré a Eloise. Se cambió de ropa usando algunas prendas de mi madre que Amadea había puesto a su disposición. Su cabello rojo estaba suelto y húmedo.

—Por favor, siéntate. —Señalé la silla a mi lado—. Llámame Luca.

Alayna me había pedido cuidarla e iba a cumplir con mi palabra. La tensión en su cuerpo se relajó y me ofreció una amable sonrisa. ¿Qué tenía de especial esta chica en la vida de mi mariposa?

—De acuerdo, Luca. Gracias por permitirme quedarme aquí.

—No tienes nada que agradecer.

Amadea entró en el comedor para servirnos el almuerzo con su ayudante. Consistía en su especialidad: pasta con salsa blanca acompañada con queso y ensaladas.

—Disfruten de la comida. —Hizo una reverencia.

Le guiñé un ojo.

—Gracias, Dea.

—De nada, señor. —Se retiró con una sonrisa.

Pensé que habíamos quedado en que no me llamaría «señor», pero era Amadea. Una mujer testaruda.

—Sé que tienes algo con Alayna —comenté, saboreando mi vino favorito—. ¿Qué son exactamente?

Eloise alzó una ceja.

—Amigas, nada más.

Agarré el tenedor y enredé la pasta con cuidado.

—¿Segura? —inquirí—. Ella estaba muy preocupada por tu seguridad. Alayna es una mujer reservada en cuanto a sus sentimientos, pero tú le importas.

La boca de Eloise se curvó en una sonrisa.

—La conozco bien. Sé cómo es.

Un tic tembló en mi mandíbula. Me molestaba que hablara como si la conociera más que yo.

—Alayna es una caja fuerte —dije.

Eloise masticó despacio antes de hablar y me tomé el atrevimiento de examinarla con detenimiento. Era una mujer dulce, suave y sensible. Lo opuesto a Alayna.

—La vi en su estado más vulnerable —murmuró—. Ella me admitió abiertamente que está muy enamorada de ti.

La rabia me atravesó rápida y silenciosamente. ¿Por qué no pudo admitirlo en mi cara? Sabía que me quería. Muchas de sus acciones me lo demostraban, pero me quitó el privilegio de escucharla.

—¿Por qué no está aquí si me ama? —cuestioné, el resentimiento evidente en mi voz—. Le demostré de muchas maneras que es la única mujer que amo, pero Alayna renunció ante la primera oportunidad. No puede aceptar todas mis facetas, aunque yo lo hice con ella.

Eloise me miró con pesar.

—Porque tiene miedo a ser lastimada. Alayna sabe que nunca saldrás ileso si continúas en este mundo. Desea verte bien.

Respiré profundamente para hablar a través de la ira alojada en mi garganta.

—No dejaré a mi familia hundida en esta mierda, no renunciaré por alguien que tiene miedo a ser amada. —Empujé la silla y me puse de pie. Mi apetito acababa de esfumarse—. Disfruta de la comida, Eloise. Eres más que bienvenida.

—¿Te contó que fue a Inglaterra por su familia? —soltó de repente.

Sus palabras fueron como una puñalada en el estómago.

—¿Qué más te dijo?

Los ojos de la pelirroja eran hostiles y fríos. Me observaba como si fuera el único culpable. Yo amaba a Alayna, pero odiaba su cobardía hacia los sentimientos. Ella me rebajaba al mismo nivel de todos los hombres que la lastimaron. ¿Por qué no podía entender mi lucha?

—Fue a mi casa. Estaba un poco ebria y me dijo muchas cosas. Me contó su historia familiar, sus miedos y el amor que siente por ti. También mencionó al cerdo que la utilizó como máquina de matar. Ella teme que te pierdas.

Le había contado todo a una desconocida. Me dolía tanto. Ella tenía miedo de que lo usara en su contra.

—Alguien importante en su vida tuvo un accidente y ella necesita ir a Londres —continuó Eloise—. La vi devastada y desesperada.

Volvió a irse sin ser sincera conmigo. ¿Aun así pretendía que arriesgara todo cuando no estaba dispuesta a darme algo tan simple como su voto de confianza?

—Le deseo lo mejor —mascullé—. Solo quiero que sea feliz, no importa si no es a mi lado.

Me retiré del comedor sin mirar atrás. Perderla era el golpe más duro que había experimentado, pero respetaría su decisión. Ambos teníamos metas diferentes y no estábamos dispuestos a sacrificarnos por el otro. Al menos no por ahora.

Confiaba que el tiempo nos ayudaría a sanar las heridas y después nuestras almas volverían a reunirse. ¿Era ingenuo de mi parte esperar que la mariposa regresara a mí? Quizá sí, pero no perdería la esperanza. Nuestra historia todavía no estaba cerrada.

ALAYNA

Mis pies descalzos siguieron el rastro de sangre que cubría la nieve. Había tanta sangre. El miedo se hinchó bajo mi piel y quebró mi corazón en pequeños fragmentos. El dolor rodeó mi cuello como una serpiente mientras el pánico impedía que el aire entrara en mis pulmones.

No quería ver.

Me negaba a ver.

Mis pies siguieron moviéndose a pesar de todo y poco a poco pude distinguir el cuerpo en la nieve manchada de sangre. La mirada hacia el cielo, los ojos vacíos y sin vida. El tono gris había perdido el brillo que amaba.

—Luca… —sollocé—. Luca…

Era difícil ver a través de las lágrimas. La tristeza inundaba mi alma. No quería tener esta última imagen de él. No quería que sus recuerdos hermosos murieran. No quería perderlo... Algo dentro de mi cabeza susurró que nada era real y desperté con un sobresalto.

Me fijé en la ventana ovalada y dejé salir un aliento tembloroso. Era una pesadilla. Luca estaría bien por su cuenta, no me necesitaba. Había dejado de ser mi problema. Ya no pensaría en él mientras estuviera en Inglaterra con mi familia. Debía estar sana para las personas que amaba. Caleb no me había contado mucho sobre el accidente de Melanie, pero la noticia me llenaba de indignación. Ella era una luz que llegó en los momentos más oscuros de nuestras vidas. No podíamos perderla.

Me ajusté el cinturón de seguridad cuando los asistentes de vuelo informaron de que el avión aterrizaría en la pista. Primero me instalaría en un hotel y después iría al hospital. Quería ducharme desesperadamente para quitar de mi cuerpo cualquier rastro que hubiera dejado Palermo.

Cuando bajé del avión, tomé un taxi y me dirigí al hotel de cinco estrellas más cercano. No quería invadir el espacio de Caleb y Bella. No cuando las noches me atormentaban. No estaba lista para las preguntas, mucho menos para que asumieran cosas sobre mí. Prefería mi espacio.

El aire de Londres era diferente al de Palermo. Más extravagante, ruidoso y molesto. Mientras el taxi aceleraba por el Tower Bridge pude ver a lo lejos el río Támesis. No era fan de esa ciudad, pero mi hermano había encontrado allí la paz con su familia y lo respetaba.

Después de instalarme en el hotel, fui directa al hospital. Empujé las puertas giratorias y choqué con dos personas, pero no me disculpé. Llegué sin aliento al mostrador. La chica con uniforme me miraba curiosa al ver mi estado.

—Estoy buscando a Melanie Novak —dije—. ¿Puede decirme en qué habitación se encuentra? Necesito verla.

Su compañera escribió en el ordenador antes de fijar sus ojos en mí.

—¿Es usted familiar de la paciente?

—Soy su tía, Alayna Novak.

—Se encuentra en cuidados intensivos y nadie tiene permitido verla hasta que el médico lo autorice —informó—. Su estado es muy crítico.

Mi corazón se hundió ante la desoladora noticia.

—¿Cómo de grave es su situación? ¿Se pondrá bien?

La enfermera me miró apenada.

—Solo el médico puede darle esa información.

Melanie había sobrevivido al infierno. Podría con esto y más. Sentí una mano en mi hombro. Me di la vuelta y vi a Bella. Sus ojos estaban rojos e hinchados. Su labio temblaba mientras las lágrimas rodaban por sus mejillas.

—Alayna…

Eché los brazos alrededor de ella y la abracé. Su cuerpo se quebró con los sollozos mientras yo luchaba contra mis propias lágrimas. La respetaba y la amaba a pesar de que nuestra relación no fue buena al principio. Ocupaba un lugar importante en mi corazón.

—Lo siento mucho —dije con la voz ahogada—. ¿Dónde está Caleb?

Bella se apartó.

—Ahora mismo en la cafetería con Neal. Los dos están muy angustiados. —Sorbió por la nariz—. Oh, Alayna… tengo tanto miedo.

Enlacé su brazo con el mío y nos sentamos en la sala de espera. Bella ahogó otro sollozo. Era la definición de dolor.

—¿Cómo sucedió? —inquirí.

Mantuvo la cabeza gacha.

—El responsable es un chico que la acosaba en la universidad y llevó su obsesión al extremo. Brody la drogó, quiso abusar de ella, pero el accidente arruinó sus planes. —Hizo una pausa—. Él está muerto.

La rabia incontrolable surgió dentro de mí como una marea. Un accidente automovilístico no era la muerte dolorosa que se merecía.

—¿Caleb lo permitió? ¿Por qué no lo mató antes?

—Caleb ya no se dedica a eso —musitó—. Brody está muerto y Melanie sobrevivirá. ¿De acuerdo? Ese psicópata tuvo su merecido.

Mi hermano siempre tratando de hacer lo correcto. Sabía que había dejado atrás muchas de sus viejas costumbres porque estaba obsesionado con ser el hombre perfecto para Bella, aunque yo conocía sus sucios secretos. El monstruo en su interior no estaba realmente dormido.

—¿Alayna?

Levanté la cabeza de golpe. Caleb me miraba acompañado de Neal. Ambos estaban destrozados, pero a diferencia de mi hermano el novio de Melanie era un caos. Su cabello estaba despeinado, la ropa arrugada y lloraba. Él amaba con locura a mi sobrina.

—Estoy aquí. —Me abalancé sin vergüenza a los brazos de Caleb—. Lamento haber llegado tarde. Lo siento, Caleb.

Escuché los latidos de Caleb mientras apoyaba la cabeza en su pecho. No sabía que necesitaba tanto su contacto hasta que sentí sus brazos rodeándome con fuerza. No importaba cuánto tiempo pasara. Siempre sería la pequeña Alayna que necesitaba a su hermano mellizo.

—Estás aquí y es todo lo que importa —susurró Caleb sin soltarme—. Yo también te eché de menos, Alayna.

41

ALAYNA

Permanecimos sentados y a la expectativa en la sala de espera. Bella abrazaba a mi hermano mientras Neal estaba en silencio con los ojos cerrados al lado de su madre. Mi corazón se contrajo dolorosamente al recordar el diagnóstico que nos dio el médico. Melanie no volvería a caminar en un largo periodo. Sus piernas sufrieron el mayor daño por culpa del accidente, pero nos aseguraron que recuperaría la movilidad gracias a los tratamientos adecuados. Rogaba que esa noticia no la hundiera. No quería imaginar su reacción cuando se enterara. ¿Por qué las buenas personas siempre eran lastimadas? Mi niña merecía ser feliz, pero el destino se empeñaba en hacerla sufrir.

—Explícame algo. —Miré a Neal—. ¿Cómo sucedió? Tú debiste protegerla.

Bella se aclaró la garganta.

—Alayna…

Sostuve la taza de café en las manos.

—¿Qué? Melanie era su responsabilidad y él no supo cuidarla.

La madre de Neal reaccionó al instante, y me dedicó una mirada de muerte.

—Cuide sus palabras, señorita —advirtió. Tenía cerca de cincuenta años. Cabello castaño canoso y postura intimidante—. Él también fue una víctima de esta situación. No permitiré que descargue su ira con mi hijo.

Entrecerré los ojos hacia ella, sorprendida por su actitud. Nadie me había hablado con tanta osadía. Tenía más coraje que Leonardo Vitale.

—Cálmate, mamá —pidió Neal agotado.

—No tendré su juventud ni su fuerza —prosiguió la señora Vega con los puños apretados—. Pero juro que puedo arruinar su linda cara si vuelve a meterse con mi hijo.

Neal emitió un suspiro y me ignoró. No tenía energía para responder. Lo entendía, era un mal momento. La culpa regresó cuando vi su rostro demacrado y agobiado. Era una idiota desconsiderada.

—Lo siento —me disculpé—. Ha sido muy difícil para todos.

Neal asintió.

—No te preocupes.

Bebí otro sorbo de café en un intento de calmarme. Quizá estaba siendo brusca porque quería desquitarme con alguien. Me sentía fuera de lugar, demasiado estresada. Me preocupaba la salud de Melanie, y tampoco podía dejar de pensar en Luca.

—Ven conmigo —dijo Bella—. Ambas necesitamos tomar el aire un momento.

Me puse de pie, tiré mi taza de café a la basura y seguí a Bella al inmenso patio del hospital. El día estaba nublado, horrible al igual que mi corazón. Era como si el cielo llorara.

—Te noto muy alterada, Alayna. Estoy aquí si necesitas hablar con alguien.

Busqué en mi bolsillo el paquete de cigarrillos y no encontré nada. Mierda. Tendría que aguantar hasta que regresara al hotel.

—¿Alayna? —insistió Bella.

Observé sus grandes ojos azules claros, enmarcados por gruesas pestañas. Era la mujer que atrapó a mi hermano y lo motivó a ir en contra de toda una organización de asesinos. Ella le dio una familia y amor. Caleb nunca había sido tan feliz hasta que la conoció.

—No estoy bien —confesé con los hombros caídos—. Creo que nunca lo estaré de nuevo.

Bella se ubicó a mi lado y juntas miramos el cielo rodeado de nubes grises que anunciaban una tormenta. Podía escuchar a los vehículos pasar, personas hablando en el fondo. El mundo seguía su curso, pero yo me sentía perdida. Nunca sería la misma de antes.

—Es por él —asumió Bella—. Luca Vitale.

Giré la cabeza hacia ella con una sonrisa irónica. Obviamente conocía su existencia, Caleb no le ocultaba nada.

—Sí —respondí en tono distante—. Está en la sangre de los Novak romper las reglas por culpa de un cliente. Él se convirtió en algo más.

—Estás enamorada —sonrió—. Pensé que nunca vería este momento.

Mi pecho se llenó de aire y se vació bruscamente. Luca me importaba y lo quería, pero se había convertido en todo aquello que odiaba. ¿Cómo podía ignorar la forma en que me había hecho sentir la última vez que hablamos? Alguien desechable y fácil de reemplazar.

—Mis sentimientos por él son un desastre —acepté—. Es aterrador y doloroso, pero al mismo tiempo me hace feliz.

—Eso significa que lo quieres —dijo Bella—. ¿Por qué no pueden estar juntos?

Una risa burbujeaba desde el fondo de mi garganta.

—Tenemos otros objetivos. Él quiere cosas que yo no.

Bella se sentó en un banco del patio y yo seguí su ejemplo. Arranqué la hoja de una planta para mantener las manos ocupadas.

—¿Como qué?

Hice una breve pausa antes de contarle cómo empezó mi relación con Luca. Los momentos juntos, su prioridad de salvar a las chicas, su secuestro, el papel que tuvo Ignazio e incluso le hablé sobre Eloise. Bella permanecía en silencio y me escuchaba atentamente sin juzgar.

—Después de todo lo que me has dicho llegué a la conclusión de que no es una mala persona —musitó—. Está intentando salvar la vida de esas chicas.

—¿Y qué pasa si no las encuentra?

—Es su elección, Alayna. También quiere cuidar a su familia —murmuró—. ¿Tú qué harías en su posición? ¿Serías capaz de abandonarnos cuando más te necesitáramos?

La pregunta me horrorizó y me ofendió.

—Nunca abandonaría a los míos.

Bella sonrió.

—Entonces ponte en su lugar.

Me puse de pie y lancé la hoja lejos. Mi corazón latía el doble de rápido, mi cabeza nadaba entre la ira y la agonía. Por mucho que detestaba aceptarlo, Bella tenía razón. Luca me aceptó tal y como era. Yo no pude hacer lo mismo con él.

—Creo que deberías darte un tiempo para pensar con claridad —continuó Bella—. Luca te dio la oportunidad de elegir, Alayna. No quiere atarte a su vida.

—Me desechó.

—No tienes que verlo así, por Dios. —Sacudió la cabeza con exasperación—. Él está tratando de luchar contra sus demonios internos. Todos pasamos por esa etapa alguna vez, incluso tú. Sé que estás cansada de esta vida y buscas estabilidad —añadió—. Pero si realmente quieres estar con Luca tienes que ser paciente. El amor es comprensión.

—¿Y si no puedo ser paciente?

Sonrió tristemente.

—Olvídate de él.

DOS SEMANAS DESPUÉS...
LUCA

Mantener mi mente centrada en el trabajo hizo que la ausencia de Alayna fuera menos dolorosa. El gobernador escuchó con atención mis propuestas y selló nuestro pacto. No había noticias de mi padre, pero la búsqueda seguía en curso. Todavía no había terminado con Moretti. Estaba obsesionado con la idea de matarlo yo mismo. Quería que sufriera lentamente y me suplicara. Le di una oportunidad de ser mi aliado y eligió traicionarme.

Aquellos que no seguían mis reglas obtenían castigos e incluso la muerte. Cada habitante de Palermo aprendería a respetarme, pero también me temerían.

—¿Alguna novedad? —le pregunté a mi tío, firmando algunos papeles.

—Hay una escoria en tu sótano —contestó—. Capturamos a un

proxeneta vagando por las calles. Estaba reclutando a mujeres jóvenes.

—¿Cuántos años tienen?

—Una de ellas catorce y las demás más de veinte.

Mantuve la ira bajo control a pesar del impulso de destrozar todo a mi alrededor. ¿Catorce? No tenía la edad suficiente para tomar ese tipo de decisiones. La imaginaba hambrienta, cansada, adolorida y sin hogar. Ese proxeneta se aprovechó de su desesperación e ingenuidad.

—Encuentra a la niña y ponla a disposición de la justicia. —Me froté el rostro—. No quiero que otros depravados tengan acceso a ella. En cuanto al proxeneta, iré a verlo pronto y le daré su merecido.

Mi tío suspiró.

—Hay más como él ahí afuera —dijo—. ¿Sabes que no podrás controlarlo todo?

Apoyé los codos sobre el escritorio, inclinándome para mirarlo fijamente.

—No, pero lo intento.

—Hay mujeres que viven de la prostitución por elección. ¿Cómo vas a ayudarlas?

—Encontraré una solución.

—No estoy de acuerdo…

—Este tema no está en discusión —sentencié—. Nunca aprobaré la prostitución de mujeres, menos la de niñas inocentes.

Estaba harto de escuchar su poca fe en mí. ¿Cómo podía justificar el trabajo forzado? ¿El abuso a millones de mujeres bajo la excusa de que muchas lo elegían? Si ellas tuvieran mejores opciones, nunca aceptarían vender su cuerpo.

—La ciudad tiene casi un millón de habitantes —continuó—. No podrás evitar que muchos sigan involucrándose en este negocio.

—Lo sé, pero tengo el poder de acabar con los que están a mi alcance. Los prostíbulos de mi padre fueron cerrados de manera permanente.

Cincuenta mujeres en total fueron liberadas. Algunas extranjeras secuestradas regresaron a sus países mientras a otras les di un trabajo decente. Mi familia tenía muchos negocios en el país. No solo una cadena de restaurantes. También hoteles y próximamente una nueva empresa dedicada a la fabricación de vinos exquisitos.

Fernando se había llevado los créditos por desmantelar una red de prostitución. Durante una semana lo vi en las cadenas nacionales con una sonrisa y falsas miradas de pesar dando entrevistas y haciendo promesas. Su campaña política se basaba en una mejor seguridad para Palermo. Todo era una mentira, por supuesto. Él formaba parte del problema.

—Discutir contigo es imposible —cedió mi tío—. Confío en que sepas lo que haces.

Me dirigió una mirada de decepción, pero no me importó. Aprendí a tener en cuenta las opiniones que aportaban y la suya definitivamente no servía de nada. Yo no sería la marioneta manipulable que él esperaba.

—Sé perfectamente lo que hago —masculté—. ¿Qué me dices de Moretti?

—Lo han visto en Roma. Mataron a los soldados que enviaste a atacarlo.

—¿Qué hay de su familia?

—Sin pistas. Es como si nunca hubieran estado en Alemania.

Sabía que esto ocurriría. Moretti no era ningún estúpido.

—Nunca tuve intenciones de hacerles daño —suspiré—. Pero él pagará su traición tarde o temprano.

—Ignazio es un hombre con mucho poder. ¿No crees que ya estarías muerto si él lo quisiera?

—¿Acaso dudas de mi capacidad? Puedo acabar con él.

—No digo lo contrario, pero Moretti siempre hace las cosas por alguna razón.

Me mordí el labio.

—Está tramando algo.

—Sí, y debes estar preparado ante cualquier ataque.

Dejé que la sed de venganza recorriera mi sangre mientras bajaba al sótano con Laika. Ya no me importaba ensuciarme las manos. Era otra persona, no escondería esa parte de mí.

Fabrizio estaba esperándome cuando abrí la puerta. Había un hombre atado a la silla de torturas y una cinta cubría su boca. Cincuenta años, quizá. Su rostro me dijo que era un pervertido.

—Señor —saludó Fabrizio.

Laika olisqueó el aire antes de gruñirle a mi próxima víctima.

—¿Quién es nuestro nuevo amigo? —inquirí—. Quítale la cinta.

Fabrizio siguió la orden.

—Es Osvaldo Licci, un proxeneta que trabajaba para tu padre.

—¿No escuchaste mis nuevas reglas, Osvaldo?

Lanzó un escupitajo de sangre a los pies de Fabrizio y levantó la barbilla desafiante. Bastardo asqueroso. Estaba muerto.

—Tú no eres mi jodido jefe. Nunca lo serás.

Alcé una ceja mientras me giraba hacia la mesa de herramientas. Miré el taladro. Esto sería divertido.

—¿Entonces quién es tu jefe? —pregunté, aflojando mi corbata y quitándome la chaqueta—. Pásame el taladro, Fabrizio.

Osvaldo se encogió en la silla.

—Todos sabemos que Leonardo Vitale pronto volverá —dijo Osvaldo entre risas—. Tu reinado es una burla, Luca.

La ira dentro de mí poco a poco tomó su lugar. El hijo de puta seguía teniendo hombres fieles a él. ¿Por qué no? Mi padre permitía que estos gusanos hicieran el trabajo más sucio de la ciudad, no se metía en sus negocios. Yo llegué para destruir sus fuentes de dinero.

—¿Tú y cuántos más se oponen?

Osvaldo volvió a sonreír, sus dientes estaban manchados de sangre por los golpes de Fabrizio.

—Miles, imbécil.

—Aquí tiene, señor —murmuró Fabrizio.

Tomando el taladro de la mano de Fabrizio, miré con diversión mientras los ojos de Osvaldo se abrían con miedo. ¿Ya no sonreía?

—Esto sucede cuando no respetas a tu rey.

Entonces clavé el taladro en la carne de su hombro cuando la herramienta se encendió. Desgarró la piel y los tejidos. Rechinaba mientras destruía los huesos del pobre diablo.

—¿Quién es tu jefe? —pregunté mientras sus gritos casi me dejaban sordo.

Gritó como si fuera un cerdo a punto de ser sacrificado. Su sangre y su carne salpicaron mi perfecta camisa Versace. Qué lástima. Era una de mis favoritas. Se sacudió en la silla, implorando entre lágrimas que me detuviera. Un río carmesí fluía de la herida, chorreando en el suelo. Laika ladró y tomé una pausa.

—¿Quién es tu jefe? —pregunté sin aliento—. ¡Responde!

—¡¡¡Tú!!! —lloró Osvaldo abatido y con la cabeza agitada—. ¡¡¡Tú!!!

Fabrizio y yo sonreímos ante la respuesta.

—Escucha con atención, pedazo de mierda. Soy el nuevo jefe aquí y tú no vivirás otro día más para servir a mi padre. ¿Entiendes?

Los mocos salieron volando de su nariz mientras lloraba y apretaba los ojos.

—Sí, señor.

—Ahora dime lo que sabes de mi padre. —Le mostré el taladro con sangre—. O la próxima cosa que voy a mutilar será esto… —Señalé su pierna.

—Sé que está reclutando a gente fiel a él. Planea volver pronto. —Su llanto resonaba en las paredes—. Prometió que todo sería como antes.

—¿Dónde está?

—¡No lo sé! —gritó entre lágrimas—. ¡Tiene a alguien más haciendo el trabajo por él! ¡Solo nos envía mensajes!

—¿Seguro?

—¡Lo juro, señor! ¡Lo juro!

Encendí el taladro y lo hundí en las cuencas de sus ojos sin ninguna advertencia. Gritó hasta que no pudo más y su cuerpo dejó de luchar. Otra muerte en mi lista. Se estaba volviendo larga.

—Hazle saber a todos en Palermo lo que ha sucedido aquí. —Miré a Fabrizio—. Aprenderán a obedecerme por las buenas o por las malas.

La botella de whisky estaba casi vacía. Me desplomé en el sofá de mi oficina con la frente cubierta de sudor y los músculos cansados. Gian me ofreció algunas pastillas que me ayudarían a dormir, pero me negué. Tenía suficiente con el alcohol.

A menudo recordaba a Berenice, las chicas del prostíbulo, Alayna… Perderme en la bebida me ayudaba a olvidar.

—¿Tu vida se resume en esto? —inquirió una voz suave—. Matar hasta bañarte en sangre.

Mis ojos se enfocaron y miré a Eloise de pie en la puerta. Parecía molesta y disgustada por mi comportamiento.

—Hacemos lo necesario para sobrevivir —respondí—. ¿Cómo entraste aquí?

—La puerta estaba abierta.

—Es de mala educación entrar sin permiso.

Omitió mi comentario hasta que entró en mi oficina y se sentó en la silla frente a mi escritorio con las piernas cruzadas. Sus ojos oscuros me juzgaban, sacando conclusiones. No me gustaba que se tomara atribuciones que no le correspondían. No éramos amigos.

—¿Cuál es tu propósito? ¿Eres feliz?

Forcé una sonrisa.

—¿No me ves?

—Lo he hecho desde que llegué. Sabes muy bien a quién necesitas. El alcohol no te ayudará a sanar.

Cerré los ojos un segundo, tratando de aliviar el dolor que martilleaba en mi cabeza. Necesitaba una ducha urgente para quitar el olor a sangre que perduraba en mi cuerpo.

—Alayna se fue y no volverá. —Mi voz comenzó a apagarse cuando mis emociones me alcanzaron.

—Porque tú la empujaste.

—¿Lo hice? —Me reí—. Le ofrecí todo y no quiso nada. Me rechazó, recogió sus maletas y se fue sin mirar atrás.

—Ella siempre fue sincera contigo desde un principio. Te ama, pero no quiere este estilo de vida.

—¿Entonces qué debería hacer?

Eloise sonrió suavemente.

—¿Eres feliz, Luca? —preguntó y no contesté—. Uno de los dos debe ceder y ese eres tú. Demuéstrale que ella es suficiente. Demuéstrale que no debería estar asustada de quererte.

Al día siguiente desperté en mi oficina con la botella de whisky vacía en la mano y restos de saliva en la comisura de los labios. Había bebido hasta perder el conocimiento. Recordé a mamá y Kiara gritándome. Recordé mi angustia cuando llamé a Alayna, pero ella no apareció. Se evaporó al igual que mis ganas de salir adelante.

Dos semanas.

Habían pasado dos semanas y su ausencia dolía cada día más.

Me levanté con dificultad y me quité la camisa sucia. Laika me miraba atentamente desde el sofá. ¿Cuándo caí tan bajo? Regresé a mi habitación justo a tiempo para correr al baño y vomitar lo poco que quedaba en mi estómago.

Cuando terminé, me derrumbé en el suelo. Dos malditas semanas desde que ella abandonó mi casa y yo era un desastre. Quería centrarme en mis obligaciones, hacer deporte o cualquier tipo de distracción, pero mi mente siempre la encontraba a ella.

Alayna Novak se había instalado en mi piel como un tatuaje imposible de borrar.

Me puse de pie con dificultad, abrí la ducha y me metí bajo el agua. Necesitaba un respiro del caos en que se había convertido mi vida. Era una lucha interminable y me estaba costando lidiar con la carga. Me levantaba y volvía a caer.

Después de ducharme, regresé a mi habitación con una toalla envuelta alrededor de mi cintura. Me puse tenso cuando encontré a mi madre y Kiara en la puerta. Aquí venían los malditos sermones…

—No puedes seguir así —dijo mi madre con angustia. Sus ojos llenos de lágrimas me hicieron pedazos. Había salido del hospital hacía pocos días y lo que menos quería era preocuparla—. No soporto ver a mi hijo convertido en un alcohólico.

El sonido de sus voces me lastimaba los oídos. Cualquier sonido me provocaba malestar. Solo quería dormir.

—Váyanse, por favor.

—No. —Kiara se cruzó de brazos con una expresión de dolor en su rostro—. Hiciste mucho por nosotras y ahora nos toca abrirte los ojos.

Mi garganta ardió cuando me reí.

—¿Abrirme los ojos por qué?

—Apenas duermes, no comes y matas como si fuera un deporte —reprochó Kiara—. Está bien, todos en Palermo deben temerte, pero convertiste la ciudad en una carnicería. Seguirán tus reglas, Luca. Muchos ya lo han entendido.

—No es suficiente —masculé—. Aún hay escorias sueltas que violan a mujeres, todos ellos están desafiándome. Es su forma de decirme que me vaya a la mierda. Prefieren trabajar con nuestro padre.

—No puedes cambiar a las personas cuando están podridas por dentro —susurró madre—. Ellos estaban acostumbrados a la mala vida que tu padre les ofrecía. Tenían dinero fácil con él. A tu lado todos esos privilegios han terminado.

—Y no volverán a tenerlos —gruñí—. Yo no trabajo con cobardes que llenan sus bolsillos a costa de la tortura infantil y la violación de mujeres.

—Si continúas con esa actitud, tampoco ayudarás a ninguna de ellas. Estás lastimándote, Luca. —La voz de Kiara se suavizó—. Mamá y yo también te necesitamos. Deja de hacerte daño.

Sacudí la cabeza y presioné las palmas contra el armario porque no tenía el valor de mirarlas. A ellas también las había decepcionado.

—Salgan de aquí —insistí.

—¿Es por Alayna? —indagó madre—. ¿La necesitas a ella para reordenar tus prioridades?

Silencio.

—Entonces deja de lastimarte y ve a por ella —añadió Kiara—. No soluciona nada que te lamentes todo el día por un problema que aún tiene solución.

—Ella no me quiere.

Escuché la risa de mi madre.

—¿Eres adivino para saberlo con certeza? ¿Alayna te ha dicho personalmente que no te ama?

Nunca lo afirmó y tampoco lo negó. En nuestra última conversación ella se quebró. Vi todo en sus ojos, el dolor, la angustia y la desesperación. Me quería a su lado, me pidió que empezáramos una vida juntos cuando terminara mis obligaciones y la rechacé.

—Haz tus maletas y ve a por ella —dijo Kiara—. No queremos que seas infeliz y te maten en la primera oportunidad.

Me giré a mirarlas, mis hombros se tensaron.

—No voy a dejarlos solas.

—Nosotras podemos defendernos muy bien sin ti —insistió mi madre—. Estamos mucho mejor que tú. ¿No lo crees? Solo mírate.

—No voy a irme. ¿Quién estará a cargo?

—Gian, Luciano y nuestro tío Eric lo harán bien —aseguró Kiara—. Ve y busca lo que quieres, Luca. Aún estás a tiempo de recuperarla.

Madre se acercó y tocó mi mejilla. El contacto me conmovió porque desde niño había anhelado tener su apoyo incondicional.

—Toda mi vida permití que tu padre te hiciera pedazos y arruinara cada uno de tus sueños.

—Madre…

—Te sientes en la obligación de protegernos y una vez más estás dejando de lado tus aspiraciones. Corre detrás de tu mariposa, cariño. Es hora de que encuentres el jardín.

Las lágrimas picaron mis ojos y besé el dorso de su mano.

—Gracias.

—Sé feliz, Luca —dijo ella con una pequeña sonrisa—. Lo mereces más que nadie.

42

ALAYNA

Ella se veía tan frágil…

La máquina indicaba su pulso, su boca estaba cubierta por un respirador y su piel lucía muy pálida, drenada de toda vida. Habían pasado dos semanas y Melanie no despertaba. Los médicos aseguraron que pronto abriría los ojos, que su cuerpo se tomaba un descanso. Confiaba en que mi niña despertaría tarde o temprano.

Tomé sus pequeñas manos entre las mías y deposité un beso en el dorso. Escuché su pulso para estar segura. Sonaba constante y débil, pero estaba ahí. No perdería las esperanzas. Ella era una superviviente y nunca se daría por vencida.

—Quiero retroceder el tiempo para matarlo yo misma —susurré—. Lamento no haber estado para ti antes.

El sonido de las máquinas pitando era la única respuesta que recibí. No podía dejar de pensar en la niña que conocí la primera vez. Melanie era dulce, noble e inocente. Su mirada me hacía querer protegerla siempre. Ella era mi familia.

—Confío en ti. —Mi voz sonó ahogada—. Tú y yo haremos cosas grandiosas, Melanie. Prometo entrenarte personalmente para que nadie vuelva a ponerte una mano encima. Serás mi alumna favorita.

Sonreí y besé su frente antes de abandonar la habitación. Deseaba quedarme más tiempo, pero Neal era el único autorizado a pasar la noche con ella. Caleb y Bella regresaron al hotel cerca del hospital donde se hospedaban. Yo haría lo mismo. Me dolía la cabeza y necesitaba un descanso.

—¿Ninguna reacción? —preguntó Neal cuando me reuní con él.

Sus ojeras eran pronunciadas, había cerca de cinco vasos vacíos de café en el cesto de basura. Pobre hombre, no había dormido bien en días.

—No —respondí apenada—. Pero lo hará pronto. Ella siempre encuentra una manera de sorprendernos.

Sonrió de lado y pasó una mano por su cabello oscuro.

—Es una increíble luchadora. —Hizo una pausa y añadió—. La echo de menos.

—Todos, pero seremos pacientes. Su cuerpo aún necesita sanar.

Neal apartó la mirada.

—Tengo miedo de su reacción. Ella quedará devastada cuando sepa que no podrá caminar.

Puse una mano en su hombro.

—Estaremos ahí para darle fuerzas.

Se limpió las lágrimas con el dorso de la mano. Me provocó desconfianza cuando lo conocí. Creí que se aprovecharía de Melanie, pero qué equivocada estaba. Él nos demostró que la amaba más que a su propia vida y daría todo por ella.

—Lo siento.

—La única que lo siente aquí soy yo —susurré—. Lamento lo de antes.

—No te preocupes por eso. Sé que no lo hiciste con mala intención, amas a Melanie.

—La adoro.

—Ella también te adora, Alayna. Tú eres su ejemplo a seguir.

Caleb me aseguró por mensaje que pronto estaría en el hospital, así que regresé al hotel para darme un baño. Mi ducha duró casi una hora. Estaba estresada y sentir el agua tibia contra mi piel era terapéutico. Las palabras de Bella me hicieron reflexionar mientras restregaba el jabón por mi cuerpo. La mujer indecisa, insegura y preocupada no era yo. Siempre fui confiada y protectora con las personas que me importaban. Luchaba por lo que era mío y no me rendía fácilmente. ¿Entonces por qué le di la espalda a Luca?

Veinte minutos después, estaba bien vestida y más relajada con una sola idea en mente. Llamaría a Luca y le diría que nada había terminado entre nosotros. Que saldríamos adelante juntos y encontraríamos una solución a nuestros problemas.

El sonido del timbre me hizo mirar hacia la puerta con el ceño fruncido. Quizá era el servicio del hotel, aunque no recordaba haber pedido algo.

—Un minuto —grazné.

Abrí la puerta y contuve un jadeo. Mi respiración se agitaba como si me hubieran dado un golpe en el estómago. Había deseado tantas veces que él estuviera allí para gritarle lo que sentía, pero ahora no tenía palabras suficientes. Sus ojos grises, tan pálidos en sus profundidades, me miraban fijamente.

—Luca —susurré.

Una lenta sonrisa curvó la comisura de sus labios.

—Hola, mariposa.

Era como si mi mente lo hubiera invocado. Él estaba en la puerta, mirándome con millones de emociones. Las últimas noches deseé tenerlo cerca, hablándome, besándome, abrazándome. ¿Y ahora? No encontraba nada adecuado para decir. Había imaginado este escenario en mi cabeza. Que estuviera aquí tarde o temprano, diciéndome que me extrañaba y que lamentaba cómo todo había terminado entre nosotros. Parecía diferente pero perfecto. Mis ojos tomaron la oportunidad de devorar su figura vestida con un traje negro a medida y me embriagué con su aroma para asegurarme de que era real.

—¿Qué haces aquí, Luca? —Saboreé su nombre, esperando que desapareciera en una ráfaga de humo, pero él seguía intacto en la puerta.

—Tú sabes muy bien por qué estoy aquí —respondió. El acento italiano más marcado que nunca.

Dejé la puerta abierta y él entró sin esperar ninguna invitación de mi parte. Me dirigí a la cocina con el pecho agitado y la cabeza hecha un lío. Me costó recomponerme.

—No puedo creerlo —balbuceé. Respiré profundamente, apoyando mis palmas en la encimera—. Pensé que no querías verme.

—Tú asumiste eso, yo quería que te quedaras.

Lo enfrenté de nuevo. Su sonrisa era tan triste que me apretó el pecho.

—¿Por qué viniste? ¿Qué te trajo aquí?

—Estoy aquí por ti, Alayna.

Tenía la garganta tan tensa que apenas podía hablar.

—¿Lo prometes?

Quería que fuera claro y honesto conmigo. No quería malinterpretar nada de lo que decía. No quería ilusionarme.

Dio un paso silencioso hacia mí. Luego dos. Cuando estuvo cerca nuestras miradas se bloquearon y mi cuerpo se movió a él sin que pudiera evitarlo. Estaba hipnotizada. El aire de la habitación se hizo más denso y fue difícil respirar en su presencia. Me volvía tan débil.

—Lo prometo —respondió—. Estoy aquí porque necesito decirte cuánto me importas. Te juro que no sobreviviría a otro día más sin ti. Pensé que mantenerte alejada me ayudaría a olvidarte, pero fui un tonto por creer que sería posible. Me estaba engañando a mí mismo, Alayna. Siempre serás tú y no hay nada en el universo que logre cambiarlo.

Sus palabras me hicieron sonreír de felicidad. Esas dos semanas me habían ayudado a reflexionar. Alguien nuevo había nacido dentro de mí. Ver a Melanie en coma y al borde de la muerte hizo que mi perspectiva sobre la vida cambiara. Ya no quería desperdiciar el tiempo deprimida. Solo quería vivir y ser feliz.

—Siempre serás tú. —Repetí sus palabras y se acercó hasta que nuestras frentes se presionaron—. Sin ti me siento miserable y vacía.

—Te fuiste —reprochó.

—Tú me dejaste ir, Luca.

Negó con la cabeza.

—Te di espacio, creí que podría hacerlo sin ti. Me convencí de que tú merecías a alguien mejor que yo y la vida que te ofrecía. Estoy tan jodido, Alayna. Me concentré en mi venganza, solo quise hacer pagar a todos aquellos que me rompieron. Y cuando al fin tuve lo que quería pensé que me sentiría satisfecho.

—¿Y fue así?

—No —contestó—. Aún debo encontrar a las chicas, pero quise

darme otra oportunidad de volver a verte y decirte que nada tiene sentido sin ti. El imperio y el poder no los quiero si no estás tú. Lamento que hayas creído lo contrario.

Mi corazón latía tan fuerte que dolía. Antes lo amaba, pero ahora era vital. Luca le había dado un nuevo sentido a mi vida.

—Siento mucho no haber entendido tus razones —susurré.

—Ambos lo arruinamos —dijo—. Mírame y dime que merecemos otra oportunidad.

Me acarició la barbilla con los dedos, llevando mis ojos a los de él.

—No lo sé, pero quiero que funcione. No puedo estar sin ti.

Nuestras bocas estaban a milímetros de distancia. Todo lo que tenía que hacer era inclinarme y nuestros labios se tocarían.

—¿Me amas, Alayna?

—Yo…

Tomó mi cara entre sus manos, robándome jadeos. Mi boca se secó y mi piel se llenó de escalofríos. Cada parte de mi cuerpo lo anhelaba. Era indispensable como el aire que respiraba.

—Alayna, por favor. Dilo, quiero escucharlo al menos una vez. Cuando te dejé ir fue lo más difícil que experimenté en mi vida, pero sabía que era lo mejor. Ambos necesitábamos espacio para reflexionar las cosas. Yo… creí que la distancia ayudaría y me equivoqué. Soy un desastre sin ti. —Se lamió los labios con una breve pausa—. Sé que no te alejaste porque querías, tu sobrina está ingresada y lucha por su vida.

—Luca…

—Lamento no haber estado para ti. Yo… te amo, Alayna.

Cuando el corazón estuvo a punto de salirse de mi pecho, lo dije claro y alto:

—También te amo, Luca.

Entonces lo besé profundamente, explorando cada centímetro de su boca con mi lengua. Esta vez lo hice sin limitaciones, sin restricciones y sin miedos. Quería demostrarle cuánto lo amaba. Quería demostrarle que era mi todo. Besarlo era como estar cerca del cielo y tocar las estrellas. La perfección cubierta de deseo. La forma en que me devolvió el beso era desgarradora. Me devoraba y me reclamaba. Su beso era exigente y borraba cualquier duda e inseguridad. Era un pacto de que a partir de ahora seríamos solo nosotros. Nadie más.

—¿Sabes cuántas veces deseé este momento? —preguntó entre besos—. Te apareciste en mi sueño cada noche, susurrando mi nombre y diciendo que me amas. ¿Esto es real?

—Es real, príncipe.

Él me rodeó con sus brazos, respirando en mi cabello, apretándome fuerte como si fuera a desaparecer si me soltara.

—Aún tengo asuntos pendientes que resolver, pero después seremos tú y yo. Solo necesitaba asegurarme de que seguirías esperándome.

Me dolía el alma.

—No iré a ninguna parte.

Los latidos de su corazón se relajaron, la tensión de su cuerpo desapareció mientras me miraba. Él me veía como si fuera el único motivo por el cual respiraba.

—No más peros ni excusas. Solo necesito sentirte, respirarte y amarte, Alayna.

Mis hombros se sacudían con cada respiración agitada.

—Luca…

—Me enviaron a un ángel en forma de diablo. Es una mujer autoritaria y caliente como el infierno. Hace berrinches cuando está muy molesta y soluciona sus problemas matando o follando —dijo con una sonrisa—. Intenté con todas mis fuerzas alejarme de ella, pero me enamoré como un maldito idiota. Complica mi vida, sí, pero no lo querría de otra forma. Me tiene loco y soy capaz de dar mi vida por la suya.

Las lágrimas empezaron a caer sin vergüenza por mis mejillas y él besó cada una de ellas antes de regresar a mi boca ansiosamente. Sus labios devoraron los míos, persuadiendo a mi lengua de jugar con la suya. Y ese beso transmitía mucho más de lo que las palabras jamás podrían.

Doblé mis dedos en su camiseta y lo ayudé a quitársela. Hubo un momento de pánico en sus ojos grises cuando aparté la tela. Vi las cicatrices extensas en su pecho, brazos y abdominales. Una prueba de cuánto había luchado.

—Eres perfecto —dije.

—A tu lado lo soy.

Nos dirigimos a la cama con impaciencia. Cuando no hubo nada entre nosotros, nos aferramos el uno al otro, sintiéndonos, disfrutándonos. No era salvaje como en los encuentros anteriores. Era suave, lento. Nunca nadie me había tocado así, con tanto cuidado y tanta pasión.

Desnuda en sus brazos y con él dentro de mí, no era la mujer ruda que tenía miedo de mostrarse como era realmente. Luca estaba viendo mi verdadero ser sin ninguna reserva. Mis uñas dejaron huellas en su espalda mientras lo abrazaba, mis piernas rodearon su estrecha cintura y permití que me consumiera por completo.

—Te amo —susurré.

Apretó los ojos, como si estuviera sufriendo.

—Por favor —suplicó—. Repítelo miles de veces.

—Te amo, te amo tanto.

Un ruido sordo vibró en su pecho, mis palabras lo llevaron al límite porque se movió con rapidez. La cama crujió, mezclándose con los sonidos de jadeos y gemidos entrecortados. Sus manos apretaron las mías hasta el punto del dolor.

—Eres la mayor debilidad que alguna vez podré tener. Me destrozas, Alayna. Me haces pedazos y vuelves a construirme.

Le recorrí la mandíbula con los dedos, perdida en él.

—Tú me has arruinado para cualquier hombre, Luca Vitale.

Envuelta entre las sábanas y los brazos de Luca, nunca me había sentido tan feliz. Me encontraba donde debía estar y no quería ir a ninguna parte. Él olía mi piel cada vez que tenía oportunidad, se aseguraba de que no era un sueño o un producto de su imaginación.

—Háblame de ella —pidió roncamente.

—¿Mmm?

—Melanie —sonrió—. Sé que significa mucho para ti.

Me acurruqué más cerca de él, necesitaba sentir el calor de su cuerpo.

—Es la hija adoptiva de Bella y Caleb —musité—. Siempre fue

una niña callada porque pasó por circunstancias muy duras en la vida. Es tímida, dulce y amable.

Luca me escuchaba atento, acariciándome el cabello. Mi voz sonaba entusiasmada mientras le contaba detalles de mi vida sin omitir ningún detalle. Le hablé por horas sobre mi familia, el final de la organización, todo. Para mi sorpresa, no me sentía insegura ni asustada. Estaba plena, cómoda.

—¿Eloise te contó que vine aquí? —inquirí.

Sus labios rozaron los míos y me encontré suspirando.

—Sí, ella me incitó a que te buscara —dijo—. Es una buena mujer.

—También es una gran amiga, espero verla de nuevo algún día.

—La mantendré segura por ti hasta que decidas regresar a Palermo.

Me quedé en silencio.

—¿Qué haremos, Luca?

Su pulgar trazaba círculos en mi cintura y mis caderas.

—Te dije que encontraremos juntos una solución que nos haga felices a ambos.

—Confío en ti, príncipe.

Una sonrisa se dibujó en esos perfectos y adictivos labios.

—Me echaste mucho de menos, ¿eh? La gran Alayna Novak es una romántica.

Puse los ojos en blanco, pero estaba sonriendo.

—Oh, cállate, no hagas que me arrepienta de admitir mis sentimientos.

Luca me abrazó más fuerte y volví a reírme. El sonido de mi risa provocó una carcajada en él y me derretí. Era hermoso y mío. Tan mío.

—Ya no te molestaré. Si te pierdo de nuevo, me volveré loco.

La emoción invadió mi pecho.

—Sabía que vendrías en cualquier momento, de alguna forma lo esperaba.

—Me conoces tan bien.

Mi teléfono sonó en la mesita y rápidamente contesté la llamada al ver el nombre de Caleb en la pantalla.

—¿Caleb? ¿Sucedió algo con Melanie?

Escuché los sollozos de Bella y mi corazón se desplomó en mi pecho. El pánico pronto me golpeó, y me heló la sangre.

—Melanie ha despertado —dijo él para mi alivio—. Tienes que venir lo antes posible, Alayna.

Dejé salir un suspiro aliviado mientras me acurrucaba más con Luca. Mi niña acababa de despertar. ¡Sabía que lo lograría! Era una Novak, nunca nos dábamos por vencidas.

—Dame una hora y estaré ahí. Dile que la quiero mucho.

—Por supuesto.

La llamada finalizó y lancé mis brazos alrededor del cuello de Luca.

—¿Qué ha sucedido?

—Melanie ha despertado —revelé sin soltarlo—. Iremos al hospital y conocerás a mi familia.

—¿Estás segura?

—Eres mi novio y ellos necesitan saberlo.

Estuvo momentáneamente sorprendido y contuvo la respiración.

—¿Qué acabas de decir?

Me encogí de hombros con una sonrisa, adoraba su reacción.

—Dije que eres mi novio, Luca Vitale.

43

LUCA

Valió la pena dejar de lado las obligaciones y arriesgarlo todo por ella. Quería salir, gritarle al mundo que Alayna Novak finalmente era mía. Admitió que me amaba y todavía no podía asimilarlo. Tenía mi corazón en sus manos y gobernaría mi vida para siempre. Ni siquiera Dios o el diablo podrían apartarme de su lado. Cualquiera que lo intentara estaría muerto.

—Más vale que lo asimiles pronto —dijo Alayna. Mierda, lo pensé en voz alta—. ¿No he sido clara?

Abroché los botones de mi camisa azul y miré a la mujer más hermosa que había conocido. Estábamos preparándonos para ir al hospital juntos. Ella oficialmente me presentaría ante su familia como su pareja.

—Aún estoy soñando. Tu faceta de asesina despiadada me encanta, pero tu lado sensible me enamora.

Me ayudó a anudar la corbata y la tomé de la cintura cuando me besó. Primero suave, luego intenso. Tenía ganas de lanzarla a la cama y hacerla mía durante horas. No quería que nuestro paraíso terminara tan pronto. ¿Podríamos quedarnos allí? Imposible. Ella debía ver a su familia y yo necesitaba llamar a mi tío Eric pronto. Me preocupaba que mis enemigos aprovecharan mi ausencia. ¿Por qué el mal presentimiento se negaba a irse?

—¿Debería llevarle algo a Melanie? —pregunté, rompiendo el beso—. ¿Le gustan las flores? ¿Chocolates? ¿Libros?

Alayna sonrió.

—Cualquiera de las opciones estará bien.

Mi corazón dio un vuelco ante su tono dulce. Era evidente lo mucho que amaba a su sobrina. Conocerla más a fondo era increíble.

—Lo compraremos todo por el camino. Gracias por darme esta oportunidad, Alayna. Gracias por entregarme tu corazón.

Apoyó su frente contra la mía.

—Gracias por no rendirte cuando se trata de nosotros —susurró.

Terminamos de vestirnos y fuimos hasta el ascensor del hotel. Cuando indicó que estábamos en la planta baja, salimos a la recepción. El automóvil que había alquilado se encontraba estacionado en la acera y Fabrizio salió de él.

—Señor —dijo y miró a Alayna—. Señorita.

—Hola, Fabrizio —respondió Alayna en tono intimidante—. Luca te mantiene con él por una razón. Demostraste estar a la altura del cargo.

Fabrizio agachó la cabeza.

—Aún no ha visto todo mi potencial, pero agradezco el halago.

—Primero pasaremos por algunas tiendas —masculló—. Después iremos al hospital que mi novia va a indicarte.

—Como ordene, señor.

Entró en el coche mientras yo le abría la puerta a Alayna.

—Tu novia, ¿eh?

—Tú usaste primero la etiqueta —le recordé—. ¿No suena bien?

—Suena cursi y patético, pero lo acepto —se rio.

Esa mañana estaba hermosa con el cabello recogido en un moño y el tono de maquillaje mucho más claro. Algo inusual en ella cuando siempre lucía el negro. Mis ojos admiraron su pecho, desprovisto de cualquier joya. Su piel suave era suficiente para llamar la atención, pero de repente quise colmarla de regalos. Tener detalles como cualquier novio.

Vi toda una vida a su lado. Una donde podría besarla, abrazarla y amarla. Una donde éramos felices sin obstáculos.

Fabrizio condujo por las calles mientras buscábamos una floristería en la ciudad. No nos costó mucho encontrarla. Alayna eligió un ramo de lirios blancos. Eran hermosos. Después de pagar continuamos con nuestra excursión tomados de la mano, caminando por las calles como una pareja normal. En algún momento se detuvo a comprar un café de Starbucks acompañado de su croissant.

La miré embobado. Ella con un sencillo vestido blanco, tacones altos y el abrigo. La brisa de la mañana sacudió su cabello y sus mejillas adquirieron un bonito rubor. Era mía. Toda mía.

—Quiero comprar algo especial antes de ir al hospital —murmuré.

Alzó una ceja.

—¿Qué?

Sonreí y señalé la tienda de Cartier detrás de su espalda. Ella masticó más rápido el croissant y le entregó el vaso casi vacío a Fabrizio, que sostenía el ramo de flores. Me reí mientras cruzábamos la calle y entramos en la joyería.

—¿Otro regalo para Melanie? —preguntó Alayna curiosa.

—No —respondí—. Es para ti.

Se rio, sonaba nerviosa y confundida.

—No necesito regalos, Luca.

—Y yo no necesito tu permiso para hacerte uno.

—Te estás tomando muy en serio el papel de novio.

—No tienes idea.

Sin borrar la sonrisa de mi cara, me acerqué a la mujer detrás del mostrador que nos miraba encantada. Aretes de diamantes colgaban de sus orejas y un collar del mismo estilo rodeaba su cuello. Era elegante y sofisticada.

—¿Puedo ayudarlos en algo? —inquirió con amabilidad.

—Un collar perfecto para mi novia —contesté en un fluido inglés—. A ella le encantan las mariposas —añadí como dato.

La mujer sonrió ampliamente y me guiñó un ojo. Leí su nombre en la tarjeta pegada al bolsillo superior de su camisa blanca con botones. «Cindy».

—Tengo algo perfecto para ella. —Salió del mostrador—. Un minuto, por favor.

Alayna estaba más entretenida mirando las joyas con alarmas en el escaparate. No había dicho mucho además de sonreír. Me pregunté qué pasaba por su mente. Lo que menos quería era hacerla sentir incómoda o fuera de lugar.

—Es solo un regalo —susurré, acercándome.

Se mantuvo de espaldas.

—Lo sé —dijo—. El primer regalo honesto que recibiré. Nunca me habían hecho uno.

—¿De verdad?

—No sin dobles intenciones. —Me enfrentó con una expresión distante—. Siempre que dan esperan recibir algo a cambio. Y no son cosas buenas precisamente.

Ella trataba de fingir que no le importaba, pero su voz emanaba tristeza y dolor. Mi hermosa mariposa rota.

—Yo también quiero algo de ti, Alayna —susurré—. Una vida a tu lado.

Dejó escapar un aliento tembloroso.

—Luca…

Cindy nos recordó su presencia y regresé al mostrador, tomando a Alayna de la mano. Fabrizio esperaba fuera con el ramo y rogaba que los lirios no se marchitaran antes de que llegáramos al hospital.

—Tengo el collar perfecto —dijo—. Algo delicado, femenino y sofisticado.

Había un maletín expuesto en el mostrador con collares de diferentes estilos. Alayna estaba fascinada con uno en especial. Sonreí por su elección. Era un collar de diamantes con un dije de mariposa brillante con pequeñas piedras preciosas incrustadas.

—Excelente elección —la halagó Cindy—. Está hecha en Egipto. Su diseño no es muy común.

Le entregué mi tarjeta Amex negra sin preguntar el precio y sus ojos se iluminaron.

—Cárguelo a mi cuenta.

Asintió.

—A sus órdenes, señor.

—¿Puedo? —Señalé el collar.

—Por supuesto.

Alayna suspiró a mi lado.

—Puedo comprar mi propio regalo, ¿sabes? —protestó.

—Eres mi novia y será mejor que te acostumbres. No será el primer regalo que te haré. La próxima vez será un anillo de diamantes. El quilate más grande que exista.

Se rio nerviosa, sus ojos azules se abrieron ampliamente.

—Dime que estás bromeando.

—No, no lo hago. Permíteme, amor.

Ella se puso de espaldas y le coloqué el collar con sumo cuidado. Mis manos bajaron por sus hombros y besé su oreja. Un suave suspiró emanó de sus labios. La amaba.

—¿Te gusta? Podemos ver otras opciones…

Sacudió la cabeza rápidamente.

—Es perfecto. —Se giró en mis brazos y me regaló una sonrisa genuina—. Gracias. Me encanta.

Besé sus labios.

—Cualquier cosa por ti, mariposa.

Pagué y nos marchamos rumbo al hospital. Alayna tocaba el collar mientras miraba por la ventana. Le dio un significado valioso al regalo y a partir de ese momento me prometí a mí mismo comprarle el mundo si era necesario.

—¿Alguna advertencia sobre tu hermano? —consulté mientras Fabrizio conducía—. No quiero que me dispare en nuestro primer encuentro.

La risa de Alayna inundó el coche. Quería grabar ese sonido en mi memoria y reproducirlo cada vez que la extrañara. Dios, era la mejor canción que podía oír.

—No te preocupes por Caleb. Él es un caballero y sabe de ti. Además, está al tanto de lo mucho que significas para mí. No tienes nada que temer.

—Vas a protegerme, ¿no?

—No lo dudes, príncipe.

Fabrizio aparcó frente al hospital cinco minutos después. Alayna y yo bajamos del coche, tomados de la mano. Estaba ansioso y nervioso. Iba a conocer a su familia y no sabía qué decir.

—Relájate, ellos son más normales de lo que crees —comentó Alayna—. Te caerán muy bien.

Entramos por las puertas giratorias y caminamos por el inmenso hospital con el ramo de flores en la mano. Aún no estaban marchitas. Seguían frescas y desprendían un aroma exquisito.

—Me importa lo que piensen de mí.

Frunció el ceño.

—¿Quién es tu novia?

—Tú.

—Exacto. Da igual lo que ellos crean de ti.

Una chica de cabello castaño y ojos oscuros se levantó al vernos llegar a la sala de espera. Conocía a Alayna porque sonrió.

—¿Alayna Novak? —preguntó—. ¡Es bueno volver a verte! ¿Me recuerdas?

—Hola, Karissa —contestó Alayna—. Claro que recuerdo tu cara bonita. Eres la mejor amiga de Melanie.

—Pensé que no me recordarías, pasó tanto tiempo desde que nos vimos. —La morena fijó sus ojos oscuros en mí—. Soy Karissa, mucho gusto.

—Luca Vitale, novio de Alayna.

Su sonrisa se amplió.

—Definitivamente ambos tienen buen gusto —halagó—. Hacen la pareja perfecta.

—Lo sabemos —aceptó Alayna con arrogancia—. ¿Has visto a Melanie?

—No, esperaré a que su familia la vea primero. Pasen, está con el médico.

—Te veo después.

Alayna me agarró de la mano y me arrastró por los pasillos hasta detenernos frente a una puerta abierta. Escuché sollozos emocionados, vi abrazos emotivos. Un hombre joven se aferraba a la chica rubia acostada en la cama. El médico daba indicaciones, explicando el caso.

Me fijé en la otra pareja en una esquina. El hombre de cabello oscuro tenía un increíble parecido con Alayna y deduje al instante quién era. Caleb Novak. Su mellizo.

—¿Conoces a las personas que están aquí? —interrogó el médico.

La pequeña rubia de la cama asintió y sus ojos escanearon a cada uno. Su mirada asustada provocó un nudo en mi garganta. Era Melanie. Su estado hizo que me sintiera horrible por Alayna. Debí dejar a un lado mi orgullo y acompañarla antes en un momento tan difícil.

—Sí —contestó ella.

—¿Puedes decirme sus nombres?

Sus ojos claros y tímidos se encontraron con los míos. Sonreí cuando el rubor se arrastró por sus pálidas mejillas. No quería incomodarla.

—Bella, Caleb, Neal y Alayna —respondió con seguridad—. No conozco a una persona.

Me aclaré la garganta y Alayna sonrió.

—Él es Luca Vitale, mi novio.

¿Alguna vez iba a acostumbrarme a que ella me llamara así?

—Hola, Melanie —me presenté con mi mejor sonrisa—. Es un placer conocerte, Alayna me habló maravillas sobre ti.

Su sonrojo se profundizó.

—Hola, Luca.

El médico continuó con su diagnóstico.

—Me alegra ver que no tienes ningún signo de amnesia. Tu padre tenía razón cuando me dijo que eres muy valiente.

Melanie sollozó.

—¿Lo soy?

—Son muy pocas las personas que sobreviven a este tipo de accidente —expuso el médico—. No dudes de tu fortaleza, tú eres más que valiente, Melanie.

—¿Por qué no puedo mover las piernas?

¿Por cuánto había pasado esta pobre chica? El médico puso las manos en los bolsillos de su bata.

—Tus piernas fueron aplastadas debido al impacto del accidente, pero puedo asegurarte que será temporal.

El médico prosiguió a pesar de que Melanie era un mar de lágrimas. Me sentía mal por ella. Un imbécil apareció en su vida y trató de dañarla. ¿Por qué las escorias inservibles como mi padre seguían libres? Quería encontrarlos a todos y matarlos uno por uno.

—Te trajimos un regalo. —Alayna dejó las flores sobre la mesita cerca de la cama—. Sé que eres muy fan de los lirios.

Melanie se limpió las lágrimas. El brillo inmediatamente regresó a sus ojos apagados. Bella lloró en el pecho de Caleb.

—Me encantan. Gracias por el detalle, Alayna.

El médico ordenó que todos abandonáramos la habitación ya que la paciente necesitaba descansar. Su novio permaneció con ella.

—Aún no me he presentado oficialmente. —El hombre intimidante me tendió la mano una vez que estuvimos fuera. Su voz tenía un acento ruso, áspero y gutural—. Soy Caleb Novak.

El parecido con Alayna era impactante. Veía a una versión masculina de la mujer que amaba. Mismo cabello oscuro, piel pálida y ojos azules.

—Luca Vitale, me alegra tener la oportunidad de conocerte al fin. —Sacudí su mano y miré a la mujer a su lado—. ¿Bella?

Sus labios rojos formaron una sonrisa. Era hermosa. Vestida de esa forma me recordó a una clásica estrella de cine. Su cabello castaño era lacio y caía de manera delicada hasta su cintura. Sus ojos azules eran más pálidos que los de Alayna. Apostaría que había visto su cara en alguna parte, pero no recordaba dónde.

—La misma. —Su abrazo inesperado me tomó desprevenido—. Me moría por conocer al hombre que le robó el corazón a Alayna.

—Fue una batalla bastante difícil.

Bella me guiñó un ojo.

—Apuesto a que sí. —Le echó un vistazo a Alayna—. ¿Me acompañas por un café?

—Claro. —Besó mis labios—. Estaré aquí pronto.

Los nervios resurgieron cuando me dejaron solo con Caleb. Emanaba una oscuridad que te hacía pensar dos veces antes de atacar. Sabía que estaba en presencia del peligro. Su traje de Armani era un perfecto camuflaje para el asesino que había detrás.

—Eres bastante especial, ¿eh? —dijo con un toque de humor—. Ella bajó la guardia por ti.

—No fue fácil —reconocí con honestidad—. Alayna está hecha de acero.

—Soy testigo de eso. Mi hermana sufrió desde que éramos niños. Juntos conocimos el hambre, frío, sufrimiento, decepciones y traiciones. Vimos morir a mamá. Nuestro propio padre hizo que todo fuera difícil.

El dolor en su voz me estremeció. De repente, imágenes de una pequeña Alayna siendo reclutada por una organización de asesinos se reprodujeron en mi mente. Me imaginé todas las atrocidades que pasó. Las cicatrices en su cuerpo eran un recordatorio de que nunca tuvo una vida fácil.

—¿Ella te habló sobre mí?

Caleb midió su respiración con el rostro inexpresivo.

—Te ha mencionado pocas veces, pero es suficiente para saber cuánto significas en su vida —masculló—. Le has dado algo que nadie más pudo y confía plenamente en ti. Si llegas a romperle el corazón, su desconfianza hacia los hombres será irremediable.

Una helada ola de mareo me invadió ante esa posibilidad. Me hice la promesa de que nunca más la decepcionaría. Vine aquí con intenciones de quedarme para siempre con la mujer que amaba.

—La amo —susurré—. No voy a herirla de nuevo.

Asintió con la mandíbula apretada.

—Espero que lo tengas en cuenta siempre.

ALAYNA

Después de la charla con Bella, visité a Melanie en su habitación. Las flores estaban en un jarrón con agua. Se veía mucho mejor y más animada a pesar de la noticia. La sonrisa había regresado a sus labios y el brillo de sus ojos era precioso. Ella estaría bien. Confiaba en su fortaleza.

—Tu novio es muy guapo —comentó—. Me gusta la pareja que hacen; está aprobado.

Me senté en el sillón cerca de la cama y le sonreí. Luca seguía hablando con Caleb en la sala de espera. Esperaba que mi hermano no le diera sermones, mucho menos que lo amenazara. Mi novio ya se sentía lo suficientemente intimidado.

—También aprobé a Neal para ti.

Su sonrisa vaciló.

—No me gusta retenerlo —aceptó en voz baja—. Debería seguir

con su vida sin problemas. ¿Lo has visto? Está viviendo en el hospital por mí. Es injusto.

Solté un suspiro.

—Lo hace porque te ama con locura. ¿Piensas que no eres buena para él?

Las lágrimas se asomaron a sus bonitos ojos.

—Traje un montón de tragedias a su vida desde que nos conocimos —se lamentó—. Ahora soy una discapacitada. Me convertiré en una carga para él.

Una rabia ardiente bulló en mi interior. Odiaba que se menospreciara.

—No hables de esa forma nunca más —la regañé—. Eres valiosa e importante. Neal no es el único que te ama. Tu familia también.

—Llevará su tiempo para que vuelva a caminar.

—Deja de buscar excusas, Melanie. Neal te ama y nada hará que se aleje de ti. Son perfectos el uno para el otro.

—No es cierto.

—Tenía ese mismo pensamiento desde que conocí a Luca. Él es como un príncipe azul. Yo en cambio soy el demonio —musité—. Traté de alejarlo con un millón de excusas, pero nunca cedió. Me hizo entender que somos buenos juntos.

¿Acababa de decir esa cursilería? Definitivamente sí, pero ya no me avergonzaba. Una vez alguien me dijo que el amor solo era para los valientes.

—¿Lo amas?

—Sí —admití—. Me di cuenta de que estar separada de él significa dolor. Era infeliz y no quiero lo mismo para ti, Melanie. Sufrirás mucho si no tienes a Neal, no dejes ir a ese chico porque tal vez no volverá. Todos tenemos nuestros límites. Sé que no es la primera vez que lo alejas porque te sientes insegura.

Ocultó su rostro entre las manos y sollozó.

—No sé qué hacer —expuso—. Estoy asustada.

—Déjate amar y permite que tu familia te apoye. Estamos aquí, cariño.

44

LUCA

De regreso al hotel, Alayna pidió comida tailandesa mientras nos sentamos en la alfombra frente a la chimenea. Mi corazón se sentía ligero en su presencia. Conocer a su familia fue maravilloso y esperaba dar el siguiente paso muy pronto cuando ella estuviera lista: poner un anillo en su dedo y convertirla en mi esposa.

Pero algo me distraía del momento. Era el quinto mensaje que le enviaba a mi familia y no habían respondido ninguno. Fabrizio prometió llamar a su hermano para averiguar si algo malo ocurría. ¿Por qué no podía ser feliz un par de días? Estaba tentado a regresar inmediatamente a Palermo.

—¿Qué sucede? —preguntó Alayna, vertiendo el vino en dos copas.

Jugueteé con el reloj en mi muñeca.

—He llamado a mi casa varias veces y nadie responde.

—¿Ni siquiera Gian y Luciano? —Me entregó la copa y bebí un sorbo.

—No.

—Deben de estar ocupados —dijo ella—. Insiste más tarde.

—Lo haré.

Alayna le dio un bocado a su *pad thai* y gimió en aprobación. Me reí por su reacción porque me encantaba verla comer. Señaló mi plato con una cuchara.

—Come, está genial.

Mastiqué despacio, aún perdido en mis pensamientos. No me arrepentía de haber ido a Londres, pero no podía disfrutar plenamente. Algo iba mal.

—Moretti ha estado muy silencioso —murmuré—. Movió a su hija de Alemania y no respondió a mi ataque. Envié a dos soldados para que lo mataran.

—No lo olvidará fácilmente.

—Lo sé —dije, frunciendo el ceño—. Su silencio es bastante sospechoso. Siento que atacará pronto y aprovechará mi ausencia de Palermo.

Se me erizó el cabello de la nuca y mi corazón empezó a latir con fuerza. Si tan solo respondieran mis malditas llamadas, no me invadirían las teorías conspirativas. Necesitaba saber que estaban bien.

—Hay algo detrás de las acciones de Ignazio —coincidió Alayna—. Tú intentaste chantajearlo con su familia, pero fue tu padre quien consiguió los datos de su hija y planeaba usarlos en su contra. ¿Piensas que lo olvidará? Lo dudo. Él conocía tus motivaciones, sabe que eres un buen hombre. Ni siquiera respondió a tu ataque porque no te considera un enemigo.

Tragué.

—¿Debería sentirme halagado de que no me vea como un enemigo?

—Si Ignazio quisiera cobrarte tu chantaje, todas las personas que amas estarían muertas, pero no lo vio como un asunto personal. Tarde o temprano te buscará. Su silencio es una señal.

—¿Señal de qué?

Alayna se tomó un momento para tragar el bocado.

—El verdadero caos aún no ha comenzado —dijo con naturalidad—. Sé cómo trabaja, he visto antes sus juegos retorcidos y me enseñó cada uno. Lo que hizo fue hacerle creer a Carlo que estaba de su lado, pero buscaba un beneficio.

—¿Qué podría ofrecerle Carlo que yo no?

—Esa es la gran incógnita. Carlo ya no puede ofrecerle nada y sabe que tu padre no es de fiar. Tú al mando le darás más poder porque cuentas con el apoyo del gobernador y le das mucha importancia a la lealtad. Ignazio lo aprecia. —Me miró con una ceja arqueada—. Debemos mantenernos alerta y evaluar qué nos espera con él.

Miré mi plato.

—Cuando torturé a Carlo me dijo que el comprador de las chicas es italiano.

—Piensas que es Ignazio —asumió.

—Tiene sentido. ¿Quién más compraría a todas al mismo tiempo? ¿Con qué propósito? —Solté el tenedor—. Quiere acorralarme.

—No te habló porque no quiere.

—Exactamente. ¿Qué demonios debo hacer?

—Esperar. Es todo lo que nos queda, príncipe.

—Alayna, yo… —suspiré, tratando de encontrar las palabras correctas.

La tensión se volvía densa e inquietante. No podía calmar a mi corazón ni los nervios descontrolados. Solo quería volver con mi familia, pero al mismo tiempo me negaba a dejarla allí.

—Necesitas regresar con tu familia. —Me leyó la mente. La sonrisa que me dirigió fue un alivio—. Lo entiendo, Luca. Cuando te hice la propuesta de dejar atrás todo me refería a hacerlo una vez que matáramos a tus enemigos y tu familia estuviera segura.

Un dolor punzante me atravesó el pecho. ¿Cómo podría conservar a ambas? ¿Alayna y la seguridad de mi familia?

—Fue egoísta de mi parte venir aquí y pretender que me aceptes con cada uno de mis problemas.

Alayna apartó la comida de la alfombra y se puso a mi lado. Entrelazó nuestras manos, dándome una suave mirada que entibió mi corazón. Deseaba estar con ella sin sentir que le fallaba a mi familia. Quería ser feliz sin el constante miedo acechándonos.

—Cuando tomaste ese avión y me dijiste que me amabas sabía que eras sincero, Luca. Luchaste por mí a pesar de las guerras que te rodeaban. Me pusiste en primer lugar.

Llevé su mano a mi mejilla y cerré los ojos.

—Lo haría de nuevo sin dudar.

—Y te amo por esa razón, pero no pretendo retenerte aquí mientras tu familia te necesita. Regresa con ellos y termina todo lo que tienes pendiente. No iré a ninguna parte. Seguiré esperándote.

La agarré por la nuca, atrayéndola hacia mí para darle un profundo beso. Alayna abrió la boca, dándole la bienvenida a mi lengua y devoré su esencia, todo de ella. Lamentablemente terminó demasiado rápido para mi gusto y gemí en frustración.

—No lo repetiré de nuevo, Vitale. Come.

Sonreí y sacudí la cabeza.

—Me encanta que me des órdenes.

—Come —insistió.

Al terminar el almuerzo, Alayna decidió darse una ducha mientras yo insistía con las llamadas. Nadie respondió. El pánico empezó a apoderarse de mí y no dudé en mi próxima decisión. Iría ya mismo a casa. No podía postergarlo. El mal presentimiento se volvía peor con cada respiración. El timbre de la habitación sonó, sobresaltándome en el sofá. Solo podía ser Fabrizio.

—Tengo malas noticias. —Su voz sonó jadeante y llena de terror cuando abrí la puerta—. Acaban de invadir la mansión, señor.

Mi estómago se paralizó y quedé congelado. Sacudí la cabeza de un lado a otro. Sabía que esto pasaría. Lo sabía.

—¿Quién?

—Ignazio Moretti y… su padre, señor.

Por primera vez en el día, mi móvil emitió un leve pitido y le eché un vistazo con las manos temblorosas. Pude ver una foto de mamá y Kiara con los ojos llenos de lágrimas.

«Tienes veinticuatro horas, *figlio*. Ven a por ellas sin tu zorra o morirán».

ALAYNA

Salí de la ducha y me sequé el cabello con una toalla. Quería encontrar la manera de tranquilizar a Luca y recordarle que no estaba solo. Sus guerras también eran mías. Necesitaba muertos a nuestros enemigos para empezar una nueva vida sin conflictos. Si tenía que interferir nuevamente, lo haría. Lo que fuera para terminar con esto de una vez.

—¿Luca?

No respondió. Regresé a la sala y noté un profundo silencio. El fuego crepitaba en la chimenea, sin señales de Luca. ¿Había sido capaz de tomar un avión sin mí? ¿Se había ido sin avisar? Lo llamé diez veces y me contestaba el buzón de voz.

Corrí a la recepción. La ira y el miedo me atravesaron, la adrenalina fluía bajo mi piel. No quería pensar en lo peor, pero era inevitable. ¿Por qué se iría sin avisarme?

—Hola. —Me acerqué a la chica de detrás del ordenador y le hablé con la respiración agitada—. ¿Ha visto a un hombre pasar por aquí? Cabello castaño, ojos grises. Compartía conmigo la habitación treinta y tres.

La joven asintió.

—Subió a un coche hace unos minutos con otro hombre.

Me lamí los labios que de repente estaban muy secos.

—¿Cómo lo notó?

—Un poco alterado —dijo—. De hecho, casi rompe el jarrón cerca de la puerta…

Era todo lo que necesitaba saber. Tenía que haber una razón fuerte para que se fuera sin avisarme.

—Gracias —exhalé.

Regresé a mi habitación. No dudaba que Luca podía manejar sus propios problemas, pero una ayuda nunca estaba de más. Enfundé el arma en mi muslo cuando mi teléfono sonó y me precipité a contestar sin mirar el remitente.

—¿Hola?

—Alayna —dijo la voz con fuerte acento italiano, y me puse rígida.

La furia me superó y me senté en la cama para calmar los escalofríos que recorrían cada centímetro de mi cuerpo. Sabía que pronto haría una jugada.

—Ignazio.

—¿Qué es ese tono? ¿No estás feliz de escucharme?

Apreté el móvil contra mi oreja.

—Ve al grano, idiota. No tengo tiempo para esto.

Soltó una risita llena de burla.

—Qué lástima, pensé que te gustaría escuchar esta noticia. —Suspiró con falso pesar—. Sobre todo, ahora que tu príncipe regresó al castillo maldito.

Tenía la sospecha de que estaba detrás de esto, pero su confirmación lo hacía peor. El miedo se extendió, esparciendo veneno por mis venas.

—¿Qué has hecho esta vez? Si le tocas un maldito pelo…

—Relájate, no soy el villano aquí. Siempre estuve de tu lado, Alayna.

No parpadeé.

—¿Qué pretendes?

Ignazio se rio, encantado con el control que tenía.

—Oh, vamos. Me conoces muy bien —dijo entre risas—. ¿Qué pretendo exactamente? Más poder, por supuesto. Tú eres el conducto perfecto para convencer a Luca de que aún podemos ser buenos socios.

Sentía a mi corazón latiendo como nunca, ahogando todos los sonidos. El pulso acelerado delataba mi temor.

—Habla con él tú mismo, no me necesitas.

—Dile que tengo lo que busca.

—Las chicas…

—No lo tomes personal, trabajé solo para que nada saliera mal —aseguró—. Nunca te traicioné, Alayna. Siempre seré tu aliado.

¿Ignazio mi aliado en esta guerra? Qué chiste más absurdo. No confiaba en él. Tenía la certeza de que iba a apuñalarme cuando menos lo esperara. Pasé por la misma experiencia antes y no caería en su trampa. Dudaba que hubiera comprado a las chicas por la bondad de su podrido corazón. Era una retorcida estrategia para manipular a Luca.

No era un buen hombre. No era leal más que a sí mismo. Si ofrecía ayuda era por beneficio propio.

—Teníamos un trato y te aliaste con Carlo Rizzo.

—También lo hice con Leonardo —se rio.

—Tú, hijo de puta…

—¡Ah, qué violenta! —dijo en tono alegre—. Es lo que más me gustaba de ti, ¿sabes?

—¡¿Qué demonios quieres?!

—Cálmate, por favor. Solo quería saludar y darte una pequeña advertencia. El que avisa no traiciona. —Se rio fuerte—. Toma un vuelo a Palermo y nos veremos en las próximas horas. Esperaré una disculpa después.

—Vete a la…

Colgó.

El temblor me sacudió, alterando mi corazón. Ese bastardo desconsiderado no me había dado más que dolores de cabeza. Juré que el próximo tiro no fallaría por nada. Logré recomponerme y marqué el número de la única persona que podía ayudarme.

—¿Alayna? —respondió Caleb.

—Regresaré a Italia y necesito que me ayudes. Ignazio planea algo y pronto atacará. No puedo dejar solo a Luca.

—Alayna…

—No me vendría mal un poco de ayuda —añadí—. Entenderé si prefieres quedarte con Bella y Melanie, pero… ¿crees que puedes apoyarme en esto?

No hubo duda en su respuesta y casi lloré de alivio. Caleb ya no mataba como antes. Cambió muchos aspectos de su vida y que volviera a sus viejos hábitos por mí significaba tanto.

—Por supuesto que puedo apoyarte con esto, tú lo hiciste cuando más te necesitaba.

Sonreí.

—Gracias, hermanito. Te eché de menos, ¿sabes?

—Voy a colgar antes de que te avergüences más a ti misma —bromeó—. ¿Puedes darme una hora para organizar el viaje?

—Claro, te veré en la pista de despegue.

LUCA

Ni siquiera hice las maletas. Volví de Londres con las manos vacías. Logré comunicarme con mis primos cuando mi vuelo aterrizó en Palermo tres horas después y nos reunimos en Las Fronteras. Fueron los únicos que lograron escapar, aunque no recibí noticias de mi tío Eric.

Mi padre estaba haciendo de las suyas con él. Mis dientes rechinaron. Una profunda agonía me desgarraba por dentro mientras pensaba en mi madre y Kiara.

La carga sobre mis hombros era cada vez mayor. Tenía tantas desventajas que me aterraba perder. Si no conseguía salvar a mi familia, estaría perdido. ¿Cuántas posibilidades había de ganar? Solo contaba con el apoyo de mis primos y Fabrizio, pero esperaba a Alayna pronto. La conocía lo suficiente para saber que regresaría por mí.

—Laika está escondida en un viejo almacén —informó Luciano—. Todo sucedió cuando estábamos fuera de la casa y recibimos una llamada de nuestro padre para que no regresáramos.

Mi corazón latió salvajemente y mi piel se enrojeció por la ira. Leonardo logró recuperar el control gracias a Moretti. Alayna me aseguró que Ignazio todavía me veía como un aliado, pero empezaba a dudarlo.

—¿Cuál es el plan? —preguntó Gian.

—Entregarme.

Gian y Luciano palidecieron.

—Tienes que estar bromeando. ¿Dónde está Alayna?

Me pasé la mano por el cabello mientras observaba las luces de la ciudad. Fabrizio se posicionó a mi lado, sosteniendo su arma y recordándome que seguía leal hasta el final. Era un hombre silencioso y más bien de acciones. Cuando actuaba venía con sorpresas turbias. Tenía órdenes estrictas de salvar a mi madre y Kiara. Era todo lo que importaba.

—Una de las condiciones que puso mi padre es que Alayna no debe interferir, pero ella vendrá de todos modos —dije—. Hará que la balanza esté de nuestro lado.

—Van a matarte sin dudar cuando entres en la mansión —espetó Luciano con la mandíbula apretada—. ¿Qué pasará con tu madre y Kiara?

Mi ritmo cardiaco se disparaba violentamente. Me sentía inseguro, desconfiado y fuera de lugar. Ni siquiera había una oportunidad para pensar. Solo actuar.

—Moretti trama algo —murmuré—. Averiguaré qué quiere.

Gian maldijo.

—Luca…

—Es un juego retorcido y voy a participar. Ustedes preocúpense de sacar a mi madre y a Kiara de ahí. ¿Entienden? Ellas son lo único que me importa ahora mismo.

—¿Tu vida no vale nada? —preguntó Luciano—. Estás demente si piensas que vamos a dejarte solo en esto. Además, recuerda que nuestro padre sigue en la mansión. No descansaremos hasta sacarlo de ahí.

Reuní fuerza y miré a cada uno.

—¿Entonces qué sugieren? Me estoy quedando sin tiempo.

—Tú irás al encuentro, pero nosotros cubriremos tu espalda. Mi hermano está al tanto y traerá algunos refuerzos —dijo Fabrizio—. También contamos con el apoyo de la mariposa negra. Ella estará aquí pronto.

Una sonrisa torcida levantó mis labios. Me encantaba que confiaran en ella.

—¿Cómo estás tan seguro?

—Porque ella es la reina del tablero y siempre tiene lista una jugada.

45

ALAYNA

Caleb y yo nos reunimos en el aeropuerto. Esperaba llegar a tiempo. No debería estar molesta con Luca. Hizo lo que creía correcto, pero me sentía más que furiosa. Se había ido y caído en la trampa de Ignazio. Siempre tan ingenuo e impulsivo.

Vi a mi hermano hablar muy confiadamente con el piloto. A pesar de los años mantenía el contacto con mucha gente importante en cada parte del mundo. Ni siquiera necesitábamos los documentos para viajar. Podíamos hacerlo sin levantar sospechas y con armas encima.

Amaba su estilo y la tranquilidad con la que manejaba ciertas situaciones. Era disciplinado, ordenado y dueño del control. Muy pocas cosas lo perturbaban. Envidiaba eso de él. Yo era lo opuesto: una tormenta imparable que arrasaba con todo a su paso.

Abrí el maletero del coche y elegí una Glock con un cargador personalizado. Giré el silenciador en la punta y la recargué. Después rodé la recámara para cerciorarme de que estuviera lista. Cuando estuve satisfecha arreglé mi abrigo y toqué el micrófono acomodado detrás de mi oreja. Caleb sería el elemento sorpresa, actuaría desde las alturas y dispararía en el momento oportuno. Él tampoco había fallado nunca y era más preciso que yo en ese aspecto.

—Todo está en orden. —Caleb se acercó con calma. Iba vestido de negro al igual que yo y miró la hora en su Rolex—. Deberíamos estar ahí en dos horas.

—¿Bella estuvo de acuerdo? Sé que ya no matas desde hace un

tiempo —comenté en tono burlón—. Ni siquiera hiciste una excepción con el acosador de Melanie.

Su mandíbula se contrajo ante la mención de ese idiota. Se sentía culpable porque no actuó antes. Intentar ser un hombre pacífico le costó caro y no cometería el mismo error. Lo conocía. Ahora sería más sobreprotector que antes con su familia.

—Bella sabe que me necesitas y te apoya.

—Qué linda —sonreí—. Te tiene atrapado.

Capté una chispa de diversión en sus ojos iguales a los míos.

—¿Qué me dices de Luca? Nunca corriste detrás de nadie hasta hoy.

Mis botas con tacones hicieron ruido contra el asfalto cuando me alejé de él y avancé hacia el jet privado. Le di un par de segundos para escoger su juguete favorito, aunque pude hacerme una idea exacta de cuál sería. Siempre prefirió mantenerse entre las sombras mientras acababa con todos. Su trabajo era impecable. No le gustaba dejar nada sucio.

—Date prisa. —Observé por encima de mi hombro que Caleb sostenía un maletín negro—. Quiero llegar lo antes posible.

—La impaciencia es un defecto tan desagradable. —Chasqueó la lengua mientras se acercaba a mí.

—Estarías peor en mi lugar —dije. Caleb no lo negó.

Ya era casi de madrugada y estaba al borde de la desesperación por mucho que trataba de mantener la compostura. Quería besar a Luca, pero también darle un cachete por irse sin ninguna explicación. ¿Cómo planeaba acabar con sus enemigos? Odiaba que tratara de actuar como un héroe. Ese papel nunca lo beneficiaba.

—Tenías razón sobre Ignazio —comentó Caleb.

Levanté una ceja.

—¿En qué exactamente?

Subió las escaleras del jet mientras yo seguía su ejemplo.

—Ha invadido la mansión Vitale y es aliado de Leonardo.

Hice una mueca de desagrado. Ignazio era un idiota pretencioso y codicioso. No sabía de qué se trataba su estrategia, pero me molestaba que dañara a Luca. Quería demostrar que tenía el poder y había llegado la hora de ponerle un límite. Le cobraría la deuda pendiente.

—Mataré a Ignazio —afirmé con determinación—. Es mío, Caleb. Tú encárgate de despejar el camino para mí.

Puso su mano en mi hombro y juntos nos acomodamos en nuestros asientos.

—A la orden. Esta noche trabajo para ti.

Me reí.

—Amaré recordar los viejos tiempos. Bienvenido de nuevo, hermanito.

LUCA

Mis primos y Fabrizio trazaron un plan peligroso. Si dentro de treinta minutos no salía de la mansión, vendrían cientos de policías a capturarme. Recibirían una denuncia anónima con datos importantes sobre narcotráfico y trata de personas. Dudaba que las fuerzas de seguridad de la ciudad se mantuvieran al margen. Los medios de comunicación también serían informados y toda Italia sabría cómo funcionaba la mafia en Palermo. No me importaba ensuciar el nombre de Fernando. Si yo caía, arrastraría a varios conmigo.

Los francotiradores que custodiaban la mansión bajaron sus rifles al verme llegar. Una pequeña luz iluminó mi cara cuando un soldado se acercó y registró si tenía armas.

—Está limpio —informó—. Adelante.

Avancé hacia la puerta, ralentizando mi respiración. Mi mente por un momento se trasladó a la noche anterior. El escenario perfecto con Alayna diciendo que me amaba. No duró mucho, pero fui muy feliz esas últimas horas. Me llevaría ese recuerdo conmigo para siempre.

—Tienes muchas agallas para presentarte aquí solo —comentó Moretti cuando me vio llegar—. ¿Dónde están tus hombres? ¿Alayna?

Estaba sentado en un sofá cerca de mi padre. Había una mesa de cristal con un tablero de ajedrez. Me sonrió, dándole un trago al whisky que sostenía. Leonardo, en cambio, me miró con desprecio. Su traje tenía arrugas y parecía envejecido. La vida no lo estaba tratando bien.

—Vine solo. ¿No es la condición que puso mi padre?

Ignazio volvió a sonreír, enseñando sus dientes blancos.

—A mí no me importaba su presencia, pero está bien. Tienes mis respetos por venir sin tu guardaespaldas. —Me evaluó de pies a cabeza—. Aunque… ella es una mujer muy inteligente y la tendremos aquí pronto.

Mi atención volvió a fijarse en Leonardo. Él se echó a reír como si nada de esto le importara. Disimulaba muy bien para no demostrar cuánto le afectaba verse en esa posición. Pero yo conocía la verdad: había perdido todo y no le quedaban más opciones que aliarse con su peor enemigo. Patético.

—No estoy aquí para hablar sobre Alayna —enfaticé—. Esto es entre tú y yo. Déjala fuera. No tiene nada que ver.

Ignazio se rascó la barba, Leonardo continuaba sin pronunciar palabra. ¿Acaso era la nueva mascota de Moretti? Al parecer sí y me daba satisfacción pensar que la idea lo mataba por dentro. Se sentía humillado.

—¿No es esto muy irónico? —se rio Ignazio—. Mi hija y su madre tampoco tenían que ver. ¿Qué hiciste tú? Enviaste a tus hombres para que vigilaran sus pasos. ¿No planeabas usar eso en mi contra en algún momento? —No contesté, no negué nada—. Tú hiciste que esto sea personal —prosiguió—. Te metiste en donde no debías. Arriesgaste a mi hija, le hiciste saber de su existencia a muchos de tus hombres cuando yo la mantuve oculta durante diez años por seguridad.

No me disculparía. Él me traicionó cuando le pedí ayuda y me abrí sobre las chicas. No le importó.

—No quiero que nadie más muera por esta absurda guerra —sentencié—. Te suplico que dejes en paz a mi madre y mi hermana.

Ignazio soltó una sonora carcajada mientras mi padre se ponía de pie con los puños apretados.

—Siempre arriesgando todo por perras inservibles —se mofó—. Nunca dejarás de decepcionarme.

Mi temperamento burbujeaba bajo mi piel; volátil e incontrolable. Me juré justo ahí que algún día vería muerto a ese pedazo de mierda y lo disfrutaría. Sacaría la frustración que había albergado durante años.

—Estás hablando de tu esposa y tu hija —gruñí.

—Ambas son inservibles.

Mi pecho se agitó con brusquedad, mis manos temblaban por toda la cólera que recorría mi cuerpo.

—Puedes quedarte con la ciudad, haz lo que quieras —escupí cada palabra—. Renunciaré, saldré de tu camino si eso significa que terminarás con esta mierda. Sabes que nunca quise nada de esto. Deja a mamá y a Kiara en paz.

Su frente se arrugó.

—No aceptaré ningún trato, mocoso estúpido. Has manchado mi nombre y es hora de remediarlo.

Ignazio aplaudió.

—Le di una sola condición a tu padre y él aceptó —informó—. Perdió su orgullo muchas veces porque Alayna lo dejó como un cobarde y quiere recuperar su honor.

¿Recuperar su honor? Él no conocía el significado de esa palabra. Padre apretó la mandíbula hacia Ignazio. ¿No se daba cuenta? Nadie lo tomaba en serio.

—Esta es mi propuesta. —Ignazio señaló una mesa redonda en la que un soldado colocó el revólver—. Solo sobrevivirá el hombre más afortunado.

No me jodas…

—¿Dónde está mi familia?

Ignazio ignoró mi pregunta.

—¿Alguna vez jugaste a la ruleta rusa, Luca? Si ganas el juego, prometo devolverte tu ciudad y mantener a salvo a tu familia. Pero si tu padre gana tendrá el control de Palermo y hará lo que quiera con su esposa y su hija.

Jugar a esa basura implicaba la muerte, pero estaba en un callejón sin salida. No había tiempo para las dudas ni el miedo. Era todo o nada.

—Estoy dentro —respondí con determinación.

Padre dejó salir una carcajada.

—No eres tan idiota como tu madre al menos. Esa perra no hizo nada bueno, nunca aportó algo útil.

—No mereces a nadie, pedazo de basura —mascullé—. Juro que esta noche tú recibirás esa bala.

Ignazio tenía una expresión indescifrable mientras mi padre sonreía.

—Eso lo sabremos en unos minutos. —Moretti interrumpió la conversación—. Que empiece la diversión, caballeros.

Leonardo hizo sonar los dedos y dos hombres arrastraron a la sala a mi madre y mi hermana. El aliento me falló, cada órgano de mi cuerpo se retorcía al ver su estado. Kiara tenía la cara manchada con sangre, ¿pero mamá? Estaba casi desfigurada, los ojos cerrados y tenía los labios partidos. No la reconocía.

—Luca… —sollozó Kiara.

—¡Te voy a matar! —bramé, mirando a Leonardo—. ¡¿Cómo pudiste hacer esto?!

Madre lloraba y cayó al suelo porque apenas podía ponerse de pie. Mi padre la había golpeado como si fuera un saco de boxeo. No merecía que se desquitara con ella. Era una mujer indefensa.

—Siéntate —instruyó Ignazio.

—Tú tampoco saldrás vivo de aquí hoy —aseguré con los puños apretados—. Lo prometo.

Asintió y uno de los soldados me obligó a sentarme en el sofá frente a mi padre. La basura tenía una expresión arrogante. Estaba muy seguro de que ganaría. Ignazio nos mostró el arma vacía y después le agregó una bala.

—¿Cara o cruz? —preguntó.

No respondí.

—Cruz —dijo mi padre.

Ignazio lanzó la moneda al aire y sonrió cuando cayó en su palma. Después nos enseñó el resultado.

—Cara —masculló, mirándome—. Tú vas primero, Luca.

ALAYNA

Logré descansar durante el viaje para recuperar la energía que me había quitado tanta angustia. Estar de vuelta en esa ciudad me traía recuerdos. Algunos eran buenos, otros no tanto. Me daba pereza regresar al inicio, pero hice el sacrificio por mi príncipe y no me arrepentía. Solo quería ver su cara de una vez y asegurarme de que seguía vivo.

Ignazio me llamó para darme una advertencia y no sabía si sentirme aliviada o preocupada. Cualquier cosa que viniera de él era un motivo de desconfianza. ¿Qué juego macabro planeaba esta vez? Le encantaba jugar con sus oponentes hasta dejarlos sin opciones. En ese momento yo era un peón más y debía seguir las reglas.

Toqué el collar de mariposa y observé la mansión custodiada. Caleb se encontraba en su posición, atento a cualquier peligro. Sentía que entraba al infierno cuando los enormes portones de verja se abrieron lentamente dándome la bienvenida. Ignazio me esperaba.

—Hay cerca de cinco francotiradores —habló Caleb a través del audífono.

—Acaba con ellos —ordené.

Vi varios cuerpos caer del tejado en menos de un minuto. Pedazo de incompetentes. Merecían morir por ser unos inútiles.

—Despejado.

Sonreí maliciosamente. No era necesario matarlos, pero eran cinco hombres menos en el equipo de Ignazio y le costaría dinero.

—¿Luca está aquí? —pregunté a través del micrófono mientras avanzaba por el camino de entrada como si nada hubiera pasado.

Los portones se cerraron a mi espalda.

—Sí, puedo verlo sentado junto a su padre.

Hice sonar mi cuello.

—Déjame el resto a mí. Recuerda disparar cuando sea necesario.

Escuché la risa de Caleb y miré el edificio a la izquierda. Le saqué el dedo del medio a la pequeña luz roja que brillaba. Soltó una carcajada.

—Estoy a tus órdenes esta noche —me recordó.

Me acerqué a la puerta custodiada por dos soldados. Pensé que habría un ejército, pero recordé que se trataba de Ignazio y él no necesitaba a miles de hombres para ganar. Su especialidad eran los engaños y las manipulaciones. Si Leonardo creía que realmente era su aliado, estaba muerto.

—Vengo a ver a Ignazio Moretti —informé—. Díganle que Alayna Novak está aquí.

Me apuntaron con sus armas y solté un suspiro agotador. No quería gastar más energías en idiotas inservibles, pero ellos no me dejaban opciones. Derramaría sangre esta noche.

—Entregue su arma y podrá pasar —dijo uno de los soldados—. Órdenes del jefe.

De acuerdo, ellos se lo buscaron.

Reacioné rápidamente, quitándole el arma de una patada y le partí el cuello. Su compañero balbuceó una maldición, pero no le di oportunidad de atacar. Golpeé su cabeza contra la puerta y le disparé un tiro en la frente. La sangre salpicó mi rostro y puse los ojos en blanco. Estaba cansada de arruinar mis mejores atuendos.

Saqué un pañuelo de mi chaqueta y limpié mi rostro antes de abrir la puerta. Entré en la sala donde se llevaba a cabo el encuentro. Ignazio soltó un silbido y su arma apuntó a la cabeza de Luca. Mi respiración era jadeante mientras miraba al príncipe. No parecía sorprendido por mi presencia. Él sabía que vendría. Era capaz de buscarlo hasta en el infierno.

Examiné la sala detenidamente para ver si había otras amenazas. Solo diez soldados en total detrás de Ignazio, Leonardo sentado frente a Luca y Emilia tirada en el suelo llena de sangre con Kiara; ambas lloraban.

Miré a Ignazio con ira desmedida. Podía aceptar que hiciera sufrir a miles de hombres, pero esto no. Kiara era una niña inocente. No merecía ser parte de sus juegos retorcidos.

—Tardaste bastante —rio Ignazio—. Te estaba esperando.

—Vete a la mierda —siseé.

—No era necesario matar a mis hombres —murmuró—. Te encanta perjudicarme.

—Lo mismo digo de ti.

—Dile a Caleb que retroceda o le disparo a tu novio.

—Vuelve a amenazarme y volaré tus sesos. —Lo apunté con mi arma.

Los labios de Ignazio se curvaron en una sonrisa cruel.

—Tengo a las mascotas en mi poder y lo sabes. Nunca sabrás la ubicación de ellas si muero.

Bastardo desalmado. ¿Cómo podía caer tan bajo?

—Alayna, baja el arma —pidió Luca—. El juego debe empezar.

—¿Qué? —balbuceé y entonces noté el revólver sobre la mesa. Ruleta rusa—. Tiene que ser una jodida broma.

Ignazio me guiñó un ojo.

—Uno de los dos morirá hoy —sonrió—. Siéntate y disfruta del espectáculo, pequeña malvada.

LUCA

No podía quitar mis ojos del revólver. Estaba sucediendo y no había forma de volver atrás. Mi parte ingenua deseaba que la bala disparara la cabeza de mi padre y todo terminara. ¿Podría cumplirse? Pero Moretti seguía siendo un problema. No me dejaría ir fácilmente.

Mi corazón se tambaleaba y mi estómago se contrajo mientras compartía una mirada con Alayna. Noté el pánico en sus ojos, el terror en su expresión. Sucedió en un segundo, pero logré verlo. Su mano que sostenía el arma estaba temblando.

—Tú vas primero, Luca.

La orden de Moretti hizo eco en mi mente mientras agarraba el revólver. Alayna gritó mi nombre. No la había visto tan deshecha como en ese instante. Su miedo era palpable.

—Si él recibe el disparo… —amenazó Alayna.

—¿Qué harás? —bufó Ignazio—. ¿Matarme? La última vez no lo lograste.

Inhalé bruscamente y contemplé a la única mujer que había amado en toda mi vida. Necesitaba transmitirle que estaría bien y pronto volvería a ella. Era mi ancla.

—Puedo hacer esto —aseguré—. Déjame hacerlo, Alayna.

Mi padre le dio un sorbo a su whisky con la calma intacta. Esperaba darle una muerte mucho más épica. Torturarlo lentamente como lo había hecho con Carlo y Gregg. Cortarle miembro por miembro. ¿Por qué Moretti me quitó ese derecho? Mi resentimiento hacia ese imbécil era inmenso. Arruinó todos mis planes y yo fui muy ingenuo al creer que contaría con su apoyo.

—Empieza de una vez —espetó Padre. Levantó su vaso con whisky hacia mí, como si estuviera brindando—. ¿Tienes miedo, *figlio*? Demuéstranos que eres un hombre. ¿O prefieres que tu novia te salve?

Apreté la mandíbula y rechiné los dientes, haciendo fuerza para mantener los ojos en él. No iba a acobardarme justo ahora. La persona que disparaba primero siempre tenía más probabilidades de supervivencia. Comprobé el arma y después apunté a mi sien. Alayna contuvo el aliento.

Uno…

Dos…

Tres…

El arma hizo clic.

Pero no disparó.

Alayna respiró con alivio y escuché a mi madre llorar desconsoladamente en la esquina. Ella y Kiara estaban aterradas, aunque me obligué a no mirarlas. Tenía que ser fuerte o me hundiría. No era momento de ser débil.

—Leonardo, por favor… —lloriqueó madre—. Es tu hijo, tu familia…

No provocó ninguna reacción compasiva en él. Ni siquiera flaqueaba frente a la posibilidad de mi ejecución. Moretti, por su lado, estaba disfrutando del espectáculo como un sádico. Le encantaba acorralar a sus enemigos y hacerlos sentir como si fueran simples ratas perseguidas por un gato. Él tampoco saldría ileso hoy. Alayna nunca le perdonaría si yo recibía un tiro.

—Eres muy afortunado. —El rostro de mi padre era serio y una gota de sudor cubrió su frente. Demostraba nervios por primera vez en la noche—. Veremos hasta cuándo dura esa suerte.

Levantó el arma sin rodeos y disparó con sus ojos en los míos. Todo quedó en un profundo silencio y sonrió porque tampoco recibió el tiro. Hijo de puta…

—¡Para con esto, Ignazio! —bramó Alayna.

Moretti sacudió una de sus manos hacia ella y los soldados apuntaron a mi madre.

—Tranquila, pequeña malvada. ¿O prefieres ver morir a tu suegra?

Maldita basura.

—Estamos empatados —dijo mi padre.

Enderecé la postura y recogí de nuevo el arma. ¿Podría sobrevivir a una bala en mi cabeza? Ahora no tenía mucho a mi favor.

—Ya no soy tu hijo —escupí.

Sin una pizca de miedo, el arma hizo contacto con mi sien y toqué el gatillo.

No me moví.

No respiré.

No sonó.

Ignazio liberó una sonora carcajada retorcida. Mi familia lloraba, Alayna estaba inerte. ¿Pero Leonardo? Había una chispa de terror en sus ojos grises. La bala le tocaría a él. Mis labios dibujaron una sonrisa y lancé el revólver a través de la mesa. Sería hermoso ver sus sesos destrozados en primer plano. Uno de mis sueños se haría realidad.

—Tu turno —susurré—. Dispara, padre.

El odio se expresaba en su cara. ¿Vería a mi padre pegarse un tiro? No lo creía ni en un millón de años. Era demasiado cobarde para hacerlo. Mis sospechas fueron confirmadas cuando el arma apuntó directamente hacia mí.

—Te equivocas —dijo Alayna—. Apunta a tu cabeza, Vitale.

Padre soltó un gruñido frustrado. Esos ojos crueles se clavaron en los míos y mantuve el contacto visual a pesar del pánico que retorcía mis entrañas. No apartaría la mirada de él.

—Me encargaré de arrastrarte conmigo al infierno —se rio fríamente—. ¿De verdad creíste que tú ganarías, Luca?

Moretti suspiró con cansancio.

—Ríndete, Vitale.

—Nunca vas a devolverme mi ciudad —asumió mi padre sin dejar de apuntarme—. Dejaste que él dispare primero. Estás de su lado.

Moretti se quedó en silencio. ¿Qué…? ¿Era posible?

—Mátate de una jodida vez —gruñó Ignazio y esta vez amenazaba a mi padre—. Hazlo o yo mismo te volaré la puta cabeza.

Mi padre apretó el gatillo, pero todo sucedió en un borrón. Una lluvia de disparos sonó y las ventanas de la mansión estallaron en fragmentos mientras Alayna me tiraba al suelo para protegerme con su cuerpo. ¿Qué había salido mal? ¿Por qué el aire acababa de abandonar mis pulmones? Un segundo estaba bien y al siguiente no podía respirar.

Era una completa locura lo rápido que podía cambiar la situación. Hacía segundos pensaba que tendría la oportunidad de sobrevivir, de superar los obstáculos que la vida me había impuesto. Estaba listo para empezar de nuevo. Estaba listo para ser libre con la mujer que amaba. Pero el destino tenía otros planes.

Me equivoqué como el niño crédulo que siempre había sido.

Los disparos retumbaron en mis oídos, mi visión se volvió borrosa y sentí algo cálido inundarme. Pronto el dolor se apoderó de cada músculo y mis venas. Mi boca estaba seca, mi lengua no funcionaba. Alayna gritaba mi nombre con los ojos llenos de lágrimas. Su rostro era una sombra brillante de terror, pánico e ira.

—Volviste —susurré.

—Siempre volveré a ti —sollozó, sosteniendo mi rostro con sus manos—. ¿Luca?

Ambos miramos mi pecho para ver la sangre que manchaba mi camisa. El revólver que mi padre sostenía se encontraba a unos cuantos centímetros. La bala se disparó y me alcanzó después de todo.

—Alayna…

Rápidamente rompió la tela de su escote para presionar la herida. La sangre se acumuló a mi alrededor y mi mente parecía desvanecerse. El impacto fue fuerte y atravesó mi pecho. No podía ver a través de la negrura y el dolor. No podía respirar.

—Hazme un favor… salva a las chicas por mí, ¿de acuerdo? —balbuceé—. Prométeme que las encontrarás y harás que regresen a sus casas.

Me miró con las lágrimas cayendo por sus mejillas.

—No, tú harás que ellas vuelvan a sus casas. Mantén tus ojos abiertos, cariño. No cierres los ojos.

Sonreí débilmente.

—Eres tan hermosa.

—Luca, por favor… —Miró la habitación con desesperación y gritó—: ¡Llamen a una ambulancia!

Jadeando, mis ojos poco a poco se cerraron. El dolor parecía ganarme cada vez más. No solo era físico, también emocional. Estaba tan agotado. La sangre brotaba sin control y las manos de Alayna presionaban la herida mientras mi cabeza caía hacia un lado. Sentí cómo la vida me abandonaba.

—Por favor, no te vayas. No regresé para este final, no abrí mi corazón para verte marchar. Solo quédate conmigo. No soportaría perderte. Quédate… —Alayna lloró más fuerte y me abrazó—. No te des por vencido. Te amo, Luca. Te amo tanto.

—Yo… también te… amo —balbuceé.

Todo parecía ir a cámara lenta.

Y luego nada.

Solo una inmensa oscuridad.

ALAYNA

Me pasé las manos repetidamente por el rostro. No me importaba si manchaba mis mejillas con su sangre. Estaba tan aterrorizada. Luca no podía dejarme. Él no. Estaba inconsciente en mis brazos, su cuerpo y su pulso eran muy débiles. Lloré sin poder detenerme.

Kiara gritaba pidiendo ayuda. Emilia estaba a punto de tener un infarto. No podía ser real. Era una horrible pesadilla de la cual debía despertar. Mi corazón se encontraba destrozado y desesperado. Pensé en lo peor. ¿Qué haría si él moría? No volvería a ser la misma.

—¡Alayna! —Los gritos de Gian me hicieron salir de mi estupor—. Tienes que soltarlo ahora mismo. Lo llevaremos al hospital.

No conseguía hablar, estaba atónita y devastada. Perdería al amor de mi vida. Lo perdería.

—Alayna…

El cuerpo de Luca estaba en mis brazos, la camisa empapada en sangre. Sus ojos grises cerrados, los labios pálidos y la piel demacrada. Iba a perderlo. Iba a perderlo. Iba a perderlo…

—¡Alayna! —Kiara me sacudió y volví a la realidad—. Por favor, ayúdanos. Él debe ir al hospital.

Un sonido de lamento surgió de mi garganta y me alejé de él con dificultad. Jamás imaginé que me sentiría tan destrozada como ahora. Amarlo me lastimaba. Y perderlo me destruiría.

Gian, Fabrizio y Luciano cargaron a Luca con mucho cuidado. Leonardo se encontraba sometido e indefenso bajo las botas de Ignazio. Tenía sangre empapando su abdomen y sus brazos. Había recibido los disparos de Caleb.

—¿Alayna? —Escuché la voz de mi hermano.

—Estoy bien —musité, ahogando el sollozo en mi garganta—. Hiciste un excelente trabajo. Permanece en tu lugar.

El odio inundaba mis venas. Agarré mi arma y fui directo a Ignazio. La sonrisa se borró de su cara cuando notó mis intenciones. Me rompí, dándole un puñetazo en la mandíbula. Se tambaleó, sus ojos se abrieron ampliamente y me miró consternado.

—¡¿Qué carajos está mal contigo?! —exclamó—. ¡¡¡Soy el héroe!!!

¡Luca estaba muriéndose y era su culpa por ponerlo en esa situación! Él propuso ese juego sin importar las consecuencias. Mi príncipe recibió el disparo de cualquier manera.

—No te creo, hijo de puta —siseé—. Ya no te creo.

Leonardo se retorcía por el dolor, sin encontrar ningún éxito al tratar de moverse. Luca estaba moribundo y no podría encargarse de él. Yo le daría su venganza más anhelada. Haría que este desgraciado sufriera. No se iría de este mundo sin experimentar la furia de Alayna Novak.

—Estoy de tu lado —insistió Ignazio—. Permití que tu novio dispare primero porque lo apoyaba a él.

—No te creo —repetí.

Me miró con pesar. Tenía el escote roto, lágrimas en los ojos y mi cuerpo manchado de sangre. Era la primera vez que me veía tan vulnerable, pero no me importaba. Quería terminar con esto para ir al hospital con Luca.

—Sí me crees. —Ignazio pateó las costillas de Leonardo y este se dobló en el suelo con un lloriqueo—. Sabes que tengo a las chicas y lo hice por ti. ¿Acaso olvidaste lo que pasamos juntos en Las Vegas?

Otra lágrima resbaló por mi mejilla.

—Tú no me importas, Ignazio. No significas nada en mi vida.

—Entiendo tus sentimientos hacia mí, pero no estoy mintiendo,

Alayna. Las tengo a todas. Luca jamás te perdonará si no regresan con sus familias.

Mis labios se crisparon y se me escapó un sollozo.

—No hables de él.

—Ya habrá tiempo para tu sentimentalismo. Aún tengo cosas que mostrarte. ¿O prefieres irte con tu novio?

—Moretti… —Leonardo gimoteó—. Podemos llegar a un acuerdo tú y yo. No es tarde para los negocios. Puedo servirte, tengo hombres leales en cada rincón de Italia. Me respetan.

Acorté la distancia y lo golpeé brutalmente en la cabeza con la culata de mi arma. Quedó inconsciente al instante. No moriría. Era bastante resistente. Yo sería su verduga, atormentaría su alma hasta los últimos minutos de su vida.

—Nunca cambias, ¿eh? —Se burló Ignazio—. Te concederé lo que desees con él. Es tuyo.

—Ve al grano.

—Tengo una enorme sorpresa para ti. —Alisó la parte delantera de su chaqueta y me tendió la mano—. Ellas son encantadoras. Un poco lloronas, pero valientes. La pelirroja también te echa de menos. ¿Cómo se llama? La guardé para ti. Soy un increíble amigo.

Mi corazón se hundió cuando al fin lo comprendí. Mierda, olvidé a Eloise.

—¿Pudiste verlas? —Ignoré su mano extendida.

—Por supuesto —sonrió—. Y tú también lo harás. Dile a Caleb que se una a nosotros.

—No puedo creer que actúes como si fuera lo más normal del mundo.

Se encogió de hombros.

—Esto es un gran reencuentro. —Me guiñó un ojo—. Te echo de menos. ¿Tú no?

Hizo una mueca de dolor cuando le propiné otro puñetazo en el estómago y me alejé. Luca estaba al borde de la muerte, debí irme con él al hospital. ¿Por qué perdía mi tiempo con este idiota?

—Si abres esa boca una vez más…

—Me matarás. —Se carcajeó sin aliento—. Conozco tu discurso, Alayna.

—Jódete.

—Esto valdrá la pena —afirmó—. Lo prometo.

Recibí un mensaje de Luciano avisándome de que Luca estaba en urgencias. A salvo y fuera de peligro. Solo necesitaba una hora más y después iría con él. «Resiste, príncipe».

Caleb se reunió con nosotros en la vieja fábrica que se encontraba a media hora de distancia. Las luces se encendieron y pude ver varias maquinarias oxidadas, mucho polvo y escombros. Era un lugar ruin, pero un buen escondite. Esperaba que Eloise no me odiara. La involucré en suficientes problemas desde que nos conocimos.

—Qué agradable sorpresa. —Ignazio saludó a Caleb con una sacudida de manos—. Ha pasado mucho tiempo. ¿Cómo está tu hermosa mujer?

Caleb lo observó con aburrimiento.

—Bien, no te extraña en absoluto.

La carcajada de Ignazio hizo eco en la vieja fábrica.

—Siempre tan expresivo, Caleb —dijo con sarcasmo y nos dio la espalda—. Veo que tu relación con Alayna ha mejorado. No estarías aquí en caso contrario.

Caleb me miró.

—¿Por qué sigues soportando a este idiota? —cuestionó.

—Me pregunto lo mismo. —Estaba irritándome.

—Qué desagradables son los dos —bufó Ignazio—. Por algo son mellizos.

—Cierra la puta boca y muéstranos lo que tienes.

Se puso cómodo en un viejo sofá y sacó un paquete de cigarrillos. Varios de sus hombres permanecían detrás de él.

—Vitale me cedió a las mujeres, pero ellas estaban destinadas a otro mercado —explicó—. Iban a ser vendidas en una subasta.

—Esto traerá consecuencias. —Caleb habló por mí—. ¿Cuál es el problema?

—Estas chicas saben demasiado y delatarán a grandes líderes de tráfico de mujeres. La policía va a investigar y ellas hablarán.

Serían cazadas por los líderes que no descansarían hasta encontrarlas y asesinarlas.

—Necesitan protección —explicó Ignazio—. Carlo Rizzo y Vitale no eran los únicos involucrados. Hay hombres poderosos obsesionados con estas chicas y conocen todos los datos de sus familias, paradero, apellidos…

—Nunca estarán a salvo —asumí.

El italiano arqueó una ceja.

—Lo estarán, pero con ayuda del programa de protección para testigos. Solo la policía puede cuidarlas.

—Entonces no hay nada que pensar aquí, hablemos con la estúpida policía.

Su risa era estridente y profunda.

—Yo pude salvar a diez. Dos mujeres tuvieron un destino diferente.

Escuchar eso fue como recibir una puñalada en mi corazón y se me hizo un nudo en la garganta.

—¿Cómo pudiste permitirlo?

Ignazio le dio una calada al cigarrillo.

—Vitale las vendió antes de que llegara a ellas.

Yo había visto a esas chicas. Vi a Luca romperse por ellas y prometerles que regresarían a sus casas. Era su sueño salvarlas. No podía abandonarlas.

—Las encontraré —dije—. No me importa ir a cada rincón del mundo.

Caleb finalmente reaccionó.

—Alayna, no puedes involucrarte en esto. Llevará meses y será una búsqueda difícil. —Sacudió la cabeza—. Sé que te preocupan, pero debes pensar en ti también.

Parpadeé con fuerza, luchando contra una ola de emociones.

—Se lo debo a Luca. Él no podrá hacerse cargo de la búsqueda en sus condiciones. Soy la indicada. Nadie más lo hará. Cometí algunos errores y voy a enmendarlos.

—No puedes sentirte culpable por algo que estaba fuera de tu control —insistió mi hermano—. Los únicos responsables son esos bastardos que secuestraron a las chicas.

—No cambiaré de opinión.

Caleb retrocedió y me dio la espalda, derrotado. Él sabía que no podría convencerme de lo contrario.

—Tienes mi apoyo —dijo Ignazio.

—¿Y tú qué logras con esto? —indagué—. Ya tienes a toda Italia a tus pies, derrotaste a Luca y a su padre. ¿Qué quieres?

Una sonrisa maliciosa asomó a sus labios.

—Solo construyo mi imperio.

—Eres un imbécil ambicioso.

—No hay otra explicación —masculló—. ¿Y qué harás con tu suegro?

Me encogí de hombros.

—Cortar su cabeza y dársela como regalo a Luca, pero antes quiero ver a las chicas.

—Bien. —Asintió hacia uno de sus hombres—. Tráelas.

Minutos después, vi a once chicas en total. Entre ellas, Eloise. Sus ojos castaños estaban llenos de lágrimas y corrió hacia mí. La estreché en mis brazos mientras cada parte de mí se estremecía. Imaginar que ella pudo terminar así me enfermaba.

—Oh, Dios… —lloró—. Estoy tan asustada, Alayna. Creí que nunca volvería a verte.

—Shh... estoy aquí, Eloise. Lamento que hayas pasado por esto.

Froté su espalda y le permití llorar desconsoladamente. Mis ojos se posaron en las diez chicas. Todas ellas estaban aterrorizadas, confundidas y desesperadas. Aunque me consolaba ver que no tenían ninguna herida. Caleb exhaló y se pasó una mano por el pelo. No podíamos creer la gravedad de la situación.

Ignazio se acercó a una pequeña rubia de ojos azules y se puso de cuclillas.

—Ella es Yvette y parece que recuerda muy bien a tu novio —comentó a la ligera—. ¿Aún lo esperas, cariño?

—¿Dónde está Luca? —preguntó ella dulcemente—. Tú eres la mujer bonita —añadió, mirándome.

Solté a Eloise y di un paso para acercarme a Yvette.

—Luca no puede venir, pero lo hará pronto.

Yvette se abrazó a sí misma.

—Anna y Martha no están —sollozó—. Los hombres malos se las llevaron.

Las lágrimas quemaron los bordes de mis ojos.

—Iré a por ellas y las traeré de regreso.

Sus inocentes ojos brillaron con pura ilusión. Era increíble que no perdiera la fe. Luca le hizo la misma promesa antes y no pudo cumplirla. Sin embargo, ella estaba aquí depositando su confianza en una desconocida como yo.

—¿Lo juras?

Levanté mi dedo meñique y ella sonrió con emoción. La inocencia en su cara me hizo pedazos. Era un alma pura a pesar de que su infancia estaba arruinada. Juré que recuperaría el tiempo perdido con su familia.

—Lo juro, pequeña.

No logré apartar la horrible opresión de mi pecho. Ni siquiera se calmó cuando torturé a Leonardo hasta quedarme agotada. Su cabeza estaba en una bandeja y esperaba que Luca lo viera cuando estuviera mejor.

Caminé por los pasillos del hospital con miles de pensamientos. ¿Por dónde podría empezar? Pronto tendría que emprender un camino y lo correcto era hacerlo sin Luca. Él merecía una recuperación tranquila y no quería arrastrarlo a mi infierno. La búsqueda no sería nada fácil. Haría muchos sacrificios. Era un asunto mío, se había vuelto personal.

—Alayna Novak.

Reconocí a Eric Vitale sentado en la sala de espera. ¿Cómo llegó aquí? ¿Dónde estaba? No lo vi en la mansión durante el enfrentamiento. ¿Estuvo escondido mientras el conflicto se desarrollaba? Qué conveniente.

—Señor —dije—. ¿Cómo está Luca?

—La cirugía salió muy bien y sobrevivirá —informó.

Una suave sonrisa se extendió por mis labios y suspiré con alivio instantáneo. Yo sabía que él no me defraudaría.

—¿Puedo verlo?

La mirada hostil en sus ojos no era nada sorprendente. Siempre supe que era un hipócrita que mantenía las apariencias para engañar a Luca y ahora mostraba su verdadera cara. Era un enemigo más.

—Sé que lo quieres e hiciste mucho para salvarlo…

Mi respiración se aceleró. Sabía que no me gustaría lo que diría a continuación.

—¿Y?

—¿Sabes en qué estado se encontraba cuando te fuiste a Inglaterra hace semanas? —Sus ojos eran duros, fríos—. Se convirtió en un alcohólico imprudente y entró en depresión. No eres buena para él, Alayna. Lo volviste dependiente de ti.

Contuve mi temperamento, luchando contra la ira que quería explotar. Si no me controlaba, mancharía con sangre las paredes blancas del hospital. Además, no tenía tiempo para esto. Quería ver a Luca.

—¿A dónde quiere ir con esto?

—Lo mejor será que te alejes de él —dijo—. Luca aún puede empezar una nueva vida y tú no eres alguien estable. Amas tu libertad y no podrás ofrecerle lo que necesita.

El dolor que provocaban sus palabras me dejó paralizada.

—Usted no me conoce en absoluto.

Se burló.

—¿De verdad? Todo el mundo sabe quién es Alayna Novak. Una asesina rusa que solo deja sangre y destrucción a su paso. Lo que te hicieron en la organización no tiene reparación —agregó con una sonrisa cruel—. Luca necesita una familia y estabilidad. Sé que eres estéril, Alayna. No puedes tener hijos, estás dañada y te lo reprochará en el futuro. Él debe casarse con una italiana y seguir con las tradiciones de la Cosa Nostra.

No respondí. ¿Por qué debería? Él tenía razón.

—Busca a las chicas del prostíbulo, asegúrate de que estén a salvo, pero si realmente lo amas aléjate de Luca. Estarán mejor sin el otro.

Se veía hermoso a pesar de su estado. Habían pasado unas pocas horas, pero lo echaba de menos. Mi mente se trasladó a ese momento que tuvimos juntos en Inglaterra, besándonos, consintiéndonos, amándonos…

Caí tan perdidamente enamorada de él que apenas lo noté. Cuando nos conocimos creí que era un idiota más, pero a medida que avanzó el tiempo vi muchas de sus facetas. Era bondadoso, amable, tierno, compasivo, dulce. No había nada egoísta en Luca. Era el hombre de mis sueños.

—Tienes buen aspecto —susurré—. Pude verlas, ¿sabes? Yvette aún te recuerda con cariño. Ella no te odia.

La máquina emitía suaves pitidos. Me senté a su lado en la cama y tomé sus manos entre las mías. Escuchar su pulso hizo que estuviera mucho más relajada. Yo sabía que saldría de esto. Jamás fue débil. Era un rey.

—Mi corazón está hecho pedazos por ti. Juro que casi morí contigo cuando recibiste ese disparo. Estaba tan aterrorizada de perderte. —Toqué su mandíbula y un sollozo escapó de mis labios—. Lo que tenemos es hermoso y correcto. Lamento muchas cosas y desearía que nuestra situación hubiera sido diferente, pero nunca me arrepentiré de amarte, príncipe.

Mi visión se volvía borrosa por culpa de las lágrimas. Me llevó horas decidirlo, pero era lo correcto. Él necesitaba un descanso, pensar en su vida, tener a alguien que le otorgara paz. Yo nunca podría darle eso. Menos ahora que debía buscar a las chicas por mi cuenta.

—Sé que no soy buena para ti y debo calmar esta abundante tormenta que persiste dentro de mí. Tú mereces a una princesa que te trate con amabilidad, paciencia y amor. Yo… no soy esa persona y lo he comprendido.

Me incliné y uní mis labios con los suyos. Él se movió un segundo, como si pudiera percibir mi contacto.

—Te amo con mi vida y nunca te olvidaré —sollocé—. Sé que me odiarás por esta decisión, pero me lo agradecerás cuando encuentres a alguien mejor. Sigue adelante, Luca. Encontrarás la felicidad sin mí. Te haces querer muy fácilmente. Yo fui atraída por tu luz desde el primer momento en que nos vimos y lamento que esa luz se haya apagado. —Lo besé de nuevo, más suave y despacio—. Gracias por enseñarme lo que significa amar de verdad. Tú siempre serás mi príncipe.

Con el corazón hecho trizas, lágrimas en los ojos y un inmenso dolor en el pecho abandoné la habitación. No podía quitar de mi mente las imágenes de él sonriendo y besándome. Eran maravillosos recuerdos que jamás borraría de mi memoria.

Pero eran solo eso a partir de ahora. Recuerdos.

Cerré la puerta detrás de mí y presioné mi espalda contra ella. Una parte de mí se quedaba con él, pero era lo correcto. No sería egoísta esta vez.

—¿Alayna? —preguntó Kiara cuando me vio—. ¿Estás bien?

Negué con la cabeza y me quebré con un sollozo.

—Yo… vine a despedirme.

Una sombra de tristeza cruzó la cara de Kiara.

—¿Qué? —Respiró, sosteniendo el vaso de café—. ¿Por qué te estás despidiendo? No puedes irte ahora. Luca se volverá loco si no te encuentra. Tienes que estar con él cuando despierte.

El dolor en mi corazón se incrementó.

—Si me quedo ahora, no podré irme. Lo siento, Kiara.

—Si lo abandonas de nuevo, él jamás te lo perdonará.

—Es lo mejor.

—Estás cometiendo un terrible error, Alayna —musitó. La empujé hacia mí en un cálido abrazo—. No puedes irte, no puedes abandonarlo.

—Es lo correcto —expuse con un nudo en la garganta—. Yo… tengo otras metas y no quiero arrastrar a Luca.

—Alayna…

Me aparté y le sonreí suavemente.

—Por favor, dile que no me busque cuando despierte —supliqué—. Dile que me deje ir.

Kiara agitó la cabeza.

—Él no te dejará ir. Está locamente enamorado de ti.

—Lo superará —aseguré—. Encontrará a alguien mejor. Adiós, Kiara.

Y entonces abandoné el hospital sin mirar atrás.

LUCA

Lo primero que escuché fueron ruidos suaves. Pronto los ruidos se convirtieron en pitidos seguidos de murmullos. Mis párpados se abrieron y las luces me lastimaron los ojos. Cada hueso que componía mi cuerpo me dolía.

Gemí e intenté moverme, pero el dolor en mi pecho era insoportable. Mi cabeza latía con una fuerza que no había experimentado nunca. Mi boca estaba más seca que una lija, mis labios entumecidos. No comprendía nada de lo que sucedía. Entrecerré los ojos para ver mi torso envuelto con una venda.

—¿Luca?

Esperaba encontrarme con unos intensos ojos azules, pero mi decepción fue inevitable cuando vi a Kiara. De cualquier manera, me alegraba; aunque estaba desesperado por tener cerca a mi mariposa.

—Alayna… —susurré con voz áspera—. Dile que venga.

Kiara me tocó el hombro gentilmente.

—¿Recuerdas algo? ¿Sabes qué día es?

—No —respondí consternado—. ¿Puedes explicarme qué sucedió?

Agachó la cabeza.

—Estuviste inconsciente veinte días, Luca.

¿Qué carajos? Aclaré la garganta y cerré los ojos con fuerza. Fue entonces cuando me golpeó la cruda realidad de hacía algunos días. Se precipitó como una ola invasiva, casi ahogándome.

—¿Puedes llamar a Alayna? —supliqué al borde de la desesperación—. Por favor, dile que venga. La necesito, Kiara.

—El médico estará aquí en un minuto. Cálmate, ¿de acuerdo? Preocúpate por tu salud.

Un hombre de cabello canoso y uniforme de médico entró en la habitación. Llevaba un estetoscopio alrededor del cuello y un portapapeles debajo del brazo.

—Señor Vitale, soy el doctor Rinaldi. ¿Cómo se encuentra?

—Me duele la cabeza y el pecho.

Pero más el corazón por su ausencia. ¿Por qué mi mujer no se encontraba aquí?

—Es normal que se sienta así —expuso el médico—. La bala rozó su corazón y tuvo una caída muy dura. Estuvo en cuidados intensivos veinte días. ¿Recuerda qué sucedió?

Asentí.

—Un poco.

—Entonces no hay signos de amnesia a pesar de la conmoción cerebral —explicó, levantando el portapapeles para leerlo—. El impacto de la bala provocó varios huesos rotos, pero logramos estabilizarlo. Extrajimos la bala y pudimos limpiarlo…

No estaba escuchando nada.

—¿Dónde está ella? —inquirí.

Kiara tenía los ojos llenos de lágrimas.

—Luca, no es momento.

—Señor Vitale…

Aparté la sábana blanca para levantarme, pero el dolor en mi pecho me detuvo. El doctor Rinaldi se apresuró hacia mí mientras Kiara sostenía mi brazo con más fuerza. Su mano presionó mi hombro para mantenerme sentado.

—¿Qué pretendes? ¿Te has vuelto loco?

—¡Dime dónde diablos está Alayna!

Presionó los labios y luego, después de varios segundos tensos, soltó un suspiro resignado. Su rostro se volvió solemne y sus ojos se estrecharon.

—No puedo creer que solo ella te importe. ¿Sabes que mamá está ingresada también?

—Kiara…

Respiró de manera desigual y apretó los puños, como si estuviera luchando contra las palabras que realmente quería pronunciar. Pretendía ser fuerte, pero bajó la guardia y sus ojos se inundaron de lágrimas.

—Alayna se fue.

Mi corazón se contrajo por el miedo y la conmoción.

—¿Qué…?

—Me escuchaste bien, Luca. Te dejó y no volverá.

Epílogo

MESES DESPUÉS...
ALAYNA

Era una mañana calurosa de verano. Me mantuve bajo el árbol mientras observaba la conmovedora escena. Escuché la risita de una niña con vestido rosa. Vi un jardín de girasoles, vi a una familia unida después de las adversidades.

Me tomó meses cumplir con cada uno de mis objetivos, pero valió la pena. Las chicas que Luca prometió salvar regresaron a sus casas y formaban parte del programa de protección para testigos. Ninguna de ellas volvería a salir lastimada nunca más. Ignazio fue de gran utilidad. De hecho, él hizo que todo fuera posible gracias a sus contactos.

Caleb y Bella se casaron. Melanie volvió a caminar y tenía su propia galería de arte con Neal. Mantuve el contacto con Eloise y seguíamos siendo amigas desde la distancia.

En cuanto a Luca... Nunca pude olvidarlo.

Pensé que tal vez si pasaba un tiempo sin verlo podría superarlo. Eso ni siquiera estuvo cerca de suceder. Cada día era más doloroso que el anterior. Mis recuerdos con él se convirtieron en una tortura y hubo noches en las que lloré hasta quedarme dormida.

Me volví adicta a él y no encontraba la manera de desintoxicarme. Lo veía en todas partes, estaba en mi sangre, en mi corazón. Más de una vez casi caí en la tentación de tomar el primer avión que me llevara a Italia, pero resistí.

No arruinaría su felicidad. No ahora que la había encontrado en alguien más.

Cuando leí el anuncio sobre su compromiso con la hija del gobernador me destruyó, pero fue mi elección dejarlo ir. Merecía un nuevo comienzo. Isadora le daría una familia, hijos, todo lo que esperaban de él.

Yo volvería a ser la misma de antes, la mujer que experimentó horrores cuando era joven y la convirtieron en un monstruo. Estaba destinada a estar sola.

—¡Hora de la comida, Yvette! —gritó la mujer.

—¡Ya voy, mamá!

La niña de cabello rubio arrancó una flor y corrió detrás de su madre. Sonreí ante la imagen porque ya no era la pequeña oruga indefensa que había conocido.

Regresó al jardín y era una mariposa libre.

Continuará...

Agradecimientos

Cada vez que termino de escribir un libro tengo una extraña mezcla de emociones. Es como si estuviera despidiéndome de los personajes porque nunca puedo tener suficiente de ellos, pero también es un enorme triunfo. No es fácil llegar a la última página y poner punto final.

Fueron noches de insomnio, sacrificios y llantos. También días donde debí dejar de lado muchas cosas para entregar el manuscrito y dar el paso más importante que es ver la publicación de mi libro.

El inicio fue estresante, pero la experiencia, inolvidable. Aprendí cosas nuevas que antes no sabía, conocí a personas que me apoyaron desde el primer día y estuvieron ahí para mí. Me escucharon, dieron sugerencias y me ayudaron a cumplir uno de mis sueños.

Así que este es el momento donde les doy las gracias a mis lectores porque sin ellos nada de esto sería posible. Gracias a esas personas que se toman un momento de su valioso tiempo y se pierden en mis letras.

Gracias a mi familia por sostenerme en mis momentos de crisis e impulsarme a seguir adelante.

A mis amigas escritoras por alentarme, leer mis frustraciones y emocionarse conmigo por cada logro. Las amo, Darlis Stefany, Elena López, Elena Santos y Janelis Peña. Todavía no tuve la oportunidad de abrazarlas personalmente, pero prometo que algún día será posible y no las voy a soltar por mucho tiempo.

Gracias al equipo de Wattpad por la oportunidad. Sé que este es el comienzo de nuevas experiencias y estoy emocionada de ver lo que viene.

Nos leemos muy pronto en la segunda parte de esta cruda pero conmovedora y apasionante historia.

Luca y Alayna aún tienen mucho para dar.